치유와 위로의 새너토리엄 문학

삶과 죽음의 경계에서 사랑과 희망을 이야기하다

일본명작총서 25

치유와 위로의
새너토리엄 문학

삶과 죽음의 경계에서
사랑과 희망을 이야기하다

호리 다쓰오 외 지음
김효순 외 옮김

역락

　본서는 2023년 고려대학교의 <일본근현대문학과 번역> 수업에서 기획하여 학생들이 번역한 내용을 토대로 간행한 것이다. 역자는 2022년 같은 수업에서 번역을 기획하여 『일본 근대 문호가 그린 감염병』(도서출판 역락, 2023.4)을 펴낸 바 있다. 본서는 그에 이어, 본인 혹은 가족의 결핵으로 인해 결핵요양원 즉 새너토리엄 생활을 경험한 작가들의 대표작을 '새너토리엄 문학'의 개념으로 묶어 번역한 것이다.

　인류는 2020년 이래 3-4년에 걸쳐 전 지구적 차원의 유래 없는 팬데믹 상황을 경험했다. 이로 인해, 인류의 삶의 양상은 재편되었거나 재편되고 있으며 개인의 삶도 근본적 변화 양상을 보이고 있다. 가까운 예를 들어 대학의 경우 강의를 하는 교수자와 수강생들은 온라인 수업이라는 생소한 방식에 적응하며 한바탕 몸살을 알아야 했으며 사회적 거리두기나 마스크 쓰기, 손씻기 등 일상적 인간관계나 생활의 근본적 변화에 당혹스러웠던 기억은 아직도 생생하다. 이러한 상황에서 자연스럽게 감염병에 대한 인식이나 대응 등에 대한 관심이 고조되면서 그에 대한 선례가 궁금해졌고, 2022

년 <일본근현대문학과 번역>라는 수업에서 가까운 과거에 일본 문학자들의 감염병 체험과 그것의 문학적 반영 양상을 다루기로 하였다. 현재 자신들이 처한 상황과 유사한 이야기를 다루는 수업 내용에 학생들은 큰 관심을 보였고, 학생들의 적극적이고 자발적인 참여에 의해 『일본 근대 문호가 그린 감염병』을 간행할 수 있었다. 이와 같은 간행의 성공에 이어 2023년 같은 수업에서는 인류의 역사와 공존한 가장 오래된 질병이자, 치료법이 개발된 현재까지도 근절되지 않고 있는 결핵의 치료를 위한 요양원 즉 새너토리엄 체험을 다룬 작품을 다루기로 했다.

이와 같은 배경에서 기획된 본서는 학부생들로서는 다소 어려울 수도 있음에도 불구하고, 많은 학생들이 현재 자신들의 입장에 비추어 적극적으로 작품에 대한 새로운 해석을 시도하며 번역에 참가해 주었다. 따라서 해제 부분에서는 학생들의 작품해석을 가급적 살려서 기술하였음을 밝혀둔다. 아울러 학기가 끝난 방학 중에도 코멘트를 반영하여 번역을 보완하고 통일하여 원고를 보내 준 김현, 박채연, 안다혜, 최선아, 최승훈(이상 가나다순) 학생, 그리고 본서의 기획의도에 선뜻 동의하여 번역에 참가해 주신 이정화 선생님께 깊은 감사의 마음을 전한다.

2024년 4월
편역자 김효순

■차례

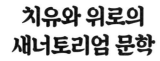

치유와 위로의
새너토리엄 문학

레몬(檸檬)

가지이 모토지로(梶井基次郎)

　정체 모를 불길한 덩어리가 시종일관 나의 마음을 짓누르고 있었다. 초조함이라고나 할까, 혐오감이라고나 할까— 술을 마시고 나면 숙취가 찾아오는 것처럼, 매일같이 술을 마시다 보면 숙취에 해당하는 시기가 찾아온다. 바로 그것이 찾아온 것이다. 이것은 좀 곤란하다. 그 결과 생겨버린 폐첨 카타르라는 결핵성 염증이나 신경 쇠약이 나쁘다는 게 아니다. 또 견디기 힘들 정도인 빚 같은 게 나쁘다는 것도 아니다. 좋지 못한 것은 그 불길한 덩어리이다. 전에는 나를 기쁘게 해 주었던 어떤 아름다운 음악도, 어떤 아름다운 시의 한 구절도 더는 견딜 수 없게 되었다. 축음기를 들으려고 일부러 외출을 해 보아도, 두세 소절을 듣고 나면 갑자기 일어나 버리고 싶어진다. 무언가가 나를 견딜 수 없게 하는 것이다. 그래서 나는 거리를 이리저리 계속해서 떠돌아다니고 있었다.

어째서인지 그 무렵, 나는 초라하고 아름다운 것에 강하게 이끌리고 있었다. 풍경을 볼 때도 무너져 내릴 듯한 거리에 끌렸고, 거리를 봐도 낯선 큰길보다는 어딘가 친근함이 느껴지는, 지저분한 빨래가 널려 있거나 잡동사니가 굴러다니거나 누추한 방이 엿보이는 뒷골목이 좋았다. 비바람에 시달려 머지않아 흙으로 돌아가버릴 듯한 분위기의 거리, 토담이 무너지거나 죽 늘어선 집들이 기울어져 있거나― 기세가 좋은 건 식물뿐으로, 가끔씩은 깜짝 놀랄 만큼 아름다운 해바라기나 칸나가 피어 있거나 하는 그런 뒷골목 말이다.

종종 나는 그런 길을 걸으면서, 문득 그곳이 교토(京都)가 아니라 교토에서 수백 리나 떨어져 있는 센다이(仙台)나 나가사키(長崎)― 그런 곳에 지금 내가 와 있는 것이다― 라는 착각을 일으키려고 애쓴다. 나는, 가능하다면 교토에서 도망쳐서 아무도 모르는 곳으로 가 버리고 싶었다. 무엇보다도 안정. 텅 빈 여관방. 깨끗한 이불. 좋은 냄새가 나는 모기장과 풀을 잘 먹인 유카타. 그런 곳에서 한 달 정도 아무 생각 없이 누워 있고 싶다. 어느새 그런 곳에 와 있으면 좋겠다고 간절히 바란다. ― 착각이 마침내 궤도에 오르면 나는 꼬리에 꼬리를 물며 상상의 물감을 덧칠해 간다. 별 일도 아니다. 나의 착각과 무너져 내리는 거리가 오버랩되는 것이다. 그리고 나는 그 안에서 현실의 내 자신을 잃어버리는 것을 즐기곤 했다.

나는 또 소위 불꽃놀이라는 것을 좋아하게 되었다. 불꽃 그 자체는 2단으로 되어 있으며, 싸구려 염료로 빨강, 보라, 노랑, 파랑 등 가지각색으로 줄무늬를 그려내는 불꽃, '나카야마데라(中山寺)절의 별내림'[1], '꽃 싸움', '마른 억새풀'[2]이라는 이름을 가진 불꽃놀이들이다. 또 쥐불놀이라는 폭죽은 하나씩 고리로 되어 상자에 채워져 있다. 그런 것들이 이상하게도 나의 마음을 부추겼다.

그리고는 또, 비드로[3]라는 색유리로 도미나 꽃 문양을 낸 유리 구슬과, 장식용 비즈가 좋아졌다. 또한 그것을 입에 넣고 핥아 보는 것이 내게는 무어라 말할 수 없는 즐거움이었다. 그 비드로의 맛만큼 알싸하고 서늘한 맛이 또 있을까? 나는 어릴 적 자주 그것을 입에 넣었다가 부모님께 꾸중을 듣곤 했는데, 어린 시절의 그 달콤한 기억이 어른이 되어 영락한 내게 다시 떠올라서 그런 것일까? 정말이지 그 맛에는 알싸하고 상쾌한, 어쩐지 시적인 아름다움과 같은 미각이 담겨 있다.

짐작을 했겠지만 나는 정말이지 돈이 없었다. 하지만 그런 것들을 보고 조금이라도 마음이 움직였을 때는 내 자신을 위로하기 위해 사치를 할 필요가 있었다. 이 전이나 삼 전[4]짜리 물건— 이라고는 해도 사치스러운 것. 아름다운 것—이라고 하며 무기력한 나의

---

1 별내림(星下り)이란 나카야마데라(中山寺)절의 제례행사로, 8월 9일에 서국(西国) 33개소의 관음이 이 절에 모이며, 흰 술을 단 장대에 그 관음의 공덕이 깃든다고 하여 그 장대를 본당에 봉납한다. 그 모양이 하늘에서 내려오는 별과 같다고 하여 붙여진 이름.

2 당시 시중에 유통되었던 불꽃놀이들의 이름.

3 Vidro, 포르투갈어로 유리의 옛 이름.

4 당시의 1전(銭)은 현재의 화폐로 약 200엔(円) 정도의 가치를 지님.

촉각에 오히려 아양을 부리는 것들. ―그런 것들이 자연스레 나를 위로하곤 했다.

생활이 아직 이렇게 궁핍하지 않았던 시절에 내가 좋아했던 곳은, 예를 들자면 마루젠[5] 서점이었다. 빨갛고 노란 오드 코롱[6]과 오드 키닌[7]. 세련된 유리 세공품과 우아한 로코코 양식의 호박색이나 비취색 향수병. 담뱃대, 주머니칼, 비누, 연초. 나는 그런 것들을 구경하느라 거의 한 시간을 보낼 때도 있었다. 그리고 결국엔 가장 좋은 연필 한 자루를 살 정도의 사치를 했다. 그렇지만 그곳도 어느새 그 무렵의 나에겐 마음이 무거운 장소일 뿐이었다. 서적, 학생들, 계산대, 이런 것들은 모두 내게 빚을 독촉하는 망령같이 보였다.

어느 날 아침― 그 당시 나는 이 친구의 하숙집에서 저 친구의 하숙집으로 전전하는 생활을 하고 있었는데― 친구가 학교에 가 버리고 나면 공허한 방 안에 오도카니 혼자 남겨졌다. 나는 또 그곳에서 나가 방황해야 했다. 나는 무엇인가에 쫓기는 기분이었다. 그리고 거리를 전전하며, 앞에서 말한 뒷골목을 걷거나, 막과자 가게 앞에 멈춰 서거나, 건어물 가게의 건새우나 대구포, 말린 두부껍질을 바

---

5 1869년 창립하여 서양 서적과 잡화 등의 판매를 전문으로 일본에 서양 근대 학문과 지식을 수입하는 데 절대적인 역할을 하였던 역사적인 서점.

6 Eau de Cologne, 농도가 낮은 향수의 일종.

7 Eau de Quinine, 모발에 사용하는 약품의 종류.

라보거나 하다, 결국 나는 니조(二条) 도로[8] 쪽으로 데라마치(寺町)를 내려와서, 그곳에 있는 과일 가게에서 발걸음을 멈췄다. 이쯤에서 잠시 그 과일 가게를 소개하고 싶은데, 그곳은 내가 알고 있는 가게들 중에 가장 마음에 드는 곳이다. 결코 훌륭하다고 할 만한 가게는 아니지만, 무엇보다 과일 가게 특유의 아름다움이 가장 노골적으로 와 닿았다. 과일은 꽤나 경사진 진열대 위에 늘어서 있었고, 그 진열대라는 것도 검은 옻칠을 한 나무판으로 기억이 난다. 무언가 빠른 곡조로 흐르는 화려하고 아름다운 음악이, 보는 사람을 돌로 변하게 했다는 고르곤[9]이라는 괴물의 얼굴—같은 것을 들이미는 바람에, 그런 색채나 그런 볼륨으로 굳어졌다는 듯이 과일들이 진열되어 있었다. 야채 또한 안쪽으로 들어갈수록 높이 쌓여 있다. —정말이지 그곳에 있는 당근의 잎은 아름답고 훌륭했다. 그리고 또 물에 담가 놓은 콩이라든지 쇠귀나물도.

또 그 가게는 밤에 정말로 아름다웠다. 데라마치도리(寺町通)로는 원래 번화한 곳—이라고 해도 도쿄(東京)나 오사카(大阪)보다는 훨씬 조용한 느낌이지만—장식용 창의 불빛이 엄청나게 거리로 흘러나온다. 그런데 어째서인지 그 가게 앞 주변만큼은 묘하게 어둡다. 원래 한 쪽은 어두운 니조 도로와 접한 모퉁이이니 깜깜한 게 당연했

---

8 교토(京都)시 중앙부를 동서로 통과하는 도로. 니조(二条) 대교에서 니조 성에 이른다.

9 고대 그리스 신화에 나오는 괴물. 머리카락이 뱀으로 되어 있는 세 자매로, 이 괴물을 보는 사람은 누구나 돌로 변했다고 한다.

지만, 그 옆집이 데라마치도리 도로에 있는 집인데도 어째서 어두웠던 건지 모르겠다. 그렇지만 그 집이 어둡지 않았다면, 그렇게나 나를 유혹하지는 못했을 거라고 생각한다. 또 하나는 그 집이 처마에 낸 차양이었는데, 그 차양이 깊숙이 쓴 모자의 챙처럼— 이건 형용이라기보다는, '어머, 저 가게는 모자의 챙을 엄청 내려뜨리고 있네'라는 생각이 들 정도여서, 차양 위 역시 완전히 깜깜했다. 주위가 그렇게 완전히 깜깜해서, 가게 앞에 켜진 몇 개나 되는 전등이 소나기처럼 쏟아붓는 현란한 불빛은 주변의 그 무엇에도 빼앗기지 않고, 마음껏 아름다운 광경을 그려내고 있었다. 갓이 없는 전등이 길고 가느다란 나선 봉을 타고 빙글빙글 시야에 가득 들어오는 거리에 서서, 근처에 있는 열쇠집 이 층의 유리창을 통해 바라본 이 과일 가게의 풍경만큼, 그 무렵의 나를 즐겁게 했던 것은 데라마치 안에서도 드물었다. 그 날 나는 여느 때와 달리 그 가게에서 쇼핑을 했다. 바로 그 가게에 흔치 않은 레몬이 나와 있던 것이다. 레몬 같은 것은 아주 흔하다. 그렇지만 그 가게라는 곳도 초라하지는 않았지만 그저 보통의 야채 가게에 불과했기에, 그때까지 그곳에서 레몬을 본 적은 별로 없었다. 정말이지 나는 그 레몬이 좋다. 레몬 옐로우 색의 물감을 튜브에서 짜내어 굳힌 듯한 그 단순한 색도, 그리고 저 꽉 찬 방추형의 모양도. — 결국 나는 그것을 딱 하나 사기로 했다. 그리고 나서 나는 어디를 어떻게 돌아다녔는지. 나는 오랫동안 거리를 돌아다녔다. 시종일관 내 마음을 짓누르고 있던 불길한 덩어리가 그것을 손에 쥔 순간부터 어느 정도 누그러진 것 같아서,

거리에서 나는 아주 행복했다. 그토록이나 집요했던 우울한 기분이 그런 과일 한 알로 달래어지다니— 어쩌면 미심쩍었던 것이 역설적이게도 진실이었다. 그렇지만 마음이라는 것은 얼마나 불가사의한 것인지.

그 레몬의 차가운 감각은 그 무엇에도 비할 바 없이 좋았다. 그 무렵 나는 폐 상단부의 염증이 악화되어 항상 몸에서 열이 났다. 사실 나는 이 친구 저 친구에게 내가 이렇게나 열이 난다는 것을 보여주기 위해 손을 맞잡아 보았는데, 내 손바닥은 어느 누구의 손보다 뜨거웠다. 그런 열 때문이었는지, 쥐고 있던 손바닥에서 온몸으로 스며드는 듯한 그 차가운 촉감은 상쾌했다.

나는 몇 번이고 몇 번이고 그 과일을 코에 갖다대고 냄새를 맡아 보았다. 그 원산지라는 캘리포니아가 상상이 된다. 한문으로 배웠던 「귤장수의 말」[10] 속에 적혀 있던 '코를 때린다'라는 말이 언뜻 언뜻 떠오른다. 그리고 가슴 가득 깊숙이 향기로운 공기를 들이마시니, 지금까지 한 번도 가슴 가득히 숨을 들이마신 적이 없던 나의 몸과 얼굴에는 따뜻한 피가 밀려올라오면서 왠지 온몸에 기운이 났다. ……

정말 그런 단순한 차가운 감각이나 촉각, 후각, 시각이, 아주 예

---

10 「귤장수의 말(売柑者之言)」이란 중국 명시대의 풍자글. 보기에 좋은 귤을 사서 껍질을 벗겨보니 '코를 때릴' 만큼 고약한 냄새가 나서, 귤장수에게 클레임을 거니, '지금의 관료와 같다'고 대답했다고 했다. 즉 외관은 훌륭하지만 내용이 없는 관료를 비웃는 글.

전부터 이것만을 찾아왔나 싶을 정도로 내게 딱 들어맞다니 신기한 기분이 들었다― 그것이 그 무렵의 일이었다.

나는 살짝 흥분하여 들뜬 마음으로 일종의 자랑스러운 기분마저 들어, 아름다운 옷차림을 하고 거리를 활보한 시인을 생각하면서 돌아다니고 있었다. 그것을 더러워진 손수건 위에 올려 보기도 하고 망토 위에 대어 보기도 하면서 색의 반영을 가늠해 보고, 또 이런 생각을 하기도 했다.

―결국은 바로 이 무게인 것이구나.―

그 무게야말로 평소에 내가 찾아 헤매던 것으로, 의심할 바 없이 이 무게는 모든 선한 것들과 모든 아름다운 것들을 중량으로 환산한 것이구나 하고, 우쭐해져서 익살스러운 마음에 그런 유치한 생각을 해보기도 하며― 어찌 되었든 나는 행복했다.

어디를 어떻게 돌아다녔는지는 몰라도, 내가 마지막으로 멈춰 선 곳은 마루젠 앞이었다. 평소에 그렇게나 피해 왔던 마루젠인데, 지금만큼은 부담 없이 들어갈 수 있을 것 같았다.

'오늘은 한 번 들어가 봐야지.'

나는 서슴없이 안으로 들어갔다.

그런데 어찌 된 일인지, 나의 마음을 가득 채웠던 행복한 감정은 점점 달아나 버렸다. 향수병에도 담뱃대에도 내 마음은 끌리지 않았다. 우울감이 다시금 몰려왔다. 오래 돌아다닌 탓에 피로감이 들었다. 나는 화집이 담긴 진열장 앞으로 가 보았다. 무거운 화집을 꺼내는 일조차 평소보다 한층 더 힘이 드는구나! 라는 생각이 들었다. 나는 한 권씩 꺼내서 펼쳐 보기는 하였지만, 세세하게 넘겨 볼 기분은 더 이상 들지 않았다. 그런데 어이가 없는 것은, 다음 한 권을 또 꺼내 온다는 것이다. 그것도 마찬가지였다. 그런데도 한번 휘리릭 넘겨보아야만 직성이 풀리는 것이었다. 그리고 다음에는 견딜 수 없어서 그곳에 놔두어 버리고 만다. 원래 있었던 위치에 되돌려 놓을 수조차 없었다. 나는 몇 번이고 그렇게 반복했다. 마지막에는 평소 좋아해왔던 앵그르[11]의 무거운 주황색 화집조차 더는 참을 수 없어서 그냥 놓아 버렸다.— 이 무슨 저주받은 일인가. 손 근육에 피로가 남았다. 나는 우울해져서, 내가 빼온 책들을 그대로 쌓아둔 책무더기를 바라보고 있었다.

전에는 그렇게나 나를 매혹시켰던 화집인데 어떻게 된 일일까? 한 장 한 장 꼼꼼히 살펴 보고 나서, 막상 너무나 일상적인 주변을 둘러볼 때 드는 그 이상하고 어색한 기분을, 나는 그전엔 즐겨 맛보곤 했던 것이었다.

"아 참, 그렇지, 그렇지."

그 때 나는 소매 속에 있는 레몬을 떠올렸다. 온갖 색채의 책들을 너저분하게 쌓아올리고는, 한 번 이 레몬으로 시험해 본다면.

"그래."

다시 조금 전의 경쾌한 흥분이 되돌아왔다. 나는 손에 짚이는 대

---

11 장 오귀스트 도미니크 앵그르(Jean Auguste Dominique Ingres, 1780-1867). 19세기 프랑스의 고전파의 화가이자 지도자로서 고전주의 회화를 완성함.

로 책을 쌓아올렸다가, 다시 정신없이 무너뜨리고, 그리고는 또 정신 없이 쌓아올렸다. 책을 새로 뽑아서 덧쌓기도 하고 치워버리기도 했다. 기괴하고 환상적인 그 성은 그때마다 빨개졌다 파래졌다 했다.

그것은 드디어 완성되었다. 다시 가볍게 부풀어오르는 마음을 억누르며, 그 성벽의 꼭대기에 조심조심 레몬을 올려놓았다. 그렇게 해서 그것은 완성되었다.

바라보고 있자니, 그 레몬의 색채는 어수선한 색의 계조(階調)[12] 를 가만히 방추형의 몸 속으로 흡수해버려서, 아주 산뜻하고 맑았다. 먼지투성이인 마루젠 안의 공기가, 그 레몬 주위에서만 기묘하게 긴장하고 있는 듯한 기분이 들었다. 나는 잠시 그것을 바라보고 있었다.

갑자기 두 번째 아이디어가 떠올랐다. 그 기묘한 계략은 오히려 나를 흠칫 놀라게 했다.

―그것을 그대로 놔둔 채 나는, 아무것도 모르는 듯한 얼굴을 하고 밖으로 나간다.―

나는 이상하게 어색한 기분이 들었다.

"나가 볼까? 그래, 나가자."

이상하게 어색한 기분이 들어 거리를 걸으며 미소지었다. 마루젠의 책꽂이에 황금색으로 빛나는 끔찍한 폭탄을 설치한 기괴한

---

12 그림, 사진, 인쇄물 따위에서, 밝은 부분에서 어두운 부분까지 변화해 가는 농도의 단계.

악당이 바로 나이고, 이제 십 분 후면 그 마루젠이 미술 서적 책꽂이를 중심으로 대폭발한다면 얼마나 재미있을까?

나는 열심히 그런 상상을 했다.

"그렇게 된다면 저 답답한 마루젠도 산산조각나겠지."

그리고서 나는 활동사진[13] 간판이 기묘한 분위기를 연출하고 있는 교고쿠(京極) 거리를 걸어 내려갔다.

(김현 번역)

---

13 '영화'의 옛 용어. 움직이는 사진이라는 뜻으로, 초기 영화를 오늘날의 영화에 상대하여 이르는 말로도 쓰인다.

바람이 분다(風立ちぬ)

호리 다쓰오(堀辰雄)

서곡

당시 여름의 나날들, 억새풀이 온통 무성하게 우거진 초원 안에서, 네가 가만히 서서 열심히 그림을 그리고 있으면, 나는 항상 그 곁에 한 그루 서 있는 자작나무 그늘에 몸을 뉘였지. 그러다 저녁 무렵이 되어 일을 마친 네가 내 곁으로 오면, 그때부터 잠시 우리는 서로의 어깨에 손을 올린 채, 저 멀리 아득히 보이는, 가장자리만 암적색을 띠며 소나기를 품은 뭉게구름으로 뒤덮인 지평선을 바라보곤 했지. 마침내 해가 지기 시작한 지평선에서, 반대로 마치 무언가가 태어나고 있는 것처럼······.

그러던 어느 날 오후, (그 날은 거의 가을에 접어들 무렵이었지) 우리는 네가 그리다만 그림을 이젤에 올려놓은 채로, 그 자작나무 그늘에 누워 과일을 베어물고 있었어. 모래알 같은 구름이 하늘을 슥슥 지나가고 있었지. 그때 별안간, 어디서 불어오는 지 모를 바람이 불었어. 우리들 머리 위에서는, 바람에 흔들리는 나뭇잎 사이로 언뜻언뜻 남색 하늘이 넓어졌다 좁아졌다 했지. 거의 그와 동시에, 풀숲 속으로 무언가가 '푹' 하고 쓰러지는 소리가 들렸어. 우리가 그곳에 내버려 두었던 그림이 이젤과 함께 쓰러지는 소리인 것 같았지. 바로 일어나려하는 너를, 나는 바로 그 순간 어떤 것도 잃지 않으려는 것처럼 억지로 말리며, 내 곁을 떠나지 못하게 했어. 너는 내 뜻대로 곁에 남았지.

바람이 분다, 살아야겠다.[1]

문득 입밖으로 나온 그 시구를, 나는 내게 기댄 너의 어깨에 손을 올린 채, 입안에서 되뇌고 있었지. 그리고나서야 너는 겨우 네 어깨 위에 올렸던 내 손을 내려놓고 일어나서 가버렸어. 아직 제대로 마르지 않은 캔버스에는, 그새 온통 풀잎들이 달라붙어 버렸지. 그 그림을 다시 이젤에 바로 올려놓고, 팔레트용 나이프로 달라붙

---

1 일본어 원문은 직역하면 '바람이 불었다, 막상 살아야겠다고 생각하지만 그럴 수는 없을 것이다'에 더 가까운 의미이다. 이 문구는 「해변의 묘지」라는 프랑스의 시를 호리 다쓰오가 번역한 것으로 프랑스어 원문은 '바람이 분다, 살아야겠다'로 번역되기 때문에 저자가 일본어로 번역할 때 오역한 것으로 알려져 있다.

은 나뭇잎을 힘들게 떼어내며 말했어.

"어머나! 만약에 아버지가 이걸 보시면……."

너는 내 쪽을 돌아보며, 뭔가 어색한 미소를 지어보였지.

"이제 2,3일 있으면 아버지가 오실 거야."

어느 날 아침, 우리가 숲 속을 헤매고 있을 때, 갑자기 너는 말했어. 나는 어쩐지 불만스럽게 입을 다물고 있었어. 그러자 너는, 그런 나를 바라보며, 조금 잠긴 듯한 목소리로 다시 입을 열었지.

"그렇게 되면 이제 이렇게 산책도 할 수 없게 되겠지."

"어떤 산책이든, 하려고 마음먹으면 할 수 있어."

너는 아직 불만스러워 하는 나를 다소 걱정스러운 듯 바라보았어. 그러나 나는 그런 시선을 느끼면서도, 그 시선보다는 어쩐지 우리 머리 위에서 나뭇가지들이 술렁거리는 소리에 더 마음을 빼앗기고 있는 척 했지.

"아버지는 좀처럼 나를 떼어 놓지 않으셔."

나는 결국 애가 타는 듯한 눈빛으로 네 쪽을 돌아보며 말했어.

"그럼, 우리 이걸로 이제 그만 헤어지자는 거야?"

"그렇지만 어쩔 수가 없는 걸."

그렇게 말하며 너는 아주 체념한 듯이, 내게 애써 미소를 지어보이려고 했어. 아아, 그 순간 너의 얼굴 빛은, 그리고 그 입술 빛도 어찌나 새파랗게 변해 있었던지!

"왜 이렇게 변해 버린 거지. 그렇게 내게 무엇이든 믿고 맡겨주는 것 같았는데……."

　나는 골똘히 생각에 잠긴 모습으로, 너를 앞세우고 점점 나무뿌리가 울퉁불퉁 드러나기 시작한 좁은 산길을 아주 힘겹게 걸어갔지. 그곳은 이미 꽤 깊은 숲속이 되었는지, 공기가 시원했어. 군데군데 작은 못이 파여 있었고. 문득, 내 머릿속에서 이런 생각이 번뜩였어. 너는 이번 여름, 우연히 만났을 뿐인 내게도 그리 고분고분하게 굴었던 것처럼, 아니 그보다도 더, 너의 아버지나 아니면 또 그런 아버지를 포함한 너의 모든 것을 끊임없이 지배하는 것에, 순순히 몸을 맡기고 있는 것은 아닌가?……

　'세쓰코! 만약 네가 그런 사람이라면, 나는 네가 더 좋아질 거야. 내가 우리가 함께 할 생활에 좀 더 확신이 생긴다면 어떻게든 너를 데리러 올 테니까. 그때까지 아버지 곁에서 지금과 같은 모습으로 기다려주면 돼…….'

　나는 그렇게 내 자신에게 다짐을 하며, 그러나 너에게 동의를 구하기라도 하듯이 갑작스레 네 손을 잡았어. 너는 내가 잡은 손을 그대로 내버려두었지. 그 후 우리는 그렇게 손을 잡은 채, 어느 연못 앞에 멈춰 서서 입을 다물었어. 햇살은 수없이 많은 가지를 뻗고 있는 낮은 관목 사이를 겨우 빠져나가서, 우리의 발밑에 깊게 파인 작은 연못의 가장 밑바닥에 자라난 양치식물 바로 위까지 얼룩을 만들며 비치고 있었고, 그렇게 나뭇가지 사이로 비치는 햇살이 그 사이에 긴가 민가 할 정도로 힘을 잃은 미풍에 살랑살랑 흔들리는 것을, 우리는 어쩐지 애달픈 마음으로 지켜보고 있었지.

그로부터 2,3일이 지난 어느 날 저녁, 나는 식당에서 네가 너를 데리러 온 아버지와 함께 식사하는 것을 보았어. 너는 어색하게 내게 등을 돌리고 있었어. 거의 무의식적으로 아버지 곁에 있으려 하는 것이 틀림없는 네 모습과 행동이, 내게는 너를 지금껏 한 번도 만난 적 없는 젊은 아가씨인 것처럼 느껴지게 했어.

"설령 내가 그 이름을 부른다 한들……."

나는 혼자 중얼거렸지.

"저 애는 이쪽을 바라보지도 않는 게 아무렇지도 않겠지. 마치 내가 부른 적이 없는 것처럼 말이야……."

그날 밤, 나는 지루하게 혼자 나가서 산책을 하고 돌아온 후에도, 잠시 동안 인기척이 없는 호텔 정원 안을 어슬렁어슬렁 돌아다녔어. 산나리 향기가 났어. 나는 아직 두세 개 정도 되는 호텔 창문으로 새어나오는 불빛을 멍하니 바라보고 있었지. 얼마 지나지 않아 안개가 약간 끼는 것 같았어. 그것이 두렵기라도 한 것처럼, 창문으로 흘러나오던 불빛은 하나씩 꺼져갔지. 그리고 마침내 호텔 전체가 완전히 어두워졌나 싶을 때, 가볍게 삐그덕 거리는 소리가 나더니, 창문 하나가 부드럽게 열렸어. 그리고 장밋빛 잠옷 같은 것을 입은 한 젊은 아가씨가 창가에 가만히 기대었지. 그 아가씨는 너였어. ……

네가 아버지와 떠난 후, 내 가슴은 하루하루 옥죄였고, 그 슬픔과도 비슷한 행복한 분위기를, 나는 아직까지도 똑똑히 떠올릴 수 있어.

나는 온종일 호텔에 틀어박혀 있었지. 그리하여 오랫동안 너 때문에 나 몰라라 버려둔 내 일을 다시 시작했어. 나는 나조차도 믿을 수 없을 만큼, 조용히 그 일에 몰두할 수 있었어. 그러는 사이 모든 것은 다른 계절로 옮겨갔지. 그리고 드디어 출발하기 바로 전날, 나는 오랜만에 산책을 하려고 호텔을 나왔어.

　가을은 숲속을 몰라볼 만큼 정신없게 만들었어. 잎이 거의 다 떨어진 나무들 사이로 인적이 끊긴 별장 테라스가 저 앞에 보였지. 곰팡이 같은 눅눅한 냄새가 낙엽의 냄새에 섞여있었어. 그렇게 생각지도 못한 계절의 변화가, ……너와 헤어진 후 내가 모르는 사이에 이렇게나 시간이 지나버렸다는 것이 내게는 이상하게 느껴졌어. 내 마음속 어딘가에, 너와 헤어져 있는 것은 단지 일시적인 것이라는 확신 같은 것이 있어서, 그래서 이러한 시간의 변화마저도, 내게는 지금까지와는 전혀 다른 의미가 있는 것처럼 느껴지는 것은 아닐까? ……나는 그런 느낌을, 나중에 확실하게 확인할 때까지, 어쨌든 막연히 느끼고 있었어.

　나는 그로부터 십 수 분 후, 숲이 끝나는 지점에서 갑자기 분위기가 바뀌어서 저 멀리 지평선까지 한눈에 바라볼 수 있는 온통 억새풀이 무성한 초원 안으로 들어섰지. 그리고 나는 그 옆의, 이미 잎이 노랗게 물든 한 그루의 자작나무 그늘에 몸을 뉘였어. 그곳은 그 여름 날, 네가 그림을 그리는 모습을 지켜보면서, 내가 항상 지금처럼 몸을 뉘였던 장소였어. 그 때는 거의 항상 소나기구름에 가려져서 잘 보이지 않던 지평선 언저리가, 지금은 어디인지도 모르는 먼 산맥까지 새하얀 이삭 끝을 나부끼는 억새풀 위를 가르면서, 그 윤곽을 하나하나 선명하게 드러내고 있었지.

나는 그 먼 산맥의 모습을 전부 기억할 정도로 가만히 눈에 힘을 주며 정신없이 바라보는 동안, 지금까지 내 안에 숨어 있던, 자연이 나를 위해 더없이 베풀어 준 것을 지금에서야 겨우 보기 시작했다는 확신을, 점점 명확하게 마음속으로 의식하기 시작했어. ……

봄

3월이 되었다. 어느 날 오후, 나는 여느 때처럼 편안하게 산책을 하러 가는 김에 잠깐 들린 척, 세쓰코의 집을 방문했다. 문 바로 옆에 있는 뜰 안에서, 일꾼이 쓰는 커다란 밀짚모자를 뒤집어 쓴 세쓰코의 아버지가 한손에 가위를 들고, 그 근처의 나무를 손질하고 있었다. 나는 그 모습을 보고, 마치 어린아이처럼 나뭇가지를 손으로 헤치면서 그 곁으로 다가가서는, 두세 마디 인사말을 건넸다. 그러고는 그대로 아버지가 하는 일을 신기하다는 듯이 지켜보았다. ……그런 식으로 뜰 안에 쑥 들어가 있자니, 여기 저기 작은 나뭇가지 위에 이따금 무언가 하얀 것이 빛나고 있었다. 그것은 전부 꽃봉오리 같았다. ……

"저 녀석도 요 근래에 꽤나 건강해진 것 같으니."

아버지는 갑자기 내 쪽으로 고개를 들어올리며, 그 무렵 나와 약혼한지 얼마 안 되는 세쓰코에 대해 이야기하기 시작했다.

"조금 더 볕이 좋아지면, 전지(轉地) 요양이라도 시켜보는 게 어떻겠나?"

"그건 좋은 생각이긴 합니다만……."

나는 입안에서 웅얼거리며, 아까부터 눈앞에서 반짝반짝 빛나고 있던 꽃봉오리 하나가 왠지 몹시 신경쓰이는 척을 했다.

"어디 좋은 곳이 없을까, 최근에 물색해 보았는데 말이네……."

아버지는 어물쩍대는 나는 신경 쓰지 않고 말을 이어나갔다.

"세쓰코는 F 새너토리엄[2]이 어떨까 하던데, 자네는 그곳 원장님이랑 아는 사이라면서?"

"예에."

나는 건성으로 대답하며, 드디어 아까 발견한 하얀 꽃봉오리를 손으로 잡아당겼다.

"하지만, 그런 곳에 저 녀석 혼자서 있을 수 있으려나?"

"다들 혼자 가 있는 모양이에요."

"그래도, 저 녀석은 혼자 지내라면 여간 힘들어하지 않을걸?"

아버지는 어쩐지 곤란한 표정을 한 채, 그러나 내 쪽을 보지는 않고, 자신의 눈앞에 있는 나뭇가지 하나에 갑자기 가위를 들이댔다.

---

2 새너토리엄(sanatorium). 기후가 좋고 공기가 맑은 곳에 지어진 요양 시설을 가리킨다. 특히 당시에는 '새너토리엄'이라고 하면 주로 결핵 환자들을 위한 요양소를 가리키는 경우가 많았다.

내가 무슨 말인가 해주기를 무척 기다리고 있는 것이 분명했다. 그 것을 보고는, 나는 마침내 참을 수가 없어서 무심코 말을 꺼냈다.

"뭣하면 저도 같이 가도 괜찮습니다. 지금 맡고 있는 일도 마침 그때까지는 정리가 될 것 같으니까······."

나는 그렇게 말하면서, 겨우 막 손에 넣은 꽃봉오리가 달린 가지 에서 다시 가만히 손을 뗐다. 그와 동시에 아버지의 얼굴빛이 갑자 기 밝아지는 것을 알 수 있었다.

"그래준다면야 더 이상 바랄 게 없지. ······하지만 자네에게는 꽤 나 미안하네······."

"아니요, 저한테는 오히려 그런 산골짜기가 일하기에 좋을지도 모릅니다······."

그러고 나서 우리는 그 새너토리엄이 있는 산악 지방에 대해서 이야기했다. 다만, 어느 새 우리의 대화는 아버지가 지금 손질을 하 고 있는 분재로 주제가 바뀌어 있었다. 우리 둘이 지금 서로에게 느 끼는 일종의 동정 같은 것이, 그런 두서없는 이야기까지 활기를 불 어넣어 주는 것처럼 보였다. ······

"세쓰코 씨는 일어났을까요?"

잠시 후에 나는 아무렇지 않은 듯이 물어보았다.

"글쎄, 일어났겠지. ······자, 상관없으니, 어서 가 보게나. ······"

아버지는 가위를 든 손으로, 정원의 문 쪽을 가리켰다. 나는 마 침내 정원수 사이를 빠져나왔다. 그리고 담쟁이덩굴이 타고 올라가 잘 열리지 않는 나무문을 억지로 열고, 그대로 얼마 전까지는 아틀리에로 사용되고 있던, 마치 격리되어 있는 것 같은 병실 쪽으로 다가갔다.

세쓰코는, 내가 와 있는 것은 진작에 알고 있던 것 같기는 했지만, 내가 정원 쪽에서 들어올 거라고는 생각하지 못한 듯, 잠옷 위로 밝은 색의 하오리(羽織)[3]를 걸치고 소파에 누워 얇은 리본이 달린, 본 적이 없는 서양식 여성 모자를 장난삼아 손으로 만지작거리고 있었다.

내가 프랑스 풍 문 너머로 그런 그녀를 눈에 담으며 가까이 다가가자, 그녀도 내가 온 것을 알아챈 것 같았다. 그녀는 무의식적으로 일어서려는 듯 몸을 움직였다. 그러나, 그녀는 그대로 누워서 고개를 내 쪽으로 돌린 채 조금 어색한 미소를 지으며 나를 바라보았다.

"일어나 있었어?"

나는 현관에서 꽤나 거칠게 신발을 벗으면서 말을 건넸다.

"잠깐 일어나 보려고 했는데, 금방 지쳐버렸지 뭐야."

그렇게 말하면서, 그녀는 매우 지친 기색이 역력한 맥없는 손짓으로 그저 아무 생각 없이 만지작거리던 그 모자를, 곧바로 옆에 있는 경대 위에 휙 던졌다. 그러나, 모자는 그곳까지 날아가지 못하고 마룻바닥으로 떨어졌다. 나는 모자 쪽으로 다가가, 거의 내 얼굴이 그녀의 발끝에 닿을 정도로 몸을 굽혀서 그 모자를 집어들었다. 그리고 이번에는 내 손으로, 방금 전까지 그녀가 그랬던 것처럼 모자

---

3 일본옷의 위에 입는 짧은 겉옷.

를 만지작거리기 시작했다.

그 뒤 나는 겨우 물어보았다.

"이런 모자를 꺼내서 뭐 하고 있던 거야?"

"그런 거, 언제쯤 되어야 쓸 수 있을지 모르는데, 어제 아버지가 주책스럽게 사오셨더라. ……아버지 좀 이상하지?"

"이거, 아버님이 골라 오신 거야? 정말 좋은 아버지시네. ……어디, 이 모자, 한 번 써 봐."

나는 반 농담으로 그녀의 머리에 모자를 씌우려는 시늉을 했다.

"하지만, 이런 거……."

세쓰코는 그렇게 말하고는 귀찮다는 듯이, 모자를 피하기라도 하는 듯 반쯤 몸을 일으켰다. 그러고는 변명처럼 가냘픈 미소를 지어보이면서, 문득 생각난 것처럼 꽤나 야위어 보이는 손으로 조금 헝클어진 머리카락을 매만지기 시작했다. 무심코 머리를 정리하는, 그래서 무척이나 자연스러운 젊은 여인다운 그 손짓은, 그게 마치 나를 애무하기라도 하는 듯 숨이 막힐 정도로 관능적인 매력으로 느껴졌다. 그러한 자태에 나는 나도 모르게 눈을 돌리지 않을 수 없었다…….

이윽고 나는 그때까지 손으로 만지작거리던 그녀의 모자를, 옆에 있는 경대 위에 살짝 내려놓았다. 그리고 문득 무슨 생각인가 떠오른 것처럼 입을 다물고, 여전히 그녀에게서 눈길을 피했다.

"화났어?"

그녀는 돌연 나를 올려다보면서 염려스러운 듯 물었다.

"그런 게 아냐."

나는 겨우 그녀에게 눈길을 주며, 이야기를 이어나가는 것도 아니고 느닷없이 이렇게 말했다.

"방금 아버님이 말씀하시던데, 너 말이야, 정말로 새너토리엄에 들어갈 셈이야?"

"응, 이렇게 지내고 있어도, 언제쯤 좋아질지 모르는 걸. 빨리 나을 수 있다면, 어딘들 못 가겠어. 그렇지만……."

"왜 그래? 무슨 말을 하려고 했어?"

"아무것도 아니야."

"아무것도 아니라도 괜찮으니까 말해 봐. ……아무래도 말을 안 해 주네. 그럼 내가 대신 말해 줄까? 너, 나더러 같이 가달라고 하려는 거지?"

"그런 거 아니야."

그녀는 갑자기 나를 막으려고 했다.

하지만 나는 상관하지 않고, 처음 어조와는 달리 점점 진심이 되어서, 조금 불안한 어조로 말을 계속했다.

"……아니, 네가 오지 않아도 된다고 해도, 당연히 내가 같이 갈 거야. 그렇지만, 잠깐 이런 생각이 들어서, 그게 궁금해졌어. ……나는 이런 식으로 너와 함께 있게 되기 전부터, 너 같은 가련한 아가씨와 어딘가 쓸쓸한 산속으로 단 둘이 살기위해 떠나는 꿈을 꾼 적이 있어. 너한테도 전부터 계속 그런 내 꿈을 털어놓은 적이 있지 않았나? 기억해 봐, 그 산속 오두막에 관한 이야기야. 그런 산 속에서 우리가 살 수 있을까 라고 하면서, 그때 너는 천진난만하게 웃고 있었지? ……실은 말이지, 이번에 네가 새너토리엄에 들어간다고 하는 것도, 그런 소망이 너도 모르는 사이에 네 마음을 움직여서 그런 게 아닐까 하는 생각이 들어. ……그렇지 않아?"

그녀는 애써 미소를 지어보이며, 조용히 내 말을 듣고 있었지만, 뒤이어 딱 잘라 말했다.

"그런 건 이제 다 잊어버렸어."

그러고 나서 그녀는 오히려 위로하는 듯한 눈빛으로 내 쪽을 찬찬히 바라보며 말했다.

"자기는 가끔씩 말도 안 되는 생각을 하네……."

그로부터 몇 분 후, 우리는 마치 둘 사이에 아무 일도 없었다는 얼굴을 하고는, 프랑스풍 문 너머로, 이제 꽤나 파랗게 물이 오른 잔디밭 여기저기에 아지랑이가 피어나는 것을, 함께 신기한 듯이 바라보고 있었다.

4월에 들어서서 세쓰코의 병은 어느 정도 회복되는 것처럼 보였다. 그리고 회복이 매우 지지부진하게 늘어질수록, 회복을 향해 초조하게 내딛는 한걸음 한걸음이 오히려 확신을 주는 무언가로 생각되어서, 우리는 무어라 말할 수 없는 기대마저 품고 있었다.

그러던 어느 날 오후의 일이었다. 내가 가보니, 마침 아버지는 외출한 상태였고. 세쓰코는 홀로 병실에 있었다. 그 날은 세쓰코의 기분도 꽤나 좋아보였다. 세쓰코는 거의 항상 잠옷만 입고 있었는데,

웬일로 푸른 블라우스로 갈아입고 있었다. 나는 그런 그녀의 모습을 보고, 어떻게든 그녀를 정원으로 끌고 나가려고 했다. 약간 바람이 불고 있었지만, 그조차 기분이 좋을 정도로 부드럽게 부는 바람이었다. 그녀는 약간 망설이듯 웃으며, 그래도 결국 내 의견에 동의했다. 그리고 내 어깨에 손을 걸친 채, 프랑스 풍 문을 지나서 어딘가 아슬아슬해 보이는 걸음걸이로 주저주저 잔디밭 위를 걸어갔다. 생울타리를 따라, 여러 외래종이 섞여 뭐가 뭔지 알 수 없을 정도로 가지와 가지가 교차하며 빼곡하게 우거진 정원수와 화초들 쪽으로 다가가니, 우거진 그 식물들 위에는 여기 저기 하양, 노랑, 연보라의 작은 꽃봉오리가 지금 당장에라도 필 기세로 부풀어 있었다. 나는 그렇게 우거진 정원수 앞에 멈춰 서자, 작년 가을이었던가, 갑자기 그녀가 이건 뭐고, 저건 뭐고 하며 이름을 가르쳐준 것이 생각났다.

"이건 라일락이었지?"

그녀를 돌아보며, 반쯤 묻듯이 말했다.

"그거 어쩌면 라일락이 아닐지도 몰라."

내 어깨에 가볍게 손을 걸친 채로, 그녀는 조금 멋쩍게 대답했다.

"흠, ……그러면, 지금까지 나한테 잘못 알려준 거네?"

"거짓말을 한 건 아니고, 누가 그렇다고 하면서 준 거야. ……하지만, 별로 좋아하는 꽃은 아니야."

"뭐야, 지금 당장이라도 꽃이 필 때가 되고나서야 그런 고백을 하다니! 그럼, 결국 저것도……."

나는 그 옆에 있는 화초를 가리키며 말했다.

"저건 뭐라고 했더라~?"

"금작화?"

그녀는 그곳에서 자리를 떴다. 우리는 이번엔 화초가 우거진 다른쪽으로 이동했다.

"이 금작화는 진짜야. 봐봐, 노란색이랑 하얀색이랑, 꽃봉오리가 두 종류 있지? 이쪽에 있는 하얀 거, 이건 희귀한 거라고 하던데……아버지의 자랑거리야."

그런 시시한 얘기를 하며, 그 순간 내내 세쓰코는 내 어깨에서 손을 떼지 않았다. 하지만 지쳤다기보다는, 황홀함에 넋을 잃어 내게 기댄 모양이다. 그리고 우리는 잠시 그대로 입을 다물고 있었다. 그렇게 함으로써 이렇게 꽃이 피고 향기가 나는 것 같은 인생을 그대로 조금이라도 붙잡아둘 수 있는 것처럼 말이다. 마침 부드러운 바람이 맞은편 생울타리 틈으로 억눌려 있던 호흡처럼 밀려들어와서 우리 앞에 있는 우거진 수풀까지 도달하여 그 잎들을 살짝 들어올리며, 그곳에 우리만을 달랑 남겨둔 채 지나가 버렸다.

돌연, 그녀가 내 어깨에 올려놓았던 자신의 손 안에 얼굴을 묻었다. 나는 그녀의 심장이 평소보다 거세게 고동치고 있다는 것을 깨달았다.

"피곤해?"

나는 부드러운 목소리로 그녀에게 물었다.

"아냐."

그녀는 작은 목소리로 대답했다. 나는 그녀가 천천히 점점 더 무겁게 어깨에 기대오는 것을 느꼈다.

"내가 이렇게 약해서, 자기한테 어쩐지 미안해서……."

그녀가 그렇게 속삭이는 것을, 나는 귀로 들었다기보다는, 오히려 그런 느낌이 들었다고 생각했다.

'너의 그런 연약한 모습이, 그렇지 않은 모습보다 너를 더 사랑스럽게 만든다는 것을 왜 몰라주는 걸까…….'

나는 애가 타서 마음속에서 그녀에게 이야기했다. 하지만 겉으로는 일부러 아무 말도 듣지못 한 척을 하며, 그대로 꼼짝 않고 있었다. 그러자 그녀는 갑자기 나에게서 멀어지듯 차츰 내 어깨에서 손도 떼며 말했다.

"왜, 나는, 요즘 들어 이렇게 마음이 약해진 걸까? 전에는, 아무리 병이 심해졌을 때도 아무렇지도 않았는데 말이야……."

이렇게 아주 낮은 목소리로, 혼잣말이라도 하듯 웅얼거렸다. 침묵이 걱정스럽게 그 말을 잡아 늘렸다. 얼마 안 있어 그녀는 갑자기 고개를 들고, 나를 가만히 바라보는가 싶더니, 다시 고개를 숙이고 나소 흥분하여 높시도 낮시도 않은 목소리로 말했다.

"나, 왠지 갑자기 살고 싶어졌어……."

그리고 그녀는 들릴락 말락 할 정도로 작은 목소리로 말했다.

"자기 덕분에……."

그것은, 우리가 처음으로 만난, 벌써 2년 전이나 된 어느 여름날, 갑작스레 내 입에서 나온, 그리고 그 후로 괜스레 입안에서 즐겨 읊조리던,

바람이 분다, 살아야겠다

라는 시구였다. 그때 이후로 줄곧 잊고 있었는데, 또다시 불쑥 우리 안에서 되살아날 정도로……말하자면 인생을 앞선, 인생 그 자체보다 더 활기차고 더 애달플 정도로 즐거운 나날이었다.

우리는 그달 말에 야쓰가타케(八ヶ岳) 산[4] 기슭에 있는 새너토리엄으로 갈 준비를 하기 시작했다. 나는, 잠깐 면식이 있는 사이인 그 새너토리엄 원장이 가끔 상경하는 기회를 잡아, 그곳에 가기 전에 일단 세쓰코의 병세를 진찰해 달라고 부탁했다.

어느 날, 마침내 교외에 있는 세쓰코의 집까지 그 원장이 왔다. 처음 진찰을 한 후 원장은 말했다.

"딱히 큰 문제는 없는 것 같네요. 뭐, 1~2년 산에 와서 요양하며 버티시면 되겠어요."

환자와 주변인들에게 그런 말을 남기고 바쁜 듯 돌아가는 원장을, 나는 역까지 바래다 주었다. 나는 그가 나한테 만이라도, 그녀의 병세에 대해 좀더 정확하게 이야기해 주었으면 했다.

"하지만, 이런 말은 환자에게는 하지 말도록 하게. 아버님께는 조만간 나도 잘 얘기하려고 하네만 말이네."

원장은 그런 단서를 붙이며, 조금 까탈스런 표정을 하고 세쓰코의 병세를 꽤나 세세하게 설명해 주었다. 그리고 조용히 듣고 있던

---

4 일본 혼슈(本州) 중남부에 위치한, 나가노현(長野県)과 야마나시현(山梨県)에 걸쳐있는 화산군. 남북 약 25km, 동서 약 15km로 이루어진 산악이다.

나를 지긋이 바라보며, 나를 걱정하듯이 말했다.

"자네도 얼굴빛이 심하게 나쁘지 않은가. 이참에 자네 몸도 진찰해 주고 싶었네만."

역에서 돌아와서 다시 병실에 가보니, 아버지는 그대로 누워 있는 환자 옆에 남아, 새너토리엄에 갈 날짜를 그녀와 협의하고 있었다. 어딘가 석연치 않은 얼굴은 한 채, 나도 그 상담에 가세했다.

"하지만……."

아버지는 이윽고 뭔가 볼일이라도 생각난 것처럼, 자리에서 일어나며 자못 의심스러운 듯 덧붙였다.

"이제 이 정도로 몸이 좋아졌으니, 여름 동안만이라도 가 있으면, 좋을 것 같긴 하네만 말이네."

그리고는 병실을 나갔다.

우리 둘만 남자, 우리는 누가 먼저라고 할 것도 없이 갑자기 입을 다물었다. 그것은 아주 봄날다운 저녁 무렵이었다. 나는 아까부터 어쩐지 두통이 시작된 것 같은 기분이 들었는데, 그게 점점 고통스러워졌기 때문에, 눈에 띄지 않게 살짝 일어나 유리창 쪽으로 다가가 한쪽 문을 반쯤 열고는 그곳에 기댔다. 그리고 잠시 동안 그 상태로, 자신이 무슨 생각을 하고 있는지도 모를 정도로 멍하니 서서, '좋은 냄새가 나네, 무슨 꽃의 향기일까?……' 라고 하며, 저만치 희미하게 안개가 가득한 정원 쪽으로 공허한 눈길을 보내고 있었다.

"뭐하고 있는 거야?"

내 등 뒤에서, 약간 잠긴 듯한 환자의 목소리가 들렸다. 그 목소리가 갑자기 일종의 마비 상태에 있는 나를 각성시켰다. 나는 그녀 쪽으로 등을 돌린 채, 마치 뭔가 다른 생각이라도 하고 있는 것처럼, 어색하게 띄엄띄엄 말하기 시작했다.

"너에 대해 산에 대해 그리고 그곳에서 우리가 시작하게 될 생활에 대해 생각하고 있지……."

하지만, 계속해서 그런 말을 하고 있는 동안, 어쩐지 나는 정말로 방금 전까지 그런 생각을 하고 있었던 것 같은 느낌이 들었다. 그렇다, 그리고 나는 이런 생각도 했던 것 같다. ……

"그곳에 가면, 정말 여러 가지 일이 생기겠지. ……하지만 인생이라는 건, 네가 항상 그렇게 하고 있듯이, 무엇이든 되는 대로 맡겨두는 편이 좋아. ……그렇게 하면 분명, 우리가 미처 바라지도 못한 것까지 우리에게 주어질 지도 모르는 일이야. ……"

마음속으로 그런 생각까지 하면서도, 내 자신은 그 사실을 조금도 알아차리지 못하고, 오히려 아무것도 아닌 것처럼 보이는 사소한 인상에 완전히 정신이 팔려 있었던 것이다. ……

정원은 아직 약간 밝았지만, 정신을 차리고 보니 방 안은 이미 완전히 어두워졌다.

"불 켤까?"

나는 갑자기 정신을 차리고 물었다.

"아직 켜지 말아줘……."

그렇게 대답하는 그녀의 목소리는 전보다도 더 잠겨있었다.

잠시 우리는 할 말이 없었다.

"나, 조금 숨쉬기 힘들어, 풀 냄새가 강해서……."

"그럼, 여기도 닫아 두지."

나는, 거의 슬픈 어조로 그렇게 대답하면서, 문 손잡이에 손을 대고 그것을 잡아당겼다.

"자기……."

그녀의 목소리는 이번에는 거의 중성적으로 들렸다.

"지금, 울고 있는 거지?"

나는 순간 깜짝 놀라며 그녀 쪽을 돌아보았다.

"울고 있다니 무슨 말이야. ……나 봐봐."

그녀는 침대에 누워서, 내 쪽으로 얼굴을 돌리려고도 하지 않았다. 이미 어둑어둑해져서 확실하게 보이지는 않았지만, 그녀는 무언가를 물끄러미 바라보는 것 같았다. 하지만 내가 걱정스럽게 그것을 눈으로 쫓아보니, 그저 허공을 바라보고 있을 뿐이었다.

"알고 있어, 나도……아까 원장님이 무슨 말씀이신가 하셨다는 걸.……"

나는 곧바로 뭐라고 대답하고 싶었지만, 내 입에서는 어떤 말도 나오지 않았다. 나는 그저 소리를 죽이듯 살짝 문을 닫고는 다시금, 황혼에 물든 정원을 정신없이 바라보기 시작했다.

이윽고 나는, 내 등 뒤에서 깊은 한숨 소리를 들었다.

"미안해."

그녀는 마침내 입을 열었다. 그 목소리는 아직 조금 떨리고 있었지만, 전보다 훨씬 진정된 상태였다.

"그런 거 신경 쓰지 말아……. 우리, 이제부터 정말 살 수 있을 만큼 살아보자……."

돌아보니, 그녀가 눈가에 살짝 손끝을 대고 가만히 있는 모습이 눈에 들어왔다.

4월 하순, 살짝 구름이 낀 어느 날 아침, 정거장까지 아버지의 전송을 받으며, 우리는 마치 신혼여행이라도 가듯이 아버지 앞에서는 자못 즐겁게 산악 지방으로 향하는 이등실 기차에 올라탔다. 기차는 조용히 플랫폼을 떠나기 시작했다. 그 뒤에, 애써 아무렇지도 않은 척하며 그냥 몸만 조금 앞으로 굽히고 갑자기 나이가 든 모습으로 서있는 아버지만을 홀로 남겨두고. ……

플랫폼을 완전히 떠나자, 우리는 창문을 닫았다. 그리고는 갑자기 쓸쓸한 표정을 지으며, 비어 있는 이등실 한 켠에 자리를 잡고 앉았다. 그렇게 해서 서로의 온기를 나누기라도 하듯이, 무릎과 무릎을 딱 붙이고는 말이다…….

바람이 분다

우리가 탄 기차는, 몇 번이고 산을 타고 오르고, 깊은 골짜기를 따라 달렸다. 그리고 또 갑자기 포도밭이 가득한 탁 트인 대지를 오래도록 가로질러 가기도 했다. 마침내 산악지대를 향해 끝없이 집요한 등반을 계속하기 시작했을 무렵에는, 하늘은 더 한층 낮아져서 지금까지는 그저 사방에 가득한 것으로 보였던 새까만 구름이, 어느 새 산산이 흩어지기 시작하며 그것이 마치 우리의 눈 위까지 내려앉아 뒤덮어 버릴것만 같았다. 공기도 왠지 쌀쌀해지기 시작했다. 나는 윗옷의 깃을 세우고, 숄에 완전히 몸을 파묻고 눈을 감은 세쓰코를 불안하게 지켜보았다. 세쓰코는 피곤하다기보다는 조금 흥분한 표정을 짓고 있었다. 그녀는 가끔 멍하니 눈을 뜨고 내 쪽을 바라보았다. 처음에는 둘 다 그때마다 눈으로 웃음을 주고받았지만, 나중에는 그저 불안하게 서로를 바라볼 뿐, 둘 다 곧장 눈을 피했다. 그리고 그녀는 다시 눈을 감았다.

"어쩐지 추워졌네. 눈이라도 오려는 걸까."

"4월이 다 됐는데 눈이 와?"

"응, 이 근처는 안 온다고 볼 순 없어."

창밖으로 눈길을 주니, 아직 3시 정도인데도 벌써 완연히 어두워졌다. 군데군데 시커먼 전나무들 사이사이에 잎이 없는 낙엽송이 무수히 늘어서 있었기 때문에, 이미 야쓰가타케 산기슭을 지나고 있다는 것을 우리는 알아챘지만, 눈앞에 보여야 할 산은 전혀 보이지 않았다. ……

기차는 정말이지 산기슭 마을답게 헛간과 그다지 다를 바 없는 작은 역에 정차했다. 역에는 고원요양소 표시가 있는 옷을 입은 나이 먹은 직원 한 명이 우리를 맞이하러 와 있었다.

나는 세쓰코를 팔로 부축하다시피 해서 역 앞에 세워둔 낡고 작은 자전거가 있는 곳까지 걸어갔다. 내 팔 안에서 그녀가 조금 비틀거리는 것을 느꼈지만, 나는 모르는 척 했다.

"피곤하지?"

"그렇게 피곤하진 않아."

우리와 함께 내린 토박이로 보이는 몇몇 사람들이, 그런 우리 주변에서 뭐라고 수군거리고 있는 것 같았다. 그러나, 우리가 자전거에 올라타는 동안, 어느 새 그 사람들은 마을의 다른 주민들과 섞여 구별하기 힘들게 되었고 그대로 마을 속으로 사라졌다.

우리가 탄 자전거는 아담하고 자그마한 집이 일렬로 쭉 이어지는 마을을 빠져나간 후, 보이지 않는 야쓰가타케 산등성이까지 그대로 한없이 뻗어있을 것 같은 아주 울퉁불퉁한 비탈길에 접어들었다. 이후에는 등 뒤로 잡목림이 이어졌고, 진행 방향으로 측면 날개가 있는 빨간 지붕을 한 큰 건물이 몇 개나 보이기 시작했다.

"저거구나."

나는 자전거 안장의 경사를 몸으로 느끼면서 중얼거렸다.

세쓰코는 살짝 고개를 들고, 약간 걱정하는 눈빛으로 그것을 멍하니 바라볼 뿐이었다.

새너토리엄에 도착하자, 우리는 바로 뒤편으로 나무숲이 보이는 가장 안쪽의 2층 병동 제1호실을 배정받고 들어갔다. 세쓰코는 간단한 진찰을 받은 후, 바로 침대에 누워있으라는 지시를 받았다. 리놀륨으로 바닥을 깐 병실에는 전부 새하얗게 칠한 침대와 탁자와 의자, …… 그리고 그밖에는, 지금 막 직원이 가져다준 트렁크가 몇 개 있을 뿐이었다. 우리 둘만 남게 되자, 나는 간병인용으로 준비된 좁고 갑갑한 옆방으로 갈 생각도 하지 않고, 휑하니 드러난 병실 안을 멍하니 둘러보기도 하고, 또 몇 번이고 창문에 다가가서는 날씨에만 신경을 쓰고 있었다. 바람이 시커먼 구름을 무겁게 끌어오고 있었다. 그리고 마침 뒤편에 있는 잡목림에서 날카로운 소리가 나기도 했다. 나는 추운 듯 몸을 움추리며 발코니에 한번 나가보았다. 발코니는 사이에 칸막이 하나 없이 저쪽 끝에 있는 병실까지 쭉 이어져 있었다. 그곳은 인기척이 완전히 끊겨있어서, 나는 신경쓰지 않고 돌아다니며 병실을 하나하나 엿보았다. 딱 네 번째 병실 안에 환자 한 명이 누워 있는 모습이 반쯤 열린 창문 사이로 보였기 때문에, 나는 서둘러 세쓰코의 병실로 돌아왔다.

드디어 램프 불이 켜졌다. 그리고 우리는 간호사가 가져다 준 식사를 마주했다. 그것은 우리가 처음으로 둘이서만 같이 하는 식사치고는 조금 약소했다. 밥을 먹고 있는 동안, 밖은 이미 완전히 어두워졌다. 그래서 전혀 알아채지 못했지만, 그냥 어쩐지 주위가 갑자기 조용해졌다 싶어서 보니 어느새 눈이 내리기 시작한 모양이다.

나는 일어서서, 나의 입김으로 창문이 흐려질 정도로 얼굴을 가까이 갖다 댔다. 그리고 반쯤 열린 창문 사이로 실눈을 뜨고 눈이 내리는 것을 계속 지켜보았다. 그리고 마침내 그곳을 떠나며, 세쓰코를 돌아보고는 말을 꺼냈다.

"있잖아, 세쓰코, 네가 어쩌다 이런……."

그녀는 침대에 누운 채, 내 얼굴을 호소하듯이 올려다보며, 그런 말은 하지 말라는 듯이 입에 손가락을 가져다 댔다.

야쓰가타케 산자락에 쭉쭉 펼쳐진 연갈색의 비탈진 들판이 완만해지는 지점에, 새너토리엄은 옆날개 몇 개를 나란히 펼치면서 남쪽을 향해 서있었다. 그 비탈의 끝자락은 거기에서 더 쭉 뻗어나가 두세 개의 작은 산골 마을 전체를 경사지게 만들었고, 그 끝은 무수히 많은 검은 소나무에 완전히 감싸여 골짜기 속으로 들어가면서 보이지 않게 되었다.

새너토리엄 남쪽으로 열린 발코니에서는, 경사진 마을과 죽 펼쳐진 불그스름한 경작지가 바라다 보였다. 그리고 또 그것을 둘러싸고 끝없이 늘어서 있는 소나무 숲 위로, 맑게 개인 날이면 남쪽에서 서쪽에 걸쳐 남알프스와 그 두 세 개의 지맥이, 그 위로 솟아오른 구름 속에서 보이다 말다 하고 있었다.

새너토리엄에 도착한 다음날 아침, 세쓰코의 옆방에서 나는 눈을 떴다. 작은 창틀 사이로, 남청색으로 맑게 갠 하늘, 그리고 몇 개나 되는 새하얀 닭 벼슬 같은 수많은 산봉우리가, 마치 공기 속에서 불쑥 튀어나오기라도 한 듯 생각지도 않게 눈앞에 펼쳐졌다. 그리고 누워서는 보이지 않는, 발코니와 지붕 위에 쌓인 눈에서는, 갑자기 봄날 같은 햇빛을 받아 끊임없이 김이 나는 것 같았다.

조금 늦잠을 잔 나는, 서둘러 자리에서 벌떡 일어나 옆 병실로 들어갔다. 세쓰코는 이미 깨 있었고, 담요로 몸을 감싼 채 달아오른 듯한 얼굴을 하고 있었다.

"안녕."

나도 똑같이 얼굴이 달아오르는 느낌을 받으며 가볍게 인사를 했다.

"잘 잤어?"

"응."

그녀는 내게 고개를 끄덕여 보였다.

"어젯밤에 수면제를 먹었어. 왠지 머리가 좀 아프네."

나는 그런 것 따위 신경쓰지 않겠다는 식으로, 기운차게 창문을 열고, 발코니로 통하는 유리문도 완전히 열어 제쳤다. 눈이 부셔서 한동안은 아무것도 보이지 않을 정도였지만, 그러나 얼마 안 있어 눈이 점점 빛에 익숙해졌다. 그러자 눈에 파묻힌 발코니에서도, 지붕에서도, 들판에서도, 나무에서까지도, 가볍게 김이 나는 것이 보이기 시작했다.

"있지, 그리고 보니 엄청 이상한 꿈을 꿨어. 그게 말야. ……"

그녀가 내 등 뒤에서 말을 하기 시작했다.

나는 바로, 그녀가 무언가 털어놓기 어려운 말을 억지로 하려는 것 같다는 사실을 깨달았다. 그럴 때면 언제나 그랬듯이, 지금 그녀의 목소리도 조금 가라앉아 있었다.

이번에는 내가, 그녀 쪽을 돌아보면서 말을 하지 말라고 손가락을 입에 가져다 댈 차례였다. ……

이윽고 바지런하고 친절해 보이는 수간호사가 들어왔다. 수간호사는 이렇게 매일 아침 병실에서 병실로 돌아다니며 환자들을 한 명 한 명 돌아보았다.

"어젯밤에는 잘 주무셨나요?"

수간호사는 쾌활한 목소리로 물었다.

환자는 아무 말도 하지 않고, 순순히 고개를 끄덕였다.

이런 산속 새너토리엄에서 생활하다 보면, 보통 사람들이 이제 끝이라는 생각이 들 무렵부터 시작되는, 특수한 인간성을 스스로 내비치게 되기 마련이다. ……내가 내 안의 그런 생소한 인간성을 어렴풋이 의식하기 시작한 것은, 입원한 지 얼마 되지 않아 원장에게 진찰실에 불려가서, 뢴트겐으로 찍은 세쓰코의 환부 사진을 보았을 때부터였다.

원장은 나를 창가로 데려가서, 내게도 잘 보이도록 그 사진 원판을 햇빛에 비추면서 하나하나 그에 대한 설명을 붙여갔다. 오른쪽 가슴에는 몇 개나 되는 늑골이 또렷하게 보였지만, 왼쪽 가슴에는 그것들이 거의 아무것도 보이지 않을 정도로, 마치 크고 검은 불가사의한 꽃같은 병소가 생겼다.

"생각보다도 병소가 널리 퍼져 있군. ……이렇게 심해졌을 거라고는 생각 못했네. …… 이 정도라면, 지금 병원 안에서 두 번째로 심한 상태일지도 모르겠네.……"

그렇게 설명하는 원장의 말은 내 귓속에서 웅웅 울리는 것 같았다. 나는 어쩐지 사고력을 잃어버린 사람처럼, 방금 본 그 검고 불가사의한 꽃 같은 영상 이미지를 그것에 대한 말과 조금도 관계가 없는 것처럼, 그것만을 선명하게 의식하며 진찰실에서 돌아왔다. 스쳐지나가는 흰 옷을 입은 간호사라든가, 벌써 이곳저곳의 발코니에서 나체로 일광욕을 하고 있는 환자들이라든가, 병동의 웅성거림이라든가, 그리고 작은 새의 지저귐이라든가가, 그런 것들이 나와 아무 상관없이 내 앞을 지나갔다. 나는 결국 가장 뚝 떨어져 있는 병동에 들어가서 우리 병실이 있는 2층으로 연결된 계단을 올라가려다 기계적으로 발걸음을 늦추었다. 그 순간 계단 바로 앞에 있는 병실 안에서, 아직까지 한 번도 들어 본 적도 없는 이상하게 기분 나쁜 마른 기침 소리가 계속해서 새어 나오는 것을 들었다.

　'아, 이런 곳에도 환자가 있었네.'

　이런 생각을 하면서, 나는 그 문에 붙어 있는 No.17이라는 숫자를 그저 멍하니 바라보았다.

　이렇게 조금 색다른 우리의 연애 생활은 시작이 되었다.

　세쓰코는 입원한 이래, 안정을 취하라는 지시를 받고 계속 누워 있기만 했다. 그 때문에, 기분이 괜찮을 때는 애써 일어나 있으려던 입원 전의 모습과 비교해 보면 오히려 더 환자처럼 보였지만, 딱히 병세 그 자체가 악화되었다는 생각은 들지 않았다. 의사들 역시 그녀를 곧 쾌유할 환자로서 보살피는 것처럼 보였다.

"이렇게 병을 생포해 버리는 거라네."

원장은 이렇게 농담처럼 말하기도 했다.

계절은 그새, 지금까지 조금 늦은 감이 있었던 것을 만회라도 하려는 듯이, 빠르게 지나가고 있었다. 봄과 여름이 거의 동시에 들이닥친 것 같았다. 매일 아침, 휘파람새나 뻐꾸기가 지저귀는 소리에 우리는 잠을 깼다. 그리고 거의 하루 종일, 주변 숲의 신록이 새너토리엄을 사방에서 둘러싸며 병실 안까지 완전히 산뜻한 색으로 물을 들였다. 그러한 나날들, 아침 동안 각각의 산에서 일어나 어딘가 다른 곳으로 가 버렸던 하얀 구름까지도, 저녁 무렵에는 다시 원래 있던 각자의 산으로 되돌아오는 것처럼 보였다.

우리가 함께 한 최초의 나날들, 내가 세쓰코의 머리맡에 거의 꼭 붙어서 보내던 그 나날들을 생각해내려 하면, 그 나날들이 서로 비슷한 까닭에, 매력이 없지는 않지만 단일한 까닭에, 어느 것이 먼저고 어느 것이 나중인지 거의 구분할 수 없는 것 같았다.

아니 그렇다기보다는, 우리는 그렇게 비슷비슷한 나날을 반복하는 동안 어느새 시간이라는 것으로부터 완전히 벗어난 듯한 기분이 들 정도였다. 그리고, 그렇게 시간으로부터 벗어난 것 같은 나날 동안은, 아무리 사소한 것들이라도 우리의 일상생활은 그 하나하나가 지금까지와는 전혀 다른 매력을 드러냈다. 내 곁에 있는 이 미적지근하고 좋은 냄새가 나는 존재, 그 존재의 조금 빠른 호흡, 내 손을 잡고 있는 그 부드러운 손, 그 미소, 그리고 또 가끔씩 주고받는 평범한 대화, ……만약 그러한 것들을 빼버린다면, 그 후에는 아무

것도 남지 않을 것 같은 단조로운 나날이지만, ……우리의 인생이라는 것의 요소를 따져보면 사실은 이러한 것들뿐인 것이다. 그리고, 이러한 사소한 것들만으로 우리가 이렇게나 만족할 수 있는 것은, 단지 내가 그것을 이 여인과 함께 하고 있기 때문이다. 나는 이렇게 확신할 수 있었다.

그러한 나날 동안 유일한 사건이 있다고 한다면, 가끔 그녀가 열이 나는 정도였다. 그것은 그녀의 몸을 서서히 쇠약하게 만들어 가고 있음이 틀림없다. 그러나, 우리는 그런 날, 평소와 조금도 다르지 않은 일과의 매력을, 조금 더 세심히, 조금 더 완만히, 마치 금단의 과실을 몰래 훔치기라도 하는 것처럼 맛보려고 했기 때문에, 어느 정도 죽음의 맛이 나는 우리의 삶의 행복은 더 완전하게 지켜지는 것 같았다.

그러던 어느 날 해질녘, 나는 발코니에서, 그리고 세쓰코는 침대 위에서 똑같이 건너편의 산등성이를 넋을 잃고 바라보고 있었다. 산등성이는 들어간 지 얼마 안 된 석양빛을 받아, 주변의 산이며 언덕이며 소나무 숲이며 밭이며 그런 것들이, 반 정도는 선명한 꼭두서니 빛을 띠고 다른 반은 다시 애매한 쥐색으로 점차 물들어 가고 있었다. 가끔 생각이 난 것처럼, 그 숲 위로 작은 새들이 포물선을 그리며 날아갔다. ……나는, 초여름의 해질녘이 정말 순식간에 만들어낸 이 일대의 경치는 모두 늘 익숙한 모습을 하고 있음에도 불구하고, 아마 지금이 아니면 우리가 이렇게 흘러넘치는 행복한 느껌으로 바라볼 수 없을 것이라고 생각했다. 그리고 먼 훗날, 언젠가 이 아름다운 황혼이 내 마음에 되살아나게 되는 일이 생긴다면, 나는 여기에서 우리의 행복 그 자체를 그린 완전한 그림을 발견한 것일 것이라고 꿈을 꾸었다.

"무슨 생각을 그렇게 하고 있어?"

세쓰코가 내 등 뒤에서 드디어 입을 뗐다.

"먼 훗날 우리가 말이지, 지금 우리의 생활을 기억해 내는 일이 있다면, 그게 얼마나 아름다울까 생각하고 있었지."

"정말 그럴지도 모르겠네."

그녀는 그렇게 내게 동의하는 것이 꽤나 즐겁다는 듯이 대꾸했다.

그리고 우리는 또 잠시 아무 말없이, 다시 같은 풍경에 빠져들었다. 하지만, 얼마 안 가서 나는 갑작스레 왠지, 이렇게 넋을 잃은 채 황홀경에 빠져있는 것이 자신인지 자신이 아닌지 모를, 이상하게 막연하고 두서없는, 그리고 왠지 괴로운 듯한 느낌마저 들기 시작했다. 그때 나는 내 등 뒤에서 깊은 한숨 소리가 들리는 것 같았다. 하지만, 그것이 또 내 자신의 한숨소리인 것 같은 기분도 들었다. 나는 그것을 확인이라도 하듯, 그녀 쪽을 돌아보았다.

"그렇게 지금……."

그러는 나를 가만히 돌아보며, 그녀는 조금 가라앉은 목소리로 말을 꺼내려 했다. 하지만, 말을 꺼내다 말고 조금 주저하고 있는 듯 했다. 그러나 갑자기 지금까지와는 달리 될대로 되라는 식으로 세쓰코는 덧붙였다.

"그렇게 언제까지고 살아있을 수 있으면 좋겠네."

"또, 그런 소리를!"

나는 매우 초조한 듯이 작게 외쳤다.

"미안해."

그녀는 그렇게 짧게 대답하며 내게서 얼굴을 돌렸다.

나 자신도 이유를 알 수 없는 방금 전까지의 기분이 차츰 일종의 초조함으로 변해가는 것 같았다. 나는 그 후 한 번 더 산 쪽으로 눈길을 주었지만, 그때는 이미 그 풍경 위로 한순간 보였던 이상한 아름다움은 사라지고 없었다.

그날 밤, 내가 옆방으로 자러 가려고 하자, 그녀는 나를 불러 세웠다.

"아까는 내가 미안했어."

"이제 괜찮아."

"나 말이야, 그때 다른 말을 하려고 했는데…… 나도 모르게, 그런 말을 해버렸어."

"그럼, 그때 무슨 말을 하려고 했는데?"

"……자기가 언젠가 자연이 정말 아름답다고 여겨지는 것은 죽어가는 자의 눈에만 그렇다고 한 적이 있지. ……나, 아까 말이야, 그 말이 생각났어. 왠지 그때 그 아름다움이 그렇게 느껴져서."

그렇게 말하면서, 그녀는 무언가 호소라도 하는 듯이 내 얼굴을 바라보았다.

그 말에 충격이라도 받은 것처럼, 나는 나도 모르게 눈을 내리깔았다. 그때, 돌연 어떤 생각이 하나 내 머리 속을 스쳐지나갔다. 그리고 아까부터 나를 초조하게 만들던, 뭔가 불확실한 기분이 드디어 내 안에서 분명하게 모습을 드러냈다. ……

'그래, 나는 왜 그걸 눈치채지 못했지? 그때 자연이 그렇게 아름답다고 생각한 건 내가 아니야. 그건 우리들이었어. 그렇지 말하자면, 세쓰코의 영혼이 내 눈을 통해서, 그리고 그냥 내 방식을 따라서 꿈꾸고 있었을 뿐이야. ……그런데, 세쓰코가 자신의 마지막 순간에 대해 꿈을 꾸고 있다는 것도 모르고, 나는 내 마음대로 우리가 오래 살았을 때의 일을 생각하고 있었던 거지…….'

무심결에 이리저리 그런 생각을 하고 있던 내가, 마침내 내리떴던 눈을 들어 올리자 그녀는 아까와 같은 모습으로 나를 가만히 바라보고 있었다. 나는 그 눈을 피하는 척 하며, 그녀 위로 몸을 굽혀 그녀의 이마에 살포시 키스했다. 나는 진심으로 부끄러웠다. ……

드디어 한여름이 되었다. 그것은 평지보다도 더 맹렬한 여름이었다. 뒤편의 잡목림에서는, 뭔가가 타오르기라도 하는 것처럼 매미가 온종일 계속해서 울어댔다. 열어둔 창문으로 수지 냄새까지 들어왔다. 저녁이 되면, 문밖에서 조금이라도 더 편히 숨쉬기 위해서 발코니까지 침대를 끌어당겨다 놓는 환자들이 많았다. 그런 환자들을 보고, 우리는 처음으로 요즘 갑자기 새너토리엄의 환자들이 늘어나기 시작했다는 것을 알았다. 하지만, 우리는 여전히 아무에게도 신경 쓰지 않고 둘만의 생활을 계속하고 있었다.

요즘, 세쓰코는 더위 때문에 완전히 식욕을 잃었고, 밤이 되어도 제대로 자지 못하는 일이 많아졌다. 나는 그녀의 낮잠을 지켜주기 위해, 전보다도 한층 더 복도에서 나는 발소리나 창문으로 날아드는 벌, 등에 따위를 신경 쓰기 시작했다. 그리고 더위 때문에 나도 모르게 커지는 자신의 숨소리에도 마음을 졸였다.

그런 식으로 환자의 머리맡에서 숨을 죽이고 그녀가 자는 모습을 지켜보는 것은, 나로서도 잠을 자는 것이나 마찬가지였다. 그녀가 자면서 호흡이 느려지거나 가빠지거나하는 변화가 내게는 고통스러울 만큼 확실하게 느껴졌다. 그녀와 나는 심장 고동마저 함께 뛰었다. 때때로 가벼운 호흡곤란이 그녀를 엄습하는 것 같기도 했다. 그 때는 조금 떨리는 손을 목으로 가져가 그것을 누르는 손짓을 한다. ……가위에 눌리기라도 하는 건 아닐까 하여 세쓰코를 깨울까 말까 망설이는 사이, 고통스러운 상태는 곧 지나가고 다시 이완 상태가 찾아온다. 그러면, 나도 모르게 안심을 하면서, 지금 그녀가 쉬고 있는 조용한 호흡에 내 자신까지 일종의 쾌감을 느낀다. …… 그리고 그녀가 눈을 뜨면, 나는 살포시 그녀의 머리카락에 입을 맞춰준다. 그녀는 아직 나른한 눈빛으로 나를 본다.

"자기, 여기 있었어?"

"음, 나도 여기서 잠시 졸았어."

그런 날 밤에 나도 언제까지고 잠을 자지 못하게 되면, 그게 습관이라도 된 것처럼 나도 모르는 사이에 손을 목에 갖다대고 누르는 듯한 흉내를 냈다. 그리고 그런 습관을 눈치챈 후에는, 결국 나도 정말로 호흡곤란을 느끼기도 했다. 하지만, 그것은 오히려 내게 기분 좋은 일이기도 했다.

"요즘 왠지 안색이 안 좋아 보여."

어느 날, 그녀는 평소보다 나를 유심히 살펴보며 말했다.

"어디 아픈 거 아니야?"

"아무렇지도 않아."

그 말이 나는 마음에 들었다.

"나는 항상 이렇지 않아?"

"그렇게 환자 옆에만 있지 말고, 산책도 좀 하고 그러지 그래?"

"이렇게 더운데, 산책은 말도 안 되지. ……밤에는 밤대로, 너무 어두워서 안 되고. ……게다가 매일 병원 안을 꽤 왔다갔다 하고 있으니까 괜찮아."

나는 더 이상 그런 대화가 계속되지 않도록 복도에서 매일 만나는 다른 환자들 이야기를 꺼냈다. 자주 발코니 끝에서 한 몸처럼 딱 붙어서, 하늘을 경마장 삼아 움직이는 구름을 여러가지 비슷한 동물에 비유하는 젊은 환자들에 대한 이야기나, 항상 간병 간호사의 팔에 매달려 하릴 없이 복도를 왔다갔다하는 심각한 신경쇠약을 앓는, 어쩐지 기분 나쁠 정도로 키가 껑충한 환자의 이야기 등을 들려주곤 했다. 하지만, 나는 아직 그 환자의 얼굴은 한 번도 본 적은 없지만, 그 방 앞을 지날 때마다 항상 기분 나쁜, 왠지 오싹한 기침

소리를 내는, 그 17호실 환자에 대해서만은 애써 이야기하지 않기로 했다. 아마 그 사람이 이 새너토리엄에서, 가장 병세가 심한 환자일 것이라고 생각하면서. ……

8월도 드디어 말에 가까워졌는데도, 잠을 이루지 못해 괴로운 밤은 여전히 계속되고 있었다. 그러던 어느 날 밤, 우리가 좀처럼 잠들지 못하고 있었는데, (벌써 취침시간인 9시는 지났다. ……) 저 멀리 건너편 아래 쪽 병동이 어쩐지 시끄러워지기 시작했다. 게다가 가끔 복도를 종종걸음으로 지나가는 듯한 발소리나, 무언가를 누르는 듯한 간호사의 작은 외침소리, 기구가 날카롭게 부딪치는 소리가 섞여서 들렸다. 나는 잠시 동안 불안하게 귀를 기울였다. 드디어 소란이 진정되었나 싶더니, 거의 동시에 이쪽 병동에서도 저쪽 병동에서도 그 소란과 꼭 닮은 침묵의 웅성거림이 일었다. 그리고 마지막에는 우리 바로 아래에서도 들려왔다.

나는, 지금 새너토리엄 안을 폭풍처럼 휩쓸고 있는 것이 무엇인가 정도는 알고 있었다. 나는 그 사이에 몇 번이고 귀를 쫑긋 세우고는, 아까부터 불이 꺼져 있기는 하지만 마찬가지로 아직 잠들지 못한 것 같은 옆방 환자의 상태를 살펴보았다. 환자는 몸을 뒤척이지도 않고, 가만히 있는 것 같았다. 나도 숨이 막힐 정도로 가만히 움직이지 않고 그 폭풍이 저절로 사그라들기를 계속해서 기다렸다.

한밤중이 되어서야 드디어 그 소란이 잠잠해지는 것처럼 보였다. 나는 나도 모르게 안도를 하고는 깜빡 졸았다. 그런데 갑자기 옆 병실에서 환자가 그때까지 억지로 참고 있었는지 신경질적으로 두세 번 세게 기침을 하는 바람에 잠이 확 깼다. 기침은 이내 멈춘 것 같았지만, 나는 어쩐지 신경이 쓰여 견딜 수가 없어서 옆 병실로 살짝 들어가 보았다. 깜깜한 병실 안에서 환자는 혼자서 두려움에 떨고 있었는지, 크게 눈을 뜨고 내 쪽을 바라보고 있었다. 나는 아무 말도 하지 않고 그 곁으로 다가갔다.

"아직 괜찮아."

그녀는 애써 미소지으며, 내게 들릴 듯 말 듯한 작은 목소리로 말했다. 나는 입을 다문 채, 침대 가장자리에 걸터앉았다.

"거기 있어 줄래?"

환자는 평소와는 달리 심약하게 내게 그렇게 말했다. 우리는 그 상태로 한숨도 자지 못하고 밤을 지새웠다.

그 일이 있고나서 2,3일이 지나자, 갑자기 여름의 더위가 꺾이기 시작했다.

9월이 되자, 비가 몇 번이나 거칠게 내렸다 그쳤다 하더니, 얼마 안 있어 거의 멈추지 않고 계속해서 내리기 시작했다. 비는 나뭇잎이 노랗게 물들기 전에, 그것을 썩혀버리려는 것 같았다. 그런 가운데 새너토리엄의 여러 방들도 매일 창문을 꼭꼭 닫아서 어두침침할 정도였다. 가끔씩 바람이 문을 덜그럭거리게 했다. 그리고 뒤편의 잡목림으로부터 단조롭고 답답한 소리를 끌고 들어왔다. 바람이 불지 않는 날이면, 우리는 하루 종일, 비가 지붕을 따라서 발코니 위로 떨어지는 소리를 듣고 있었다. 비가 마침내 안개와 비슷해지기 시작하던 어느 이른 아침, 우리는 창문으로, 발코니에 면한 길쭉한 안뜰이 희끄무레 밝아진 모습을 멍하니 내려다보고 있었다. 그때, 간호사 한명이 안뜰 저쪽에서, 안개처럼 내리는 비 속에서 여기저기 흐드러지게 피어있는 들국화와 코스모스를 손에 닿는 대로 꺾으면서 이쪽을 향해 다가오는 것이 보였다. 나는 그것이 제17호실 환자의 간병간호사라고 판단했다.

'아, 늘 기분 나쁜 기침 소리를 내던 그 환자가 죽은 걸지도 몰라.'

잠시 그런 생각을 하면서, 비에 젖은 채로 왠지 흥분한 듯이 아직도 꽃을 꺾고 있는 그 간호사의 모습을 보고 있는 동안, 나는 갑자기 심장이 죄어오는 듯한 느낌이 들었다.

'역시, 그 사람이 여기에서 가장 중증이었던 것일까? 그런데, 그 사람이 결국 죽어버렸다면, 그 다음은? ……아, 그런 이야기는 원장님이 하지 않는 것이 좋았을 텐데…….'

나는 그 간호사가 커다란 꽃다발을 안고 발코니 아래로 사라져버린 후에도, 멍하니 유리창에 얼굴을 붙이고 있었다.

"뭘 그렇게 보고 있어?"

침대에서 환자가 내게 물었다.

"이렇게 비가 내리고 있는데, 아까부터 어떤 간호사가 꽃을 꺾고 있던데, 그게 누구일까?"

나는 그렇게 혼잣말하듯이 중얼거리며 마침내 창문에서 몸을 뗐다.

하지만, 결국 그날 나는 하루 종일 왠지 환자의 얼굴을 제대로 보지 못했다. 모든 것을 다 간파했으면서도 일부러 모르는 척 하며, 환자는 가끔 내 쪽을 가만히 바라보고 있는 것 같았고, 그것이 나를 한층 더 괴롭게 만들었다. 이런 식으로 서로 나눌 수 없는 불안함과 공포를 끌어안기 시작했고, 두 사람은 서로 조금씩 따로따로 생각하기 시작했다. 나는 그것은 있어서는 안 될 일이라고 생각을 고쳐먹고, 그런 일은 빨리 잊으려고 노력했다. 그러나 내 머릿속에는 어느 새 그 일만 떠올랐다. 그리고 결국에는, 우리가 이 새너토리엄에 처음으로 도착한 날, 눈이 내리는 밤에 환자가 꾸었다는 꿈 이야기가 불쑥 떠올랐다. 처음에는 그 이야기를 듣지 않으려고 했지만 결국 손을 들고 환자에게서 듣게 되고 말았고, 그것을 나는 지금까지 쭉 잊고 있었다. 그 이상한 꿈 속에서, 환자는 시체가 되어 관 안에 누워있었다. 사람들은 그 관을 메고, 어딘지 모를 들판을 가로지르기도 하고 숲 속으로 들어가기도 했다. 하지만, 이미 죽은 그녀는 관 속에서, 겨울을 맞아 완전히 메마른 들판이나 검은 전나무 따위를 생생하게 바라보거나 바람이 관 위를 쓸쓸히 불며 지나가는 소리를 듣고 있었다. ……그 꿈에서 깨어난 후에도, 그녀는 자신의 귀가 너무 차갑고 전나무의 웅성거림이 아직 귀를 채우고 있는 것을 똑똑히 느끼고 있었다. ……

안개비가 수일에 걸쳐 계속 내리고 있는 동안, 이미 계절은 다른 계절로 바뀌었다. 새너토리엄 안도 정신을 차리고 보니, 그렇게 많

앉던 환자들이 한두 명씩 떠나가고, 나중에는 새너토리엄에서 겨울을 날 수밖에 없는 중증 환자들만 남겨졌기 때문에, 다시 여름 전처럼 쓸쓸하게 바뀌기 시작했다. 제17호실 환자의 죽음 때문에 그 사실이 갑자기 더 의식이 되었다.

9월말의 어느 날 아침, 나는 복도 북쪽 창문으로 아무 생각 없이 뒤편 잡목림 쪽을 바라보고 있었다. 그러자, 짙은 안개에 덮힌 그 숲 속에 전에 없이 사람들이 왔다 갔다 하는 것이 이상했다. 간호사들에게 물어봐도 아무 것도 모르는 모양이었다. 그래서 나도 그냥 잊어버리고 있었는데, 다음날에도 또 아침 일찍부터 인부 두세 명이 와서 언덕 주변에 있는 밤나무 같은 것들을 베어 넘기는 것이 안개 속으로 보이다 말다 하였다.

그 날, 나는 아직 환자들은 아무도 모르는 전날의 일을, 우연히 들어 알게 됐다. 그것은 알고 보니, 전에 말한 기분 나쁜 신경쇠약 환자가 그 숲속에서 목을 매고 죽었다는 이야기였다. 그러고 보니, 지난 며칠 동안 간병 간호사의 팔에 매달려서 복도를 돌아다니던 그 덩치 큰 남자가 어제부터 갑자기 모습을 보이지 않게 되었다는 것을 알게 되었다.

'그 남자 차례였던 건가…….'

제17호실 환자가 죽고 난 후에 나는 정말이지 신경이 아주 예민해진 상태였다. 그 일이 있은 후, 아직 1주일도 지나지 않은 시점에 이어서 일어난 생각지도 못한 죽음 때문에, 나도 모르게 그만 안도감이 들었다. 그리고 그 안도감은, 어둡고 비참한 그 죽음에서 내가 당연히 느끼게 되었을 부정적인 기분마저 거의 느끼지 않게 해 버리릴 정도였다.

'얼마 전에 죽은 그 사람 다음으로 병세가 나쁘다고 해서, 꼭 그 순서대로 죽으라는 법은 없으니까.'

나는 그렇게 가볍게 혼잣말로 되뇌였다.

뒤편 숲속 밤나무가 두세 그루 정도 베어내지자 왠지 숲은 나사가 빠진 듯한 모습이 되어버렸다. 그리고나서 이번에는 그 언덕 주변을 인부들이 계속해서 파내기 시작했고, 그 흙은 그곳에서 약간 급한 경사를 따라 내려간 곳에 있는 병동 북쪽의 작은 공터로 옮겨 그 일대를 완만한 경사로 만들기 시작했다. 사람들은 그곳을 꽃밭으로 바꾸는 작업을 하고 있던 것이다.

"아버지한테 편지가 왔어."

나는 간호사가 전해 준 한 뭉텅이의 편지 안에서 하나를 꺼내 세쓰코에게 건넸다. 그녀는 침대에 누운 채로 편지를 받아들고, 갑자기 소녀 같이 눈을 반짝이며 편지를 읽기 시작했다.

"어머, 아버지가 오신다고 하네."

여행 중인 아버지는, 돌아가는 길에 가까운 시일 내에 새너토리엄에 들릴 것이라고 편지를 보낸 것이다.

그 날은 화창하지만 바람이 조금 거센 10월의 어느 날이었다. 최근 세쓰코는 누워있기만해서 식욕도 없어지고, 눈에 띌 정도로 수척해진 상태였다. 하지만 세쓰코는 그 날부터 애써 식사도 하고, 가끔씩 침대 위에서 일어나 앉아 있거나 침대 끝에 걸터앉아 있거나 했다. 또 그녀는 가끔씩 옛날 일을 떠올리며 만면에 미소를 보여주었다. 나는 그녀가 항상 아버지 앞에서만 보여주는 소녀다운 미소의 밑그림 같은 것을 보았다. 나는 그런 그녀가 하는 대로 내버려 두었다.

그로부터 며칠이 지난 어느 날 오후, 세쓰코의 아버지가 찾아 왔다.

그는 전보다 조금 더 늙은 것 같은 얼굴을 하고 있었다. 하지만, 그보다는 등이 더 굽은 것이 눈에 띄었다. 그래서 그런 것인지 아버지는 병원 공기를 두려워하는 것처럼 보였다. 그런 모습으로 병실에 들어오자마자, 그는 평소 내가 늘 앉아있던 환자 머리맡에 앉았다. 요 며칠, 몸을 좀 과도하게 움직인 탓인지, 어제 저녁에는 꽤나 열이 났다. 그래서 그녀는 기대한 것도 무색하게, 의사에게 아침부터 계속 안정을 취하라는 지시를 받았다.

환자가 벌써 거의 나았다고 믿고 있었던 모양인지, 아직 그렇게 누워만 있는 모습을 보자 아버지는 조금 불안해진 것 같았다. 그리고 그 원인을 알아보기라도 하려는 것처럼, 병실 안을 자세히 둘러보거나 간호사들의 동작 하나 하나를 지켜보기도 하고 발코니까지 나가서 살펴보기도 했다. 하지만 그것들은 결국 그를 다 만족시킨 것 같았다. 얼마 안 있어 환자는 점점 흥분을 해서, 아니 그보다는 열 때문에 뺨이 장밋빛으로 변했다. 그것을 보고 아버지는 말했다.

"그런데 얼굴빛은 아주 좋구나."

딸이 어딘가 좋아졌다는 것을 자기자신에게 납득시키고 싶은 것처럼 그 말만 계속 반복했다.

나는 그 후 용건이 있다는 핑계를 대고 병실을 나와서, 세쓰코와 아버지 둘이서만 있게 해 주었다. 얼마 안 있어 다시 들어가 보니, 환자는 침대 위에 다시 일어나 앉아 있었다. 그리고 이불 위에 아버지가 가져온 과자상자와 다른 종이 꾸러미들을 잔뜩 펼쳐놓고 있었다. 아버지는 소녀 시절 그녀가 좋아했던, 그리고 지금까지도 그녀가 좋아한다고 생각하는 것들만 가져온 것 같았다. 나를 보자, 그녀는 마치 장난꾸러기 소년을 발견한 소녀처럼 얼굴을 붉히면서 그것들을 정리하고 바로 침대에 누웠다.

나는 좀 어색한 기분이 들어 두 사람에게서 약간 떨어져서 창가 쪽 의자에 앉았다. 두 사람은, 나 때문에 중단이 된 듯 한 이야기를 아까보다도 더 작은 목소리로 계속하기 시작했다. 그것은 대부분, 나는 잘 모르지만, 그녀가 어렸을 때부터 알고 지냈던 사람들에 대한 이야기였다. 그 이야기 중에 어떤 것은 그녀에게, 나는 알 수 없는 작은 감동을 안겨주기도 하는 것 같았다.

나는 꽤나 즐거워보이는 두 사람의 무언가 그런 종류의 그림이라도 보고 있는 것처럼 비교해 보고 있었다. 그리고 그런 대화를 하는 사이사이, 아버지에게 보여주는 그녀의 표정이나 억양 속에서, 뭔가 반짝반짝 빛나는 매우 소녀다운 활기가 되살아나고 있음을 알게 되었다. 그리고 그렇게 아이처럼 행복해하는 그녀의 모습이,

나로 하여금 나는 모르는 그녀의 소녀 시절의 모습을 꿈꾸게 했다.

잠깐 동안 우리가 둘만 남게 되었을 때, 나는 그녀에게 다가가서 놀리듯이 귓속말을 건넸다.

"너, 오늘은 왠지 낯선 소녀 같네. 장미 같아."

"몰라."

그녀는 마치 소녀처럼 양손으로 얼굴을 가렸다.

아버지는 이틀을 머물고 갔다.

출발하기 전에, 아버지는 나를 안내역으로 삼아서 새너토리엄 주변을 거닐었다. 그것은 나와 둘이서만 이야기를 할 목적이었다. 하늘에 구름 한 점 없을 만큼 맑게 갠 날이었다. 전에 없이 선명하게 불그스름한 표면을 드러내고 있는 야쓰가타케 산을 손으로 가리켜보아도, 아버지는 그것에는 잠깐 눈길을 줄 뿐, 열심히 대화를 이어갔다.

"여기는 아무래도 저 아이의 체질에는 안 맞는 게 아닌가 싶네. 벌써 반년 이상 지났으니, 약간 더 좋아 보이는 것 같기는 하지만 말이네……."

"글쎄요, 올해 여름은 어디든 모두 날씨가 안 좋지 않았나요? 게다가 이런 산속의 요양소는 겨울이 더 효과가 좋다고 하던데요……."

"그야 겨울까지 견딜 수 있으면 좋을지도 모르겠네만……하지만 저 아이는 겨울까지 못 갈 것 같군……."

"하지만 본인은 겨울에도 있을 생각인 것 같습니다."

나는 이런 산에서 즐기는 고독이 얼마나 우리의 행복을 키워주는지를, 어떻게 하면 아버지에게 이해시킬 수 있을까 애를 태웠다. 하지만 동시에, 그런 우리를 위해서 아버지가 치르고 있는 희생을 생각하면, 아무래도 그런 말을 할 수 없어서 우리는 어색한 대화를 계속 이어갔다.

"뭐, 모처럼 산에 왔으니까, 있을 수 있을 만큼 있어 보는 게 어떨까요?"

"……하지만, 자네도 겨울까지 함께 있어줄 셈인가?"

"네, 당연히 있어야죠."

"그건, 자네에게는 정말 미안하네. ……하지만, 자네는 지금 일은 하고 있는 겐가?"

"아니요……."

"하지만, 자네도 환자한테만 신경 쓰지 말고, 일도 좀 해야 하네."

"네, 이제부터 조금씩 해 보겠습니다……."

나는 우물거리듯이 대답했다.

……

'맞아, 그러고보니 꽤 오랫동안 일을 내팽겨치고 있었지. 어떻게든 해서 여기 있는 동안 일도 다시 시작해야겠어.'

……그런 생각까지 하면서, 어쩐지 나는 가슴이 벅찬 느낌이 들었다. 그리고 우리는 잠시 동안 아무 말도 하지 않고 언덕 위에 멈춰 서서, 어느새 비늘 같은 구름이 서쪽에서 중천으로 점점 퍼져나

가는 모습을 가만히 올려다보았다.

이윽고 우리는 이제 나뭇잎이 완전히 노랗게 물든 잡목림 속을 빠져나와, 뒷길로 해서 병원으로 돌아왔다. 그 날도 인부 두 세 명이 전의 그 언덕을 깎아내리고 있었다. 그 옆을 지나가면서, 나는 아주 아무렇지도 않게 한 마디 했다.

"뭐, 여기에 꽃밭을 만든다고 하던데요."

저녁에 아버지를 정거장까지 바래다드리고 돌아와 보니, 환자는 침대 안에서 옆으로 돌아누워 숨이 막힐 듯 심하게 기침을 하고 있었다. 지금까지 이렇게 심하게 기침을 한 적은 한 번도 없었다. 그 발작이 조금 잦아드는 것을 기다리면서, 나는 물었다.

"왜 그래?"

"아무것도 아니야. ……곧 멈출 거야."

환자는 겨우 그 대답만 했다.

"거기, 물 좀 가져다 줄래?"

나는 물병의 물을 컵에 조금 따라서 그녀 입으로 가져다 주었다. 그녀는 한 모금 마시고, 잠시 동안 진정이 되었다. 그러나 그 상태는 잠깐에 불과했고, 다시금 아까보다도 더 심한 발작이 그녀를 덮쳤다. 나는 침대 끝까지 몸을 내밀고 몸부림을 치는 그녀를 어찌할 도리가 없어, 그지 이렇게 물을 뿐이었다.

"간호사를 부를까?"

"…………."

그녀는 발작이 진정이 되어도, 계속 괴롭다는 듯 몸을 비틀며 양 손으로 얼굴을 가리고 그저 고개를 끄덕여 보였다.

나는 간호사를 부르러 갔다. 그리고 나는 내버려두고 먼저 달려 간 간호사가 들어가고나서 잠시 후에 병실 안으로 들어갔다. 그러 자 환자는 간호사에게 두 손으로 부축을 받으며 꽤나 편해 보이는 자세를 하고 있었다. 하지만, 그녀는 나사가 빠진 것처럼 멍한 눈빛 을 하고 있을 뿐이었다. 기침 발작은 한동안 멈춘 것 같았다.

간호사는 그녀를 부축하던 손을 조금씩 놓으며 말했다.

"이제 멈췄네요. ……조금만, 그 상태로 가만히 있어요."

그리고 흐트러진 담요를 정리하기 시작했다.

"지금 주사 놔달라고 부탁하고 올게요."

간호사는 병실을 나가면서, 어디에 있으면 좋을지 모르겠어서 문 근처에 멍하니 서있던 내게 작은 목소리로 귓속말을 했다.

"피가 조금 나왔어요."

나는 그제서야 그녀의 머리맡으로 가까이 다가갔다.

그녀는 멍하니 눈을 뜨고는 있었지만, 왠지 자고 있는 것만 같았 다. 나는 파랗게 질린 그녀의 이마에서 작게 소용돌이치듯 흘러내 린 머리카락을 쓸어 올려 주면서, 식은땀이 난 차가운 이마를 내 손 으로 살짝 어루만졌다. 그녀는 겨우 내 온기를 느꼈는지, 입술에 수 수께끼 같은 미소를 언뜻 내비쳤다.

절대안정을 취해야 하는 나날이 이어졌다.

병실 창문은 완전히 노란색 커튼이 쳐져 있었고, 병실 안은 어두컴컴해졌다. 간호사들도 뒷꿈치를 들고 다녔다. 나는 거의 환자의 머리맡에 딱 붙어있었다. 밤에도 혼자서 시중을 도맡고 있었다. 가끔 환자는 내 쪽을 보며 무슨 말인가 하려는 것 같았다. 나는 그 말을 하지 말라고, 바로 쉿 하고 내 입에 손가락을 댔다.

그러한 침묵이 이어지며 우리는 각자 마음속 생각에 잠겨들게 되었다. 하지만, 우리는 그저 상대방이 무슨 생각을 하고 있는 지를, 아플 정도로 확실히 서로 느끼고 있었다. 그리고 나는, 그녀가 함께 요양원에 온 것이 마치 나를 위해 환자가 희생해 준 것이라는 사실이 그냥 눈에 보이게 되어버린 것 같다는 생각이 들었다. 환자는 또 환자대로 지금까지 둘이서 그렇게나 조심조심 키워온 것을 자신의 경솔함 때문에 한 순간에 망쳐버리기라도 한 것처럼 후회하고 있는 것 같았다. 그녀의 그런 심정이 내게는 확실히 느껴졌다.

그리고 환자는 그러한 자신의 희생을 희생이라고 생각하지 않고 자신의 경솔함만을 탓하고 있는 것처럼 보여서, 내 마음을 아프게 했다. 그런 희생까지 환자에게 당연한 대가처럼 치르도록 하면서, 그것이 언제 죽음의 침상이 되어버릴 지도 모르는 침대에서, 이렇게 환자와 함께 즐기듯이 맛보고 있는 삶의 쾌락……그것이야말로 우리를 더 없이 행복하게 해주는 것이라고 우리는 믿고 있었다. ……그깃은 과연 우리를 정말로 만족시켜 줄 수 있는 것일까? 우리가 지금 우리의 행복이라고 생각하는 것은, 우리가 믿고 있는 것보다 더 찰라적이고 더 일시적인 것에 가까운 것이 아닐까? ……

밤시중에 지친 나는, 졸고 있는 환자 곁에서 이리 저리 그런 생각을 하면서, 요즘 들어 걸핏하면 우리의 행복이 무언가에 위협받고 있는 것 같은 느낌에 불안해 하고 있었다.

하지만, 그 위기는 일주일 만에 사라졌다.

어느 날 아침, 간호사가 드디어 병실의 커튼을 걷고, 창문 일부를 열어두고 갔다. 창문으로 파고 들어오는 눈부신 가을 햇살을 받으며, 환자는 침대 안에서 되살아난 것처럼 말했다.

"기분이 좋아."

그녀 머리맡에서 신문을 펼치고 있던 나는, 인간에게 커다란 충격을 안겨주는 사건은, 오히려 그것이 지나고 난 후에는 뭔가 마치 나와는 상관없는 일처럼 보이는 법이구나 하는 생각을 하고 있었다. 나는 그녀 쪽을 흘끗 보고, 무심코 놀리듯이 말했다.

"이제 아버지가 오신다고 해도 그렇게 흥분하지 않는 게 좋을 거야."

그녀는 약간 얼굴을 붉히면서, 그 놀림을 순순히 받아들였다.

"이번에는 아버지가 오신다고 해도 모르는 척 할 거야."

"네가 그렇게 할 수 있다면 말이지……."

그런 식으로 서로 농담이라도 하듯이, 우리는 서로 상대방의 기분을 살피며 함께 아이처럼 모든 책임을 그녀의 아버지에게 떠넘기고 있었다.

그리고 우리는 조금도 꾸밈없이 이 일주일 동안에 있었던 일이 아주 약간 잘못된 일에 불과한 것처럼 가벼운 마음이 되었고, 방금까지 우리를 육체적으로 만이 아니라 정신적으로도 덮쳐오는 것 같았던 위기에서 아무일 없었던 것처럼 벗어나 있었다. 적어도 우리 눈에는 그렇게 보였다. ……

어느 날 밤, 나는 그녀 옆에서 책을 읽고 있었다. 그러다 갑자기 책을 덮고, 창문 쪽으로 가서 잠시 동안 깊은 생각에 잠겨 서 있었다. 그리고 다시 그녀 곁으로 돌아왔다. 나는 다시 책을 집어 들고, 그것을 읽기 시작했다.

"왜 그래?"

그녀는 고개를 들고 내게 물었다.

"아무 것도 아니야."

나는 그렇게 아무렇게나 대답하고, 얼마 뒤 책에 푹 빠진 척을 했지만, 결국 입을 뗐다.

"이곳에 와서 꽤 오랫동안 아무 일도 안하고 있어서, 나 이제부터 일이라도 해볼까 생각하고 있었어."

"맞아, 일을 안 하면 안 되지. 아버지도 그 점을 걱정하고 계셨어."

그녀는 진지한 얼굴로 대답했다.

"내 생각만 하고 있지 말고……."

"아니, 너에 대해서 좀 더, 좀 더 생각하고 싶어……."

나는 그때 순간적으로 머리에 떠오른 어느 소설의 막연한 이데아를 곧장 그 자리에서 뒤쫓으며 혼잣말처럼 계속 되뇌였다.

"나는 너에 대한 소설을 쓰려고 해. 지금 내게 그 외의 다른 것들은 생각할 필요도 없는 것들이야. 우리가 이렇게 서로 주고받는 행복, …… 모두가 이제 끝이라고 생각하고 있는 바로 그곳에서 시작되는 이 삶의 즐거움, ……아무도 모르는, 그런 우리만의 행복을, 나는 좀 더 확실한 무언가로, 좀 더 형태를 갖춘 것으로 바꾸고 싶어. 무슨 말인지 알겠지?"

"알지."

그녀는 자기 자신의 생각을 쫓아가기라도 하는 것처럼 내 생각을 쫓고 있는지 그 말에 바로 동의했다. 하지만, 그 후 조금 입을 삐죽 거리듯 미소를 지으며 나를 가볍게 여긴다는 듯이 말했다.

"나에 대한 거라면 뭐든 마음대로 써 줘."

하지만 나는, 그 말을 순순이 받아들였다.

"그래, 그야 당연히 내 마음대로 쓰지.……그렇지만, 이번에 쓸 건 너도 많이 도와줘야 해."

"내가 할 수 있는 일이야?"

"그래, 너는 말이지, 내가 일하는 동안 머리끝부터 발끝까지 행복하게 있어 줬으면 해. 그렇지 않으면……."

혼자서 멍하니 생각에 잠겨 있는 것보다 이렇게 둘이서 같이 생각하고 있으면, 신기하게도 내 머리가 더 잘 돌아가는 것을 느끼며, 나는 계속해서 떠오르는 생각에 떠밀리기라도 하 듯 어느새 병실 안을 왔다 갔다 하고 있었다.

"이렇게 환자 옆에만 있으니까, 기운이 없는 거야. …… 산책이라도 좀 다녀오지 그래?"

"응, 나도 일 시작하면 그렇게 할게."

나는 눈을 반짝이며 기운차게 대답했다.

"산책도 실컷 해야지."

나는 그 숲을 나왔다. 큰 웅덩이를 사이에 두고 맞은편 숲을 넘어 야쓰가타케 산록 일대가 내 눈 앞에 끝없이 펼쳐져 있었다. 그곳에서 저 멀리 거의 그 숲과 살짝 빗겨가는 지점에 좁은 마을 하나와 비탈진 경작지가 가로로 펼쳐져 있었다. 그리고 그 일부에 몇 개나 되는, 빨간 지붕을 날개처럼 펼친 새너토리엄 건물이, 아주 작지만 명료한 모습으로 눈에 들어왔다.

나는 아침 일찍부터, 어디를 어떻게 돌아다녔는지도 모르고 발길 닿는 대로, 내 자신의 생각에 완전히 몸을 맡기고 숲에서 숲으로 계속해서 떠돌고 있었다. 그러는 사이 뜻밖에도 가을의 맑은 공기가 끌어당긴 새너토리엄의 작은 모습이 문득 시야에 들어왔다. 그 찰나, 나는 갑자기 무언가에 홀려 있다가 정신을 차린 것처럼, 그 건물 안에서 여러 명의 환자들에 둘러싸여서 매일매일 아무렇지 않게 지내고 있는 우리들의 이상한 생활을, 처음으로 한 걸음 떨어져서 생각하기 시작했다. 그리고, 아까부터 내 안에서 솟구치는 창작욕刱에 족발되어, 나는 그런 우리의 기묘한 나날을 매우 비장하면서도 조용한 이야기로 바꾸기 시작했다. ……

'세쓰코, 지금까지 두 사람이 이렇게 서로를 사랑했던 적은 없었

다고 생각해. 지금까지 너라는 존재는 없었고, 그리고 나라는 존재
도 그랬으니…….'

　내 공상은, 우리에게 일어난 여러 가지 사건의 위를, 어떨 때는
신속하게 지나갔고, 또 어떨 때는 천천히 한 장소에 멈춰서 언제까
지고 언제까지고 망설이고 있는 것처럼 보였다. 나는 세쓰코에게서
멀리 떨어져 있었지만, 그 동안 끊임없이 그녀에게 말을 걸었고, 그
리고 그녀의 대답을 들었다. 그런 우리들에 대한 이야기는 삶 그 자
체처럼 끝이 없는 것처럼 여겨졌다. 그리고 그 이야기는 어느 새 스
스로의 힘으로 움직이기 시작했고, 나와는 상관없이 전개되기 시
작했으며, 걸핏하면 어느 한 곳에서 멈추곤 하는 나를 남겨둔 채로,
이야기 자신이 스스로 마치 그런 결과를 바라고 있기라도 한 것처
럼 병약한 여주인공의 슬픈 죽음을 만들어내고 있었다. ……자신의
마지막을 예감하면서, 쇠약해져가는 힘을 다해 애써 쾌활하게 애써
고상하게 살아가고자 했던 여인, ……연인의 품에 안겨, 그저 남겨
질 사람의 슬픔에 슬퍼하며, 자신은 자못 행복하게 죽어갔던 여인,
……그런 여인의 영상이 허공에 그려진 것처럼 확실하게 떠올랐다.
……

　'사내는 자신들의 사랑을 한층 더 순수한 것으로 만들고자, 병든
여인을 꾀어내다시피 해서 산 속 새너토리움에 들어간다. 하지만,
죽음이 그들을 위협해오자, 사내는 이렇게 그들이 얻으려던 행복은
예상대로 완벽하게 손에 넣었다고 하더라도, 그 행복이 그들 자신
을 만족시킬 수 있는 것인지 점차 의심하게 된다. ……하지만, 여인

은 죽음의 고통 속에서 마지막까지 사내가 자신을 성실하게 간호해준 일에 감사하며, 자못 만족스럽게 죽어 간다. 그리고 사내는 그렇게 고상하게 죽은 자에 의해 구원을 받고, 겨우 자신들의 자그마한 행복을 믿을 수 있게 된다……'

이야기의 그러한 결말이 그곳에서 마치 나를 기다리고 있던 것처럼 보였다. 그리고 돌연, 그런 죽음의 위기에 몰린 여인의 영상이 느닷없이 나에게 심한 충격을 주었다. 나는 마치 꿈에서 깬 것처럼 뭐라 말할 수 없는 공포와 수치심에 휩싸였다. 그리고 그런 공상을 스스로 뿌리치기라도 하는 것처럼, 걸터앉아 있던 너도밤나무 뿌리에서 거칠게 일어섰다.

태양은 이미 높이 솟아 있었다. 산과 숲과 마을과 밭, ……그런 모든 것들은 가을의 온화한 햇살 속에서 아주 안정된 모습을 드러내고 있었다. 저 멀리 작게 보이는 새너토리엄 건물 안에서도, 모든 것은 매일 같은 습관을 다시 반복하는 게 틀림없었다. 그러다 갑자기 잘 모르는 사람들 사이에서, 평소의 습관에서 벗어나 혼자서 쓸쓸히 나를 기다리는 세쓰코의 외로운 모습이 머릿속에 떠올랐다. 나는 갑자기 그것이 신경 쓰여서 견딜 수 없는 것처럼 서둘러 산길을 따라 내려오기 시작했다.

나는 뒤편 숲을 지나서 새너토리엄으로 돌아왔다. 그리고 발코니를 우회해서, 제일 멀리 떨어진 병실로 다가갔다. 세쓰코는 내가 온 줄은 전혀 모르고, 언제나처럼 침대 위에서 머리카락 끝을 손으로 만지작거리며 다소 슬픈 눈빛으로 허공을 바라보고 있었다. 나는 유리창을 손가락으로 두드리려다가 문득 생각을 바꾸고, 그런 그녀의 모습을 가만히 넋을 잃고 바라보았다. 그녀는 무언가에 위협을 받아 그것을 겨우 견디고 있는 모습을 하고 있었다. 그러면서도 아마 그녀 자신은 자신이 그런 모습을 하고 있다는 것을 의식하지 못 하는 것으로 보일 만큼 멍한 모습을 하고 있었다. 나는 심장이 조여오는 것 같은 기분으로 낯선 그녀의 모습을 바라보고 있었다. ……그런데 갑자기, 그녀의 얼굴이 밝아진 것 같았다. 그녀는 고개를 들고 미소까지 지었다. 그녀는 나를 발견한 것이다.

나는 발코니에서 방으로 들어오면서, 그녀 곁으로 가까이 다가갔다.

"무슨 생각을 하고 있었어?"

"아무 생각도……."

그녀는 왠지 다른 사람 같은 목소리로 대답했다.

내가 그대로 아무 말도 하지 않고 조금 울적한 듯이 입을 다물고 있자, 그녀는 그제서야 평소의 자신으로 돌아온 것처럼 친근한 목소리로 내게 물었다.

"어디 갔다 왔어? 꽤 오래 나갔다 왔네."

"저기 다녀왔어."

나는 아무렇게나 발코니에서 정면으로 보이는 멀리 떨어진 숲쪽을 가리켰다.

"우와, 저렇게 멀리까지 갔어? ……일은 잘 돼가?"

"음, 뭐 그럭저럭……."

나는 아주 무뚝뚝하게 대답을 했고, 잠시 방금 전과 같은 침묵이 돌아왔다. 그러다 나는 불쑥 다소 상기된 목소리로 물었다.

"너, 지금 같은 생활에 만족해?"

그녀는 그런 엉뚱한 질문에 조금 멈칫하는 듯 했으나, 그 후 다시 나를 가만히 들여다보고는, 강하게 확신을 하는 것처럼 고개를 끄덕이며 이상하다는 듯이 되물었다.

"왜 그런 걸 물어봐?"

"왠지 지금 우리가 하는 생활이 내 멋대로 결정한 게 아닐까하는 생각이 들었어. 네게도 이런 생활이 아주 중요한 것처럼, 이렇게 말이야……."

"그렇게 말하면 싫어."

그녀는 갑자기 내 말을 끊었다.

"그런 말을 하는 게 자기 멋대로 구는 거야."

하지만 나는 그런 말로는 아직 만족할 수 없는 것처럼 굴었다. 그녀는 그런 내 침울한 모습을 잠시 동안은 그저 우물쭈물 지켜보다가, 결국 견딜 수가 없었는지 말을 꺼냈다.

"내가 여기 와서, 이렇게 만족하며 지내고 있는 걸, 자기는 모르겠어? 아무리 몸이 아플 때도, 나는 한 번도 집에 돌아가고 싶은 생각이 든 적이 없어. 만약 자기가 내 곁에 있어주지 않았다면, 나는 정말 어떻게 됐을까? ……아까도 말이야, 자기가 나가 있을 동안, 처음에는 그래도 자기가 늦게 돌아오면 늦게 돌아올수록, 돌아왔을 때 느껴질 기쁨이 배가 될 것 같아서 억지로 버티고 있었는데,

……자기가 이쯤이면 돌아올 거라고 내가 생각하고 있던 시간을 한참 지나고도 돌아오지 않으니까, 결국에는 너무 불안해졌어. 그렇게 되니까, 항상 자기랑 같이 있는 이 방마저도 낯설게 느껴지고 무서워서 방에서 뛰쳐나가고 싶을 정도였어. ……하지만 그러고 나서 언젠가 자기가 나한테 했던 말을 떠올리니까, 조금 진정이 되더라고. 자기가 언제 한 번 나한테 이런 말을 했었지, ……지금 우리의 생활을 한참 뒤에 떠올리면 얼마나 아름다울까 라고…….”

그녀는 점점 더 가라앉아 가는 목소리로 말을 마쳤다. 그리고 일종의 미소라도 짓는 것처럼 입가를 일그러뜨리며, 나를 가만히 바라보았다.

그녀의 그런 말을 듣고 있는 동안, 나는 견딜 수 없을 정도로 가슴이 벅차오르기 시작했다. 하지만, 나는 그렇게 감동하는 자신의 모습을 그녀에게 보여주는 것을 겁내기라도 하는 양, 슬쩍 발코니로 나갔다. 그리고 그 위에서, 옛날에 우리의 행복을 완벽하게 그렸다고 생각한 그 초여름날 저녁과 비슷한, ……하지만 그것과는 완전히 다른 가을 오전의 햇빛 아래, 좀 더 차갑고, 좀 더 깊이 있는 빛을 띠고 있는, 주변 일대의 풍경을 넋을 잃고 바라보았다. 그 때의 행복과 비슷한, 하지만 좀 더 좀 더 가슴을 옥죄는 듯한 낯선 감동으로 가슴이 가득 차오르는 것을 느끼면서,…….

겨울

오후, 평소처럼 환자를 남겨두고, 나는 새너토리엄을 나왔다. 그리고 수확하느라 바쁜 농부들이 서서 일을 하고 있는 밭 사이를 지나 잡목림을 넘었다. 그렇게 해서 그 산의 좁은 평지에 자리를 잡고 있는 인적이 끊긴 마을로 내려간 후, 좁은 계곡에 놓인 출렁다리를 건너서 건너편의 밤나무가 많은 낮은 산으로 기어올라갔다. 그리고 그 위쪽 비탈진 곳에 자리를 잡고 앉았다. 그곳에서 나는 몇 시간이나 밝고 조용한 기분으로, 이제부터 착수하려는 이야기 구상에 열중했다. 마침 발 아래 쪽에서, 갑자기 생각이 난 것처럼 아이들이 밤나무를 흔들어대며 한꺼번에 밤을 떨어뜨리는 소리가 골짜기 전체에 울려 퍼지는 바람에 깜짝 놀라면서 말이다. ……

내 주변에서 보이고 들리는 그런 모든 것이, 우리 삶의 과실도 이미 영글었다고 알려주며 그것을 어서 수확하라고, 내 자신을 재촉하기라도 하는 것처럼 느껴지는 것이 나는 좋았다.

이윽고 해가 기울어, 이미 그 골짜기 마을이 건너편 잡목림 그늘 속으로 완전히 들어가 버리는 것을 보고는, 나는 조용히 일어서서 산을 내려왔다. 다시 다리를 건너가서 여기저기 물레방아가 탈탈 소리를 내며 끊임없이 돌고 있는 좁은 마을 안을 그냥 하릴없이 한바퀴 돈 후, 야쓰가타케 산 기슭 일대에 펼쳐진 낙엽송 숲 가장자리로 발걸음을 재촉하며 새너토리엄으로 돌아왔다. 이제 환자가 머뭇머 못하며 내가 돌아오기를 슬슬 기다리기 시작할 거라고 생각하면서.

10월 23일

새벽녘 무렵, 나는 바로 근처에서 난 것 같은 이상한 소리에 놀라 눈을 떴다. 그리고 잠시 귀를 쫑긋 세우고 주의를 기울여보았다. 하지만, 새너토리엄 전체는 쥐죽은 듯 고요했다. 왠지 눈이 말똥말똥해서 이제 잠이 오지 않았다.

작은 나방이 달라붙어 있는 유리창을 통해, 나는 별 두세 개가 아직 희미하게 반짝이는 새벽하늘을 멍하니 바라보았다. 하지만, 얼마 안 있어 날이 밝아오는 모습이 뭐라 할 수 없이 쓸쓸하게 느껴져 살짝 자리에서 일어났다. 그리고 무엇을 하려는 것인지 내 자신도 모르는 것처럼 맨발로 아직 어두운 옆 병실로 들어갔다. 침대에 가까이 다가가서, 몸을 숙여 잠든 세쓰코의 얼굴을 보았다. 그러자 그녀는 뜻밖에도 눈을 동그랗게 뜨고, 내 쪽을 올려다보며 의아한 듯 물었다.

"무슨 일이야?"

나는 눈짓으로 아무것도 아니라고 하면서, 그대로 천천히 그녀 위로 몸을 굽히며 도저히 참을 수 없다는 듯 그녀의 얼굴에 자신의 얼굴을 꼬옥 갖다 댔다.

"어머, 차가워라."

그녀는 눈을 감으며 고개를 조금 움직였다. 머리카락에서 희미한 냄새가 났다.

그대로 우리는 서로의 숨결을 느끼면서, 언제까지고 그렇게 가만히 볼을 맞대고 있었다.

"어머, 또 밤이 떨어졌네……."

그녀는 살짝 눈을 뜨고 나를 보며 그렇게 속삭였다.

"아, 그게 밤이 떨어지는 소리였군. ……그 소리 때문에 방금 전 잠에서 깼어."

나는 조금 상기된 목소리로 그렇게 말하면서, 살포시 그녀에게서 떨어졌다. 그리고 어느새 점점 밝아지기 시작한 창문 쪽으로 다가갔다. 창문에 기대서, 누구의 눈에서 나온 건지 알 수 없는 뜨거운 눈물이 내 볼을 따라 흐르는 것을 느끼며, 건너편 산등성이에 멈춰 있는 구름 무리가 탁한 붉은 색을 띄기 시작하는 것을 정신없이 바라보고 있었다. 밭 쪽에서는 이제 겨우 무슨 소리가 나기 시작했다. ……

"그러고 있으면 감기 걸릴 거야."

그녀가 침대에서 작은 소리로 말했다.

나는 뭔가 가볍게 대답을 하려는 생각으로, 그녀를 돌아보았다. 하지만, 눈을 크게 뜨고 걱정스럽다는 듯이 나를 바라보고 있는 그녀와 눈이 마주치자, 그렇게 말할 수가 없었다. 나는 말없이 창가를 떠나 내 방으로 돌아왔다.

그로부터 몇 분이 지나자 새벽이면 늘 그렇듯이 환자는 억제할 수 없는 극심한 기침을 하기 시작했다. 다시 잠자리에 들어간 나는 무어라 형용할 수 없는 불안한 마음으로 그 소리를 듣고 있었다.

10월 27일

나는 오늘도 또 산과 숲에서 오후를 보냈다.

주제 하나가, 하루 종일 내 머릿속을 떠나지 않았다. 진실된 약혼이라는 주제……두 남녀가 너무나도 짧은 생애 동안 서로를 얼마나 행복하게 만들 수 있을까? 거스르기 어려운 운명 앞에서 조용히 고개를 숙인 채, 서로 마음과 마음, 몸과 몸으로 온기를 나누며 나란히 서있는 젊은 남녀의 모습, ……그렇게 한 쌍을 이루고, 외로워 보이는, 그럼에도 어딘가 즐거워 보이는 우리의 모습이, 내 눈 앞에 확실히 보였다. 그 모습 말고 지금 내가 대체 무엇을 그릴 수 있을까? ……

저녁 무렵, 끝없이 펼쳐진 산록을 완전히 노랗게 물들인 경사진 낙엽송 숲 주위를 평소처럼 발걸음을 재촉하여 돌아와 보니, 마침 새너토리엄 뒤편 잡목림 근처에서 비스듬하게 비치는 햇살을 받으며 머리카락을 눈부실 정도로 빛내고 있는 키가 큰 젊은 여인 한 명이 멀리서 보였다. 나는 잠깐 멈춰 섰다. 아무래도 그것은 세쓰코인 것 같았다. 하지만 그런 곳에 혼자서 있는 모습을 보니, 과연 그녀인지 아닌지 잘 모르겠어서, 나는 그저 전보다 조금 더 발걸음을 재촉할 뿐이었다. 그러나, 점점 가까이 다가가보니, 그것은 역시 세쓰코였다.

"어쩐 일이야?"

나는 그녀 곁으로 서둘러 다가가서, 숨을 헐떡거리며 물었다.

"여기서 자기를 기다리고 있었지."

그녀는 얼굴이 발그레해져서는 웃으며 대답했다.

"이렇게 함부로 움직여도 괜찮을까?"

나는 그녀의 얼굴을 옆에서 바라보았다.

"한 번 정도는 괜찮을 거야. ……게다가 오늘은 정말로 기분이 좋았는 걸."

애써 쾌활한 목소리를 내어 그렇게 대답했다. 그리고 그녀는 여전히 내가 돌아온 산기슭 방향을 가만히 보고 있었다.

"자기가 돌아오는 게, 저 멀리서부터 보였어."

나는 아무 말도 하지 않고, 그녀 옆에 나란히 서서 같은 방향을 바라보았다.

그녀가 다시 쾌활하게 말했다.

"여기까지 나와 있으면, 야쓰가타케 산 전체가 보여."

"응."

나는 무성의하게 대답했다. 하지만 그대로 그녀와 어깨를 나란히 하고 야쓰가타케 산을 바라보고 있는 동안, 문득 어쩐지 이상하게도 혼란스러운 기분이 들기 시작했다.

"이렇게 너와 함께 저 산을 보는 건 오늘이 처음이네. 그런데, 나는 아무래도 지금까지 몇 번이나 이렇게 너와 함께 저 산을 본 적이 있는 것처럼 느껴져."

"그럴 리가 없잖아?"

"아냐, 맞아.……나 이제 겨우 생각났어.……우리는 말이지, 아주 오래전에 이 산의 정반대편에서, 이런 식으로 같이 바라보았던 적이 있어. 아니, 나와 함께 산을 바라봤던 여름 무렵에는 항상 구름에 가려져서 거의 아무것도 보이지 않았었지. ……하지만 가을이 되고나서, 나 혼자 그곳에 가보니 저 건너편 지평선 끝에, 이 산이 지금과는 반대편에서 보였어. 그때는 산인지 전혀 몰랐지만, 저 멀리에서 보이던 그 산이 확실히 이 산인 것 같아. 마침 방향도 딱 맞는 것 같아. ……너, 억새풀이 무성하게 자란 들판 기억하고 있지?"

"응."

"그런데 정말 묘하네. 지금, 그때 함께 봤던 그 산의 기슭에서 이렇게 지금까지 아무것도 눈치채지 못하고 너와 함께 지내왔다니……."

정확히 2,3년 전, 가을의 마지막 날의 일이었다. 우리는 온통 무성하게 자란 억새 사이로 처음으로 지평선 위에 또렷이 보였던 이 산을 멀리서 바라보았다. 그리고 거의 슬플 지경으로 행복해 하며 언젠가 분명 함께 살 수 있을 것이라고 꿈을 꾸었다. 지금, 그런 우리 자신들의 모습이 너무나도 정겹고 선명하게 눈앞에 떠올랐다.

우리는 침묵에 빠져들었다. 첩첩 산중 위를 철새 무리가 소리 없이 스윽 가로질러 갔다. 우리는 그것을 처음 보았던 그때와 같은 정겨운 마음으로, 어깨를 나란히 하고 멈춰 서서 그 모습을 바라보았다. 그러는 사이 우리의 그림자는 점점 길어지면서 풀 위로 뻗어나갔다.

이윽고 바람이 조금 일었는지, 우리들 뒤에 있는 잡목림에서 갑자기 사각거리는 소리가 났다. 나는 문득 생각난 듯이 그녀에게 말했다.

"이제 슬슬 돌아가야지."

우리는 끊임없이 낙엽이 지고 있는 잡목림 속으로 들어갔다. 나는 때때로 멈춰서서, 그녀가 조금 앞서 걷도록 했다. 2년 전 여름, 그저 그녀를 잘 보고 싶은 마음에 일부러 그녀가 나보다 두세 걸음 앞서서 걷도록 하며, 숲 속을 산책하던 때가 있었다. 그 때의 여러 작은 추억들이, 심장을 옥죄어올 만큼 가슴에 가득 차서 넘쳐흐르기 시작했다.

11월 2일

밤, 등불 하나가 우리를 서로 가깝게 했다. 그 불빛 아래에서, 아무 말도 하지 않는 것도 익숙해졌다. 나는 우리 삶의 행복을 주제로 부지런히 이야기를 계속 써내려갔다. 세쓰코는 전등 갓의 그림자가 드리워진, 어둑어둑한 침대 안에서 그곳에 있는 건지 없는 건지 모를 정도로 아주 조용히 잠들어 있다. 가끔 내가 그쪽으로 고개를 돌려보면, 진작부터 나를 가만히 보고 있던 것처럼 나를 바라보고 있을 때가 있다.

"이렇게 자기 곁에 있을 수 있으면, 난 그것만으로 좋아."

그 말을 내게 꼭 해주고 싶어서 도저히 견딜 수 없다는 듯, 애정을 담은 눈빛을 하고 있다. 아아, 그것이 얼마나 나로 하여금 우리들이 소유한 행복을 믿을 수 있게 해주었던가! 그리고 그 행복에 확실한 형태를 부여하려 애쓰고 있는 나를 얼마나 도와주었던가!

11월 10일

겨울이 됐다. 하늘은 넓어지고, 산은 점점 더 가까워진다. 그 산 위에만, 눈구름 같은 것이 언제까지 움직이지 않고 가만히 머물러 있는 일이 있다. 그런 아침에는, 산에 있다가 눈에 쫓겨 오기라도 한 건지, 평소에는 별로 눈에 띄지 않는 작은 새들이 발코니 위까지 가득 앉아 있다. 그 눈구름이 사라진 후에는, 산 위만 하루 종일 희무스름해지는 일이 있다. 그리고 요즘은 그런 몇몇 산마루에는 그 눈이 눈에 띌 만큼 그대로 남아 있다.

나는 몇 년 전, 종종 이런 쓸쓸한 겨울 산악지방에서 예쁜 여인과 단 둘이 세상에서 멀리 떨어져 절절이 서로를 사랑하며 지내면 좋겠다고 꿈꾸던 시절을 떠올렸다. 나는 내가 어렸을 때부터 줄곧 간직한 감미로운 인생을 향한 끝없는 꿈을, 사람들이 두려워하리만큼 가혹한 자연 속에서, 조금도 다르지 않게 그대로 실현해 보고 싶었다. 그러기 위해서는 어떻게 해서든 이렇게 정말로 쓸쓸한 겨울 산악지방에서 살아야만 했다.

……날이 밝을 무렵, 나는 조금 병약한 여인이 아직 잠들어 있는 동안 일어나서, 산속 오두막을 나와 눈 속으로 기운차게 달려나간다. 주변의 산들은 새벽빛을 받아 장밋빛으로 빛나고 있다. 나는 옆집 농가에서 갓 짜낸 산양 젖을 얻어, 온몸이 꽁꽁 언 채 돌아온다. 그리고 직접 난로에 장작불을 지핀다. 드디어 불이 타닥타닥 소리를 내며 세차게 타오르기 시작한다. 이윽고 그 소리에 여인이 깨어날 무렵에는, 벌써 나는 곱은 손을 하고서도 자못 즐겁다는 듯이,

지금 우리들이 이렇게 살아가고 있는 산 속 생활을 있는 그대로 써 내려 가고 있다. ……

　오늘 아침, 나는 몇 년 전 자신이 꿈꾸던 그런 모습을 생각하며, 어디에도 없을 법한 판화 같은 겨울 풍경을 눈앞에 아른아른 떠올리면서, 통나무로 지어진 오두막 안의 여러 가구의 위치를 바꿔보기도 하고, 그 배치에 대해 나 자신과 서로 상담해보기도 했다. 그리고 결국 그 배경은 뿔뿔이 흩어져서 부옇게 사라져 갔다. 그저 내 눈 앞에는 딱 그것만 꿈에서 현실로 튀어나오기라도 한 것처럼, 아주 약간의 눈이 쌓여있는 산과 잎이 없는 벌거벗은 나무숲과, 차가운 공기만이 남아있었다. ……

　혼자서 먼저 식사를 마친 후, 나는 창가에 비스듬히 의자를 놓고 앉아 그런 추억에 빠져있었다. 그러다 갑자기 나는, 이제서야 겨우 식사를 마치고 그대로 침대 위에 일어나 앉아 어쩐지 피곤한 기색의 멍한 눈빛으로 산쪽을 바라보고 있는 세쓰코를 돌아보았다. 그리고 머리카락이 조금 흐트러진 초췌한 모습의 얼굴을 전에 없이 가슴 아프게 바라보았다.

　'내 꿈 때문에 네가 이런 가혹한 곳까지 오게 된 걸까?'

　나는 왠지 후회에 가까운 감정으로 가득 찼지만 내색은 하지 않고 환자에게 말을 걸었다.

　'그런데도 요즘 나는, 내 일에만 온 신경을 빼앗기고 있어. 그리고 이런 식으로 네 곁에 있을 때조차, 나는 현재의 너에 대해서는 조금도 생각해주지 않지. 그럼에도, 나는 일을 하면서 너에 대해서 훨씬 더 생각하고 있다고, 너한테도, 그리고 내 자신한테도 되뇌이고 있어. 그리고 나는 언제부턴가 우쭐하는 마음으로 너보다도 내 시시한 꿈 따위에 시간을 낭비하고 있지.……'

그렇게 무언가 말하려는 듯한 내 눈빛을 눈치챘는지, 환자는 침대 위에서 조금도 웃지 않고 진지한 얼굴로 내 쪽을 돌아보았다. 요즘 어느샌가 이런 식으로, 전보다 훨씬 긴 시간 동안 훨씬 더 서로를 끌어안듯이 눈과 눈을 맞추는 것이 우리의 습관이 되었다.

11월 17일

이제 2, 3일 정도 지나면 쓰던 노트를 다 채울 것 같다. 우리들의 이런 생활에 대해서 쓰자면 한이 없을 것이다. 그것을 어찌되었든 일단 끝내기 위해서는, 무언가 결말을 내려야만 하겠지만, 지금도 이렇게 여전히 계속되고 있는 우리의 생활에는 어떠한 결말도 내리고 싶지 않다. 아니, 내릴 수 없을 것이다. 오히려, 우리가 지내고 있는 현재 모습 그대로 끝맺는 것이 가장 좋을 것이다.

현재 모습 그대로? ……나는 지금 어떤 이야기에서 읽은 말을 떠올렸다.

'행복한 추억만큼 행복을 방해하는 것은 없다.'

현재 우리가 서로 주고받는 것은, 예전에 우리가 서로 주고받았던 행복과는 얼마나 다른지! 그것은 그러한 행복과 비슷하기는 하지만, 그와는 꽤나 다른 훨씬 더 가슴이 시린 애달픈 것이다. 이렇게 진정한 모습은 아직 우리 삶의 표면에도 완전히 나타나지 않는데, 그대로 곧장 그것을 쫓아가서 과연 우리의 행복한 이야기에 어울릴법한 결말을 찾아낼 수 있을까? 이유는 잘 모르겠지만, 내가 아직 확실하게 결론짓지 못하고 있는 우리 삶의 측면에는, 어쩐지 우리의 그러한 행복에 적의를 품고 있는 존재가 숨어 있는 것 같아서 견딜 수가 없다. ……

나는 뭔가 불안한 마음으로 그런 생각을 하면서 불을 끄고, 이미 잠자리에 든 환자 곁을 지나가려다 문득 멈춰 서서 어둠 속에서 혼자만 하얗게 덩그러니 모습을 드러낸 그녀의 잠든 얼굴을 가만히 지켜보았다. 살짝 패인 그녀의 눈 주변이 가끔 씰룩씰룩 경련하듯 움직였는데, 내게는 그 움직임이 마치 무언가에게 위협당하고 있는 것처럼 보여서 너무 마음이 아팠다. 무어라 형용할 수 없는 나의 불안한 마음 때문에 그 모습이 그렇게 보이는 것에 불과한 것일까?

11월 20일

나는 지금까지 써온 노트를 전부 다시 읽어보았다. 내가 의도한 바는, 이 정도면 어찌 저찌 스스로 만족할 정도는 되는 것 같았다.

하지만, 그와 별개로, 그것을 계속 읽고 있는 내 안에서, 그 이야기의 주제가 되는 우리들 자신의 '행복'을 이미 완전히 맛볼 수는 없게 된, 정말 생각지도 못 했던 불안한 내 모습을 발견하기 시작했다. 그리고 내 생각은 어느새 그 이야기 자체에서 벗어나고 있었다.

'이 이야기 속의 우리는 우리에게 허락된 만큼의 소소한 삶의 즐거움만을 맛보면서, 그것만으로 유일무이하게 서로를 행복하게 만들 수 있을 거라고 믿고 있었다. 적어도 그것만으로도, 나는 내 마음을 붙잡을 수 있을 거라고 생각해왔다. ……하지만, 우리의 목표는 너무 높았던 것일까? 그리고 나는 내 삶의 욕구를 너무 우습게 여겼던 것일까? 그래서 지금, 내 마음을 묶고 있는 끈이 이렇게나 심장을 찢어버릴 정도로 조여오는 것일까?……'

'가엾은 세쓰코.……'

나는 책상에 노트를 내팽겨쳐 놓았다. 그리고 그것을 정리할 생각도 하지 않고 그대로 내버려 둔 채, 생각을 이어나갔다.

'세쓰코는 나 자신이, 모르는 척 하고 내버려 두었던 내 삶의 욕구를 침묵 속에서 간파하고, 그 욕구에 동정을 하고 있는 것 같아 견딜 수가 없어. 그리고 그게 또 이렇게 나를 괴롭기 시작하는 거지. ……나는 어째서 나의 이런 모습을 세쓰코에게 완벽하게 숨기지 못한 것일까? 왜 나는 이렇게 약할까……'

불빛 때문에 그림자가 드리운 침대에서 아까부터 눈을 반쯤 감고 있는 환자에게 눈길을 돌리자, 거의 숨이 막히는 기분이 들었다. 나는 불빛에서 떨어져 조용히 발코니 쪽으로 다가갔다. 작은 달이 떠있는 밤이었다. 달빛으로 구름이 걸린 산과 언덕의 숲 정도의 윤곽을 겨우 구별할 수 있을 뿐이었다. 그리고 그 외의 부분은 거의 전부 흐린 청색을 띤 어둠 속으로 녹아들어갔다. 하지만 내가 보고 있던 것은 그런 것들이 아니었다. 나는, 언젠가 초여름 해질녘에 둘이서 애절한 동정을 품고, 그대로 우리의 행복을 마지막까지 가지고 갈 수 있을 것만 같은 기분으로 함께 바라보았던, 아직 아무 것도 사라지지 않은 추억 속에 있는 그 산이나 언덕, 숲 따위를 마음 속에서 또렷이 되새기고 있었다. 그리고 우리 자신마저 그 일부분이 되어버린 것 같은 그 한 순간의 풍경을 이런 식으로 지금까지 몇 번이나 되살리는 과정에서, 그러한 풍경들도 어느새 우리 존재의 일부분이 되었다. 그리하여 이제는 그렇게 계절과 함께 변화해가는 그것들의 현재 모습은 간혹 우리에게는 거의 보이지 않게 되어버렸을 정도였다. ……

'그런 행복한 순간을 우리가 함께 할 수 있었다는 사실만으로 이미 우리가 이렇게 살아갈 가치가 있는 것은 아닐까?'

나는 내 자신에게 이렇게 물었다.

내 등 뒤에서 갑자기 작은 발자국 소리가 났다. 그것은 세쓰코가 틀림없다. 그러나, 나는 돌아보지 않고 그대로 가만히 있었다. 그녀는 다시 아무 말도 하지 않고, 나에게서 조금 떨어진 채 서 있었다. 하지만, 나는 그녀의 숨소리가 느껴질 정도로, 그녀를 가까이 느끼고 있었다. 때마침 차가운 바람이 발코니 위를 아무 소리도 없이 스치 듯 지나갔다. 어딘가 먼 곳에서 고목이 삐걱거리는 소리가 들려왔다.

"무슨 생각하고 있었어?"

마침내 그녀가 입을 뗐다.

니는 그 물음에 곧바로 대답하지 않았다. 그리고 갑자기 그녀 쪽으로 돌아보며, 애매한 미소를 지으며 되물었다.

"너 알고 있지?"

그녀는 왠지 함정에 빠질까 두려워하는 것처럼 주의 깊게 나를 바라보았다.

그 모습을 보고, 나는 천천히 말하기 시작했다.

"내 생각 하고 있는 거 아냐?"

"아무리 생각해도 좋은 결말이 떠오르지 않아. 나는 우리가 의미 없는 인생을 살아가고 있는 것처럼 마무리하고 싶지 않아. 어때, 너도 나와 함께 어떤 결말이 좋을지 같이 한번 생각해 줄래?"

그녀는 내게 미소지어 보였다. 하지만, 그 미소는 어딘가 아직 불안해보였다.

"하지만 난 자기가 어떤 내용을 썼는지도 모르는 걸."

그녀는 작은 목소리로 겨우 대답했다.

"아, 그렇군."

나는 한 번 더 애매한 미소를 지으며 말했다.

"그럼, 조만간 너한테도 한번 읽어줄까? 하지만 아직 맨 앞 부분도 다른 사람한테 들려줄 정도로 정리되지 않은 상태라서."

우리는 방 안으로 돌아왔다. 나는 다시 불빛이 있는 쪽에 앉아, 그곳에 내팽겨쳐 둔 노트를 다시 한 번 손에 들고 보고 있었다. 그녀는 그런 내 등 뒤에 서서 내 어깨에 살짝 손을 올려놓고 어깨너머로 그것을 들여다보고 있었다. 나는 갑자기 돌아보며 마른 목소리로 말했다.

"너는 이제 자는 게 좋겠어."

"응."

그녀는 순순히 대답하고, 조금 망설이다가 내 어깨에서 손을 떼고 침대로 돌아갔다.

"왠지 잠이 오지 않는 걸."

2, 3분이 지나자, 그녀가 침대 안에서 혼잣말하듯이 중얼거렸다.

"그럼, 불 꺼줄까? ……난 이제 꺼도 괜찮아."

이렇게 말하면서, 나는 불을 끄고 일어나 그녀 머리맡으로 다가갔다. 그리고 침대 가장자리에 걸터앉아서, 그녀의 손을 잡았다. 우리는 잠시 그 상태로 어둠 속에서 입을 다물고 있었다.

아까보다 바람이 세진 것 같았다. 바람은 여기저기 숲속에서 끊임없이 소리를 끌어내고 있었다. 그리고 때때로 그 소리는 새너토리엄 건물에 부딪혀서, 어딘가의 창문을 덜컹거리게 하고, 가장 마지막으로 우리 방 창문도 조금 삐걱거리게 했다. 그것이 겁이 나기라도 했는지, 그녀는 내 손을 잡고 놓지 않고 있었다. 그렇게 눈을 감은 채로, 자신 안에 있는 무언가의 작용에 열심히 집중하고 있는 것 같았다. 얼마 안 있어 그 손이 조금 느슨하게 풀렸다. 그녀는 잠든 척을 하기 시작한 것 같았다.

"자, 이제 나도 자러가야겠지……."

그렇게 중얼거리며, 나도 그녀와 똑같이 잠이 전혀 오지 않는 자신을 재우러, 캄캄한 내 방으로 돌아왔다.

11월 26일

요즈음 나는 새벽녘에 자주 잠이 깬다. 그럴 때면, 종종 가만히 일어나 환자의 자는 얼굴을 찬찬히 바라본다. 침대의 가장자리와 병은 점점 누렇게 변해가고 있는데 그녀의 얼굴만은 언제까지고 창백하다.

'가엾은 것.'

이런 말이 나의 입버릇이라도 된 듯, 나도 모르게 그렇게 말하는 경우도 있다.

오늘 아침에도 새벽녘에 잠을 깬 나는 오랫동안 그런 환자의 자는 모습을 바라보고나서, 발끝으로 살금살금 방을 빠져나와 새너토리엄 숲속으로 들어갔다. 숲은 너무하다 싶을 정도로 나뭇잎이 다 떨어져 앙상한 모습을 드러내고 있었다. 이제는 모든 나무에 죽은 잎이 두세 장 남아 바람에 저항하고 있을 뿐이었다. 내가 그 공허한 숲을 빠져나왔을 즈음에는, 야쓰가타케 산 정상을 막 떠난 해가 남쪽에서 서쪽에 걸쳐 줄지어 있는 산들 위로 낮게 늘어진 채 움직이지 않는 구름 덩어리들을 순식간에 붉게 물들이기 시작했다. 그러나 그런 여명의 빛도 아직 지상에는 좀처럼 다다를 것 같지 않았다. 그 산들 사이에 끼어있는, 낙엽이 져서 황량해진 삼림이나 밭, 황무지는 지금 마치 모든 것으로부터 완전히 방치된 듯한 모습을 보이고 있었다.

나는 나목 숲의 끝에 때때로 멈추어 섰다가는, 추위에 나도 모르게 발을 구르며 주변을 돌아다녔다. 그렇게 내 자신도 무슨 생각을 하고 있었는지 기억할 수 없을 만큼 두서 없는 생각을 하던 나는, 얼마 안 있어 갑자기 고개를 들어 하늘을 보았다. 그것은 어느샌가 붉은 빛을 잃고 어두운 구름으로 가득 차 있었다. 나는 그것을 알고는, 방금 전까지 하늘을 그렇게도 아름답게 태우고 있던 서광이 지상에 닿기를 그때까지 마음속으로 기다리고라도 있었다는 듯이, 갑자기 어쩐지 볼품없는 모습으로 서둘러 새너토리엄으로 되돌아왔다.

세쓰코는 이미 잠에서 깨어 있었다. 하지만 되돌아온 나를 알아차리고도 내 쪽으로는 우울한 듯 흘끗 눈을 들어 올렸을 뿐이었다. 그리고 조금 전 자고 있었을 때보다 한층 더 파란 얼굴을 하고 있었다. 내가 머리맡에 다가가 머리를 만지작거리며 이마에 입을 맞추려고 하자 그녀는 희미하게 고개를 저었다. 나는 아무것도 묻지 않고 슬픈 얼굴로 그녀를 바라보았다. 그러나 그녀는 그런 나를, 아니 그보다는 나의 슬픔을 보지 않겠다는 듯이 멍한 눈으로 허공을 주시하고 있었다.

밤

아무것도 모르고 있었던 것은 나뿐이었다. 오전 진찰을 마친 후, 수간호사가 나를 복도로 불러냈다. 그리고 나는 처음으로 세쓰코가 오늘 아침, 내가 모르는 사이에 소량의 각혈을 했다는 이야기를 들었다. 그녀는 나에게는 그 말을 하지 않았던 것이다. 각혈은 위험하다고 할 정도는 아니지만 만일을 위해 잠시 보조간호사를 붙여두라고 원장이 지시하고 갔다는 것이다. …… 나는 그 지시에 동의하는 수밖에 없었다.

나는 그동안만 마침 비어있는 옆 병실에서 지내기로 했다. 나는 지금 둘이 살던 방과 모든 것이 닮은, 그러면서도 전혀 낯선 방 안에서 홀로 이 일기를 쓰고 있다. 이렇게 몇 시간 전부터 앉아있는데도, 아무래도 이 방은 아직 공허한 것 같다. 여기에는 마치 아무도 없는 것처럼 전등마저도 차갑게 빛나고 있다.

11월 28일

나는 거의 마무리된 작품 노트를 조금도 손을 대지 않고, 책상 위에 내버려 두었다. 그것을 완성하기 위해서라도 잠시 따로 생활하는 것이 좋다는 말을 환자에게는 알아듣게 말하여 두었다.

그러나 지금과 같은 불안한 마음이라면, 어떻게 그 작품에서 그린 것처럼 우리의 행복한 상태로 나 혼자 들어갈 수 있을까?

나는 매일 2, 3시간 정도 간격을 두고는 옆 병실로 가서 환자의 머리맡에 잠시 앉아 있는다. 그러나 환자에게 말을 거는 것은 제일 좋지 않기 때문에, 거의 아무 말도 하지 않는 경우가 많다. 간호사가 없을 때도 둘은 말없이 서로의 손을 잡고 가급적이면 눈도 맞추지 않으려 했다.

그러나 어쩌다가 우리가 갑자기 눈을 맞추는 일이 있으면, 그녀는 마치 우리가 처음 만났던 시절에 보여주었던, 쑥스러운 듯한 미소를 잠시 나에게 지어 보인다. 그러나 곧바로 눈을 돌려 허공을 바라보며, 그런 상태에 놓여있는 것에 조금도 불평하는 모습을 보이지 않고 침착하게 누워 있다. 그녀는 한번 나에게 일은 잘되어 가고 있는지 물었다. 나는 고개를 저었다. 그때 그녀는 안타까워하는 눈빛으로 나를 보았다. 그러나 그뿐, 더 이상 나에게 그런 것은 묻지 않았다. 그렇게 하루는, 다른 날과 마찬가지로 마치 아무 일도 없다는 듯이 조용히 지나간다.

그리고 그녀는 내가 자기 대신 아버지에게 편지를 부치는 것조차 거부하고 있다.

오늘 밤, 나는 늦게까지 아무것도 하지 않고 책상을 향해 앉아 있다. 발코니 위로 떨어지고 있는 밝은 등불의 그림자가 창문에서 멀어짐에 따라 점차 희미해지며 어둠이 사방을 둘러싸고 있는 모습이, 마치 나의 마음속 같다는 생각을 하며 멍하니 넋을 놓고 보고 있다. 어쩌면 환자도 아직 잠들지 못하고, 내 생각을 하고 있을지도 모른다고 생각하며…….

12월 1일

요즘 어쩐지 내 등불에 몰려드는 나방이 또 늘어나기 시작한 것 같다.

밤이 되면 그런 나방이 사방에서 날아와 꼭 닫아 둔 창문 유리에 세게 부딪혀 그 타격으로 스스로 상처를 입으면서, 여전히 생을 바라 마지않는다는 듯이 필사적으로 유리에 구멍을 내려고 하고 있다. 내가 그 소리가 시끄러워서 등불을 끄고 침대에 들어가 버려도 여전히 한동안은 미친 듯이 날갯짓을 하지만, 점차 그 날갯짓은 약해지고 결국 어딘가에 달라붙어 버린다. 그런 다음 날 아침이면, 나는 반드시 그 창문 아래에서 썩은 이파리같은 나방의 사체를 발견한다.

오늘 밤에도 그런 나방 한 마리가 마침내 방 안으로 날아들어와, 나를 비추고 있는 등불 주변을 조금 전부터 미친 듯이 빙빙 돌고 있다. 얼마 안 있어 풀썩 소리를 내며 내 종이 위로 떨어진다. 그리고 언제까지고 그대로 움직이지 않는다. 그러고는 또 다시 자신이 살아있다는 것을 겨우 생각해 냈다는 듯이 갑자기 날아오른다. 이제 나방 자신도 자신이 무엇을 하고 있는지 모른다고밖에 보이지 않는다. 이윽고 또, 내 종이 위로 풀썩 소리를 내며 떨어진다.

나는 이상한 두려움 때문에 나방을 치우려고도 하지 않고 오히려 무관심하다는 듯이 내 종이 위에서 그것이 죽게 내버려 둔다.

12월 5일

저녁에 우리는 단 둘이 있었다. 보조간호사는 이제 막 식사를 하러 갔다. 겨울의 해는 이미 서녘 산 뒤로 들어가고 있었다. 그리고 비스듬히 기울은 그 햇살이 으슬으슬 추워지기 시작한 방 안을 갑자기 환하게 만들었다. 나는 환자의 머리맡에서 히터에 다리를 올려 놓고, 몸을 굽혀 손에 든 책을 읽고 있었다. 그때 환자가 갑자기 희미하게 외쳤다.

"어머, 아버지."

나는 나도 모르게 움찔하며 그녀를 올려다 보았다. 나는 그녀의 눈이 평소와 다르게 반짝이고 있다는 것을 알아차렸다.…… 그러나 나는 아무렇지 않은 듯, 방금 전의 작은 외침소리를 듣지 못한 척하며 물었다.

"지금 무슨 말인가 했어?"

그녀는 잠시 답을 하지 않고 있었다. 그러나 그 눈은 한층 더 반짝거리는 것 같았다.

"저 낮은 산 왼쪽 끝에 햇빛이 살짝 닿은 곳이 있지?"

그녀는 드디어 결심하였다는 듯이 침대에서 손으로 그쪽을 살짝 가리켰다. 그리고 무언가 하기 어려운 말을 억지로 속에서 끌어내기라도 하듯이, 그 손가락 끝을 이번에는 자기 입에 대고는 말했다.

"저기에 아버지의 옆모습과 똑 닮은 그림자가, 지금 시간대가 되면 항상 생기는 거야. …… 저것 봐. 딱 지금 생겼지? 알겠어?"

그곳에 보이는 낮은 산이 그녀가 말한 산이라는 것은 그 손가락 끝을 따라 가서 나도 바로 알았다. 하지만, 내게는 단지 그 근처에서 비스듬히 비치는 햇빛이 선명하게 드러내 보이는 산주름 밖에 보이지 않았다.

"이제 없어지네.…… 아아, 아직 이마 부분은 남아 있어.……"

그제서야 겨우 나는 아버지의 이마 같은 산주름을 찾을 수 있었다. 그것은 나에게도 아버지의 듬직한 이마를 떠오르게 했다.

'이런 그림자에서까지, 이 사람은 마음속으로 아버지를 찾고 있

었던 것일까? 아아, 이 사람은 아직 온몸으로 아버지를 느끼고 있어, 아버지를 부르고 있어.……'

그러나 순식간에 어둠이 그 낮은 산을 완전히 먹어버리고 말았다. 그리고 모든 그림자는 사라지고 말았다.

"너, 집에 돌아가고 싶은 거지?"

나는 그만 마음속에 처음으로 떠오른 말을 입 밖에 냈다.

그 후 바로 나는 불안하게 세쓰코의 눈을 찾았다. 그녀는 매정한 나를 바라보았지만, 갑자기 그 눈길을 돌리며 들릴 듯 말 듯 잠긴 목소리로 말했다.

"으음, 어쩐지 돌아가고 싶어졌어."

나는 입술을 깨문 채 눈에 띄지 않도록 침대 쪽에서 떨어져 창가로 다가갔다.

나의 등 뒤에서 그녀가 조금 떨리는 목소리로 말했다.

"미안해.…… 하지만 지금 잠깐만이야.…… 이런 마음, 곧 나아질 거야.……"

나는 창문 쪽에서 팔짱을 낀 채, 말없이 서 있었다. 산기슭 들에는 이미 어둠이 뭉쳐 있었다. 하지만 산 정상에는 아직 희미한 빛이 감돌고 있었다. 갑자기 목을 옥죄이는 듯한 공포가 덮쳐왔다. 나는 불현듯 환자를 돌아보았다. 그녀는 양손으로 얼굴을 감싸고 있었다. 갑자기 모든 것이 우리에게서 사라져 버릴 것 같은 불안한 마음으로 가득 찬 나는 침대로 달려가 그녀의 얼굴에서 그 손을 억지로 떼어냈다. 그녀는 나에게 저항하려고 하지 않았다.

높아 보이는 이마, 이제 조용한 빛마저 보이는 눈, 꼭 다문 입매무새.…… 무엇 하나 평소와 조금도 다르지 않다. 그러나 내게는 평소보다 훨씬, 훨씬 범접하기 어려운 모습으로 여겨졌다. …… 그렇게 나는 아무것도 아닌 것에 두려움에 떨고 있는 나 자신을, 오히려 아이처럼 느끼지 않을 수 없었다. 그리고 나는 갑자기 힘이 빠져버려, 덜컥 무릎을 꿇고 침대 가장자리에 얼굴을 묻었다. 그리고 언제까지고 침대에 얼굴을 딱 붙이고 그대로 있었다. 환자의 손이 나의 머리카락을 가볍게 쓰다듬는 것을 느끼며, …….

이제는 방 안까지 어둑어둑해졌다.

사망의 음침한 골짜기

1936년 12월 1일 마을에서

거의 3년 반 만에 보는 이 마을은 완전히 이미 눈에 파묻혀 있었어. 일주일 정도 전부터 계속 눈이 내리다 오늘 아침에야 겨우 그쳤다 해. 취사를 부탁한 마을의 젊은 아가씨와 그녀의 남동생이, 남자아이 것으로 보이는 작은 썰매에 나의 짐을 싣고 앞으로 내가 이 겨울을 나고자 하는 산속 오두막집까지 끌고 올라와 주었어. 그 썰매 뒤를 따라가며 도중에 나는 몇 번이나 미끄러질 뻔했지. 그 정도로 벌써 이 골짜기의 그늘에 있는 눈은 꽁꽁 얼어붙어 있었어. ……

내가 빌린 오두막집은 그 마을에서 조금 북쪽으로 올라간 어느 작은 골짜기에 있었고, 그 근처에는 오래전부터 외지인들의 별장이 여기저기 들어서 있었어. …… 어쨌든 나의 오두막은 그 별장들의 가장 변두리에 있었을 거야. 그곳으로 여름을 지내러 오는 외지인들은 이 골짜기를 행복의 골짜기라고 부른다던가. 도대체 이렇게 인적이 끊긴 쓸쓸한 산골짜기가 어떻게 행복의 골짜기라는 것인지. 나는 지금은 이도저도 모두 눈에 파묻힌 채 내버려둔 별장들을 하나하나 살펴보며 몇번이고 뒤처지면서 둘의 뒤를 따라 그 골짜기를 올라갔어. 그리고 문득 행복의 골짜기라는 이름과는 정반대가 되는 골짜기의 이름을 입 밖에 낼 뻔 했어. 나는 왠지 주저하기라도 하듯 잠시 그 말을 삼켰지만, 다시 마음을 바꾸어 결국 입 밖에 내고 말았지. 사망의 음침한 골짜기……. 그래, 웬만하면 그렇게 부르는 편이 이 골짜기에는 어울릴 것 같군. 적어도 이렇게 한겨울에 이런 곳에서 쓸쓸한 홀아비 생활을 하려는 나에게는 말이야. …… 이런 생각을 하고 또 하며, 드디어 내가 빌린 제일 마지막에 있는 오두막집 앞에 도착했어. 이름 뿐인 작은 베란다가 딸린, 나무껍질로 만든 지붕을 이은 그 오두막 주변에는 그것을 둘러싼 눈 위에 뭔지 정체를 알 수 없는 발자국들이 잔뜩 나 있더군. 누나인 아가씨가 문이 닫혀 있던 오두막 안으로 먼저 들어가 덧문을 열고 있었어. 그 사이에, 나는 그 어린 동생에게 이건 토끼, 이건 다람쥐, 그리고 이건 꿩이라며, 그 이상한 발자국의 이름을 하나하나 배우고 있었지.

그리고 나는 반쯤 눈에 묻힌 베란다에 서서 주변을 둘러보았어. 거기에서 내려다보니, 우리가 지금 올라온 그늘진 골짜기는, 정말이지 멋지고 아담한 골짜기의 일부가 되어 있었지. 아아, 방금 전 썰매를 타고 혼자 먼저 돌아간 어린 동생의 모습이 나목들 사이로 보이다 말다 했어. 마침내 그 귀여운 모습이 아래쪽 마른 나무 숲속으로 사라져 버릴 때까지 바라보며 골짜기를 한차례 휘 둘러볼 무렵, 그럭저럭 오두막 안도 정리가 된 듯하여 나는 처음으로 그 안으로 들어갔어. 벽까지 완전히 삼나무 껍질로 둘러쳐져 있고, 천장이고 뭐고 아무 것도 없을 만큼 생각보다도 엉성하게 지어진 집이었지만 느낌이 나쁘지는 않았지. 곧장 2층에도 올라가 보았는데, 침대부터 의자까지 이것저것 모두 두 명분이었어. 마치 너와 나를 위한 것인 것처럼. …… 그러고 보니, 예전의 나는 정말이지 이런 산속 오두막에서 너와 마주 보며 쓸쓸하게 살기를 얼마나 꿈꾸었는지! ……

저녁에 식사 준비가 다 되자, 나는 바로 마을 아가씨를 돌려보냈어. 그리고 나는 혼자서 큰 탁자를 난로 옆에다 끌어다 놓고, 그 위에서 글쓰기나 식사 모든 것을 하기로 했지. 그때 문득 머리 위에 걸려 있는 달력이 아직도 9월이라는 것을 깨달았어. 일어나 달력을 떼고 오늘 날짜에 표시를 해 놓았어. 그리고, 나는 정말 1년 만에 이 수첩을 펼친 거야.

12월 2일

어딘가 북쪽 산에서 자꾸 눈보라가 치는 것 같아. 어제는 손에 잡힐 듯 보이던 아사마야마(浅間山) 산[5]도 오늘은 완전히 눈구름에

---

5 일본의 삼중으로 된 성층 화산. 군마현(群馬県)과 나가노현에 걸쳐 위치해 있다.

뒤덮였고, 그 산속에서 엄청 거칠어졌는지 산기슭 마을까지 휘몰아치는 바람에 가끔은 해가 나서 밝기도 했지만 중간중간 끊임없이 눈발이 날리고 있어. 어쩌다가 갑자기 그런 눈의 끝자락이 골짜기 위에 걸리기라도 하면, 그 골짜기를 사이에 두고 계속해서 남쪽으로 이어진 산들 쪽에는 선명하게 푸른 하늘이 보이면서, 골짜기 전체가 그늘지고 한바탕 맹렬하게 눈보라가 치지. 그런가 싶으면 또다시 활짝 햇살이 비치고 있어. ……

끊임없이 변화하는 산골짜기의 그런 광경을 창가로 서서 잠깐 바라보다가 다시 바로 난롯가로 돌아오거나 했는데, 그 때문인지, 어쩐지 하루 종일 마음이 진정되지 않아.

점심쯤, 보퉁이를 맨 마을의 아가씨가 버선발로 눈 속을 찾아와 주었어. 손부터 얼굴까지 가벼운 동상을 입은 듯 보이는 아가씨였지만, 순수해 보이는 데다가 말이 없는 것이 무엇보다도 내게는 딱 좋았어. 또 어제처럼 식사 준비만 하게 하고는 바로 돌려보냈어. 그리고 나는 이제 하루가 끝났나 싶어, 난로 옆에서 떠나지 않고 아무 것도 하지 않으며 저절로 부는 바람에 장작이 타닥타닥 소리를 내면서 타는 것을 멍하니 지켜보고 있었지.

그대로 밤이 되었어. 혼자서 차갑게 식은 저녁을 먹고 나니 내 마음도 어느 정도 진정이 되더군. 눈은 별 큰일 없이 그친 것 같은데, 그 대신 바람이 불기 시작했어. 불이 조금이라도 사그라들어서 소리가 약해지면, 틈틈이 산골짜기 바깥쪽에서 바람이 마른나무 숲에서 소리를 끌어오기라도 하듯 갑자기 가까이에서 들려오기도 했어.

그로부터 한 시간쯤 뒤, 나는 익숙하지 않은 불에 머리가 좀 무거워져서 바깥 공기를 쐬러 오두막을 나왔어. 그리고 잠시 캄캄한 바깥을 돌아다녔는데, 이내 얼굴이 차가워져서 다시 오두막에 들어가려 했어. 그리고 그때 처음으로 안에서 흘러나오는 빛에 지금도 여전히 싸락눈이 내리고 있다는 것을 알게 되었어. 나는 오두막 집에 들어가서는 조금 젖은 몸을 말리기 위해 다시 불 옆으로 다가갔어. 그러나 그렇게 다시 불을 쐬는 동안 어느새 몸이 다 마른 줄도 모르고 멍하니 내 안에 있는 추억을 되살리고 있었지. 그것은 작년 이맘때, 우리가 지내던 산의 새너토리엄 주변에 마침 오늘 밤처럼 눈이 내리던 깊은 밤의 일이었어. 나는 전보를 쳐서 너의 아버지를 오시라고 하고는, 몇 번이고 그 새너토리엄 입구에 서서 오시기를 초조하게 기다리고 있었지. 아버지는 자정 가까이 되어서야 겨우 도착했어. 그러나 너는 그런 아버지를 흘끔 보고 입가에 살짝 미소를 띠었을 뿐이었지. 아버지는 아무 말 없이 그렇게 초췌해진 너의 얼굴을 가만히 지켜보았어. 그러고는 때때로 내쪽으로 매우 불안한 눈길을 보냈어. 그러나 나는 그것을 모르는 척하며, 그저 아무 생각없이 너만을 바라보고 있었어. 얼마 안 있어, 갑자기 네가 무언가 웅얼거린 듯한 느낌이 들어 네 곁으로 다가가자, 거의 들릴 듯 말 듯한 작은 목소리로 너는 나를 향해 말했지.

"자기 머리에 눈이 붙어 있어.……"

……지금 이렇게 혼자서 불 옆에 쭈그리고 앉아 있던 나는 불현듯 떠오른 그런 추억에 이끌리듯 아무 생각 없이 머리카락에 손을

대 보았어. 머리는 아직 살짝 젖어 있어 차가웠어. 나는 그렇게 만져보기 전까지는 머리가 젖은 줄을 전혀 몰랐어. ……

12월 5일

요 며칠, 무어라 할 수 만큼 날씨가 좋아. 아침에는 베란다 한가득 햇볕이 들고 바람도 없고, 아주 따뜻해. 오늘 아침에는 드디어 베란다에 작은 탁자와 의자를 가지고 나가 아직 온통 눈에 파묻힌 산골짜기를 앞에 두고 아침 식사를 시작했을 정도야. 정말로 이렇게 혼자 있는 것이 어쩐지 아깝다고 생각하며 아침 식사를 하는 가운데, 무심코 바로 눈 앞에 있는 마른 관목의 뿌리에 눈길이 가서 보니, 어느 새 꿩이 와 있더군. 그것도 두 마리, 눈 속에서 먹이를 찾아다니며 바스락바스락 돌어 다니고 있어.……

"어이, 이리로 와 봐, 꿩이 와 있어."

나는 마치 네가 오두막 안에 있기라도 한 것처럼 상상하며 목소리를 낮추어, 그렇게 혼잣말하면서 가만히 숨죽여 꿩을 지켜보고 있었지. 네가 무심코 발소리라도 내버리지는 않을까, 그런 걱정까지 하며.……

그 순간 어딘가 오두막에서 지붕 위의 눈이 퍽, 하며 온 산골짜기에 울려 퍼지는 소리를 내면서 무너져 내렸어. 나는 무심결에 깜짝 놀라며, 마치 내 발밑에서 날아가기라도 하는 것처럼 두 마리의 꿩이 날아가는 것을 어안이 벙벙해져 보고 있었지. 거의 그와 동시에 나는, 네가 놀랄 때면 늘 그랬던 것처럼 바로 내 옆에 서서 아무

말 없이 그저 눈을 크게 뜨고 나를 가만히 바라보는 것을, 고통스러울 만큼 또렷이 느꼈어.

오후에 나는 처음으로 골짜기 오두막에서 내려와 눈 속에 묻힌 마을을 한 바퀴 돌았어. 나는 이 마을에 대해서는 여름부터 가을에 걸쳐서 밖에 몰라. 그런 나로서는 지금 온통 눈을 덮어쓰고 있는 삼림이나, 길이나, 못질 된 오두막이, 이것 저것 모두 본 기억이 있는 것 같기는 하지만 아무래도 이전의 모습을 떠올릴 수는 없었어. 옛날에 내가 즐겨 돌아다니던 물레방아 길을 따라, 나도 모르는 사이에 작은 가톨릭 교회까지 생겼어. 게다가 아무 도색도 하지 않은 나무로 지은 그 아름다운 교회는, 눈을 덮어쓴 뾰족한 지붕 아래쪽부터 벌써 거무스름해지기 시작한 벽판까지 드러내고 있었지. 그것이 한층 더 그 주변 일대를 뭔가 낯설게 했어. 그리고 나는 너와 함께 자주 걸었던 삼림 안으로도, 아직 꽤 두껍게 쌓인 눈을 가르며 들어가 보았어. 이윽고 나는 어쩐지 본 기억이 있는 것 같은 전나무 한 그루를 찾아내었지. 그러나 마침내 그 전나무에 다가가보니, 그 안에서 가악, 하고 날카로운 새 울음소리가 났어. 내가 그 앞에 멈추어 서자, 여태껏 한 번도 본 적이 없는 푸른 빛을 띤 새 한 마리가 살짝 놀란 듯 푸드덕 거리며 날아올랐어. 그러나 새는 곧바로 다른 가지에 옮겨 있더니, 오히려 나에게 도전이라도 하듯, 또 다시 가악, 가악 울어댔지. 나는 하는 수 없이 그 전나무에서도 떠났어.

12월 7일

겨울이 되어 잎이 다 떨어진 집회당 옆 숲속에서, 나는 갑자기 뻐꾸기 두 마리가 계속 우는 소리가 들리는 것 같았어. 그 울음소리는 매우 멀리서 들리는 것 같기도 했고, 또 아주 가까이에서 들리는 것 같기도 하더군. 그래서 나는 근방의 마른 덤불 안이나 마른 나무 위, 그리고 하늘 쪽을 둘러보았지만, 더 이상 울음소리는 들리지 않았어. 아무래도 내가 잘못 들은 것 같다는 생각이 들었어. 그러나 그보다도 먼저, 근처의 마른 덤불이나 마른 하늘은 완전히 정든 여름날의 모습으로 돌아가서 내 안에서 선명하게 되살아나기 시작했어. ……

그렇지만 3년 전 그 여름, 이 마을에서 내가 가지고 있던 모든 것은 이미 다 사라져서 지금의 나에게는 아무 것도 남아있지 않다는 것을, 내가 진정으로 알게 된 것도 그것들과 함께였어.

12월 10일

요 며칠, 무슨 일인지 네가 조금도 생생하게 되살아나지 않아. 그리고 가끔 이렇게 고독한 것이 나는 도무지 견딜 수가 없어. 아침에는 난로에 한 번 쌓아 둔 장작이 좀처럼 불이 붙지 않았고, 결국 나는 초조해하며 그것을 마구 쑤셔대려 했어. 그럴 때만 문득 내 곁에서 염려스러워 하는 너를 느끼곤 해. …… 그리고 나는 겨우 진정을 하고, 다시 그 장작을 쌓아보는 거야.

또 오후에는, 마을이라도 조금 돌아다니다 오려고 산골짜기를 내려가지. 요즘은 눈이 녹기 시작해서 길이 매우 나빠, 신발이 금방 진흙으로 무거워져 걷기가 어렵기 때문에, 대개는 도중에 되돌아와 버려. 그리고 아직 눈이 얼어 있는 산골짜기에 다다르면, 나도 모르게 안심을 하지. 그러나 이번에는 내가 머무는 오두막까지 계속해서 숨이 끊어질 것 같은 오르막길이 나와. 그래서 나는 걸핏하면 우울해지는 내 기분을 북돋기 위해, 어슴푸레하게 기억하는 시편의 문구를 떠올려 내 자신에게 들려주지.

"나 아무리 사망의 음침한 골짜기를 지날지라도 앙화를 두려워하지 않으리, 주께서 나와 함께 하심이라.……"[6]

하지만, 이런 문구도 나에게는 그저 공허하게 느껴질 뿐이었어.

12월 12일

저녁에 내가 물레방아가 있는 길을 따라 생긴 그 작은 교회 앞을 지나가고 있을 때, 그곳 소사로 보이는 남자가 눈이 녹아 생긴 진흙 위에 정성껏 석탄 찌꺼기를 뿌리고 있었어. 나는 그 남자 옆으로 가서 겨울에도 교회는 계속 여냐며, 대수롭지 않게 물었지.

"올해는 이제 2, 3일 안에 닫는다고 하던데요.……"

소사는 석탄 찌꺼기를 뿌리던 손을 잠시 멈추며 대답했어.

"작년에는 겨울 내내 열었습니다만, 올해는 신부님께서 마쓰모

---

6 구약성경 시편 23장에 등장하는 구절. 골짜기에 붙인 별명 또한 여기에서 비롯된 것으로 추정됨.

토(松本)**7**로 가서서요.……"

"이런 겨울에도 이 마을에 신자가 있는 겁니까?"

나는 거리낌 없이 물었어.

"거의 오시진 않지만요. …… 대부분 신부님 혼자 매일 미사를 드리세요."

우리가 서서 그런 대화를 나누고 있는 참에 마침 그 독일인 신부가 외출에서 돌아왔어. 이번에는 내가 잘 알아 들을 수 없는 일본어를 구사하는, 하지만 싹싹해 보이는 신부에게 잡혀 이것저것 질문을 당하는 입장이 되었어. 그리고 마지막에는 무언가 잘못 듣기라도 했는지, 내일 일요일 미사에는 꼭 오라고 자꾸만 내게 권유했어.

12월 13일, 일요일

아침 9시쯤, 나는 특별히 바라는 바도 없이 그 교회에 갔어. 작은 촛불이 켜진 제단 앞에서 이미 신부가 혼자 부제와 미사를 시작하고 있더군. 신자도 무엇도 아닌 나는 어떻게 하면 좋을지 몰라, 그저 소리를 내지 않도록 조심하면서 가장 뒤쪽에 있는 밀짚으로 만든 의자에 그대로 살짝 앉았어. 그러나 마침내 내부의 어둠에 눈이 익숙해지자, 그때까지 아무도 없다고만 생각했던 신자석 가장 앞줄 기둥 뒤에, 온통 검은색 옷을 입은 중년의 부인 한 명이 웅크리고 있는 것이 눈에 들어왔어. 그리고 그 부인이 조금 전부터 계속

---

7 나가노현에 있는 시의 이름.

무릎을 꿇고 있다는 것을 알게 되었지. 나는 갑자기 그 회당 안이 매우 썰렁하다는 것을 절감했어. ……

그 뒤로도 한 시간 가까이 미사는 계속되었어. 그것이 끝나갈 무렵, 나는 그 부인이 문득 손수건을 꺼내어 얼굴에 대는 것을 보았지. 하지만 그 이유가 무엇인지 나는 알 수가 없었어. 얼마 안 있어 마침내 미사가 끝난 듯, 신부는 신자석 쪽은 돌아보지도 않고 단번에 그대로 옆에 있는 작은 방 안으로 들어갔어. 그 부인은 여전히 꼼짝도 하지 않고 있더군. 그러나 그 사이에 나는 혼자 살짝 조용히 교회에서 빠져나왔어.

그것은 약간 흐린 날의 일이었어. 그러고 나서 나는 눈이 녹은 마을 안을 언제까지고 무언가 채워지지 않은 기분으로 정처 없이 헤매고 있었지. 옛날에 너와 그림을 그리러 자주 갔던, 한가운데에 자작나무 한 그루가 우뚝 서 있는 들판에도 가 보았어. 아직 그 뿌리에만 눈이 남아있는 자작나무에 그립다는 듯 손을 대고는, 그 손가락 끝이 꽁꽁 얼 때까지 서 있었어. 그러나 나에게는 그때 너의 모습조차 좀처럼 되살아나지 않았어. …… 마침내 나는 그곳에서도 떠나 무언가 말로 표현할 수 없는 쓸쓸한 마음으로 마른 나무 사이를 빠져나와, 단숨에 골짜기를 올라가 오두막으로 돌아왔어.

그러고는 숨을 헐떡거리며 무심코 베란다 바닥에 앉아있자니, 그때 갑자기 기분이 언짢은 나에게 다가 앉는 너를 느낄 수 있었지. 하지만 나는 그럼에도 모르는 척 하고 멍하니 손으로 턱을 괴고 있었어. 그러면서도 그런 너를 전에 없이 생생하게…… 마치 너의 손이 내 어깨를 만지고 있는 것은 아닐까 생각될 정도로 생생하게 느끼며.……

"이미 식사 준비가 다 되었습니다만, ……."

오두막 안에서 벌써 아까부터 내가 돌아오기를 기다리고 있었는지, 마을의 아가씨가 그렇게 나에게 식사를 하라고 불렀어. 나는 퍼뜩 정신을 차리고, 이대로 조금 더 내버려 두었으면 좋았을 것을, 하고 전에 없이 내키지 않는 얼굴을 하고 오두막 안으로 들어갔어. 그리고 아가씨에게는 한 마디 말도 하지 않고 늘 그런 것처럼 홀로 식사자리에 앉았지.

저녁 가까이가 되어서, 나는 어쩐지 아직 초조한 기분으로 아가씨를 돌려보내 버렸어. 하지만, 그로부터 얼마 안 있어 다소 후회를 하면서 다시 하릴 없이 베란다로 나갔어. 그리고 또 아까처럼 (그러나 이번에는 너 없이……) 멍하니 다시 녹다 만 눈이 남아있는 골짜기를 내려다보고 있었지. 천천히 마른 나무 사이를 지나 누군가 온 산골짜기를 두리번거리며 이쪽으로 차츰 올라오고 있는 것이 보였어. 어디를 찾아 온 것일까 하며 계속 보고 있자니, 그것은 바로 나의 오두막을 찾고 있는 신부였어.

12월 14일

어제 저녁에 신부와 약속을 했기 때문에, 나는 교회를 방문했어. 내일 교회를 닫고 바로 마쓰모토로 떠난다고 하며, 신부는 나와 이야기를 하면서도 때때로 짐을 싸고 있는 소사에게 무언가 지시를 하러 갔다 오기도 했지. 그리고 이 마을에서 신자를 한 명 얻으려는 참인데, 지금 이곳을 떠난다는 것은 정말 안타깝다고 반복하여 말했어. 나는 곧바로 어제 교회에서 본, 마찬가지로 독일인으로 보이던 중년의 부인을 떠올렸어. 그리고 그 부인 이야기를 하는 것이냐고 물어볼까 했지. 그러나 동시에 또 불쑥 신부가 무언가 오해하여 내 이야기를 하고 있는 것은 아닐까 싶은 생각이 들기도 했어. ⋯⋯

그렇게 묘하게 뒤죽박죽이었던 우리의 대화는 그때부터 점점 더 끊어지기 일쑤였어. 그리고 우리는 어느 사이에 서로 입을 다문 채, 지나칠 만큼 뜨거운 난로 옆에서 유리창 너머로 맑은 겨울 하늘을 바라보았지. 바람이 강한지 조각 구름들이 사방으로 흩어지는 그런 하늘이었어.

"이렇게 아름다운 하늘은 오늘처럼 바람이 부는 추운 날이 아니면 볼 수 없지요."

신부는 전혀 아무렇지 않은 듯 말했어.

"정말로, 이렇게 바람이 부는, 추운 날이 아니면⋯⋯."

나는 앵무새처럼 같은 말을 반복하면서, 무심코 흘린 신부의 말만큼은 묘하게 내 마음에 와닿는 느낌을 받았어.⋯⋯

한 시간 정도 그렇게 신부와 함께 있다가 오두막으로 돌아와 보니, 작은 소포가 와 있었어. 훨씬 전에 주문해 두었던 릴케의 「레퀴엠」이 두세 권의 책과 함께 여러 번 메모지가 붙여지면서 여기저기 떠돌다가, 드디어 나에게 도착한 것이었지.

밤에 나는 잘 준비를 다 하고 나서, 난로 옆에서 때때로 바람 소리를 신경 쓰며 릴케의 「레퀴엠」을 읽기 시작했어.

12월 17일

또 눈이 내려. 아침부터 조금도 멈추지 않고 계속 내리고 있어.
그리고 내가 보고 있는 사이에 눈앞의 골짜기는 또다시 새하얘졌
지. 이렇게 점점 더 겨울도 깊어가는 거야. 오늘도 하루 종일 나는
난로 옆에서 지내며, 가끔씩 생각이 난 듯이 창가로 가서 눈 쌓인
골짜기를 멍하니 보고는 또 바로 난로로 돌아와 릴케의 「레퀴엠」을
읽었어. 아직 너를 조용히 죽게 할 수 없어, 너를 찾아 마지않았던
나의 연약한 마음에 뭔가 심한 후회 비슷한 것을 느끼며…….

내게는 죽은이들이 몇 명 있다. 나는 그들이 떠나도록 그
대로 두었지만,
그들은 소문과 달리 너무나 태연한 모습으로
죽음에도 바로 익숙해져서, 너무 차분하게 지내는 것에 깜
짝 놀랐다.
다만 당신―당신만이 돌아왔다.
당신은 나를 스치고 돌아다니며, 무언가에
부딪힌다, 당신은 그렇게 소리를 내어 당신이 어디에 있는
지를 알리려 한다.
오오, 천천히 배우려는 것을 거두어 가지 마라. 나는 옳다.
혹 당신이 이승의 사물에 절절한 향수를 느끼고 있다면,

그것은 당신이 잘못하는 것이다. 우리는 그 사물을 눈앞에 두고 있어도,

그것은 이곳에 있는 것이 아니다.

우리가 그것을 지각함과 동시에 그 사물을 우리의 존재를 기점으로 반영시키고 있을 뿐인 것이다.[8]

12월 18일

드디어 눈이 멈추었기 때문에 나는 이때다 싶어 아직 가 본 적이 없는 뒤편 숲 안으로, 안으로 안으로 더 들어가 보았어. 때때로 어딘가 나무에서 퍽하고 소리를 내며 저절로 무너지는 눈보라를 맞으며, 아주 재미있다는 듯 숲 사이사이를 돌아다녔어. 물론, 아직 아무도 걸어다닌 흔적은 건 없고, 단지 군데군데 토끼가 주변을 뛰어다닌 듯한 흔적이 여기저기 나 있을 뿐이었어. 또 가끔씩 꿩의 발자국 같은 것이 쭉 길을 가로지르고 있었지. ……

그러나 아무리 가도 그 숲은 끝이 나지 않았고, 게다가 또 눈구름 같은 것이 그 위로 펼쳐지기 시작했기 때문에, 나는 더 이상 안으로 들어가는 것을 단념하고 도중에 되돌아왔어. 그러나 아무래도 길을 잘못 든 듯, 어느샌가 나는 내 발자국도 잃어버렸어. 나는 어쩐지 불안하여 눈을 헤치며, 그럼에도 불구하고 저벅저벅 나의 오

---

8 릴케 「레퀴엠」의 일부 구절. 여기에서는 작가 호리 다쓰오가 묘사하고자 한 인물의 심정과 그의 번역이 연관되어 있다고 판단하여 호리 타쓰오의 번역을 중역하였다.

두막이 있을 것 같은 쪽으로 숲을 가로질렀지. 하지만, 얼마 안 있어 나는 언제부터인지 알 수 없지만 내 등 뒤에 분명 내 것이 아닌 또 하나의 발소리가 들리는 느낌이 들기 시작했어. 그러나 그것은 거의 있는 듯 없는 듯한 발소리였어. ⋯⋯

나는 그것을 한 번도 돌아보려고 하지 않고 저벅저벅 숲을 내려왔어. 그리고 어쩐지 가슴이 저리는 기분으로 어제 다 읽은 릴케의 「레퀴엠」 마지막 몇 줄을 입에서 나오는 대로 중얼거렸지.

돌아오지 마라. 그렇게 당신이 참을 수 있다면,
죽은 이들 사이에서 죽어 있으라. 죽은 이에게도 일은 잔
뜩 있는 법.
그러나 나에게 조력은 해 주길, 당신의 마음이 흐트러지지
않을 정도로,
종종 멀리 있는 것이 나에게 조력해 주듯이—내 안에서

12월 24일

밤에 마을 아가씨 집에 초대를 받고 가서 쓸쓸한 크리스마스를 보냈어. 겨울에는 인적이 끊기는 산속 마을이지만, 여름에는 외지인들이 많이 찾아오는 이 지방의 특성상, 마을의 보통 사람들도 그런 흉내를 내며 즐기는 것 같아.

9시쯤, 나는 그 마을을 떠나 눈이 환히 빛나는 골짜기를 올라 홀로 돌아왔어. 그리고 마지막 마른나무 숲에 다다렀을 때, 나는 문득 길옆에 눈을 뒤집어쓰고 한 덩어리로 뭉쳐있는 마른 덤불 위로 어디에서인가 작은 빛이 희미하게 비치고 있는 것이 눈에 들어왔지. 이런 곳에 어째서 이런 빛이 비치고 있는 것인지 의아해하며, 여기저기 별장이 드문드문 흩어져 있는 좁은 골짜기를 둘러보았어. 불이 켜진 곳은 딱 한 채, 분명 나의 오두막 같은 것이 골짜기 저 위쪽에 보일 뿐이었지. ……

'아, 내가 저런 골짜기 위에서 혼자 살고 있는 거구나.'

나는 이런 생각을 하며 그 골짜기를 천천히 올라갔어.

"그리고 지금까지는 내 오두막의 불빛이 이렇게 아래쪽 숲 속까지 비칠 거라고는 생각지도 못 했네. 저것 좀 봐.……"

나는 스스로를 향해 이야기하듯 말했어.

"자, 여기도 저기도 이 골짜기를 온통 뒤덮듯 눈 위에 점점이 작은 빛을 흩뿌리고 있는 것은 모두 다 내 오두막에서 나온 불빛이니 말이야. ……"

가까스로 오두막에 다오르자, 나는 그대로 베란다에 서서 도대체 이 오두막의 불빛은 골짜기를 얼마나 밝히고 있는지 다시 한 번 확인하려고 했어. 그러나 그렇게 보니, 불빛은 오두막 근처에 아주 약간의 빛을 던지고 있는 것에 지나지 않았지. 그리고 그 얼마 안 되는 약간의 빛도 오두막에서 멀어짐에 따라 점점 희미해지면서 골짜기의 눈에 반사되는 빛과 하나가 되어 갔어.

"뭐어야, 그렇게 눈에 확 띄던 빛이 여기에서 보니까 겨우 이 정도네."

나는 어쩐지 맥이 풀린 듯 혼잣말을 하며, 그럼에도 여전히 멍하니 그 불빛의 그림자를 바라보았어. 동시에 문득 이런 생각이 떠오르더군.

'…… 하지만 이 불빛은 마치 내 인생과 똑같지 않은가. 나는 내 인생에 빛은 겨우 이 정도라고 생각했지만, 사실은 나의 이 오두막의 불빛처럼 내가 생각하는 것보다 훨씬, 훨씬 많은 거야. 그리고 그것들이 내 의식 같은 건 의식하지 않고 이렇게 아무렇지 않게 나를 살아가게 내버려 두고 있는 건지도 몰라.……'

느닷없는 그런 생각에 나는 언제까지고 눈에 반사되어 빛나는 추운 베란다 위에 서 있었어.

12월 30일

정말로 조용한 밤이야. 나는 오늘 밤에도 이런 생각이 저절로 마음에 떠오르는 대로 내버려 두었어.

'나는 보통 사람들 이상으로 행복하지도 않고 또 불행하지도 않은 것 같아. 행복이니 뭐니 하는 그런 것들은 예전부터 그렇게나 우리를 애타게 했지만, 지금은 잊으려면 얼마든지 싹 잊을 수 있을 정도야. 오히려 요즘의 그런 내가 훨씬 행복한 상태에 더 가까울지도 몰라. 뭐, 굳이 말하자면 요즘의 내 마음은 행복과 비슷하면서도 행복보다는 조금 슬퍼 보일 뿐, …… 그렇다고 해서 전혀 즐겁지 않은 것도 아니야. …… 정말이지 이렇게 내가 아무렇지 않게 살 수 있는 것도, 내가 이렇게 가급적 세상과 교류하지 않고 그냥 혼자서 살아가고 있기 때문일지도 모르지만, 칠칠치 못한 내가 이렇게 살아갈 수 있는 것은 정말 모두 네 덕분이야. 그런데 세쓰코, 나는 지금까지 내가 이렇게 외롭게 살아가고 있는 것을 너 때문이라고 생각한 적은 한 번도 없어. 어차피 나 하나를 위해 내 마음 대로 사는 것이라는 생각밖에 들지 않아. 아니 어쩌면 그것도 역시 너를 위한 것이기는 하지만, 그것이 그대로 나 하나를 위한 것으로 생각될 만큼, 나는 내게 과분한 너의 사랑에 익숙해져 버린 것일까? 그 정도로 너는 나에게는 아무것도 바라지 않고, 나를 사랑해 주었던 것일까? ……'

그런 생각을 계속하던 중에, 나는 문득 무언가 생각이 난 듯이 일어나서 오두막 밖으로 나갔어. 그리고 언제나 그렇듯이 베란다에 서니, 마치 이 골짜기를 등지고 있는 쪽 주변에서, 자꾸만 술렁거리는 바람소리가 아주 멀리서부터 들려오더군. 그리고 나는 그대로, 마치 베란다에 그렇게 멀리서 들려오는 바람 소리를 일부러 들으러 나오기라도 한 듯이 그 소리에 귀를 기울이며 계속 서 있었어. 나의 앞쪽에 가로놓여 있는 이 골짜기의 모든 것은, 처음에는 그저 눈에 반사된 빛에 비친 막연한 하나의 덩어리로 밖에 보이지 않았는데, 그렇게 잠깐 나도 모르게 보고 있는 사이에, 그것이 점점 눈에 익어와서 그런지, 아니면 내가 조금씩 조금씩 내 기억으로 그것을 보충해서 그런지, 어느 새 하나하나 선과 형태를 서서히 드러내고 있었어. 그만큼 나에게는 그 모든 것이 친근해진 거지. 이곳 사람들이 말하는 이 행복의 골짜기…… 그래, 역시 이렇게 살며 정이 들면 나도 그렇게 사람들과 함께 행복의 골짜기라고 불러도 좋을 것 같은 생각이 들어. …… 골짜기 맞은편은 저렇게도 바람에 술렁이고 있지만, 이곳만큼은 정말로 조용해. 뭐, 때때로 내 오두막 바로 뒤에서 무언가가 삐걱대는 작은 소리가 나는 것 같기는 하지만, 그것은 아마 멀리서 불어온 바람 때문에 나목이 된 나뭇가지들이 서로 닿아서 그러는 걸 거야. 또, 때때로 그런 바람의 여운이 내 발밑에서도 바스락바스락 미세한 소리를 내며 두세 장의 낙엽을 다른 낙엽 위로 옮기고 있어. ……

(박채연, 최선아 번역)

나오코(菜穗子)

호리 다쓰오(堀辰雄)

느릅나무 집

제1부

1926년 9월 7일, O마을[1]에서

나오코(菜穗子).

나는 이 일기를 언젠가 네가 읽어줬으면 하는 마음으로 써 두려고 해. 내가 죽은 지 몇 년이 지나고 나면, 무슨 일인지 요즘 전혀 나랑 말을 하려고 하지 않는 너에게도, 좀 더 털어놓고 얘기했으면 좋았을 텐데 하는 생각이 드는 날이 오겠지. 그럴 때를 대비해 이 일

---

1 실제 모델은 나가노현(작중 '신슈') 동쪽 끝에 위치한 오이와케(追分)이다.

기를 써 놓으려는 거야. 네가 이 일기를 무심코 발견했으면 좋겠는데 ……그래, 나는 이걸 다 쓰고 나면 산 속에 있는 이 집 어딘가 남의 눈에 띄지 않는 곳에 숨겨 놓을거야. …… 몇 년 동안 가을이 깊어질 무렵까지 항상 나 혼자 남아 있던 이 집에, 너는 언젠가 널 생각하며 고통스러워하던 나의 모습을 그리워하며, 잠시 시간을 보내러 오는 일이 있을지도 몰라. 그때까지 산속의 이 집이 내가 살던 때와 변함없이 그대로 남아 있으면 좋겠는데. 그리고 너는 내가 책을 즐겨 읽거나 뜨개질을 하던 느릅나무 그늘에 앉아 있기도 하고, 또 쌀쌀한 밤이 되면 몇 시간을 난로 앞에서 멍하니 보내곤 할 거야. 그런 날들을 보내던 어느 날 밤, 너는 무심코 내가 쓰던 2층 방으로 들어갔다가 문득 한 구석에서 이 일기를 발견하겠지. 만일 그런 때가 온다면, 너는 나를 어머니로서만이 아니라 과실도 있던 하나의 인간으로 돌아봐 주고, 그 인간적인 과실로 인해 나를 더 사랑해 줄 것 같기도 해.

그건 그렇고, 요즘 너는 왜 이렇게 나와 대화하는 걸 피하고만 있는 걸까? 무언가 서로에게 상처가 될 만한 말을 내가 꺼낼까 두려워하는 것만은 아닌 것 같아. 오히려 네 쪽에서 그런 말을 꺼낼까 봐 두려워서 그런 것이라는 생각이 들어. 요즘 같이 이런 답답한 분위기가 모두 내 탓인 거라면 오빠와 너에겐 정말 미안해. 이런 울적한 분위기가 점점 짙어지면서, 우리로서는 무엇인지 예측할 수 없는 비극이 일어나려는 건지, 아니면 우리도 모르는 사이에 이미 일어났다가 아무 일도 없는 것처럼 지나가 버린 과거 비극의 영향이 세월이 흐를수록 이렇게 두드러지게 나타나는 건지, 나는 잘 모르겠어. 하지만 아마 우리가 제대로 눈치채지 못하고 있는 무슨 일인가가 벌어지고 있는 거야. 그게 무엇인지는 알 수 없지만, 아무래도 짚이는 데가 있어. 나는 이 수기로 그 정체를 밝혀내려고 해.

나의 아버지께서는 유명한 사업가이셨지만, 내가 아직 미혼이던 시절 재기가 불가능할 만큼 사업에 실패하셨어. 그래서 어머니는 나의 앞날을 염려하시곤 그 무렵 유행했던 미션 스쿨에 나를 입학시켜 주셨어. 그리고 어머니는 항상 내게, '넌 여자지만 똑바로 정신 차리거라. 좋은 성적으로 졸업해서 외국에 유학이라도 가 주렴'라고 하셨지. 그 미션 스쿨을 졸업하고, 나는 머지않아 이 미무라(三村) 집안의 사람이 되었어. 그래서 나는 꼭 가야만 한다고 생각해서 그랬는지, 어린 시절엔 아주 무섭게만 느껴졌던 그런 외국 같은 데는 가지 않아도 되었지. 그 대신, 이 미무라 집안에는 그 시절에 할아버지가 계셨는데, 무척이나 태평하셨어. 특히 말년에는 골동품 따위에 열중하시다가 완전히 집안이 기울어진 뒤라, 네 아버지와 나는 그걸 다시 회복하는 데 꽤나 고생을 했어. 20대, 30대 때는 숨 돌릴 틈도 없이 정신없이 지나가 버렸어. 그러다 겨우 우리의 생활노 안정이 되어서 한숨 돌리나 싶었는데, 이번에는 네 아버지께서 쓰러지시더구나. 네 오빠인 유키오(征雄)가 열여덟 살이고, 네가 열다섯 살 때의 일이었단다.

사실 나는 그때까지 네 아버지께서 먼저 돌아가실 줄은 상상도 못 했어. 또 젊었을 적에는 내가 먼저 죽어버리면 아버지께서는 얼마나 외로우실까 하는 말만 계속하며 살았을 정도였지. 그런데도 병약한 내가 어린 너희들과 함께 셋이서 남겨졌으니 처음에는 어딘가 멍하니 넋이 나가 있었지.

그러나 얼마 안 있어 곧 낡은 성 안에 나 혼자 남겨졌다는 외로움이 절절이 느껴졌지. 이 뜻밖의 사건으로, 아직 한참 철없는 여자였던 나는 인간의 운명이란 게 얼마나 덧없는 것인지 뼈저리게 느꼈을 뿐이었지. 그리고 네 아버지께서 돌아가시기 전에 나에게, '살다 보면 당신에게도 다시 어떤 희망이 생기겠지'라고 하셨던 말씀도 그저 공허하게만 느껴지곤 했어. ……

생전에 네 아버지께서는 여름이면 나와 너희들을 가즈사(上総)의 해안으로 보내셨고, 본인은 일 때문에 집에 남아 계셨어. 그리고 일주일 정도 휴가를 받게 되면, 산을 좋아하셔서 혼자 시나노(信濃) 쪽으로 가셨단다. 그러나 등산 같은 것을 하시는 게 아니라, 그저 산기슭에서 드라이브를 하는 것을 좋아하셨어.…… 나는 그 무렵에는 아직 늘 자주 가던 탓인지 바다를 더 좋아했는데, 네 아버지께서 돌아가신 해 여름에는 갑자기 산에 가고 싶은 생각이 들기 시작했어. 아이들에겐 조금 지루할 수도 있겠지만, 왠지 그런 외로운 산 속에서 여름이 다 끝날 때까지 아무도 만나지 않고 지내고 싶었던 거야. 나는 그때 문득 네 아버지께서 아사마 산(浅間山) 기슭에 있는 O라는 마을을 칭찬하셨던 일이 기억났어. 옛날에는 유명한 역참이었다고 하지만 철도가 생기고 나서는 갑자기 쇠퇴해서, 이젠 사람이 사는 집이 겨우 이삼십 채 정도밖에 없다는 그런 O마을에 나는 이상하게 마음이 끌렸어. 어쨌든 네 아버지께서 처음 그 마을을 방문하셨던 건 꽤 오래 전의 일이었던 것 같아. 아버지께서는 외국인 선교사들이 살고 있는 아사마 산 기슭의 K마을에 자주 가셨던 모양인데, 어느 해 여름 마침 아버지께서 머무르시는 동안 산사태가 나서, K마을 일대가 완전히 침수되고 말았어. 그때 아버지께서는 K마을로 피서를 왔던 외국인 선교사들과 함께 그곳에서 20리 정도 떨어진 O마을까지 피난을 가셨지. ……그때, 예전의 번성했던 시절과는 반대로, 이제는 아주 고즈넉하게 잘 자리 잡힌 이 작은 마을에 잠시 머무르시면서, 이 마을에서는 원근(遠近)으로 보이는 산의 전망이 참 좋다는 것을 알게 되셨지. 그런데 그러자 마자 갑자기 병에 걸리신 거야. 그리고 그 이듬해부터는, 거의 매년 여름마다 O마을로 가셨던 것 같아. 그로부터 이삼 년 사이에 그곳에도 띄엄띄엄 별장 같은 것들이 들어섰다고 했어. 산사태가 났을 때 그곳으로 피난 온 분들 중에도, 자신과 마찬가지로 마을을 아주 좋아하게 된 사람들이 있을 거라고 웃으며 말씀하셨지. 하지만, 너무 쓸쓸한 곳이기도 하고 불편하기도 해서, 이삼 년 동안이나 비어 있는 별장도 적지 않은 것 같았어.……그런 별장들 중에 하나를 사서 마음에 들게 고치면, 조금 불편한 것만 참으면 우리도 여기서 살 수 있을지도 모른다고 생각했기 때문에, 나는 사람을 시켜 저렴한 집을 찾아달라고 했지.

나는 몇 그루의 커다란 느릅나무가 있는, 삼나무 껍질로 지붕을 이은 오두막을, 오륙백 평의 땅과 함께 손에 넣을 수 있었어. 비바람을 맞아 겉보기에는 꽤나 낡았지만, 오두막 안은 아직 새 집 같아서 생각보다 살기 좋았지. 너희들이 지루해할까 봐 그게 유일한 걱정이었는데, 오히려 그런 산 속에 있는 모든 게 신기한 것처럼 보였고, 여러 가지 꽃이나 곤충을 채집하며 얌전히 놀았어. 안개 속에서는 꾀꼬리나 산비둘기가 끊임없이 울었어. 이름 모를 작은 새도, 그 이름을 알고 싶어질 정도로 아름다운 목소리로 지저귀였지. 강가에서 뽕잎 같은 걸 먹던 어린 염소도 우리를 보자 반가운 듯이 다가왔어. 그런 염소와 재잘거리는 너희들을 보고 있자면, 내 안에서는 슬픔 따위는 아무렇지도 않은 것 같은 기분이 샘솟았어. 그러나 그 슬픔과 비슷한 감정은 그 무렵의 나에게는 기분 좋게 느껴질 정도였고, 그게 없어지면 내 생활은 완전히 공허해질 거라는 생각이 들 정도였어.

그 뒤로 이런저런 일을 하다 보니 몇 년이 지났지. 유키오는 드디어 의과대학에 들어갔어. 장래에 무엇을 할지, 나는 전적으로 자유롭게 선택할 수 있게 했거든. 하지만 의대에 들어간 동기라는 것이, 그 학문에 특별한 흥미를 가지고 있어서가 아니라 오히려 물질적인 이유 때문이라는 걸 알았을 때, 나는 왠지 가슴이 아팠어. 이렇게 생활해서는 우리의 얼마 안 되는 재산도 점점 줄어들기만 할 것이기 때문에 나는 혼자서 애를 태우고 있었지만, 그런 걱정은 그

전까지 한번도 너희들에게 털어놓은 적이 없었어. 그런데 유키오는 그런 점에 대해 이상하리만치 민감했지. 그렇게 곤란할 정도로 성격이 얌전한 유키오에 비해 여동생인 너는 너대로 어렸을 때부터 기가 셌어. 무언가 마음에 안 드는 일이라도 있으면 하루 종일 말을 하지 않았지. 그런 네가 나는 점점 더 어렵게 느껴지기만 했어. 처음에는 네가 나이가 들면서 점점 나를 닮아갔기 때문에, 왠지 내 생각을 너에게 간파당하는 것 같아서 그럴지도 모른다고 생각했어. 하지만 나는 결국 우리가 닮은 건 겉모습뿐이고, 의견이 일치할 때에도 나는 주로 감정이 앞서는 데 비해 너는 항상 이성이 앞선다는 사실을 깨달았지. 그것이 우리들의 마음을 묘하게도 어긋나게 만들었어.

분명 그 해는, 유키오가 대학을 졸업하고 T병원의 조수가 되어 너와 나 둘이서만 O마을에서 여름을 보낸 첫 해였어. 그 무렵, 네 아버지 생전에 알고 지내던 지인들이 이웃의 K마을로 자주 피서를 오곤 했어. 그날도 아버지의 옛 동료였던 분이 티파티에 초대를 하셔서 나는 너를 데리고 그 호텔로 갔지. 아직 시간이 조금 남아 있었기에 우리는 베란다로 나가서 기다리고 있었어. 그때 나는 미션 스쿨 시절 친구였던, 지금은 유명한 피아니스트가 된 아타카(安宅) 씨를 우연히 만났어. 아타카 씨는 그 때 서른 일고여덟 쯤 되는 키가 크고 마른 남성분과 서서 대화를 나누고 있었어. 상대는 나와도 일면식이 있는 모리 오토히코(森於菟彦) 씨였어. 나보다 대여섯 살은 어리고 아직 독신이었지만, 내게는 'brilliant' 그 자체와 같은 그분과 친하게 이야기를 나눌 용기가 없었지. 아타카 씨와 뭔가 재치 있게 이야기를 나누고 있는 모습을 우리들은 투박한 표정으로 바라보고 있었어. 그런데 모리 씨는 우리의 그런 심정을 알고 있던 것처럼, 아타카 씨가 일이 생겨 자리를 뜨자 우리 곁으로 다가와서 두세 마디 말을 걸었는데 결코 우리를 난처하게 하는 말투는 아니었지.

덕분에 나도 어느새 마음이 편해져서는 그분의 말동무가 되었어. 물어보는 대로 우리가 지내고 있는 O마을에 대해 이야기했더니, 상당히 호기심이 있는 것 같았어. 조만간 아타카 씨에게 가자고 해서 함께 방문하고 싶습니다만, 괜찮으시겠습니까? 아타카 씨가 못 가신다면 저 혼자서라도 가겠습니다, 라고 하기까지 했지. 그냥 일시적인 마음으로 그런 말을 한 것이 아니라, 왠지 정말 혼자서라도 올 것 같은 생각이 들었어.

그로부터 일주일 정도 지난 어느 날 오후였어. 우리 별장 뒤에 있는 잡목림 속에서 자동차 폭발음 같은 것이 들려왔어. 차 같은 건 못 들어올 것 같은 곳인데 누가 그런 곳에 자동차를 몰고 왔을까, 길이라도 잘못 들어섰을까, 하는 생각을 하면서, 마침 2층 방에 있던 나는 창밖을 내려다보았지. 잡목림 속에 빠져서 꼼짝 못하고 있는 자동차에서 모리 씨가 혼자 내렸어. 그리고는 내가 있는 창문 쪽을 올려다보았는데, 마침 한 그루 서 있는 느릅나무에 가려 맞은편에 내가 있는 걸 눈치채지 못하는 모양이었지. 게다가 우리 집 정원과 그분이 서 계신 곳 사이에는 억새풀과 자잘한 꽃들이 핀 나무가 온통 우거져 있었어. 잘못된 길로 자동차를 몰고 온 그분은, 우리 집 바로 뒤까지 왔는데도 그것들에 가로막혀서 이쪽으로 오지 못하고 있었지. 그저 나 혼자만의 생각일지도 모르겠지만, 왠지 혼자서 내가 있는 곳으로 오는 걸 주저하는 것 같기도 했어.

나는 아래층으로 내려가서, 어질러진 티 테이블 같은 것들을 치우며 아무것도 모르는 척하는 표정을 하고 기다리고 있었어. 이윽고 느릅나무 아래에 모리 씨가 나타났어. 나는 그제서야 알아차린 척, 허둥지둥하며 그분을 맞이했어.

"안녕하세요, 정말이지 숲에 빠져서 꼼짝을 못해서 말이죠.……"
그분은 내 앞에 우뚝 서서, 우거진 관목 너머로 차체 일부를 들여다보며 쉴 새 없이 폭음을 내는 자동차 쪽을 돌아보고 있었어.
나는 어쨌든 그분을 집으로 들여보내고 이웃집에 놀러 가 있던 너를 부르러 가려했어. 그런데, 아까부터 왠지 심상치 않았던 하늘이 갑자기 어두워지면서 금방이라도 소나기가 올 것 같은 날씨가 되었지. 모리 씨는 어쩐지 곤란한 표정을 지으시고는,
"아타카 씨를 초대했더니 소나기가 올 것 같아서 싫다고 했습니다만, 아무래도 아나카 씨가 옳았던 것 같군요."
라고 하며, 계속해서 어두워진 하늘을 걱정하고 있었어.
맞은편의 잡목림 위쪽으로 낡은 솜 같은 구름이 온통 덮여 있었

는데, 그 순간 번개가 구름을 지그재그 형태로 갈랐어. 그리고 곧바로 근처에서 무시무시한 천둥소리가 났어. 갑자기 지붕에서 조약돌 한 움큼을 쉴 새 없이 내동댕이치는 듯한 소리가 나기 시작했지. ……우리는 얼마간 멍하니 서로 얼굴을 마주보고 있었어. 아주 긴 시간처럼 느껴졌지. ……그때까지 잠시 엔진 소리를 멈췄던 자동차가 갑자기 야수처럼 날뛰기 시작했어. 나뭇가지 부러지는 소리가 우리의 귀에도 연달아 들려왔어.

"나뭇가지를 꽤나 부러뜨린 것 같군요.……"

"우리 집 것인지 아닌지 모르니, 괜찮습니다."

번개가 이따금 가지가 부러진 그 나무들을 비추었어.

그 뒤로도 한동안 천둥소리가 나더니, 이윽고 건너편 잡목림 위가 맑아지기 시작했어. 우리는 왠지 안심했지. 그리고는 차츰 풀잎들이 햇살에 눈부시게 빛나기 시작하는 것을 보고 있는데, 또다시 지붕에서 후두둑거리며 큰 소리가 났어. 우리는 무심코 얼굴을 마주보았지. 그렇지만 그건 느릅나무 잎에서 물방울이 떨어지는 소리였지.

"비가 그친 것 같으니 잠시 같이 걸으시겠어요?"

그렇게 말하고 나서 나는 그분과 마주 앉은 의자에서 슬그머니 내려왔어. 그리고 이웃집에 가 있던 너를 데리러 가기 전에 마을을 안내해 드리기로 했지.

마을에서는 마침 누에를 기르기 시작하는 중이었어. 집들은 서른 채가 채 못 되었고, 게다가 대부분의 집들은 금방이라도 무너질 것 같았으며, 그 중에는 벌써 반쯤 기울어져 있는 것도 있었어. 폐가에 가까운 그런 집들을 에워싼 콩밭이나 수수밭 그리고 옥수수밭은 심하게 우거져 있었지. 묘하게 우리들의 기분에 어울리는 풍경이었어. 우리는 마침내 마을에서 뚝 떨어져 있는 갈림길까지 왔어. 도중에 뽕잎을 등에 지고 있는 꼬질꼬질한 얼굴을 한 젊은 처녀애들을 몇 명이나 마주쳤지. 북쪽으로는 아사마 산이 아직 온통 비구름을 뒤집어쓰고 그 붉은 살갗을 군데군데 내보이고 있었어. 그러나 남쪽은 이제 완전히 맑게 개어서, 평소보다 자그마하게 보이는 바로 맞은편 동산 위에 새털구름 한 조각이 남아 있을 뿐이었지. 우리는 그곳에 멍하니 선 채 기분 좋게 시원한 바람을 맞고 있었어. 마침 그 순간 바로 맞은편 동산 꼭대기에서 코앞의 소나무 숲에 걸쳐서, 마치 기다리기라도 한 듯이 무지개가 한 가닥 희미하게 보이기 시작했어.

"어머, 예쁘기도 하지.……"

나는 무심코 그렇게 말하며 파라솔 안에서 그것을 올려다보았어. 모리 씨도 내 옆에 서서 눈부신 듯이 그 무지개를 올려다보고 있었지. 그리고 어쩐지 매우 온화한, 그러면서도 묘하게 흥분한 듯한 표정을 지으셨어.

그러던 중 맞은편 마을길에서 자동차 한 대가 빛을 내며 달려왔어. 그 안에서 누군가가 우리를 향해 손을 흔들고 있는 것이 보였어. 그건 모리 씨의 차를 타고 온 너와 이웃집의 아키라 씨였지. 아키라 씨는 사진기를 들고 있었어. 그리고 네가 귓속말을 하면 옆에서 아키라 씨는 사진기를 그 쪽으로 돌리곤 했지. 나는 뭐라 잔소리도 하지 못하고, 조마조마하며 너희들이 그렇게 아이들처럼 장난을 치는 걸 보고 있을 수밖에 없었어. 그렇지만 그분은 눈치채지 못한 듯 약간 신경질적으로 발밑에 있는 풀을 지팡이로 찌르기도 하고, 가끔 나와 말을 주고받기도 하며 가만히 너희들에게 사진을 찍히고 있었지.

그로부터 사나흘이 지나고, 오후가 되자 또 소나기가 내렸어. 소나기는 아무래도 습관처럼 내리는 것 같았지. 그때마다 요란한 천둥소리도 났어. 나는 창가에 앉아 느릅나무 너머에 있는 잡목림 위로 번쩍이는 섬뜩한 데생을, 재미있는 그림이라도 보듯 바라보고 있었어. 그전까지는 그렇게 천둥을 무서워했으면서 말이야.

다음날은 종일 안개가 짙어서 근처에 있는 산들조차 보이지 않았어. 그 다음날도 아침 내내 짙은 안개가 꼈지만, 정오가 가까워지면서 서풍이 불기 시작했고 어느새 기분 좋게 날씨가 개었지.

너는 이삼 일 전부터 K마을에 가고 싶어 했는데, 나는 날씨가 좋아진 다음에 가자고 말렸지만, 그날도 네가 그 말을 꺼내길래, '어쩐지 오늘은 피곤해서 나는 가기 싫구나. 그러니 아키라 씨 한테 같이 가자고 해 보렴.……'하고 권했어. 너는 처음엔 '그럼 가고 싶지 않아'라며 토라져 있더니, 오후가 되자 갑자기 마음이 바뀌어 아키라 씨한테 가자고 해서 함께 나갔지.

하지만 한 시간도 채 되지 않아 너희들은 돌아와 버렸어. 그렇게 가고 싶어 했으면서 너무 일찍 귀가한 데다, 네가 왠지 기분 나쁜 듯이 얼굴을 붉히고 있었고, 항상 씩씩한 아키라 씨도 조금 우울해 보여서, 중간에 너희들 사이에 뭔가 어색한 일이라도 있었나 하고 나는 생각했지. 아키라 씨는 그날 집 안에 들어오지도 않고 곧바로 되돌아갔어.

그날 밤 너는 나에게 그날 있었던 일을 먼저 이야기하기 시작했어. 너는 K마을에 가면 제일 먼저 모리 씨가 있는 곳에 들르려고 했기에, 아키라 씨가 호텔 밖에서 기다려주고 너 혼자 안으로 들어갔지. 마침 오찬이 끝난 뒤라 호텔 안은 한적했어. 안내원으로 보이는 사람도 없어서 카운터에서 졸고 있는 양복 차림의 남자에게 모리 씨의 방 번호를 물어보고는, 혼자서 2층으로 올라갔어. 그리고 안내받은 호실의 방문을 두드렸지. 안에서 그분의 목소리가 들리자 바로 문을 열었어. 너를 안내원이라고 생각하셨는지 그분은 침대에 누운 채 책을 읽고 있었어. 네가 들어오는 걸 보고, 그분은 깜짝 놀라서서 다시 침대 위에 일어나 앉았지.

"주무시고 계셨어요?"

"아니요, 책을 읽고 있었을 뿐이에요."

그러면서 그분은 잠시 네 등 뒤로 눈을 돌렸어. 그리고 나서야 정신이 들었다는 듯이 물었어.

"혼자 왔어요?"

"네…"

너는 왠지 당황하면서, 그대로 남쪽을 향해 낸 창문 가장자리로 다가갔어.

"아, 산백합 향기가 좋네요."

그러자 그분도 침대에서 내려와서 네 옆에 섰어.

"저는 아무래도 그 냄새를 맡으면 두통이 생겨요."

"저희 어머니도 백합 냄새를 싫어해요."

"아, 어머니도요.⋯"

그분은 어쩐 일인지 몹시 쌀쌀맞게 대답했어. 너는 살짝 기분이 상했지.⋯⋯ 그때, 맞은편 정자의 담쟁이덩굴 울타리 너머로, 사진 기를 손에 든 아키라 씨의 모습이 언뜻 보이다 말다 하는 것이 네 눈에 들어왔어. 그렇게나 호텔 밖에서 기다리겠다고 너에게 철썩같 이 약속을 하고, 어느새 호텔 마당에 들어와 있는 아키라 씨의 모습 을 보자 너는 뒤틀린 심사를 이번에는 아키라 씨에게 돌렸어.

"저건 아키라 씨죠?"

그분께선 그것을 눈치채고는, 갑자기 네게 그렇게 말했어. 그러 다 갑자기 왠지 너에게 관심이 생긴 듯 물끄러미 너를 쳐다보았지. 너는 엉겁결에 얼굴이 시뻘개져서 그분의 방에서 뛰쳐나갔어.⋯⋯

나는 그런 짧은 이야기를 들으면서 네가 참 어린애 같다고 생각 했단다. 그리고 그게 너무 자연스러워 보여서, 그 무렵 네가 묘하게 어른스러워 보이곤 했던 게 어쩌면 완전히 내 착각이었으려나 싶 을 정도였어. 그렇게 나는 네 자신조차 잘 모르는 것 같았던, 그때의 수치심인지 분노인지 모를 감정의 원인을 더 이상 알려고 하지 않았지.

그로부터 며칠 뒤 도쿄에서 전보가 왔어. 유키오가 장염에 걸려 누워 있으니 아무나 한 명 돌아와 달라고 하길래 우선 너만 돌아가게 했지. 네가 출발한 후에 모리 씨에게서 편지가 왔어.

지난번엔 여러 가지로 감사했습니다.
저도 O마을을 많이 좋아하게 되었습니다. 이런 곳에 은둔해 버리고 싶다는 염치없는 생각까지 하고 있습니다. 그렇지만 요즘에는 다시 스물넷이나 다섯 쯤 된 것처럼, 왠지 알 수 없는 흥분을 느끼고 있을 정도입니다.
특히 그 마을 밖에서 함께 아름다운 무지개를 바라보았을 때는, 정말 그동안 뭔가 막혀 있던 것 같이 암담했던 제 기분도 갑자기 탁 트인 것만 같았습니다. 이건 전적으로 당신 덕분이라고 생각합니다. 그때, 저는 자서전 같은 소설을 쓸수 있는 힌트를 얻었습니다.
저는 내일 귀경할 생각입니다만, 언젠가 다시 뵙고 천천히 이야기하고 싶습니다. 며칠 전에 따님께서 오셨는데, 갑작스럽게 되돌아갔습니다. 무슨 일인가요?

편지를 읽을 때 만약 옆에 네가 있었다면, 나에게는 이 편지가 더 깊은 의미로 다가왔을지도 모르겠구나. 그렇지만 나 혼자 있었기 때문에, 읽고 나서 아무렇지도 않게 그것을 다른 우편물과 함께 책상 위에 던져 놓았지. 그렇게 하니 내가 이 편지를 아무렇지도 않게 생각하고 있다고 믿을 수 있었어.

그날 오후, 아키라 씨가 와서 네가 벌써 귀경한 것을 알게 되자, 그렇게 갑작스레 출발한 것이 왠지 본인의 탓이 아닐까 의심하는 슬픈 얼굴로 집에 들어오지도 않고 되돌아갔어. 아키라 씨는 좋은 분이지만 일찍 부모님을 여의어서인지 아무래도 좀 예민한 것 같아.……

요 이삼일 간 정말 가을이 다 되었어. 아침에 이렇게 창가에서 홀로 아무 일 없이 생각에 잠겨 있으면, 맞은편 잡목림 사이로 지금까지는 희미하게만 보였던 산맥 하나하나가 또렷하게 보이듯, 지나간 날들의 걷잡을 수 없는 미세한 추억들까지 내게 떠오르는 것 같아. 하지만 그건 단지 그런 기분이 들 뿐이고 내 안에서는 그저 뭐라 말할 수 없는 후회 같은 게 솟아오를 뿐이란다.

해질녘에는 남쪽에서 소리도 없이 자꾸 번개가 치는구나. 나는 멍하니 턱을 괴고 젊었을 때 자주 그랬던 것처럼 유리창에 이마를 댄 채, 그걸 질리지도 않고 바라보고 있어. 경련하듯 눈을 깜빡이며 창백한 얼굴을 유리창 너머로 비추면서 말이야.……

그해 겨울, 나는 어느 잡지에서 모리 씨의 「반생(半生)」이라는 소설을 읽었어. 그것은 그 O마을에서 암시를 얻었다고 했던 작품이라고 생각했지. 자신의 반평생을 소설로 쓰려고 했던 것 같았는데,

거기엔 아직 훨씬 어렸을 때의 일만 나왔어. 그 일부분만 읽어도, 그분이 무슨 이야기를 쓰려고 했는지 짐작이 가긴 했단다. 하지만 그 작품에는 그때까지 그분의 작품에서 본 적이 없었던 이상한 우울감이 있었어. 그러나 그 낯선 것은 오래 전부터 그분의 작품 속에 깊이 잠재해 있던 것이었지. 다만 우리 앞에서 그분이 꾸며내고 있던 'brilliant'한 분위기에 완전히 가려져 있었을 뿐이었던 것 같아.……이렇게 본성을 드러내며 글을 쓰는 게 그분께는 많이 힘들겠지만, 부디 완성이 되기를 진심으로 기원했어. 하지만 그 「반생」은 첫 부분만 발표되고, 끝내 그대로 내버려둔 것 같았어. 그것이 왠지 그분의 다사다난한 앞날을 예고하는 것만 같아 나는 견딜 수가 없었단다.

2월 말에는, 모리 씨가 그해 들어 처음으로 편지를 보냈어. 내가 보낸 연하장에 답장을 하지 못한 것에 대한 사과와, 연말부터 계속 신경쇠약으로 고생을 했다는 이야기들이 적혀 있었지 그리고 거기에는 뭔가 잡지에서 오려낸 글이 동봉되어 있었어. 무심코 펼쳐보니, 그건 어느 연상의 여자에게 주는 일련의 연애시 같았지. 어째서 이런 걸 내게 보냈을까 하고 의아해하면서, 문득 마지막 구절, ……'하염없이 안타까워라 이 내 몸은. 그저 걱정되는 것은 그대의 이름'이라는 구절을 무슨 말인지도 모르고 흥얼거리는 사이에, 어쩌면 이건 나에게 하는 말일지도 모르겠다는 생각이 들었어. 그런 생각이 들자, 나는 처음에는 뭐라 말할 수 없이 민망한 기분이 들었어. 그리고 다음에는 만약 그게 정말 진심이라면, 이런 글을 쓰는 것은 곤란하다는 지극히 평범한 감정이 나를 지배하기 시작했지. ……설령 그런 마음이었더라도 그대로 묻어 둔다면, 아무도 모를 거고, 나도 모를 거고, 그리고 아마 그분 자신도 모르는 사이에 분명 잊혀져 버리고 말 것이 틀림없으니 말이야. 그렇게 변하기 쉬운 감정을 이렇게 완곡하게나마 왜 내게 털어놓았을까? 지금까지 그래 왔던 것처럼, 상대도 나도 그런 기분을 의식하지 않고 교류하면 좋겠지만, 일단 서로 의식해 버린 다음에는 더 이상 만날 수조차 없게 되지.……

그렇게 나는 그분의 그런 독선적인 행동을 탓하고 싶은 마음으로 가득 차 있었어. 그렇지만 나는 그분을 도저히 미워할 수가 없었단다. 그게 내 약점이었던 것 같아. 하지만 그 몇 편의 시가 내게 전해진 것을 아는 사람은 아마도 나 혼자일 거라는 사실을 깨닫고는, 왠지 안심을 하면서 그 종이조각을 찢어버리지 않고 내 책상 서랍 가장 안쪽에 보관했지. 그리고서 나는 아무렇지 않은 척을 했어.

마침 너희들과 저녁 식사를 하고 있을 때였어. 나는 수프를 먹으려다가 문득 그 종이조각이 잡지 『스바루(昴)』²에서 오려낸 것이란 게 떠올랐어. (그때도 그 잡지에 대해 알고는 있었지만, 그게 무슨 잡지인지 나는 별로 신경 쓰지 않았어.) 그리고 그 잡지라면 나도 매호 갖고 있을 텐데, 요즘 손에 잡히지 않아 내버려 두었으니 어쩌면 내가 모르는 사

---

2 1909년에서 1913년까지 간행된 낭만주의 문예잡지.

이에 오빠는 몰라도 너는 벌써 그 시를 읽었을지도 모르지. 이건 말도 안 되는 일이라는 생각이 들었어. 왠지 기분 탓인지 너는 아까부터 나를 못 본 체 하는 것 같아서 견딜 수가 없었어. 그러자 갑자기, 내 안에서 누구에게라고 할 것도 없이 화가 치밀어 올랐어. 그렇지만 나는 아주 조심스레 수프를 떠먹는 수저를 움직이고 있었지.……

　그날부터 나는, 그분이 내 주위에 펼쳐놓은, 어딘가 낯설고 답답한 분위기 속에서 살기 시작했어. 나와 만나는 사람들 모두가, 어쩐지 나를 의아한 표정으로 바라보고 있다는 생각이 들어 견딜 수 없었지. 그리고 그로부터 몇 주 동안 나는 너희들과 마주치는 것조차 피하며 방에 틀어박혀 있었어. 나는 그저 가만히 내 일신에 다가오는 정체를 알 수 없는 무언가에서 빗겨나 있으면서, 그것이 우리 옆으로 지나가 버리기를 기다리는 수밖에 없다고 생각했어. 어쨌든 그것이 우리들 사이에 끼어들어 복잡하게 만들지만 않는다면 우리에게는 다행이다. 나는 그렇게 믿고 있었어.

　그리고 나는 이런 생각을 하고 있으니 차라리 빨리 늙어버렸으면 좋겠다는 생각마저 들었단다. 나만 더 늙어버리고, 더 이상 여자로 보이지 않게 된다면, 설령 어딘가에서 그분을 만나더라도 차분한 마음으로 이야기를 나눌 수 있을 거라고. 하지만 지금의 나는 아무래도 나이가 어중간해서 안 되는 거야. 아아, 한 번에 나이를 먹어 버릴 수만 있다면…….

　그런 생각만 계속 하면서, 나는 전보다 야위어서 정맥이 울퉁불퉁 튀어나온 내 손을 빤히 지켜보고 있는 일이 늘었지.

그 해의 장마는 마른 장마였어. 그래서 6월 말부터 7월 초까지 한여름처럼 더운 가뭄이 계속되고 있었어. 나는 눈에 띄게 몸이 쇠약해진 것 같아 혼자 일찍 O마을로 향했어. 하지만 그로부터 일주일이 지나자 갑자기 장마처럼 비가 쏟아졌고, 그것이 매일같이 계속되었지. 중간 중간 잠시 비가 멈추긴 했지만, 그럴 때는 안개가 심해서 근처에 있는 산들조차 잘 보이지 않았어.

나는 그런 우울한 날씨가 오히려 좋았단다. 그게 내 고독을 온전히 지켜주었기 때문이야. 매일이 비슷하게 흘러갔지. 서늘한 비에 여기저기 쌓여 있는 느릅나무의 낙엽들이 썩어서 온통 냄새를 풍기고 있었어. 그저 작은 새들만이 매일 번갈아 오면서, 정원의 가지에 앉아 서로 다른 소리로 울었지. 나는 창문 가까이 다가가 어떤 새일까 하고 보려 했지만, 그새 눈이 좀 나빠졌는지 잘 보이지 않곤 했어. 그건 반쯤은 나를 슬프게 했고 반쯤은 내 마음에 드는 일이었어. 그렇게 언제까지고 살짝 흔들리는 가지를 멍하니 올려다보고 있자면, 갑자기 내 눈앞에 거미가 길게 실을 당기며 떨어져서 나를 깜짝 놀래키곤 했지.

얼마 지나지 않아 이렇게 나쁜 날씨인데도 별장 사람들이 한둘씩 오기 시작한 것 같았어. 두세 번인가, 나는 잡목림 속에서 쓸쓸하게 우비를 걸치고 지나가는 아키라 씨의 모습을 보았지만, 아직 집에 나밖에 없다는 것을 알고 있어서인지 우리 집에는 오지 않았어.

8월에 들어서도 여전히 장마철 같은 날씨가 계속되었단다. 얼마 안 있어 너도 돌아왔고, 모리 씨가 또 K마을에 와 있다든가 곧 올 거라든가 하는 불확실한 소문이 들렸지. 그분은 왜 하필이면 또 이렇게 날씨가 나쁠 때 온다는 걸까? 거기까지 온다면 이쪽에도 올지 모르지만, 그 때 내 기분으로는 아직 만나지 않는 것이 좋겠다고 생각했어. 하지만 그런 내용으로 굳이 편지를 하는 것도 뭐하니, '거기까지 올 거라면 오라고 해야지. 그러면 그때 그 사람에게 이야기를 잘 해야지. 그 자리에 나오코도 불러서 그 아이가 잘 납득할 수 있도록 이야기를 할 거야. 무슨 말을 할지는 미리 생각하지 않는 게 좋겠어. 그냥 내버려두면 이야기는 저절로 나올 테니까……' 라고 생각했지.

그러는 사이 가끔 하늘이 맑게 개일 때도 있어서, 때로는 정원 쪽으로 희미하게 햇빛이 들어오는 날도 있었어. 바로 또 그늘이 지기는 했지만 말야. 나는 요즘 정원 한가운데 있는 느릅나무 아래에 통나무 벤치를 만들었어. 그 벤치 위에 어렴풋이 느릅나무 그림자가 비치다가 다시 점점 희미해지며 사라져 가는……그런 끊임없는 변화를 겁먹은 기분으로 지켜보고 있었어. 마치 그것이 요즘 나의 불안하고 불안정한 마음을 고스란히 드러내고 있기라도 하는 것처럼.

그로부터 며칠 뒤, 햇볕이 쨍쨍 내리쬐는 날이 계속되기 시작했어. 그 햇볕은 이미 가을 햇살 같았지. 아직 낮에는 너무 더웠지만 말이야. ……모리 씨가 갑자기 찾아온 것은 그런 날, 그것도 아주 더운 정오 무렵이었어.

그분은 놀랄 만큼 초췌해 보이더구나. 그 분의 야윈 모습과 나쁜 안색에 나는 온 정신을 빼앗겼지. 그분을 뵙기 전까지는 요즘 눈에 띄게 늙어가는 내 모습을 그분이 어떻게 볼까 하는 마음에 걱정도 많이 했지만, 그런 것은 까맣게 잊고 말았을 정도였어. 그리고 나는 기운을 북돋으려 그분과 안부인사를 나누었단다. 그러는 사이 나를 빤히 쳐다보는 그분의 어두운 눈빛에, 나의 야윈 모습이 그분을 똑같이 슬프게 만들었다는 걸 비로소 깨달았지. 나는 가슴이 짓눌리는 것을 겨우 참으면서, 겉으로는 아주 침착한 모습을 하고 있었어. 그렇지만 그때의 나에게는 그것이 최선이었고, 그분이 오시면 이야기를 하자고 결심했던 얘기 따위 도저히 꺼낼 용기가 없었지.

그제서야 나오코 네가 하녀에게 홍차 도구를 들고 나오게 했어. 나는 그것을 받아들고 그분께 권하면서, 네가 뭔가 퉁명스럽게 그분을 대하기라도 하지 않을까 걱정을 했지. 하지만 그때, 너는 내 예상과는 전혀 다르게 정말로 기분이 좋아 보였을 뿐만 아니라 놀라울 만큼 능숙한 말투로 그분을 상대하더구나. 그 무렵 내 일에만 신경을 쓰느라 너희들에게는 전혀 신경을 쓰지 못한 것을 반성했을 정도로, 어른스러웠던 그때의 네 모습은 나로서는 생각지도 못했던 거였어. 그런 너를 상대하는 게 그분도 훨씬 편해 보였고, 나 혼자만을 상대할 때보다 훨씬 기운이 넘쳐 보이더구나.

그러다가 이야기가 좀 끊기면 그분은 몹시 피곤해 보였지. 그런데 갑자기 일어나서 작년에 보았던 마을의 오래된 집들을 보고 싶다고 해서, 우리도 그곳까지 동행하기로 했어. 그렇지만 마침 햇볕이 한창 내리쬐어 희고 메마른 모래길 위에는 우리의 그림자조차 거의 말라버릴 정도였어. 군데군데 말뚝이 빛나고 있었어. 그리고 그 위에는 몇 마리나 되는 희고 작은 나비들이 무리지어 있었지. 마침내 마을에 들어선 우리는, 이따금씩 햇빛을 피해 길가에 있는 농가 앞에 멈춰 서서 작년과 같이 누에를 기르고 있는 집안의 모습을 살피기도 하고, 우리의 머리 위로 금방이라도 무너져내릴 것처럼 기울어진 낡은 처마를 올려다보기도 하고, 또 작년까지만 해도 간신히 버티고 있던 모래벽이 이제는 흔적도 없이 사라지고 완전히 수수밭이 되어 있는 걸 보면서 아무렇지도 않게 서로 눈을 마주치기도 했어. 마침내 작년에 본 마을의 끝까지 왔지. 아사마 산은 바로 우리의 눈앞에 섬뜩할 정도로 크게 소나무 숲 위로 우뚝 솟아 있었어. 그곳은 왠지 그때의 내 기분과 묘하게 어울리는 구석이 있었지.

한동안 우리는 그 변두리의 갈림길에서, 아무도 말을 하고 있지 않다는 것도 잊을 만큼 넋을 잃고 서 있었어. 그때 마을 한가운데서 정오를 알리는 둔탁한 종소리가 갑자기 들려왔어. 그것이 우리의 침묵을 깨닫게 했지. 모리 씨는 가끔 궁금한 듯 건너편의 희고 메마른 마을길을 바라보았어. 마중 나오기로 한 자동차가 올 시간이었지.…… 이윽고 자동차가 심하게 먼지를 일으키며 달려오는 것이 보였어. 그 먼지를 피하려고 우리는 길가에 있는 풀 속으로 들어갔지. 그러나 아무도 그 자동차를 불러 세우려 하지 않고 풀 속에 그대로 우두커니 서 있었어. 그건 아주 짧은 시간이었겠지만, 내게는 길게 느껴졌단다. 그동안 나는 무언가 애틋한 꿈을 꾸고 있는 것처럼, 깨어나고 싶지만 언제까지나 깨어날 수 없을 것 같다는 기분마저 들었어. ……

자동차는 우리를 지나쳐 건너편까지 쭉 갔다가, 겨우 우리를 알아보고 되돌아왔어. 모리 씨는 비틀거리듯이 그 차를 타고 나서, 모자에 살짝 손을 얹으며 우리 쪽으로 가볍게 인사를 했지. ……그 차가 또다시 먼지를 일으키며 떠난 뒤에도 우리 둘은 파라솔로 그 먼지를 막으며 언제까지고 말없이 풀 속에 서 있었지.

작년과 같은 마을 변두리에서의, 작년과 거의 똑같은 작별, …… 그렇지만, 아, 작년과는 얼마나 많은 것들이 바뀌어 버린 것일까? 우리에게 무슨 일이 일어나고, 또 지나간 걸까?

"아까 이 근처에서 메꽃을 봤는데, 지금은 없네."

나는 그런 생각으로부터 내 마음을 돌리려고 아무 말이고 꺼냈어.

"메꽃이요?"

"아니, 네가 아까 메꽃이 피었다고 하지 않았어?"

"저는 모르겠어요.…"

너는 나를 의아해 하며 쳐다보았어. 아까 분명히 보았던 것 같은 그 꽃이 눈으로 아무리 찾아봐도 더 이상 보이지 않았어. 나에게는 그것이 왠지 아주 기묘한 일처럼 느껴졌지. 하지만 이윽고, 이런 일이 그렇게나 기묘하게 느껴지는 건, 내 마음이 정말로 미쳐 버려서 그런 게 아닐까 하는 생각이 들기 시작했어. ……

　그리고 이삼 일쯤 되었을까, 모리 씨에게서 지금 급하게 기소(木
曾)[3] 쪽으로 간다는 엽서를 받았어. 나는 그 분을 만나면 이야기해
야지 하고 그렇게나 결심을 했으면서, 이상하게 때를 놓쳐 버린 것
이 왠지 후회가 되는 심정이었지. 그렇지만 한편으로는 이렇게 아
무 일도 없었던 것처럼 만나고, 아무 일도 없었던 것처럼 헤어진 것
이 오히려 더 잘 된 일인지도 몰라, ……그래, 이렇게 말하며 어느
정도 스스로를 억지로 안심시키는 기분이었어. 그리고 또 한편으로
나는 우리의 운명에 관한 무언가가……오늘 아니면 내일이라도 그
정체가 분명해질 것 같은 그러나 우리의 운명을 좋게 만들지 나쁘
게 만들지조차 알 수 없는 그 무언가가……비 한 방울 내리게 하지
않고 마을 위를 스쳐가는 어두운 구름처럼, 우리들 위로 지나가기
를 바라고 있었어. ……
　어느 날 밤의 일이었단다. 나는 모두가 잠든 뒤에도, 왠지 가슴이
답답하고 잠이 오지 않아서 혼자 몰래 집밖으로 나갔지. 그렇게 한
동안 캄캄한 숲 속을 혼자 돌아다니다 보니 기분이 좀 괜찮아져서
집으로 돌아와보니, 아까 나갈 때 모두 꺼 두었다고 생각한 객실의
불 하나가 어느새 켜져 있다는 걸 알게 되었어. 나는 네가 이미 잠
들어 버린 줄 알았기에, 누구일까 하면서 느릅나무 밑에 잠깐 멈춰

3　옛 지명의 하나. 나가노 현(長野県)의 남서부

서서 살펴보았어. 그리고 내가 항상 앉던 창가에 앉아 나처럼 유리창에 이마를 댄 채 가만히 하늘을 바라보고 있는 너를 보았지.

네 얼굴은 빛의 반대 방향을 향하고 있어서, 어떤 표정을 하고 있는지 알 수 없었지만, 느릅나무 아래에 서 있는 나를 너는 아직 전혀 눈치채지 못한 것 같았어. 깊은 수심에 잠긴 듯한 너의 모습이 왠지 그러고 있을 때의 나를 꼭 닮은 것 같았단다.

그때, 하나의 생각이 나를 사로잡았어. 아까 내가 문밖으로 나간 것을 눈치채고, 너는 뭔가 갑자기 호기심이 생겨 그곳으로 내려와 나를 계속 생각하고 있었을 거야. 아마 너는 무심코 나와 똑같은 자세를 취하고 있는 것이겠지만, 그건 네가 나에 대해 깊이 생각하는 동안 무의식 중에 나와 동화되었기 때문이 틀림없어. 지금 너는 나를 생각하고 있는 거야. 이제 완전히 네 마음에서 멀어져서 돌이킬 수 없게 되었다는 듯이, 나를 생각하고 있는 거야.

아니야, 나는 결코 네 곁을 떠나려고 하지 않았어. 그런데 네 쪽에서 요즘 나를 피하려고만 해. 그래서 나는 죄 많은 여자가 된 것처럼 두려워하고 있을 뿐이야. 아, 우리는 왜 다른 사람들처럼 더 허심탄회하게 지낼 수 없는 것일까?……

그렇게 마음속으로 너에게 호소하면서, 나는 아무렇지도 않다는 듯이 집 안으로 들어가서 말없이 네 뒤로 지나가려고 했어. 그러자 너는 갑자기 나에게 거의 따지는 듯한 말투로 물었어.

"어디 다녀오셨어요?"

나는 네가 나 때문에 얼마나 괴로워하고 있는지, 견디기 힘들 정도로 분명히 느꼈단다.

제2부

1928년 9월 23일 O마을에서

　지난 이삼 년 동안, 나는 내가 이 일기를 다시 쓰게 되리라고는 생각지도 못했어. 작년 이맘때쯤 O마을에서 문득 잊고 지냈던 이 일기가 떠올라서, 뭐라 말할 수 없이 부끄러워져 이것을 태워 버릴까 고민했던 적은 있었지. 하지만 그때 태우기 전에 다시 한 번 읽어 두자고 생각했고, 그것마저 망설이다 태울 기회조차 잃어버렸을 정도라, 설마 내가 이것을 다시 집어 들어서 쓰게 되리라고는 꿈에도 생각하지 못했던 거야. 이렇게 다시 내 마음에 채찍질해가며 이 일기를 계속 쓰려는 이유는, 읽다 보면 네가 알게 되지 않을까 싶다.

　모리 씨가 베이징에서 갑자기 돌아가셨다는 소식을 내가 신문을 통해 알게 된 것은 작년 7월, 아침부터 숨이 막힐 정도로 더웠던 날이었어. 그 여름이 되기 전에 유키오는 대만에 있는 대학에 부임한 지 얼마 안 된 데다, 마침 너도 며칠 전부터 혼자 O마을 산 속의 집에 가 있었기 때문에 도쿄에 있는 조시가야(雑司ヶ谷)의 드넓은 집에는 나 홀로 남겨져 있었던 거지. 그 신문 기사를 읽어 보았더니, 지난 한 해간 거의 중국에서만 지냈고 작품도 별로 발표하지 않았던

모리 씨는, 베이징의 어느 오래된 한적한 호텔에서 지병으로 몇 주 간 병상에 누워 죽기 직전까지 누군가가 오기를 기다리다 허무하 게 마지막 숨을 거두었다고 하더구나.

일 년 전, 누군가에게서 도망치듯 일본을 떠나 중국으로 건너가 고 나서도, 모리 씨는 내게 두세 번 편지를 보냈어. 중국의 다른 곳 은 그다지 좋아하지 않는 것 같았는데, 도시 전체가 '오래된 숲 같 은' 느낌이 드는 베이징이니만큼 상당히 마음에 들어 하셨던 것으 로 보여. 이런 곳에서 고독하게 말년을 보내면서 아무도 모르게 죽 어가고 싶다는 이야기를 쓴 적도 있는데, 설마 지금 이렇게 될 줄은 전혀 몰랐지. 어쩌면 모리 씨는 베이징을 처음 가 보고 그런 이야기 를 나에게 써서 보낼 때부터, 이미 자신의 운명을 내다 본 건지도 모르겠어.

나는 재작년 여름에 O마을에서 모리 씨를 만난 이후로, 그분에 게서 가끔 무언가 삶에 지친 듯한, 동시에 그런 자신을 자조하는 것 같은 마음 아픈 소식들만 듣고 있었어. 거기에 나 같은 사람이 그분 을 위로하는 답장을 쓸 수는 없었지. 게다가 중국으로 갑자기 떠나 기 전에, 왠지 나를 많이 만나고 싶어했던 것 같지만(그분은 어떻게 그 런 마음의 여유가 있었을까?), 나는 그전에 있었던 일 때문에 떳떳한 마 음으로 그분을 만날 수 없을 것 같아서 완곡하게 거절했단다. 그때 다시 한 번 만났더라면, 하고 이제 와서 조금은 후회가 돼. 하지만 직접 만났더라도, 편지에 관한 것 이상의 내용을 어떻게 내가 그분에게 꺼낼 수 있었을까?

내가 어쨌든 그런 일을 반쯤 후회하는 마음으로 모리 씨의 고독한 죽음에 대해 여러 가지 생각을 하게 된 것은, 그날 아침 신문을 보자마자 갑자기 가슴이 짓눌리는 느낌에 기분 나쁠 정도로 식은 땀을 흘리며 잠시 동안 소파 위에 쓰러지게 했던, 갑작스레 날 겁먹게 한 심장 발작이 진정되고 나서였어.

생각해 보면 그것이 내 경미한 첫 협심증 발작이었겠지만, 그 전까지 아무런 전조가 없었기 때문에 그때는 그저 내가 놀라서 그런 건가 싶었어. 하지만 집에 혼자 있었기 때문에 오히려 발작에 대해 크게 신경쓰지 않았지. 나는 하녀도 부르지 않고 잠시 혼자 참았더니 곧 괜찮아졌어. 그래서 나는 그 일을 아무에게도 말하지 않았지.……

나오코, 너는 O마을에서 홀로 그런 모리 씨의 죽음을 알았을 때 얼마나 심한 충격을 받았을까. 적어도 그때만큼은 넌 네 자신보다 나를, ……받은 충격에서 헤어나도지 못한 채 참고 있는, 차마 눈 뜨고 볼 수 없는 내 모습을 반쯤은 걱정하고, 반쯤은 불쾌해하면서 혼자 상상하고 있었을 거라고 생각해. ……하지만 너는 그 일에 대해서는 계속 침묵을 지키며, 그전까지는 형식적으로라도 엽서를 써서 전하던 소식도 그 이후로는 일절 보내지 않더구나. 나에게는 그때 그렇게 해 주었던 게 오히려 나았어. 자연스러운 일이라고 생각하기까지 했지. 그분이 이미 돌아가셨으니, 언젠가는 그분에 대해서 너와 마음을 터놓고 이야기를 나눌 수도 있을 거야. ……나는 그렇게 생각했고, 머지않아 우리가 O마을에서 함께 살면서, 그 일을 이야기하기에 가장 좋은 저녁 시간이 올 거라고 믿었어. 하지만 8월 중순경에야 밀린 일이 해결되어서, 내가 겨우 O마을에 갈 수 있게 되었을 때, 네가 연락도 없이 도쿄로 돌아간 바람에 엇갈린 것을 알게 됐을 때는 역시 조금 화가 났어. 그리고 우리의 불화도 이제 어쩔 수 없는 지경에 이르렀다는 걸 네가 내게 보여준 것 같았지.

　평야 한가운데 어딘가의 역과 역 사이에서 서로 엇갈린 채로, 나는 너를 대신해 O마을에서 집안일을 거들어주는 할아범들과 살게 되었고, 너는 너대로 고집스럽게 혼자 살아가며 그 이후로는 한 번도 O마을에 오려 하지 않았기 때문에, 우리는 가을까지 만나지 못했어. 나는 그 해 여름에도 거의 산골짜기 집에만 틀어박혀 있었지. 8월에는 두세 명씩 모여 마을을 여기저기 산책하고 있는 학생들의 줄무늬 옷을 보는 게 마음에 내키지 않아서 밖에 잘 나가지 않았어. 9월이 되고 그 학생들이 돌아가고 나니, 작년처럼 폭우가 쏟아져 이번에는 밖으로 나가려 해도 나갈 수 없었지. 할아범들도 내가 따분해 보였는지 뒤에서 걱정하는 것 같았지만, 나는 그렇게 앓고 난 사람처럼 살아가는 게 가장 좋았어. 나는 가끔 할아범이 없을 때, 네 방에 들어가서 네가 무심코 두고 간 책이라든가, 그곳 창문에서 내다 보이는 잡목들의 나무가지 모양을 하나하나 살펴보았어. 그리고 네가 그 여름에 이 방에서 무슨 생각을 하며 살았는지를 읽어내려고 하며, 무언가 애틋한 마음으로 가득 차서 나도 모르게 그곳에서 오랜 시간을 보내곤 했단다. ……

　머지않아 마침내 비가 그치더니, 가을 날씨가 이어지기 시작했어. 며칠이고 짙은 안개에 둘러싸여 있던 산들과 멀리 있는 잡목림들이 갑자기 내 눈앞에 벌써 반쯤 누렇게 물든 모습을 보였지. 나는 역시 왠지 마음이 놓여서, 아침저녁으로 여기저기 숲속으로 산책을 가는 일이 잦아졌지. 어쩔 수 없이 집에만 갇혀 있었을 때는 조용한 시간이 주어진 것에 감사했지만, 그렇게 숲 속을 혼자 돌아다니며 모든 것을 잊어버린 기분이 드니 그런 날들도 꽤나 좋아졌어. 어떻게 얼마 전까지 그렇게 음침하게 살 수 있었을까 하는 생각이 들 정도라 인간이란 건 상당히 간사한 것이로구나 하는 생각도 들었지. 내가 즐겨 다니던 산의 낙엽송숲은 이따금씩 그 사이 사이로 불그스름한 이삭을 틔운 참억새 너머로, 아사마 산의 선명한 표면을 드러내 보이며 어디까지고 똑바로 이어지고 있었어. 그 숲을 따라 쭉 가다 보면 마을 묘지 옆쪽으로 이어진다는 걸 알고는 있었는데, 어느 날 나는 기분 좋게 돌아다니다가 그 묘지 근처까지 갔다가 갑자기 숲 속에서 나는 사람 소리에 놀라 허둥지둥 거기서 되돌아왔어. 마침 그날은 추분이었던 거야. 나는 돌아오는 길에, 낙엽송 숲을 가르는 참억새 사이에서 갑자기 튀어나온 이승 사람 같지 않은 옷차림을 한 중년 여자와 딱 마주쳐 버렸어. 상대도 나 같은 여자를 보고는 좀 놀란 모양이었는데, 마을 여관의 오요 씨였지.

"추분이라 마침 혼자 성묘를 나왔다가, 기분이 좀 좋아서 그만 이 시간까지 집에 돌아가지 않고 어슬렁거렸네요."

오요 씨는 얼굴을 살짝 얼굴을 붉히며 그렇게 말하고는 아무렇지도 않은 듯 웃었어.

"이렇게 느긋한 기분이 드는 것도 오랜만이네요."

오요 씨는 오랜 세월 동안 앓고 있는 외동딸을 데리고 살며 나처럼 거의 외출하지 않았던 모양이라, 최근 사오 년 간 우리는 가끔 서로 소문만 들었을 정도였기에 이렇게 마주친 적이 없었던 거야. 우리는 선 채로 한참 동안 반갑게 이야기를 나누고 나서야 비로소 헤어졌지.

나는 혼자서 집으로 돌아오며 곰곰이 생각했어. 방금 막 헤어진 오요 씨는 몇 년 전에 보았을 때보다 얼굴은 좀 늙은 것 같지만, 나하고는 겨우 다섯 살 차이 밖에 안 난다고는 보이지 않을 만큼 하는 행동이 몹시 아가씨 같다는 생각이 들었어. 그리고 내내, 내가 알고 있는 것만 해도 불행한 일을 꽤나 많이 겪으며 살아 왔는데 아무리 야무진 사람이라고 해도 어쩌면 저렇게 단순하면서도 아무렇지도 않은 모습을 하고 있을까, 너무너무 신기하게 여겨졌지. 그에 비하면, 우리는 얼마나 주어진 운명에 감사해도 좋을는지. 그런데도 계속 그렇게 걱정을 하지 않으면 마음이 놓이지 않는 것처럼 아무래도 상관 없는 일을 언제까지고 마음 아파하고 있지. ……그런 우리들이 아무래도 이상하다는 생각이 들기 시작했어.

숲 속을 빠져 나오기 전에 해는 벌써 완전히 져 버렸어. 나는 갑자기 뭔가 마음을 먹고 나도 모르게 발걸음을 재촉해서 돌아왔지. 집에 도착해서 나는 곧장 2층에 있는 내 방으로 올라가 장롱 안에서 이 수첩을 꺼내 왔어. 요 며칠간 해가 산 너머로 지고 나면 갑자기 공기가 서늘해졌기 때문에, 늘 내가 저녁 산책을 마치고 돌아올 때까지 난로에 불을 피워 놓으라고 할아범에게 당부했지만, 그날 할아범은 다른 일에 쫓겨 아직 불을 피우지 않았어. 나는 당장이라도 이 수첩을 벽난로에 던져 버리고 싶었지. 하지만 나는 옆에 있는 의자에 앉아 이 수첩을 아무렇게나 손에 말아 쥐면서, 일종의 초조한 심정으로 할아범이 장작불을 피우는 것을 보고 있는 수밖에 없었어.

할아범은 그렇게 짜증을 내는 나를 한 번도 돌아보지 않고 잠자코 장작을 뒤적이고 있었어. 그런 순간에도 사람 좋은 이 단순한 노인에게 나는 평소의 조용한 부인으로만 보였겠지. ……그리고 이번 여름에 내가 올 때까지 여기서 혼자 책만 읽으며 살았을 너도 나에게는 아주 막무가내인 딸로만 느껴졌지만, 이 할아범에게는 역시 나같이 차분한 아가씨로 보였을 거야. 이런 단순한 사람들의 눈에, 항상 우리는 '행복한' 사람들로 보이는 거야. 우리가 얼마나 사이가 나쁜 모녀인지를 아무리 말해도 이 사람들은 도저히 믿을 수 없겠지. ……. 그때 문득 이런 생각이 들었어. 사실은 그런 사람들……

말하자면 순수한 제 삼자의 눈에 가장 생생하게 비치고 있을, 아마도 행복한 부인 같은 내 모습만이 이 세상에 실재하고 있을 뿐, 여러 이유로 끊임없이 불안에 떨고 있는 또 다른 나의 모습은 내가 제멋대로 만들어 낸 것에 불과한 게 아닐까. ……오늘 오요 씨를 보았을 때부터, 나에게 그런 생각이 싹텄던 것 같아. 오요 씨는 자기 자신을 어떤 모습으로 알고 있는지 알 수 없지. 그렇지만 나에게 오요 씨는 억척스러운 성격에, 자신이 짊어지고 있는 운명 따위는 아무것도 아니라고 생각하는 사람으로 보여. 아마 다른 누가 봐도 그렇게 보일 게 틀림없어. 그런 식으로 다른 누구의 눈으로 봐도 확실하게 보이는 그 사람의 모습만이 이 세상에 실재하는 게 아닐까? 그렇다면, 나 역시 인생 중반에 남편과 사별했고, 그 뒤로는 다소 쓸쓸한 생애를 보냈지만 어쨌든 두 아이를 훌륭하게 키워낸 건실한 과부, ……그것만이 내 본래 모습이고, 다른 모습, 특히 이 수첩에 그려져 있는 것과 같은 나의 비극적인 모습 같은 건 그저 변덕스러운 상상일 뿐이야. 이 수첩만 없으면, 그런 나는 이 땅에서 영원히 사라지고 말겠지. 그렇지, 이런 건 단번에 태워버려야만 해. 그래, 지금 당장이라도 태워려야지. ……

그것이 저녁 산책을 마치고 돌아와서 내가 한 결심이었어. 그런데도, 나는 할아범이 자리를 뜨고 나서도, 마치 그 기회를 놓치기라도 한 것처럼, 수첩을 멍하니 손에 든 채 불 속에 던지지 않았어. 나는 이미 반성하고 있었던 것이지. 우리 여자들은, 그렇게 하겠다고 결심한 순간에는 스스로 할 수 없을 것 같은 일도 일단 저지르고 보지. 이유 같은 건 나중에 얼마든지 생각해 낼 수 있어. 하지만, 자신이 지금부터 하고자 하던 일에 대해 고민하기 시작하면 결국 모든 일을 망설이게 되고 말아. 그때도 막상 이 수첩을 태우려고 하다가, 지금처럼 제정신일 때 그것을 다시 한 번 읽어보고 오랫동안 나를 괴롭혀 온 것이 무엇인지 그 정체를 확인하고 태워도 늦지 않다는 생각이 문득 들었어. 그렇게 생각했지만 나는 그때의 기분으로는 그것을 다시 읽어볼 엄두가 나지 않았지. 그래서 나는 그것을 그대로 벽난로 선반 위에 올려 놓았어. 그날 밤에라도 갑자기 그것을 다시 손에 들고 읽어볼 생각이 들 수도 있겠구나 라는 생각이 들었기 때문이지. 하지만 결국 그날 밤 늦게 나는 자기 전에 그것을 내 방에 원래 있던 자리로 되돌려 놓을 수밖에 없었어.

그런 일이 있고 나서 이삼 일쯤 지나 일어난 일이었어. 어느 날 저녁 내가 평소처럼 산책을 하고 돌아왔더니, 언제 도쿄에서 왔는지 항상 내가 앉아 있던 의자에 네가 기댄 채, 이제 막 탁탁대는 소리를 내며 타오르기 시작한 난롯불을 가만히 지켜보고 있었던 것은…

그날 밤 늦게까지 너와 나눴던 숨막히는 대화는, 그 다음날 아침 갑자기 내 몸에 뚜렷하게 나타난 변화와 함께 나의 늙어가는 마음에 가장 큰 상처를 주었어. 그로부터 약 1년이 지난 오늘 밤, 그날 밤 기억은 차츰 멀어지고 내 마음속에서 당시의 일이 전체적으로 보이기 시작했지. 그런 오늘 밤, 같은 산골짜기 집의 같은 난로 앞에서 나는 한 번 태워버려야겠다고 결심했던 이 수첩을 이렇게 다시 내 앞에 펼쳐 놓고, 이번에야말로 내가 했던 모든 일을 속죄할 생각으로 내 마지막 날이 다가오기를 마냥 기다리면서, 이렇게 무기력한 기분을 채찍질하며 그날 있었던 일을 가능한 한 있는 그대로 쓰기 시작한 것이란다.

너는 벽난로 옆에 앉아서는 그곳으로 다가간 나에게 뭔가 화가 난 듯한 눈길을 보낼 뿐, 아무 말도 꺼내지 않더구나. 나도 나대로, 마치 어제도 우리가 그랬던 것처럼 침묵을 지키며, 네 옆으로 다른 의자를 가져가서 조용히 앉았지. 나는 네 눈빛을 보고 어쩐지 바로 네가 괴로워한다는 걸 느꼈어. 얼마나 네가 원하는 말을 해 주고 싶었는지. 하지만 동시에 네 눈빛에는 내 입에서 맴돌던 말들을 그대로 얼어붙게 만드는 차가움이 서려 있었어. 왜 그런 식으로 갑자기 이곳에 왔는지 솔직하게 너에게 물을 수조차 없었어. 너도 그것을 자연히 알게 될 때까지는 아무 말도 하지 않으려는 것처럼 보였지. 우리는 조시가야 사람들에 대해 겨우 두세 마디 이야기를 나누었을 뿐이었어. 그리고 나서는 습관처럼 말없이 둘이서 나란히 모닥불을 바라보고 있었지.

해는 저물어 갔어. 그러나 우리는 둘 다 불을 켜려 하지 않고, 그대로 벽난로를 향해 앉아 있었지. 밖이 어두워지면서, 입을 꾹 닫고 있던 너의 얼굴을 비추던 불꽃이 점점 강하게 빛나고 있었어. 이따금씩 흔들리는 불꽃이, 무표정한 얼굴을 할수록 동요하는 네 마음을 잘 보여주는 것 같아 견딜 수 없었단다.

하지만 둘이서 말없이 산골 마을에 어울리는 소박한 식사를 한 후, 다시 벽난로 앞으로 돌아오고 나서 상당한 시간이 흘렀을 때였어. 중간중간 눈을 감으며 졸려워 보이던 네가 어쩐지 갑자기 상기된 목소리로, 그렇지만 할아범들에게 들리지 않게 목소리를 낮추며 말을 꺼냈지. 그것은 나도 어렴풋이 짐작하고 있었던 것처럼 역시 네 혼담에 관한 것이었어. 그전에도 다른 사람의 부탁으로 두세 번 그런 얘기를 전해왔지만, 늘 우리가 상대하지 않았던 다카나와(高輪)에 계신 네 이모가 이번 여름에도 또 새로운 혼담을 내게 가지고 왔지. 마침 모리 씨가 베이징에서 돌아가셨을 때라 나도 침착하게 그 얘기를 듣고 있을 수는 없었어. 그런데 두 번 세 번씩이나 끈질기게 말하길래, 결국 나도 모르게 귀찮아져서 나오코의 결혼은 본인의 생각에 맡기기로 했다고, 하고 돌려보냈어. 그리고 네가 8월에 나 대신 도쿄로 돌아간 것을 알게 되자, 바로 너에게 직접 그 혼담을 가지고 간 것 같더구나. 그리고 그때 내가 뭐든지 네 생각에 맡기겠다는 말을 묘하게 내세우며 네가 그때까지 어떤 혼담을 가지고 와도 모두 거절해 버리던 것에 대해 나까지 네 고집을 탓하고 있는 것처럼 너를 나무랐던 모양이야. 내 말이 그런 뜻이 아니었다는 것 정도는 너도 알았으면 좋았을 텐데. 너는 그때 네 이모에게 휘둘려 홧김에, 내가 아무런 악의 없이 한 말도 너를 헐뜯는 것처럼 받아들였던 걸까? 적어도, 지금 나에게 그 이야기를 하고 있는 네 말투는, 나의 그 말에도 화가 난 것처럼 느껴져.……

그런 이야기를 하던 도중에, 너는 갑자기 약간 굳은 표정을 하고 나를 올려다 보았어.

"그 얘기, 어머니께선 도대체 어떻게 생각하시나요?"

"글쎄, 난 모르겠어. 그건 네 생각에…"

언제나 네 기분이 언짢아 보일 때면 늘 그랬듯이 자신 없는 말투로 말을 얼버무리고, 나는 갑자기 입을 다물었어. 이제 절대로 너를 피하는 태도로만 대하지는 않겠어, 나는 오늘 밤에는 기필고 네가 하고 싶은 말을 하게 하고, 나도 네게 해야 할 말은 남김없이 해야지라고 생각했지. 나는 네가 아무리 매섭게 공격해도 제대로 견디며 맞서기로 결심했어. 그래서 나는 채찍질하듯 강한 어조로 계속해서 네게 말했어.

"……나는 솔직히 말하자면, 그 남자가 아무리 외아들이라도 그렇게 어머니와 단 둘이서, 계속 독신으로 얌전히 살아왔다는 게 마음에 걸려. 왠지 듣기로는 어머니에게 잡혀 사는 것 같아, 그 남자.……"

너는 내가 뜻밖에 강하게 나오자, 뭔가 생각에 잠긴 듯 이글거리는 장작을 바라보고 있었어. 우리는 다시 한동안 말이 없었지. 그리고 갑자기 그 자리에서 순간적으로 생각난 것 같은 애매한 어조로 네가 말했어.

"그런 과하게 얌전한 사람이 오히려 좋을 것 같아요. 저 같이 기가 센 사람의 결혼 상대로는……."

나는 네가 진심으로 그렇게 말하고 있는 건지 확인하려는 것처럼 네 얼굴을 바라보았어. 너는 여전히 탁탁 소리를 내며 타고 있는 장작을 보면서, 그런데도 그걸 보고 있지 않은 것 같은 공허한 눈빛을 하고는 똑바로 앞을 바라보고 있었지. 뭔가를 골똘히 생각하는 것처럼 보였어. 지금 네가 한 말이 일부러 나를 불쾌하게 만들려던 게 아니라 너의 진심에서 우러나온 거라면, 나는 섣불리 대답할 수 없을 것 같아서 바로 대답을 하지 못하고 있었어.

네가 덧붙여 말했지.

"저는 제 스스로를 잘 알고 있는걸요."

"……."

나는 점점 더 뭐라고 대답을 해야 할지 모르겠어서, 그저 가만히 너를 보고 있었어.

"저 요즘 이런 생각이 들어요. 남자든 여자든 결혼하지 않았을 때가 오히려 뭔가에 얽매여 있는 것 같은…… 늘 무너지기 쉽고 변하기 쉬워서 예를 들면 행복이라는 허상에 사로잡혀 있는 것 같은…… 그렇지 않나요? 하지만 결혼해 버리면, 적어도 그런 덧없는 것으로부터는 자유로워질 수 있을 것 같은 기분이 들어요.……"

나는 당장은 그런 너의 새로운 생각을 따라갈 수는 없었어. 그

이야기를 들으면서 나는, 네가 스스로 결혼이라는 것을 당면한 문제로서 진지하게 생각하고 있는 것 같아서 무엇보다 놀랐단다. 그 점에 대해서 나는 다소 인식이 부족했지. 하지만, 지금 네가 말한 결혼에 대한 시각이 네가 그 생활을 경험해보지 않아서 자연히 그렇게 된 것일까 하고 생각하니, 약간 회의적인 생각이 들었어. 나로서는 이대로 네가 내 곁에서 짜증을 부리며 살다가는 서로 마음에 상처를 입어서, 자신이 어디로 향하게 될지 모르겠다는 그런 불안한 생각에 괴로운 나머지, 네가 다른 누군가의 성숙한 생각에 매달리고 있는 것처럼 보였어.

"네 생각에도 나름대로 수긍은 가지만 그런 생각에 쫓겨 결혼을 서두를 필요도 없다고 봐.……"

나는 그렇게 내가 느낀 대로 말했어.

"……얘, 그러니까 조금 더 뭐라고 말하면 좋을까, 좀 더, 그래, 느긋해질 수 없겠니?"

너는 불빛을 받아 번뜩이는 얼굴에 일종의 복잡한 미소를 보이며 따지더구나.

"어머니께선 결혼하시기 전에도 느긋하셨나요?"

"글쎄……나는 꽤 느긋한 편이었지, 어쨌든 아직 열아홉 쯤이었으니까. 학교를 졸업하고 나서는, 집이 가난해서 어머니께서 바라시던 대로 서양에 유학을 가지는 못했고, 곧바로 시집을 가게 되어 매우 기뻤을 정도였어."

"하지만, 그건 아버지께서 좋은 분이라는 걸 알고 있었기 때문이 아니고요?"

　네가 꺼낸 좋은 아버지에 대한 이야기가 너무나 자연스럽게 우리의 대화 주제가 되어 갑자기 나는 그 어느 때보다 생기가 돌았어.

　"정말 내게는 과분할 정도로 좋은 남편이었어. 나의 결혼생활이 처음부터 끝까지 순조로웠던 것도, 내가 운이 좋았구나 하는 생각은 한 번도 들지 않았고, 그게 당연하다는 생각이 들었던 건 네 아버지의 성격 덕분이었지. 특히 내가 지금도 아버지에게 고마워하고 있는 건, 결혼한 지 얼마 되지 않은 여자애에 불과했던 나를 처음부터 언제나 한 여자로서만이 아니라, 한 인간으로서 상대해 준 것이었어. 나는 그 덕분에 점점 인간으로서 자신감을 가졌지."

　"좋은 아버지이셨군요.…"

　너마저 그 어느 때보다 옛날을 그리워하는 듯한 기분으로 말했어.

　"저는 어렸을 때 자주 아버지에게 시집가고 싶다는 생각을 하곤 했어요."

　"……."

　나는 나도 모르게 환한 미소를 지으며 잠자코 있었어. 하지만 이런 옛날 이야기가 나왔을 때, 아버지 살아 생전의 일이나 돌아가신 후의 일에 대해 조금 더 너에게 말해 두어야 한다고 생각했지.

　그런데, 네가 나보다 앞질러 말했어. 이번에는 무언가 나에게 대드는 듯한 가라앉은 목소리로 말이야.

　"그럼, 어머니께선 모리 씨를 어떻게 생각하고 계세요?"

"모리 씨 말이니?……"

나는 조금 의외의 질문에 당황하면서, 너에게 조용히 시선을 돌렸어.

…… 이번에는 네가 말없이 고개를 끄덕였지.

"얘, 그 일하고 이 일은 전혀……."

나는 어딘가 모르게 애매한 어조로 그렇게 말하고 있는 사이에, 갑자기 지금 트집을 잡듯 묻는 네 말에서, 모리 씨가 우리 불화의 원인이었다고 네가 믿고 있다는 걸 분명히 알 수 있었어. 한참 전에 돌아가신 아버지에 대한 생각이 언제까지고 네 머릿속에서 떠나지 않았던 거야. 그 무렵 너는, 나라는 사람이 네가 생각하는 엄마의 모습에서 벗어나 버릴 것만 같아서 초조해 했던 거지. 그건 너의 쓸데없는 걱정이었다는 걸 지금의 너라면 잘 알 거야. 하지만, 그때는 나도 너에게 그렇다고 솔직히 말해 주지 못했어. 어째서인지 나는 그런 것조차 있는 그대로 말할 수 없을 만큼 뭐든지 복잡하게 생각하기 일쑤였어. 말하자면 그게 내 유일한 과실이었지.

지금 생각해 보면, 나는 그걸 너에게도, 또 내 자신에게도 분명히 말해 두었어야 했어.

"아니, 그런 이야기는 이제 하지 않을게. 그건 정말 아무것도 아닌 일이었다는 걸 우리가 분명히 알고 있기 때문에, 아무것도 아닌 거라고 말할게. 모리 씨가 나에게 원했던 건 결국 연상의 여성으로서 이야기 상대였어. 나 같은 세상 물정 모르는 여자가 잘난 척 하지 않고 솔직하게 이야기했던 게 오히려 왠지 모르게 가슴에 와 닿았을 뿐이었던 거야. 그뿐이었다는 걸 그때는 그분도 모르고, 나 자신도 몰랐던 거지. 그런데 단지 말동무라고 해도, 그분이 나를 어디까지나 한 여자로 상대하길 원했던 게 잘못이었던 거지. 그게 나를 점점 거북하게 만든 거야. ……"

그렇게 숨도 쉬지 않고 말하면서, 나는 난롯불을 너무 똑바로 쳐다보고 있었기 때문에 눈이 아파왔어. 그래서 이야기를 마치고 잠시 눈을 감고 있었지. 그리고 다시 눈을 떴을 때는 네 얼굴 쪽으로 시선을 돌리고 말했어.

"……난 말이야, 나오코, 최근에야 겨우 여자가 아니게 되었어. 나는 그런 나이가 되기를 많이 기다렸어. 나는 그런 나이가 되면 다시 한 번 모리 씨를 만나 흉금을 터놓고 이야기를 나누고, 그리고나서 마지막으로 작별을 하고 싶었는데……"

그러나 너는 말없이 난롯불을 향한 채, 불꽃에 얼굴이 흔들려 보이는 것인지 아니면 뭔가 표정을 짓고 있는 것인지 잘 모르겠지만, 어쨌든 여전히 앞만 바라보고 있더구나.

그렇게 침묵을 하는 가운데, 방금 전 내가 다소 상기된 듯한 목소리로 한 말이 언제까지고 공허하게 울리고 있는 것 같아 갑자기 가슴이 옥죄어 왔어. 나는 네가 그때 무슨 생각을 하고 있는지 어떻게든 알고 싶어져서, 엉뚱한 것을 물어보았지.

"너는 모리 씨를 어떻게 생각하니?"

"저요?……"

너는 입술을 깨물고 한동안 아무 말도 하지 않았어.

"⋯⋯글쎄요, 어머니 앞에서 직접 말씀드리기 뭐하지만, 저는 그런 분은 멀리하고 싶어요. 그분이 쓰시는 글은 재미있는 것 같아서 읽지만, 그분과 어울리고 싶지는 않았어요. 무엇이든 본인이 하고 싶은 일은 해도 된다고 생각하는 천재 같은 사람은 제 옆에 두고 싶은 생각 전혀 없어요."

너의 그런 한마디 한마디가 내 가슴을 이상하게 찔러댔어. 나는 더 이상 어쩔 수 없다는 식으로 다시 눈을 감은 채, 그제서야 나와의 불화 때문에 네가 무엇을 잃었는지 분명히 알게 되었어. 그것은 어머니로서의 내가 아니야, 결코 그렇지 않아. 그것은 인생에서 가장 숭고한 것에 대한 여성스러운 믿음과 순종이었지. 어머니로서의 나는 다시 너에게 돌아갈 수 있지만, 이제 삶에 대한 믿음과 순종은 쉽게 회복하지 못하는 것이 아닐까?⋯⋯

벌써 밤도 꽤 깊어졌는지, 작은 집 안까지 제법 쌀쌀해졌어. 먼저 잠이 들었던 할아범이 한잠 자고 잠이 깼는지, 부엌 방 쪽에서 기침 소리가 들렸어. 우리는 그 소리를 듣고 둘 다 난로에 장작을 더 집어 넣기를 멈췄지만, 점점 약해진 화력이 우리들의 몸을 어느새 서로 가깝게 했지. 마음과 마음은 어느새 각자의 깊숙한 곳에 묻어 두고서는⋯⋯

그날 밤은 벌써 자정이 넘어 각자의 침실로 물러난 후에도 나는 도무지 잠이 오질 않아서 거의 뜬눈으로 밤을 지새웠어. 바로 옆에 있는 네 방에서도 밤새 침대가 삐걱거리는 소리가 들렸지. 그래도 새벽녘에 비로소 창가가 뿌옇게 밝아오는 것을 보자 뭔가 안심이 되었는지 나는 그만 꾸벅꾸벅 졸았어. 그 후로 시간이 얼마나 지났는지 기억이 나지 않지만, 갑자기 누군가가 내 옆을 가로막고 있는 듯한 느낌에, 나도 모르게 잠이 깼지. 그러자 흐트러진 머리칼을 하고 서 있는 새하얀 잠옷 차림의 네 모습이 차차 보이기 시작했어. 너는 내가 드디어 네가 있는 걸 눈치챘다는 것을 깨닫자, 갑자기 화가 난 듯한 말투로 말하기 시작했어.

"……저는 어머니를 잘 이해하고 있어요. 하지만, 어머니는 저를 조금도 몰라요. 아무 것도 이해해 주지 못하고 계세요. 그렇지만, 이 사실만큼은 알아주셨으면 해요. 저, 이곳으로 오기 전에 실은 이모께 아까 얘기했던 그 혼담, 승낙하고 왔어요.……"

비몽사몽 멍한 표정으로 너를 물끄러미 바라보고 있는 내 눈을, 너는 뭔가 애달픈 눈빛으로 받아들이고 있었어. 나는 네가 무슨 말을 하는지 잘 알아듣지 못한 것처럼, 그리고 그 이야기를 더 잘 들으려는 듯이 거의 무의식적으로 침대 위에서 반쯤 몸을 일으키려고 했어.

하지만 그때 너는 이미 나를 돌아보지도 않고, 재빨리 문 뒤로 자취를 감추었지.

아래층 부엌에서는 아까부터 벌써 할아범들이 일어나 부스럭거리는 소리를 내고 있었어. 그것이 나로 하여금 그대로 일어나 네 뒤를 쫓아가는 것을 주저하게 만들었단다.

나는 그날 아침에도 일곱 시가 되자, 늘 하던 대로 몸단장을 하고 아래층으로 내려갔어. 그전에 잠시 네 침실로 다가가 기색을 살피며 귀를 기울여 보았지만, 밤새 가끔 잊힐만 하면 들리던 삐걱거리는 침대 소리도 이제 전혀 나지 않았어. 나는 네가 그 침대 위에서 밤새 잠을 못이루고 헝클어진 머리칼에 얼굴을 파묻고 있다가 역시 젊은 나이라 잠에 곯아떨어져 버리고 나서 이내 얼굴 가득 햇빛이 비쳐 흔적도 없이 눈물이 말라버린, …… 그렇게 아무렇게나 잠들어 있는 네 모습마저 상상해 보았어. 하지만 그대로 네가 조용히 잘 수 있도록 발소리를 죽이고 아래층으로 내려가서 할아범에게는 나오코가 일어날 때까지 우리가 먹을 아침 식사 준비를 하지 말고 기다려 달라고 말을 해 두었어. 그리고 나는 혼자서 비스듬히 비추는 가을 햇살에 온통 나무 그늘이 된 정원으로 나갔어. 잠이 부족한 눈에 나무 그늘 사이로 드문드문 흩어져 있는 햇살이 말할 수 없이 상쾌해 보였지.

　나는 벌써 잎이 완전히 노랗게 물든 느릅나무 아래 벤치에 앉아서, 오늘 아침 잠에서 깼을 때의 무거웠던 기분과는 너무도 거리가 먼, 눈이 부실 정도로 화창한 날씨가 무언가 심장이 두근거릴 정도로 아름답다고 느끼면서, 가여운 네가 일어나길 애타게 기다리고 있었어.……네가 나에게 반항하려는 마음으로 아주 무모한 일을 하려는 걸 잘못된 일이라며 단호하게 말려야겠다고 생각했어. 그 결혼을 하면 네가 반드시 불행해질 것이라고 믿을 근거는 하나도 없어. 다만 그런 느낌이 들었을 뿐이야.……네 마음이 닫히지 않게 하면서도 그 점을 잘 이해시키려면 어떻게 말해야 좋을까. 지금부터 그 말을 준비해 둔다고 해서, 그걸 하나하나 너에게 말할 수 있을 것 같지는 않아. ……그것보다는 네 얼굴을 보고서, 내 생각 같은 건 지워버리고 아무런 마음의 준비도 하지 않고 너와 마주하여, 그 자리에서 생각나는 대로 이야기하는 편이 네 마음을 움직일 수 있지 않을까, 그렇게 생각했어. ……그리고 나서, 나는 애써 너에 대한 생각을 마음속에서 지웠고, 내 머리 위에서 샛노란 느릅나무 잎들이 바스락거리는 소리를 내며 끊임없이 내 어깨 언저리에 흩뿌리고 있는 미세한 햇살이 얼마나 기분 좋은지 생각하는 동안, 심장이 몇 번인가 심하게 옥죄이는 것을 느꼈어. 그러나 이번에는 그것이 금방 멈추지 않고, 어떻게 된 일일까 싶을 정도로 오래 계속되었지. 나는 의자 등에 양손을 얹고 간신히 상체를 지탱하고 있었지만, 그 양손에 갑자기 힘이 빠지면서.……

나오코의 추기(追記)

여기에서 어머니의 일기는 멈추었다. 그 일기의 마지막에 기록되어 있는 어느 가을날의 작은 사건이 있고 나서 정확히 1년이 지나고, 역시 그 산골짜기 집에서 어머니는 무슨 생각이 들어서인지 그날의 일을 갑자기 써내려가기 시작하던 참에 다시 협심증 발작을 일으켜 그대로 쓰러지셨다. 이 수첩은 의식을 잃은 어머니 곁에 쓰다 만 채 펼쳐져 있던 걸 할아범이 발견하신 것이다.

어머니께서 위독하시다는 소식에 놀라 도쿄에서 달려온 나는, 어머니가 돌아가신 후에 할아범으로부터 건네받은 수첩이 어머니께서 최근에 쓰셨던 일기라는 것을 금방 알아차렸다. 하지만, 그때는 왠지 바로 읽어봐야겠다는 생각이 들지 않아서, 나는 그것을 그대로 O마을의 작은 집에 남겨 두고 왔다. 나는 몇 달 전에 이미 어머니의 뜻을 거슬러 결혼을 해 버렸다. 그때는 아직 나의 새로운 길을 개척하려고 한창 노력하는 중이었기 때문에, 한 번 묻어버렸던 내 과거를 되돌아보는 건 나로서는 참을 수 없는 일이었기 때문이다. ……

그 후 다시 O마을의 집에 남겨둔 물건들을 정리하러 혼자 왔을 때, 나는 처음으로 어머니의 일기를 읽었다. 일전의 일이 있고 아직 반년이 채 되지 않았지만, 나는 어머니가 먼저 걱정했던 것처럼 내 앞길이 지극히 험난하다는 걸 그제서야 뼈저리게 알게 된 때이기도 했다. 나는 절반은 어머니에 대한 일종의 그리움, 절반은 내 자신에 대한 후회로 비로소 이 수첩을 집어들었다. 그러나 읽기 시작하자마자 나는 그 속에 그려져 있는 당시의 소녀가 된 것처럼, 여전히 어머니의 한 마디 한 마디에 작은 반항심을 느낄 수밖에 없었다. 나는 아무래도 아직 이 일기 속의 어머니를 받아들일 수가 없었다. ……어머니, 이 일기 속에 적힌 것처럼, 제가 어머니에게서 도망을 친 것은 어머니 자신에게서 비롯된 일이에요. 그건 어머니의 마음

속에만 존재하는 괴로워하는 나의 모습에서 비롯된 것이에요. 저는 그런 일로 한 번도 그렇게 괴로워하거나 고민한 적이 없는걸요.

나는 그렇게 속으로 무심코 어머니를 불러대다가 중간에 몇 번이나 이 수첩을 내려놓아야겠다고 생각하면서도 끝까지 읽어버렸다. 읽기 시작할 때부터 내 가슴을 뭉클하게 했던 울분에 가까운 마음은 다 읽고 나서도 좀처럼 가실 것 같지가 않았다.

그러나 정신을 차리고 보니, 나는 이 일기장을 손에 쥔 채 나도 모르게, 재작년 가을 어느 날 아침, 어머니께서 그곳에 앉아 나를 기다리시다 첫 발작을 일으켰던, 커다란 느릅나무 아래에 와 있었다. 아직 초봄이라서인지, 잎사귀는 한 장도 달려 있지 않았다. 그때 있던 통나무 의자만이 반쯤 망가진 채 제자리에 남아 있었다.

내가 반쯤 망가진 어머니의 그 의자를 알아본 순간이었다. 이 일기를 읽고 난 뒤에 찾아온, 어머니와 동화되는 듯한 설명하기 어려운 느낌, 동시에 그에 대한 혐오감에 가까운 것들 때문에, 나는 갑자기 손에 들고 있던 일기장을 그대로 그 느릅나무 아래에 묻기로 했다. ……

나오코

1

"역시, 나오코 씨야."

쓰즈키 아키라(都築 明)는 무심코 걸음을 멈추고 뒤를 돌아보았다.

스쳐지나기 전까지는 나오코 같기도 했고 아닌 것 같기도 해서 생각을 해 보고 있었는데, 스쳐 지나간 순간 갑자기 나오코가 맞다는 확신이 들었다.

아키라는 한동안 정신없이 오가는 사람들 사이에 멈추어 서서, 이미 지나쳐서 꽤 멀리까지 가 버린 그 일행을 지켜보았다. 흰 모직 외투를 입은 여자 한 명과, 그 옆의 남편으로 보이는 사람. 그 여자도 방금 스쳐 지나간 사람이 누구인지 겨우 떠올랐는지, 아키라 쪽을 돌아보았다. 덩달아서 남편도 이쪽을 흘끔 돌아본 것 같았다. 그 순간, 지나가던 사람이 어깨를 부딪치는 바람에 키가 큰 아키라는 넋을 놓고 서 있다가 무심코 휘청였다.

아키라가 겨우 중심을 잡고 바로 섰을 때, 아까 그 두 사람은 이미 인파 속으로 모습을 감춘 뒤였다.

몇 년 만에 본 나오코는 왠지 눈에 띄게 초췌해져 있었다. 그녀는 흰 모직 외투로 몸을 감싼 채 그녀보다 키가 작은 남편과 나란히 걷고 있었다. 그러나 남편에게는 거의 신경을 쓰지 않고, 그저 생각에 잠긴 듯 앞만 보고 걸음을 서두르는 모습이었다. 잠깐 남편이 그녀에게 뭐라 말을 거는 것 같았지만 그녀는 대답 대신 경멸하는 듯한 미소를 살짝 지을 뿐이었다. ……쓰즈키 아키라는 자신 쪽으로 몰려드는 인파 속에서 그러한 둘의 모습을 재빨리 찾아냈다. 나오코인 것 같다는 생각이 들자마자 아키라의 가슴은 빠르게 뛰기 시작했다. 아키라가 그 흰 외투 차림의 여자에게 시선을 고정한 채로 걷자, 그쪽에서도 순간 그를 미심쩍게 쳐다보았다. 그러나 일단 이쪽을 보기는 하면서도 아직 아무 눈치도 채지는 못했는지, 공허한 눈초리였다. 아키라는 허공에 뜬 그 눈초리를 끝까지 견디지 못하고 무심코 눈길을 피했다. 그렇게 그가 다른 곳을 흘끔 쳐다보는 순간, 여자는 결국 눈앞의 아키라를 알아보지 못한 채 남편과 함께 지나가 버린 것이다.……

그러고 나서 아키라는 그 두 사람과 반대 방향으로 걷기 시작했다. 왜 자신만 이쪽으로 가야 하는지 알 수 없다는 듯, 전혀 내키지 않는 걸음걸이였다. 그는 이렇게 인파 속을 걷는 것이 갑자기 아무 의미 없는 것처럼 느껴졌다. 그가 매일 밤 건축사무소에서 곧장 오기쿠보(荻窪)[4]의 하숙집으로 퇴근하지 않고, 긴자(銀座)[5]의 이런 인파 속에서 할 일도 없이 몇 시간씩 시간을 보내는 데에는, 지금까지는 어쨌든 하나의 목적이 있었다. 그러나 아키라는 이제 그 목적이 자

---

4 도쿄도(東京都) 스기나미구(杉並区) 내의 지명.

5 도쿄도 주오구(中央区) 내의 지명. 긴자는 오기쿠보에서 동쪽으로 15km가량 떨어져 있다.

신에게서 영영 사라져 버린 것만 같았다.

지금 아키라가 있는 이 거리는, 3월 중순, 쌀쌀하게 구름이 낀 저녁 무렵이다.

'왠지 나오코 씨는 별로 행복해 보이지 않아.'

아키라는 계속 이런 생각을 하면서, 유라쿠초(有楽町) 역[6] 쪽으로 발길을 돌렸다.

'하지만, 멋대로 이런 추측이나 하는 내가 훨씬 더 이상해. 마치 불행해진 그 사람의 모습에 흡족해 하는 것 같잖아.……'

2

쓰즈키 아키라는 작년 봄, 사립대학의 건축과를 졸업하고 어느 건축사무소에서 일하기 시작했다. 그는 오기쿠보에 있는 하숙에서 긴자의 모 빌딩 5층에 있는 그 건축사무소까지 매일 오가며, 성실하게 병원이나 마을 회관 등을 설계했다. 그러나 근 1년간, 그러한 설계 일에 정신없이 몰두하기는 했어도, 진심으로 자신의 일이 즐겁다고 생각한 적은 단 한 번도 없었다.

"너는 이런 곳에서 뭘 하는 거냐?"

때때로 어떤 목소리가 그에게 이렇게 속삭였다.

며칠 전, 두 번 다시 마음속에 그려보지 않겠다고 다짐했던 나오코를 거리에서 뜻밖에 마주쳤다. 그 일은 아무에게도 털어놓지 못

---

6 도쿄도 내에 위치한 역 이름. 긴자 근처에 있다.

한 채 아키라의 가슴 속에 깊은 동요를 남기며 굳게 자리잡았다. 그리고 그 기억은 그 긴자거리에 고정되어 있었다. 긴자의 그 혼잡한 인파, 저녁 공기의 냄새, 함께 있던 남편으로 보이는 남자, 아키라는 아직도 그런 것들을 선명하게 떠올릴 수가 있었다. 흰 외투에 몸을 감싸고 허공을 보며 걷던 그 사람도, ……특히 허공을 주시하는 듯한 그 눈초리는, 아직도 생각만으로도 눈을 피하고 싶어질 만큼 어딘가 안쓰러운 느낌과 함께 생생히 떠올랐다. ……예전부터 나오코는 뭔가가 마음에 들지 않을 때면, 누구 앞에서든 그렇게 공허한 눈빛을 하는 버릇이 있었다는 사실을, 아키라는 어느 날 다른 일을 하다가 문득 기억해 냈다.

'그래, 며칠 전 그 사람이 어딘가 살짝 불행해 보였던 건, 어쩌면 그 눈빛 때문이었는지도 몰라.'

쓰즈키 아키라는 그런 생각을 하며, 제도를 하던 손을 잠시 멈추고 사무소 창문을 통해 거리의 지붕이나 그 너머로 옅게 구름이 낀 하늘을 멍하니 바라보았다. 그러다 불쑥 즐거웠던 소년 시절이 떠오르거나 하면, 아키라는 어쩔 수 없다는 듯 더 이상 일에 집중하지 않고 되살아난 추억들에 가만히 잠겨 버리곤 했다. ……

눈부신 소년 시절의 그 나날들에는, 일곱 살 때 부모님을 여읜 아키라를 키워 주신 독신의 숙모, 숙모의 작은 별장이 있던 신슈(信

州)[7]의 O마을, 그곳에서 보낸 몇 번의 여름방학, 마을 이웃이었던 미무라 가(三村家) 사람들, ……특히 그와 동갑인 나오코가 그 중심에 있었다. 둘은 자주 테니스를 치러 가거나 자전거를 타고 먼 곳까지 다녀오곤 했다. 그러나 이미 그 무렵부터, 본능적으로 꿈을 꾸려 하던 소년과 반대로 꿈에서 깨어나려 하던 소녀는, 그 마을을 무대로 서로 숨거니 찾거니 하며 진지하게 숨바꼭질을 했다. 그리고 그 숨바꼭질에서 홀로 남겨지는 건, 언제나 소년 쪽이었다. ……

어느 여름날, 유명 작가 모리 오토히코(森 菟彦)가 돌연 그들 앞에 모습을 드러냈다. 그는 고원의 피서지로 유명한 옆 마을의 M호텔에서 요양을 위해 잠시 머물던 참이었다. 미무라(三村) 부인은 우연히 그 호텔에서 전부터 아는 사이였던 그를 만나 오랜 시간 이런저런 이야기를 나누었다. 그로부터 이삼일 후, 작가는 저녁 무렵, 소나기를 무릅쓰고 O마을을 찾아왔다. 그리고 비가 갠 뒤 나오코와 아키라를 데리고 누에를 치는 마을로 산책을 가고, 마을 변두리에서 즐거울 정도로 기대에 찬 채 이별을 하기도 했다. …… 고작 그 정도의 만남이 이미 피폐해져 있던 이 고독한 작가의 삶에 갑작스럽게 활력을 불어넣어 주기라도 했는지, 그는 이상하게도 들뜬 것처럼 보였다. ……

이듬해 여름에도 이 고독한 작가는 옆 마을 호텔에 요양차 머물다가 갑작스레 O마을을 찾아오곤 했다. 그리고 그 무렵부터 미무

---

7 일본 중부 내륙 지방에 위치한 나가노현의 옛 지명.

라 부인이 그녀 주위에 펼쳐 놓았던 일종의 비극적인 분위기는, 왜 인지 이유를 모르는 와중에도 아키라의 호기심을 자극했다. 그렇게 호기심이 온통 부인 쪽으로 쏠려 있는 동안, 아키라는 같은 영향이 나오코에게서 이제까지의 소녀다운 쾌활한 면모를 앗아가 버렸다 는 사실을 조금도 알아채지 못했다. 아키라가 겨우 나오코의 변화 를 알아챘을 때는 이미 그녀가 그의 손길이 거의 닿지 않는 곳으로 떠난 뒤였다. 자존심 강한 이 소녀는, 그동안 아무에게도 털어놓지 못할 고통을 혼자서 온전히 겪어낸 끝에, 원래의 그 소녀다운 모습 을 잃어버리고 만 것이다.

그때를 전후로 해서, 눈부셨던 아키라의 소년 시절은 급격히 그 늘져 갔다. ……

어느 날 소장이 사무소 문을 열고 들어왔다.

"쓰즈키 군."

소장은 아키라 옆으로 다가왔다. 아키라의 침울한 낯빛에 놀란 듯했다.

"자네, 얼굴이 파랗게 질렸는데. 어디 안 좋은 것 아닌가?"

"아뇨, 딱히."

아키라는 멋쩍은 듯이 대답했다. 자네 이전에는 더 꼼꼼히 일하 지 않았나, 어쩌다 이렇게 열의를 잃어버린 건가, 소장의 눈빛이 자 신에게 그렇게 묻는 것 같았다.

"무리하다가 건강이라도 해치면 큰일이네."

소장은 예상 밖의 이야기를 꺼냈다.

"한 달이든 두 달이든, 휴가를 줄 테니 시골이라도 다녀오면 어떤가?"

"실은 그보다도……."

아키라는 말하기 조금 껄끄럽다는 듯이 입을 열다가, 특유의 친근한 미소로 서둘러 얼버무렸다.

"……좋을 것 같네요. 시골."

소장도 아키라를 따라 미소를 지어 보였다.

"지금 하는 일이 마무리되는 대로 떠나게."

"예, 그렇게 하도록 하겠습니다. 사실 이제 휴가 같은 건 못 받을 거라고 생각했거든요……."

아키라는 그렇게 대답하면서, 방금 큰맘 먹고 일을 그만두겠다고 하려다가 도중에 마음을 바꾼 자신에 대해 생각했다. 지금 이 일을 그만둔다 한들 곧바로 새로운 인생을 다시 시작할 수 있을지 어떨지도 모르는 셈이니, 이번에는 소장의 권고대로 당분간 어딘가로 떠나 쉬고 오자. 그러면 내 생각도 정리가 되겠지. 순간 그런 생각이 든 것이다.

다시 혼자가 된 아키라는 침울한 낯빛이 되어, 사람 좋아 보이는 소장이 자신의 곁을 떠나는 뒷모습을 뭔가 고마움에 가득 찬 눈길로 바라보았다.

3

미무라 나오코(三村菜穂子)가 결혼한 것은 지금으로부터 3년 전

겨울, 그녀가 스물다섯 살 때였다.

결혼 상대인 구로카와 게이스케(黒川圭介)는 나오코보다 열 살 위로, 고등상업학교를 졸업하고 어느 상사에 근무하는, 그럭저럭 평범한 남자였다. 그는 오래도록 독신으로, 남편을 여읜 지 10년이나 된 어머니와 단 둘이 전직 은행가였던 아버지가 남겨 놓은 오래된 저택에서 평범하게 살고 있었다. 그 저택은 오모리(大森)[8]의 어느 언덕에 있었고, 모밀잣밤나무 몇 그루가 그 주위를 둘러싸고 있었다. 그 나무들은 나무를 좋아하던 게이스케의 아버지를 연상시키는 모습으로 가지를 펼친 채, 세상으로부터 이 모자(母子)의 평화로운 생활을 안전하게 지켜주는 것처럼 보였다. 게이스케는 평소 퇴근길에 서류가방을 끌어안고 언덕을 올라올 때마다, 집을 둘러싼 모밀잣밤나무가 보이기 시작하면 왠지 모를 안도감을 느끼며 자기도 모르게 발걸음을 서두르곤 했다. 저녁 식사 후에는 석간신문을 무릎에 올려놓은 채 화로를 사이에 두고 어머니나 아내를 상대로 몇 시간이고 생계나 생활에 관해 이런저런 이야기를 나누었다. ……갓 결혼했을 무렵, 나오코는 이렇게 평범하고 조용한 생활에도 별 불만을 느끼지 않았다.

단지 예전부터 나오코를 알던 친구들은 다들 왜 그녀가 그런 평범한 남자와 결혼했는지 의아해했다. 하지만, 나오코의 결혼이 그녀 자신을 위협하던 불안한 생활로부터의 도피였다는 사실은 아무

8　도쿄도 오타구(大田区) 내의 지명.

도 알지 못했다. ……그리고 결혼 후 일 년 남짓한 시간 동안 나오코는 자신의 결혼이 결코 잘못된 게 아니라고 믿으며 살아갈 수 있었다. 비록 그곳에 어색한 평화만이 존재한다고 해도, 타인의 가정은 그녀에게는 절호의 피난처였던 것이다. 적어도 당시의 나오코는 그렇게 느꼈다. 그랬던 나오코의 생각이 바뀐 것은 이듬해 가을이었다. 그녀의 결혼으로부터 깊은 마음의 상처를 받은 그녀의 어머니, 미무라 부인이 돌연 협심증으로 세상을 떠났을 때였다. 그때 나오코는 갑자기 자신의 결혼생활이 이제까지 유지해 왔던 안정감을 잃기 시작했다고 느꼈다. 이제까지와 같은 서먹서먹한 생활을 잠자코 견딜 기력을 잃어버려서가 아니라, 그렇게 스스로를 속이면서까지 결혼 생활을 견뎌야 할 이유가 전혀 없는 것 같았던 것이다.

그래도 나오코는 처음 얼마 동안은 뭔가를 겨우 견디는 듯한 모습을 하면서도 이전처럼 아무 일 없다는 듯이 살았다. 남편 게이스케는 여전히 저녁 식사 후 거실에 남아 이런저런 얘기를 했다. 그때는 대부분 어머니와 둘이서만 대화를 나누었기 때문에, 나오코는 대화에 어울리지 못하고 홀로 남겨져 있었다. 그리고 그런 나오코에게는 거의 무관심해 보였지만, 게이스케의 어머니는 같은 여자인만큼 나오코의 위태로운 모습을 어렴풋이 눈치채지 않을 수 없었다. 그녀는 지금의 이러한 생활에 불만을 품은 것처럼 구는 며느리를 이해할 수가 없었다. 단지 그런 며느리의 태도가 결국 자신들 일가의 분위기마저 답답하게 만들지도 모른다는 사실이 무엇보다 두려웠다.

요 며칠 나오코는 오랫동안 잠들지 못하고 끝내는 기침을 했다. 그럴 때면 옆방에서 자던 게이스케의 어머니는 매번 그 기침 소리에 곧장 눈을 떴다가 좀처럼 쉽게 다시 잠들지 못했다. 그러나 게이스케나 다른 사람들이 내는 소리에 눈을 떴을 때는 바로 다시 잠들었다. 나오코는 그러한 시어머니의 모습을 빠짐없이 느낄 수가 있었다. 그리고 그런 것들에 일일이 마음이 쓰였다.

나오코는 그럴 때마다 남의 집에 몸을 의지한 채 자신이 하고 싶은 것은 아무것도 하지 못하는 사람들이 흔히 느낄 법한, 가슴을 찌르는 듯한 기분을 끊임없이 경험해야만 했다. ……그런 느낌이, 결혼 전부터 그녀의 몸속에 잠복해 있던 병을 점점 악화시켰다. 나오코는 눈에 띄게 야위어 갔다. 동시에 그와 반대로 언제부턴가 그녀의 마음 속에 일기 시작한, 결혼 전에 이미 잃어버린 자기 자신에 대한 일종의 향수는 점점 커져만 갔다. 그러나 나오코는 아직 그런 사실을 알아채지 못했는지, 그저 최대한 견디고 견디며 살아가리라고 결심한 것처럼 보였다.

3월 어느 저녁 무렵의 일이었다. 나오코는 일이 있어 남편과 함께 긴자로 나왔다가, 그 혼잡한 인파 속에서 문득 소꿉친구인 쓰즈키 아키라 같은 사람을 보았다. 그는 키가 컸고, 어딘가 풀이 죽은 듯하면서도 여전히 싹싹해 보이는 모습이었다. 그쪽에서는 처음부터 나오코를 알아본 듯했으나, 니오코가 그 사람이 아키라라는 사실을 겨우 알아챈 건, 스쳐지나가고 나서도 꽤 시간이 흐른 뒤의 일이었다. 뒤돌아보았을 때는 이미 키가 큰 아키라의 모습이 인파 속으로 사라져 버린 뒤였다.

그 일은 나오코에게 그저 그런 해후(邂逅)처럼 느껴졌다. 그러나 왜인지 그녀는 그날 이후로 점점 남편과 함께 외출하는 것이 묘하게 불쾌해지기 시작했다. 특히 그녀가 놀란 것은, 그 불쾌감이 스스로를 속이고 있다는 의식으로부터 왔다는 걸 분명하게 알아챘을 때였다. 그녀는 그런 감정을 이전부터 계속 무의식적으로 막연히 느끼고 있었으나, 그 고독해 보이던 아키라를 본 이래로는 왜인지 갑자기 의식적으로 느끼게 되었다.

4

아키라는 시골에 다녀오라는 권유를 받자마자 신슈의 O마을을 떠올렸다. 그가 소년 시절 몇 번이고 여름을 보내러 갔던 마을이다. 아직 추울지도 몰라, 산에는 눈도 남아 있겠지, 그곳에서는 뭐든지 이맘때부터가 시작이다, ……이런 식으로, 아키라가 아직 모르는 그곳의 초봄 풍경이 무엇보다도 그를 유혹했다.

아키라는 본래 역참이었다던 오래된 마을에 있는 보탄야(牡丹屋)라는 여관을 떠올렸다. 여름에 피서 오는 학생들을 수용하던 큰 숙소였다. 그가 보탄야에 며칠간 묵을 수 있는지 문의하자, 언제든 와도 좋다는 답변이 왔다. 4월 초, 아키라는 정식으로 휴가를 받아 신슈 여행을 떠났다.

아키라가 탄 신에쓰선(信越線)⁹ 기차는 뽕나무밭이 많은 조슈(上州)¹⁰를 거쳐 마침내 신슈로 진입했다. 그러자 갑자기 너무나도 산골 마을다운 풍경이 나타나기 시작했다. 나무들은 아직 겨울 모습 그대로 앙상한 상태였고, 산의 그림자가 드리워진 쪽에는 눈이 얼룩덜룩 남아 있었다. 저녁 무렵, 아키라는 어느 작은 골짜기에 있는 정류장에서 내렸다. 골짜기 뒤로는 아사마 산이 녹은 눈 사이로 독특한 민둥산 자락을 드러낸 채 닿을 듯 가까이 버티고 있었다.

정류장에서 마을까지 가는 길에 보이는 풍경은 거의 예전과 다를 바가 없었다. 아키라는 뭐라 형용할 수 없는 쓸쓸함을 느꼈다. 풍경은 예전 그대로인데 비해 자신만 변해 버린 것 같아서 쓸쓸함을 느끼기도 했지만, 그 풍경 자체도 예전부터 쓸쓸했다. ……정류장에서 시작되는 언덕길, 때마침 노을진 하늘을 반사하고 있는 길가의 녹다 만 눈, 누군가 숲 옆에 지어 두고 잊어버린 듯한 폐가에 가까운 오두막 한 채, 끝없이 이어지는 숲, 그 숲을 반쯤 지나왔음을 알리는 갈림길(한쪽은 마을로, 다른 한쪽은 아키라가 소년 시절 여름날을 보내던 숲속 집으로 통했다), 그 숲을 빠져나오자마자 나그네들의 눈에 인상 깊게 비치곤 하던 아사마 산과, 그 기슭 위 비스듬하게 무리를 지어 자리잡은 자그마한 마을 하나…….

---

9 일본 중부 내륙 지방인 군마현(群馬縣)과 나가노현, 그리고 두 지역의 북부에 위치한 니가타현(新潟縣) 일대를 잇는 철도 노선.

10 군마현을 가리키는 다른 이름. 군마현은 나가노현(작중 '신슈') 옆에 위치한다.

살짝 정신이 아득해질 것만 같은, O마을에서의 조용한 생활이 시작되었다.

산골 마을의 봄은 느리게 찾아왔다. 아직도 숲속 나무들은 대부분 겨울 그대로의 앙상한 모습이었다. 그러나 작은 새들이 나뭇가지 사이를 건너다니며 만들어내는 그림자는 이미 봄이구나 싶게 민첩하게 움직이고 있었다. 해 질 무렵이 되자, 근처 숲에서 꿩이 자꾸만 울어댔다.

보탄야 사람들은 소년 시절의 아키라도, 몇 년 전 고인이 된 그의 숙모도 잊지 않은 채, 친절하게 아키라를 맞이해 주었다. 벌써 일흔을 넘긴 노모, 다리가 불편한 주인과 도쿄에서 시집 온 젊은 아내, 이혼하고 돌아온 주인의 누나 오요까지……아키라는 그 사람들을 어렸을 때부터 그냥 알고 있었다. 특히 그 오요라는 사람이 젊은 시절 외모가 아름다웠던 이야기, 그 아름다운 외모로 피서지로 유명한 이웃 마을의 일류 호텔인 M호텔로 시집을 갔다던 이야기, 그러나 성격상 그곳이 너무 싫어서 일 년 남짓한 결혼 생활 끝에 혼자 도망쳐 나왔다는 이야기 등을 들은 적이 있었다. 그래서인지 아키라는 오요에 대해서만큼은 이전부터 관심 비슷한 것을 품고 있었다. 그러나 오요에게 올해 열아홉 살이 되는 하쓰에(初枝)라는 딸이 있었다는 사실은 이번에 체재하면서 처음 알았다. 하쓰에는 척수염에 걸려 칠팔 년 전부터 누워 지내고 있다고 했다.……

그런 사연을 가진 미모의 여자라기엔, 오요는 지금 너무나도 평범한 사람처럼 살아가며 과거 따위 신경 쓰지 않는 것처럼 보였다.

그래도 이제 마흔이 다 되어 갈 텐데, 부엌 등에서 바지런히 일하는 모습 속에는 아직도 아가씨 티가 나는 움직임이 고스란히 남아 있었다. 아키라는 '이런 산골 마을에 이런 여자도 있다니⋯⋯.'하며 정겨운 생각이 들었다.

숲은 나뭇가지들 너머로 모습을 드러내는 아사마 산과 함께 하루하루 생기를 띠어 왔다.

아키라가 신슈에 온 지도 벌써 일주일이 지났다. 그는 마을 구경을 하며 대부분의 시간을 보냈다. 숲속에 있는, 예전에 살던 집 쪽으로도 몇 차례 가 보았다. 이제는 아마 다른 사람 소유가 되었을 돌아가신 숙모의 작은 별장도, 그 옆 큰 느릅나무가 있는 미무라 가의 별장도, 요 몇 년 동안 아무도 찾아오지 않았는지 여기 저기 못이 박혀 있었다. 여름날 오후 다 같이 모이곤 했던 느릅나무 아래에는 반쯤 기울어진 벤치가 당장 주저앉을 것 같은 모습을 하고 수많은 낙엽에 묻혀 있었다. 아키라는 그 느릅나무 그늘에서 맞이한 마지막 여름날을 지금도 선명히 떠올릴 수가 있었다. ⋯⋯그 늦여름, 나오코는 아무에게도 알리지 않고 느닷없이 도쿄로 돌아가 버렸다. 옆 마을 호텔에 다시 와 있다는 소문이 들리던 모리 오토히코가 돌연 O마을을 찾아온 지 며칠만의 일이었다. 아키라가 미무라 부인을 통해 나오코의 소식을 들은 것은, 그 다음 날 이 나무 아래에서였다. 왠지 나오코가 자신 때문에 떠나버린 것 같다고 생각하던 소년은, 안절부절못하며 불안해하다가 각오라도 한 듯 물었다.

"나오코 씨는 떠날 때 저한테 아무런 말도 남기지 않았나요?"

"네, 딱히 아무 말도……."

미무라 부인은 사려깊어 보이는 어두운 눈길로 그를 지켜보며 덧붙였다.

"원래 그런 애니까요.……"

소년은 뭔가 감정을 억누르는 듯한 모습으로 고개를 크게 끄덕여 보이고는, 그대로 그곳을 떠났다. ……그날은 아키라가 이 느릅나무 집을 방문한 마지막 날이 되었다. 이듬해부터는 숙모가 돌아가셨기 때문에 이 마을에 오지 않게 되었다. ……

아키라는 그 반쯤 기울어진 벤치에 걸터앉아 벌써 몇 번씩이나 그 마지막 여름날의 정경을 마음속에 되살려 보았다. 영원히 자신을 돌아봐 주지 않을 것 같던 소녀를 다시 한 번 떠올리려다 말고 아키라는 갑자기 일어났다. 그리고 다시는 이곳에 오지 않으리라고 결심했다.

그 사이 봄이구나 싶게 소나기가 하루에 한두 번은 반드시 마을을 지나가게 되었다. 어느 날, 아키라는 멀찍이 떨어진 숲에서 번개까지 동반한 심한 비를 만났다.

머리부터 홀딱 젖은 그는 숲에서 초가지붕을 한 오두막 한 채를 발견하고 그곳으로 뛰어 들어갔다. 무슨 헛간인가 싶어 안을 살펴보니, 온통 깜깜하긴 했지만 텅 비어있는 것 같았다. 오두막 안은 생각보다 깊었다. 그는 대여섯 칸 정도 되는 사다리 같은 것을 손으로 더듬으며 내려갔다. 바닥 쪽 공기가 이상하리 만큼 차디차서 자신도 모르게 몸이 떨렸다. 그러나 아키라가 더욱 놀란 것은, 오두막 안쪽에서 누가 먼저 들어와 비를 피하고 있는 듯한 기척이 느껴졌을 때였다. 겨우 어둠에 익숙해져 주위가 보이게 되자 아키라는 한 처녀의 모습을 확인했다. 그녀는 아키라가 느닷없이 침입해서 놀랐는지, 구석에서 몸을 작게 웅크리고 있었다.

"비가 심하게 오네."

아키라는 멋쩍은 듯 혼잣말을 하며, 처녀를 등지고 오두막 바깥쪽만 올려다보고 있었다.

비는 점점 거세졌다. 오두막 앞 화산재 성분의 지면은 빗물에 깎여 온통 진흙탕이 되었다. 낙엽이나 부러진 나뭇가지 따위가 휩쓸려 가는 것이 보였다.

반쯤 무너진 초가지붕 곳곳에서 빗물이 새기 시작했다. 아키라는 빗물을 피하려고 원래 있던 자리에서 한 발짝씩 뒷걸음질을 쳤다. 처녀와의 거리가 점점 가까워졌다.

"비가 심하게 오네요."

아키라는 이번에는 처녀 쪽을 향해 더 상기된 목소리로 방금 했던 말을 반복했다.

"……."

처녀는 말없이 끄덕인 것 같았다.

아키라는 그때 그 처녀를 가까이서 보고 비로소 누구인지를 알아챘다. 같은 마을의 와타야(綿屋)라는 여관 집 딸인 사나에(早苗)였다. 처녀 쪽에서는 먼저 아키라를 알아본 모양이었다.

그 사실을 알자 아키라는 이런 어둑어둑한 오두막에서 그 처녀와 말도 없이 단둘이 있는 상황이 더욱 어색하게 느껴졌다. 그는 여전히 조금 상기된 목소리로 물었다.

"이 오두막은 대체 뭔가요?"

그러나 처녀는 어쩐지 머뭇거리기만 할 뿐, 좀처럼 대꾸하지 않았다.

"일반적인 헛간도 아닌 것 같은데 말이죠.……"

아키라는 이제 완전히 어둠에 익숙해진 눈으로 오두막 안을 한 바퀴 둘러보았다. 그때 드디어 처녀가 들릴 듯 말 듯 대꾸했다.

"빙실(氷室)이에요."

초가지붕 틈으로는 여전히 똑, 똑, 하고 빗물이 떨어졌으나, 그렇게나 내리던 비도 그럭저럭 그치려는 것 같았다. 바깥이 어느 정도 밝아졌다.

아키라는 갑자기 편해진 투로 말했다.

"이게 빙실이라는 거군요?……"

옛날에, 이 지방에 철도가 놓였을 때, 마을 주민들 일부는 매해 겨울 천연얼음을 채취해서 저장해 두었다가 여름이 되면 전국 각지에 팔고는 했다. 그러나 도쿄 쪽에 큰 제빙회사가 생긴 이후로는 점점 손대는 사람이 없어졌다. 많은 빙실은 그대로 방치된 채 황폐해져 갔다. 그래서 아직도 숲속이나 외진 곳에는 빙실이 그냥 내버려져 있다. ……아키라는 이런 얘기를 마을 사람들에게 자주 들었으나, 직접 보는 것은 처음이었다.

"어쩐지 당장이라도 무너질 것 같은데……."

그렇게 말하면서 아키라는 한 번 더 천천히 오두막 안을 둘러보았다. 지금까지 빗물이 새던 초가지붕 틈으로, 갑자기 몇 줄기 햇살이 가느다란 선을 그으며 들어왔다. 처녀는 문득 고개를 들어 시골 사람답지 않은 흰 얼굴을 그쪽으로 돌렸다. 아키라는 그 모습을 훔쳐보고 순간 아름답다고 생각했다.

두 사람은 그 오두막을 나섰다. 아키라가 앞장을 서고, 처녀는 작은 바구니를 들고 뒤를 따랐다. 숲 너머 개천에서 미나리를 뜯어 오는 길이었던 것이다. 숲을 나선 뒤로 두 사람은 아무런 대화도 없이, 앞서거니 뒤서거니 하며, 뽕밭을 가로질러 마을 쪽으로 돌아갔다.

그날부터 그 빙실이 있는 숲속 공터는 아키라가 좋아하는 장소가 되었다. 그는 오후가 되면 그리로 가서, 다 쓰러져 가는 빙실 앞 풀밭에 누워, 건너편 숲 사이로 가까이 보이는 아사마 산을 한없이 바라보았다.

저녁 무렵이 되면, 미나리를 뜯고 돌아오는 와타야의 처녀가 아키라 앞을 지나갔다. 그리고 그곳에 서서 얼마 동안 대화를 나누는 것이 두 사람의 습관이 되었다.

5

그사이 언제부터인가 아키라와 사나에는 매일 오후가 되면 빙실 앞에서 만나 몇 시간을 함께 보내게 되었다.

그 처녀의 귀가 살짝 어둡다는 것을 아키라가 알게 된 건, 바람이 불던 어느날의 일이었다. 새싹이 막 돋아나기 시작한 숲 사이로 이따금씩 바람이 지나갔다. 바람에 나무들이 술렁일 때마다 가지 끝에 매달린 이파리들은 은빛으로 반짝였다. 그럴 때면 처녀는 무슨 소리를 듣고 있는 것인지, 아키라가 흠칫하고 쳐다볼 만큼 엄숙한 표정을 짓곤 했다. 아키라는 딱히 무슨 이야기를 한다고 할 것이 없어도 그저 이렇게 처녀와 함께 있는 것이 좋았다. 둘 사이에는, 하고 싶은 이야기를 다 터놓는 사이보다도 훨씬 많은 이야기를 나누는 듯한 분위기가 맴돌았다. 이대로 더 이상 아무 것도 바랄 것이 없을 만큼, 그보다 더 아름다운 만남은 없을 것 같았다. 아키라는 그런 자신의 마음을 상대방도 어떻게든 이해해 주지 않을까 하고 생각했다.……

사나에는 어땠는가 하면, 그런 아키라의 마음을 분명히 이해하지는 못했다. 단지 자신이 쓸데 없는 얘기를 꺼낼 때마다 아키라가 기분이 상한 듯 시선을 돌린다는 것을 눈치챈 뒤로는, 거의 잠자코 있는 경우가 많았다. 처음에는 그런 상황을 잘 몰라서, 그저 자기 집안이 지금 아키라가 신세지고 있는 보탄야와 친척인데도 오래도록 사이가 좋지 않으니까, 자신이 괜히 오요나 그 가족들 얘기를 꺼내는 바람에 기분을 상하게 한 것일지도 모른다고만 생각했다. 그러나 아무리 다른 이야기를 꺼내 보아도 아키라의 태도는 똑같았다. 딱 한 번 아키라가 사나에의 이야기에 귀를 기울인 것은, 그녀가 자신의 소녀 시절 이야기를 들려주었을 때뿐이었다. 특히 소꿉친구인 오요의 딸 하쓰에의 어린 시절에 대한 이야기는 몇 번씩이나 반복해서 이야기하게 했다. 하쓰에가 열두 살 되던 해 겨울, 등교를 하던 도중 꽁꽁 언 눈길에서 누군가가 그녀를 밀쳐 넘어뜨린 바람에 지금까지 척수염을 앓게 되었다는 이야기, 마침 그 자리에 많은 아이들이 있었지만 누가 그런 장난을 친 것인지는 끝내 알 수 없었다는 이야기까지. ……

아키라는 하쓰에의 어릴 적 이야기를 들으며, 그 자존심 세 보이는 오요가 어딘가에서 몰래 혼자 쓸쓸한 표정을 짓는 장면을 마음속으로 그려보았다. 요즘 오요는 자신에 대해서는 완전히 체념하고 오직 딸을 위해 모든 것을 희생하며 살고 있다. 그러나 몇 년 전까지만 해도, 소년이었던 아키라는 여름방학을 보내러 이 마을에 왔다가 별장 사람들의 입에까지 오요의 소문이 오르내리는 것을 들은 적이 있었다. 그해 봄부터 오요네 집에 공부하러 왔지만, 겨울이 되어도 좀처럼 돌아가려 하지 않았던 어느 법대생과 소문이 나고, 그것이 별장 사람들 사이에서 화제거리가 된 적이 있었던 것이 문득 떠오르기도 했다. 오요조차도 한때는 그렇게 방황을 했었다는 사실이, 자신의 마음속 오요의 그림을 한층 더 완성시켜 주는 것 같았다. ……

아키라가 옆에서 텅 빈 눈빛을 하고 그런 생각을 하는 동안, 사나에는 손에 잡히는 풀들을 끌어당겨 자신의 발목을 간지럽히곤 했다.

그렇게 두세 시간 함께 있다가 저녁이 되면 마을로 각자 돌아가는 것이 두 사람의 일상이었다. 아키라는 사나에와 만나고 돌아가는 길에 종종 뽕밭에서 자전거를 타고 오는 순사 한 명과 마주쳤다. 이 근방 마을들을 순찰하는, 인기가 많고 젊은 순사였다. 그는 지나가다 아키라와 마주칠 때마다 매번 가볍게 인사를 했다. 아키라는 사람 좋아 보이는 그 순사가 방금까지 자신과 함께 있던 처녀에게 열렬히 구혼하고 있다는 사실을 언제부터인가 알게 되었다. 그 뒤로 아키라는 그 젊은 순사에게 한층 더 특별한 호의 같은 감정을 품게 되었다.

6

어느 날 아침, 나오코는 침대에서 일어나려다가 갑자기 심하게 기침을 했다. 이상한 가래가 나온 것 같아 확인해 보니 새빨간 색이었다.

나오코는 그것을 침착하게 스스로 처리하고 평소처럼 일어났다. 각혈에 대해서는 아무에게도 이야기하지 않았다. 그 외에는 하루종일 별다른 일이 없었다. 그러나 나오코는 그날 밤 퇴근하고 돌아와 평소처럼 아무렇지 않아 보이는 남편을 보자, 갑자기 그를 당황스럽게 만들고 싶어졌다. 그래서 단둘이 있을 때 슬쩍 아침에 각혈했던 일을 털어놓았다.

"뭘, 그 정도로. 별일 아냐."

말은 그렇게 하면서도, 게이스케의 안색은 보기만 해도 안쓰러울 만큼 나빠졌다.

나오코는 일부러 대꾸하지 않고 남편을 가만히 응시하기만 했다. 그 탓에 남편이 한 말은 집안에서 더욱 공허하게 울려퍼졌다.

남편은 그러한 나오코의 눈길을 피하듯 고개를 돌린 채, 더 이상 그런 빈말은 입 밖으로 내지 않았다.

다음날, 게이스케는 어머니에게 나오코가 아프다는 이야기를 꺼냈다. 대신 각혈 이야기는 쏙 빼고, 그저 더 심해지기 전에 어디 전지요양을 보내는 게 좋지 않겠냐며 의견을 물었다. 나오코도 동의했다는 말까지 덧붙였다. 완고하고 보수적인 어머니는 얘기를 듣더니 아들 앞에서는 대놓고 안심한 듯한 표정을 지었다. 요즘 들어 어딘가 꺼림칙한 며느리를 일시적으로 떨어뜨려 놓고, 이전처럼 아들과 단둘이 지낼 기회가 찾아온 것이다. 그러나 한편으로는 남들 시선이 신경 쓰여, 아픈 며느리를 혼자 어딘가로 보내 버린다는 데 쉽게 동의할 수가 없었다. 나오코의 진료를 담당했던 의사가 겨우 그녀를 설득했다. 나오코는 의사가 추천하기도 했고 자신도 그곳을 원해서, 신슈의 야쓰가타케(八ヶ岳) 산 기슭에 있는 어느 고원요양소로 가게 되었다.

살짝 흐린 어느 날 아침, 나오코는 남편과 시어머니와 함께 주오선(中央線)[11] 기차를 타고 그 요양소로 향했다.

11　도쿄 역에서 나가노현(작중 '신슈')을 거쳐 나고야(名古屋) 역까지 이어지는 철도 노선.

세 사람은 오후가 되어 산기슭의 요양소에 도착했다. 게이스케와 어머니는 나오코가 입원 수속을 마치고 병동 2층의 병실로 들어가는 것을 지켜본 뒤, 해가 지기 전에 서둘러 돌아갔다. 나오코는 요양소에서 줄곧 무언가를 두려워하듯 몸을 움츠리고 있던 시어머니와, 어머니 앞에서는 자신에게 제대로 말도 못하는 소심한 남편을 배웅했다. 동시에 그녀는 시어머니가 일부러 남편과 함께 이 요양소까지 와 준 것을 액면 그대로 고맙게 받아들이기가 어려웠다. 시어머니가 그 정도로 자신을 걱정해서라기보다는, 단지 환자인 자신과 게이스케를 단둘이 내버려 두기 싫어서 따라온 것 같았기 때문이다. 시어머니는 그렇게 단둘이 두었다가는 게이스케의 마음이 아내로부터 떨어지기 힘들어질 거라 믿으며, 그러한 상황을 가장 두려워하는 것 같았다. 그러나 나오코는 한편으로는 그런 것까지 의심하게 되어 버린 자기 자신이, 이렇게 산의 요양소에 혼자 있어야 하는 자신보다도 한층 더 외로운 것 같았다.

확실히 이곳이야말로 피난처로서는 나한테 안성맞춤이다. 입원하고 처음 며칠 동안, 나오코는 혼자 저녁 식사를 마친 뒤 조용히 하루를 마무리하는 마음으로 창문 너머로 산이나 숲을 보며 그런 생각을 했다. 발코니로 나가 보아도 근처 마을에서 나는 소리가 어딘가 멀리서 들려 올 뿐이었다. 이따금씩 바람은 나무 향기와 함께 나오코가 있는 곳까지 사악 불어왔다. 말하자면 그것은 이곳에서 허락되는 유일한 생명의 냄새였다.

그녀는 자신이 처한 뜻밖의 운명을 되돌아보기 위해서, 이렇게 혼자 있기를 얼마나 바랬던가. 어디서부터 왔는지조차 모를 절망감에 완전히 자신을 맡기고 마음껏 조용히 있을 수 있는 곳, 그런 곳에 대한 어제까지의 뭐라 형용할 수 없는 갈망, ……그것이 지금 전부 이루어지려 하고 있다. 나오코는 이제 뭐든 마음대로 해도 된다. 듣기 싫은 이야기를 억지로 들을 필요도, 웃을 필요도 없다. 더 이상 자신의 표정을 꾸며 내거나, 자신의 눈빛을 신경 쓰지 않아도 괜찮은 것이다.

아, 고독 한가운데서 맛보는 그녀의 신비로운 소생.……나오코는 그러한 종류의 고독이라면 얼마든지 환영이었다. 정체 모를 고독감에 불편하게 마음이 쓰인 곳은 오히려 단란한 가정이었고 시어머니나 남편 곁이었다. 산속 요양소에서 이렇게 혼자 있어야 하는 지금, 그녀는 처음으로 생(生)의 즐거움에 가까운 것을 맛보았다. 생의 즐거움? 그것은 단순히 질병 자체가 주는 나른한 느낌, 그리고 그것으로 인한 온갖 사소한 일들에 대한 무관심이 낳은 것일까. 아니면 억제된 생에 대항하여 질병이 멋대로 만들어내는 일종의 환각에 불과한 것일까.

요양소의 하루는 여느 날처럼 차분히 흘러갔다.

그 고독하고 굴곡 없는 나날 속에서 나오코가 기적처럼 정신적으로도 육체적으로도 되살아난 것은 사실이었다. 그러나 한편 그녀는 자신을 회복하면 할수록 겨우 되찾기 시작한 자기 자신이, 그토록 향수를 불러일으키던 이전의 자신과는 어딘가 달라져 있다는 것을 인정할 수밖에 없었다. 그녀는 더 이상 이전의 젊은 아가씨가 아니었다. 더 이상 혼자도 아니었다. 어쨌든 이미 한 남자의 아내가 되어 있었다. 그 답답했던 일상의 행위들은, 현재의 고독한 생활 속에서 그 의미를 잃어 가면서도 여전히 집요하게 허무를 그려내고 있었다. 나오코는 지금도 여전히 아직 누군가가 옆에 있기라도 한 것처럼, 뜬금없이 미간을 찌푸리거나 미소를 지어낼 때가 있었다. 그러고 나면 그녀의 눈빛은 저절로 오랫동안 허공을 응시했다. 마음에 들지 않는 무언가를 질책하기라도 하듯.

그녀는 그러한 자신의 모습을 발견할 때마다, '조금만 더 참아야지…… 조금만 더…….' 하고, 영문도 모르는 채 스스로를 타이르곤 했다.

7

5월이 되었다. 게이스케의 어머니로부터는 이따금씩 장문의 문안 편지가 왔지만, 게이스케는 편지를 보낸 적이 거의 없었다. 나오코는 그런 점이 너무나도 게이스케답다고 생각했다. 어쨌든 그녀도 남편의 편지 따위 받지 않는 편이 불편할 일도 없고 좋았다. 나오코는 시어머니께 답장을 써야 할 때면, 컨디션이 좋아서 일어나 앉아 있을 수 있는 날에도 일부러 침대에 누워 연필을 쥐고 간신히 쓴 듯한 필체로 답장을 썼다. 그런 행동은 편지를 쓰는 그녀 자신의 기분마저 속였다. 만약 상대방이 그런 시어머니가 아니라 더 솔직한 게이스케였다면, 나오코는 남편을 괴롭게 만들기 위해서라도, 고독 속에서 느낀 소생의 기쁨을 편지에서 완전히 감추지는 못했을 것이다. ……

"가여운 나오코."

그런데도 나오코는 때때로 혼자 우쭐해진 스스로를 연민하듯 혼잣말을 했다.

'그렇게 주변 사람들로부터 도망치면서까지 소중히 끌어안을 정도로 스스로가 좋은 거니. 이것이야말로 자기 자신이라 믿으며 악착같이 지켜 왔던 것이, 훗날 알고 보니 그저 공허한 것이라는 생각이 들지는 않을까. ……'

나오코는 이렇게 느닷없이 떠오르는 생각에서 벗어나려면 창밖으로 눈을 돌리기만 하면 된다는 사실을 알고 있었다.

창밖에서는 바람이 끊임없이 나뭇잎들을 흔들며 향기를 풍겼다. 이파리들은 팔랑거리며 짙은 색을 보였다 옅은 색을 보였다 했다. '아, 저 수많은 나무들. ……아, 이 얼마나 좋은 냄새인가,……'

어느 날, 나오코가 진료를 받으러 아래층 복도를 지나갈 때였다. 흰 스웨터를 입은 청년이 27호실 문 옆에서 양팔로 얼굴을 감싼 채 참기 힘들다는 듯 흐느끼고 있었다. 어느 젊은 중환자의 간병인으로 와 있는, 겸잖게 생긴 청년이었다. 둘은 약혼한 사이라고 했다. 며칠 전부터는 갑자기 약혼녀가 위독해졌는지, 흰색 스웨터를 입은 그 청년이 혼자서 눈이 벌개져서 병실과 진료실 사이를 오가는 모습이 복도에 끊임없이 보이고 있었다. ……

'역시 가망이 없었나 보네, 불쌍해라.……' 나오코는 그렇게 생각하면서, 그 안쓰러운 청년을 차마 못 보겠다는 듯 서둘러 그 옆을 지나갔다.

그녀는 간호사실 앞을 지나가다가 방금 그 청년이 신경 쓰여 간호사실에 들러 물어보았다. 얘기를 들어 보니, 그 젊은 약혼녀가 방금 갑자기 기적처럼 깨어나서 기운을 차렸다고 했다. 그리고 그 때까지 위독한 약혼녀의 머리맡을 늘 변함없이 잠자코 지키던 청년은 그 사실을 알고 갑자기 그녀 곁을 떠나 문밖으로 뛰쳐나가 버렸다는 것이었다. 그리고 너무 기뻤던 나머지, 청년은 나가자마자 환자에게까지 들릴 정도로 흐느껴 울기 시작했다고 한다. ……

나오코가 진료를 받고 돌아왔을 때도 여전히 그 흰 스웨터를 입은 청년은 병실 앞에서 양팔로 얼굴을 감싸고 서 있었다. 이제 소리 내 울거나 하지는 않았다. 아까와 달리 나오코는 자기도 모르게 마음 편하게 실컷 그 청년의 떨리는 어깨를 응시하면서, 큰 보폭으로 천천히 그 옆을 지나갔다.

그날부터 나오코의 마음은 하루하루 묘하게 답답해져 갔다. 그녀는 내심 그 처녀 환자를 동정하면서도 기회만 되면 간호사를 붙잡고 그 환자의 용태를 꼬치꼬치 캐물었다. 그러나 그 젊은 아가씨는 5, 6일 후 어느 날 밤, 갑자기 각혈하더니 죽고 말았다. 흰 스웨터 차림의 청년도 나오코가 모르는 사이 요양소를 떠났다. 그 사실을 알았을 때, 나오코는 스스로도 이유를 모르던, 또 결코 알려고 하지도 않았던 답답한 마음으로부터 해방감을 느끼지 않을 수 없었다. 뜬금없이 찾아와 며칠 동안 그녀를 괴롭히던 답답한 마음은 그렇게 완전히 사라진 듯했다.

8

아키라는 여전히 빙실 옆에서 사나에와 밀회를 이어 갔다.

그러나 갈수록 아키라는 까탈스러워졌고 상대방에게 좀처럼 말을 건네지 않았다. 아키라 자신도 말을 거의 하지 않았다. 두 사람은 그저 나란히 서서 유유히 지나가는 구름이나 잡목림의 반짝이는 새싹들을 바라보았다.

아키라는 종종 처녀 쪽으로 시선을 보내며 한참을 가만히 응시하곤 했다. 그러다 처녀가 별 이유도 없이 웃으면 그는 뚱한 표정으로 고개를 돌렸다. 아키라는 이제 처녀가 웃는 것조차 견딜 수 없어진 것이다. 그저 처녀의 무심한 모습만이 마음에 들었다. 처녀도 그런 아키라에게 점점 익숙해져서, 나중에는 그가 자신을 응시하고 있다는 것을 눈치채도 별다른 내색을 하지 않으려 했다. 아키라는 버릇처럼 사나에 쪽으로 시선을 보내며 그녀 너머로 무언가를 바라보는 것 같았다. 처녀는 어깨 위로 그러한 아키라의 시선을 느끼며 가만히 있었다.……

그러나 오늘만큼 아키라의 시선이 먼 곳을 향한 적은 없었다. 처녀는 그것이 자신의 기분 탓인가 하고 생각했다. 그녀는 오늘이야말로 아키라에게 자신이 올가을 무조건 시집을 가야 한다는 사실을 넌지시 털어놓으려 했다. 그렇다고 아키라에게 뭔가를 기대한 것은 아니었다. 단지 그렇게 털어 놓으면서 실컷 울어 보고 싶었다. 자신의 처녀 시절 전부를 향해, 그렇게 절실히 이별을 고하고 싶었다. 이렇게 아키라와 함께 있을 때만큼 스스로가 처녀다운 처녀처럼 느껴질 때는 없었기 때문이다. 아무리 자신에게 까다로운 요구를 해도, 그 상대가 아키라라면, 그녀는 화가 나기는커녕 그럴수록 자신이 한층 더 처녀다운 처녀가 되어 가는 기분마저 들었던 것이다. ……

아까부터 저 멀리 숲속 어딘가에서 나무를 잘라 쓰러뜨리는 소리가 들려 왔다.

"어디서 나무를 자르고 있나 보네. 왠지 서글픈 소리야."

아키라는 불쑥 혼잣말처럼 말을 꺼냈다.

"저 숲도 원래는 전부 보탄야 소유였는데요, 2, 3년 전에 싹 팔려 버려서……."

사나에는 별생각 없이 대꾸했다가, 방금 자신이 한 말에 혹시 아키라의 기분을 나쁘게 할 만한 것은 없었는지 생각했다.

그러나 아까부터 말없이 그저 하늘만 바라보고 있던 아키라의 눈은 잠시 한순간 슬픈 빛을 띨 뿐이었다. 아키라는 이 마을에서 아마 가장 유서가 깊은 보탄야조차 저런 식으로 땅을 차츰 팔아넘길 수밖에 없는 걸까, 하는 생각을 했다. 그는 그 딱한 구가(旧家)의 사람들을 떠올렸다. ……다리가 불편한 주인이나, 노모 그리고 오요와 그 병든 딸 등등…….

결국 사나에는 그날도 하려던 이야기를 결국 꺼내지 못했다. 해질 무렵이 되자 그녀는 아키라만 혼자 남겨둔 채 아쉬운 듯이 먼저 돌아갔다.

아키라는 평소처럼 무덤덤하게 사나에를 보냈다. 그러다 시간이 조금 지나자, 왠지 오늘 사나에가 어딘가 아쉬운 티를 냈던 것 같다는 생각이 들었다. 아키라는 문득 일어서서 마을로 돌아가는 그녀의 뒷모습이 보이는 적송(赤松) 아래까지 가 보았다.

그러자 석양에 빛나는 길을 따라 걷는 그 사나에의 뒷모습이 보였다. 도중에 자전거를 타던 예의 그 젊은 순사와 만났는지, 그와 가까워지거니 멀어지거니 하며 나란히 걷고 있었다. 점점 작아지는 두 사람의 뒷모습이 오랫동안 보였다.

'너는 그렇게 제자리로 돌아가려 하는구나.……' 하고 아키라는 마음속으로 생각했다. '오히려 나는 전부터 이렇게 되기를 바라기까지 했어. 말하자면 나는, 단지 너를 잃기 위해 너를 원했을 뿐이야. 지금 네가 떠나가는 건 정말 슬프지만, 이 절실한 마음이야말로 내게 필요했던 거였어. ……'

아키라는 그런 찰나의 상념이 퍽 마음에 들었다. 그는 결의에 찬 표정으로 적송에 팔을 걸치고는, 석양에 빛나는 두 사람의 뒷모습을 끝내 보이지 않을 때까지 지켜보았다. 두 사람은 여전히 자전거를 사이에 두고 가까워지거니 멀어지거니 하며 걷고 있었다.

9

6월에 들어서서 나오코에게는 20분 정도의 산책 시간이 주어졌다. 나오코는 컨디션이 괜찮거나 한 날이면 산기슭에 있는 목장 쪽까지 혼자 서성이며 돌아다녔다.

목장은 저 멀리 아득히 펼쳐져 있었다. 지평선 근처에는 불규칙한 간격으로 늘어선 나무들의 무리가 보라색에 가까운 그림자를 드리우고 있었다. 그리고 들판 끝에서는 십수 마리의 소나 말이 여기저기 무리지어 돌아다니며 풀을 뜯고 있었다. 나오코는 목장을 빙 둘러싼 울타리를 따라 걸었다. 그러는 동안 두서없는 나오코의 상념은 마치 그 주변을 날아다니는 노랑나비처럼 여기저기를 유영하다가 점점 평소에 품던 생각으로 귀결되고는 했다.

'아, 나는 왜 이런 결혼을 했을까?' 이런 생각에 잠기기 시작할 때면, 나오코는 어디든 상관없이 풀밭에 털썩 앉아버렸다. 그러고는 다른 삶이라는 선택지는 없었을까, 하며 생각을 이어갔다. '왜 그때는 그런 터무니없는 심경으로, 마치 결혼이 유일한 피난처라도 된다는 듯이 도망쳤을까?' 나오코는 결혼식 당시를 떠올렸다. 그녀는 신랑인 게이스케와 식장 입구에 나란히 서서, 축하해 주러 온 젊은 남자들을 가벼운 인사로 맞이했었다. 난 이 남자들하고도 얼마든지 결혼할 수 있었겠지 하고 생각하면서. 그리고 오히려 그런 생각으로 인해, 나오코는 자기 옆에 서 있던 자신보다 키가 작은 남편을 일종의 편안한 마음으로 바라보았다.

'아, 내가 그날 느낀 편안한 감정은 어디로 가 버린 것일까?'

어느 날, 나오코는 목책 안으로 들어가 목초 사이를 돌아다니며 꽤 먼 곳까지 가서는 목장 한가운데쯤 덩그러니 서 있는 큰 나무 한 그루를 발견했다. 어딘가 비극적인 그 모습이 나오코의 마음을 사로잡았다. 때마침 소나 말 무리는 들판 가장자리에서 풀을 뜯고 있었기 때문에, 나오코는 그쪽으로 주의를 기울이면서 큰맘 먹고 나무 쪽으로 최대한 가까이 다가가 보았다. 가까이서 보니 무슨 나무인지는 몰라도 줄기가 둘로 갈라져 있었다. 한쪽 줄기에는 푸른 잎이 빽빽하게 나 있었지만 다른 쪽 줄기에 붙은 가지들은 괴로움에 몸부림치듯이 바짝 시들어 있었다. 나오코는 단정한 이파리가 바람에 흔들리며 반짝이는 한쪽 끝과, 안쓰러울 정도로 시든 다른 쪽 끝을 비교하며, '나도 이런 식으로 살고 있는 거야, 분명. 반쯤 시든 채로…….' 하고 생각했다.

그녀는 그러한 자신의 생각에 동요되며 목장을 나섰다. 소나 말이 무섭다는 생각은 어느샌가 사라져 있었다.

6월 말이 되자 장마철이구나 싶게 흐린 날이 이어져서 나오코는 며칠 동안 산책하러 나갈 수가 없었다. 아무리 나오코라도 이렇게 무료한 날은 견디기 힘들었다. 특별한 일과도 없이 온종일 해가 지기만을 기다리다가, 드디어 밤이 되었나 싶을 때면 어김없이 칙칙한 빗소리가 들리기 시작했어.

그렇게 을씨년스런 어느 날, 게이스케의 어머니가 갑자기 병문안을 왔다. 소식을 들은 나오코는 시어머니에게 인사를 하러 현관으로 나갔다. 때마침 젊은 환자 한 명이 다른 환자들과 간호사들의 배웅을 받으며 퇴원하고 있었다. 나오코는 시어머니와 함께 그 장면을 지켜보았다. 농림기사였던 젊은 환자 한 명이 중단했던 연구를 끝까지 완성하고 오겠다면서 의사의 충고도 듣지 않고 독단적으로 떠나는 것이라고, 옆에 있던 간호사가 나오코에게 살짝 귀띔해 주었다. 나오코는 무심코 '어머나' 하며 그 젊은 남자를 새삼 다시 쳐다보았다. 이미 그는 혼자서 정장 차림을 하고 있었기 때문에 얼핏 보기에는 환자 같지도 않았다. 그러나 자세히 보니 손발이 새까맣게 햇볕에 탄 다른 환자들[12]보다도 훨씬 야위었고, 안색도 나빴다. 그 대신 다른 환자들에게는 없는, 어딘가 절박한 생기가 눈썹 언저리에서 감돌고 있었다. 나오코는 잘 알지도 못하는 그 청년에게 일종의 호의 같은 것을 느꼈다.……

"거기 있던 게 환자들이었던 거니?"

시어머니는 나오코와 복도를 걸으며 미심쩍다는 투로 물었다.

"다들 보통 사람들보다도 건강해 보이지 않니?"

"저래 보여도, 다들 상태가 안 좋아요."

---

12 '손발이 새까맣게 햇볕에 탔'다는 것은, 그만큼 오랫동안 요양소에 있었던 환자라는 것을 의미한다. 당시 결핵 환자들을 수용하던 요양소 중에서는 소위 '일광욕법'을 시행하는 곳이 많았다. 햇빛(자외선)이 결핵균을 살균한다는 사실이 보고되어, 1920년대부터는 일본에서도 '일광욕법'을 시행하는 요양소들이 생겨나기 시작했다. (참고: 西川純司「戦前日本のサナトリウムにおける日光療法:正木不如丘の事例から」『神戸松蔭女子学院大学研究紀要』(2020.3), pp.1-9.

나오코는 자기도 모르게 그들의 편을 들고 말았다.

"갑자기 기압이라도 바뀌면, 저런 사람 중에서도 각혈 같은 걸 하는 사람이 바로 나와요. 그리고 저렇게 환자들끼리 모이면, 다들 이번에는 누구 차례일까 하면서도, 자기 차례가 올지도 모른다는 불안만큼은 서로에게 숨기려고 하거든요. 그러니까 건강하다기보다는, 오히려 들떠 있다고 해야 하죠."

나오코는 그렇게 그녀다운 독단을 내리기는 했지만, 자신도 시어머니에게는 완전히 건강해진 것처럼 보이지는 않을까, 그래서 이런 산속 요양소에서 계속 혼자 지내는 것에 대해 무슨 말을 듣지나 않을까 하며, 아직 청진기로 들어보면 자신의 왼쪽 폐에서 잡음이 들린다더라, 하는 설명을 불안한 듯 구차하게 늘어놓았다.

병동 2층 구석 출입구 쪽에 있는 병실에 들어가자, 시어머니는 크레졸 냄새가 나는 병실 안을 흘끔 돌아보고는, 그곳에 오래 머무르기가 두려웠는지 곧장 발코니로 나갔다. 발코니는 살짝 추워 보였다.

'정말, 이 사람은 어째서 여기에만 오면 항상 저렇게 몸을 움츠리고 있는 걸까?' 나오코는 발코니 난간에 팔을 걸치고 건너편을 바라보는 시어머니의 등을, 뭔가 마음에 들지 않는 것이라도 바라보듯 주시하면서 생각했다. 그때 문득 시어머니가 그녀 쪽을 돌아보았다. 그리고 나오코가 자기 쪽을 멍하니 주시하는 것을 눈치채고는 매우 어색한 미소를 지어 보였다.

그로부터 한 시간쯤 뒤, 나오코는 아무리 말려도 무조건 얼른 가겠다는 시어머니를 배웅하기 위해 다시 현관까지 따라나갔다. 그러는 동안에도 끊임없이 뭔가를 두려워하기라도 하듯 유난히 굽은 시어머니의 등에서, 어딘가 허위적인 느낌을 전에 없이 강력하게 느끼면서…….

10

많은 사람이 인생 초반부터 경험한다는 '타인으로 인한 괴로움'을, 구로카와 게이스케는 인생 중반이 다 되어서야 겨우 실감했다. ……

9월 초 어느 날, 마루노우치(丸の内)[13]에 있는 게이스케의 회사에 나가요(長与)라는 먼 친척이 거래차 방문했다. 이런저런 사무적인 이야기를 나눈 후, 두 사람의 대화가 점차 개인적인 화제로 옮겨 갈 때였다.

"자네 아내가 어디 새너토리엄에 들어갔다면서? 그 뒤로 어떻게 됐어?"

나가요는 남에게 질문할 때 늘 나오던 버릇으로 묘하게 눈을 깜빡이며 물었다.

"뭐, 심각한 건 아닌 것 같아."

---

13 도쿄도 지요다구(千代田区) 내의 비즈니스 거리이자 상업지구. 동남쪽으로 긴자와 인접하며, 많은 사무실이 밀집해 있다. 게이스케의 집인 오모리에서는 북쪽으로 약 14km 떨어져 있다.

게이스케는 나가요의 질문을 흘려들으면서 화제를 돌리려 했다. 어머니께서 꺼리시는 것 같길래, 나오코가 폐병 때문에 입원한 사실은 아무한테도 얘기하지 않으려 했더니만, 어째서 이 남자가 알고 있는 건지 것인지 의심스러웠다.

"아니 뭐, 상태가 제일 나쁜 환자들이 있는 특별 병동에 있다던데."

"그런 거 아냐. 뭔가 착각한 거겠지."

"그래? 그러면 다행이고……. 저번에 어머니가 자네 어머니께 들었다면서 알려주시더라고."

게이스케는 전에 없이 안색이 어두워졌다.

"우리 어머니께서 그런 얘길 하셨을 리가 없는데……."

그는 계속 찜찜해하면서 뚱한 모습으로 그 친구를 배웅했다.

그날 밤 게이스케는 어머니와 단둘이 잠자코 식탁에 마주 앉아 있다가, 슬쩍 말을 꺼냈다.

"나오코가 입원한 거, 나가요가 알고 있더라고요."

어머니는 뭔가 시치미를 떼는 것 같았다.

"그래? 그 사람들이 어떻게 알았으려나?"

게이스케는 그런 어머니가 불쾌했는지 고개를 돌렸다. 그러고는 지금 자기 옆에 없는 사람이 갑자기 신경 쓰인다는 듯, 옆자리를 쳐다보았다. ……이렇게 다 같이 저녁을 먹거나 할 때면, 나오코는 언제나 이야기에 끼지 못하고 혼자 남겨지곤 했다. 그러나 게이스케와 어머니는 나오코를 거의 신경 쓰지 않고, 옛 지인 얘기라든지 사소한 돈 얘기라든지 하는 것을 늘어놓으며 시간을 때웠다. 그럴 때 나오코는 무언가를 지그시 바라보는 듯한, 신경이 곤두선 표정으로 고개를 숙이고 있었다. 게이스케는 빈 옆자리를 보며 그러한 나오코의 모습을 생생히 떠올렸다. 이런 식으로 아내의 빈자리를 체감하는 건, 그에게는 거의 처음 있는 일이라 해도 좋았다. ……

게이스케의 어머니는 며느리가 폐병 때문에 새너토리엄에 입원했다는 사실을 공공연하게 드러내기를 꺼렸기 때문에, 남들에게는 그냥 가벼운 신경쇠약에 걸려서 요양하러 가 있다는 식으로 얼버무리고 다녔다. 심지어 게이스케를 포함해서 아무도 나오코의 병문안을 가지 못하게 할 정도였다. 따라서 게이스케는 어머니가 자신이 모르는 곳에서 나오코의 질병에 대해 일부러 말하고 다닌다고는 이제까지 생각조차 해본 적이 없었던 것이다.

게이스케는 이따금씩 어머니 앞으로 나오코의 편지가 온다는 것과, 어머니가 그 편지에 답장을 한다는 것은 알고 있었다. 그러나 어쩌다 한 번씩 어머니께 환자의 상태를 묻고, 매번 간단한 어머니의 대답에 만족했을 뿐, 더 이상 자세히 두 사람이 어떤 편지를 주고받는지는 전혀 알려고도 하지 않았다. 그날 나가요의 이야기를 듣고, 게이스케는 어머니가 자신에게 늘 뭔가를 숨겨 왔던 것 같다는 생각이 들었다. 그러자 갑자기 상대방에게 형용하기 어려운 불안감을 느끼며, 동시에 이제까지 자신이 해 왔던 처신에 대해 격하게 후회하기 시작했다.

그로부터 2, 3일 후, 게이스케는 느닷없이 내일 하루 휴가를 내고 아내의 병문안을 다녀오겠다고 선언했다. 어머니는 그 이야기를 듣고 뭐라 말할 수 없는 씁쓸한 표정을 지으면서도 딱히 반대하지 않았다.

11

어쩌면 아내는 중태에 빠져 죽기 직전일지도 모른다. 구로카와 게이스케가 이렇게 막연한 불안에 떨며 신슈 남부로 향한 건, 때마침 220일(二百廿日)[14] 을 앞두고 날씨가 궂은 날이었다. 이따금씩 바람이 거세게 불 때마다 굵은 빗방울들이 소리를 내며 기차 유리창에 부딪혔다. 그렇게 거센 비바람 속에서도, 기차는 국경(国境)[15] 근처에 있는 산지에 접어들자 방향전환을 위해 몇 번씩 후진을 했다. 그때마다, 여행에 익숙하지 않은 게이스케는 왠지 자신이 전혀 모르는 곳으로 끌려가는 기분이 들었다. 차창은 비를 맞아 바깥 경치가 거의 보이지 않을 정도로 흐려져 있었다.

기차는 산간에 있는 여느 역들과 조금도 다르지 않은 자그마한

---

14 입춘으로부터 220일째 되는 날로, 윤년이 아닌 평년의 경우 양력 9월 11일에 해당한다. 입춘으로부터 210일째 되는 날은 태풍의 위험이 크다고 알려져 있었기 때문에, '220일'에는 그날을 무사히 넘긴 것에 대해 감사를 올리고 풍년을 기원하는 제례가 에도 시대(江戸時代, 1603~1886년) 후기부터 열려 왔다. 따라서 '220일을 앞둔 날' '거센 비바람'이 부는 것은 자연스럽다.

15 현과 현의 경계.

역에 도착해 잠시 정차한 후, 다시 출발하려 했다. 게이스케는 그제 야 그곳이 요양소가 있는 역이라는 것을 알아채고 서둘러 기차에 서 뛰어내렸다. 덕분에 비바람에 흠뻑 젖고 말았다.

역 앞에는 낡은 자동차 한 대가 덩그러니 서서 비를 맞고 있었 다. 게이스케는 자신과 함께 내린 젊은 여자 승객 한 명을 만났다. 두 사람은 마침 같은 요양소로 가는 길이었으므로 함께 차를 타고 가기로 했다.

"갑자기 위독해진 분이 계셔서, 급하거든요.……"

그녀는 어딘가 변명하는 투로 그렇게 말했다. 옆 현(県) K시(市)에 서 온 간호사였다. 요양소 환자가 각혈을 하는 등 급하게 간병이 필 요한 상황이 되면. 전화를 받고 불려 갈 때가 있다고 했다.

게이스케는 갑자기 심장이 빠르게 뛰는 것을 느끼면서, 느닷없 이 물었다.

"환자분은 여잡니까?"

"아뇨, 이번에 처음 각혈을 하셨다는데, 젊은 남자분이신 것 같 아요."

상대방은 별일 아니라는 듯이 대꾸했다.

자동차는 비바람을 뚫고 큰길을 따라 지저분하게 늘어선 집들에 웅덩이에 고인 흙탕물을 튀기며 작은 마을을 지나쳤다. 그리고 요 양소로 향하는 언덕길을 힘겹게 올라갔다. 갑자기 엔진 소리를 높 이거나, 차체를 기울이거나 하며, 게이스케를 괜스레 불안하게 만 들면서…….

요양소에 다다르자, 때마침 환자들이 안정을 취하는 시간이었는지 현관에는 아무도 보이지 않았다. 게이스케는 혼자서 젖은 신발을 벗고 슬리퍼를 신은 뒤, 사람이 있든 말든 상관하지 않고 복도로 올라갔다. 그는 아내가 입원하던 날의 기억에 의존하며 이쪽이겠다 싶은 병동 쪽으로 가 보았다가, 결국 자신이 잘못 찾아왔다는 것을 겨우 알아차리고 되돌아왔다. 도중에 있던 어느 병실은 문이 반쯤 열려 있었다. 지나가면서 안을 슬쩍 엿보았더니, 문 바로 앞 침대 위에 젊은 남자가 똑바로 누워 있는 것이 보였다. 그 밀랍 같은 얼굴 위에는 턱수염이 옅게 자라 있었다. 그 남자도 문밖에 서 있는 게이스케의 모습을 보자, 얼굴은 그대로 둔 채 눈만 새처럼 크게 뜨고 게이스케 쪽으로 조금씩 시선을 옮겼다.

게이스케는 자기도 모르게 소름이 돋아 그 병실을 서둘러 지나치려 했다. 동시에 안쪽에서 누군가 다가와 문을 닫아 버렸다. 문을 닫던 사람이 살짝 인사를 한 것 같아 쳐다보니, 역에서부터 함께 왔던 젊은 간호사가 벌써 백의로 갈아입고 간병을 하고 있던 것이었다.

게이스케는 복도에서 간호사를 겨우 만나 나오코의 병실이 어디인지 물었다. 나오코가 있는 병동으로는 한 건물 더 가야 했다. 그는 간호사가 알려준 대로 구석에 있는 계단을 올라갔다. '그래, 여기였지.' 아내가 처음 이곳에 입원했을 때가 어렴풋이 떠올랐다. 게이스케는 갑자기 가슴이 두근거리는 것을 느끼며 나오코가 있는 3호실 쪽으로 갔다. 어쩌면 나오코도 완전히 쇠약해지지는 않았을까. 그래서 아까 그 젊은 환자처럼, 기분 나쁠 정도로 큰 눈을 뜨고 처음에는 누군지 모르겠다는 듯이 자신을 보지는 않을까. 이런 생각에 게이스케는 자기도 모르게 몸을 떨었다.

그는 일단 마음을 가라앉히고, 살짝 노크한 뒤 문을 조금 열어 보았다. 환자는 등을 돌린 채 침대 위에 누워 있었다. 누가 들어왔는지 알고 싶지도 않은 것 같아 보였다.

"어머, 당신이었어요?"

나오코는 겨우 이쪽을 돌아보더니, 조금 야윈 탓인지 한층 커진 듯한 눈으로 게이스케를 올려다보았다. 순간 그 눈이 유난히 반짝였다.

게이스케는 그런 나오코를 보자 왠지 안심이 되어, 무심코 가슴이 벅차올랐다.

"한번 와야겠다고는 생각했었는데 말이지. 좀처럼 바빠서 못 왔어."

남편이 그렇게 변명조로 말하자 나오코의 눈에서는 방금까지 반짝이던 빛이 싹 사라졌다. 그녀는 어둡게 그늘진 눈을 남편에게서 빠르게 거두고 이중으로 된 유리창 쪽을 쳐다보았다. 바람은 때때로 생각난 것처럼 바깥쪽 유리에 굵은 빗방울을 뿌려 댔다.

게이스케는 자신이 이런 비바람을 감수하면서까지 산속으로 찾아왔는데도 별로 대수롭지 않게 생각하는 듯한 아내의 태도가 조금 서운했다. 그러나, 그녀를 이렇게 직접 보기 전까지 불안감에 가슴 졸이던 스스로를 떠올리자 빠르게 기분을 전환할 수 있었다.

"어때, 여기 와서는 쭉 괜찮았지?"

게이스케는 아내에게 진지한 얘기를 할 때마다 나오는 버릇으로 눈길을 피하고 있었다.

"……."

나오코는 그런 남편의 버릇을 알면서도, 상대가 자신을 보든 말든 상관없이 잠자코 고개만 끄덕였다.

"뭐, 당신 정도는 여기서 조금만 더 쉬면 금방 나을 거야."

게이스케는 아까 무심코 눈에 들어왔던 그 각혈 환자의 눈빛을 떠올렸다. 죽어 가는 새 같은 기분 나쁜 눈빛이었다. 그는 마음을 굳게 먹고 나오코 쪽으로 집요한 눈빛을 옮겼다.

그러나 뭔가 연민하는 듯한 나오코의 눈빛을 보자 자기도 모르게 고개를 돌리고 말았다. '어째서 이 여자는 늘 이런 눈빛으로만 나를 보는 걸까.' 게이스케는 미심쩍어하며 비바람이 부는 창문 쪽으로 다가갔다. 창밖에서는 맞은편 병동도 보이지 않을 정도로 빗방울이 흩어지며 나뭇잎들을 흔들었다.

해 질 무렵이 되어도 거센 비는 그칠 줄을 몰랐다. 그 때문에 게이스케는 돌아갈 엄두조차 내지 못했다. 이윽고 해가 저물어 갔다.

"오늘은 요양소에서 자고 가도 될까?"

게이스케는 팔짱을 낀 채 창틀에 기대어 술렁이는 나무들을 바라보다가 문득 입을 열었다.

"하지만 괜찮겠어요? 그럴 바에는 아예 마을로 가면 여관도 없지는 않은데요. 여기는 좀……."

나오코는 석연찮게 대꾸했다.

"하지만 여기서 자고 가도 안 될 건 없잖아. 난 여관 같은 곳보다 여기가 훨씬 편해."

게이스케는 좁은 병실 안을 새삼스레 둘러보며 말했다.

"하룻밤 정도라면, 여기 마룻바닥에서도 잘 수 있어. 그렇게 추운 것도 아니고……."

나오코는 '어머, 이 사람이…….' 하고 놀라 게이스케를 주의 깊게 쳐다보았다. 그러고는 지나가는 말처럼 가볍게 야유했다.

"변했네요.……"

그러나 야유하는 나오코의 눈초리에는 게이스케를 초조하게 할 만한 요소는 전혀 느껴지지 않았다.

게이스케는 거의 여자들뿐인 간병인 식당에 가서 홀로 저녁 식사를 하고, 당직 간호사에게 하룻밤 머물 채비를 부탁한 뒤 병실로 돌아왔다.

8시쯤 당직 간호사가 들어와 간병인용 조립식 침대와 담요 등을 게이스케에게 갖다주었다. 간호사는 온 김에 나오코의 체온 측정까지 마치고 돌아갔다. 그 후 게이스케는 혼자 서툴게 잠자리를 마련하기 시작했다. 침대에 누워 있던 나오코는 문득 병실 한쪽 구석에서 시어머니의 날카로운 눈초리 같은 것을 느꼈다. 그녀는 가볍게 미간을 찌푸리고 게이스케를 지켜보았다.

"침대는 이걸로 됐고……."

게이스케는 지금 막 조립한 침대에 시험하듯이 걸터앉고는, 주머니에 손을 찔러넣어 뭘 찾는가 싶더니 궐련 한 개비를 꺼냈다.

"복도라면 나가서 담배를 좀 피우고 와도 되지 않을까?"

그러나 나오코는 그 말을 무시하듯 아무런 대꾸도 하지 않았다.

게이스케는 시무룩한 뒷모습을 보이며 느릿느릿 복도로 나갔다. 잠시 후 담배를 피우며 서성이는 발소리가 병실 바깥에서 들려왔다. 나오코는 그 발소리와, 나뭇잎을 뒤흔드는 비바람 소리에 번갈아 가며 귀를 기울였다.

그가 다시 방에 들어왔을 때, 나방 한 마리가 아내의 머리맡을 돌아다니며 천장에 크고 산만한 그림자를 드리우고 있었다.

"자기 전에 불 좀 꺼 주세요."

그녀가 성가시다는 듯이 말했다.

그는 아내의 머리맡으로 다가가 나방을 쫓아냈다. 그러고는 눈부신 듯 감고 있는 나오코의 눈 밑에 생긴 거뭇거뭇한 다크서클을 무척 안쓰럽게 바라보다가 불을 껐다.

게이스케는 두꺼운 면으로 된 간이침대에서 삐걱거리는 소리를 내며 한참을 뒤척였다. 어둠 속에서 나오코는 자신의 침대 옆에서 나는 그 소리를 듣다가 결국 남편에게 말을 걸었다.

"아직 안 주무세요?"

"응……"

남편은 일부러 잠꼬대 같은 말투로 대꾸했다.

"빗소리가 꽤 심하네. 당신도 여태 못 잔 거야?"

"저는 못 자도 괜찮아요. ……어차피 매번 이러는걸요.……"

"그래? ……그래도, 이런 밤이면 혼자 이런 데 있기 싫겠지. ……"

게이스케는 그렇게 말하며 나오코 쪽으로 슬쩍 돌아누웠다. 그건 마음먹고 다음 말을 꺼내기 위해서였다.

"……당신, 집으로 돌아가고 싶지는 않아?"

어둠 속에서 나오코는 무심코 몸을 움츠렸다.

"몸이 완전히 낫기 전까지, 그런 생각은 하지 말아 줘요."

나오코는 그렇게 대꾸하고는 돌아누워 입을 다물어 버렸다.

게이스케 역시 더 이상은 아무 말도 하지 않았다. 어둠은 사방에서 두 사람을 감싸고 있었고, 그 후 얼마 동안은 나무를 흔드는 빗소리만이 들려왔다.

12

다음날, 나오코는 바람에 날려 유리창 한가운데 붙어 있는 나뭇잎 한 장을 신기하다는 듯이 지켜보았다. 그러던 사이 자기도 모르게 뭔가 떠오른 것처럼 미소짓고 있었다는 사실에 흠칫했다.

'제발 여보, 그런 눈으로 쳐다보는 것만큼은 안 하면 안 될까.'

돌아갈 무렵, 게이스케는 여전히 나오코에게서 눈길을 피하며 가볍게 항의했다. ……나오코는 태풍 속에서 홀로 마비된 것처럼 가만히 붙어 있는 한 장의 나뭇잎을 신기하게 바라보는 자신의 눈빛에 대해 생각하다가 문득 남편이 제기했던 그 의외의 항의가 떠올랐다.

'이런 내 눈빛은 딱히 이제 막 시작된 게 아니야. 처녀 시절부터, 돌아가신 어머니도 어딘가 불쾌해하곤 했었지. 남편은 이제야 그 눈빛을 발견한 걸까, 아니면 전부터 신경 쓰면서도 말하지 못하다가 오늘에서야 겨우 털어놓을 수 있었던 걸까. 어쩐지 그 사람은 어젯밤 완전히 다른 사람처럼 보였지. ……그렇긴 해도 여전히 소심한 사람인데, 기차에서 이런 태풍을 만나 혼자 얼마나 무서워하고 있으려나. ……'

남편은 밤새도록 뭔가 겁을 내기라도 하듯 잠들지 못하다가, 겨우 정오가 다 되어 구름이 걷히고 짙은 안개가 퍼지는 걸 확인한 뒤 안심하고 서둘러 정거장으로 향했다. 그리고 기차를 타자마자 다시 날씨가 돌변하는 바람에 태풍을 만났을 것이다. 나오코는 그런 남편의 모습을 떠올리면서도 특별히 걱정은 하지 않았다. 그러면서 어느새 또 유리창에 그려놓은 듯 들러붙어 있는 나뭇잎 한 장을 어쩐지 신경이 쓰이는 듯이 바라보았다. 그리고 얼마 안 있어 또 자신도 알아채지 못할 만큼 희미한 미소를 띠기 시작했다. ……

비슷한 시각, 구로카와 게이스케를 태운 상행열차는 태풍을 헤치며 삼림이 많은 전경 지역을 가로지르고 있었다.

게이스케는 그러나 태풍보다도 산의 요양소에서 있었던 모든 일들이 이상하게 느껴지며 아직도 마음에 걸려 견딜 수가 없었다. 말하자면 그로서는 요양소에서 어떤 미지의 세계를 처음 접한 셈이었다. 갈 때보다도 더 심한 태풍 때문에 나무들은 몸부림치며 차창을 스쳤다. 창문에 이파리가 쏠려 괴로워 보였다. 객차 안에서는 그 나무들 말고는 거의 아무것도 보이지 않았다. 게이스케는 태어나서 처음 겪은 불면으로 인해 판단력이 흐릿해진 머리로, 점점 고독한 빛을 띠어 가는 아내라든지, 그 옆에서 마치 다른 사람이 된 기분으로 혼자 밤을 지새운 어젯밤의 자기 자신이라든지, 오모리에 있는 집에서 홀로 안절부절못하고 자신을 기다리고 있을 어머니라든지 하는 것들을 내내 생각하고 있었다. 이 세상에 자신과 아들만 있으면 된다고 생각하는 듯한 배타적인 어머니 밑에서, 아내까지 다른 곳에 보내 두고 소중히 지켜 온 한 가정의 평화. 그리고 아직도 눈앞에서 맴도는, 가운데에 나오코가 그려져 있는 신비롭고 중후한 삶과 죽음의 양탄자. 게이스케는 이제까지 지켜 온 가정의 평화 따위가 그 양탄자 앞에서는 얼마나 얄팍해 보이는지를 생각했다. 지금 그가 빠져 있는 이상한 심적 흥분은 그러한 생각에 힘을 보탬으로써 그 동안의 안일함을 뿌리째 뽑아 버렸다. ……기차가 태풍 속에서 삼림이 많은 국경 부근을 질주하는 동안, 게이스케는 생각에 푹 잠긴 채 눈을 감고 있었다. 이따금씩 바깥에서 부는 거센 태풍에 흠칫 놀라 눈을 크게 떴다가도, 정신적인 피로 때문에 곧장 저절로 눈이 감기며 다시 비몽사몽의 상태가 되었다. 그곳에서는 현재의 감각과 현재 떠올리고 있는 감각이 얽히고설키면서 스스로가 이중으로 느껴졌다. 지금 오로지 창밖을 보려고 애쓰면서도 아무것도 보이지 않아 허공을 응시할 뿐인 자신의 눈빛은, 어제 산에 도착하자마자 반쯤 열린 병실 문 사이로 문득 마주쳤던 그 빈사 상태 환자의 기분 나쁜 눈초리로 느껴지기도 했고, 늘 자신이 피하곤 했던 나오코의 넋을 잃은 눈초리를 닮아 가는 것처럼 느껴지기도 했으며, 때로는 그 세 눈초리가 이상하게 겹쳐 보이기도 했다. ……

갑자기 창밖이 밝아지면서 그는 어느 정도 안심이 되었다. 손가락으로 뿌연 유리창을 닦고 바깥을 보니, 기차는 겨우 접경 부근의 산지를 지나 커다란 분지 한가운데로 빠져나온 것 같았다. 비바람은 여전히 잦아들 줄을 몰랐다. 완전히 넋이 나간 게이스케의 눈에는 바깥 풍경을 뒤덮은 포도밭이 들어왔다. 포도밭 사이에서는 도롱이를 걸친 사람들 대여섯 명이 선 채로 뭔가 큰소리로 외쳐대고 있었다. 독특한 광경이었다. 차창 너머로 그 범상치 않은 광경을 발견한 승객들이 점차 많아지면서, 차 내부도 조금씩 소란스러워지기 시작했다. 어젯밤의 호우가 이 지방에서는 다량의 우박을 동반했기 때문에, 겨우 익기 시작했던 포도밭들은 죄다 엉망진창이 되었다. 농부들은 지금으로서는 손쓸 방도도 없이 그저 태풍이 멎기만을 기다리는 수밖에 없다. 게이스케는 승객들의 이야기를 통해 그러한 상황을 자연스레 알게 되었다.

승객들이 웅성거리는 소리는 역에 정차할 때마다 점점 소란스러워졌다. 차창 너머로는 역무원이 흠뻑 젖은 채 누군가를 나무라면서 빗속을 뛰어가는 모습도 보였다.

쑥대밭이 된 포도밭이 있던 평지를 지나 기차가 다시 산지로 진입했을 무렵, 드디어 구름 사이로 틈이 보이기 시작했다. 이따금씩 그 틈으로 햇살이 스며 나와 유리창을 눈부시게 비추기도 했다. 게이스케는 마침내 각성 상태가 되어 갔다. 동시에 갑자기 방금 전의 자기 모습이 기분 나쁘게 느껴졌다. 이제는 그 빈사의 새 같은 환자의 이상한 눈빛도, 그것을 알게 모르게 흉내를 내던 것 같은 지금 자신의 눈빛도 언제 그랬냐는 듯 사라지고, 그저 나오코의 안쓰러운 눈초리만이 여전히 눈앞에 선명하게 남아 있을 뿐이었다. ……

기차가 비 갠 신주쿠(新宿)역에 도착했을 무렵, 역 안은 온통 붉은 노을빛으로 가득했다. 게이스케는 내리자마자 역 안의 푹푹 찌는 더위에 놀랐다. 갑자기 피부가 오그라들 것처럼 차가웠던 요양소의 상쾌한 공기 생각이 났다. 그는 인파를 헤치며 플랫폼을 빠져나가다가, 앞쪽에서 사람들이 모여 웅성거리는 것을 보고는 별생각 없이 걸음을 멈추고 게시판을 엿보았다. 방금 타고 온 주오선 열차가 일부 불통이 되었다는 공지가 있었다. 읽어보니, 게이스케가 탄 열차가 통과한 후, 산골짜기의 어느 철교가 무너지는 바람에, 그 다음 열차부터는 태풍 속에서 오도가도 못 하고 꼼짝없이 멈추어 버렸다는 것이다.

게이스케는 그 사실을 알자, 묘한 감정을 맛보며 '뭐야, 그런 일이 있었군'하는 표정으로 다시 플랫폼의 인파 속을 빠져나왔다. 이렇게 많은 사람 중 자신만이 혼자 산에서부터 계속 뒤따라오던 이상한 상념들로 마음이 심란했던 것이다. 게이스케는 앞만 보고 똑바로 걸으며 혼자서 뭔가 비통한 기분마저 들었다. 그러나 지금 자신이 심란한 것은, 실은 '죽기 일보 직전에 있는 존재로서 느끼는 삶의 불안'이라는 깊은 사정까지는 생각이 미치지 못했다.

그날 구로카와 게이스케는 아무래도 곧장 오모리의 집으로 돌아가고 싶지 않았다. 그래서 신주쿠에 있는 어느 가게에서 혼자 식사를 하고, 다른 비슷한 가게에서 느긋하게 차를 마시고, 긴자로 나가서 한참 동안 밤의 인파 속을 서성거렸다. 그런 건 마흔 가까이 되어 처음 경험한 일들이라 해도 좋았다. 그는 자신이 없는 동안 어머니가 얼마나 불안해하며 자신의 귀가를 기다리고 있을지가 때때로 궁금했다. 그리고 그때마다 그런 어머니의 괴로워하는 모습을 자기 안에 조금 더 지켜두고 싶다는 듯 일부러 귀가를 미루었다. 그는 자신이 이제까지 사람 사는 느낌이 없는 그 집에서 둘만의 생활을 잘도 참아 왔구나 싶었다. 그러는 동안에도 끊임없이 자신을 휘감는 나오코의 눈초리를 조금도 성가시다고 느끼지 않았다. 그러나 때때로 뇌리를 스치던 삶과 죽음의 양탄자는 조금씩 희미해지기 시작했다. 점점 자신의 존재가 자신과 앞서거니 뒤서거니 하며 걷고 있는 다른 사람들의 존재와 별반 다르지 않다는 느낌이 들었다. 그리고 그것이 며칠째 누적된 피로 탓임을 겨우 알아챘다. 게이스케는 꼼짝없이 어딘가에 끌려가는 기분으로, 결국 열두 시가 다 되어 오모리의 집에 돌아갔다. 자신이 지금 돌아가려는 곳이 어머니의 품이라는 사실을 이상하게도 처음으로 의식하면서…….

오요는 딸 하쓰에의 치료를 위해 O마을에서 상경했다. ……7월부터 다시 전과 조금도 다를 바 없이 침울하게 건축사무소에 다니던 쓰즈키 아키라는, 오요의 소식을 듣고 쓰키지(築地)[16]에 있다는 그 병원으로 병문안을 갔다. 9월 말이 다 되어 가는 어느 날이었다.

"상태는 좀 어떤가요?"

아키라는 하쓰에가 누워 있는 침대 쪽을 되도록 보지 않으려고 신경 쓰면서, 고개를 오요 쪽으로만 향한 채 물었다.

"와 주셔서 감사해요.……"

오요는 산골 여자답게 이런 경우 상대방을 어떻게 대해야 좋을지 모르는지, 그저 아키라를 너무나 반갑게 쳐다보며 웅얼거렸다.

"그 뭐랄까요, 도저히 생각대로 되지 않아서요.…… 어느 분께서 진료를 보시든, 다들 뭔가 확실하게 말씀해 주시지 않아서 난처해요. 아예 수술이라도 하면 어떨까 싶어서 큰맘 먹고 이렇게 나왔는데 말이죠. 다들 수술도 영 가망이 없다고 말씀하시니……."

아키라는 누워 있는 하쓰에 쪽을 흘끔 보았다. 이렇게 가까이서 하쓰에를 본 것은 처음이었다. 하쓰에의 얼굴은 어머니를 닮아 갸름하고 아름다웠다. 그다지 수척하지도 않았다. 눈앞에서 자신의 병에 관해 이야기하는데도 싫은 내색 하나 않고 그저 부끄러워하

---

16 도쿄도 주오구 내의 지명. 아키라가 다니는 건축사무소가 위치한 긴자에서 동남쪽으로 1km 남짓 떨어져 있다.

는 모습이었다.

　잠시 오요가 차를 내러 간 동안, 아키라는 하쓰에와 마주보는 형국이 되었다. 아키라는 애써 그녀의 눈길을 피했다. 하쓰에는 아키라 앞에서 뭘 어떻게 해야 좋을지 모르겠는지 불안한 눈초리를 하고 얼굴을 살짝 붉혔기 때문이다. 늘 열두세 살 정도의 소녀 같은 말투로 오요에게 애교스럽게 말을 걸던 목소리만 뒤에서 들었던 아키라는, 하쓰에의 눈이 이렇게나 처녀다운 빛을 띠리라고는 생각조차 해본 적이 없었다. ……아키라는 그녀가 자신의 연인 사나에와 소꿉친구였다는 이야기를 불쑥 떠올렸다. 사나에는 지난 초가을 무렵, 아키라도 알고 있고 마을에서 인기도 있는 그 젊은 순사에게 시집을 갔을 터였다.

　그 후 아키라는 거의 이삼일에 한 번 꼴로 퇴근길에 사나에의 병문안을 가게 되었다. 언제나 가을다운 저녁 햇살이 그녀들의 병실에 한가득 비쳐들곤 했다. 오요와 하쓰에는 그 온화한 햇살 속에서 아주 자연스러운 대화나 행동을 주고받았다. 아키라는 그러한 모녀를 옆에서 지켜보는 동안 O마을 특유의 냄새 비슷한 것이 감돈다고 느낄 때가 있었다. 아키라는 마음껏 그 냄새를 맡았다. 그럴 때면 자신이 헛되이 한 마을 처녀에게서 찾던 것을, 뜻밖에도 이 모녀에게서 발견할 것 같은 기분마저 들었다. 오요는 아키라와 사나에 사이의 일을 어렴풋이 알고 있는 것 같았지만, 그것을 조금도 티내려 하지 않았다. 아키라는 오요의 그런 점조차 마음에 들었다. 그러나 때로는 이 연상의 여자의 따스한 가슴에 얼굴을 파묻고 마음껏 마을의 냄새를 맡으며, 아무 말도 하지도 않고 듣지도 않고 그저 위로받고 싶다고 생각한 적도 없지 않았다.

"어쩐지 한밤중에 잠에서 깨면 공기가 축축해서 기분도 불쾌해져요."

산골 마을의 건조한 공기에 완전히 익숙해져 있던 오요는, 도쿄에 체류하면서 느끼는 불만을 이따금씩 토로했다. 그런 불만을 이해해 줄 수 있는 사람은 아키라뿐인 것 같았다. 오요는 뼛속까지 산골 토박이 여자였다. O마을에서는 산골 사람답지 않게 용모도 단정하고 성격도 야무진 여자처럼 보이던 그녀조차도, 이곳 도쿄에서는 병원에서 한 발짝도 나가지 않았는데도 어딘가 주위 사물들과 영 어울리지가 않았다. 그냥 촌스러운 여자처럼 보였다.

과거에 이런저런 일을 겪었는데도 아직 어딘가 처녀티가 남아 있는 오요와, 오랜 기간 병을 앓은 탓인지 또래에 비해 어린 티가 나는 외동딸 하쓰에.……아키라에게 이 두 사람은 어느샌가 따로 떼어 생각할 수 없는 존재가 되었다. 아키라가 병원을 나설 때면 오요는 늘 현관까지 배웅해 주었다. 그럴 때 아키라는 자신의 등 뒤로 오요가 따라나오는 것을 분명히 느끼면서, 문득 '내가 이 모녀와 운명을 같이하게 되기라도 한다면……' 하고, 꼭 불가능하다고만은 할 수 없는 인생의 한 장면을 마음속에 그려보곤 했다.

14

어느 날 저녁, 쓰즈키 아키라는 열이 조금 나는 것 같아 일을 일찍 마치고 곧장 오기쿠보로 돌아갔다. 보통 퇴근이 이른 날이면 하쓰에의 병문안을 갔기 때문에, 이렇게 밝은 시간에 오기쿠보의 역에서 내리는 것은 오랜만이었다. 전차에서 내리자, 단풍 든 잡목림 위로 가늘고 긴 꼭두서니빛 구름이 온통 펼쳐져 있었다. 아키라는 그 서쪽 하늘을 얼마간 멍하니 올려다보다가 갑자기 심하게 기침을 하기 시작했다. 그러자 플랫폼 끝에서 맞은편을 보고 생각에 잠긴 듯 서 있던 남자가 깜짝 놀랐는지 아키라 쪽을 돌아보았다. 키가 작고 회사원 같아 보이는 남자였다. 아키라는 어딘가 낯이 익다고 생각했다. 그러면서 그가 쳐다보든 말든, 괴로운 기침 발작을 진정시키려고 몸을 웅크렸다. 겨우 진정이 되고 나서는 이미 그 사람을 잊고 계단 쪽으로 걸어갔으나, 계단을 오르려 하자마자 갑자기 방금 그 사람이 나오코의 남편인 것 같다는 생각이 들어, 서둘러 뒤를 돌아보았다. 그 사람은 노을진 하늘과 노란 잡목림을 배경으로 여전히 건너편을 바라보며 서 있었다. 아까처럼 조금 침울한 모습이었다.

'뭔가 쓸쓸해 보이네, 저 사람……'

아키라는 그런 생각을 하며 역을 나섰다.

'나오코 씨에게 무슨 일이 생기기라도 한 건 아닐까? 어쩌면 병에 걸렸을지도 몰라. 저번에 봤을 때 그런 느낌이 들었어. 그건 그렇고 저 사람, 그때는 다가가기 어려운 사람처럼 보였는데 의외로 좋은 사람 같네. 어쨌든 나야 뭐, 어딘가 쓸쓸해 보이는 구석이 없는 사람하고는 영 친해지기 어려우니까. ……'

아키라는 하숙집으로 돌아갔다. 그는 또 기침 발작을 할까 봐 옷을 바로 갈아입지도 않고 서쪽으로 난 창가에 걸터앉았다. 그러고는 '어쩌면 나오코 씨는 저 멀리 서쪽 어딘가에서, 나 같은 사람은 예상조차 할 수 없을 만큼 불행하게 살아가고 있는 것은 아닐까?' 하고 생각하며, 마치 난생처음 그 방향을 바라보는 사람처럼, 노을진 하늘이나 누렇게 색이 변한 나뭇가지 따위를 바라보았다. 그러는 사이 하늘의 색깔이 변하기 시작했다. 아키라는 그 색깔의 변화를 바라보면서 참기 힘들 정도로 심하게 오한을 느끼기 시작했다.

구로카와 게이스케는 그때까지도 여전히 플랫폼 끝에서 노을진 서쪽 하늘을 향한 채 사색에 잠긴 모습으로 멍하니 서 있었다. 아까부터 벌써 전차를 몇 대나 그냥 보냈지만, 누군가를 기다리는 것은 아니었다. 그가 그 부동에 가까운 자세를 바꾼 것은, 뒤에서 어떤 남자가 심하게 기침을 하길래 놀라서 무심코 돌아보았을 때뿐이었다. 키가 크고 몹시 야윈 낯선 청년이었는데, 그렇게 심한 기침소리를 들은 것은 처음이었다. 게이스케는 아내가 주로 동이 틀 무렵이 되면 그런 기침을 하곤 했던 것을 떠올렸다. 그 후 몇 대의 전차가 지나갔을까, 돌연 길다란 주오선 열차가 땅을 울리면서 휙 지나갔다. 게이스케는 놀라서 고개를 들고 마치 빠져 들 듯한 눈빛으로 지나가는 객차를 한 대 한 대 응시했다. 볼 수만 있다면 그 안에 탄 승객들의 얼굴을 한 사람 한 사람 보고 싶어 하는 것 같았다. 그들은 몇 시간 후 야쓰가타케 산의 남쪽 기슭을 통과할 것이다. 그리고 어쩌면 그의 아내가 있는 요양소의 붉은 지붕을 차창 너머로 보려고 하지 않아도 보게 될 것이다. ……

구로카와 게이스케는 본래 단순한 사람이었다. 따라서 아내가 너무나도 불행할 거라고 한 번 믿기 시작한 이상, 그렇게 믿게 만든 현재의 별거 생활이 지속되는 한, 그러한 믿음은 쉽게 무너질 것 같지 않았다.

그가 산속 요양소를 다녀온 지 한 달쯤 지나서, 그는 회사 일 등으로 이래저래 마음이 분주해졌다. 한편으로는 뭐든 잊어버릴 수 있을 것만 같은, 가을다운 기분 좋은 날씨가 이어졌다. 그런데도 나오코의 병문안만큼은 마치 며칠 전 일처럼 하나하나 또렷하게 기억에 남아 있었다. 회사에서 하루 일을 마치고 피곤함에 절어 혼잡한 퇴근길을 서두를 때면, 집에 아내가 없다는 사실이 불쑥 떠오르곤 했다. 그러면 곧바로 그 빗속에 갇힌 산속 요양소에서 있었던 일이며, 돌아오는 기차를 습격해 왔던 태풍이며, 하는 것들이 하나부터 열까지 빠짐없이 기억 속에 되살아나는 것이었다. 그리고 늘 아내가 어딘가에서 자신을 가만히 지켜보는 것 같았다. 갑자기 바로 근처에서 그 눈초리가 흘끔거리는 것 같을 때도 있었다. 그는 이따금씩 깜짝 놀라, 전차 안에 나오코와 눈빛이 닮은 여자가 있지는 않은지 확인해 보곤 했다. ……

그는 단 한 번도 아내에게 편지를 쓰지 않았다. 그런 걸로 자신의 마음이 채워질 거라고는 생각조차 하지 못하는 남자였기 때문이다. 설령 그렇게 생각했다 한들, 곧바로 실행에 옮길 수 있는 남자도 아니었다. 그는 어머니가 나오코와 이따금씩 편지를 주고받는다는 사실을 알고는 있었으나, 그에 대해서 한마디도 언급하지 않았다. 그리고 나오코가 연필로 거칠게 쓴 편지 따위가 와 있어도 펼쳐서 아내가 무슨 말을 하는지 보려고도 하지 않았다. 그저 살짝 신경이 쓰인다는 듯 편지 봉투를 오랫동안 쳐다볼 때는 종종 있었다. 그럴 때면, 그는 자신의 아내가 침대에 누워 연필로 그 마른 볼을 쓰다듬으며 마음에도 없는 문구를 골라 가며 편지를 쓰는, 너무나도 우울해 보이는 모습을 멍하니 떠올리곤 했다.

게이스케는 그러한 고민을 아무에게도 털어놓지 않았다. 그러던 어느 날, 마음을 터놓을 수 있는 친한 동료 한 명과 함께 선배의 송별회를 마치고 돌아오던 길이었다. 그는 문득 이 남자라면 뭔가 믿을 만하다는 느낌이 들어 아내 이야기를 털어놓았다.

"그것참 안 됐군."

상대는 한 잔 걸친 기분에 게이스케를 아주 동정하듯이 귀를 기울여 주었다. 그러다 갑자기 무슨 생각을 했는지 툭 내뱉듯이 말했다.

"그래도 그런 마누라는 안심이 돼서 오히려 좋겠어."

게이스케는 처음에는 무슨 뜻인지 알아듣지 못했다. 그러다 이윽고 그 동료의 아내에 대한 오래된 소문이 불쑥 떠올랐다. 행실이 좋지 못한 여자라는 소문이었다. 게이스케는 그 이후로 그 동료에게 아내 이야기를 꺼내지 않았다.

그날 밤, 게이스케는 동료와 나눈 대화가 내내 마음에 걸렸다. 그리고 안절부절못하며 자신의 아내에 대해 계속 생각했다. 그에게는 나오코가 지금 있는 산속 요양소가 어쩐지 세상의 끝인 것처럼 느껴졌다. 자연의 위로라는 것을 전혀 이해할 수 없었던 그는, 요양소를 둘러싼 산도 숲도 고원도 그저 나오코의 고독을 악화시키고 세상으로부터 그곳을 차단하는 장애물 같다는 생각이 들 뿐이었다. 그렇게 자연이 만들어낸 감옥 같은 곳에서, 자신의 아내는 모든 것을 완전히 포기하고, 그저 혼자 허공을 응시한 채 서서히 다가오는 죽음을 기다리고 있다. ……'안심이 돼서 좋기는, 뭐가……' 어둠 속에 홀로 누워 있던 게이스케는 갑자기 누구에게랄 것도 없는 분노가 끓어올랐다.

게이스케는 몇 번이고 어머니께 나오코를 도쿄로 데려오자고 말씀드리려 했었다. 그러나 어머니는 나오코가 떠난 뒤로 뭔가 마음이 놓였는지 기분이 좋아 보였다. 그런 고집스런 어머니가 나오코의 질병을 방패 삼아 뭐라고 반대를 할지 상상하면, 게이스케는 말을 꺼내기도 전부터 지긋지긋해졌고 아무 말도 하기 싫어졌다. ……게다가 이제까지의 어머니와 아내 사이를 생각해 보았을 때, 나오코를 데려온다고 한들 자신이 그녀의 행복을 위해 대체 무엇을 해 줄 수 있을지도 의문이었다.

그렇게 결국, 모든 일에는 아무런 변화도 일어나지 않았다.

가을 태풍이 몰아치던 어느 날이었다. 게이스케는 노을이 비치는 플랫폼에서 혼자 전차를 기다리며 서성이고 있었다. 상을 당한 지인을 조문하러 오기쿠보에 다녀오던 길이었다. 그때 갑자기 길다란 주오선 열차가 휘몰아치는 바람과 함께 플랫폼에 들어왔다. 열차가 게이스케 앞을 지나가자, 플랫폼에 쌓여 있던 수많은 낙엽들이 소용돌이쳤다. 게이스케는 방금 지나간 열차가 마쓰모토(松本)[17] 행 열차라는 것을 뒤늦게 알아챘다. 열차가 지나가 버린 후에도 언제까지고 소용돌이 치는 낙엽들 속에서, 그는 어딘가 애달픈 눈초리로 열차가 지나간 방향을 지켜보았다. 몇 시간 뒤 그 열차가 신슈에 진입해 나오코가 있는 요양원 근처를 지금과 같은 속력으로 통과하는 장면을 머릿속에 그려보면서. ……

원래 게이스케는 혼자 거리에서 좋아하는 사람의 환영을 좇으며 정처 없이 서성이는 것 따위 하지 못하는 성격이었다. 그러나 뜻밖에도 열차가 지나가던 그 순간 자기도 모르게 아내의 존재가 온몸으로 생생하게 느껴졌다. 그 이후로는 종종 퇴근이 이른 날이면 도쿄 역에서 일부러 쇼선(省線)[18] 전차를 타고 오기쿠보의 역까지 갔다. 그러고는 플랫폼에 가만히 서서 신슈로 가는 저녁 열차가 통과하기를 조용히 기다리는 것이다. 그 저녁 열차는 언제나 발밑에 쌓여 있는 수많은 낙엽들을 흩날리며 순식간에 역을 통과했다. 게이스케는 빨려들어갈 듯한 눈초리로 객차를 한 대 한 대 지켜보았다. 그러고 있으면, 그 기차들과 함께, 하루 종일 숨통을 조이던 무언가

---

17 나가노현(작중 '신슈') 내의 지명. 나가노현에서는 나가노시(長野市) 다음으로 규모가 큰 도시이다.

18 1920년부터 1949년까지 일본 정부가 운영하던 철도 노선.

가 갑자기 어딘가 멀리 떨어져 가 버리는 것을 슬플 만큼 또렷하게 느낄 수가 있었다.

15

　산에서는 가을답게 맑은 날들이 이어졌다. 요양소 주변에는 어디를 가도 볕 좋은 경사면이 펼쳐져 있었다. 나오코는 매일 기분 좋게 혼자서 이곳저곳을 돌아다니며 새빨간 찔레 열매 따위를 기분 좋게 구경하곤 했다. 따스한 오후에는 목장으로 가서 울타리를 넘어, 잔디를 밟으며 느긋하게 걸었다. 그렇게 걷다 보면 예의 그 한쪽만 말라 죽은 나무가 보였다. 한가운데 덩그러니 서 있는 그 나무는 누런 이파리 몇 장을 매단 채 햇살을 반사하고 있었다. 해가 짧아질 무렵이었기 때문에 땅에 드리운 그 키 큰 나무의 그림자도 나오코의 그림자도 신기할 만큼 순식간에 길어졌다. 나오코는 그렇게 길어진 그림자를 확인하고 나서야 목장을 나서서 요양소로 돌아왔다. 그녀는 자신의 병도, 고독도 잊어버릴 때가 많았다. 그렇게 모든 일을 잊게 할 만큼, 사람이 평생에 몇 번 경험할 수 없을 듯한, 아름답고 편안한 나날이 이어졌다.

　그러나 밤은 춥고 쓸쓸했다. 바람은 산 아래의 마을들로부터 땅끝과도 같은 이곳까지 불어와, 더 이상 어디로 가야 할지 모르겠다는 듯 한참 동안 요양소 주변을 서성거렸다. 누군가가 깜빡하고 닫지 않은 유리창이 밤새도록 덜거덕거리는 날도 있었다. ······

　어느 날, 간호사 한 명이 나오코에게 소식을 전해 주었다. 지난봄

독단적으로 요양소를 나갔던 그 젊은 농림기사가 결국 거의 불치 상태가 된 채 요양소로 돌아왔다는 이야기였다. 나오코는 그 청년이 요양소를 떠나던 순간을 떠올렸다. 얼핏 활기차 보이기는 했어도 창백한 얼굴, 뭔가 결의에 찬 듯했던 생생한 눈초리. 그런 것들이 그를 배웅하던 다른 환자들의 모습과는 비교도 안 될 정도로 강력하게 자신의 마음을 움직였던 것까지 기억이 났다. 나오코는 뭔가 남 일 같지 않다고 느꼈다.

겨울은 코앞으로 다가왔으나, 그것을 감추려는 듯 봄처럼 따스한 날씨가 며칠간 이어졌다.

16

하쓰에는 병원에서 두 달이 넘도록 철저하게 진료를 받았으나, 차도는 없었다. 결국 의사들도 모두 손을 든 셈으로 오요와 하쓰에 모녀는 다시 고향으로 돌아갔다. O마을에서는 보탄야의 젊은 여주인이 일부러 마중을 나와 주었다.

건축사무소를 2주 정도 쉬고 있던 아키라는, 모녀의 소식을 듣고 목에 습포를 붙여 가며 우에노(上野)역[19]까지 배웅을 나갔다. 하쓰에는 인력거꾼에게 업혀 오요와 함께 플랫폼으로 들어왔다. 그녀는 아키라의 모습을 발견하자 유달리 볼에 홍조를 띠었다.

---

19 도쿄도 다이토구(台東区)에 위치한 역 이름. 1883년 개업하였으며 도호쿠본선(東北本線), 조반선(常磐線) 등의 발착역으로 도쿄 북부의 현관.

"안녕히 계세요. 부디 건강하시고⋯⋯."

오요는 환자 같은 아키라의 모습이 오히려 더 신경 쓰인다는 듯 바라보며 이별을 고했다.

"저는 괜찮습니다. 여차하면 겨울 휴가 때 놀러 갈 테니까 기다려 주세요."

아키라는 오요와 하쓰에에게 쓸쓸한 미소를 지어 보이며 약속했다.

"그럼, 안녕히 가세요."

기차는 순식간에 떠났다. 기차가 떠난 뒤, 플랫폼에는 갑자기 차가운 겨울 햇살이 희미하게 감돌았다. 그곳에 오도카니 혼자 남겨진 아키라는 어딘가 개운하지가 않았다. 자, 이제 어떻게 할까. 그는 만사가 귀찮다는 듯이 걷기 시작했다. 그러면서 마음속으로 이런 생각을 했다. ⋯⋯결국 의사조차 손쓸 수 없어 고향으로 돌아가던 하쓰에와 오요에게는 어딘가 쓸쓸해 보이는 구석이 있었지. 그렇기는 해도 이 세상에 대해 절망해 버린 모습은 전혀 아니었어. 오히려 두 사람 모두 곧장 O마을로 돌아갈 수 있게 되자 안도를 하며 서둘러 돌아갈 준비를 했잖아. 그 사람들은 자신들의 마을이나 집이 그렇게나 좋은 걸까?

'하지만, 돌아갈 집도 마을도 없는 나는 대체 어떻게 하면 좋지? 내가 요즘 느끼는 공허함은 어디에서 오는 것일까?⋯⋯' 아키라는 자신의 마음속 공허함 따위 전혀 모르는 오요나 하쓰에와 함께 있을 때면, 아무도 따라올 수 없는 길을 제멋대로 혼자 걸어가고 있는 듯한 불안과 마주해야만 했다. 그러나 그들 모녀와 함께 있을 때만큼은 어딘가 마음이 편안해지는 것도 사실이었다. 끝내 오요와 하쓰에조차 떠난 지금, 아키라의 마음을 혼란스럽게 할 사람은 주위에 아무도 없었다. 그때 아키라는 문득 생각난 것처럼 심하게 기침을 하기 시작했다. 기침이 멎을 때까지 그는 얼마간 몸을 굽히고 서 있었다. 겨우 몸을 일으켰을 때, 역 안은 벌써 인적이 드물어졌다.

'……지금 사무소에서 내가 맡은 일 따위, 꼭 내가 하지 않아도 괜찮잖아. 아무나 할 수 있는 그런 일을 제외하면, 내 삶에는 대체 무엇이 남지? 난 이제까지 내가 진정으로 하고 싶었던 일을 해본 적이 있기는 한가? 나는 지금 하는 일을 그만두고, 뭔가 독립된 일을 하고 싶어서 지금까지 몇 번이고 슬쩍 말을 꺼내 보려 했었지. 그러나 그럴 때마다 나를 너무나도 신뢰하는 듯한 소장의 사람 좋은 미소를 보고, 결국 말을 꺼내지 못하고 흐지부지 넘어가기만 했어. 그렇게 다른 사람만 의식하다가 대체 난 어떻게 되는 걸까? 이번에 아픈 것을 구실로 잠시 다시 휴가를 받아서 어딘가 여행이라도 떠난다면? 그렇게 완전히 혼자가 되어서 내가 진정으로 원하는 것은 무엇인지, 그리고 내가 지금 무엇 때문에 이렇게 절망하고 있는 것인지, 그것을 끝까지 파헤쳐 보고 올 수는 없을까? 애초에 내가 지금껏 잃었다고 생각해 왔던 것들조차, 과연 내가 진정으로 원했던 것들이었다고 할 수 있을까? 나오코든, 사나에든, 그리고 방금 떠나 버린 오요와 하쓰에든, …….'

아키라는 침울한 표정으로 생각을 이어 가면서, 조금 구부정한 자세로 역 안을 서성였다. 역 안에는 차가운 겨울 햇살이 반짝이고 있었다.

17

야쓰가타케 산에서는 벌써 눈을 볼 수 있게 되었다. 그래도 날씨가 맑으면 나오코는 가을부터 일과처럼 하던 산책을 계속했다. 그러나 고원의 겨울은 태양이 빛나며 지면을 아무리 데워도 전날 얼어버린 땅을 완전히 되돌려 놓지는 못했다. 그녀는 흰 모직 외투로 몸을 감싸고 산책을 나왔다가 발밑에서 얼어 있던 풀이 바스라지는 소리를 들은 일도 있었다. 그래도 이따금씩 소나 말의 그림자가 이미 사라진 목장으로 가서, 찬바람에 머리칼을 헝클어뜨리며 반만 고목이 된 늙은 나무가 보이는 곳까지 걷곤 했다. 나무의 한쪽 가지에는 아직 마른 잎이 몇 장 남아 있었다. 그것들은 투명한 겨울 하늘의 유일한 오점이 된 채, 마치 쇠약해서 떨림을 멈추지 못하는 것처럼 끊임없이 떨고 있었다. 나오코는 그 나무를 잠시 올려다보았다. 그러고는 무심코 깊은 한숨을 쉬며 요양원으로 돌아왔다.

12월이 된 뒤로는 으슬으슬 춥고 흐린 날씨가 이어졌다. 올겨울 들어 산들은 며칠씩 눈구름에 둘러싸여 있곤 했지만, 산기슭에는 아직 한 번도 눈이 내리지 않았다. 그런 답답한 날씨가 이어지면서 요양원 환자들도 점차 활기를 잃어 갔다. 나오코도 더는 산책할 기운이 나지 않았다. 종일 창문을 열어 둔 탓에 병실에는 한기가 가득했다. 나오코는 병실 한가운데에 있는 침대에 폭 들어가, 담요 바깥으로 눈만 빼꼼히 내놓은 채 시린 바깥 공기를 온 얼굴로 느꼈다. 어딘가의 작고 푸근한 음식점 냄새, 그곳에서 즐겁게 타오르는 난로 소리, 그 음식점 뒤편의 가로수길, 적당히 흩어진 낙엽, 그곳을 정처 없이 걸으며 느끼는 한 때의 상쾌한 기분……. 나오코는 그런 것들을 마음속에 떠올렸다. 그렇게 아무것도 아닌 것 같지만 아주 긴장감 있는 생활이 아직 자신에게도 남아 있는 것 같다가도, 또 어떨 때는, 더 이상 자신의 앞길에 아무것도 남아 있지 않은 것 같았다. 무엇 하나 기대할 일이 없다는 생각이 드는 것이었다.

'내 생은 정말 이렇게 끝나 버리는 걸까?' 나오코는 그런 생각을 하자 가슴이 철렁 내려앉았다. '누군가 내게, 뭘 하면 좋을지, 아니면 이대로 전부 포기해 버릴 수밖에 없는지, 알려줄 사람은 없는 걸까? ……'

어느 날, 나오코는 그런 두서없는 생각에 잠겨 있다가 간호사가 부르는 목소리에 정신을 차렸다.

"면회를 하러 오신 분이 계십니다만, ……."

간호사는 미소를 품은 눈으로 그녀에게 동의를 구하고는, 문 바깥으로 말을 건넸다.

"들어오세요."

문 바깥에서 갑자기 심한 기침 소리가 들려 왔다. 낯선 소리였다. 나오코는 누구인지 몰라 불안한 마음으로 기다렸다. 이윽고 그녀는 현관에 서 있는, 키가 크고 야윈 청년의 모습을 확인했다.

"어머, 아키라 씨."

나오코는 뭔가 추궁하는 듯한 매서운 눈길로 쓰즈키 아키라를 맞이했다. 생각지도 못한 방문이었다.

아키라는 그런 그녀의 눈길에 당황했는지 입구에 서서 뻣뻣하게 고개를 숙여 보였다. 그러고는 시선을 피해 눈을 크게 뜨고 병실 안을 둘러보면서, 외투를 벗으려다가 또 심하게 기침을 했다.

침대에 누운 채, 나오코는 보고 있기 힘들다는 듯이 말했다.

"추우니까 벗지 말고 그대로 계세요."

나오코의 말에 아키라는 곧바로 벗으려던 외투를 다시 입은 뒤, 그녀가 있는 침대 쪽을 웃지도 않고 쳐다보면서, 다음으로 그녀가 어떤 지시를 내릴지 기다리듯 꼿꼿하게 서 있었다.

그렇게 예전과 다름없이 점잖고 악의 없는 아키라의 모습을 새삼스레 보고 있자니, 나오코는 왠지 목구멍에 경련이 일어나 옥죄는 듯한 느낌이 들었다. 그러나 한편으로는 몇 년 동안, ……특히 자신이 결혼한 뒤로는 거의 소식이 끊겼던 아키라가 어째서 이런 겨울날 느닷없이 산속 요양원까지 찾아올 마음이 든 것인지, 그걸 모르는 이상은 악의 없어 보이는 그의 모습에도 계속해서 이유 모를 불안을 느껴야만 했다.

"그쪽에 앉으시면 돼요."

나오코는 누운 채 아주 차가운 쌀쌀맞은 눈초리로 의자를 가리키며 겨우 그렇게 말할 뿐이었다.

"예."

대답하면서 아키라는 흘끔 그녀의 옆모습에 눈길을 던졌다가, 다시 서둘러 눈을 피하고는, 방 끝에 놓여 있는 가죽제 의자에 앉았다.

"여행을 떠나려던 참에 여기 계신다는 얘기를 들어서요. 기차에서 갑자기 생각이 나서 들른 겁니다."

그는 손바닥으로 자신의 야윈 볼을 쓰다듬으며 말했다.

"어디 가시는데요?"

나오코는 여전히 초조한 기색으로 물었다.

"딱히 어디랄 건……."

아키라는 자문자답하듯 웅얼거렸다. 그러다 돌연 눈을 힘껏 크게 뜨고, 자신이 하고 싶은 말을 하려고 생각하기 전까지는 상대고 뭐고 아무것도 아니라는 투로 말했다.

"느닷없이, 정처 없는 겨울 여행을 떠나고 싶어졌거든요."

그 말을 듣고 나오코는 갑자기 쓸쓸한 미소를 띠었다. 그것은 소녀 시절부터의 버릇이었다. 언제나 아키라 등 상대방에게서 소년 특유의 꿈꾸는 듯한 태도나 말투가 보일 때면, 그런 식으로 상대방을 즐겨 야유하곤 했던 것이다.

나오코는 지금도 자기도 모르게 소녀 시절의 버릇인 그 표정을 지었다는 것을 알아차리자, 어느샌가 마음속에서도 옛날 자신의 모습이 되살아난 듯한, 묘하게 들뜬 기분을 느꼈다. 그러나 그것도 한순간뿐, 아키라가 다시 아까처럼 거세게 기침을 하기 시작하자 무심코 미간을 찌푸렸다.

‘이렇게 기침만 해 대면서, 정말 무슨 억지를 부리는 건지, 하지 않아도 되는 여행을 하겠다니……’

나오코는 남 일인데도 그런 생각을 했다.

그러고는 다시 원래의 차가운 눈빛을 띠며 물었다.

“감기라도 걸리신 것 아니에요? 그런 몸으로 이렇게 추운 날 여행을 하셔도 되나요?”

“괜찮습니다.”

아키라는 건성으로 대꾸하는 투로 대답했다.

“잠깐 목감기가 들었을 뿐이니까요. 눈이 있는 곳으로 가면 오히려 괜찮아질 것 같은 느낌이 드는걸요.”

그때 그는 마음 한편으로 이런 생각을 했다. ……‘나는 나오코 씨와 만나고 싶다는 생각은 이제까지 단 한 번도 해본 적이 없었어. 그런데 어째서 아까 기차에서 생각이 나자 곧바로 실행에 옮길 기분이 들어서, 못 본 지 몇 년씩이나 된 나오코 씨를 보러 이런 곳까지 찾아올 수가 있었던 것일까. 나는 나오코 씨가 요새 어떻게 지내는지, 예전과 완전히 달라져 버렸는지, 아니면 아직 그대로인지, 그런 건 조금도 궁금하지 않았어. 단지, 아주 잠깐만 예전처럼 서로를 성난 눈길로 마주보기만 하다가 곧장 돌아갈 생각이었지. 그런데 막상 이렇게 만나니까, 다시 옛날처럼, 저쪽에서 냉담하게 굴면 굴수록 내 상처를 상대방에게 밀어붙이지 않고서는 못 견딜 것 같은 느낌이 들려고 해. 그래, 난 이제 당초의 목적을 달성한 셈이니까, 어서 돌아가는 게 좋겠어. ……’

이런 생각이 들자, 아키라는 갑자기 일어서서 누워 있는 나오코의 옆얼굴을 보며 머뭇거리기 시작했다. 그러나 도저히 바로 돌아가겠다는 말은 차마 꺼내지 못하고, 기침만 조금 했다. 이번에는 헛기침이었다.

"눈은 아직 안 오나 보네요?"

아키라는 동의를 구하는 눈빛으로 나오코 쪽을 보면서, 발코니 쪽으로 갔다. 그는 반쯤 열린 문 옆에 멈추어 서서, 추워 보이는 모습을 하고 산이나 숲을 한동안 바라보다가, 이내 그녀 쪽으로 돌아서서 말했다.

"눈이 내리면 이 주변은 좋겠네요. 저는 이쪽 지방은 벌써 눈이 와 있을 줄 알았습니다만, ……."

아키라는 겨우 마음먹은 듯이 발코니로 나갔다. 그러고는 난간에 손을 올려 놓고 상체를 구부정하게 숙인 채, 그쪽에서 잘 보이는 산이나 숲으로 뭔가 열심히 눈길을 주었다.

'저 사람은 예전 그대로야.' 그런 생각을 하며 나오코는, 언제까지고 발코니에서 같은 모습으로 같은 곳을 쳐다보고 있는 것 같은 아키라의 뒷모습을 가만히 지켜보았다. 예전부터 아키라는, 남들보다 배로 내향적이고 여린 것처럼 보이면서도, 정작 실제로는 꽤나 고집스럽고 자신이 하고 싶은 일은 무엇이든 해 내려고 하는 억센 면도 있어서, 걸핏하면 그런 아키라 때문에 때때로 나오코까지 난감해 하곤 했다. 아키라의 뒷모습을 지켜보며, 나오코는 그런 기억들을 별 이유도 없이 떠올려 보았다. ……

그때 발코니에 서 있던 아키라가 돌연 나오코 쪽을 돌아보았다. 그는 나오코가 자신을 향해 뭔가 웃으려다 만 듯한 표정을 짓고 있던 것을 알아차리고는, 눈이 부신 듯한 표정으로 난간에서 손을 떼고 방으로 들어왔다. 나오코는 아키라를 향해 무심코 입에서 나오는 대로 말을 꺼냈다.

"아키라 씨는 부러울 정도로 예전 그대로인 것 같네요. ……한심하게도 여자는 결혼하면 금세 변해 버리는데 말이죠.……"

"당신도 변했습니까?"

아키라는 갑자기 걸음을 멈추고 뭔가 의외라는 듯이 물었다.

나오코는 아키라의 솔직한 반문에 문득, 반은 얼버무리는 듯한, 반은 자조하는 듯한 웃음을 띠었다.

"아키라 씨한테는 어떻게 보이는데요?"

"글쎄요.……"

아키라는 정말 당황한 듯한 눈빛으로 그녀를 보며 웅얼거렸다.

"……어떻게 말해야 좋을지 모르겠네."

말은 그렇게 하면서, 아키라는 속으로, 이 사람은 역시 아무도 이해해 주는 사람이 없어서 불행한 건지도 모를 거라고 생각했다. 그는 나오코에게 결혼 이후의 사정에 대해서는 아무것도 물어볼 생각이 없었고, 또 애초에 나오코가 자기 같은 사람에게 그런 얘기를 털어놓을 리가 없다는 생각도 했다. 하지만 지금의 자신은 나오코와 관련된 일이라면 무엇이든 이해해 줄 수 있을 것 같았다. 옛날에는 그녀의 행동 하나하나가 이해되지 않던 시절도 없지는 않았지만, 지금이라면 나오코가 아무리 도달하기 어려운 마음속의 여정을 들려준다 해도 자신만큼은 그것을 어디까지고 따라갈 수 있을 것만 같았다. ……

'이 사람은, 자신을 이해해 줄 사람은 아무도 없다고 생각하며 괴로워하고 있는 건 아닐까?' 아키라는 계속해서 생각했다. '예전에는 꿈꾸는 듯한 나의 면모를 싫어하기만 했지만, 나오코 씨도 역시 꿈을 안고 있었던 거야. 바로 내가 좋아했던 나오코 씨의 어머니처럼……. 단지 이렇게나 자존심 강한 사람이다 보니, 그 꿈은 마음속 깊은 곳에 숨겨진 채 아무도 모르게 된 것뿐이겠지, 심지어 나오코 씨 자신에게조차. ……과연 그 꿈은 얼마나 기발한 꿈이려나?……'

아키라는 그런 식의 상념을 눈빛에 가득 담아, 나오코에게 가만히 시선을 고정시켰다.

그러나 그동안 나오코는 눈을 감은 채, 뭔지 모를 자기만의 생각에 잠겨 있었다. 때때로 경련 같은 것이 그녀의 야윈 목 위를 스쳐 지나갔다.

그때 아키라는 언젠가 오기쿠보의 역에서 그녀의 남편 같은 사람을 본 일이 불쑥 떠올랐다. 그는 돌아가기 전에 나오코에게 그 얘기를 좀 해 주려고 했다. 그러나 갑자기 그런 얘기는 하지 않는 게 좋을 것 같아 그만두었다. 돌아가려고 결심한 아키라는 침대 쪽으로 두세 걸음 다가가, 살짝 머뭇거리는 기색으로 얼버무리며 말을 걸었다.

"저, 이제……."

나오코는 아까처럼 눈을 감은 채 상대방이 무슨 말을 하려는가 하고 기다렸으나, 아키라가 더 이상 아무 말을 하지 않자, 눈을 뜨고 아키라 쪽을 보고는 그제야 그가 돌아갈 준비를 하고 있음을 알아차렸다.

"벌써 가시게요?"

나오코는 놀라 아키라를 보면서, 너무 맥없이 이별하는 것 같다고 생각했다. 그러나 그녀는 특별히 말리지도 않고, 오히려 무언가로부터 해방되는 듯한 기분을 음미하며 다시 물었다.

"기차는 몇 시예요?"

"글쎄, 그건 못 보고 왔네요. 그래도 어차피 정처 없이 떠난 여행이니까, 몇 시가 되든 상관없습니다."

아키라는 그렇게 대꾸하더니 들어올 때와 마찬가지로 뻣뻣하게 인사를 했다.

"그럼, 몸조리 잘하시고……."

나오코는 그런 식으로 인사를 하는 것을 보고, 갑자기 아키라가 자신 앞에 나타난 순간부터 자신의 마음속에 스스로를 속이는 정체 모를 감정이 자리 잡고 있었음을 예리하게 자각했다. 그리고 그것을 후회하기라도 하듯, 전에 없이 부드러운 어조로 마지막 말을 건넸다.

"정말이지, 당신도 무리하시면 안 돼요.……"

"예.……"

아키라도 기운차게 답했다. 그는 마지막으로 다시 한 번 눈을 크

나오코(菜穗子) 241

게 뜨고 나오코를 바라보다가, 문밖으로 나갔다.

이윽고 아키라가 심한 기침과 함께 떠나가는 기척이 문밖에서 느껴졌다. 혼자가 된 나오코는 아까부터 마음속에 번지기 시작한 후회 비슷한 감정을 갑자기 또렷하게 느끼기 시작했다.

18

겨울 하늘을 스치는 한 마리 새의 그림자처럼, 자기 앞을 스치듯 지나쳐 그대로 영영 사라져 버릴 것만 같았던 한 나그네, …… 불안해 보이던 그 모습은 시간이 지날수록 나오코에게 점점 더 깊은 상흔을 남겼다. 그날 아키라가 돌아간 후, 나오코는 언제까지고 계속해서 이유 모를 일종의 후회와도 같은 감정을 느꼈다. 처음에는 그저 아키라 앞에서 어떤 감정을 속이는 듯한 막연한 느낌에 지나지 않았다. 아키라와 마주하는 내내, 그녀는 상대방에 대해서인지 자기 자신에 대해서인지 알 수 없는 불안을 느꼈다. 예전에 소년이었던 아키라가 그녀에게 자주 그랬던 것처럼, 지금도 그가 자신의 흔적을 그녀의 마음에 확실하게 새겨 넣고 있는 것만 같아 불안했던 것이다. 아니 그뿐만이 아니었다. ……그것은 그 이상으로 그녀를 곤혹스럽게 했다. 말하자면, 아키라와의 재회가 행복하지는 않지만 어쨌든 안정될 만큼 안정이 된 현재의 일상을 위협하려 한다는 것을 어렴풋이 느끼기 시작한 것이다. 그녀보다도 더 아픈 몸을 가지고, 마치 찢어진 날개로 자꾸만 날아오르려 애쓰는 한 마리 새처럼, 자기 생을 마지막까지 시험해 보려 하는 아키라. 이전의 나오코가 보았다면 미간을 찌푸리기만 했을지도 모르는 아키라. 그 재회의 시간 동안, 나오코는 아키라의 태도가 절망에 가까운 생활을 견디는 현재의 자신 이상으로 진지하다는 사실을 줄곧 느꼈다. 그러나 아키라 앞에서는 상대는 물론 자기 자신에게조차 그 느낌을 결코 똑바로 인정하려 들지 않았다.

그러한 일종의 기만을, 나오코는 이삼 일이 지나서야 비로소 자신에게 자백했다. 왜 그렇게도 아키라에게 냉담하게 굴었을까. 여행 도중에 일부러 들러 주었는데, 어째서 진심에서 우러나온 말 한마디 건네지 못하고 돌려보내 버렸을까. 그날 자신은 너무나도 어른스럽지 못했던 것 같았다. ……그러나 이렇게 생각할 때조차도 그녀는 마음속으로, 만약 그때 아키라에게 솔직하게 머리를 숙여버렸다면, 나중에 다시 만나기라도 했을 때 자신의 심정이 얼마나 비참해질지를 떠올렸다. 그런 상상을 하니 나오코는 자기도 모르게 어딘가 마음이 놓이는 것 같기도 했다. ……

나오코가 고독한 지금의 자신이 얼마나 비참한지를 절실한 문제로서 받아들이게 된 것은 진정 그때부터였다고 할 수 있을 것이다. 마치 병든 사람이 스스로 얼마나 쇠약해졌는지를 확인하려고 말라서 뼈가 도드라진 자신의 볼에 처음 조심스레 손을 대 부드럽게 쓰다듬기 시작하듯, 그녀는 머릿속으로 비참한 자기 자신을 서서히 떠올려 보기 시작했다. 그나마 즐거웠던 소녀 시절을 제외하면, 그 시절 이후의 자신의 어머니처럼 그 추억 하나만으로 후반생을 충분히 채울 만한 정신상의 사건조차 경험하지 못했다. 그리고 이대로

라면 앞으로도 기대할 만한 일 같은 건 전혀 일어나지 않을 것 같다. 현재를 말하자면, 행복으로부터는 아득하게 멀리 와 버렸지만, 그렇다고 해서 이 세상 누구보다 불행하다고 할 정도도 못 된다. 고독 속에서 마음의 안정 비슷한 것은 얻었으나, 이렇게 음울하고 비참한 겨울날을 견뎌야 하는 산속 생활의 무료함에 비하면 얼마나 빈약한 대가인가. 더욱이 아키라는 그렇게나 앞길을 불안해하는 내색을 하면서도, 아슬아슬하게 자기 생의 끝자락까지 가서 꿈의 한계를 직접 확인하고 오려 하고 있다. 그 진지한 태도에 비하면, 지금 자신의 생활은 얼마나 기만으로 가득한가. 그런데도 아직 앞으로의 나날에 뭔가 기대할 만한 일이 있으리라고 자신을 설득하고 달래 가며 지금과 같은 무위의 나날을 보내야만 하는 것일까. 아니면 정말로 그곳에는 무언가 자신을 회복시켜 줄 만한 게 있는 것일까. ……

나오코는 늘 그렇게 비참한 스스로의 모습을 맞닥뜨린 채, 허무하게도 점점 더 망설이기만 하는 날이 많았다.

19

그때까지 나오코는 게이스케의 어머니에게서 두툼한 편지가 와도 그것을 머리맡에 내팽개쳐 둔 채, 바로 열어보려 하지 않고 뒤늦게 읽었다. 또한 그것을 혐오감 없이 열어본 적은 한 번도 없었다. 그리고 그렇게 편지를 읽은 뒤에는, 더 커다란 혐오감과 맞서서 마음에도 없는 말을 하나하나 궁리해 가며 답장을 써야만 했다.

그러나 나오코는 겨울이 될 무렵부터 시어머니의 편지를 읽으며 이전까지의 허무함과는 다른 무언가를 서서히 느끼기 시작했다. 더이상 이전처럼 문구 하나하나에 미간을 찌푸리거나 하지 않아도 편지를 읽을 수 있게 된 것이다. 그녀는 여전히 편지가 오면 귀찮아하며 바로 열어보지 않고 오랫동안 머리맡에 두기는 했으나, 한번 손에 들면 놓지 않고 한참을 읽었다. 나오코는 왜 이전과 달리 편지가 불쾌하게 느껴지지 않는지 딱히 신경을 쓰지는 않았다. 그러나 편지를 한 통씩 읽을 때마다 시어머니의 삐뚤빼뚤한 글씨를 통해 그곳에 그려지고 있는 요즘 게이스케의 침울한 모습이 생생하게 느껴지는 것까지 부정하려고는 들지 않았다.

아키라가 다녀가고나서 며칠 뒤, 눈구름이 잔뜩 낀 어느 날 저녁 무렵이었다. 나오코는 늘 똑같은 잿빛 봉투에 든 시어머니의 편지를 받고 평소처럼 귀찮아하며 내버려 두었다. 그러다 조금 뒤, 혹시나 뭔가 이상한 일이라도 벌어진 건 아닐까 싶어 서둘러 봉투를 뜯었다. 그러나 편지에는 지난번과 거의 비슷한 내용만 쓰여 있었다. 방금 전 나오코가 했던 공상대로 게이스케가 갑자기 위독해졌다거나 하는 내용은 없었던 것이다. 그녀는 뭔가 실망스러웠다. 어쨌든 그 편지는 평소에 비해 유난히 날림체로 쓰여 있어 읽기 어려웠고, 또 그런 부분은 급히 띄엄띄엄 읽었기 때문에, 나오코는 편지를 다시 처음부터 차근차근 읽어 보았다. 그리고 잠시 생각에 잠긴 듯 눈을 감고 있다가, 문득 정신을 차리고 저녁 체온 측정을 했다. 여전히 37도 2부인 것을 확인한 뒤 그녀는 침대에 누워 종이와 연필을 쥐었다. 그러고는 쓸 내용이 없어 곤란한 듯한 손놀림으로 답장을 적어내려 갔다. ……'이쪽 지방은 어제오늘 얼마나 추웠는지, 도저히 말로 표현할 수도 없을 지경입니다. 하지만 요양소에 계신 의사 선생님들께서는, 이곳에서 겨울을 견디기만 하면 건강하던 예전 상태로 완전히 돌아가게 해 주시겠다고 하며, 좀처럼 어머님께서 말씀하신 대로 집에 돌려보내 주실 것 같지 않습니다. 정말 어머님뿐만 아니라, 그이도 분명…….' 그녀는 여기까지 쓰다가, 잠시 동안 연필 끝으로 자신의 야윈 볼을 쓰다듬으며, 침울한 남편의 모습을 자기 앞에 이렇게 저렇게 그려보았다. 늘 그녀가 바라볼 때면 금세 남편이 고개를 돌려 버리던, 뚫어지게 쳐다보는 그 눈초리로, 자신이 그린 남편의 모습을 무심코 응시하면서…….

남편은 호우에 갇혀 버린 그날, 더는 못 참겠다는 듯 나오코에게 '그런 눈으로 쳐다보지 말아 달라'고 했었다. 불안해 보이던 그때의 그 얼굴은 갑자기 게이스케의 다른 여러 모습으로 변해 가며 나오코의 마음속을 온통 지배하기 시작했다. 얼마 안 있어 그녀의 눈은 저절로 감겼다. 태풍이 불던 그날처럼, 그녀는 아무렇지도 않게 뭔가 떠오른 것 같은 약간 섬뜩한 미소를 띠고 있었다.

다음 날도 그 다음 날도, 눈구름을 품은 날씨가 이어졌다. 산 어딘가에서는 종종 흰 것이 바람에 흩날리며 팔랑팔랑 내려왔다. 그럴 때면 환자들이 '드디어 눈이 오는구나' 하며 이야기하는 소리가 들렸다. 그러나 그것도 잠시뿐, 하늘은 여전히 흐리기만 했고 날씨는 빨려 들어갈 것처럼 추웠다.

'이렇게 음침한 겨울 하늘 아래, 지금쯤 아키라 씨는 나그네 같지도 않은 그 초췌한 모습을 하고 낯선 마을들을 여기저기 돌아다니고 있겠지. 아마 찾고 싶은 것은 (그것이 무엇인지 나는 알 수 없지만) 여전히 찾지 못한 채로……. 아키라 씨는 얼마나 절망적인 생각을 하며 돌아다니고 있을까.'

나오코는 이런 식으로 어딘가에 홀린 듯한 아키라의 모습을 떠올릴수록, 자기 역시 인생을 걸고 뭔가를 결의해야 한다고 생각하게 되었다. 그러면서 그 소꿉친구의 안부를 진심으로 걱정하기도 했다.

'나에게는 아키라 씨처럼 반드시 해내고 싶은 일 따위 없어.' 그럴 때면 나오코의 생각은 절실해졌다. '그건 내가 이미 결혼해 버렸기 때문일까? 이제 나는 결혼한 다른 여자들처럼, 더 이상 내가 아닌 채로 살 수밖에 없는 걸까? ……'

20

어느 날 저녁, 상행열차 한 대가 신슈 깊숙한 곳에서 반쯤 환자가 된 쓰즈키 아키라를 태우고 조슈(上州)[20]의 접경에 인접한 O마을로 점점 접근하고 있었다.

---

20 군마현을 가리키는 다른 이름. 나가노현(작중 '신슈')의 동쪽에 위치한다. 작중 'O마을'의 모델이 된 오이와케는 나가노현 안에서 동쪽 지역에 위치하기 때문에, 군마현과 가깝다.

아키라는 일주일쯤 된 음울한 겨울 여행에 완전히 지치고 말았다. 거센 기침은 계속되었고, 열도 꽤 심하게 났다. 눈을 감고 축 늘어져 창틀에 몸을 기대고 있던 그는, 이따금씩 고개를 들어 창밖을 내다보았다. 눈에 익은 소나무나 졸참나무들이 점점 더 많이 나목이 되어 가고 있는 것이 어렴풋이 느껴졌다.

아키라는 앞으로의 삶에 대해 고민하기 위해 모처럼 한 달짜리 휴가까지 받아 가며 겨울 여행을 떠난 것이었다. 그런 여행을 이대로 허무하게 끝내고 싶은 생각은 절대 없었다. 이래서는 기대한 것과 너무 다르지 않은가. 그는 일단 O마을로 일단 돌아가 얼마간 쉬었다가, 기운을 회복하는 대로 다시 여행을 이어갈 생각이었다. 자신의 일생을 결정적인 것으로 만들 여행인 만큼 도중에 포기할 생각은 없었다. 사나에는 결혼 후 남편이 마쓰모토로 전임을 갔으니 더 이상 그 마을에는 없을 터였다. 아키라에게 그 사실은 쓸쓸하게 느껴졌지만, 한편으로는 뭔가 마음 편히 O마을에서 자신의 병든 몸을 의탁할 마음이 들게도 했다. 게다가 자신을 가족처럼 정성껏 간병해 줄 사람은, 보탄야 사람들밖에 없을 것 같았······

기차는 깊은 숲에서 숲으로 빠져나갔다. 잎을 완전히 떨군 수많은 소나무들 사이로 잿빛으로 흐려진 하늘이 보였다. 그리고 그 하늘에는 눈 쌓인 아사마 산의 모습이 마치 새겨진 듯 자리잡고 있었다. 조금씩 뿜어져 나오는 연기가 바람으로 인해 조각조각 흩어졌다.

조금 전부터 기관차가 갑자기 신음하기 시작했기 때문에, 아키라는 드디어 O역에 다 와 간다는 사실을 알 수 있었다. O마을은 산

기슭에 있어서 집도 밭도 숲도 죄다 비스듬히 서 있다. 기관차의 신음소리는 아키라의 몸을 갑자기 열이라도 나는 것처럼 덜덜 떨리게 했다. 그것은 올봄부터 여름에 걸쳐 해 질 무렵 숲속에서 그 소리를 듣고 '아, 저녁의 상행열차가 마을 정거장으로 오고 있구나' 하며, 왠지 모르게 정겹게 여겨졌던, 인상 깊었던 그 증기기관차 소리와 같은 것이었다.

기차가 골짜기 그늘에 있는 작은 정거장에 도착하자, 아키라는 기침이 나오는 것을 겨우 참고 외투 깃을 세우며 내렸다. 아키라 말고는 이 마을 주민 대여섯 명 정도가 내릴 뿐이었다. 아키라는 내리는 순간 몸이 휘청거렸다. 그는 열차 출입문을 열기 위해 잠시 왼손에 들고 있던 작은 가방을 탓하기라도 하듯, 일부러 오른손으로 거칠게 바꾸어 들었다. 개찰구를 나서자 그의 머리 위로 희미한 전등 하나가 오도카니 켜졌다. 그는 자신의 생기 없는 얼굴이 대합실의 더러운 유리문에 살짝 비쳤다가 금세 어딘가로 빨려들어 가듯 사라지는 것을 확인했다.

해가 짧은 계절이다 보니 다섯 시인데도 벌써 여기저기 어두워지기 시작했다. 버스고 뭐고 아무것도 없는 산속 정거장이기 때문에, 아키라는 작은 가방을 직접 든 채 마을로 가는 도중에 있는 숲까지 쭉 이어지는 비탈길을 꾸역꾸역 힘겹게 오르기 시작했다. 그는 가는 동안 몇 번씩 걸음을 멈추면서, 급격히 주워지는 저녁 공기 속에서 갑자기 온몸에 오한이 들었다가 또 곧바로 불처럼 뜨거워졌다가 하는 것을 그저 멍하니 느끼고 있었다.

숲이 가까워지기 시작했다. 숲 앞에는 여전히 폐가에 가까운 농가가 있었고, 그 앞에는 지저분한 개 한 마리가 웅크리고 있었다. '예전에 나오코 씨와 자전거를 타고 멀리 갔다가 돌아올 때면, 이 집에서 기르던 까만 개가 늘 자전거 바퀴에 바싹 따라붙곤 해서 나오코 씨가 비명을 질렀지, 아마······.' 아키라는 별 이유도 없이 그런 일들을 떠올렸다. 이 개는 털이 갈색이니까, 아마 그때 그 개는 아닐 터였다.

숲속은 생각보다 아직 밝았다. 거의 모든 나무가 잎을 떨구었기 때문이다. 아키라에게 그 숲은 뭐니 뭐니 해도 추억이 많은 곳이었다. 소년 시절, 자전거를 타고 나갔다가 더운 들판을 가로질러 이 숲으로 돌아오면, 타오르는 그의 뺨을 상쾌한 냉기가 살짝 간지럽히곤 했다. 방금도 아키라는 가방을 들지 않은 빈 손을 불쑥 반사적으로 자기 뺨에 가져다 대 보았다. 한없는 저녁의 추위, 자신의 버거운 숨소리와 뺨의 홍조, ······. 아키라는 그런 이상한 기분에 휩싸여 기운도 없이 구부정한 자세로 걷고 있는 현재의 자신이, 상기된 뺨으로 숨을 몰아쉬며 자전거를 타던 소년 시절의 자신과 묘하게 겹쳐 보이기 시작했다.

숲의 중간 쯤에서 길은 두 갈래가 된다. 한쪽은 곧장 마을로, 다른 한쪽은 옛날에 아키라나 나오코가 여름을 보내러 왔던 별장으로 통한다. 후자는 풀이 무성한 길로, 이곳에서 그 별장 뒤쪽까지 느슨하게 커브를 그리며 완만히 내려오는 살짝 내리막길이다. 그 길을 따라 커브를 돌면, 자전거를 타고 있는 나오코는 뒤에서 따라

오는 아키라를 향해 밀짚모자 아래로 새하얀 이를 반짝이며 외치곤 했다.

"나 좀 봐봐, 양손 다 뗐어.……"

생각지도 못한 소년 시절의 추억들은, 그런 식으로 갑자기 되살아나 아키라의 피폐한 마음에 잠깐 생기를 불어넣어 주었다. 그는 들고 온 작은 가방을 길바닥에 내팽개치고 어깨를 들썩이며 괴롭게 숨을 몰아쉬던 참이었다. '난 어째서 한참 전에 잊어버린 줄로만 알았던 기억들을 이 마을에 돌아오자마자 이렇게나 선명하게 떠올리는 걸까. 어쩐지 당장이라도 떠올릴 수 있을 듯한 기억들이 끊임없이 마음속을 가득 채워가는 것 같아. 열이 나면 사람이 이렇게 이상해지는 걸까.'

숲속은 완전히 어두워지기 시작했다. 아키라는 다시 가방을 주워 들고 몸을 구부정하게 숙인 채, 어두침침하고 슬픈 기분에 반쯤 취해 잠시 걸었다. 그러다 얼마 안 있어 나뭇가지 쪽을 슬쩍 올려다보았다. 나뭇가지 쪽은 아직 완전히 어두워지지는 않았다. 커다란 자작나무의 마른 가지들이 서로 얽히고설키면서 어둑어둑한 하늘 위에 세밀한 그물을 수놓고 있었다. 아키라는 그것을 보자 갑자기 또 옛날 기억들이 떠오를 것 같았다. 그리고 그는 그 이유를 알 수 없었지만, 나뭇가지들은 한없이 상냥한 노래처럼 그에게 찰나의 위로를 건넸다. 그는 잠시 나뭇가지가 만들어낸 그물을 멍하니 올려다보다가 다시 허리를 구부정히 숙이고 걷기 시작했다. 걷다 보니 그 기억은 자연스레 사라졌다. 그러나 아키라가 그 나뭇가지들을 다시 떠올리지 않게 된 후에도, 어쩐지 그 기억은 숨차서 헉헉거리며 걷는 그를 계속해서 위로해 주었다. '이대로 죽어 간다면, 분명 기분이 좋겠는데.' 그는 문득 그런 생각을 했다.

"하지만, 넌 더 살아가야만 해."

그는 반쯤 자신을 격려하듯 혼잣말을 했다. '어째서 계속 살아야만 하지? 이렇게 고독한데? 이렇게 허무한데?' 어떤 목소리가 그에게 물었다.

"그게 내 운명이라면 별수 없어."

아키라는 거의 아무 생각 없이 그렇게 대답했다. '나는 내가 원하던 게 대체 무엇이었는지도 알지 못한 채, 결국 모든 것을 잃어버린 것 같아. 그렇게, 마치 텅 비어버린 스스로를 마주하기가 두려운 것처럼, 암흑을 향해 날아오르는 저녁의 박쥐처럼, 겨울 여행에 꽂혀 뛰쳐나온 나온 나는 대체 이 여행에서 뭘 기대한 것이지? 지금까지 나는 이 여행을 통해 그저 내가 영원히 잃어버린 것들을 확인했을 뿐이잖아. 과연 이 상실을 견뎌내는 것이 내 사명인 걸까? 그걸 확실히 알 수만 있다면, 목숨을 다해서라도 견뎌낼 수 있을 것 같은데. ……아, 그나저나 번갈아서 열도 났다가 불쾌했다가 하니까 정말 미칠 것 같아. 더 이상 참기가 어려워. ……'

그때 드디어 숲이 끝났다. 겨울이 되어 앙상한 가지를 드러낸 뽕나무 밭 너머, 아사마 산 기슭 위로, 반쯤 경사진 마을 전체가 보이기 시작했다. 집집마다 저녁을 짓는 연기가 무심한 듯 피어오르고 있었다. 그것은 오요네 집에서도 연기가 한 줄기 오르고 있었다. 아키라는 뭔가 안도감을 느끼며 자신의 온몸이 이상하게도 계속 뜨거워졌다 오한이 났다 하는 것을 잠시 잊고, 조용한 그 저녁 풍경을 바라보았다. 그리고 갑자기 생각지도 못하게 자신이 어렸을 무렵 돌아가신, 어쩐지 나이보다 늙어 보이는 어머니의 모습이 아련히 떠올랐다. 방금 전 숲속에서 한 그루의 자작나무 가지들이 교차하며 만들어낸 그림자는 넌지시 그 소묘를 암시만 하고 그대로 사라져 버리기는 했지만, 그것이 거의 기억도 하지 못할 만큼 너무 오래전에 돌아가신 어머니의 얼굴을 떠오르게 했음을 아키라는 그제서야 비로소 알게 되었다.

21

며칠 동안 여행하며 몸에 쌓인 피로가 갑자기 풀렸는지, 아키라는 보탄야에 온 이래로 침대에 누워만 있었다. O마을에는 의사가 없었기 때문에 사람들은 고모로(小諸)[21] 마을에서라도 의사를 불러오자고 했다. 그러나 아키라는 그러한 사람들의 호의를 고사하고, 그저 자신에게 남은 힘만으로 병마와 싸우려 했다. 그는 열이 심하게 날 때도 잘 참았다. 스스로는 별일 아니라고 생각하는 것 같았다. 오요를 비롯한 보탄야 사람들도 그러한 아키라의 기력을 떨어뜨릴 수는 없다며 열심히 돌보아 주었다.

---

21 나가노현(작중 '신슈') 동부에 위치한 지명. O마을의 모델인 오이와케에서는 서쪽으로 10km정도 떨어진 곳에 위치한다.

아키라는 열이 나는 와중에 눈을 감고 꾸벅꾸벅 졸면서, 여행하던 자신의 이러저러한 모습을 그리운 듯이 떠올리곤 했다. 어떤 마을에서는 개 몇 마리한테 쫓겨 도망치다가 헤매기도 했다. 어떤 마을에서는 숯을 굽는 사람들을 보았다. 또, 어떤 마을에서는 해 질 무렵 집집마다 저녁을 짓는 연기에 눈물을 흘리면서 하룻밤 머물 곳을 찾아 돌아다녔다. 어떨 때는 어느 농가 앞에서, 우는 아이를 등에 업고 멍하니 서 있는 늙어 보이는 여자를 몇 번이고 뒤돌아보았다. 또, 어떨 때는 옅은 햇살이 비치는 마을의 흰 벽 위를 힘없이 스쳐 지나가는 자신의 그림자를 뭔가 아쉬운 듯이 바라보았다. ……그런 식으로 쓸쓸하게 겨울 여행을 하던 자신의 모습, 그때그때의 너무나도 공허한 모습들이 자꾸만 눈앞에 펼쳐졌다. 아키라는 잠시 동안 멍하니 그것들을 지켜보았다.……

해질녘이 되자, 며칠 전 여행에서 돌아오는 자신을 태우고 왔던 열차가 이 마을의 경사면을 따라 헐떡거리며 정류장으로 다가오는 소리가 애절할 만큼 또렷하게 들려왔다. 방금까지 아키라가 눈앞에 떠올리던 것들은 그 소리로 인해 흔적도 없이 사라지고 말았다. 대신 그 자리에는, 저녁 기차에서 내려 이 마을로 오던 피곤한 자신의 모습, 그리고 숲 중간 쯤에 왔을 때 문득 상냥한 노래 한 소절이 들리는 것 같아서 머리 위에서 자작나무 가지들이 만들어 낸 그물 무늬를 멍하니 올려다보던 자신의 모습이 남았다. 숲을 나서자마자 어릴 적 돌아가신 어머니의 얼굴을 떠올리며 느꼈던, 말로 형용하기 어려운 두근거림과 함께. ……

요 며칠 동안 아키라를 전적으로 돌봐 주던 젊은 여주인이 다른 일로 바쁠 때면, 딸을 간호하던 오요가 짬짬이 아키라에게 와서 약 같은 것을 권해 주었다. 그럴 때마다 아키라는 조금 늙은 오요의 얼굴을 바라보면서, 그 마흔 넘은 여자에게 새삼스러운 친근함을 느꼈다. 그렇게 오요가 옆에 앉아 있어 주거나 하면 기억에 거의 남아 있지 않은 어머니의 얼굴이 문득문득 떠오를 것만 같았다. 그날 본 나뭇가지들의 그물 너머로, 선명히, 다정하게…….

"하쓰에 씨는 요즘 어떤가요?"

이제까지 별말 않던 아키라가 오요에게 슬쩍 물었다.

"아직도 일일이 돌봐 주어야 하니까, 고생이죠."

오요는 씁쓸하게 웃으며 대꾸했다.

"어쨌든 벌써 햇수로 치면 팔 년이나 되니까요. 지난번에 도쿄에 데리고 갔을 때도 그랬지만, 다들 정말 그런 몸으로 잘도 버틴다면서 신기해들 해요. 아무래도 이 지역 기후가 좋은 거겠죠.……아키라 씨도 이번에야말로 여기서 건강을 완전히 회복하고 가시면 좋겠다고, 저희 모두 매일 얘기한답니다."

"예, 만약 저도 살 수만 있다면야……."

아키라는 스스로에게만 들릴 정도로 그렇게 웅얼거리며, 오요에게는 동의하듯이 친근하게 웃어 보이기만 했다.

아키라가 여행 내내 그토록 갈망했던 눈은, 12월 중반을 조금 지난 어느 날 저녁부터 갑자기 내리기 시작했다. 눈은 숲과 밭과 농가를 모조리 덮어 버리고도 다음 날 아침까지 맹렬하게 내렸다. 아키라는 이제 어찌 되든 상관없다는 듯, 그저 이따금씩 침대에서 몸을 일으켜 어딘가 우울한 표정으로 유리창 너머를 바라보곤 했다. 집 뒤편의 텃밭과 맞은편의 잡목림이 온통 새하얘져 있었다.

해 질 무렵이 되자 눈은 잠시 그쳤지만, 하늘은 여전히 먹구름이 끼어 흐렸다. 서서히 바람이 불기 시작했다. 나뭇가지 끝에 쌓여 있던 눈이 주변에 물방울을 살짝 흩뿌리며 떨어졌다. 그 소리를 듣자 아키라는 역시 가만히 못 있겠다는 듯 다시 침대에서 일어나 창밖으로 눈길을 보냈다. 그리고 뒤편 일대의 텃밭을 온통 새하얗게 뒤덮은 눈이 끊임없이 어떤 동요(動搖)를 일으키는 것을 열심히 지켜보았다. 처음에는 눈보라가 살짝 일어나더니 바람과 함께 한바탕 휘몰아쳤다. 마치 차가운 불꽃 같았다. 바람과 함께 눈보라가 어리론가 사라지자, 그 자리에는 보풀 같은 흔적이 남았다. 그 사이 또 다른 바람이 불어와, 다시 눈보라가 생겨났다. 눈보라는 차가운 불꽃처럼 휘몰아치며 원래 있던 보풀을 완전히 지워 버렸다. 그리고 그 자리에 온통 이전과 거의 같은 보풀을 남겼다.

'내 일생은 이 차가운 불꽃 같아.……내가 지나온 길에는 뭔가 한 줄기 흔적이 남겠지. 그마저도 다른 바람이 불어오면 온데간데없이 사라져 버릴지 몰라. 하지만 분명, 그 위로는 다시 나와 비슷한 누군가가 나와 비슷한 흔적을 남기고 갈 거야. 하나의 운명은 그렇게 한 사람에게서 다른 사람에게로, 끊임없이 이어지는 거야. ……'

아키라는 바깥에서 환하게 빛나는 눈에 시선이 사로잡힌 채 혼

자 그런 생각을 하느라 방 안이 어두컴컴해진 것조차 알아채지 못
했다.

22

눈은 그칠 줄 모르고 펑펑 내렸다.

밖으로 나가고 싶어 견디다 못한 나오코는 오버슈즈[22]를 신고 아
무도 보지 않는 틈을 타 발코니를 통해 요양소 뒷문을 빠져나왔다.
환자나 간호사에게 들킬 뻔해서 몇 번씩이나 병실로 되돌아온 끝
에 겨우 성공한 것이었다.

나오코는 잡목림을 지나 뒤편으로 난 길을 따라 정거장 쪽으로
발길을 옮겼다. 정면에서 눈보라가 불어오는 바람에 중간중간 몸을
비틀며 허리를 굽히고 걸음을 멈춰야만 했다. 처음에는 그저 그렇
게 머리에 눈을 맞으며 돌아다녀 보고 싶은 마음에, 뒷길로 빠져나
가 500미터 밖에 안 되는 거리에 있는 정거장 앞까지만 걸어갔다
가 곧장 되돌아올 생각이었다. 그녀는 가는 김에 시어머니께 보낼
답장도 역 우체통에 넣고 오려고 외투 주머니 속에 챙겨 두었다. 아
침에 받은 편지에 감기 기운으로 일주일 정도 누워 있다는 내용이
있었기 때문이다.

뒷길을 따라 100미터쯤 걷자, 반대편에서 닷쓰케(雪袴)[23] 차림의

---

22 방수 등을 목적으로 신발 위에 덧신는, 고무나 비닐로 된 신발.

23 산에서 주로 입는 노동용 바지. 펄럭이지 않도록 각반을 덧대어 종아리 부분을 조

여자가 우산을 기울여 쓴 채 스쳐 지나갔다.

"어머, 구로카와 씨 아니세요."

그 젊은 여자는 갑자기 나오코에게 물었다.

"어디 가시는 길이세요?"

나오코는 놀라서 뒤를 돌아보았다. 그 여자는 얼굴을 목도리로 완전히 감싸고 있었고, 아래로는 마치 이 동네 토박이처럼 닷쓰케를 입고 있었다. 나오코가 있는 병동에서 근무하는 간호사였다.

"잠깐 저 앞까지 좀……."

나오코는 그렇게 대답하면서 멋쩍게 웃었다가, 눈과 함께 불어오는 바람에 무심코 고개를 숙였다.

"금방 돌아오실 거죠?"

상대방은 확인을 하듯 대꾸했다.

나오코는 여전히 고개를 숙인 채 잠자코 끄덕여 보였다.

그 후 눈을 맞으며 100미터쯤 더 걸으니 철로가 있는 건널목이 나왔다. 나오코는 제법 걸었으니 이제 요양소로 되돌아갈까 했다. 그리고 잠시 멈추어 서서 거친 털실로 짠 장갑을 낀 손으로 머리카락에 붙은 눈을 털어냈다. 그러다 방금 마주친 간호사가 러시아 여자처럼 목도리를 얼굴까지 뒤집어쓰고 있었던 걸 불쑥 떠올리고, 자신도 따라서 목도리로 머리까지 단단히 감싸 보았다. 그 싹싹한 간호사는 이렇게 무작정 나온 자신을 보고도 별 잔소리 없이 넘어

여 입는다.

가 주었다. 마주친 사람이 그 간호사라서 정말 다행이다. …… 나오코는 그런 생각과 함께, 전신에 눈을 맞으며 다시 정거장 쪽으로 걷기 시작했다.

북향으로 지어져 항상 바람에 노출되어 있는 정거장은, 한쪽에서 불어오는 맹렬한 눈보라로 인해 한쪽만 새하얗게 되어 있었다. 그 정거장 그늘에는 누군가 세워 둔 오래된 자동차가 한 대 있었고, 마찬가지로 한쪽만 눈에 파묻혀 있었다.

나오코는 잠시 쉬다 가기 위해 정거장에 들어가려다가, 어느샌가 자신도 눈을 맞아 한쪽만 새하얗게 되어 있는 것을 확인했다. 그녀는 정거장 바깥에서 그 눈을 꼼꼼히 털어냈다. 그리고 얼굴을 감싸고 있던 목도리를 풀면서 별생각 없이 안으로 들어갔다. 그러자 작은 난로를 둘러싸고 서 있던 사람들이 일제히 그녀 쪽을 돌아보았다. 그러고는 마치 그녀를 피하기라도 하듯, 너나 할 것 없이 그 난로 근처를 떠나기 시작했다. 나오코는 자기도 모르게 미간을 찌푸리고 고개를 돌렸다. 그녀는 그때 마침 하행열차가 정거장으로 진입했다는 사실을 몰랐던 것이다.

그 열차 또한 죄다 한쪽 면만 눈을 맞은 상태였다. 열대여섯 명 정도가 내렸다. 그들은 외투를 입은 채 문 근처에 서 있는 나오코 쪽을 흘끔거리면서, 서로 이런저런 얘기를 나누며 한 사람씩 눈 속으로 걸어 나갔다.

"도쿄 쪽도 눈이 장난 아니게 왔다던데."

누군가 그런 얘기를 했다.

나오코에게는 그 한마디만 또렷하게 들렸다. 그녀는 도쿄에도 눈이 이렇게 오고 있을까 하고 생각하면서, 역 바깥에 세워져 있는 낡은 자동차를 멍하니 바라보았다. 눈에 파묻혀 꼼짝도 못하게 된 것 같았다. 얼마간 그렇게 서 있으니 거친 호흡도 거의 가라앉았다. 나오코는 슬슬 돌아가야겠다고 생각하며 역 안을 둘러보았다. 어느샌가 난로 주위로 사람들이 다시 모여들어 있었다. 대부분 이 동네 사람들인 것 같았다. 그들은 조용히 한두 마디씩 주고받으며, 이따금씩 나오코가 서 있는 입구 쪽을 뭔가 신경 쓰이는 듯한 눈초리로 흘끔거렸다.

이윽고 두세 정거장 앞에서 방금 전의 하행 열차와 교차하여 지나온 상행열차 한 대가 이 정거장으로 들어오는 것 같았다.

그녀는 문득 그 상행열차도 한쪽만 새하얗게 되어 있는 것은 아닌가 상상해 보았다. 그리고 갑자기 어딘가의 마을을 여행하고 있을 아키라 생각이 났다. 아키라도 그런 식으로 한쪽에만 내리는 눈을 맞으며 신이 나서 돌아다니고 있을 것만 같았다. 아까부터 그녀는, 외투 주머니에 찔러 넣은 자신의 얼어붙은 손이, 아직 보내지 않은 편지와 가죽으로 된 지갑을 번갈아서 쥐고 있는 것을 장갑 너머로 느끼고 있었다.

그때까지 난로를 둘러싸고 서 있던 십수 명이 다시 그곳을 떠나기 시작했다. 나오코는 어느새 사람들이 떠나기 시작하는 것을 알아채고는, 느닷없이 매표소로 가서 지갑을 꺼내며 창구 쪽으로 몸을 기울였다. 그러자 창구 안에서 무뚝뚝한 목소리가 들려왔다.

"어디까지 가세요?"

"신주쿠요. ……"

나오코는 기침을 하면서 그렇게 대답했다.

　그녀의 상상대로 상행열차는 한쪽만 새하얗게 눈을 맞은 채로 들어와 멈추어 섰다. 나오코는 눈에 보이지 않는 커다란 힘에 떠밀리기라도 하듯 계단으로 발을 옮겼다.

　그녀는 눈 범벅이 된 외투를 걸치고 삼등칸으로 들어왔다. 승객들은 범상치 않은 그녀의 모습을 대놓고 일제히 흘끔거리기 시작했다. 그녀는 미간을 찌푸린 채 '나, 분명 지금 얼굴 표정이 험악해 보이겠지' 라고 생각하며 가장 끝에 있는, 철도국(鉄道局) 제복을 입은 채 계속 졸고 있는 한 노인의 옆자리에 앉았다. 이윽고 기차가 가까운 산이나 숲조차 분간할 수 없을 만큼 눈이 많이 쌓인 고원 한가운데를 달리기 시작했을 때에는, 승객들은 어느새 그녀의 존재를 잊어버렸는지 더 이상 고개를 돌리지 않았다.

　나오코는 겨우 제 정신을 차리고 지금 자신이 저지르고 있는 일에 대해 생각해 보려 했다. 그때 갑자기, 늘 질릴 만큼 맡아 왔던 승홍수(昇汞水)[24]나 크레졸 냄새 대신, 차 안에서 감도는 사람들의 숨결이나 담배 냄새가 가슴이 답답해질 정도로 또렷하게 느껴지기 시작했다. 그것은 마치 자신에게 이제부터 되돌아오려 하는 정겨운

24　소독약의 일종. 독성이 매우 강하다.

삶의 냄새의 전조라도 되는 것 같았다. 그렇게 생각하자 뭔가 신비로운 전율이 느껴졌다. 가슴 답답하던 느낌은 어느새 사라지고 없었다.

창밖으로는 점점 더 거세지는 눈보라 사이로 아주 가까이 있는 나무들이라든지 농가 정도만 어렴풋이 보였다. 그러나 나오코는 기차가 대충 어디쯤을 달리고 있는지 짐작할 수 있었다. 이곳에서 몇 백 미터쯤 떨어진 곳에 인적 드문 쓸쓸한 목장이 있을 터였다. 목장에는 자신과 비슷하다고 느낀 적이 있었던 반쯤 고목이 된 나무가, 역시나 한쪽만 새하얗게 눈을 맞은 채 덩그러니 서 있을 것이다. 그녀는 마음속으로 그 비극적인 장면을 불쑥 떠올려 보았다. 갑자기 가슴이 세차게 뛰었다.

'나는 어째서 눈을 헤치고 그 나무를 보러 갈 생각을 하지 않았던 걸까? 만약 그리로 갔다면, 나는 지금 이런 기차 따위 타고 있지 않았을 텐데. ……' 차 안에서 감돌던 이런저런 냄새는 아직도 나오코의 가슴을 답답하게 만들었다. '지금쯤 요양소는 얼마나 난리가 났을까. 도쿄에서도 다들 많이 놀라겠지. 그리고 나는 어떻게 되는 걸까? 지금이라면 아직 상황을 되돌릴 수 있을 텐데. 어쩐지 좀 무서워지려고 하네. ……'

그런 생각을 거듭하면서도, 나오코는 기차가 조금이라도 빨리 접경 지역을 지나가 버렸으면 좋겠다고 생각했다. 기차가 눈 덮인 고원을 가로질러 겨우 벗어나려 하자, 이제 그녀에게는 낯선, 아마도 마지막일 것 같은 숲 풍경이 펼쳐졌다. 그녀는 순식간에 멀어져

가는 그 숲을 두려움 반 아쉬움 반으로 바라보았다.

23

눈은 도쿄에도 펑펑 내리고 있었다.

나오코는 긴자 뒤쪽에 위치한 저먼 베이커리²⁵의 구석 자리에서 벌써 한 시간째 게이스케를 기다리고 있었다. 그러나 지친 기색은 조금도 없었다. 다만 어떤 냄새가 날 때면, 마치 그것이 자신에게 곧 되돌아올 생(生)의 냄새라도 되는 양, 눈을 가늘게 뜨고 가슴 깊이 숨을 들이쉬곤 했다. 그러면서 반쯤 흐려진 유리문 너머로 흩날리는 눈 속을 바쁘게 지나다니는 사람들을 바라보았다. 게이스케가 옆에 있었다면 곧장 지적했을 것 같은, 뚫어질 듯한 눈초리였다.

눈이 많이 내려서인지, 저녁인데도 가게 안에는 손님 서너 팀 정도만 듬성듬성 있을 뿐이었다. 한 청년은 입구 쪽 난로에 한쪽 다리를 걸치고 앉아 있었다. 화가처럼 보였는데, 그는 때때로 신경 쓰인다는 듯 나오코 쪽을 돌아보곤 했다.

나오코는 청년이 흘끔거리는 것을 눈치채고는 문득 자신의 현재 모습을 음미해 보았다. 오랫동안 감지 않아 푸석푸석한 머리, 튀어나온 광대뼈, 살짝 큰 코, 핏기 없는 입술……그런 것들은 나오코의 미모를 조금도 무너뜨리지 않은 채 그저 침울한 분위기를 약간 더 할 뿐이었다. 젊었을 때 나오코는 어른들이 '쌀쌀맞은 느낌만 조금

---

25 실제로 있던 빵집의 상호명. 긴자점은 1928년 문을 연 것으로 추정된다.

덜했다면······.' 하며 아쉬워하곤 했던 미모를 지니고 있었다. 그녀의 도회적인 외모는 산속의 작은 역에서는 사람들의 시선을 끌었으나, 지금 이 거리에서는 다른 사람들과 거의 다를 바 없이 평범했다. 다만 산의 요양소에서 그대로 가져온 듯한 창백한 안색만큼은 묘하게 튀어 보였다. 그것만큼은 어떻게 할 수 없다는 듯, 그녀는 때때로 손을 얼굴에 대고 뭔가 감추려는 듯이 쓰다듬었다. ······

나오코는 갑자기 자기 앞을 누군가 가로막고 선 것 같은 느낌에 놀라 고개를 들었다.

바깥에서 털고 왔는데도 아직 눈이 여기저기 묻어 있는 외투를 걸친 채, 게이스케가 그녀를 내려다보고 있었다.

나오코는 인사도 없이 희미한 미소를 지어 보이며 게이스케가 앉을 수 있도록 몸을 움직였다.

게이스케는 뚱한 표정으로 그녀의 맞은편에 걸터앉을 뿐, 얼마간 아무 말이 없었다. 그러다 결국 입을 열었다.

"느닷없이 신주쿠 역에서 전화가 와서 놀랐잖아. 대체 무슨 일이야?"

그러나 나오코는 여전히 희미하게 미소만 지을 뿐, 아무 대답이 없었다. 순간 그녀의 마음속에서는 그날 아침 요양소에서 눈보라를 헤치고 빠져나왔던 자그마한 모험, 눈에 파묻힌 산속 요양소에서 갑자기 하게 된 결심, 삼등칸 안에 가득 차 있던 생(生)의 냄새, 그것이 그녀에게 전해 준 신비로운 전율······ 그런 것들이 한꺼번에 되살아났다. 나오코는 마치 뭔가에 홀린 것 같았던 그러한 자신의 행동에 대해 제삼자도 잘 이해할 수 있도록 하나하나 근거를 들어 설명하기란 도저히 불가능하다고 느꼈다.

그녀는 대답을 대신하듯 그저 눈을 크게 뜨고 남편을 지그시 지켜보았다. 자신이 아무 말을 하지 않아도, 자신의 눈을 들여다보는 것만으로도 전부 알아주기를 바라는 것처럼.

그런 아내의 독특한 눈초리야말로 게이스케가 고독한 나날 속에서 그토록 허무하게 찾아왔던 것이었다. 그러나 막상 그런 눈길을 제대로 마주하니, 소심하게 타고난 성격 탓에 무심코 눈길을 피할 수밖에 없었다.

"어머니께서 편찮으셔."

게이스케는 여전히 눈길을 피한 채 내뱉듯이 말했다.

"귀찮은 일은 질색이라고."

"그러게요. 제가 잘못했군요."

나오코는 자신이 뭔가 착각하고 있었다는 것을 깨달은 사람처럼 깊게 한숨을 쉬었다. 그러고는 뜻밖에도 순순히 말했다.

"저, 바로 돌아갈게요. ……"

"바로 돌아가다니, 이렇게 눈이 내리는데 무슨. 어디 이 근처에서 하루 정도 묵었다가 내일 돌아가는 게 어때?……그렇지만, 오모리의 집은 곤란한데. 어머니 계시니까. ……"

게이스케는 안절부절못하며 이런저런 생각을 계속했다. 그러다 갑자기 고개를 들고 목소리를 낮추어 말했다.

"호텔 같은 데서 혼자 묵는 건 싫어? 아자부(麻布)²⁶에 조그맣고 분위기 괜찮은 호텔이 하나 있는데…….."

남편이 하는 말을 듣기 위해 고개를 그쪽으로 한껏 기울이고 있던 나오코는, 이야기를 듣더니 갑자기 뒤로 물러나며 대꾸했다.

"저는 아무래도 상관없어요.……"

너무나도 내키지 않는다는 듯한 말투였다.

그녀는 이제까지 자신이 뭔가 대단한 결심을 했다고 생각했다. 그러나 이렇게 남편과 마주 앉아 대화하고 있자니, 눈 범벅이 되어 가면서 산속 요양소에서 빠져나온 게 대체 무슨 의미가 있나 싶어졌다. 이렇게까지 해서 무작정 남편 곁으로 와 버렸을 때, 과연 남편은 가장 먼저 어떤 표정을 지을까. 나오코는 거기에 자신의 일생을 걸 생각이었다. 그런데 정신 차리고 보니 어느샌가 두 사람은 예전처럼 습관적인 부부로 되돌아가 있고, 모든 일은 죄다 유야무야가 되버릴 것 같은 상황이다. 정말이지 인간의 습관이라는 데는 뭔가 기만적인 구석이 있다. ……

그렇게 생각하면서 나오코는 이제 어떻게 되든 상관없다는 듯 남편 쪽을 쳐다보았다. 뭔가 응시하는 것 같으면서도 정작 아무것도 보고 있지 않은 듯한, 예의 그 공허한 눈초리였다.

게이스케는 이러지도 저러지도 못한 채 그저 자신의 작은 눈으

26　도쿄도 미나토구(港区) 내의 지명. 현재 두 사람이 있는 긴자에서는 남서쪽으로 4km 남짓 떨어진 곳에 위치한다.

로 나오코의 눈초리를 마주 보았다. 그러다 갑자기 얼굴을 붉혔다. 방금 얘기했던 아자부의 작은 호텔이, 실은 며칠 전 그 앞을 함께 지나가던 동료가 장난 반으로 '여기 기억해 둬, 항상 인적이 드물어서 랑데부[27]에는 제격이라고' 하면서 알려 줬던 곳이었음을 불쑥 떠올렸기 때문이다.

나오코는 남편이 갑자기 왜 얼굴을 붉혔는지 알 수 없었다. 그러나 그녀는 그것을 보자, 어째서 자신이 이렇게 무작정 남편을 만나러 왔는지 갑자기 알듯 한 기분이 들었다.

그때 남편이 재촉하는 바람에 나오코는 하던 생각을 멈추고 테이블에서 일어났다. 그녀는 때때로 좋은 냄새를 풍기던 가게 안을 아쉽다는 듯이 한 번 돌아보고는, 남편을 따라서 가게를 나왔다.

눈은 잠시도 그치지 않고 계속 내렸다.

사람들은 제각각 옷을 단단히 갖춰 입은 채 눈을 맞으며 분주하게 오갔다. 나오코는 산에서 그랬던 것처럼 목도리로 완전히 얼굴을 감쌌다. 그러고는 옆에서 우산을 기울여 주는 게이스케를 딱히 신경 쓰지 않고, 성큼성큼 앞서서 인파 속으로 섞여 들어갔다.

그들은 스키야바시(数寄屋橋)[28]에 다다라서 인파 속을 빠져나온 뒤,

---

27 만남, 특히 남녀 간의 밀회를 의미한다. 프랑스어 'rendez-vous'에서 유래한 표현이다.

28 긴자역 근처에 있던 석조 다리(교량). 당시에는 도쿄에서 경치가 아름다운 곳으로

겨우 택시를 잡아서 아자부의 깊숙한 곳에 있는 그 호텔로 향했다.

택시는 도라노몬(虎の門)²⁹에서 급커브를 돌아 가파른 경사로를 오르기 시작했다. 경사로 중턱에는 길가 도랑에 빠진 자동차 한 대가 내리는 눈을 뒤집어쓰고 꼼짝 못하고 있었다. 나오코는 뿌연 유리창 너머로 그 광경을 보며, 산속 정거장 옆에 있던 눈 쌓인 낡은 자동차를 떠올렸다. 그리고 그 정거장에서 돌연 상경을 결심하기까지의 과정이 갑자기 이전보다 훨씬 선명하게 떠올랐다. 그때 그녀는 마음을 단단히 먹고 무언가를 향해 스스로를 완전히 내던질 결심을 했었다. 그것이 무엇인지에 대해서는 전혀 알 수 없었지만, 그렇게 스스로를 전부 내던져 보지 않는다면 앞으로도 영영 알 수 없을 것 같았다. ……그녀는 불쑥, 그 무언가가 지금 자신과 나란히 앉아 있는 게이스케이며, 동시에 지금 이대로의 게이스케와는 조금 다른 사람일 거라는 기분이 들었다. ……

어느 나라의 것인지는 모르겠지만 영사관으로 보이는 어느 저택 앞에서, 외국인을 포함한 소년 소녀들이 두 팀으로 나뉘어 눈싸움을 하고 있었다. 두 사람을 태운 택시가 그 옆을 서행하면서 지나가려 할 때였다. 눈덩이 하나가 날아오더니 게이스케 쪽 유리창을 거세게 때리며 비말을 일으켰다. 게이스케는 무심코 한쪽 손을 뺨 쪽에 드리우고는 험악한 표정으로 아이들 쪽을 보았다. 그러나 아이

유명했다. 1958년 철거되어 현재는 지명만 남아 있다.

29 도쿄도 미나토구 내의 지명.

들은 눈싸움을 하느라 정신이 팔려서 택시 쪽으로는 신경 쓸 겨를
도 없어 보였다. 그러자 게이스케는 미소를 지으며 재미있다는 듯
한참 동안 그 아이들 쪽을 돌아보았다. '이 사람, 이렇게나 아이들
을 좋아했던가?' 나오코는 그 옆에서 게이스케의 태도에 살짝 호의
비슷한 감정을 느끼면서, 남편의 어떤 면모에 대해 처음으로 애착
을 느껴 보았다. ……

　이윽고 택시가 길을 따라 돌자, 갑자기 인적은 끊기고 나무가 많
은 뒷골목이 나왔다. 게이스케는 성급하게 자리에서 일어나 운전수
에게 말을 걸었다.

　"여깁니다."

　나오코는 뒷골목을 향하고 있는 작은 서양식 건물을 발견했다.
눈을 뒤집어쓴 종려나무 몇 그루가 둘러싸고 있었다. 아마도 남편
이 얘기한 호텔인 것 같았다.

24

　"나오코, 당신은 대체 왜 또 이런 날 갑자기 돌아온 건데?"

　게이스케는 이렇게 묻고나서 오늘 자신이 벌써 똑같은 질문을
두 번이나 했다는 것을 알아차렸다. 처음 물었을 때는 나오코가 대
답 대신 옅은 미소를 띠우며 잠자코 자신을 지켜보았던 것도 떠올
랐다. 게이스케는 그때와 같은 무언의 대답을 두려워하기라도 하
듯, 서둘러 말을 덧붙였다.

　"요양소에서 무슨 안 좋은 일이라도 있었어?"

그는 나오코가 대꾸하기를 망설이고 있다는 걸 눈치챘다. 그러나 그녀가 다시 자신의 행위를 설명할 수 없어 곤란해 하고 있다고는 전혀 생각지도 못했다. 단지 그녀의 망설임 속에 자신을 더욱 불안하게 만들 무언가가 있지는 않을까 두려워했다. 그러나 한편으로는, 설령 그 무언가가 자신을 불안에 빠뜨린다 해도, 지금이야말로 반드시 그것에 대해 꼭 물어봐야겠다는, 그렇게 끝까지 따지고 싶어 하는 자기 자신을 인정하지 않을 수 없었다.

"물론 당신이니, 충분히 생각을 하고 나온 거겠지만……."

게이스케는 다시 캐물었다.

나오코는 잠시 대답에 궁색하여, 북쪽을 향해 난 호텔 창문 너머로 야트막한 골짜기를 내려다볼 뿐이었다. 작은 집들이 모여 있는 그 골짜기 마을 위로 새하얗게 눈이 쌓여 있었다. 그리고 그 골짜기 맞은편 어딘가에서는 뾰족한 교회 지붕 같은 것이 환영처럼 눈 속에서 보이다 말다 했다.

나오코는 그때 생각했다. 자신이 만약 남편이었다면 가장 먼저 그런 의문이 마음에 가득했을 것이다. 그러나, 게이스케는 일단 그것을 대충 해결해 두었다가, 이제 와서 그것에 대해 진지하게 생각하기 시작한 것 같았다. 그녀는 그런 점이 너무나도 게이스케답다고 생각하면서도, 드디어 자신에게 다가오려 하는 남편을 좀 더 끌어당기려 했다. 그녀는 눈을 감고, 자신의 행위에 대해 남편이 잘 이해할 수 있도록 설명할 방법을 다시 한 번 생각해 보았다. 그러나 성급한 상대방에게는 그 침묵이 여전히 그녀다운 무언의 대답으로 여겨진 모양이었다.

"아무리 그래도 그렇지 너무 갑작스럽잖아. 당신이 그러면 다른 사람들이 뭐라고 생각하겠어."

곰곰이 생각에 잠겨 있던 게이스케가 더는 생각하기를 포기했다는 듯이 말하자, 그녀는 갑자기 남편이 자신의 마음으로부터 멀어져 버릴 것만 같은 기분이 들었다.

"사람들이 뭘 어떻게 생각하든 아무 상관 없잖아요."

그녀는 곧바로 남편의 말을 받아쳤다. 동시에 평소 그에 대해 가지고 있던 분노가 자기도 모르게 되살아나는 것을 느꼈다. 생각지도 못한 분노였기에 그것을 자제할 여유 따위 없었다. 그래서 반쯤 화가 난 기색으로 그저 나오는 대로 말을 내뱉기 시작했다.

"눈 내리는 게 너무 재미있어 보이길래, 못 참고 나온 것뿐이에요. 말도 안 통하는 어린애처럼 제가 하고 싶은 일은 무조건 해야만 했다고요. 그것뿐이에요. ……"

그렇게 말하다가 나오코는 문득, 고독해 보이던 쓰즈키 아키라의 모습을 떠올렸다. 최근 들어 그가 자꾸만 신경이 쓰여 견딜 수 없었다. 괜스레 눈물이 조금 고였다.

"그러니까 내일 돌아갈게요. 요양원 분들께도 그렇게 말씀드리고 사과를 할게요. 그러면 된 거죠?"

나오코는 반쯤 눈물을 글썽이며 말했다. 그때까지는 전혀 생각조차 해본 적이 없는 설명이었다. 처음에는 그저 남편을 곤란하게 하려고 꺼낸 말에 불과했는데, 의외로 자신조차 잘 몰랐던 동기가 사실은 정말 이런 게 아니었을까, 하는 생각이 불쑥 들었다.

그런 덕분인지, 설명을 마치자, 나오코는 갑자기 기분까지 어쩐지 개운해진 것 같았다.

그 후 잠시 동안 두 사람은 모두 말을 꺼내지 않고 그저 창밖으로 펼쳐진 설경을 조용히 내려다보았다.

"이번 일은 어머니께 말씀 안 드릴게."

이윽고 게이스케가 말했다.

"당신도 그렇게 알고 있어."

이렇게 말하며, 그는 문득 요즘 부쩍 늙은 듯한 어머니의 얼굴을 떠올려 보았다. 그리고 '그래, 이걸로 일단 이번 일은 무사히 일단락되겠지' 하며 자기도 모르게 안도를 했다. 그러나 한편, 이대로는 자신이 생각해도 자신이 어딘가 미흡하다는 기분이 들었고, 순간 나오코가 갑자기 불쌍하게 느껴졌다.

'만약 당신이 그 정도로 내 곁으로 돌아오고 싶은 거라면, 그때는 얘기가 달라지지.' 그는 아내에게 이렇게 말할까 하고 꽤 망설였다. 그러나 지금 상황에서 그런 문제로 화제를 돌리게 된다면, 더 이상 환자 같지도 않아 보이는 아내를 산속 요양원으로 되돌려 보내는 것이 자연스럽지 않게 될 것이라는 생각이 들었다. '내일 나오코는 무조건 산으로 되돌아간다'라는 두 사람 사이의 약속이, 그런 질문으로 상대방의 속을 떠보려 할 정도로 자신에게 여유를 주고 있을 뿐이다. …… 그렇게 생각하며 게이스케는 더 이상 그 문제를 파고들지 않기로 결심했다. 그러나 내심 얼마나 오랫동안, 지금처럼 마음이 생생히 살아 있는 순간을, 두 사람이 진정으로 교감하려 하는 가슴 떨리는 순간을, 자신과 아내 사이에 잡아두고 싶어 했던가. ……그러나 동시에 그는 병상에서조차 자신의 행동 하나하나를 지켜볼 것만 같은 어머니의 늙은 얼굴을 마음의 전면에 지금 분명하게 떠올렸다. 부쩍 늙은 듯한 그 얼굴도, 또 그 병마저도, 괜히 지금 이러고 있는 자신과 아내 탓인 것처럼 느껴졌다. 그리고 이 소심한 남자는 이상하게도 자신이 떳떳하지 못한 것 같았다. 그는 자신의 어머니가 나오코에게 은밀하게 손을 뻗치고 있는 줄은 꿈에도 몰랐던 것이다. 그리고 자신은, 한때 나오코로 인해 격하게 느끼던 후회의 감정이 요즘 들어 겨우 잦아들었기에, 다시 예전처럼 어머니와 단 둘이 귀찮은 일 없이 느긋하게 지내는 생활에서 오는 편안함을 느끼려던 참이었다. ……게이스케는 속으로 이러한 검토를 마쳤다. 그리고 이제 모든 것이 어떻게든 될 때까지 조금만 더, 이대로, 나오코도 참아 주었으면 좋겠다는 결론에 도달했다.

이제 나오코는 아무 생각 없이 눈 내리는 창밖을 멍하니 보고 있었다. 저물어가는 골짜기 건너편에서 아까부터 보이다 말다 하던 뾰족한 교회 지붕이 보였다. 왠지 어렸을 때 똑같은 것을 본 것 같다는 생각이 들었다.

게이스케는 시계를 꺼내 시간을 확인했다. 나오코는 그쪽을 흘끔 보며 말을 건넸다.

"어서 돌아가세요. 내일도 그렇고, 이제 더 이상 안 와도 돼요. 혼자 돌아갈 테니까."

게이스케는 시계를 손에 든 채, 그녀가 내일 아침 이런 눈 속을 헤치며 되돌아가는 모습과, 눈이 더 많이 왔을 깊은 산속에서 다시 혼자 살아가는 모습을 불쑥 그려보았다. 그러자 요즘 들어 자기도 모르게 잊고 있었던, 강렬한 소독약이나 질병이나 죽음에 대한 불안의 냄새가 다시 떠올랐다. 마치 그것들이 영혼을 뒤흔드는 것 같았다. ……

그동안 나오코는 완전히 멍한 표정을 하고 있는 남편을 지켜보며 별생각 없이 무심한 미소를 지었다. 어쩌면 남편이 지금 당장이라도 이 순간의 자신의 속마음을 이해하고 '앞으로 이삼 일, 이 호텔에 머물러 줄래? 그다음 그냥 아무도 모르게 조용히 우리 둘이 살자. ……'라는 얘기를 꺼낼 것만 같았기 때문이다.

그러나 남편은 어떤 생각을 떨쳐내듯 고개를 젓더니, 아무 말 없이 이제까지 손에 들고 있던 시계를 말없이 천천히 주머니에 집어넣을 뿐이었다. 자신이 이제 돌아가야 한다는 사실을 알리기라도 하듯. ……

나오코는 어슴푸레한 현관에서 눈을 헤치며 돌아가는 게이스케를 지켜본 후, 그대로 멍하니 유리창에 얼굴을 대어 보았다. 괴물 같은 새하얀 종려나무들 너머로 해질녘 설경이 희미하게 보였다. 눈은 좀처럼 그칠 것 같지 않았다. 그녀는 잠시 동안 현재의 심경과 관계가 있는지 없는지도 모를 일들을 하나부터 열까지 떠올려 보는 한편, 그것들을 떠올리는 족족 잊어버리는 듯한 공허한 기분에 잠겨 있었다. 그것들은 온통 한쪽만 눈에 덮인 산속 정류장 풍경이 되기도 했고, 방금 보았는데도 벌써 언제 보았는지 전혀 기억나지 않는 어느 교회 첨탑이 되기도 했고, 무언가를 가만히 견디고 있는 듯했던 아키라의 모습이 되기도 했으며, 소리를 지르며 눈싸움을 하던 수많은 아이들이 되기도 했다. ……

그때, 그녀 뒤에서 넓은 방의 전등이 켜진 것 같았다. 그녀가 얼굴을 대고 있던 유리창이 전등을 반사하는 바람에, 바깥 풍경은 갑자기 잘 보이지 않게 되었다. 그러자 나오코는 오늘 밤 이 작은 호텔 ……아까부터 외국인 두세 명 정도만 흘끔흘끔 보일 뿐이었다……에 혼자 머물러야 한다는 사실에 대해 처음으로 생각해 보기 시작했다. 그러나 외롭다거나, 서럽다거나 하는 감정이 뒤따를 틈은 없었다. 갑자기 나오코의 마음속에서 어떤 상념이 피어나기 시작했기 때문이다. 그것은 바로, 오늘처럼 자신이 무언가에 이끌린 듯 정신없이 행동을 하는 동안, 몇 가지 인생의 단면이 자신의 앞에 돌연 나타나거나 사라지거나 하며, 새로운 인생의 길을 어렴풋이 지시해 주는 것 같다는 생각이 든 것이었다. 그것은 아마 한 곳에 가만히 있었다면 도저히 생각조차 할 수 없었던 일이었다.

그녀는 그런 상념에 잠긴 채, 이제 온통 흰색뿐인 문 바깥의 희미한 풍경을 아직도 그냥 가만히 계속 바라보았다. 그녀는 그렇게 차가운 유리에 자신의 얼굴을 대고 있는 것이, 점점 기분 좋게 느껴졌다. 실내는 그녀의 얼굴을 상기시킬 만큼 따스했던 것이다. 그녀는 이렇게 기분이 좋은 가운데에도, 내일이면 돌아가야만 하는 산속 요양원의 얼어붙을 듯한 추위를 떠올려야만 했다. ……

웨이터가 들어와서 식사 준비가 다 되었다고 알려주었다. 나오코는 말없이 고개를 끄덕이며 갑작스레 공복을 느꼈다. 그녀는 자신의 방으로 돌아가는 대신, 아까부터 은은하게 접시 소리가 들려오는 안쪽 식당으로 걸어가기 시작했다.

(김현, 안다혜 번역)

봄은 마차를 타고(春は馬車に乗って)

요코미쓰 리이치(横光利一)

해변의 소나무가 초겨울의 찬바람에 울기 시작했다. 정원 구석에서 작은 달리아 한 무더기가 시들어 갔다.

그는 아내가 자는 침대 옆에서, 뜰에 있는 연못 속 둔한 거북이의 모습을 바라보고 있었다. 거북이가 헤엄을 치자, 수면에 반사되던 밝은 그림자가 마른 돌 위에서 흔들리고 있었다.

"어머, 여보, 저 솔잎 요즈음 아주 예쁘게 빛나네요."

아내는 말했다.

"당신, 소나무를 보고 있었군."

"네에."

"나는 거북이를 보고 있었어."

둘은 그대로 또다시 입을 다물려 했다.

"당신은 거기서 오랫동안 누워있는데, 감상이 겨우 솔잎이 아름답게 빛난다는 것뿐인가?"

"네에, 하지만, 저, 이제 아무 생각도 하지 않기로 했거든요."

"인간은 아무 생각도 하지 않고 누워있을 수 있을 리가 없어."

"그야 물론 생각을 하기야 하죠. 나, 어서 나아서 우물에서 싹싹 빨래를 하고 싶어 죽겠어요."

"빨래를 하고 싶다고?"

그는 예상 밖의 아내의 욕망에 웃음을 터뜨렸다.

"당신은 웃기는 사람이야. 나를 그렇게나 오랜 동안 힘들게 해놓고서는 빨래가 하고 싶다니, 이상한 사람이야."

"하지만 그렇게 건강했을 때가 부러운 걸요. 당신은 불행한 사람이군요."

"으음."

그는 말했다.

그는 아내와 결혼하기까지 4, 5년에 걸쳐 그녀의 집안과 벌였던 긴 전투를 생각했다. 그리고 아내와 결혼한 후 어머니와 아내 사이에 끼여 보낸 2년 동안의 고통스러운 시간이 생각났다. 그는 어머니가 죽고, 아내와 둘이 되자 갑자기 아내가 가슴의 병으로 몸져 누워버린 이 한해 동안의 고생이 떠올랐다.

"그렇긴 해, 이제 나도 빨래가 하고 싶어졌어."

"난 지금 죽어도 이젠 괜찮아요. 하지만 나는 당신에게 더 보답을 한 뒤에 죽고 싶어요. 요즘 나한테는 그게 걱정이에요."

"나에게 보답을 하다니, 무슨 보답을 하려고?"

"그야, 내가 당신을 좀 보살피고, ……."

"그리고?"

"이것저것 더 할 일이 있어요."

……하지만 이제 이 여자는 살아날 수 없어. 그는 생각했다.

"나는 그런 건 아무래도 좋아. 단지 나는, 그래. 나는 단지 독일 뮌헨 근처에 한 번 가서, 그것도 비가 내리는 곳이 아니면 안돼."

"나도 가고 싶어요."

아내는 말했다. 그러더니 갑자기 그녀의 배가 침대 위에서 파도처럼 물결쳤다.

"당신은 절대 안정을 취해야 해."

"싫어 싫어, 나 걷고 싶어. 일으켜 줘요, 어서요, 어서."

"안 돼."

"나는 죽어도 괜찮으니까."

"죽어도 안돼."

"괜찮아요, 괜찮아요."

"자, 가만히 있는 거야. 그리고는 평생의 일로 솔잎이 얼마나 아름답게 빛나는지를 묘사할 형용사를 딱 하나 생각해 내는 거야."

아내는 입을 다물어 버렸다. 그는 아내의 기분을 전환하기 위해 부드러운 화제를 선택해야겠다고 생각하며 일어섰다.

먼 바다에서는 오후의 파도가 바위에 부딪혔다가 흩어진다. 배한 척이 삐딱하니 기울어져서, 날카로운 곳의 끝쪽을 돌아서 갔다. 물가에서는 소용돌이치는 짙은 남색 바다를 배경으로, 아이 둘이 김이 나는 감자를 들고 휴지조각처럼 앉아있었다.

그는 자신을 향해 점점 다가오는 고통의 파도를 피해야겠다고 생각한 적은 아직 없었다. 각각 질을 달리하여 덮쳐 오는 고통의 파도의 원인은 그의 육체가 처음 존재할 때부터 작용하고 있는 것처럼 느껴졌기 때문이다. 그는 고통을, 마치 사탕을 핥아먹는 혀처럼 온갖 감각의 눈을 동원하여 음미하며 핥아 없애버리겠다고 결심했다. 그리고 마지막에는 어떤 맛이 좋았는지. ……나의 신체는 하나의 플라스크이다. 무엇보다도 먼저 투명해야만 한다. 그는 그렇게 생각했다.

달리아의 줄기가 메마른 새끼줄처럼 땅 위에서 꼬이기 시작했다. 하루 종일 바닷바람이 수평선 위에서 불어오고 겨울이 되었다.

그는 회오리쳐 올라가는 모래바람 속을 하루에 두 번씩 아내가 먹고 싶어 하는 신선한 닭의 내장을 찾아 나섰다. 그는 해안 마을에 있는 닭집이란 닭집은 닥치는 대로 찾아가서, 그곳에 있는 노란 도마 위로 우선 정원 안을 둘러보며 물었다.

"내장은 없소, 내장은?"

그는 운 좋게 마노(瑪瑙)[1]와 같은 내장을 얼음 속에서 꺼내어 건네받으면, 용감한 발걸음으로 집으로 돌아가 아내의 침대 맡에 늘어놓는다.

---

[1] 석영의 일종.

"곡옥(曲玉)²같이 생긴 이것은 비둘기의 신장이야. 그리고 광택 있는 이 간은 오리의 생간이지. 이건 마치 한 입 물어뜯은 입술 같고, 작고 파란 이 알은 마치 곤륜산(崑崙山)의 비취와 같지."

그러자 그의 요설에 선동이 된 아내는 마치 첫 입맞춤을 요구하듯, 잠자리 안에서 식욕 때문에 화려하게 몸부림쳤다. 그는 잔혹하게 내장을 빼앗고는 곧바로 냄비 안으로 던져 넣어버리는 것이 일상이었다.

아내는 마치 우리 같은 침대의 격자 속에서 미소를 지으며 끊임없이 끓어오르는 냄비 속을 바라보았다.

"당신을 여기서 보고 있으면 참으로, 신비로운 짐승이야."

그는 말했다.

"어머, 짐승이라니, 나, 이래 봬도 당신 아내예요."

"으음. 내장을 먹고 싶어 하는 우리 속의 부인이야. 당신은 어떤 상황에서나 늘 어딘가 살짝 잔인성을 보이고 있어."

"그건 당신이에요. 당신은 이지적이면서, 잔인하고, 언제든 내 곁을 떠날 생각만 하면서."

"그건 우리 속의 이론이야."

그는 연기를 내뿜는 한 조각 그림자와 같은, 자신의 이마에 있는 주름조차도 민감하게 놓치지 않는 아내의 감각을 속이기 위해 요즘 언제나 이 결론을 준비하고 있어야만 했다. 그럼에도 때때로 아

---

2 고대 장신구(裝身具)의 하나로, 끈에 꿰어 목에 거는 구부러진 옥.

내의 이론은 급격하게 한쪽으로 치우치며 그의 급소를 꿰뚫고 선회를 하는 경우가 종종 있었다.

"실은 나는 당신 옆에 앉아있는 거, 그건 싫어. 폐병이라는 건 절대로 행복한 것은 아니니까 말이야."

그는 그렇게 직접 아내를 향해 역습하는 경우가 있었다.

"그렇지 않겠어? 나는 당신에게서 떠난다고 해 봤자 이 정원을 빙빙 돌고 있을 뿐이야. 난 언제나 당신이 누워 있는 침대에 밧줄로 묶여 있어서, 그 밧줄이 그리는 원 안에서 돌고 있을 수밖에 없어. 이건 불쌍한 상태라고밖에 할 수 없어."

"당신은, 당신은 놀고 싶어서 그러는 거예요."

아내는 분한 듯이 말했다.

"당신은 놀고 싶지 않은 거야?"

"당신은 다른 여자랑 놀고 싶은 거예요."

"하지만 그런 말을 하다니, 만약 그렇다면 어떡할 거야."

거기서 아내는 언제나 울음을 터뜨리는 것이었다. 그는 정신이 번쩍 들어 또다시 반대로 이론을 극히 부드럽게 풀어나가야만 했다.

"정말, 나는 아침부터 밤까지 당신 머리맡에만 있는 게 싫다는 거야. 그래서 나는 한시라도 빨리 당신을 낫게 하려고 이렇게 빙빙 같은 정원 안을 돌고 있는 게 아니겠어. 이건 나에게도 쉬운 일은 아니야."

"그건 당신을 위해서이기 때문이지요. 나를 조금이라도 더 배려해 주시는 게 아니에요."

그는 여기까지 아내가 따지고 들어오면, 당연히 그녀의 우리 속 이론에 두 손을 들고 만다. 하지만 과연, 나는 나를 위해서만 이 고통을 감내하고 있는 것일까.

"그건 그래. 나는 당신이 말하는 것처럼, 나는 나를 위해 무엇이든 참고 있는 게 틀림없어. 하지만 말이야, 내가 나를 위해서 참고 있다는 것은, 도대체 누구를 위해 이런 걸 하고 있어야만 하는 거야. 나는 당신만 없으면 이런 바보 같은 동물원 흉내는 내고 싶지 않아. 그걸 하고 있다는 건 누구를 위해서지? 당신이 아니고 나를 위해서라고 라도 하는 거야? 정말 한심하고 바보 같아."

그런 밤이 되면, 아내의 열은 꼭 39도 언저리까지 올라가기 시작했다. 그는 하나의 이론을 선명하게 했기 때문에, 얼음주머니의 입을 밤새도록 열었다 닫았다 해야만 했다.

하지만 이제 그는 자신이 쉬는 이유에 대한 설명을 명료하게 하고자 이 넌덜머리나는 이유를 거의 매일 계속해서 정리해야 했다. 그는 먹기 위해, 환자를 부양하기 위해 별실에서 일을 했다. 그러면 아내는 또 다시 우리 속 이론을 가지고 나와 그를 공격해 대는 것이었다.

"어째서 당신은 그렇게 내 곁을 떠나고 싶어 하는 거예요. 오늘은 고작 세 번밖에 이 방에 오지 않으셨잖아요. 알고나 있어요. 당신이 그런 사람이라는 걸."

"대체 당신은 나보고 어떻게 하라는 거야. 나는 당신 병을 고치기 위해서 약도 사야 하고 음식도 사야만 한다고. 가만히 있으면 누가 돈을 준대? 당신은 나에게 요술이라도 부리라는 거지."

"하지만 일이라면 여기서도 할 수 있잖아요."

아내가 말했다.

"아니, 여기서는 할 수 없어. 아주 잠깐이라도 당신을 잊어야 일을 할 수 있다고."

"그야 그렇겠지요. 당신은 24시간 일 말고는 아무 생각도 하지 않는 사람이잖아요. 나 같은 건 아무래도 좋은 거죠."

"당신의 적은 나의 일이군. 하지만 당신의 적은 사실은 계속해서 당신을 돕고 있다고."

"나 외로워요."

"어차피 누구나 다 외로운 법이야."

"당신은 좋겠네요. 일이 있잖아요. 나에게는 아무것도 없어요."

"찾으면 되는 거 아니야."

"나는 당신 말고는 찾을 수가 없어요. 나는 가만히 천장을 보고 누워만 있잖아요."

"이제 그쯤하고 멈춰 줘. 둘 다 외로운 걸로 해 두지. 나는 마감해야 할 원고가 있어. 오늘 완성하지 않으면 상대가 얼마나 곤란할지 몰라."

"어차피 당신은 그래요. 나보다 마감이 더 중요니까요."

"아니, 마감이라는 건 상대의 어떤 사정보다도 더 중요하다는 공지인 거야. 나는 그 공지를 보고 일을 받은 이상, 내 사정만 생각할 수 없어."

"그래, 당신은 그만큼 이지적이라는 거예요. 언제나 그래, 나는 그런 이지적인 사람은 정말 싫어요."

"당신이 내 집사람인 이상 집밖에서 온 공지에 대해서는 나와 똑같은 책임을 져야 하는 거야."

"그런 일, 맡지 않으면 되는 거 아니에요?"

"하지만 나와 당신의 생활은 어떻게 되겠어."

"나는 당신이 그렇게 냉담해질 정도라면 죽는 편이 나아요."

그러자 그는 입을 다물고 정원으로 뛰어 내려가 심호흡했다. 그러고 나서는 또 다시 보자기를 가지고 그날 분 내장을 사러 조용히 시장에 간다.

하지만 아내의 '우리 속 이론'은 그 우리에 묶여 그 근처를 맴돌고 있는 그의 이론을, 계속해서 온몸을 흥분시키며 잠시의 틈도 주지 않고 뒤따라오는 것이었다. 그로 인해 아내는 자신이 우리 속에서 제조하는 병적으로 예리한 이론으로 인해, 하루하루 가속도를 붙여가며 자신의 폐 조직을 파괴해 나갔다.

한때 통통하고 부드러웠던 손과 발은 대나무처럼 야위어 갔다. 가슴은 두드리면 가벼운 종이 인형 같은 소리를 냈다. 그리고 그녀는 자신이 좋아하는 닭의 내장조차도 이제 더는 거들떠보지도 않게 되었다.

그는 아내의 식욕을 돋우기 위해 바나에서 잡힌 신선한 생선을 몇 마리 툇마루에 늘어놓고 설명했다.

"이건 아귀로, 춤을 추다 지친 바다의 피에로. 이건 새우인데 보리새우, 새우는 갑옷을 입고 쓰러진 바다의 무사. 이 전쟁이는 폭풍에 날아오른 나뭇잎이야."

"나 그것보다 성서를 읽어줬으면 해요."

아내는 말했다.

그는 바울처럼 물고기를 든 채, 불길한 예감에 사로잡혀 아내의 얼굴을 보았다.

"나 이젠 아무것도 먹고 싶지 않아요. 나에게 하루에 한 번씩 성서를 읽어줬으면 해요."

그래서 그는 하는 수 없이 그날부터 너덜너덜한 성경을 꺼내 와 읽기로 했다.

"여호와여 제 기도를 들어 주소서. 바라옵건데 저의 부르짖음을 주께 상달케 하소서. 저의 괴로운 날에 주의 얼굴을 제게 숨기지 마소서. 주님께서는 제 말에 귀를 기울이사 제가 부르짖으며 찾는 날 신속히 제게 응답하소서. 무릇 저의 수많은 나날은 연기와 같이 사라지고, 제 뼈는 모닥불처럼 탔나이다. 제 마음은 풀 같이 쇠잔하였나이다. 제가 음식을 먹는 것도 잊었으므로."

그러나 불길한 일은 또 계속되었다. 폭풍이 몰아치던 어느 날 밤, 다음날 날이 밝자 정원 연못 속에 있던 그 둔한 거북이가 도망을 갔다.

그는 아내의 병세가 진행됨에 따라, 점점 더 아내의 침대 옆에서 떠날 수 없게 되었다. 아내의 입에서 1분마다 가래가 나오기 시작했다. 아내가 그것을 스스로 처리할 수 없는 이상, 그가 받아주는 수밖에 없었다. 또 아내는 극심한 복통을 호소하기 시작했다. 기침으로 인한 심한 발작이 밤낮을 가리지 않고 다섯 번 정도 갑자기 일어나곤 했다. 그때마다 아내는 그녀의 가슴을 쥐어뜯으며 괴로워했다. 그는 환자와는 반대로 침착해야만 한다고 생각했다. 하지만 아내는 그가 냉정해지면 냉정해질수록 고통스러워 몸부림을 치는 가운데에도 기침을 계속하며 그에게 악담을 퍼부었다.

"남은 이렇게 괴로워하고 있는데, 당신은, 당신은, 다른 생각을 하고."

"아, 진정해 지금 고함치면,"

"당신이, 그렇게 아무렇지도 않게 침착하니까, 미운 거야."

"지금 나까지 당황하면."

"시끄러워."

아내는 그가 가지고 있던 휴지를 낚아채서는 자신의 가래를 거칠게 닦아내고 그에게 던졌다.

그는 한 손으로 아내의 전신에서 흘러나오는 땀을 여기저기 닦으며, 또 한 손으로는 기침을 할 때마다 끊임없이 아내의 입에서 쏟아지는 가래를 닦아내고 있어야만 했다. 쭈그려 앉은 그는 허리가 저려 왔다. 아내는 괴로운 나머지 천장을 노려보며, 양손을 휘둘러 그의 가슴을 때리기 시작했다. 땀을 닦아내는 수건이 아내의 잠옷에 걸렸다. 그러사 아내는 이불을 걷어차고 몸을 버둥거리며 일어나려고 했다.

"안돼, 안돼, 움직이면."

"괴로워, 괴로워."

"진정해."

"괴로워."

"혼난다."

"시끄러워."

그는 방패처럼 맞으면서도 아내의 까슬까슬한 가슴을 어루만졌다.

하지만 그는 이렇게 고통이 최고조에 이르렀음에도 불구하고, 아내가 건강할 때 보였던 자신에 대한 질투에서 느끼는 고통보다는 오히려 훨씬 견딜만 하다고 생각했다. 그러고 보니 그는 아내의 건강한 육체보다도 이 썩은 폐를 가지고 있는 그녀의 병든 몸이 그로서는 더 행복감을 주고 있다는 것을 깨달았다.

……이것 참 참신한데. 나는 이제 이 참신한 해석에 매달릴 수밖에 없어.

그는 이 해석을 떠올릴 때마다 바다를 바라보며 갑자기 와하하하 하고 큰 소리로 웃음을 터뜨렸다.

그러자 아내는 또다시 우리 속의 이론을 끌고 나오며 고통스러운 듯이 그를 보았다.

"좋아요, 나는, 당신이 왜 웃고 있는지 잘 알고 있으니까 말이에요."

"아니, 나는 당신이 병이 나아서 양장을 하고 싶어서 정신없이 나대는 것보다 조용하게 누워있는 편이 얼마나 고마운지 몰라. 우선 당신이 이러고 있으면, 창백하고 기품이 있어. 그래, 마음 편히 누워 있어."

"당신은, 그런 사람이니까""

"그런 사람이기 때문에 고마워하면서 간병할 수 있는 거야."

"간병, 간병이라니. 당신은 무슨 말만 나오면 바로 간병을 한다고 들먹이는군요."

"이건 나의 자랑이야."

"나는, 이런 식으로 하는 간병이라면 하지 말았으면 해요."

"하지만 내가 만약 3분 동안 저쪽 방에 가 있었다고 해 봐. 그럼 당신은 3일이나 방치되었다는 듯이 말하잖아. 어때, 뭐라고 대답 좀 해봐."

"나는, 아무런 불평도 하지 않으면서 간병을 해주었으면 하는 거예요. 뚱한 얼굴을 하거나 귀찮아하면서 간병을 해 봤자, 조금도 고맙지 않아요."

"하지만 간병이라는 건 원래 귀찮은 성질로 이루어져 있는 거야."

"그건 알아요. 나는 그 점을 좀 말없이 해 주었으면 하는 거예요."

"그래, 뭐, 당신을 간병하기 위해서는 일가 친척을 모두 데리고 오고, 돈은 100억 정도 쌓아놓고, 그리고 박사 10명 정도와 간호사 100명 정도, 그리고……"

"난 그런 걸 해주길 원하는 게 아니에요. 난 당신 혼자 해주었으면 하는 거예요.”

“즉, 나 혼자서 10명의 박사, 100명의 간호사, 그리고 100 정도 되는 은행장 흉내를 내라는 말이지.”

“난 그런 말 한 적 없어요. 나는 당신이 옆에 가만히 있어 주면 안심이 되요.”

“그것 봐. 그러니까 내 얼굴이 좀 일그러지거나 불평을 하는 것 정도는 참으라고.”

“난 죽으면 당신을 원망에 원망을 하고, 또 원망하고, 그러고는 죽을 거예요.”

“그 정도라면 아무렇지도 않아.”

아내는 입을 다물어 버렸다. 그러나 아내는 아직 무언가 그에게 상처를 주고 싶어 참을 수 없다는 듯 말없이 필사적으로 머리를 굴리고 있는 것을 그는 느꼈다.

그러나 그는 그녀의 병세를 악화시키는 그 자신의 일과 생활을 생각해야만 했다. 그는 아내의 간병과 수면 부족으로 점점 지쳐왔다. 그는 지치면 지칠수록 자신이 일을 할 수 없게 된다는 것을 알고 있었다. 일을 할 수 없으면 없을수록 그의 생활이 어려워지는 것은 당연한 일이었다. 그럼에도 불구하고 점점 악화되는 환자에게 들어가는 비용이 그의 생활이 어려워지는 것에 비례해 늘어 가는 것은 명백한 일이었다. 게다가 또 어떠한 일이 있더라도 그가 점점 더 피곤해지는 것만은 사실이었다.

……그렇다면 나는 어떻게 해야 좋을까.

……이제 이쯤에서 나도 병이 들고 싶어. 그렇다면 나는 아무런 여한 없이 죽어 주지.

그는 종종 이런 생각을 할 때도 있었다. 그러나 또한 그는 이 생활의 난관을 어떻게 타개할 수 있을지 자신의 수완을 한번 확인해 보고 싶기도 했다.

"괴로움이여 더 오거라 내가 이겨내리라, 괴로움이여 더 오거라 내가 이겨내리라."

그는 밤중에 깨어 아내의 아픈 배를 문지르며 이렇게 중얼거리는 것이 습관이 되었다. 그는 그럴 때면 문득 망망한 푸른색 나사(羅紗) 위를 누군가 걷어찬 공이 홀로 이리저리 굴러가는 모습이 눈에 떠올랐다.

……저것은 나의 공이다. 하지만 나의 저 공을 누가 이렇게 함부로 찬 것일까?

"여보, 좀 더 세게 문질러줘요. 당신은 어쩌면 이렇게 귀찮아하는 사람이 된 걸까요. 원래는 그렇지 않았어요. 좀 더 친절하게 내 배를 문질러 주셨다고요. 그런데 요즘에는, 아아 아파, 아아 아파."

그녀는 말했다.

"나도 이제 점점 지쳐. 이제 곧 나도 병이 날 거야. 그러면 여기서 둘이 느긋하게 누워있자고."

그리자 그녀는 갑자기 조용해져서는 마룻바닥에서 울기 시작한 벌레와 같은 불쌍한 목소리로 중얼거렸다.

"난 이미 당신에게 충분히 투정을 부렸어요. 이 정도면 이제 나는 언제 죽어도 괜찮아요. 난 만족해요. 여보, 이제는 좀 자요. 나, 참고 있을 테니까."

아내가 이렇게 말하자, 그는 자신도 모르게 눈물이 흘러나와 문지르고 있던 배 위의 손을 멈출 생각이 없어졌다.

정원 잔디가 겨울 바닷바람에 시들었다. 유리문은 하루 종일 길목에서 손님을 기다리는 마차의 문처럼 덜컹거리고 있었다. 이제 그는 집 앞에 커다란 바다가 있다는 것을 오랫동안 잊고 있었다.

어느 날 그는 의사에게 아내의 약을 받으러 갔다.

"아, 맞다. 훨씬 전부터 당신에게 말해야지, 말해야지 생각하고 있었는데 말입니다."

의사가 말했다.

"당신의 부인은 이제 가망이 없습니다."

"네에."

그는 자신의 얼굴이 점차 파랗게 질려가는 것을 확실히 느꼈다.

"이제 왼쪽 폐는 없습니다. 게다가 이제는 오른쪽도 꽤나 병이 진행되었습니다."

그는 해변을 따라 마차에 흔들리며 짐처럼 돌아왔다. 활짝 갠 맑은 바다가 그의 얼굴 앞에서 죽음을 몰래 숨겨둔 단조로운 장막처럼 축 늘어져 있었다. 그는 이제 더 이상 이 상태로 언제까지나 아내를 보고 싶지는 않다는 생각이 들었다. 만약 보지 않는다면 언제까지나 아내가 살아있다는 것을 느낄 수 있을 것이다 그는 돌아와서 곧바로 자신의 방으로 들어갔다. 그곳에서 그는 어떻게 하면 아내의 얼굴을 보지 않아도 될지 생각했다. 그러고는 정원에 나와 잔디 위에 드러누웠다. 몸이 무겁게 축 늘어졌다. 힘없이 눈물이 흘러나오자, 그는 마른 잔디 잎을 정성스레 쥐어뜯었다.

"죽음이란 무엇인가."

그저 보이지 않게 될 뿐이다, 라고 그는 생각했다. 잠시 뒤 그는 심란한 마음을 정리하고 아내의 병실로 들어갔다.

아내는 말없이 남편의 얼굴을 바라보고 있었다.

"뭔가 겨울 꽃이라도 갖다 줄까?"

"당신, 울고 있었군요."

아내가 말했다.

"아냐."

"맞아요."

"울 이유가 없잖아."

"이미 알고 있어요. 의사 선생님이 무슨 말인가 한 거죠."

아내는 그렇게 지레짐작하고는 그다지 슬퍼 보이는 기색도 없이 입을 다물고 천장을 바라보기 시작했다. 그는 아내의 머리맡에 놓인 등나무의자에 앉아서는, 새삼 아내의 얼굴을 기억해 두려는 듯 가만히 바라보았다.

……이제 곧 둘 사이의 문은 닫히는 것이다.

……하지만 그녀도 나도 둘 다 이미 서로에게 줄 것은 줘버렸다. 지금 남아있는 것은 아무것도 없다.

그날부터 그는 아내가 하라는 대로 기계처럼 움직이기 시작했다. 그리고 그는 그것이 아내에게 주는 예를 차린 마지막 작별이라 생각했다.

어느 날, 아내는 매우 괴로워한 끝에 그에게 말했다.

"있잖아요, 여보. 다음번에 모르핀을 사다 줘요."

"어떻게 하려고."

"나 먹으려고요. 모르핀을 먹으면 더 이상 깨지 않고 그대로 쭉 잠들어 버린대요."

"그러니까, 죽겠다는 말이야?"

"그래요, 나는 죽는 것 따위 하나도 무섭지 않아요. 이제 죽는다면 얼마나 좋을지 몰라요."

"당신도 어느 새 대단해졌군 그래. 그 정도 되면, 인간은 이제 언제 죽어도 괜찮아."

"하지만 나는 당신에게 미안해요. 당신을 힘들게만 했거든요. 미안해요."

"으음."

그가 말했다.

"난, 그야 당신의 마음은 잘 알고 있어요. 하지만 내가 이렇게 투정을 부려도 그건 내가 부리는 게 아니에요. 병이 그렇게 만든 거니까요."

"그래. 병이야."

"나 말이에요, 유언도 이미 써두었어요. 하지만 지금은 보여주지 않을 거예요. 내 침대 아래에 있으니까 죽으면 봐줘요."

그는 입을 다물어 버렸다. ……사실은 슬퍼해야만 하는 일이다. 게다가 아직 슬픈 이야기는 하지 않았으면 좋겠다고 그는 생각했다.

화단의 돌 옆에서 달리아의 구근이 흙 위로 모습을 드러낸 채 서리에 썩어 갔다. 거북이 대신 어디에선가 나타난 들고양이가 비어 있는 그의 서재 안을 느긋하게 돌아 다니기 시작했다. 아내는 고통 때문에 거의 하루종일 아무 말도 하지 않고 입을 다물고 있었다. 그녀는 항상 수평선을 향해 해면으로 돌출된 저 멀리 빛나는 곳만을 바라보고 있었다.

그는 아내가 시킨 대로, 그녀 옆에서 때때로 성서를 소리 내어 읽었다.

"여호와여, 바라온데 주님의 분노로 나를 견책하지 마옵시며 주님의 진노로 나를 벌하지 마옵소서. 여호와여 나를 긍휼히 여기소서, 내가 초라하게 수척해졌사오니. 여호와여 나를 고치소서, 나의 뼈가 떨리나이다. 나의 영혼도 심히 떨리나이다. 여호와여 어느 때까지니이까. 죽음을 맞이하여서는 주를 기억함이 없사오니."

그는 아내가 훌쩍거리며 우는 소리를 들었다. 그는 성서를 읽는 것을 그만두고는 아내를 보았다.

"당신은 지금 무슨 생각을 하고 있었어?"

"내 뼈는 어디로 갈까요. 나는 그게 신경이 쓰여요."

……그녀의 마음은 지금 그녀의 뼈를 신경 쓰고 있다. ……그는

대답할 수 없었다.

……이젠 안 된다.

그는 고개를 숙이듯 마음을 숙였다. 그러자 아내의 눈에서 눈물이 한층 더 심하게 흘러나왔다.

"무슨 일이야."

"내 뼈는 갈 곳이 없는 거예요. 나, 어떻게 해야 될까요."

그는 대답 대신 또다시 서둘러 성서를 읽어 나갔다.

"하나님이여, 바라옵건데 저를 구원하소서. 큰물이 흘러 들어와 내 영혼까지 미쳤나이다. 내가 설 곳이 없는 깊은 수렁에 빠졌나이다. 내가 깊은 물에 들어갔나이다. 큰물이 내게 넘치나이다. 내가 부르짖으므로 피곤하나이다. 내 목이 마르며, 내 눈이 하나님을 바람으로 쇠하였나이다."

그와 아내는 이미 시들어 버린 한 쌍의 넝쿨처럼 하루하루 말없이 나란히 누워 있었다. 그러나 지금 둘은 완전하게 죽음을 준비하고 있었다. 이제 어떤 일이 일어나더라도 두려울 것은 없었다. 그렇게 어둡고 차분한 그의 집 안에는 산에서 길어온 물동이의 물이 언제까지고 평정한 마음처럼 맑게 가득 차 있었다.

아내가 잠들어 있는 날 아침에는, 그는 늘 해수면에서 머리를 들어 올리며 나타나는 새로운 육지 위를 맨발로 걸었다. 전날 밤 만조에 끌려 올라온 해초는 차갑게 그의 발에 엉겨 붙었다. 때로는 바람에 날려 온 듯, 길을 잃고 헤매다가 찾아온 바닷가의 아이들이 파릇

파릇한 녹색의 이끼로 미끄러운 바위 위를 기어오르고 있었다.

해수면 위로는 점차 흰 돛이 늘어났다. 바닷가의 하얀 길이 하루 하루 활기차졌다. 어느 날, 뜻밖에도 지인이 보낸 스위트피(sweet pea) 꽃다발이 곶을 돌아 그에게 전해졌다.

오랜 시간 동안 찬 바람에 항상 쓸쓸했던 집 안에 처음으로 향기로운 이른 봄이 찾아온 것이다.

그는 꽃가루 투성이가 된 손으로 꽃다발을 바치듯 들고는 아내의 방으로 들어갔다.

"드디어 봄이 왔어."

"어머나, 예쁘네요."

아내는 이렇게 대답했다. 그리고 미소를 지으며 바짝 마른 손을 꽃을 향해 내밀었다.

"이거 정말 예쁘지 않아?"

"어디에서 난 거에요?"

"이 꽃은 마차를 타고 바닷가에 제일 먼저 봄기운을 흩뿌리며 온 거야."

아내는 그에게서 꽃다발을 받고는 양손으로 벅차게 끌어안았다. 그러고 나서 아내는 그 화사한 꽃다발 속에 창백한 얼굴을 묻고는 황홀하게 눈을 감았다.

(최선아 번역)

화원의 사상(花園の思想)

요코미쓰 리이치(橫光利一)

1

언덕 위의 꽃들 사이에서 투명한 일광욕실이 반짝이고 있었다. 발코니에 놓인 사다리는 마치 하얀 척추처럼 툭 튀어나와 있다. 그는 바다에서 올라오는 비탈길을 걸어 폐결핵 요양병원으로 돌아왔다. 남자는 이렇게 종종 아내의 곁을 떠나 밖에서 돌아다니다 다시 새로이 아내의 얼굴을 보기 위해 돌아왔다. 아내의 얼굴은 볼 때마다 빠르게 한 단계 한 단계 극명하게 죽음에 가까워지고 있었다. ……산꼭대기 벽돌 건물 안에서 갑자기 한 무리의 간호사들이 쏟아져 나왔다.

"안녕히."

"안녕히."

"안녕히."

간호사들은 퇴원하는 사람들의 뒤를 따라 햇빛을 받아 반짝이는 비탈길을 하얀 망토처럼 달려나왔다. 그녀들은 장미 화단 사이를 돌아서 문 앞 광장에 한 송이 꽃처럼 둥근 원을 만들었다.

"안녕히."

"안녕히."

"안녕히."

잔디밭 위에는 일광욕을 하는 하얗고 상큼한 모습을 한 환자들이 언덕에 열린 열매처럼 줄지어 누워있었다.

그는 환자들의 환상 속을 부드럽게 걸어 복도로 왔다. 긴 복도를 따라 이어져 있는 방들의 창문을 통해, 한 줄로 죽 늘어선 절망으로 빛나는 눈빛들이 남자에게 차갑게 다가왔다.

그는 아내의 병실 문을 열었다. 아내의 얼굴은 꽃잎 주위의 공기처럼 가련하지만 환한 빛을 띠며 조용히 잠들어 있었다.

……아마, 아내는 죽겠지.

그는 침대 옆에서 아내를 들여다보았다. 죄와 벌은 아무 데에도 없었다. 그녀는 자신의 처녀를 그에게 주었던 만족스러운 결혼 첫날밤의 아름다움을 회상하고 있는 듯 했다. 옆얼굴에는 푸른 선이 단정하게 자리 잡고 있었다.

2

그와 그의 아내에게 슬픈 시기는 이미 지났다. 그는 지금까지 의사에게 아내의 죽음에 대한 선고를 몇 번이나 들었는지 알 수 없다.

그런 선고를 받을 때마다, 그는 다른 의사를 찾아가 보았다. 그는 죽을 힘을 다해 자신의 힘이 닿는 데까지 죽음과 싸웠다. 그러나, 그가 싸우면 싸울수록, 의사를 바꾸면 바꿀수록, 아내의 죽음에 대한 의사의 선고는 사실과 함께 더욱 더 극명해졌다. 그는 전의를 상실하고 말았다. 그는 지치고 말았다. 그는 손을 놓은 채 그저 멍하니 텅 빈 헛간처럼 허무함 속에 주저앉아 버렸다. 그리고, 지금 그 두 사람은 둘을 갈라놓을 죽음의 단면을 보고자 하며 그저 서로의 어두운 얼굴을 마주 보고 있을 뿐이다. 마치, 둘의 눈과 눈 사이에 죽음이 나타나기라도 하는 것처럼. 그는 식사 시간이 되면 말없이 숟가락으로 수프를 떠서 말없이 아내의 입 속으로 넣어주었다. 마치, 아내의 배 속에 숨어있는 죽음에 먹이를 주듯이.

어느 날, 남자는 낮은 목소리로 조용히 아내에게 물어보았다.

"당신은 죽는 게 조금도 무섭지 않은 가봐?"

"으응."

아내는 답했다.

"당신은 더 이상 살고 싶다는 생각은 조금도 없어?"

"나는, 죽고 싶어요."

"으음."

남자는 고개를 끄덕였다.

둘에게는 서로의 마음이, 유리 너머로 마주 보고 있는 얼굴처럼 분명하게 느껴졌다.

3

지금 그의 아내는 그저 삶과 죽음 사이의 경계선 위에 쓰러져 있는 한 마리의 괴물이었다. 격렬한 열정을 가지고 남자를 사랑했던 그 아내는, 어느새 그에게서 완전히 사라져 버리고 말았다. 그리고 남자는? 격렬한 정열을 가지고 아내를 사랑했던 남자는, 지금은 감정이 닳아 없어져 버린 하나의 기계에 불과했다. 정말로 이 둘은 지금까지 서로에게 받은 긴 시간 동안의 고통으로 인해 더 이상 부부도 아니었으며 인간도 아니었다. 둘의 눈과 눈을 가르는 공간의 거리는 단지 투명한 공기에 의해서만 얌전히 늘어났다 줄어들기를 반복하고 있을 뿐이었다. 둘 사이의 그 공기는 죽음이 나타나 아내의 눈을 빼앗아 갈 때까지, 아마 태양이 빛나면 밝아지고 태양이 저물면 어두워질 것임이 틀림없다. 두 사람에게 시간은 이미 애정으로는 늘리거나 줄일 수 없고, 단지 둘의 눈과 눈 사이의 공간에 명암을 주는 태양 광선의 변화를 통해서만 노골적으로 나타나고 있는 것에 불과했다. 그것은 조용한 진공 상태에 있는 것 같은 허무함이었다. 누워있는 아내의 얼굴이, 남자에게는 그 옆에 놓인 약서랍이나 쟁반과 같이 하나의 훌륭한 정물로 보이기 시작했다.

그는 둘 사이의 공간을 예전과 같은 싱싱한 애정이 가득하고 아름다운 곳으로 만들기 위해 화단에서 마가렛과 개양귀비꽃을 꺾어 왔다. 그 하얀 마가렛은 허무함 속에서 은은하게 아내의 미동 없는 표정에 미소를 더해주었다. 또한 꽃병에 꽂힌 그 부드러운 개양귀비꽃이 미풍에 붉게 흔들리자, 아내는 그것을 희미한 탄성을 발하

며 바라보고 있었다. 이 네모난 방에 늘어선 꽃병과 침대와 벽과 옆
모습과 꽃들이 그리는 조용한 정물들의 선 속에서 한 줄기 희미한
탄성이 새어나오다니. 그는 아내의 그 탄성에 숨겨져 있는 아름다
운 소리를 듣기 위해 밖으로 나가 닥치는 대로 꽃이란 꽃은 모두 방
안으로 모아들이기 시작했다.

장미는 아침마다 물기를 머금은 채 흔들리며 왔다. 수국과 도깨
비부채와 찔레나무꽃과 작약과 국화와 칸나는 끊임없이 삼면의 벽
위에 피어 있었다. 방은 마치 화려한 꽃집과 같았다. 그는 밤마다
양초에 불을 붙이고는 혹시라도 이 창백한 꽃집 안으로 몰래 죽음
이라는 손님이 찾아오지는 않을까 하며, 아내의 자는 얼굴을 들여
다보았다. 그러자 어느 날 밤, 아내는 갑자기 눈을 뜨고 그에게 말
했다.

"당신은, 내가 죽으면 행복해지겠지."

그는 말없이 아내의 얼굴을 바라보고 있었다. 그러고는 자신의
침소에 돌아가 우울하게 촛불을 불어 껐다

4

그는 자신의 피로를 달래기 위해 그의 눈길이 닿는 공간에 있는
모든 물건을 아름답게 보고자 노력하기 시작했다. 그것은 자신의
감정이 사라진 허무함이라는 공간을 채워야 할 유일한 생활로서
그에게 남아있던 것이었다.

그는 자신의 침상을 좋아했다. 침상은 아내의 침실과 같다고 해

도 경증 환자들이 조용히 누워있을 수 있는 베란다에 있었다. 베란다는 화원 쪽을 향하고 있었다. 그는 이 베란다에서 밤중에 잠에서 깰 때면 아내보다 달에게 시달렸다. 달은 그의 코 위에 걸린 채 교교히 빛나며 그의 시선을 떠나지 않았다. 바다의 단면과 같은 그 달빛 아래에서 화원의 꽃들은 끊임없이 모여드는 나방처럼 희미하게 하얀 동그라미를 만들고 있었다. 그리고 달은 그 꽃들 끝에 양처럼 곱슬곱슬한 주름을 드러내보이며 초연히 바다 쪽으로 건너갔다.

그런 날 밤이면, 그는 베란다에서 빠져나와 밤의 정원사처럼 꽃들 사이를 돌아다녔다. 축축한 잔디에 둘러싸인 연못 안에서 뿜어나오는 분수의 물줄기 하나가 달빛을 흩뿌리며 주변의 돌과 꽃에 장난을 치고 있었다. 그것은 정원에서 평온하게 자란 값비싼 가축처럼 얌전했다. 또한 멀리서 만을 감싼 두 개의 곶은 화원을 감싸안은 검은 팔뚝처럼 굽어있었다. 그리고 수평선은 아득히 저 멀리에서 빛나는 한 가닥 머리카락처럼 달을 향해 부풀어 오르며 화단 위에 떠 있었다.

이럴 때 그는 늘 불을 끄고 잠들어 있는 병동 쪽을 돌아보는 버릇이 있었다. 그러자 그의 머릿속에는, 무수히 많은 폐가 꽃 속에서 썩어 가는 검은 버섯처럼 굴러다니는 장면이 떠오른다. 아마도 무수히 많은 썩어가는 그 폐들은 낮은 지대에 있어 햇빛이 닿지 않는 다락방이나 쓰레기통, 혹은 톱니바퀴가 서로 맞물리는 기계나 음식점의 쌓여있는 접시들 속에 무수히 많은 포자를 흩뿌리며 이 언덕의 화원 안으로 모여든 것임이 틀림없다. 그러나 불쌍하게도 죽어

가는 그 폐들의 구멍을 막아 다시금 활기찬 활동을 하도록 하여 거리로 돌려보내는 이곳 화원의 원장은, 원래는 그가 돕고 있는 그 수많은 썩어가는 폐들과 마찬가지로 죽음을 선고받은 썩은 폐를 가지고 있었다. 상처 입은 하나의 폐가 자신이 회복한 기쁨에 그 건강이 이어지는 한, 상처 입은 수많은 폐를 도와 간다. 이것이 이 화원 안에서 숨 쉬고 있는 폐의 특수한 운동 체계이다.

5

이곳 화원 안에서는 신선한 공기와 햇빛과 사랑과 풍부한 음식과 편안한 잠이 가장 중요하다고 여겨졌다. 이곳에서는 밤과 구름이 나타나지 않는 한, 병동에 그림자를 던지는 것은 지붕뿐이었다. 먹을 것은 산과 바다에서 난 맛이 풍부한 것들이 계절에 따라 화려한 색채를 뽐내며 식욕을 돋우었다. 공기는 맑게 갠 하늘과 바다와 산의 세 가지 녹색 색소 속에서 솟아올랐다. 소리는 고요하게 귀를 울리는 조용함과 때로는 놀이방에서 희미하게 들려오는 미뉴에트와 환자의 기침 소리와 화단의 꽃잎들 위로 떨어지는 은근한 분수 소리 정도에 불과했다. 그리고 사랑은? 사랑은 도시의 훌륭한 병원에서 발탁되어 온 간호사들의 맑고 깨끗한 백의 위로 마치 오월의 미풍처럼 흐르고 있었다.

하지만 사랑은 언제 보아도 심상치 않은 것이다. 이 화원에서 그저 아무것도 하지 않고 하늘과 바다와 꽃을 바라보고 있고, 가까이 다가오는 이들이 만약 오월의 미풍처럼 상쾌한 것이었다면, 그곳에 부드러운 애욕의 열매가 맺히는 것은 명확한 이치이다. 하지만 이곳 화원에서는 사랑하고 그리워하는 것은 독약이었다. 만약 연모의 감정이 꽃과 섞여 피어난다면 얼마 안 있어 그것은 꽃처럼 지고 말 것이다. 왜냐하면 이 언덕의 하늘과 꽃의 밝음은 항간의 사랑과는 달리 환자에게 안정을 주기 위한 것일 뿐이기 때문이다. 만약 그들 사이에 사랑의 꽃이 핀다면, 얼마 가지 않아 그들을 둘러싼 꽃과 하늘의 밝음은 면면이 이어지는 남다른 사랑으로 인해 흐려질 것이다. 하지만 이 하늘과 꽃의 아름다운 정취 속에서 화사한 여자의 속삭임이 미소처럼 다가오는데 애욕에 빠지지 않는 사람은 돌부처일 것이다. 그 때문에 이곳의 하얀 간호사들은 환자의 맥을 짚는 교묘한 손놀림과 함께 명연기를 펼치는 배우처럼 미소와 추파를 정돈해야만 했다. 그러나 그들 또한 한 쌍의 거대한 유방을 가지고 있었다. 병동의 불이 일제히 꺼지고 취침 시간이 되면, 간호사들은 그 엄격한 하얀 옷을 벗어 던진다. 그리고, 얼굴에는 화장을 하고 허리에는 색 있는 허리끈을 매어, 어느 새 낭창한 잠옷 차림의 아가씨들이 되었다. 하지만 아가씨가 된 그들은 모두 몰려오는 잠과 피로로 인해 우울하게 입을 다물고 있었다. 마치 사랑에 실패한 아가씨들이 어쩐지 사람들 눈을 피해 조용히 고뇌하고 있듯. 어떤 이는 그날의 기도를 위해 무릎을 꿇고, 어떤 이는 편지를 쓰고, 어떤 이는 생각에 잠기고, 또 때로는 어떤 이는 정성들여 성장을 하고 불 꺼진 복도 한가운데에 멍하니 서 있었다. 아마 그녀들에게 가장 좋아하는 아름다운 옷을 입을 수 있는 시간은 잠자리에 드는 시간 뿐일 것이다.

어느 날 간호사 한 명이 깊은 밤에 사랑하는 남자의 병실에 몰래 들어간 것이 발각되었다. 다음 날 그 간호사는 병원에서 해고되었다. 병원을 나설 때 긴 복도에서 배웅하는 간호사들에게 둘러싸인 그녀는 부끄러워 살짝 얼굴을 붉히고는 있었지만, 오만한 발걸음으로 나갔다. 마치 오랜 동안 혹사를 당하고 형편없는 식사를 해야만 했던 생활에 대한 반항의 모범을 보이듯이, 병원을 나설 때는 예절을 무시하는 모습을 보였다. 그리고 유유히 걸어 나가는 어깨 위로는 아마 오래도록 그녀를 괴롭히던 환자와 병원에 복수를 한 것 같은 쾌감마저 드러나고 있었다.

6

장마철이 다가오자 이곳 화원의 걱정은 이 병원만의 걱정이 아니게 되었다. 산기슭에 있는 바다마을에는 그 마을 전체의 생활을 지탱하고 있는 커다란 어장이 자리 잡고 있었다. 위쪽에 결핵요양원을 두고 있는 어장의 생선 판매량은 느는 것보다 줄어드는 것이 훨씬 확실한 운명임이 틀림없다. 산기슭에서 살아 움직이는 사람들의 심장을 압박하거나 언덕 위에서 죽어가는 사람들의 폐를 묵살하거나, 이 둘 중 하나를 선택해야 하는 갈림길에 몰린 마을은 두 파로 나뉘어 있었다. 이미 결정이 났듯이 아무리 이 언덕 위 요양병원이 허가를 받았다고 하더라도, 그것은 동시에 산기슭의 심장들이 공포를 잊었기 때문은 아니었다.

얼마 지나지 않아 썩은 폐들을 두려워하는 심장들은 언덕 위의 화원을 괴롭히기 시작했다. 그들은 화원에 가까운 지점을 고르고는, 그 썩은 폐 때문에 팔리지 않고 썩기만 하는 생선을 비료로 쓰려고 산더미처럼 쌓아 올렸다. 순식간에 파리떼가 모여들어 화단이나 병동 속을 날아다녔다. 병동에서 한 마리의 파리는 한 자루의 권총만큼이나 공포스러운 적이었다. 병원 안의 창문이란 창문에는 모조리 철망이 쳐지기 시작했다. 망치질하는 소리는 사흘 동안 환자들의 안정을 방해했다. 하루 동안의 혼란은 보름치의 요양을 파괴한다. 환자들의 체온표는 혼란을 일으키기 시작했다.

그러나 폐와 심장과의 이 싸움은 여전히 이어졌다. 벌써 철망을 통해 방어가 이루어지고 있다는 것을 안 심장은 바람이 부는 방향을 따라 짚을 태워 폐를 향해 연기를 날려 보냈다. 연기는 도덕을 따르기보다 바람을 따른다. 화단의 꽃들은 하루 종일 자욱한 안개에 묻히기 시작했다. 연기는 화단 위에서 파리를 쫓아낸 위력보다 몇 배 정도 더 강한 힘을 가지고 직접 썩은 폐를 공격했다. 환자들은 기침을 하기 시작했다. 그들이 한 번 하는 기침은 하루치의 요양을 약탈한다. 병동은 유리문에 의해 철망 밖 세계로부터 밀폐되었다. 방 안에는 탄산가스가 고이기 시작했다. 또다시 체온표가 혼란스러워지기 시작했다. 환자들의 식욕이 줄어들기 시작했다. 사람들은 그저 멍하니 유리문 안에서 하늘을 올려다보고 있을 뿐이었다.

이렇게 남자의 아내는 죽음의 시기를 앞에 두고 화원의 사람들에게 사랑받은 만큼, 아래에 있는 어장으로 인해 고통을 받았다. 그러나 화원은 이미 그 산 위에서 우위를 차지하는 승리를 거두었기 때문에, 어떤 일에도 입을 다물고 있을 수밖에 없었다. 그의 아내는 날이 가면 갈수록 더 심하게 기침을 계속했다.

7

그러던 어느 날, 부원장이 그를 조용히 별실로 불렀다.

"유감이지만, 아무래도 당신의 부인은."

"알겠습니다."

그는 대답했다.

"이번 달이 마지막이리라 생각합니다만……"

"예에."

"저희는 할 수 있는 모든 것을 했지만. …. 아무래도 …."

"정말, 여러모로 감사했습니다."

"아닙니다… 그리고 혹시 가족 분들을 부르실 것이라면 한 번에 오시지 않도록 해주십시오."

"그러겠습니다."

"오랜 기간 힘드셨지요."

"아닙니다."

그는 어느샌가 복도 한가운데에까지 와 홀로 서 있었다. 잊고 있던 슬픔이 또다시 강렬한 냄새처럼 덮쳐 왔다.

그는 아내의 병실 쪽으로 걷기 시작했다.

……그러나 이것은 사실일까.

그는 또다시 멈추어 섰다. 첼로로 연주되는 화려한 가보트[1]가 일광욕실에서 들려오기 시작했다.

……그러나, 설령 사실은 아내를 죽음으로 끌고 가고자 한다 하지만, 과연 사실은 언제나 항상 사실일까.

……거짓이다. 그는 생각했다.

그는 그의 모든 감각을 착각이라 생각했다. 모든 현상을 허상이라고 생각했다.

……어째서 우리는, 불행을 불행이라 느껴야 하는 것일까.

……어째서 우리는, 장례를 혼례라 느껴서는 안 되는 것일까.

그는 너무나 고통스러웠다. 너무나도 운이 나빴다. 그는 너무나도 지나치게 슬퍼했다. 그러나 그랬기 때문에 그 여러 가지의 고통과 슬픔을 그는 이제 거짓된 사실로 보아야 했다.

……이제 곧, 아내는 건강해질 것이다.

……이제 곧, 우리 둘은 행복해질 것이다.

그는 이때부터 돌연 새로운 의지를 다지기 시작했다. 그는 그 하나의 의지로 마음의 모든 어둠을 밝게 느끼려고 노력하기 시작했다. 이제 그에게 있어 오랜 동안의 허무는 일장춘몽처럼 날아갔다.

그는 깊은 호흡을 하고는 쾌활하게 아내의 침대 옆으로 다가갔다.

이 봐, 당신은 죽음을 생각하고 있지.”

---

1 음악 가보트(gavotte). 옛 프랑스의 두 박자 춤곡.

아내는 그를 보고는 끄덕였다.

"하지만, 인간은 죽는 것이 아니야. 죽어도 죽는다는 것 따위는, 그런 것은 아무것도 아니야. 알겠지."

……물론, 무슨 말을 하고 있는 것인지 그 자신 역시 알지 못했다.

아내는 냉담한 눈으로 그를 바라보며 입을 다물고 있었다.

"당신은 나보다도 그런 건 잘 알고 있지. 죽는다는 것 별 것 아니야. 아무것도 아니야. 바보 같은 거야."

"난, 더 이상 고통받는 거, 이제는 싫어요."

아내는 말했다.

"그야 그렇지. 고통스럽다니 바보 같은 이야기야. 하지만, 살아 있다고 해서, 나를 어려워할 필요는 조금도 없어"

"난, 내가 당신보다, 빨리 죽어서, 기뻐."

그녀가 말했다.

그는 웃음을 터뜨렸다.

"당신도, 꽤 괜찮은 생각을 했네."

"나보다도 당신이 불쌍해요."

"그거야 당연하지. 내가 어이없는 꼴을 당한 거야. 애초에 인간의 삶이라는 것 자체가 우스워. 이렇게 빈둥거리면서 살아있어 봐야 무슨 소용이야. 당신도 이제는 죽는 게 나아. 그렇지?"

"네에."

아내는 고개를 끄덕였다.

"나도, 이제 곧 죽을 거야. 이런 곳에서 구차하게 살고 싶지 않아. 당신도 꽤 잘 했다고."

아내는 그를 보고는 희미하게 웃음을 터뜨렸다.

"나는, 그냥 조금만 더, 덜 고통스럽다면 살아있어도 괜찮은데."

"바보 같은 소리를. 살아 있어 봤자 어떻게 할 수도 없잖아, 도대체 지금부터 뭘 하겠다는 거야. 이젠 나도 당신도 할 수 있는 만큼은 죄다 해 버렸잖아. 기억을 떠올려 봐."

"그러게요."

아내는 말했다.

"그래, 이젠 잘난 체하면서 죽어도 돼."

아내는 그의 얼굴에서 심리 변화를 마지막까지 지켜보고자 하는 듯, 입을 다물고 그의 얼굴을 바라보고 있었다.

"당신은 어쩐지 쓸쓸해 보여. 어머니를 불러 줄까?"

"이제 됐어요. 당신만 옆에 있어 준다면, 난 아무도 만나고 싶지 않아요."

아내는 말했다.

"그래, 그럼."

그는 그렇게 말하고는 곧장 아내의 어머니에게 와달라는 편지를 썼다.

8

그 다음 날부터 아내의 얼굴은 갑자기 물을 머금은 달콤한 복숭

아처럼 산뜻함을 더해 왔다. 아내는 늘 창문 가득 핀 경사진 산허리의 백합꽃을 바라보고 있었다. 그는 아내의 엄마를 대신해 방의 벽 여기 저기에 새로운 꽃을 더했다. 시클라멘과 백합꽃. 헬리오트로프와 도깨비부채. 시네라리아와 히아신스. 장미와 마가렛과 개양귀비.

"당신의 얼굴은 왜 이렇게 갑자기 예뻐진 걸까. 마치 열여섯 살 아가씨 같아. 당신은 수프도 한 그릇 다 못 먹는데, 마치 닭을 열대여섯 마리나 해치운 사람 같은 얼굴을 하고 있어. 이상한 사람이군. 틀림없이 내가 모르는 사이에 몰래 먹었나 보네."

"저 백합꽃, 이 방에서 내보내 줘."

아내가 말했다.

백합의 향기는 다른 꽃의 향을 죽여버린다. ……

"그래, 이 꽃은 영웅이야."

그는 백합을 손에 들고는 방 밖으로 나갔다. 그러나, 막상 버리고자 하니 그 물에 젖은 듯한 싱싱한 꽃가루의 날카롭고 활력 있는 색 때문에 마땅히 버릴 곳이 없었다. 그는 새끼 고양이를 든 것처럼 백합 꽃다발을 손에 든 채 어슬렁어슬렁 복도를 돌아다니다가 텅 빈 간호사 방을 들여다보았다. 벽에 끼인 관처럼 생긴 방 안에는 어지럽게 풀어놓은 허리띠와 야만스러운 붙임머리가 푹푹 찌는 공기 속에서 나뒹굴고 있었다. 이제 곧 이곳에서 지친 몸을 뉘일 간호사들에게, 들판의 맑고 깨끗한 환상을 뿌려주기 위해 그는 슬쩍 백합 꽃다발을 향기 주머니처럼 놓아두고는 돌아왔다.

9

또 어느 날 산 위에서는 집요하게 밀짚으로 불을 피우기 시작했다. 그는 틈을 봐서 병실을 나가 불이 있는 밭쪽으로 가보았다. 그러자, 푸른 풀숲에서 낫을 갈고 있던 젊은이가 그를 올려다보았다.

"그 불은 언제까지 피울 겁니까?"

그는 물었다.

"이것만이요."

젊은이는 그렇게 말하며 불이 붙은 밀짚을 낫으로 가리켰다.

"이 불은 꼭 피워야만 하는 건가요?"

젊은이는 입을 다물고 한 움큼의 풀에 낫을 갖다 대었다.

"저희 안사람은 이 연기 때문에 죽습니다. 피우지 않아도 되는 것이라면 멈춰주세요."

그는 젊은이의 대답을 기다리지 않고 뒷산에서 어장 쪽으로 내려갔다. 평평한 어장에는 장렬한 검붉은 구릿빛 허벅지들이 숲을 이루듯 늘어서 있었다. 그들은 모처럼 가다랑어가 보이자, 물보라를 일으키며 바다를 가르고 들어갔다. 아이들은 모래사장에서 부들부들 떠는 해파리를 잡아 서로 던지며 놀았다. 배에서 나무통이, 허벅지가, 참치와 도미와 가다랑어가 바다색으로 반짝이며 발랄하게 올라왔다. 갑자기 어장은 난데없이 새벽녘처럼 빛나기 시작했다. 털이 난 허벅시들은 불고기의 파도 속에서 우왕좌왕하며 굴절이 되었다. 도미는 허벅지에 올라탄 장밋빛 여자 같았고, 참치는 계획을 품은 포탄처럼 침착하게 늘어서 있었다. 때때로 우뚝 선 허벅지의 숲이 흔들리면 햇빛을 비추던 석양이 물고기 파도 위를 베어 버리려는 칼날처럼 번뜩이는 빛을 뿜었다.

그는 물고기들 사이로 언덕 위를 올려보았다. 언덕의 화단은 물고기의 파도 사이로 홀연히 떠올랐다. 장미와 참치와 작약과 도미와 마가렛이 층층이 보이는 가운데, 지금도 일광욕실의 많은 얼굴들이 석양에 반짝이며 마치 눈처럼 날카로운 빛을 발하고 있었다.

'하지만 물고기에 둘러싸인 이 요양병원은 계속해서 이 물고기의 파도에 공격받고 있는 성이다. 이 성안에서 처음으로 전사하는 것은 내 아내이다.'

그는 이런 생각을 했다.

사실 그에게 눈앞의 물고기는 연기로 아내의 죽음을 재촉하는 무수히 많은 용감한 적이었다. 그리고 동시에 아내에게 물고기는 그녀의 고통스러운 시기를 줄이고자 하는 배려 깊은 의사이기도 했다. 그에게는 저 포탄 같은 참치의 권태롭고 둔한 나열이 갑자기 무의미한 의미를 담으며 새까맣게 침묵하고 있는 것처럼 보이기만 했다.

10

이날부터 그는, 아내를 괴롭히고 있는 것이, 사실 이 어장의 물고기인지 아니면 화원의 꽃들인지, 이 둘 중 어느 쪽인지 헷갈리기 시작했다. 왜냐하면 아내가 화원에 있는 한 그녀의 고통스러운 나날은 아마 물고기가 뿜어내는 연기보다 더 길게 이어질 것임이 틀림없었기 때문이다.

그날 밤 의사가 회진을 왔을 때, 아내는 자신의 발을 바라보며 의사에게 물었다.

"선생님, 제 다리 이렇게 붓기 시작하는데, 어째서일까요?"

"아, 그건 별 것 아닙니다. 걱정하지 마세요. 아무것도 아니니까요."

의사는 시치미를 떼며 말했다.

……물이 발로 가기 시작한 것이다.

……이젠 틀렸어. 그는 생각했다.

의사가 돌아가자, 그는 전등을 끄고 양초에 불을 붙였다.

……과연, 무슨 말을 한 것일까.

그는 아내의 그림자가 헬리오트로프 꽃 위에서 촛불의 빛에 따라 미세하게 흔들리고 있는 것을 바라보고 있었다. 그러자 문득 그는 아내를 처음 보았을 때의, 오직 자신에게만 허락된 것만 같았던 그녀의 건강한 웃음을 떠올렸다. 그의 눈에는 눈물이 고이기 시작했다. 그는 살짝 아내의 위로 몸을 숙이고 꽃향기 속에서 그녀의 이마에 입을 맞추었다.

"당신은 내가 2층의 저 지저분한 쓰레기 사이에 앉아있을 때 매일 밤 몰래 와주었지."

아내는 밀없이 고개를 끄덕였다.

"나는 그때가 제일 재미있었어. 저 사다리를 타고 올라가면 나오는 어두운 구멍에서 화사하게 땋은 당신의 머리가 꽃가마처럼 불쑥 나타나는 거야. 그러면 나는 우울한 기분은 싹 사라져 버리고, 웃고 떠들었지. 아무튼, 그때는 나도 가난했지만 가장 즐거웠어. 그때부터는 나나 당신이나 젊은 몸으로 고생했지. 그렇지만 뭐, 괜찮아. 둘 다 서로에게 하고 싶은 대로 하며 살아왔으니까 말이야. 게다가 나도 당신에게 미안한 일은 한 번도 하지 않았고 당신도 나에게 사과할 건 조금도 없고, 그러니 뭐, 우리는 서로에게 고마워해야만 하는 부부인 거지. 어째 이야기가 좀 이상해졌지만, 아무튼 당신이 아픈 덕분에 나도 이제는 간호사 자격증 정도는 받을 수 있을 것 같고, 불행이라는 것도 전혀 느끼지 않게 되었어. 이렇게 고마운 일은 그렇게 많지는 않지. 당신도 푹 자도록 해. 이제 조금 더 괜찮아지면 내가 여기 화원 안을 업고 돌아다녀 줄게."

"네에."

아내가 조용히 고개를 끄덕였다.

남자는 하마터면 눈물을 흘릴 뻔 한 것을 겨우 속눈썹으로 막아내며 화단으로 내려왔다. 그는 무리지어 피어 있는 밤의 꽃들 속으로 얼굴을 들이밀었다. 그러자 눈물이 터져 나오기 시작했다. 그는 울며, 마치 벌레처럼 차가운 꽃 향기를 하나하나 맡으며 돌아다녔다. 그는 냄새를 맡으며 꽃들 속에서 간절한 기도를 올리기 시작했다.

"신이시어, 그녀를 구해주소서. 신이시어, 그녀를 구해주소서."

그는 앵초를 한 웅큼 꺾어서 볼에 흐르는 눈물을 닦았다. 바다는 솟아오른 달 앞에서 조용히 밝은 빛을 띠고 있었다. 밤 까마귀가 기이한 곡선을 그리며 날카로운 그림자처럼 화단 위를 날아갔다. 그는 마음이 진정될 때까지 몇 번이고 조용한 분수 주위를 슬픔처럼 돌고 있었다.

11

다음 날 아침 일찍 아내의 어머니가 왔다. 그녀는 딸의 얼굴을 보고는 울기 시작했다.

"기미야, 이게 무슨 일이니. 아이고, 이렇게 야위어서는. 더 빨리 와야지 생각하고 있었는데, 여러 가지 일이 있어서."

아내는 늘 그렇듯이 냉담한 얼굴로 어머니의 소란스러운 모습을 바라보고 있었다.

"얘, 얼마나 힘드니. 엄마는 말이야, 매일 네 생각만 하고 있단다. 빨리 오고 싶어서 너무 오고 싶어서 견딜 수가 없었지만, 가족들이 모두 아파서 말이야."

그는 편지에 쓰지 않았던 아내의 상태에 대해 어머니에게 모두 이야기할 마음은 없었다. 그는 아내를 어머니에게 맡기고는 홀로 일광욕실로 왔다. 일광욕실 유리 안에서는 아침 환자들이 등나무 소파에 줄지어 누워있었다. 바다는 곶에 안긴 채 다소곳하게 맑다. 간호사 두 명이 웃으며 나타나더니, 만면에 아침 해를 받아 반짝이는 화단으로 내려갔다. 그들의 하얀 옷은 붉은 개양귀비꽃 속에 웅그리고 앉았다. 그리고 얼마 지나지 않아 자지러지는 듯한 붉은 웃음이 꽃들 사이에서 일어났다.

그의 옆에 누워 있던 젊은 여자 환자도 웃기 시작했다.

"어머, 저렇게 기쁘게 웃다니."

"정말 그러게요. 하지만 이제 당신도 곧 저기를 걸으실 수 있을 거예요."

옆에 있던 야윈 여자가 말했다.

"그럴까요, 하지만."

"예에. 그럼요, 어제도 선생님께서 그렇게 말씀하셨답니다."

"나, 저 이슬 맺힌 잔디 위를 한 번 걸어 보고 싶어 참을 수가 없어요."

"그렇지요. 하지만 이제 곧 저렇게 웃을 수 있으실 거예요."

간호사들은 다시 꽃들 사이에서 모습을 드러내고는 꽃을 한 송이씩 꺾었다. 그들은 아침 햇살을 받으며, 도깨비부채가 있는 보랏빛 화단과 장미 화단 사이를 밝게 웃으면서 걸어갔다. 분수는 그들이 가는 곳의 작약 위로 태연하게 아침 무지개를 내뿜었다.

12

아내의 팔뚝에 놓는 주사의 수는 날마다 늘어갔다. 그녀가 먹는 것은 물밖에 없게 되었다.

어느 날 저녁, 그는 발코니에 올라가 아래 쪽에서 저물어 가는 바다를 내려다보며 생각했다.

……지금 나는 그저 아내의 죽음을 기다리고 있을 뿐이다. 이 한가한 시간 속에 나는 도대체 무엇을 채워 넣고자 한 것일까?

그는 아무것도 알 수 없었다. 그는 그저 그를 태우고 있는 움직이지 않는 발코니가 늘 시간 위를 질주하고 있다고 느낄 뿐이었다.

그는 수평선에 반원이 잠겨가는 태양의 속력을 바라보고 있었다.

……저것이 내 아내의 생명을 닳아 없어지게 하고 있는 속력이다, 그는 그렇게 생각했다.

순식간에 태양은 부르르 떨며 수평선에 먹혀갔다. 해수면은 피를 흘린 도마처럼 새빨간 소리를 품고 고요해졌다. 그 위에서 배는 추락한 새처럼 움직이지 않았다.

그는 갑자기 공기 중에서 검은 소리 같은 불길한 징조를 느꼈다. 그는 서둘러 발코니에서 내려갔다. 맞은편 복도에서 아내의 엄마가 급하게 그에게 왔다. 둘은 얼굴도 움직이지 않고 말없이 서로 지나쳐 갔다.

"저기, 잠깐,"

어머니가 불러세웠다.

그는 입을 다문 채 돌아섰다.

"오늘 밤, 우리 애가 위험한 거지."

"위험합니다."

그가 말했다.

둘은 그대로 통처럼 생긴 복도의 한가운데에 멈추어 서 있었다. 잠시 뒤 그는 병실 쪽으로 걸어가기 시작했다. 그러자 또 아내의 곁에서 수발을 늘던 간호사가 다가와 그를 불러 세웠다.

"저기, 오늘 밤은 어떨지 싶어서요."

"으음."

그는 고개를 끄덕였다.

그는 병실 문을 열고 들어가 아내 옆에 앉았다. 크게 뜬 아내의 눈은 깊은 물처럼 그를 말없이 바라보고 있었다.

"이제 곧 당신도 차차 좋아질 거야."

그가 말했다.

아내는 이제는 더 이상 표정에 어떠한 반응도 보이지 않았다.

"당신 지친 것 같아. 한숨 좀 자는 게 어때."

"나, 조금 전에, 당신을 불렀어요."

아내가 말했다.

"아, 조금 전 그게 당신이었단 말이지. 나는 발코니에서 이상하게 가슴이 묘해졌어."

"여보, 내 몸을 좀 일으켜 줘. 뭐랄까, 깊은 골짜기로 떨어지는 것 같은 기분이 들어."

그는 양손으로 아내를 안아 일으켰다.

"당신을 안아주는 것도 오랜만이네. 자 어때, 좋아?"

그는 베개를 위쪽으로 올리고는 조용히 아내를 배게 쪽으로 들어 옮겼다.

"당신은 정말, 가볍네. 마치 이건, 꽃다발 같아."

그러자 아내는 기쁨에 흔들리는 듯한 미소를 띠며 그에게 말했다.

"당신이, 나를, 안아준 거야. 이제 이걸로, 나는, 안심이야."

"나도 이걸로 안심이야. 자, 이젠 자도록 해. 어젯밤부터 조금도 못 잤잖아."

"나, 아무래도 잘 수가 없어요. 나, 오늘은 힘들지 않으면, 계속 이야기하고 싶은데."

"아니, 이제는 그만 말하는 게 좋아. 내가 여기에 있어 줄 테니까, 눈만이라도 감고 있으면 쉴 수 있을 거야."

"그럼, 나, 잠깐 자볼게. 당신은, 거기에 있어 줘요."

"으음."

그가 말했다.

아내가 눈을 감자 그는 불을 끄고 창문을 열었다. 나무 흔들리는 소리가 바람소리처럼 들려왔다. 달이 없는 어두운 화원 안을 나이 든 간호사 하나가 우울하게 걷고 있었다. 그는 몸도 마음도 시들어 있었다. 아내의 어머니는 베란다 창문에 볼을 대고 서서 멍하니 화원 안을 바라보았다. 이제는 어떠한 가능성도 모조리 사라져 버렸다는 듯이. 멀리 병동의 커튼 위로 움직이지 않는 그림자가 풀이 죽은 채 서 있었다. 때때로 화단의 꽃봉오리들이 어둠 속을 더듬는 수많은 창백한 손처럼 흔들렸다.

13

그날 밤, 만조가 되었을 때 그의 아내는 격하게 고통스러워하기 시작했다. 의사가 왔다. 장뇌와 식염과 링거가 교대로 아내의 몸 안에 불을 붙였다. 그러나 더 이상 아내는 어제의 그녀처럼은 되지 않았다. 마지막으로 오로지 산소호흡기만이 그녀의 머리맡에서 부글 부글 거품을 내며 필사적인 활동을 하기 시작했다.

그는 아내의 위쪽으로 엎드려 호흡기 입구를 아내의 입 위에 대고 있었다. ……보내지 않겠다는 듯, 아내의 어머니는 딸이 고통스럽게 숨을 한 번 쉴 때마다 얼굴을 찡그리며 함께 숨을 내뱉었다. 그는 때때로 호흡기 입구를 아내의 입 위에서 떼 보았다. 그러자 아내는 곧 끊어질 듯한 호흡을 하며 괴로워했다.

……드디어 때가 왔구나.

그는 생각했다.

만약 호흡기가 영원히 아내를 고통에서 구원하는 것이라면 그는 영원히 그 입구를 들고 있고 싶었다. 그러나 이 눈앞에 펼쳐진 사실처럼 호흡기는 그저 아내의 고통을 지속하기 위해서만 쓰이고 있다고 생각하니, 그는 아내의 생명을 연장시키는 약재보다도 지금은 처음으로 아내의 생명을 줄인 어장의 물고기들에게 호의를 갖고 싶어졌다. 그러나 의사는 법의학에 따라, 냉정하게 주사를 한 대 더 놓자고 이야기하기 시작했다. 그저 살아남아 있는 사람들만을 위해서.

"싫어, 싫어."

그의 아내는 그보다 먼저 의사의 말을 가로막았다.

"그래그래, 이제 그럼 주사를 놓는 건 그만하자."

"여보, 나는 이제, 안 되는 거니까."

아내가 말했다.

"아니야, 아직, 아직."

"저, 힘들어요."

"으음, 이제 곧 나을 거야. 괜찮아."

"왜, 나를, 죽게 내버려 두지 않는 거지?"

"그런 말 하면 안 돼."

"이렇게 괴로운 데, 아직도 나를, 괴롭게 할 생각인 거야?"

그는, 지금만큼은 죽음을 바라는 그녀의 의지가 원망스러웠다.

"이제 조금 만 더 참으면 돼. 곧 아프지 않게 될 거야."

"아, 이젠, 당신 얼굴이, 보이지 않아."

아내가 말했다.

그는 폭풍처럼 눈이 흐려졌다. 아내는 방 안을 둘러보며 그에게 손을 뻗었다. 그는 격렬한 애정을 아내의 한 손안에 밀어 넣었다.

"정신 차려. 나는 여기에 있어."

"응."

아내는 답했다.

아내의 악력이 온 힘을 다해 그의 손안으로 들어왔다.

"여보, 나는, 이제 죽어."

아내는 말했다.

"조금만 더 기다릴 수는 없는 거야?"

그가 말했다.

"나, 괴로워. 당신보다, 먼저 죽게 되어서, 미안해."

그는 대답 대신, 소리 높여 울기 시작했다.

"여보, 오랜 시간 동안, 정말 미안했어. 용서해 줘."

"나도, 당신에게, 오랫동안 신세를 져서, 미안했어."

그는 간신히 말했다.

아내는 턱을 들어 확실하게 끄덕였다.

"나만큼, 행복한 사람은, 없어. 당신은, 혼자가, 되어버리네. 내가, 죽으면, 이제 더는 당신을, 하는 게, 아무도 없게 되는 거야."

시든 마가렛 꽃 옆에서 아내의 엄마가 우는 소리가 탄성처럼 일었다.

"기미야, 기미야."

"엄마한테도 미안했어요. 저를 용서해 줘요. 오빠에게도, 안부 전해 줘요. 그리고, 모두에게도."

"아아, 아아, 걱정 말렴. 이제 곧 모두가 올 거야."

엄마가 말했다.

"나, 더, 기다려야만 하는 걸까? 괴로운데."

"이제 곧 올 거야. 조금 전에 전화를 걸었으니까, 이제 금방 올 거니까."

"나, 먼저 죽을게, 이젠, 힘들어서."

"그래그래, 안심하고 있어. 아무것도 걱정할 건 없어."

그가 말했다.

아내는 고개를 끄덕이고는 눈을 크게 뜬 채 방 안을 둘러보았다. 까마귀 한 마리가 그와 엄마의 훌쩍이는 소리에 섞여 화원 위에서 울기 시작했다. 그러자 그의 아내는 친숙한 애무의 미소를 흘리며 중얼거렸다.

"어머 성급한, 까마귀네, 벌써 울다니."

그는 아내의 그 가련하고 아름다운 심경에 망연자실했다. 그는 더 이상 눈물이 나지 않았다.

"안녕."

잠시 뒤 아내가 말했다.

"으응, 잘 가."

그가 답했다.

"기미야, 기미야."

어머니는 불렀다.

그러나 아내는 더 이상 대답하지 않았다. 그녀의 호흡은 그저 크게 내뱉는 숨만이 전부였다. 그녀의 손의 힘은 점점 떨어져 가는 턱의 움직임과 함께 그의 손바닥 안에서 나무처럼 느슨해졌다. 그녀의 움직임이 멈추었다. 그렇게 결국 죽음은 선명하고 아름다운 여명처럼 홀연히 그녀의 얼굴 위로 떠올랐다.

……이거다.

그는 잠시 뒤 눈앞에 모습을 드러낸 죽음의 아름다움에 넋이 나가, 황홀해진 모습으로 우뚝 서 있었다. 그리곤 마침내 그는 한 장의 종이처럼 휘청거리며 화원 속으로 내려갔다.

(최선아 번역)

판도라의 상자(パンドラの匣)

다자이 오사무(太宰治)

작가의 말

이 소설은 '건강도장(健康道場)'이라 불리는 요양소에서 투병하던 스무 살의 남자가, 자신의 친우(親友)에게 부치는 편지의 형식으로 쓰였다. 이런 형태의 소설은 지금까지의 신문 소설에서 보기 힘들었으리라 생각한다. 그런 까닭으로 초반 4, 5회 정도는 생각했던 것과 달라 독자들에게는 당황스러울 수 있다. 그러나 이러한 형식은 현실감이 짙어 이전부터 외국에서도, 그리고 일본에서도 수많은 작가들에 의해 시도되었다.

「판도라의 상자」라는 제목에 대해서는 내일 연재될 이 소설의 제1장에 쓸 것이므로, 여기에 소상히 밝혀둘 것은 이제 아무것도 없다.

이처럼 지극히 불친절한 인사말은 좋지 않을지도 모른다. 다만,

뜻밖에도 이런 무뚝뚝한 인사를 하는 작가가 쓴 소설이 재미있는 법이다.

막을 열다

1

자네 말일세. 뭔가 오해가 있는 듯하군. 나는 전혀 기죽지 않았다네. 자네가 위로를 담아 보냈던 그 편지 때문에 오히려 내가 당황했고, 부끄러웠고, 심지어는 얼굴까지 붉게 달아올랐단 말일세. 묘하게 불안한 기분이었네. 이렇게까지 말하면 자네는 화를 낼지도 모르겠으나, 자네가 쓴 편지를 읽어보고 '낡아빠진' 것 같다, 는 생각이 들었다네. 이보게 친구, 이제 새로운 막이 열린 것이라네. 우리들의 선조들조차 경험하지 못했을 완전히 새로운 막이.

고루한 사고는 이제 접어 두는 게 어떻겠나? 그런 건 이제 시대착오적이니 말일세. 난 지금 나의 가슴에 생긴 병에 대해서도 전혀 신경 쓰고 있지 않다네. 병 같은 건 잊어버린 지 오래일세. 단지 병뿐만이 아니지. 뭐든지 다 잊어버렸다네. 내가 이 건강도장에 들어온 것은 전쟁이 끝나고 갑자기 목숨이 아까워져, 이제부터 건강해져서 뭐라노 하여 입신양명해보자는 이유 때문이 아닐세. 그리고 빨리 병을 고쳐 아버지를 안심시키고, 어머니를 기쁘게 해드리고 싶다는 기특하고 눈물겨운 효심 때문도 아니라네. 그렇다고 멍청한 자포자기의 심정으로 이런 촌구석에 오게 된 것도 아닐세. 사람의 행위 하나하나에 설명을 덧붙이려는 것 자체가 이미 낡아버린 '사상'에서 오는 문제가 아니겠는가? 무리해서 설명을 늘어놓다 보면 거짓투성이인 억지가 되어버리는 경우가 많지. 이론의 유희는 이제 그만 두겠네. 개념을 논하는 건 이제 충분하지 않은가. 그러니 내가 건강도장에 들어간 데에는 아무 이유가 없다고 말하고 싶네. 어느 날, 어느 순간 성령이 내 가슴으로 숨어들어와 눈물이 뺨을 씻어내렸고, 그렇게 홀로 한참을 울었네. 그리고 이내 몸이 훌쩍 가벼워지고 머릿속이 상쾌해지는 기분이 들었지. 그때부터 나는 다른 남자가 된 것일세. 그때까지도 감추고 있었지만, 나는 곧바로 어머니께 말씀드렸지.

"객혈을 했어요."

그리고 아버지께서는 나를 위해 산 중턱에 있는 이 건강도장을 골라주셨다네. 정말로 그뿐이라네. 어느 날, 어느 순간이란 어떤 때를 말하는 것이겠는가? 그건 자네도 이미 알고 있을 테지. 그 날일세. 그날의 정오란 말일세. 거의 기적과도 같이, 하늘에서 내려오는 목소리에 울며 사죄를 드리던 그때일세.

그날 이후로, 어쩐지 나는 새롭게 만든 큰 배에 타고 있는 듯한 기분이 들었네. 도대체 이 배는 어디로 가게 될 것인가? 그건 나도 알 수 없다네. 아직도 꿈을 꾸는 것만 같더군. 배는 물가에서 스르르 멀어지지. 이 배가 나아갈 항로는 전 세계의 그 누구도 발을 들이지 않은, 완전히 새로운 처녀항로와 같다는 것만큼은 어렴풋이나마 상상할 수 있었다네. 그러나 지금으로서는 그저 새롭고 거대한 배의 출항과 함께 하늘이 내린 항로로, 나는 순순히 나아갈 뿐이라네.

그렇지만 말일세. 이보게, 오해하지 말게나. 나는 절대로 절망 끝의 허무와 같은 감정에 골몰한 것이 아니라네. 그것이 어떤 성질이더라도 배의 출항이라는 것은 필시 뭔가 희미한 기대를 걸게 하는 법이라네. 그건 아주 오래전부터 변하지 않는 인간성 중 하나일세. 자네는 그리스 신화에 나오는 판도라의 상자 이야기를 알고 있을 테지. 열지 말아야 할 상자를 연 대가로 병에 의한 고통, 비애, 질투, 탐욕, 시기, 의심, 음험, 기아, 그리고 증오 등 온갖 불길한 벌레들이 기어 나와 하늘을 뒤덮으며 붕붕 날아다니게 되었고, 그 이후로 인간은 영원히 불행에 몸부림쳐야만 했지. 그러나, 그 상자 안쪽 한구석에는 아주 자그맣고 빛나는 돌멩이 하나가 남겨져 있었고, 그 위에 희미하게 희망이라는 글자가 적혀 있었다는 이야기 말일세.

2

그것은 아주 오래전부터 정해져 있던 것이었네. 애당초 인간에게는 절망이랄 것이 있을 수 없었다네. 이따금 인간은 희망에 속기도 하지만, 똑같이 '절망'이라는 관념에 속기도 한다네. 솔직하게 말해보도록 하지. 인간은 불행의 밑바닥까지 굴러떨어진다고 하더라도, 언젠가는 실낱같은 희망의 끈을 손으로 더듬어 찾아내는 법일세. 그것은 판도라의 상자 이래로, 올림포스 신들에 의해 규정지어진 사실이지. 낙관론이니 비관론이니 어깨에 힘을 주고 무언가 연설을 하며 여봐란 듯이 기세를 과시하는 사람들은 물가에 내버려두고, 우리가 탄 새로운 시대의 배는 한발 앞서 스르르 나아간다네. 그 앞길을 막을 것은 아무것도 없네. 마치 식물의 덩굴이 뻗어나가는 것처럼, 의식을 초월하여 태양을 좇는 자연의 본능과도 같은 것이지.

정말로 지금부터는 함부로 사람을 비국민(非国民)¹ 취급하며, 비난하고 잘난 체하는 식의 말투는 그만하도록 하지. 이 불행한 세상을 그저 더욱 울적하게 만들 뿐이니. 타인을 비난하는 사람일수록 보이지 않는 곳에서 악행을 벌이는 법이지 않은가. 이번에 또 전쟁에서 졌다고 해서, 허둥지둥 일시적으로 상황을 모면하기 위해 날조된 눈속임으로 약삭 빠르게 빠져나갈 궁리를 하는 정치인이 없었으면 좋겠군. 그런 어리석고 그럴싸한 수작질이 일본을 망치게 만든 셈이니, 이제는 정말 조심해야 할 것일세. 그런 짓을 다시 반복한다면 전 세계의 미움을 받게 될지도 모르지. 허풍 따위는 그만 지껄이고, 좀 더 깔끔하고 단순한 사람이 되어보세. 새로이 만든 배는 이미 바다로 미끄러져 나가고 있으니.

---

1 비국민은 국민으로서의 의무나 본분을 지키지 않는 사람들을 칭하는 말로, 특히 제2차 세계대전 당시 일본 제국 군부나 국가 정책에 협조하지 않는 이들에 대한 멸칭(蔑稱)으로 사용되었다.

물론 지금까지 나 또한 꽤 괴로운 마음이었다네. 자네도 알고 있듯이, 나는 작년 봄에 중학교를 졸업한 직후 고열이 나고 폐렴에 걸려서 석 달이나 누워 있느라, 고등학교 입시도 못 치르지 않았는가. 간신히 일어나 걸을 수 있게 되고 나서도 미열이 계속되어, 의사로부터 늑막염이 의심된다는 말을 들었지. 집에서 빈둥거리며 시간을 보내고 있는 동안, 올해 입시 기간도 지나가 버렸지. 그때부터 나는 상급학교에 갈 의지도 사라졌고, '그럼 이제 무얼 해야 하나?' 라는 생각을 할 때마다 눈앞이 캄캄해졌네. 그저 집에서 빈둥거리는 것도 아버지께 면목이 없었고, 어머니에게도 좀처럼 체면이 서질 않았지. 자네는 백수로서의 경험이 없으니 모르겠지만, 그건 정말이지 괴로운 지옥이라네. 그 무렵, 나는 밭에서 잡초만 뽑고 있었네. 그렇게 농사꾼 흉내를 내는 것으로 조금이나마 체면치레를 하고 있던 참이었지. 자네도 알다시피, 우리 집 뒤편에는 백 평 정도의 밭이 있지 않은가. 어째서인지는 몰라도 오래전부터 내 명의로 되어 있는 것 같더군. 그것 때문만은 아니겠지만, 나는 그 밭 속에 한 걸음 발을 디디고 나면 주위의 압박에서 벗어난 듯한 편안함을 느끼곤 했네. 지난 1, 2년 동안 나는 이 밭의 책임자처럼 되어버렸다네. 잡초를 뽑고, 몸에 해롭지 않을 정도로만 밭을 갈고, 토마토 나무에 받침대를 만들어주었지. 뭐, 이런 일이라도 식량 증산에 조금이나마 도움이 되리라 생각하며 하루하루를 속이며 살고 있었네만, 그래왔네만…. 이보게. 차마 속일 수 없는 한 덩이의 먹구름 같은 불안감이 가슴속 깊은 곳에 들러붙어 떠나질 않더군. 이런 식으로 살면서 나는 지금부터 어떤 신세가 될 것인가. 별 볼 일 없이 이대로 폐인이 되어버리는 것은 아닌가? 그렇게 생각하면 망연자실해지네. 어찌해야 좋을지 도저히 알 수 없었네. 그리고 이런 칠칠치 못한 내가 살아있다는 것조차 사람들에게 폐를 끼칠 뿐이고, 의미라곤 전혀 찾아볼 수 없다고 생각하니 참으로 괴로워서 견딜 수 없더군. 그대와 같은 수재들은 모르겠지만, 이 세상에 '내가 살아있다는 것이 다른 이들에게 폐가 된다. 나는 쓸모없는 사람이다'라는 의식만큼 괴로운 건 없다네.

3

이보게. 하지만 내가 이런 어리광 같은 고리타분한 얼간이 같은 고민에 빠져있는 와중에도 세계의 풍차는 눈에 보이지 않을 만큼 빠른 속도로 빙글빙글 돌아가고 있었네. 유럽에서는 나치의 전멸, 동양에서는 필리핀 결전에 이은 오키나와(沖繩) 결전, 미군 전투기의 일본 내지 폭격[2] 등, 나는 군대의 작전 같은 건 아예 모르지만, 젊고 민감한 안테나가 있었지. 이 안테나는 신뢰할 수 있었네. 이 안테나로부터 한 나라의 우울, 위기 같은 것들을 찌릿찌릿하게 느꼈지. 여기에 이론적인 건 없네. 그저 육감에 지나지 않네. 올해 초여름 무렵부터 나의 이 젊은 안테나는 유례없이 큰 해일의 전조를

---

2 '일본 제국'으로 불리던 당시에는 일본 본토를 내지(內地)라 하였고, 대만과 조선같은 식민지는 외지(外地)로 분류하여 일컬었다.

감지하고 떨었다네. 하지만 내게는 아무런 대비책도 없었지. 그저 당황스러울 뿐이었다네. 나는 미친 듯이 밭일에 몰두했네. 뜨거운 햇볕 아래에서 끙끙거리며 무거운 괭이를 휘둘러 밭의 흙을 갈고, 고구마 덩굴을 심었지. 지금도 나는 왜 매일같이 그런 식으로 치열하게 계속 밭일을 했는지 잘 모르겠다네. 아무 쓸모도 없는 자신의 처지가 원망스러워서, 단념한 채로 지독하리만큼 내 몸을 혹사하고 픈 약간의 자포자기 같은 심정으로 괭이를 내리찍을 때마다 '죽어! 죽어버려! 죽어! 죽어버리라고!'라고 낮게 신음하듯 계속 반복하던 날도 있었지. 그렇게 고구마 덩굴 600개를 심었다네.

"밭일도 이제 그만해라. 네 몸으로는 좀 힘들 거다."

저녁 식사 때 아버지께서 그렇게 말씀하셨지. 그로부터 사흘이 지난 한밤중, 꿈결에 콜록콜록 기침이 나왔는데, 도중에 가슴 속에서 무언가가 그릉그릉 울리기 시작했네. '아, 안 돼!'라는 생각이 들자마자 번쩍 눈이 뜨였다네. 어느 책에서, 각혈 전에 가슴이 그렁거린다는 내용을 읽어서 알고 있었기 때문이었지. 엎드리는 순간 입 안 가득 비릿한 맛이 도는 무언가가 울컥 올라왔네. 나는 그걸 머금고 급히 변소로 달음박질쳤지. 예상한 대로 피였다네. 변소에 꽤 오래 서 있었지만, 피는 더 이상 나오지 않더군. 나는 살금살금 부엌으로 가서 소금물로 입을 헹구고, 얼굴과 손도 씻은 뒤에 잠자리로 돌아왔네. 기침 소리가 나지 않도록 조용히 숨을 죽이며 잠자리에 들었네만, 난 신기할 정도로 아무렇지 않았다네. 나는 오래전부터 이런 밤을 기다리고 있었을지도 모른다는 생각까지 들었다네. 숙원이라는 단어마저 머릿속에 떠올랐지. 내일도 잠자코 밭일을 계속하자. 어쩔 수 없다. 나는 달리 사는 보람이랄 게 없는 인간이다. 제 분수를 알아야지. 아, 정말로 나 같은 건 하루라도 빨리 죽어버리는 게 낫다. 지금 마구 내 몸을 혹사해서 근소하게나마 식량 증산에 이바지한 뒤, 세상과 작별인사를 하고 나라의 부담을 덜어주는 게 낫다. 그것만이 나 같은 쓸모없는 환자가 국가에 할 수 있는 최소한의 봉사다. 아아, 어서 죽고 싶다.

그래서 다음 날 아침은 여느 때보다 한 시간 먼저 일어나서 빠르게 이불을 개고, 끼니도 거른 채 밭으로 향하고 말았네. 그렇게 미친 듯이 밭일에 열중했지. 지금 생각하면 악몽과도 같지. 물론 나는 이 병에 대해 죽을 때까지 아무에게도 고백하지 않을 생각이었다네. 아무에게도 알리지 않고 슬그머니 병세를 악화시킬 작정이었지. 이런 것을 타락 사상(堕落思想)이라고 하는가? 그날 밤, 나는 몰래 부엌에 들어가 배급 소주[3]를 밥그릇에 한 잔 가득 따라 마셔버렸지. 그리고 한밤중에 또 각혈을 했다네. 문득 잠이 깨서 가볍게 두세 번 기침을 했더니 울컥하는 느낌이 나더군. 그땐 변소까지 달려갈 여유도 없었네. 유리문을 열고, 마당에 맨발로 뛰쳐나가 피를 토했지. 피가 목구멍에서 계속 울컥거리며 치밀어올라서, 눈과 귀에서도 피가 뿜어져 나오는 것 같았네. 컵으로 2잔 정도의 피를 토해

---

3 1943년 2월, 일본 정부는 각 가정에서 취향에 따라 청주, 소주, 맥주 중에서 골라 주류를 배급받을 수 있는 선택제(選択制) 제도를 시행하였다.

낸 뒤에야 피가 더 나오지 않더군. 나는 핏자국이 남은 흙을 아무도 알 수 없게 막대기로 휘저었는데, 갑자기 공습경보가 울렸다네. 돌이켜 생각해 보면 그것이 일본의, 아니지. 원래 그대로 마지막 야간 공습이었네. 몽롱한 기분으로 방공호에서 기어 나오니, 그 8월 15일의 아침이 희뿌옇게 밝아오고 있었네.

4

그렇지만 그날 역시 나는 밭에 나갔네. 이 말을 들으면 자네도 쓴웃음을 짓겠지. 하지만 이보게, 그건 내게 웃을 일이 아니었다네. 그 외에는 정말 내가 할 수 있는 일이 없다고 생각했기 때문일세. 아무래도 다른 대책이 떠오르지 않더군. 한참 갈피를 못 잡고 망설이던 끝에, 농사꾼으로 죽어가겠다고 각오를 다졌던 것일세. 내 손으로 일궈낸 밭 위에 농사꾼의 모습으로 쓰러져 죽는 게 나의 숙원이었네. 에라, 될 대로 돼라. 빨리 죽고 싶다. 현기증과 오한, 끈적끈적한 식은땀으로 인해 괴로움을 넘어 정신이 아득해져서 우거진 콩밭 위로 벌러덩 드러누웠을 때, 어머니가 날 부르러 오셨지. 서둘러 손발을 씻고 거실에 계신 아버지께 가보라고 말하시더군. 무슨 말을 하든 항상 미소를 잃지 않는 어머니도 그땐 다른 사람이 된 것처럼 엄숙한 표정을 짓고 계셨다네.

이미지가 계신 서실의 라디오 앞에 앉게 된 나는, 정오 무렵 하늘에서 내려오는 목소리를 들으며 울었고, 눈물이 뺨을 타고 흘러내렸네. 알 수 없는 빛이 내 몸으로 흘러들어와 마치 다른 세계에

발을 디딘 듯한, 혹은 흔들거리는 거대한 배에 실린 듯한 기분이 들더군. 문득 정신을 차리고 보니, 난 이미 옛날의 내가 아니었네.

혹여 내가 생사일여라도 깨달아서 자만하고 있다고 생각했다면 오해일세. 죽는 것이든 사는 것이든 매한가지 아닌가. 어느 쪽이든 괴로운 건 똑같다네. 억지로 죽겠다고 설치는 사람들 중에는 가식적인 사람들이 많더군. 내가 지금까지 겪은 괴로움도 나의 체면치레에 지나지 않지. 낡아빠진 가식은 이제 그만두어야 하지 않겠나? 자네의 편지를 보니 '비통한 결의'라는 말이 있었네만, 지금의 내가 보기에 비통하다고 하는 건 신파극에 나올 법한 겉만 번드르르한 배우의 표정처럼 느껴질 뿐일세. 비통해할 때가 아니네. 그것은 이제 지어낸 표정에 지나지 않지. 배는 항구로부터 스르르 멀어졌다네. 그리고 반드시 배의 출항에는, 반드시 무언가 희미한 희망이라는 게 있는 법일세. 나는 이제 기죽지 않을 걸세. 가슴에 생긴 병도 신경 쓰지 않지. 동정 어린 말로 가득한 자네의 편지를 받고 참으로 당황스러웠네. 지금 나는 아무 생각 없이, 그저 이 배에 몸을 맡긴 채 떠날 거라네. 그날, 어머니께 내 병에 대해 순순히 고했다네. 스스로 생각해도 이상하리만큼 평온한 어조로 말했지.

"저, 어젯밤에 객혈을 했습니다. 그 전날 밤에도 객혈을 했어요."

아무런 이유도 없었네. 갑자기 목숨이 아까워진 것도 아닐세. 그저 어제까지만 해도 마음속에 자리 잡고 있었던 억지스러운 가식이 사라졌을 뿐이네.

아버지는 나를 위해 이 '건강도장'을 골라주셨다네. 자네도 알다시피 나의 부친께서는 수학과 교수이지 않은가. 숫자 계산은 능숙하셨지만, 돈 계산은 한 번도 해본 적이 없으신 것 같았네. 우리 집은 항상 가난했으니, 나도 사치스러운 요양 생활을 기대할 수는 없었다네. 간소하다는 점만으로도, 이 건강도장은 내게 적합한 곳이었지. 난 어떤 불만도 없네. 6개월이면 완쾌될 것이라 하더군. 그 이후로 객혈을 한 적은 없다네. 피가 섞인 가래조차 나오지 않더군. 병에 관련된 것들은 잊어버린 지 오래일세. 이 도장의 도장장은 '병을 잊는' 것이 쾌차의 첩경이라 하더군. 조금 특이한 구석이 있는 사람이네. 어쨌든 결핵 요양병원에 건강도장이라는 이름을 붙여 식량과 약품이 부족한 전시기에 대처하고 특수한 투병방법을 개발하여 많은 입원환자를 격려해온 사람이라더군. 하여간 참 특이한 병원일세. 정말로 재밌는 이야기들이 산더미처럼 쌓여있네만, 뭐. 다음에 기회가 있다면 차차 이야기하도록 하지.

정말 나에 대해서는 그 무엇도 걱정할 필요가 없네. 그럼, 자네도 건강하시게.

1945년 8월 25일

건강도장

1

    약속했던 대로, 오늘은 내가 있는 이 건강도장에 대해 알려주도록 하겠네. E시에서 한 시간 정도 버스를 타고 고우메바시(小梅橋) 다리에 내려서 다른 버스로 갈아타야 하는데, 사실 이곳은 고우메바시 다리로부터 그리 멀지 않은 곳에 있다네. 그러니 환승 버스를 기다리는 것보다 걷는 편이 빠르지. 겨우 10정(丁)⁴밖에 안 된다네. 도장으로 가는 사람들은 대체로 기다리지 않고 걸어간다네. 고우메바시 다리에서 오른편에 산들을 두고 아스팔트로 된 지방도로를 따라 남쪽으로 10정 정도 걷다 보면, 산기슭에 자그마한 돌문이 있네. 그곳에서 산허리까지 소나무 가로수가 이어지는데, 그 가로수가 끝날 무렵에 건물 두 동의 지붕이 보이지. 그곳이 지금 내가 신세를 지고 있는 '건강도장'이라고 하는 특이한 결핵 요양병원일세. 신관과 구관, 두 개의 동으로 나누어져 있네. 구관은 그리 대단치 않네만, 신관은 매우 세련되고 밝은 분위기의 건물이지. 보통은 구관에서 단련이 된 사람들이 잇따라 신관 쪽으로 옮겨 가네만, 나는 건강이 좋은 축에 속해서 특별히 처음부터 신관으로 들어갈 수 있었네. 나의 방은 도장 현관으로 들어가서 바로 오른편에 있는 '벚꽃

---

4 일본의 도량형에서 길이를 나타내는 단위로, 10정은 약 1.09km이다.

실'일세. '신록실'이라든가 '백조실', '해바라기실'같이 이상하게 부끄러울 정도로 예쁜 이름이 각 병실마다 붙어 있었네.

'벚꽃실'은 다다미 10장[5] 정도의 넓이로, 살짝 직사각형 모양의 서양식 병실일세. 베개가 남향으로 놓인 목조 침대 네 개가 늘어서 있고, 내 침대는 방의 가장 안쪽에 있네. 머리맡에 있는 큰 유리창 아래에는 열 평정도 되는 '소녀의 연못'인가 하는(이 이름은 딱히 매력적이지는 않네.) 투명하리만큼 맑은 연못이 있어서 붕어와 금붕어가 헤엄치는 게 선명히 보이네. 뭐, 내 침대 위치에 대해서는 별다른 불만이 없네. 가장 좋은 위치에 있는 것 같더군. 엄청나게 큰 목조 침대는 거추장스럽게 스프링이 달려 있지 않아 외려 마음에 꼭 든다네. 침대 양쪽에는 서랍과 선반이 여럿 붙어 있는데, 자질구레한 소지품 등 모든 걸 집어넣고도 빈 서랍이 남아있다네.

같은 방에서 지내는 선배님들을 소개해보도록 하지. 내 옆에는 오오쓰키 마쓰에몬(大月松右衛門) 선생일세. 그 이름에 걸맞게 훌륭한 인품을 가진 중년의 아저씨일세. 도쿄에서 신문기자로 일했다는군. 아내를 일찍 여의고, 지금은 장성한 따님과 함께 살고 있다고 하네. 그 따님도 도쿄에서 함께 이 건강도장 근처에 있는 산속 집으로 피난을 와서, 이따금 쓸쓸할 제 아버지에게 병문안을 온다는군. 그는 대체로 무뚝뚝하네만, 평소에는 묵묵히 있다가 이따금 무서우리만큼 결단력 있는 사람으로 돌변하곤 하지. 성품 자체는 대체로 고

---

5 다다미(畳)는 일본의 전통식 바닥재로, 1장당 약 1.6 제곱미터이다.

결한 듯하네. 범상 찮은 구석도 있네만, 아직도 잘 모르겠다네. 새까만 콧수염은 훌륭하지만 심각한 근시라서 그런지, 언제나 안경 안쪽으로 충혈된 작은 눈을 끔뻑거리고 있다네. 둥그런 콧등에서 끊임없이 땀방울이 나오는 듯 계속 수건으로 박박 문지르는 탓에, 언제 피가 떨어져도 이상하지 않을 정도로 붉게 물들어있다네. 그렇지만 눈을 감고 곰곰이 무언가를 생각하고 있을 때면 위엄이 느껴지네. 생각보다는 훌륭한 인물인 것 같네. 그의 별명은 에치고 사자(越後獅子)[6]일세. 그 이유는 알 수 없지만 제법 어울리는 별명이었네. 마쓰에몬 선생도 이 별명을 싫어하는 것 같지는 않더군. 그가 스스로 이렇게 불러 달라고 했다는 이야기도 있네만, 확실치는 않네.

2

그 옆에는 기노시타 세이시치(木下清七) 선생이 있네. 미장이였다고 하는군. 스물여덟 살이지만 아직 독신일세. 건강도장 최고의 미남일세. 그 말이 아깝지 않을 정도로 흰 피부에, 콧날은 오똑하고 높고 눈매도 시원스러워서 어딜 보더라도 미남일세. 다만 까치발을 하곤 가볍게 엉덩이를 흔들며 걷는, 그 걸음걸이만큼은 참기 힘들더군. 어째서 저 따위로 걷는 것인지 모르겠네. 리드미컬하다 생각하고 있을 수도 있겠네만, 난 도무지 이해할 수 없네. 이런저런 유

---

6 에치고(越後)는 일본의 지명인 니이가타 현(新潟県)의 옛 이름으로, 에치고 사자는 니이가타 현의 전통적인 사자탈춤의 명칭이다.

행가도 많이 알고 있는 것 같았네만, 그것보다 도도이쓰(都々逸)[7]가 특기라는 것 같더군. 나도 이미 대여섯 번 정도 들어봤다네. 마쓰에몬 선생은 눈을 감은 채 잠자코 듣는 편이지만, 나는 마음이 영 편치 않네. 후지산에 필적할 만큼 돈을 벌어서 매일 50전(銭)을 쓸 것이라든지, 아무런 의미도 없는 얼토당토 않은 노래를 듣고 있으면 정말 기가 막힌다네. 그보다 더한 게 대사를 넣은 도도이쓰라는 것이 있는데, 이 역시 심하다네. 노래 중간에 연극에나 쓰일 법한 대사를 집어넣는 거지. '어머, 오라버님'이니 뭐니 하는 건 들어줄 수가 없네. 하지만 한 번에 두 곡 이상은 부르지 않지. 그는 얼마든지 더 부르고픈 기색이지만, 그 이상은 마쓰에몬 선생이 허락하지 않네. 두 번째 곡이 끝나면, 에치고 사자가 눈을 뜨고 '이제 됐네'라고 하지. 몸에 해롭다는 말을 덧붙일 때도 있다네. 부르는 쪽의 몸이 해로운 건지, 듣는 쪽의 몸이 해로운 건지는 확실하게 말하지 않더군. 그렇지만 이 세이시치 선생도 결코 나쁜 사람은 아닐세. 하이쿠(俳句)[8]를 좋아한다고 해서, 밤에 자기 전 마쓰에몬 선생에게 최근 작품 여러 편을 선보이며 소감을 듣고 싶어 하는 눈치더군. 에치고가 아무런 말도 없으니, 세이시치 선생은 몹시 기가 죽어서 곧바로

---

7 도도이쓰는 7·7·7·5조의 4구 26자로 이루어진 일본의 속요(俗謠)로, 주로 남녀 사이의 애정이나 정분에 관한 내용을 담고 있다.

8 하이쿠는 일본의 정형시로, 5·7·5의 3행 17자와 계절감을 내포한 단어인 기고(季語), 음율과 여운을 주기 위한 기레지(切れ字)로 이루어져 있다.

잠자리로 들어갔다네. 그땐 불쌍했지. 세이시치 선생은 에치고 사자를 꽤 존경하는 듯했네. 풍류를 즐기는 이 남자의 별명은 갓포레[9]일세.

그 옆자리를 지키고 있는 사람은 니시와키 가즈오(西脇一夫) 선생일세. 우체국장인지 뭔지를 하던 사람이라는군. 나이는 서른다섯일세. 개인적으로는 이 사람이 제일 마음에 드네. 가끔 얌전해 보이는 작은 체구의 아내가 병문안을 온다네. 그리고 둘이서 뭔가 소곤소곤 이야기를 나누더군. 숙연한 풍경일세. 갓포레도, 에치고도 조심하며 그쪽에 시선을 두지 않으려 노력하는 듯했네. 그것도 역시 좋은 마음가짐이라 생각하네. 니시와키 선생의 별명은 뱀밥일세. 키가 껑충한 인상이라 그런 별명이 붙었는지도 모르겠군. 미남은 아니지만 품위가 있는 사람일세. 어딘가 학생 같은 느낌도 있다네. 수줍은 듯한 미소가 매력적이지. 가끔 내 옆자리에 이 사람이 있으면 좋겠다고 생각할 때도 있었다네. 하지만 한밤중에 기묘한 소리를 내며 신음할 때가 있는지라, 역시 내 옆이 아니라 다행이라고 생각하네. 이것으로 대충 내가 있는 병실 선배들의 소개는 끝났네만, 이어서 이 도장의 특별한 요양 생활에 대해서도 보고해보도록 함세. 일단 일과 시간표를 써보자면 다음과 같네.

---

9 갓포레(活惚れ)는 일본 에도 시대 말기의 스미요시 춤(住吉踊り)이 전승된 것으로, 통속적인 속요(俗謠)에 맞추어 추는 익살스런 춤과 그때 연주되는 노래이다. 메이지(明治) 시대 중기부터 가부키(歌舞伎) 연극에도 도입되었다.

6시	기상
7시	아침 식사
8시부터 8시 반까지	굴신(屈身) 단련
8시 반부터 9시 반까지	마찰 마사지
9시 반부터 10시까지	굴신 단련
10시	도장 순회 (단, 일요일은 지도원만 순회)
10시 반부터 11시 반까지	마찰 마사지
12시	점심 식사
13시부터 14시까지	강의 (단, 일요일은 위안 방송)
14시부터 14시 반까지	굴신 단련
14시 반부터 15시 반까지	마찰 마사지
15시 반부터 16시까지	굴신 단련
16시부터 16시 반까지	자연시간
16시 반부터 17시 반까지	마찰 마사지
18시	저녁식사
19시부터 19시 반까지	굴신 단련
19시 반부터 20시 반까지	마찰 마사지
20시 반	소식
21시	취침

전에도 잠깐 말했지만, 전쟁 도중 불타 사라진 병원들도 많고, 화재를 입지 않았더라도 물자나 일손이 부족해서 문을 닫은 병원도 적지 않은 것 같네. 그래서 장기입원이 필요한 많은 결핵 환자 중에서도, 특히 우리처럼 그다지 부유하지 않은 환자들은 갈 곳을 잃어버린 상황이었지. 그렇지만 다행이게도 이 근처는 적기의 공습이 거의 없는 편일세. 그리고 지방의 힘 있는 자선가들이 두세 명 정도 모이고 당국의 찬조금도 얻어, 예전부터 산 중턱에 있던 현(県)의 요양소를 증축하고, 지금 이곳에 다지마(田島) 박사를 초빙하여 물자에 의지하지 않아도 되는 독자적인 결핵 요양소가 생긴 것이라네. 우선, 대충 이 일과 시간표를 보더라도 여느 요양원의 생활과는 매우 다르다는 걸 알 수 있으리라 생각하네. 병원 또는 환자라는 관념 자체를 버리게끔 시간표가 짜여있지.

원장을 도장장이라 부르고, 부원장 이하의 의사는 지도원, 그리고 간호사들은 조수라고 부르지. 우리같이 입원한 환자들은 학원생이라고 부르게 되어 있네. 전부 이곳의 다지마 도장장이 고안해 낸 직함일세. 다지마 선생이 이 요양원에 들어온 뒤로 내부 구성도 개선되어 환자들에게도 독자적인 요법으로 진료하고 있는데, 결과가 좋아서 의학계의 주목을 받고 있다더군. 머리가 다 벗겨져 쉰 살 정도로 보이지만 아직 서른 즈음의 독신이라더군. 호리호리한 장신이고 등이 굽었는데, 좀처럼 웃지도 않는 사람일세. 대머리라면 대개 얼굴이 말쑥하기 마련인데, 다지마 선생도 달걀 위에 이목구비를 새겨놓은 듯 우아한 얼굴의 소유자라네. 그리고 이 또한 대머리인 사람들의 특징이네만, 전형적인 고양이 같은 성격일세. 음침하고 신경질적인 성격을 지닌 사람이라는 말이네. 조금 무섭네. 매일 오전 10시마다 이 도장장은 지도원과 조수를 대동하고 도장 내부를 순회하는데, 그때는 도장 전체가 잠잠해진다네. 학원생들은 이 도장장 앞에서 겁에 질린 듯 얌전히 굴지. 하지만 뒤에서는 슬그머니 별명으로 부르곤 한다네. 기요모리(淸盛)[10]라는 이름으로 말일세.

자, 그럼 이 도장의 하루 일정에 대해서도 좀 더 자세히 설명해보도록 함세. 굴신 단련(屈伸鍛鍊)이라는 건 한마디로 팔다리와 복근 운동일세. 너무 자세하게 쓰면 자네가 지루해할 테니 아주 간략하게 요점만 말하자면, 일단 침대 위에 천장을 보고 큰 대자로 누운 채 손가락, 손목, 팔 순서대로 운동을 시작하네. 그리고 배에 힘을 주어 집어넣었다가 부풀리는 동작이 있네만, 이건 좀처럼 어렵고 연습이 필요하네. 하지만 이것이 굴신 단련의 핵심이라고 하는 것 같더군. 다음에는 다리 운동이네. 다리 근육을 여러 동작으로 쭉 뻗거나 느슨하게 하는 게 이 단련법의 전부일세. 그렇게 한 번 하고 나면 다시 손 운동부터 시작해서 반복하고, 30분 동안 시간이 되는 대로 계속해야 한다네. 앞에 적은 시간표대로 매일 오전에 두 번,

---

10 다이라노 기요모리(平淸盛, 1118~1181)는 헤이안(平安) 시대 말기의 무장(武將)이자 정치가로, 당대 헤이케(平家) 씨족의 위상을 드높임과 동시에 무사로서는 최초로 일본의 사법, 행정, 입법 등을 관장하던 최고국가기관인 태정관(太政官)의 장관인 종1위 태정대신(太政大臣)의 자리까지 올랐다.

오후에 세 번씩 하는 것이니 쉽지는 않지. 이전까지의 의학 상식으로 보면 결핵 환자가 이런 운동을 한다는 것 자체가 위험한 일로 여겨졌던 모양이네만, 이 역시 전시 상황에서 부족한 물자 때문에 생겨난 새로운 요법의 일환이리라 생각하네. 확실히 이 도장에서는 이 운동을 열심히 하는 사람일수록 회복이 빠르다고 하더군.

다음으로는 마찰 마사지에 대해 조금 써보도록 하겠네. 이것도 이 도장만의 독창적인 방식 같네. 그리고 이건 이 도장의 쾌활한 조수들의 담당이라네.

4

마찰 마사지에 쓰는 브러쉬는 이발할 때 쓰는 브러쉬의 딱딱한 털을 아주 약간 부드럽게 한 물건이네. 그래서 처음에 이 브러쉬로 살갗을 문지르게 되면 상당히 아프고 마찰 마사지를 견디지 못한 피부 곳곳에서는 두드러기가 돋아난다네. 하지만 대개 일주일 정도가 지나면 익숙해지지.

마찰 마사지 시간이 되면 전에 말했던 그 쾌활한 조수들이 각자 분담하여 차례차례로 모든 학원생에게 마찰 마사지를 하러 돌아다닌다네. 작은 세숫대야에 수건을 포개 접어 넣고, 물에 충분히 적셔서 브러쉬를 그 수건에 꾹 눌러 물을 묻히지. 그리고 그것을 피부에 쓱쓱 문질러 마찰 마사지를 하는 것일세. 마찰 마사지는 거의 전신에 걸쳐서 하는 게 원칙이네. 도장에 들어온 뒤 일주일 정도는 팔과 다리에만 하지만, 그 이후에는 범위가 온몸으로 넓어진다네. 옆으로 누워 있으면 우선은 팔, 다리, 가슴, 배를 마사지한 다음, 돌아 눕게 해서 반대쪽 팔, 다리, 가슴, 배, 등에서 등, 배로 옮겨가는 방식일세. 익숙해지면 제법 기분이 좋아지네. 특히 등을 문질러줄 때의 기분은 이루 다 말할 수 없지. 이 마찰 마사지를 잘하는 조수가 있는가 하면, 어설픈 조수도 있네.

그렇지만 이 조수들에 대해서는 나중에 다시 쓰도록 하겠네.

도장에서의 생활은 이 굴신 단련과 마찰 마사지, 이 둘에 전념하고 있을 뿐이라고 봐도 좋네. 전쟁이 끝났다고 해도 여전히 물자는 부족하니, 뭐, 당분간 이런 식으로 투병에 대한 의지를 보여주는 것도 괜찮지 않겠는가? 그 외에는 13시부터의 강의, 16시의 자연시간, 그리고 20시 반부터 시작되는 소식이 있네. 도장장과 지도원, 혹은 도장에 시찰하러 온 각 방면의 유명인들이 번갈아 가며 마이크를 통해 이야기하는 게 강의일세. 방 바깥 복도의 곳곳에 설치된 스피커를 통해 우리 방으로 흘러들어 오면, 우리는 잠자코 침대 위에 앉아서 듣고 있을 뿐이지.

이것도 전시 때에는 전력(電力)이 부족해서 스피커를 쓸 수 없어 일시적으로 중단되었다고 하는데, 종전 이후 전력 사용이 완화됨과 동시에 재개되었다는군. 도장장은 요즘 일본 과학의 발전사라는 주제로 계속 강의를 하고 있네. 이해가 잘 되는 강의라고 해야 하나, 담담한 어조로 우리 조상들의 노고를 정말 알기 쉽고 간단명료하

게 해설해 준다네. 어제는 스기타 겐파쿠(杉田玄白)[11]의 『난학사시(蘭學事始)』에 대해 이야기해 주었다네. 겐파쿠 일행이 처음으로 서양 서적을 펼쳐보았는데 대체 어떻게 번역을 해야 좋을지 '저을 노도 없고 방향키도 없는 배를 타고 망망대해에 나간 것 같이, 갈피도 못 잡고 기댈 곳도 없어 그저 질려서 가만히 있을 수밖에 없을 지경이 었다'라고 하는 부분이 정말 좋았다네. 나 또한 그들이 고심한 바에 대해서는 중학교 때 역사 선생이었던 기야마 간모(木山ガンモ) 선생에게 배웠었지만, 그것과는 전혀 다른 느낌으로 다가왔네.

간모는 겐파쿠가 심각한 곰보라 봐줄 수가 없었다는 등 시시한 이야기만 하지 않았던가. 어쨌든 나로서는 이 도장장이 매일 하는 강연이 무척 기대되네. 일요일에는 강의 대신 레코드 음악을 틀어 주네. 나는 그리 음악을 좋아하는 편은 아니지만, 일주일에 한 번 정도 듣는 것은 싫지는 않네. 레코드가 재생되는 동안 틈틈이 조수들이 직접 부른 노래가 나오기도 하는데, 듣고 있으면 즐겁다기보다 불안해져서 진정할 수가 없다네. 하지만 다른 학원생들에게는 오히려 인기가 제일 많은 것 같더군. 세이시치 선생 같은 사람들은 눈을 가늘게 뜨고 듣고 있다네. 생각해 보면, 그도 스피커를 통해 직접 연극 대사를 넣은 도도이쓰를 불러보고 싶어 견딜 수 없는 것

---

11 스기타 겐파쿠(1733~1817)는 일본 에도시대의 난학자(蘭学, 네덜란드를 통해 들어온 유럽의 학문과 기술, 문화)이자 의사로, 『해체신서(解体新書)』(1774)를 번역하여 일본 최초로 서양 서적을 완역하였다. 『난학사시』(1815)는 그가 『해체신서』를 번역할 당시를 회고하며 쓴 서적이다.

같기도 하네.

5

오후 네 시의 자연시간은, 뭐, 안정의 시간일세. 그 시간에는 우
리의 체온이 가장 높아서 몸이 나른하고, 마음도 초조하고, 성격
도 예민해지니만큼 뭘 어떻게 하든 괴롭기 마련이지. 그래서 뭐, 제
군들이 내키는 대로 시간을 보내라는 의미에서 30분 정도의 자유
를 주는 것 같네. 하지만 학원생 대부분은 그 시간에 조용히 침대에
누워 있으려고 하지. 침대 이야기가 나온 김에 말하자면, 이 도장
은 정해진 수면시간 외에 침대 위에서 이불을 덮는 것을 엄격하게
금하고 있네. 낮에는 담요 같은 덮을 것도 없이 그냥 잠옷 차림으
로 침대 위에서 등걸잠을 자곤 하네만, 익숙해지고 나면 오히려 청
결한 느낌이 들어 기분이 좋아진다네. 오후 여덟 시 반의 소식이라
는 건 그날그날의 세계정세에 대한 보도일세. 이 역시 복도의 스피
커를 통해 당직 사무원이 꽤 긴장한 듯한 어조로 이런저런 뉴스를
읽어주는 것이라네. 이 도장에서는 책을 읽는 것은 물론, 신문을 읽
는 것조차 금지되어 있다네. 무언가를 탐독한다는 것은 몸에 나빠
서 그럴지도 모르지. 뭐, 여기 있는 동안만이라도 번거로운 잡념의
홍수에서 벗어나, 오직 새로운 배가 출항하였다는 것만을 확신하며
소박하게 삶을 즐기는 것도 나쁘지 않은 것 같네.

다만 곤란한 점이 있다면, 자네에게 편지를 쓸 시간이 부족하다
는 걸세. 대개 식후에 서둘러 편지를 꺼내 쓰는 편이네만, 편지에

쓰고픈 말이 너무나도 많네. 그래서 이 편지도 이틀에 걸쳐 쓴 것일세. 하지만 점차 도장 생활에 익숙해진다면, 짧게 남는 시간을 다루는 데에도 능숙해지리라 생각하네. 이제 난 어떤 일에 대해서도 꽤 낙천적인 사람이 된 것 같네. 걱정거리라 할 것은 하나도 없네. 전부 잊어버렸다네. 이 기회에 한 가지 더 알려주자면, 이 도장에서 나의 별명은 '종다리'라네. 참으로 시시한 이름일세. 고시바 리스케(小柴利助)라는 내 이름이 새끼 종다리[12]로 들리는 일도 있어서 그런 별명이 생긴 듯하네. 그렇게 자랑스러운 이름은 아니라네. 처음에는 불쾌하고 거북해서 견디기 힘들었네만, 나는 요즘 매사에 관대해지고 있어서 남들이 나를 종다리라고 불러도 편하게 대답하고 있다네. 이해가 되나? 이제 나는 옛날의 그 고시바가 아니라네. 지금은 이 건강도장에서 한 마리의 종다리에 불과하네. 삐익삐익거리며 떠들썩하게 지저귀며 울어댈 뿐이지. 그러니 앞으로 자네도 그런 줄 알고, 나의 편지를 읽어주게. 경박하기 짝이 없는 녀석이라며 인상을 찌푸리진 않았으면 좋겠군.

조금 전에도 창밖에서 이 도장의 조수 중 한 명이 날카로운 목소리로 나를 불렀네.

"종다리."

"무슨 일인가?"

---

12 종다리의 일본식 발음은 히바리(雲雀)로, 종다리의 새끼는 고히바리(小雲雀)라고 한다.

나는 아무렇지도 않게 대답을 하네.

"잘 지내?"

"잘 지내지."

"힘내."

"알겠네."

이 대화가 뭔지 알겠나? 이 도장에서의 인사일세. 이를테면 조수와 학원생이 복도에서 마주쳤을 때 반드시 이 인사를 주고받아야 하는 것 같더군. 언제쯤부터 시작되었는지는 잘 모르겠지만, 설마 이곳의 도장장이 결정한 바는 아닐 것 같네. 조수들이 고안해 낸 것임이 틀림없네. 여기 있는 간호사들은 하나같이 쾌활하고 약간 남자아이처럼 드센 기질을 가지고 있네. 도장장이나 지도원, 학원생, 그리고 사무원 모두에게 제각각 신랄한 별명을 지어 준 것도 이 도장 조수들의 작품일 걸세. 만만히 볼 수가 없는 곳이라네. 그들에 대해서는 조금 더 관찰한 뒤, 다음 편지를 보낼 때 자세하게 실어서 알려주도록 하겠네.

일단, 이 도장에 대한 설명은 이 정도로 해두지. 그럼, 잘 있게나.

9월 3일

방울벌레

1

그간 별일 없었는가? 9월이 되고 나니, 역시 다르군. 바람이 호수 위를 건너온 듯 서늘하네. 벌레 우는 소리도 부쩍 커지지 않았는가. 나는 자네처럼 시인은 아니다 보니 가을이 되었다고 해서 특별히 사무치는 감정이랄 건 없네. 다만 어젯밤에 젊은 조수가 창밖 아래 연못가에 서서, 나를 보고 웃으며 말했다네.

"뱀밥에게 말이야, 방울벌레가 울고 있다고 전해주지 않겠어?"

그런 말을 들으니 이 사람들은 지독하리만큼 가을을 타고 있다는 게 느껴지더군. 조금 숨이 막혔다네. 이 조수는 이전부터, 나와 같은 방의 니시와키 뱀밥 선생에게 호의적인 것 같았네.

"뱀밥은 없어. 조금 전에 사무실에 갔지."

그렇게 대답했더니, 갑자기 언짢아진 듯, 말투도 시비조로 바뀌더군.

"아, 그래? 없다고 해도 문제 될 건 없지. 종다리는 방울벌레가 싫은 건가?"

묘하게 역습을 하는 것 같아서, 영문도 모르는 나는 실로 당황스러울 뿐이었네.

이 어린 조수는 아무래도 이해할 수 없는 구석이 많아서, 이전부터 나는 이 사람을 가장 조심스레 대하고 있었지. 별명은 마아보라고 하네.

이야기가 나온 김에, 오늘은 다른 조수들의 별명도 소개해보도록 함세. 지난번 편지에서 이 도장의 조수들은 한눈팔 새도 없이 남자들에게 제각각 신랄한 별명을 붙여주고 있다고 말한 적이 있네만, 결코 학원생들도 당하고만 있지는 않네. 이 도장의 모든 조수에게 별명을 붙여주고 있으니, 뭐, 피장파장이라 할 수 있지. 하지만 누가 뭐래도 학원생들이 지은 별명은 여성인 조수들에 대한 배려가 깃들어 있어서, 적당히 부드러운 어감일세. 미우라 마사코(三浦正子)니까 마아보라는 식이라, 굳이 부연설명이 필요하지는 않지. 다케나카 시즈코(竹中静子)라서 다케 씨라고 하는 건 영 재미가 없네. 평범하기 그지없는 별명 아닌가. 그리고 안경을 쓴 조수는 눈딱부리라고 하면 좋겠는데, 배려하는 마음이 약간 들어갔는지 금붕어라고 부른다네. 야위었다고 해서 노가리. 적적한 표정을 하고 있다고, 폭탄. 뭐, 이 정도면 괜찮을지도 모르겠네만 아무래도 배려가 너무 지나친 것 같네. 자글자글 볶은 머리의 심각한 추녀인 데다, 눈 화장도 시뻘겋게 하고 기괴하게 처덕처덕 화장을 한나고 해서 공삭이라 하더군. 놀리는 마음으로 공작이라는 별명을 붙인 것 같네만, 당사자는 오히려 아주 득의양양해서 '그래, 나는 공작이라고'라며 정말로 자신감이 생겼을지도 모를 일일세. 풍자가 영 안 먹힌 것이지. 나였다면 선녀라고 붙였을 걸세. 설마 '그래, 나는 선녀라고.'이렇게 생각할 수는 없겠지. 그 외에도 순록, 귀뚜라미, 탐정, 양파 등등 여러 별명이 있네만, 다들 진부하더군. 그렇지만 개중 한 명 곽란[13]이라는 이름이 있네만, 이건 꽤 어울리더군. 넓적한 얼굴에 뺨이 새빨간 빛이 도는 조수가 있는데, 새삼 붉은 도깨비 탈이 떠오르더군. 그렇지만 직설적인 표현은 피해서 도깨비의 곽란이라는 데에서 따온 곽란일세. 퍽 고상한 발상이지 않나.

"곽란."

"무슨 일이야?"

새초롬하게 답하더군.

"힘내시게."

"알았어!"

기운이 넘치는 대답이었네. 곽란에게 응원을 들으면 힘이 나지 않고는 배길 도리가 없지. 그녀뿐만이 아니라 이 도장의 조수들은 하나같이 조금 지나치게 괄괄한 면이 있네만, 사람 자체는 모두 상냥하고 좋은 사람들 뿐이네.

2

학원생들에게 가장 인기 있는 사람은 다케나카 시즈코, 그러니까 다케 씨일세. 어딜 봐도 미인은 아닐세. 키가 5척 2촌[14] 정도로

---

13 곽란(霍亂/癨亂)은 위로는 토하고 아래로는 설사하면서 배가 질리고 아픈 병을 의미하는 토사곽란(吐瀉癨亂)에서 온 말로 설사의 한어. 여자 조수에 대한 매우 굴욕적인 별명.

14 척(尺)과 촌(寸)은 일본의 도량형인 척근법의 길이 계량 단위로, 5척 2촌은 약 157.5cm다.

가슴이 크고, 거무스름한 피부에 씩씩하다 할 만한 여성이지. 스물다섯인지 스물여섯인지 잘 모르겠네만, 어쨌든 상당히 나이가 든 사람일세. 하지만 그녀의 웃는 얼굴이 좀 특이하다네. 그게 인기의 첫째 이유일지도 모르겠네. 웃으면 제법 큰 눈의 눈꼬리가 위로 올라가며 바늘처럼 가늘어진다네. 이도 새하얘서 정말 시원스럽지. 몸집이 큰 편이라 흰색의 간호사복이 잘 어울린다네. 그리고 아주 부지런하다는 점도 인기의 비결일 수 있겠군. 여하튼 눈치도 빠르고, 똑 부러지며 민첩한 업무 처리 때문에 자주는 아니지만, 갓포레도 이렇게 말하곤 한다네.

"정말 일본 최고의 마누라감이야."

마찰 마사지 시간에 다른 조수들은 학원생들과 잡담을 하거나, 서로 유행가를 서로 알려주곤 한다네. 좋게 말하면 화기애애한 것이네만, 나쁘게 말하면 노닥거리는 거지. 그런데 다케 씨는 학원생들이 무어라 하든 살짝 미소를 지으며 애매하게 고개를 끄덕일 뿐, 쓱쓱 하고 정확한 손동작으로 마사지를 한다네. 게다가 마사지는 너무 세지도 않고 너무 약하지도 않게 최고인데다가, 정성스럽기까지 하다네. 항상 묵묵히 환하게 웃으며 푸념도 하지 않고, 쓸데없는 잡담도 전혀 하지 않지. 다른 조수들과 떨어져서 홀로 서 있는 것처럼 느껴진다네. 이렇게 약간 데면데면하면서도, 그녀 특유의 고고한 기품이 학원생들에게는 그 무엇보다 매력적으로 보인 것이 아닐까 싶기도 하네. 여하튼 대단한 인기일세. 에치고 사자는 이렇게 말하더군.

"저 아이의 어머니는, 틀림없이 아주 야무진 여자일 거야."

어쩌면 그럴지도 모르겠네. 고향은 오사카(大阪)라고 하던데, 그 래서인지 다케 씨의 말투에는 어느 정도 간사이(関西) 사투리가 남 아 있네. 학원생들 입장에서는 그 점 역시도 말할 나위 없이 좋은 모양이네만, 예전부터 나는 건장한 체격의 여자를 보면 큼직한 도 미가 생각나서 무심결에 쓴웃음이 나오고 말더군. 그래서 그 사람 을 딱하게 여길 뿐이라 별다른 흥미가 생기지는 않더군. 내게는 기 품 있는 여자보다 귀여운 여자가 더 낫네. 마아보는 작고 귀여운 사 람일세. 역시 나는 어딘지 이해할 수 없는 부분이 있는 마아보에게 가장 마음이 끌리더군.

마아보는 열여덟 살일세. 도쿄(東京)의 부립(府立)[15] 여학교를 중 퇴한 뒤 바로 이곳으로 왔다더군. 얼굴은 동그랗고 피부는 흰색이 며, 속눈썹이 길고 쌍꺼풀이 진 큰 눈의 눈꼬리는 약간 처져 있다 네. 그리고 언제나 놀란 듯 눈을 동그랗게 뜨고 다녀서, 이마에 주 름이 잡혀 안 그래도 좁은 이마가 더 좁아 보인다네. 꽤 요란스럽게 웃는 편이라네. 그럴 때면 금니가 반짝거리지. 항상 웃고 싶어서 근 질거리는 듯 어떤 대화든 머리를 들이밀며 '뭐야?'라면서 눈을 크 게 뜨고 끼어드네만, 갑자기 소란스러울 정도로 웃어대면서 배를 잡고 배를 통통 두들기며 숨이 막힐 지경이 되도록 웃곤 한다네. 동

---

15 도쿄부(東京府)는 1868년부터 1943년까지 존재했던 일본 제국 당시의 행정구역 이다. 현재의 도쿄도(東京都)와 같다.

그란 코가 우뚝 솟아있고, 얇은 아랫입술이 윗입술보다 약간 튀어나와 있다네. 미인은 아니네만, 굉장히 귀엽지. 일도 별로 열심히 하는 편은 아닌 것 같고 마찰 마사지도 서툴기 짝이 없지만, 워낙 생기 발랄하고 귀여운 덕에 인기로 따지면 다케 씨에게 밀리지 않는다네.

3

여보게. 그러고 보니 남자라는 건 참 이상한 존재더군. 그리 좋아하지도 않는 여자에게는 곽란이라느니 폭탄이라느니 하며 대놓고 무시하는 별명을 붙여놓고, 좋아하는 사람들에게는 어떤 별명도 떠오르지 않는지 그저 다케 씨니 마아보니, 평범하기 짝이 없는 별명뿐이니 말일세. 이런, 오늘은 쓸데없이 여자 이야기가 길어졌군. 그렇지만 왠지 오늘은 다른 이야기를 하고 싶지 않네.

"뱀밥에게 말이야, 방울벌레가 울고 있다고 전해주지 않겠어?"

아직도 어제 마아보가 했던 이 귀여운 말의 여운이 남아서 빠져나오지 못하고 있는 것 같네. 항상 그런 식으로 미친 듯 웃어대지만, 실은 마아보도 유달리 외로움을 잘 타는 여자일지도 모르겠네. 쉽게 웃는 사람은 쉽게 우는 법 아니겠는가. 세상에, 아무래도 난 마아보 이야기만 하면 머릿속이 좀 이상해지는군. 그리고 마아보는 니시와키 뱀밥 선생을 사모하고 있는 것 같으니, 별다른 방도가 없네. 지금 점심을 일찍 먹고 이 편지를 서둘러서 쓰고 있네만, 옆의 '백조실' 학원생들의 웃음소리 사이에 마아보의 카랑카랑하고 요란스러운 웃음소리도 섞여 들리는군. 도대체 무슨 이야기길래 저리 시끄러운지 모르겠네. 꼴사납지 않은가. 바보도 아니고. 뭐랄까. 아무래도 오늘은 내가 좀 이상한 것 같군. 아직 여러 가지 쓰고픈 것들이 남아있네만, 옆 방에서 들리는 웃음소리가 거슬려서 못 쓰겠네. 잠깐만 쉬겠네.

이제 옆쪽의 소란도 진정된 것 같으니 좀 더 써보도록 하지. 아무래도 마아보는 도무지 속을 알 수 없는 사람일세. 아니, 뭐 딱히 신경을 쓰는 건 아닐세. 열일곱에서 열여덟 무렵의 여자들은 죄다 저런 사람들인가 싶기도 하군. 착한 사람인지 나쁜 사람인지 그 속내가 짐작이 안 되네. 나는 마아보를 만날 때마다 그야말로 스기타 겐파쿠가 처음 가로로 씌인 서양의 책을 펼쳤을 때처럼, '저을 노도 없고 방향키도 없는 배를 타고 망망대해에 나간 것 같이, 갈피도 못 잡고 기댈 곳도 없어 그저 질려서 가만히 있을 수밖에 없는' 상황이 되어버린다네. 좀 과장해서 말하긴 했네만, 어쨌든 다소 당혹스러운 건 사실일세. 아무리 생각해도 신경이 쓰이네. 지금도 나는 마아보의 웃음소리 때문에 편지도 쓸 수 없어 펜도 집어 던지고 침대에 누워버렸네만, 도저히 진정이 되지 않아 참을 수가 없어서 몸을 뒤척이며 옆에 있는 마쓰에몬 선생에게 호소하듯 말했네.

"마아보 말입니다. 꽤 시끄럽군요."

내가 입술을 비죽이며 그렇게 말하자, 마쓰에몬 선생은 옆자리 침대에서 태연하게 양반다리를 한 채 이쑤시개로 이빨을 쑤시면서 음, 하고 고개를 끄덕이더군. 그리고 코에 맺힌 땀을 수건으로 천천히 닦아내며 말했네.

"저 아이의 어머니가 문제로군."

뭐든지 어머니를 걸고넘어지더군.

하지만 마아보도 어쩌면 심술궂은 계모 밑에서 자란 아이일지도 모르네. 그녀는 항상 명랑하게 떠들며 까불고 있네만, 어딘가 얼핏 그늘진 기색이 있는 것 같기도 하네. 뭐랄까, 아무래도 오늘의 나는 마아보를 굉장히 좋아하고 있는 것처럼 구는군.

"뱀밥에게 말이야, 방울벌레가 울고 있다고 전해주지 않겠어?"

어쩐지 내가 그때부터 좀 이상해진 것 같네. 별다른 흥미도 없는 여자인데 말일세.

9월 7일

생사(生死)

1

어제는 이상한 편지로 실례가 많았네. 환절기에는 많은 것이 새롭게 보이고, 그립게 느껴져서 그만 좋아한다느니 하며 유난을 떠는 꼴이 되는 모양일세. 뭐, 사실 그렇게 좋아하는 것도 아니라네. 이 모든 게 초가을이라는 계절 때문일세. 나도 요즘은 마치 삐익삐익거리며 시끄럽게 울어대는 종다리처럼 되어버린 모양이네만, 이제는 그런 일 때문에 자기혐오에 빠지거나 시간을 되돌리고 싶을 정도로 격하게 후회하지도 않는다네. 그렇게 혐오감이 무뎌지는 게 처음에는 이상하게만 느껴졌네만, 뭐 이제 조금도 이상하지 않네. 나는 전혀 다른 남자가 되지 않았는가. 나는 새로운 남자가 된 것일세. 이제 내게 자기혐오나 회한에 젖지 않는 것은 큰 기쁨일세. 좋은 현상이라고 생각하네. 지금 내게는 새로운 남자로서의 상쾌한 자부심이 있네. 그리하여 나는 이 도장에서 6개월 동안 아무 생각 없이 소박하게 삶을 즐길 자격을, 고귀하신 분께 받은 셈이지. 지저귀는 종다리. 흐르는 맑은 물줄기. 투명하게, 그저 경쾌하게 살아만 있으라!

어제 편지에서 마아보를 지나치게 칭찬해버린 듯하네만, 아무래도 그건 없던 일로 하고 싶네. 실은 오늘 조금 기묘한 사건이 있어서, 저번 편지의 내용에서 미비했던 내용을 보충할 겸 편지를 쓰네. 지저귀는 종다리, 흐르는 맑은 물줄기, 이게 경박하다고 비웃지는 말게나.

오늘 아침의 마찰 마사지는 오랜만에 마아보 담당이었네. 마아보의 실력은 형편없고, 대충대충이네. 뱀밥 선생에게는 정성을 들일지도 모르겠네만, 내게 하는 마사지는 언제나 대충대충이고 불친절하지. 나 같은 건 마아보에게 그저 길가에 굴러다니는 돌멩이 정도로 밖에 안 보일 거고, 분명 그럴 터이니 별다른 수가 없네. 그렇지만 내게 마아보는 돌멩이 정도가 아니라서, 그녀가 마사지하는 순간은 숨이 막히고 묘하게 긴장이 되어서 농담을 던지기도 쉽지 않다네. 농담은커녕 목소리가 목구멍에 뒤엉켜서 제대로 말이 나오질 않더군. 나는 결국, 언짢은 듯 무뚝뚝해져 버리고 마네만, 그러면 마아보도 영 어색해지는 모양일세. 내 마사지 시간 때만큼은 좀처럼 웃지도 않고, 말도 없더군. 오늘 아침에도 마찰 마사지 때에도 답답해서 견딜 수가 없었네.

"뱀밥에게 말이야, 방울벌레가 울고 있다고 전해주지 않겠어?"

더군다나 그 말을 들은 이후로 내 마음은 급속도로 긴장되어가는 상황이었고, 자네에게 보내는 편지에 마아보를 좋아한다느니 하는 말을 끄적인 직후였다네. 도무지 어떻게 할 수 없을 정도로 어색한 기분이었다네. 문득 마아보가 내 등을 문지르면서 작게 속삭였지.

"종다리가 제일 좋아."

기쁘지 않더군. 무슨 말을 하는 건가 싶었네. 부자연스럽게 그런 마음에도 없는 말을 한다는 건, 마아보가 내게 아무런 관심도 없다는 증거였지. 정말 제일 좋다고 생각한다면 그리 또렷하고 태연하게 말할 수는 없는 노릇이지. 아무리 나라고 해도 그 정도쯤은 알수 있었다네. 나는 그저 입을 꾹 다물고 있었네. 그랬더니 또 내게 속삭이더군.

"고민이 있어."

나는 깜짝 놀랐네. 어떻게 그런 말을 할 수 있는가? 지긋지긋하더군. 이걸로 '방울벌레가 울고 있다'라는 말이 완전히 감점 요소가 되었네. 저능아 아닌가 싶은 의심까지 들었네. 예전부터 마아보의 그 웃는 모습이 백치 같다고 생각하고 있었네만, 진짜 백치라서 그 랬던 건가 싶어서 마음이 홀가분해졌네.

"무슨 고민인가?"

그래서 이렇게 확실히 얕보는 투로 물어볼 수 있었다네.

2

답하질 않더군. 코를 살짝 훌쩍일 뿐이었네. 흘긋 곁눈질로 바라보니, 이게 뭔가. 마아보가 울고 있었네. 더욱 어이가 없어지더군. 어제까지만 해도 자네에게 쉽게 웃는 사람은 쉽게 우는 법이라고 했네만, 그런 엉터리 같은 예언이 너무 어이없게 눈앞에서 벌어지고 있었네. 그걸 보고 있자니 도리어 내가 기운이 다 빠지고 싫증이 나더군. 좀 우습다고 생각했네.

"뱀밥이 퇴원한다고 들었네만."

나는 조롱하는 투로 말했지. 실제로 그런 소문이 돌았네. 뭔가 집 안에 사정이 있어, 뱀밥이 홋카이도(北海道)의 고향에 있는 병원으로 옮길 거라는 소문을 들어서 알고 있던 참이었지.

"사람 무시하지 마!"

마사지도 끝나지 않았네만, 벌떡 일어선 마아보는 세숫대야를 안은 채 갑작스레 방에서 나가버렸네. 좀 솔직해지자면, 그 뒷모습을 바라보며 나는 좀 설레었다네. 아무리 자만심이 하늘을 찌른다 한들, 설마 그 고민이라는 게 나와 관련된 것이리라고는 생각할 수 없었네. 하지만 그렇게 쾌활한 마아보가 한 남자 앞에서 무슨 의미라도 있는 듯 우는 모습을 보이고, 그렇게 화를 내며 벌떡 일어나 방을 나가버렸다는 것은 어쩌면 중대한 일일지도 모를 일이었네. 혹시나, 만에 하나라도. 이런 생각을 하면 아무리 억누르려 해도 역시 자만심이 생길 수밖에 없더군. 조금 전에 느꼈던 경멸감도 어느덧 사라져버리고, 마아보가 참으로 사랑스럽게만 느껴졌네. 야호, 하며 소리라도 지르고 싶은 심정으로 침대에 누워 두 팔을 크게 흔들어댔지. 하지만 별다른 일은 없었네. 마아보가 흘린 눈물의 의미를 금방 알게 되었기 때문이지. 옆자리의 에치고 사자에게 마사지를 해주고 있던 금붕어가 내게 아무렇지도 않다는 듯이 알려주었네.

"야단맞아서 저러는 거야. 너무 우쭐거리며 떠들고 다녔다고 어젯밤에 다케 씨한테 한 소리 들어서 그래."

다케 씨는 조수들의 반장일세. 꾸짖을 권리는 있겠지. 뭐, 그로써 전부 이해가 됐네. 별 볼 일 없는 일이었지. 확실히 알 수 있었네. 대체 이게 뭔가! 반장한테 혼이 났다고, 그게 고민이라며 말하는 것도 대단하기 그지없더군. 나는 참으로 부끄러웠다네. 금붕어에게도, 에치고 사자에게도 나의 한심한 자만심을 간파당해 비웃음을 당하는 것만 같아서, 그때만큼은 아무리 대단하고 새로운 남자라 할지라도 뭐라 할 말이 없더군. 정말로 전부 이해했네. 어떻게 된 상황인지 이해했단 말일세. 마아보에 대해서는 깨끗이 마음을 접기로 했네. 새로운 남자란 생각을 정리하는 것도 빠른 법이지. 새로운 남자의 사전에 미련 따위의 감정이란 없네. 나는 이제부터 마아보를 완전히 무시해버릴 참이네. 저건 고양이야. 정말 시시한 여자란 말이네. 홀로 아하하하, 하고 웃어보고픈 마음이었네.

점심에는 다케 씨가 밥상을 들고 왔네. 평소에는 곧바로 돌아가지만, 오늘은 상을 침대 옆의 작은 책상에 올려놓고는 몸을 쭉 빼며 창밖을 내다보더군. 그러고는 두세 걸음 창문 쪽으로 다가가, 창가에 두 팔을 얹고 나를 등진 채 조용히 서 있었네. 정원에 있는 연못을 쳐다보고 있는 것 같더군. 나는 침대에 걸터앉아 곧바로 수저를 들었네. 새로운 남자란 반찬 투정을 하지 않는 법이지. 오늘의 반찬은 정어리구이와 호박 조림이었네. 정어리는 머리부터 와삭와삭 깨물어 먹었네. 꼭꼭 잘 씹어서 전부 영양분으로 흡수해야 했지.

"종다리."

육성이 실리지 않아 숨결뿐인 소곤거림이 들려와서, 고개를 들었네. 어느새 다케 씨가 두 손을 뒤로 한 채 창가에 기대어 이쪽을 바라보고 있더군. 그리고 그녀 특유의 미소를 짓고는 마찬가지로 숨결뿐인, 아주 낮은 목소리로 물었다네.

"마아보가 울었다며?"

3

"응, 맞아."

나는 평소와 같은 어조로 답했다네.

"고민이 있다고 하더군."

꼭꼭 잘 씹어서 깨끗한 혈액을 만들어야 해.

"난, 질색이야."

다케 씨는 작은 목소리로 말하며 인상을 찌푸리더군.

"내 알 바 아니라."

새로운 남자는 시원시원한 법이지. 여자들 간의 기 싸움에는 흥미가 없지.

"내 말인데, 좀 심란테이."

그렇게 말하며 그녀가 빙긋 웃었네. 얼굴이 빨갛더군. 나는 약간 당황했네. 밥을 씹지도 못한 채 삼켜버렸지.

"양껏 무라."

그렇게 재빨리, 나직하게 말하고는 내 앞을 지나 방을 나갔다네.

나도 모르게 입술을 비죽거렸네. 이게 무슨 일인가. 덩치는 커서는 칠칠치 못하더군. 어쩐지 그런 생각이 들어 영 마음에 들지 않았네. 그녀는 반장이지 않은가. 사람 좀 꾸짖었다고 심란할 것도 없지 않나. 내겐 불쾌하게만 느껴졌네. 다케 씨도 좀 더 마음을 다잡을 필요가 있다고 생각했네. 하지만 세 그릇째의 밥을 퍼담으면서, 이번에는 내 얼굴이 붉어지더군. 밥통에 밥이 터무니없이 들어차 있더군. 평소에는 가볍게 세 그릇 정도 밥을 푸면 딱 밥통이 빈다네. 그런데 오늘은 세 그릇째의 밥을 퍼담아도 아직 자그마한 밥통 바닥에 고봉으로 한 공기만큼의 밥이 남아있었지. 좀 난처해졌네. 나는 이런 종류의 친절은 좋아하지 않는다네. 친절의 형식도, 밥도 달갑지 않게만 느껴지더군. 달갑지 않은 밥은 피도 살도 될 수 없네. 헛된 짓일세. 에치고 사자 흉내를 좀 내보자면 이런 식이겠군.

"다케 씨의 어머니는, 틀림없이 끔찍하리만큼 진부한 사람이겠군."

나는 언제나 그랬듯이 가볍게 세 그릇의 밥만 비웠네. 그리고 애정이 담긴 한 공기 분량의 밥은 밥통에 그대로 남겨두었지. 잠시 후 별일 없었다는 듯 평온한 얼굴로 밥상을 치우러 왔을 때, 나는 가벼운 어조로 말했네.

"밥은 남겼네."

다케 씨는 나에게는 조금의 시선도 주지 않고, 밥통 뚜껑을 살짝 열어보더군.

"참말로 징글징글한 자슥!"

내가 알아듣기 힘들 정도로 낮은 목소리로 말하더니, 그녀는 별일 없었다는 듯 평온한 얼굴로 상을 들어 올리고는 방에서 나갔네.

다케 씨의 '징글징글하다'라는 말은 입버릇 같은 것인지라 특별한 뜻은 없는 것 같네만, 여자로부터 그런 말을 들으면 기분이 썩 좋지는 않네. 정말로 싫다네. 예전의 나였다면 분명 다케 씨의 귀싸대기를 한 대 찰싹 올려붙였을 걸세. 어째서 내가 징글징글하다는 건가? 징글징글한 건 네가 아닌가. 옛날에는 하녀들이 제 마음에 드는 젊은 일꾼의 밥그릇에 밥을 은근슬쩍 꾹꾹 눌러 가득 퍼주고는 했다고 하네만, 참으로 어리석고 추잡한 애정일세. 지나치게 궁상맞은 행동이지. 사람을 무시하는 것도 정도껏 해야 하는 게 아닌가. 나에게는 새로운 남자로서 긍지가 있네. 비록 밥의 양이 부족할지언정 맑은 마음으로 잘 씹어 먹으면 영양분은 충분히 섭취할 수 있네. 다케 씨가 퍽 괜찮은 사람이라 생각했네만, 역시 여자는 어쩔 도리가 없는 건가 싶네. 평소에 다케 씨가 워낙 영리하고 시원스레 일을 처리하는 만큼, 이렇게 어리석은 짓을 할 때면 더 눈에 띄게 추접스레 느껴지네. 참으로 유감스러울 따름일세. 다케 씨는 좀 더 정신을 차릴 필요가 있네. 마아보라면 무슨 실수를 하더라도 외려 귀엽고, 사랑스러움이 배가될 수 있겠네만, 다케 씨처럼 어엿한 여자의 실수는 난처한 법일세. 점심을 먹고 남는 시간에 여기까지 썼네만, 갑자기 복도의 스피커에서 모든 학원생은 즉시 신관 발코니에 집합하라는 명령이 내려졌네.

4

편지를 정리하고 2층 발코니로 가보니, 어젯밤 구관에 있던 나루사와 이토코(鳴沢イト子)라는 젊은 여자 학원생이 죽어서, 모두가 모여 침묵 속에서 발인을 한다고 하더군. 신관에 있던 남자 23명과 신관 별관에 있던 여자 학원생 6명이 긴장한 얼굴로 발코니에 모여, 4열 횡대로 나란히 서서 출관을 기다리고 있었네. 얼마 지나지 않아 흰 천에 싸인 나루사와 씨의 관이, 가을 햇살에 아름답게 빛나며 친지들이 지켜보는 가운데 밖으로 나왔다네. 구관을 나온 관은 아스팔트가 깔린 지방도로 쪽을 향해, 천천히 소나무 숲속의 좁은 언덕길로 내려갔네. 나루사와 씨의 어머니인 듯한 사람이 눈에 손수건을 대고 울고 있는 것이 보였다네. 흰옷을 입은 지도원과 조수들도 고개를 숙이고 중간까지 따라가더군.

좋은 광경이라 생각했네. 인간은 죽음으로 완성된다네. 살아 있는 동안은 모두 미완성일세. 벌레나 작은 새는 살아 움직이는 동안 완벽할지 몰라도, 죽으면 그저 시체에 불과하지. 완성도 미완성도 아닌 그저 무로 돌아갈 뿐일세. 이에 비한다면 인간은 정반대일세. 인간은 죽음으로써 가장 인간다워진다는 역설도 성립하는 것 같네. 나루사와 씨는 병과 싸우다 죽었네. 그리하여 아름답고 순수한 흰 천에 싸여 소나무 숲속의 언덕길을 내려가는 지금, 그녀의 젊은 영혼은 가장 엄숙하고 명확히, 그리고 가장 웅변적으로 자신을 피력하고 있다네. 이제 우리는 나루사와 씨를 결단코 잊을 수 없네. 나는 빛을 발하는 흰 천을 향해 순수한 애도의 마음으로 합장을 했네.

이보게. 그렇지만 오해는 금물일세. 내가 죽음을 좋다고 했다 해도, 사람의 목숨을 하찮게 여겨서 어찌 되든 상관없다는 것도 아니고, 감정적으로 무기력한 '죽음을 예찬하는 자' 같은 것도 아니네. 우리는 죽음과 종이 한 장을 맞대고 살아가고 있으니, 이제 죽음에 대해 놀라지 않을 뿐이라네. 이 부분만큼은 부디 잊지 말아 주게. 분명 자네는 지금까지 내가 보낸 편지를 받고 일본이 울분과 반성, 우울에 젖어있는 이 시기에 나의 주변만 너무 태평하고 밝은 분위기라며, 신중하지 못하다고 무어라 하고 싶을 것이네. 그렇게 생각할 수도 있네. 하지만 나도 바보는 아닐세. 아침부터 저녁까지 온종일 낄낄거리며 사는 건 아니라네. 그건 당연한 일이지. 매일 저녁, 여덟시 반 소식 시간이면 이런저런 사건과 사고를 듣게 된다네. 잠자코 담요를 덮고 누워 있어도 잠들지 못하는 밤이 있다네. 하지만 나는 그런 뻔 한 일을 지금은 일체 자네한테 말하고 싶지 않네. 우리는 결핵환자라네. 이곳에는 오늘 밤에라도 별안간 객혈을 하고 나루사와 씨처럼 될지도 모르는 사람들뿐이네. 우리들의 웃음은 저 판도라의 상자 안의 한쪽 구석에 굴러다니는 자그마한 돌멩이로부터 나온 것이네. 늘 죽음을 접하며 사는 이들에게는 생사의 문제보다 한 송이 꽃의 미소가 몸에 더 사무치는 법일세. 비유하자면 지금 우리는 희미한 꽃향기에 이끌려 정체 모를 커다란 배에 몸을 싣고, 되는 대로 하늘의 뱃길에 몸을 맡긴 채 나아가고 있는 것이네. 이른바 하늘의 뜻대로 움직이는 배가 어떤 섬에 도달하게 될 것인지는 나도 모른다네. 하지만 우리는 이 항해를 믿는 수밖에 없네. 사느냐 죽느냐, 그건 이제 인간의 행복과 불행을 판가름 짓는 열쇠가 아니라는 생각마저 든다네. 죽은 자는 완성되고, 산 자는 출항한 배의 갑판에 서서 그들에게 합장을 하지. 배는 물가에서 스르르 멀어져 간다네.

"죽음이란 좋은 것이다."

그건 충분히 숙련된 항해자들의 여유와 비슷하지 않은가. 새로운 남자에게 생사(生死)에 관한 감상적인 태도 따위는 없다네.

9월 8일

마아보

1

빠른 답장 고맙네. 반가운 마음으로 읽고 또 읽었다네. 얼마 전에 내가 '죽음이란 좋은 것이다'라는 식으로 약간 위험하고 오해의 여지가 다분한 말을 써서 보냈네만, 자네는 전혀 오해하지 않고 내가 말하고픈 바를 제대로 이해해 준 것 같더군. 정말 기쁘게 생각했네. 역시 시대적 맥락이라는 걸 고려할 수밖에 없네. 죽음을 앞둔 상황에서 그런 평정심은, 한 세대 전의 사람들은 도저히 이해할 수 없지 않겠는가.

'이 시대를 살아가는 청년들은 누구든지 죽음과 가까이 살아왔네. 비단 결핵 환자에게만 해당하는 이야기는 아니지. 이미 우리의 목숨은 어떤 분께 바쳐 버린 게 아닌가? 우리들의 몫이 아니라네. 그러니 우리는 주저하지 않고, 하늘의 뜻에 따라 항해하는 배에 몸을 실을 수 있는 것이네. 이것은 새로운 시대의, 새로운 용기의 형태인 것이라네. 한참 전부터 배의 널빤지 한 장 아래는 지옥이지만 우리는 그에 대해 전혀 신경을 기울이지 않았네.'

자네가 보낸 편지의 이런 말에는, 도리어 내가 한 방 먹은 것 같더군. 자네가 처음으로 보낸 편지에 대해 '낡아빠진' 것 같다며 멋대로 지껄였던 것에 대해 진심으로 사과하겠네.

결단코 우리는 목숨을 소홀히 하지 않네. 하지만 죽음에 대해 헛되이 감상에 빠지거나 두려워하지도 않지. 그 증거로 흰 천에 둘러싸여 아름답게 빛나던 나루사와 이토코 씨의 관을 떠나보낸 이후로, 나는 이제 마아보니 다케 씨니 하는 일들은 까맣게 잊어버렸네. 마치 오늘과 같은 가을 하늘처럼 높고 맑은 기분으로 침대에 누웠지. 그리고 복도에서는 여전히 학원생과 조수들이 인사를 주고받고 있었네.

"잘 지내?"

"잘 지내지."

"힘내."

"알겠어."

이렇게 인사를 나누는 소리를 들었네만, 평소와 같이 장난기 어린 말투가 아니라, 어쩐지 진지한 울림이 담겨있다는 사실을 깨달았네. 그리고 나는 그런 식으로 고분고분하게 긴장한 채 외치고 있는 학원생들이 오히려 아주 건강하다는 것을 느꼈네. 조금 멋스럽게 표현하자면, 그날 하루는 도장 전체가 성스럽게 느껴지더군. 나는 믿고 있네. 죽음은 절대 사람의 마음을 위축시키지 않는다는 것을.

우리의 이런 마음가짐을 젊은이의 치기라든가, 절망의 말로로서의 자포자기 정도로만 이해하는 낡아빠진 시대에 머무르는 사람들은 가여울 뿐이네. 낡은 시대와 새로운 시대, 두 시대의 감정을 모두 정확하게 이해할 수 있는 사람은 드물지 않겠나? 우리는 생명을 깃털처럼 가볍게 여기고 있네. 하지만 생명을 소홀히 여긴다는 뜻은 아니네. 우리는 생명을 깃털과 같이 가벼운 것으로서 사랑한다는 말이네. 그리고 그 깃털은 상당히 먼 곳까지도 빠르게 날아가지. 진정 지금 어른들이 애국 사상이 어떠니 전쟁 책임이 어떠니, 하는 뻔하디 뻔한 논쟁을 아무렇게나 소리 높여 이어가는 사이에, 우리는 그들을 내버려 둔 채 존귀한 분의 말씀에 따라 곧바로 출항할 뿐이지. 새로운 일본의 특징이란 바로 그런 데 있는 게 아닌가 싶기도 하네.

나루사와 이토코의 죽음이 터무니없는 '이론'으로 발전했네만, 아무래도 나는 이런 '이론'에는 약한 것 같네. 역시 새로운 남자는 새로운 배에 말없이 몸을 맡기고, 이상하리만큼 밝은 배 안에서의 생활이나 이야기하는 쪽이 더 마음 편한 것 같네. 어떤가? 또 여자 이야기나 한번 해보자고.

2

자네가 보낸 편지를 읽어봤네만, 지나치게 다케 씨만 변호하고 있다고 생각하지 않나? 그렇게 좋다면 자네가 직접 편지라도 써보는 건 어떤가. 아니, 그것보다. 뭐랄까, 한 번 만나보게. 조만간 시간이 날 때 내 병문안을 하러…, 아니 그게 아니고, 다케 씨를 보러 도장에 왔으면 하네. 직접 보게 되면 환멸이 느껴질 것이네. 아무래도 워낙 대단한 여성이니 말이네. 팔심도 자네보다 셀 수도 있네. 편지를 보니 자네는 마아보가 운 것 따위는 문제 삼을 게 전혀 없고, 다케 씨가 '내 말인데, 맴이 심란테이'라고 한 게 더 큰 사건이라고 여기는 것 같더군. 그건 나도 생각을 좀 해봤다네. 마아보가 내게 와서 '고민이 있어'라고 하며 울어버린 일에 대해, '내 말인데, 맴이 심란테이'라고 한 건 다케 씨가 내게 전부터 연정을 품고 있었다는 증거가 아닌가, 우쭐하는 마음에 그런 생각을 할 법도 하겠지. 하지만 나는 전혀 그런 생각이 들지 않았다네. 다케 씨는 덩치만 커서 여자로서의 매력이라곤 찾아볼 수 없는 사람이네. 언제나 일에 쫓겨서 잡생각을 할 겨를조차 없는 듯한 사람이기도 하지. 조수들 사이에서 반장이라는 중책을 맡고 있어서 언제나 긴장한 채 바지런히 일에만 몰두하는 사람이네. 다케 씨가 전날 밤에 마아보를 혼내지 않았는가? 막상 야단을 쳤더니 마아보가 풀이 죽어서 울어버렸다는 이야기를 다른 조수에게 듣고, 자기가 너무 심하게 말했나 싶어 반성하고 있었을 거네. 그러다 걱정이 돼서 '내 말인데, 맴이 심란테이'라는 상황이 된 것이겠지. 그런 상황이었다 치면 굉장히 촌스러운 것 같지만, 가장 건전한 사고방식이라 생각하고 있네. 분명 그런 거네. 여자란 어차피 제 입장만 생각하는 법이네. 새로운 남자는 여자에 대해 전혀 자만하는 마음이 없네. 또한 사랑받을 일도 없지. 담백한 거네.

'내 말인데, 맴이 심란테이'라고 하며 다케 씨는 얼굴을 붉혔네만, 그건 마아보를 꾸짖었던 일 때문에 마음이 복잡하다는 의미였을 것이네. 갑자기 다케 씨가 그 말에 의외로 묘한 울림이 담겨있다는 것을 스스로 알아자리고, 조금 당황해서 얼굴을 붉혔을 뿐, 특별할 것도 없는 일이네. 정말 아무 일도 아니네. 그리고 그날 마아보가 내 앞에서 울었던 일이든 다케 씨가 마음이 심란하다고 했던 일이든, 혹은 밥 한 공기 정도의 편애든, 그 날 있었던 모든 비정상적인 일들을 이해하기 위해서는 한 가지 중요한 사실을 고려해야 하네. 그건 나루사와 이토코의 죽음이네. 나루사와 씨는 전날 밤에 세상을 떠났네. 늘 술에 취한 듯 웃고 다니는 마아보가 꾸중을 들은 것도 이 일과 관련이 있을 거네. 조수들은 나루사와 이토코와 동년배의 젊은 여성들이네. 충격이 컸으리라 생각하네. 아직 여자들에게는 케케묵은 정서가 남아있으니 말일세. 자기네들도 쓸쓸하니 어쩔 줄 몰라서, 밥 한 그릇 정도 되는 친절 같은 이상한 정서가 샘솟았던 것 같네. 어쨌든 그날의 모든 비정상적인 일들은 나루사와 이토코의 죽음과 깊은 연관이 있다고 보네. 마아보도 다케 씨도, 내게 특별한 감정을 품은 것은 아니라는 말이네. 정말이네.

어떤가. 자네도 이제 알겠나? 그런데도 자네는 다케 씨가 좋은가? 어쨌든 도장에 한 번 와서 직접 그녀를 보는 게 좋을 것 같네. 다케 씨보다는 마아보 쪽이 그런대로 신선한 느낌이 있어서 좋은 거 같네만, 자네는 마아보를 몹시 싫어하는 것 같더군. 다시 생각해 보는 건 어떤가? 마아보도 역시 꽤 괜찮은 구석이 있다네. 그저께였던가, 마아보가 정말 상냥한 모습을 보여주어서 나는 그녀가 다르게 보였다네. 오늘은 어떻게 된 일인지 그에 대해 이야기해보도록 하겠네. 분명 자네도 마아보를 좋아하게 되리라 믿는다네.

3

그저께, 같은 방의 니시와키 뱀밥 선생이 집안 사정 때문에 드디어 이 도장을 나가게 되었다네. 마침 그날은 마아보가 비번이라, 뱀밥을 E시까지 배웅하기로 했던 모양이네. 그 전날 즈음부터 학원생들은 짓궂게 마아보를 놀리며, 여기저기에서 시내에 나간 김에 선물을 부탁한다느니 하며 억지를 부렸네. 그러자 마아보는 아무렇지도 않게 알겠다며 승낙을 한 모양이네. 그저께 아침 일찍 그녀는 구루메(久留米) 목면 일바지[16]를 입고 서둘러 뱀밥의 뒤를 따라 나갔다네. 마아보는 우리가 오후 세 시쯤 굴신 단련을 하고 있을 때, 사랑하는 이를 보내고 온 사람답지 않게 생글거리며 돌아와, 이 방 저 방 돌아다니며 약속했던 대로 선물을 나눠주고 있었네.

지금처럼 일손이 부족한 시국에는 부족할 것 없이 잘 사는 집안 따님도 집에서 나와 일을 하는데, 역시 마아보도 그쪽인 듯싶었네. 그래서인지 일도 대충 노는 기분으로 했는데, 그러면서도 주머니는 두둑한지 언제나 인심이 꽤 좋은 편이었네. 그게 학원생들에게 인기가 많은 비결 중 하나인 것 같더군. 이런 시국에 선물이라는 건 제법 사치가 아닌가. 어디서 어떻게 샀는지는 모르겠네만, 한 치(寸)[17]에서 두 치 정도 되는 장난감 거울이 선물이었다네. 뒷면에는

---

16 구루메 목면은 후쿠오카(福岡) 현의 남부 지역인 지쿠고(筑後) 지방에서 만들어지는, 특정한 무늬가 있는 목면의 일종이다. 남색 천 위에 흰색 혹은 쪽빛 무늬가 일정한 패턴으로 수놓아져 있으며, 본 작품의 작가인 다자이 오사무가 이 천으로 만든 기모노(着物)를 자주 입었다고 한다. 일바지는 일본의 활동복인 몬페의 순화어이다.

17 한 치(寸)는 약 3.33cm이다.

여자 영화배우 사진이 붙어 있더군. 옛날에 이런 건 막과자 가게에서 그냥 경품으로 얹어주던 것이었지만, 지금은 사려고 하면 절대 싸지는 않을 것이네. 어딘가 막과자 가게나 장난감 가게에 쌓여 있던 재고를 수십 개 사서 가져왔는지도 모르겠네만, 어쨌든 역시 마아보답다는 생각이 드는 선물이었네. 학원생들은 뒷면의 영화배우 사진이 마음에 들었는지 꽤 야단법석이었네. 갓포레도 한 장 받아가더군. 나는 여자에게 무언가를 받는 건 싫어서 처음부터 선물을 사달라고 떼를 쓰지도 않았고, 다른 사람들하고 똑같은 장난감 손거울 하나를 받는다 한들 부질없는 일인 것 같았네. 마아보가 우리 방에 와서 갓포레에게 거울을 건네주더군.

"갓포레 씨는 이 여배우, 알고 있어?"

"모르겠지만 미인이로군. 마아보를 똑 닮았어."

"어머, 정말이지. 다니엘 다리외[18]잖아."

"뭐야, 미국인인가?"

"아니야, 프랑스 사람이야. 한때 도쿄에서 꽤 유명했었어. 진짜 몰라?"

"몰라. 프랑스든 뭐든 간에 이건 돌려주지. 코쟁이 녀석들은 관심 없어. 일본 여배우 사진으로 좀 바꿔주겠나? 부디 그랬으면 하

---

18 다니엘 다리외(Danielle Darrieux, 1917~2017)는 프랑스의 여배우. 제2차 세계대전 시기부터 미모의 스타로 유명했다. 주요 출연작품으로《연애교차점》,《금남의 집》,《새벽에 돌아오다》,《적(赤)과 흑(黑)》,《채털리 부인의 사랑》 등이 있다

는군. 이건 맞은 편 고시바 종다리 씨한테나 주든가 해."

"복에 겨웠네. 갓포레 씨에게만 특별히 주는 거라고. 종다리한테 주는 건 싫어. 심술궂어서 싫어."

"그런가. 그럼 뭐, 받아둬야겠군. 다니에였나?"

"다니엘이야. 다니엘 다리외."

나는 입꼬리에 미동도 하지 않고 그 둘의 대화를 들으며 굴신 단련에 집중했지만, 그리 유쾌하지는 않았네. 내가 마아보에게 그리 밉보였던가? 마아보가 나를 좋아한다고 생각한 적은 없었네만, 이렇게 나만 그녀에게 미움을 받고 있을지는 몰랐었네. 자신의 입지를 가장 낮은 밑바닥에 두었다고 생각했는데, 바닥 밑에는 더 깊은 지하가 있는 법이더군. 인간이란 역시 제 환상 속에 취해 살아가는 것 아닐까? 현실은 참 냉혹하다고 생각했네. 도대체 나의 어디가 문제라는 건가? 이번 기회에 마아보에게 진지하게 물어볼 참이네. 그리고 그 기회라는 게, 의외로 빨리 찾아오더군.

4

그날 오후 네 시쯤, 자연시간에 나는 침대에 걸터앉아 멍하니 창밖을 내다보고 있었네. 그런데 흰 간호복으로 갈아입은 마아보가 빨랫감을 들고 마당으로 불쑥 나오더군. 나는 엉겁결에 일어나 창밖으로 몸을 내밀고 조용히 마아보를 불렀네.

"마아보."

마아보는 돌아서더니 나를 보고 웃더군.

"나한테는 선물 없나?"

그렇게 말했더니, 마아보가 곧바로 답하지 않고 재빠르게 사방을 둘러보더군. 누가 보고 있지는 않은가 싶어 주변을 살피는 것 같았네. 도장은 모두 안정을 취할 시간이었네. 쥐죽은 듯 조용했지. 마아보가 억지웃음을 지으며 잠시 손바닥을 입 옆에 대고 '나'라며 입을 크게 벌리더니, 입을 삐죽 모아 턱을 당겼네. 그다음 입을 반쯤 벌리고 고개를 끄덕였다가, 입술을 3분의 2 정도 벌리고 다시 고개를 끄덕였다네. 소리를 전혀 내지 않고, 입 모양만으로 말을 하고 있더군. 나는 금방 마아보가 무슨 말을 하고 있는지 알아차렸네.

"나, 중, 에, 요."

나는 바로 알아챘지만, 일부러 입 모양만으로 똑같이 '나, 중, 에?'라고 되묻자, 다시 한 번 '나, 중, 에, 요.'라고 한 글자씩 띄어서 말하더군. 그리고 아이가 고개를 끄덕이는 듯 귀여운 몸짓을 보이더니, 입 옆에 대고 있던 손바닥을 '비밀이야, 비밀.'이라는 듯 작게 흔들었네. 그리고 어깨를 으쓱이며 웃고는, 종종걸음으로 별관 방향으로 달려갔다네.

'나중에요, 인가. 생각보다 일이 쉽게 풀리는군.'

마음속으로 그렇게 뇌까리며, 나는 풀썩 침대에 몸을 던졌네. 내가 느꼈을 기쁨에 대해서는 굳이 설명할 필요도 없겠지. 모두 현명한 자네의 상상에 맡기겠네.

그리고 어젯밤 마찰 마사지 시간에, 나는 마아보가 '나중에' 준다고 했던 그 선물을 받았다네. 어제 아침부터 마아보가 앞치마 안에 무언가를 숨기고 있는 듯한 모습으로 이따금 복도를 서성거리더군. 혹시 그 앞치마 밑에 나에게 줄 선물을 숨긴 게 아닐까 하는 생각도 들었다네. 하지만 뻔뻔스럽게 내가 먼저 다가가 손을 내밀었다가, '무슨 일이야?'라고 역습당하면 그건 그것대로 큰 치욕이지 않겠나. 그래서 나는 짐짓 모르는 체하고 있었네. 그런데 역시, 그게 내게 줄 선물이었더군.

어젯밤 7시 반의 마찰 시간에는 대략 일주일 만에 마아보의 차례였네. 마아보는 왼손에 양은 대야를 들고 오른손은 앞치마 안에 감춘 채 헤실거리며 다가와서는 내 침대 옆에 쭈그리고 앉더군.

"심술쟁이. 왜 가지러 오지 않았어? 오늘 아침부터 복도에서 얼마나 기다리고 있었는데."

마아보는 그렇게 말하더니 침대 서랍을 열고, 재빨리 앞치마 안에 숨겨두었던 물건을 집어넣고 서랍을 꽉 닫아버렸네.

"말하면 안 돼. 아무한테도 말하면 안 돼."

나는 누운 채로 가볍게 두세 번 정도 고개를 끄덕였다네. 마아보가 마찰 마사지를 시작하면서 말하더군.

"종다리한테 마사지를 해주는 건 오랜만이네. 좀처럼 순번이 돌아오지 않았는걸. 선물을 주려고 해도 어떻게 줘야 할지 난감했단 말이야."

나는 내 목 부분에 손을 가져가 매는 흉내를 내면서 '넥타이인가?'라는 의미로 말없이 물어보았네.

"아니."

마아보는 아니라는 듯 아랫입술을 비죽 내밀고 웃으며 작게 속삭이듯 말하더군.

"정말 바보네."

정말 바보였네. 나한테는 양복도 없는데 왜 넥타이 같은 걸 생각했는지 모르겠네. 내가 생각해봐도 우스꽝스럽더군. 어쩌면 그 작은 손거울 때문에 무의식적으로 넥타이가 떠올랐는지도 모르겠네.

5

그 다음 나는 오른손으로 글씨를 끼적이는 흉내를 내어 '만년필인가?' 하고 물어보았네. 나는 참 이기적인 남자인 것 같네. 요즘 만년필의 상태가 이상해서 새로 장만하고 싶던 참이었는데, 나도 모르게 그만 그런 말이 툭 튀어나오더군. 나의 뻔뻔함에 나조차도 기가 찼네.

"아니."

마아보는 역시 아니라고 고개를 내저었네. 이제 더 이상 통 짐작이 가지 않더군.

"조금 수수할지도 모르겠지만, 다른 사람한테 주거나 하면 안 돼. 가게에 딱 하나 남아있더라고. 전혀 고급스러운 건 아니지만, 여기서 퇴원하게 되면 가지고 다녀. 종다리는 신사니까, 꼭 필요할 거야."

점점 더 알 수가 없었네. 설마 지팡이는 아니겠지 싶었네.

"어쨌든 고맙네."

나는 몸을 뒤척이며 대답했네.

"무슨 말이야. 참 둔하네, 종다리는. 어서 나아서 여기서 나갔으면 좋겠어."

"오지랖도 넓군. 차라리 여기서 죽어줄까?"

"어머, 안 되지. 우는 사람이 있을 걸."

"마아보가?"

"배부른 소리. 내가 울 거 같아? 그럴 일 없어."

"그럴 것 같았어."

"내가 안 울어도 종다리한테는 울어줄 사람이 얼마든지 있단 말이야."

마아보가 잠시 생각하다, 다시 말을 이어갔네.

"셋, 아니 넷 정도 있어."

"울어 봐야 의미 없는 일이지."

"있지. 의미 있는 일이야."

빡빡 우기던 마아보는 내 귓가에 입을 가져다 대고 속삭였네.

"다케 씨가 울겠지, 그리고, 금붕어? 양파? 곽란? 뭐, 이 정도?"

왼손으로 손가락을 하나하나 접더니, 이야, 하고 감탄하며 웃더군.

"곽란도 우는 건가?"

나도 웃음이 나왔네.

그날 밤의 마사지는 즐거웠다네. 마아보를 대할 때에도 전처럼 어색하지 않았고, 미치 높은 곳에 서서 사람들을 내려다보는 듯 속 시원하게 여유가 생겨서 농담도 자유롭게 할 수 있겠더군. 아마 여자들에게 잘 보이고 싶었던 숨이 턱 막히는 욕심을 지난 보름 동안 깨끗이 비운 덕인지는 모르겠네만, 나 자신도 신기할 정도로 아무런 미련 없이 즐겁게 놀았다네. 내가 누굴 좋아하든 누가 날 좋아하든 모두 오월의 바람에 흔들리는 나뭇잎 같은 것일세. 아무런 집착도 없다네. 새로운 남자는 이렇게 한 단계 더 발전을 이룬 것이라네.

그날 밤 마찰 마사지가 끝나고, 소식 시간이 되자 스피커를 통해 미국 주둔군이 도장이 있는 이 지역까지 온다는 소식이 들려왔네. 나는 침대 서랍을 뒤져 마아보의 선물을 꺼내 포장을 풀어보았지.

세 치 정도의 정사각형 보자기 안에는 담배 케이스가 들어 있었네.

'여기서 퇴원하게 되면 가지고 다녀. 종다리는 신사니까, 꼭 필요할 거야.'

그 영문 모를 말의 의미도 그제서야 이해가 되더군.

담배 케이스를 꺼내서 살짝 뒤집어도 보며 이리저리 살펴보던 사이에, 나는 어째서인지 굉장히 슬퍼졌다네. 기쁘지 않더군. 그건 분명 세상의 뉴스 때문만은 아닌 것 같았네.

6

그런 걸 스테인리스라고 하던가? 케이크 자르는 칼 같은 걸 만들 때 쓰는 크롬 비슷한 금속으로 만든, 납작한 은색 케이스였네. 뚜껑에는 장미 덩굴을 도안으로 한 듯, 얼기설기 얽힌 가느다란 검은 선이 그려져 있었고, 그 테두리는 팥죽색 에나멜 같은 재질이 칠해져 있더군. 에나멜은 없는 편이 더 좋았을 것 같네. 마아보가 말한 것처럼, 이 불필요한 에나멜 장식 때문에 '조금 수수'하고 '전혀 고급스럽지 않게' 보였네. 그렇지만 마아보가 모처럼 사 준 것이니 만큼 소중히 간직해야 할 것 같네.

하지만, 어쩐지 기분이 좋지는 않았네. 선물을 받아놓고 이런 말을 하면 안 되지만, 정말로 전혀 기쁘지 않았다네. 생판 모르는 여자에게 선물을 받는 건 처음이었지만, 이상하게도 가슴이 답답했다네. 뒷맛이 영 좋지 않았지. 나는 서랍 안쪽 깊숙한 밑바닥에 케이스를 숨겼다네. 빨리 잊어버리고 싶더군.

케이스에 대해서는 나도 좀 지긋지긋해져서 어찌해야 할지 모르겠네만, 일단 이번 경험을 통해 자네가 조금이라도 마아보의 좋은 점을 알아주었으면 하네. 그래서 이 이야기를 적었네만, 어떤가? 마아보가 좀 다르게 보이나? 그래도 다케 씨가 더 좋은가? 감상평을 들려주었으면 하네.

오늘은 옆방 '백조실'에 있던 건빵이 뱁밥이 쓰던 침대로 옮겨 왔다네. 이름은 스가와 고로(須川五郞)고, 스물여섯이네. 법대 학생이라는데, 제법 인기가 많은 것 같더군. 거무스름한 피부에 눈썹이 굵고, 큼직한 눈에 로이드 안경[19]을 쓰고 있다네. 매부리코 때문에 미남이라고 느껴지지는 않지만, 조수들 사이에서는 난리가 났다고 하더군. 아무래도 남자들에게 꼴 보기 싫은 작자일수록 여자들에게

---

19 로이드(Lloyd) 안경이란 둥글고 굵은 셀룰로이드 테의 안경으로, 미국의 희극 배우인 해럴드 클레이튼 로이드(Harold Clayton Lloyd)가 즐겨 쓰던 데에서 유래한 명칭이다.

는 호감을 사는 듯하네. 건빵이 등장하자 '벚꽃실'의 분위기도 이상하게 썰렁해졌다네. 갓포레는 이미 그에게 약간 적대감을 품고 있는 것 같네. 오늘 저녁 식사 전 마찰 마사지 시간에도 조수들이 건빵에게 영어에 대해 이것저것 물어보더군.

"저기, 가르쳐줘. 미안합니다, 는 영어로 뭐야?"

"아이, 벳그, 유우어, 파아든(I beg your pardon)."

건빵은 굉장히 거들먹거리며 대답했네.

"외우기 힘드네. 더 쉬운 말은 없는 거야?"

"베리이, 쏘리이(Very sorry)."

정말 콧대가 하늘을 찌를 듯한 말투더군. 이어서 또 다른 조수가 물었네.

"그러면 말이야, 잘 지내는 뭐라고 하면 돼?"

"플리즈, 텟캬아, 오브, 유아세루후(Please take care of yourself)."

Take care를 텟캬아, 라고 발음하더군. 정말 아무리 생각해도 같잖기 그지없었네.

그래도 조수들은 굉장히 감탄하며 듣고 있더군. 갓포레도 나 이상으로 건빵의 영어가 신경에 거슬렸는지, 나직이 그 자랑스러운 도도이쓰를 부르기 시작했네.

"미래에 박사일지 장관일지 몰라도, 당장 이 서생에겐 한 푼도 없네."

이런 노래를 부르며 엄청나게 건빵을 견제하며 초조해 하고 있더군.

하지만 어쨌든 나는 건강하네. 오늘 몸무게를 쟀더니 네 근 정도 가까이 살이 쪘더군. 확실히 호전이 되고 있네.

9월 16일

위생에 대하여

1

최근에는 여자 이야기만 쓴 탓에 같은 방 선배들에 관한 이야기는 게을리 했던 것 같으니, 오늘은 '벚꽃실' 학원생들의 이야기를 한 번 해볼까 하네. 어제 '벚꽃실'에서 싸움이 있었네. 마침내 갓포레가 용감하게도 건빵에게 도전을 한 것이라네.

매실장아찌가 그 원인이었다네.

아무래도 그게 꽤 복잡한 이야기라네. 갓포레는 예전부터 세토(瀬戸)산[20] 도지기 그릇에 매실장아찌를 넣어 두고, 끼니마다 침대 밑 찬장에서 꺼내 먹는다네. 그런데 요사이 매실장아찌에 곰팡이가 피기 시작했지. 갓포레는 용기가 잘못된 게 아닌가 생각했네. 그릇의 뚜껑이 이가 잘 맞지 않아 그 사이로 세균이 들어갔고, 그래서

---

20 세토(瀬戸)는 일본 아이치(愛知)현의 도시로, 해당 지역에서 생산되는 도자기 일체를 세토모노(瀬戸物)라는 이름으로 일컬을 정도로 유명하다.

곰팡이가 피게 되었다고 여겼던 것이네. 갓포레는 상당한 깔끔이라, 아무래도 신경이 쓰였던 것 같네. 갓포레는 뭐라도 좋으니 매실 장아찌를 담을 적당한 용기가 없을까 싶어 꽤 머리를 굴렸던 모양일세. 그런데 어제 아침 식사 때 옆에 있던 건빵이, 갓포레가 이전부터 먹던 락교(辣韮) 병이 마침 빈 것을 곁눈질로 보고, 저게 좋겠다고 생각했던 것 같다네. 병 입구도 크고 뚜껑도 꼭 닫을 수 있군. 그러니, 어떤 세균도 그 병 속으로는 들어오지 못 할 거야. 건빵에게 고개 숙이는 건 짜증이 나지만, 세균을 막기 위해서는 어떻게든 그 락교 병이 필요해. 위생이 우선이지. 이렇게 생각한 갓포레는 식사를 마친 뒤 그에게 빈 락교 병을 빌려달라고 했다네.

건빵은 갓포레를 똑바로 마주 보며 말했지.

"이까짓 걸 어디에 쓰시려고요."

그 말투에 갓포레는 화가 치밀어오른 모양이네. 전부터 두 사람 사이에는 전운이 감돌고 있었지. 이 건강도장 최고의 매력남이라는 역할은 갓포레의 몫이었는데, 최근에 이르러 건빵이 매력남이라는 평판이 높아지면서 갓포래의 존재감은 희미해졌고, 그 언짢은 심기가 터지기 일보 직전이었던 것이네.

"이까짓 거? 스가와 씨, 그런 식으로 말해도 되는 겁니까?"

갓포레의 말투도 평소와는 다른 기색이었네.

"뭐가 잘못 됐다는 겁니까?"

건빵은 정색을 했네. 몹시도 무뚝뚝하고 점잔을 빼는 남자였지.

"모르는 겁니까?"

갓포레는 기 싸움에서 조금 밀린 듯, 애써 빙긋 미소를 띤 채 말을 이어갔네.

"혹여라도 제가 당신한테 돼지 꼬리를 빌리려 한 것도 아닌데, 이까짓 거라며 정떨어지게 말씀하시면 제 입장이 곤란하죠."

대화가 점점 이상해지기 시작했네.

"전 돼지 꼬리 같은 말은 한 적 없습니다."

"말이 안 통하는 사람이구먼."

갓포레는 조금 험악해졌네.

"혹여 그쪽이 돼지 꼬리라는 말을 한 적이 없어도, 나한테는 그렇게 들리니 할 수 없지 않나? 사람 무시하지 말게. 대학생이든 미장이든 같은 일본국 신민 아닌가? 내가 돼지 꼬리라면 댁은 도마뱀 꼬리이네. 일시동인(一視同仁)[21]이라는 거지. 내가 가방끈이 짧다 해도 위생을 지켜야 한다는 건 알고 있네. 사람이 되어서 위생이랄 것도 모른다면 개와 다름없는 짐승이나 매한가지일세."

도무지 무슨 소리를 하는 건지 알 수 없는 말싸움이 되어버렸네.

2

건빵은 일절 그의 말에 대꾸하지 않고 머리 뒤로 두 손을 깍지

---

21 중국 당나라 문장가 한유(韓愈)의 말로, 모든 사람을 평등하게 보며 두루두루 사랑한다는 뜻이다. 일제는 식민지시기 조선이나 대만을 비롯한 식민지지배 이데올로기의 하나로 활용하였다

긴 채 벌렁 드러누웠다네. 제법 배짱이 있는 남자 같았네. 갓포레는 침대 위에 양반다리를 하고 앉은 채 몸을 사방팔방으로 흔들며 소매를 걷어붙였다가 자기 무릎을 주먹으로 툭툭 두드렸다가 안달복달을 하다가 다시 입을 열더군.

"저기, 이보게. 듣고 있나? 거기 대학생 나으리. 설마 유도라도 쓸 생각은 아니겠지. 대학생이란 것들은 이따금 그럴 때가 있어서 무섭단 말이지. 그런 건 딱 질색이네. 알겠나? 분명히 말해두겠는데, 이 도장은 유도 도장도 아니고, 매력미남 양성소도 아니란 말이지. 기요모리 도장장도 지난 강의에서 이렇게 말했다구. 그대들은 선수다. 결핵이 반드시 완치된다는 증거를 일본 전국에 증명해 줄 선수이니만큼 자기 자신의 몸을 소중히 하라고 말이지. 나는 그때, 눈물이 났다네. 남자란 의를 보고도 행동으로 옮기지 않으면 용기도 없다는 말이 있지 않은가. 용기에는 큰 용기와 작은 용기가 있는 법이네. 그러니 인간에게는 지(知), 인(仁), 용(勇), 이 세 가지가 중요한 법일세. 여자들에게 인기가 있는 건 절대로 중요하지 않아."

정말이지 지리멸렬, 종잡을 수 없는 말이었네. 하지만 갓포레는 얼굴이 새파래져서 한껏 목청을 높여 말을 이어갔네.

"그래서, 그러니까 자연, 위생이 중요해진다는 것이네. 언제나 위생, 자나 깨나 불조심이라는 게 그래서 있는 말이 아니겠는가. 적어도 하나의 인격체인 사람을 돼지 꼬리에 빗대는 건 절대로 해서는 안 될 일이네."

"그만두게. 그만 둬."

에치고 사자가 중재에 들어갔네. 그는 그때까지도 잠자코 침대 위에 누워있었네만, 어느새 벌떡 일어나 침대에서 내려와 갓포레 뒤에서 어깨를 두드리며 썩 위엄 있는 말투로 시답잖은 말싸움은 그쯤 해두라고 하더군.

갓포레는 에치고 사자 쪽으로 휙 몸을 돌리더니 그를 껴안았네. 그리고 그의 품 안에 얼굴을 들이밀며 꺼이꺼이 하고 한 음절씩 끊기는 듯 울기 시작했다네. 다른 방의 학원생들이 복도에 대여섯 명씩 모여 이게 무슨 일인가 하며 우리 방을 살펴보고 있었네.

"뭘 봐, 구경이라도 났나!"

에치고 사자가 복도의 학원생들을 향해 고함을 내질렀다네. 거기까지는 더할 나위 없이 좋았네만, 그 뒤로는 뭔가 어설펐지.

"싸우는 게 아니야! 그냥, 단순한…. 음. 그러니까 그냥, 단순한. 음…."

그는 신음을 흘리며, 어찌하면 좋을지 모르겠다는 식으로 나를 흘끗 바라보더군.

"연극."

나는 읊조리듯 말했네.

"그냥."

에치고는 기운이 난 듯 외쳤네.

"연극의 작용이라고!"

연극의 작용이라는 건 도대체 무슨 말인지도 모르겠네. 하지만 나같이 새파랗게 젊은 사람이 가르쳐준 대로 말을 하는 것은 체면에 걸리는 일이라 생각했던 것 같네. 그래서 순간적으로 연극의 작용이라는 희한한 단어를 지어내 부르짖은 게 아닌가 하네. 어른이란 작자들은 언제나 이런 식으로 억지를 부리며 살고 있는 게 아닌가 싶더군.

갓포레는 마치 어미 사자의 품에 안긴 새끼 사자라도 된 것처럼 도리질을 하며 흐느껴 울었다네. 그리고는 제대로 알아들을 수도 없는 웅얼거리는 말투로, 구차하게 뭐라뭐라 호소하기 시작했네.

3

"나는 말이야, 태어나서 이런 식으로 망신당한 적은 없어. 성장 환경도 나쁘지 않았다고요. 아버지에게도 맞은 적 없다고. 그런데 이따위 식으로, 돼지 꼬리나 다름없는 취급을 받아 부아가 치밀어 올라도 알아듣게끔 타이르려고 가장 좋은 말만 했다고. 가장 좋은 말만 하려고 노력했단 말이야. 정말로, 나는 가장 듣기 좋은 말만 했다고 생각해. 그런데 들은 체 만 체하고 저렇게 침대에 떡하니 누워서 말이야. 저 태도는 대체 뭐냐고! 분하고 억울해요. 대체 뭐냐고, 저 태도는! 사람이 애써 좋은 말만 해주는데, 저런 식으로 나오면 어쩌자는 거냐고! 세상 살기도 싫어졌어. 애써 사람이 제일 좋은 말만 하는데도…."

점점 더 같은 말만 반복하더군.

에치고는 갓포레를 가만히 침대에 눕혀주었네. 갓포레는 건빵의 침대를 등지고 누워 두 손으로 얼굴을 가리며 한참을 흐느껴 울더니, 이윽고 잠이 들었는지 조용해지더군. 8시 굴신 단련 시간이 되어도, 그 모습 그대로 가만히 누워있었네.

참으로 기묘한 싸움이었네. 하지만 점심 식사 시간 즈음에는 이미 평소의 갓포레로 돌아와 있더군. 건빵이 그 락교 병을 깨끗이 씻어서 들고 와서는 진지한 얼굴로 그에게 내밀었다네.

"받으시죠."

"고맙습니다."

갓포레는 고개를 꾸벅 숙이며 순순히 그 병을 받아들었네. 그리고 점심 식사를 마치고 나자, 세토 도자기 그릇에 담긴 매실장아찌를 한 알씩 집어 락교 병에 즐거운 듯 옮겨 담고 있었네. 온 세상 사람들이 모두 갓포레 씨처럼 순박하다면, 이 세상도 한결 살기 편해지리라 생각하네.

싸움 이야기는 이쯤 해두고, 내친김에 한 가지 더 간단하게 보고할 게 있네.

오늘 오후의 마찰 마사지 담당은 다케 씨였네. 나는 다케 씨에게 자네에 대해 귀띔하듯 이야기했네.

"다케 씨를 굉장히 좋아한다는 사람이 있는데."

다케 씨는 마사지를 할 때는 말을 거의 하지 않네. 언제나 말 한마디 없이 시원스런 미소만 지어 보일 뿐일세.

"마아보 같은 여자보다 다케 씨가 열 배는 더 좋다고 하던데."

"갸가 누꼬?"

기어이 침묵의 여인도 작은 소리로나마 입을 열더군. 마아보보다 낫다는 칭찬이 아주 마음에 들었던 것 같네. 여하튼 여자란 단순하기 그지없더군.

"기쁘신가?"

"미쳤나."

다케 씨는 한 마디 툭 내뱉고는, 조금 거칠어진 손길로 싹싹 하고 마사지를 이어갔네. 눈매가 찌푸려진 게 영 언짢은 듯했네.

"화났나? 그 친구, 정말 좋은 녀석이야. 시인이라고."

"징하데이. 종다리, 요즘 와 그카는데?"

다케 씨는 왼쪽 손등으로 제 이마의 땀을 닦아내며 말했네.

"그런가. 그렇다면 누군지 안 알려줄래."

다케 씨는 입을 꾹 다물었네. 그리고 계속 마사지만 할 뿐이었지. 마사지가 끝나고 돌아갈 즈음, 그녀는 귀밑머리를 쓸어올리고는 묘한 미소를 지으며 말했네.

"베리이, 쏘리이."

미안하다는 말이지 않겠는가. 다케 씨도 그리 나쁜 사람은 아닌 것 같네. 어떤가. 조만간 자네도 짬을 내서 이곳 도장에 한 번 오지 않겠나? 자네가 가장 좋아하는 다케 씨를 보여주겠네. 농담이네. 미안하군. 아침저녁으로 날씨가 선선해졌네. 이런 때일수록 언제나 위생, 자나 깨나 불조심일세. 내 몫까지 합해서 두 명 몫의 공부, 힘내시게.

9월 22일

코스모스

1

보내준 답장은 즐겁게 읽었네. 고등학교에 들어갔으니, 공부도 바쁠 테고, 이렇게나 긴 편지를 쓰는 건 고된 일이었겠지. 앞으로는 일일이 이런 긴 답장을 할 필요까진 없다네. 오히려 자네의 공부에 방해가 되지는 않을까, 신경이 쓰여서 말이지.

다케 씨에게 그런 말을 했다는 건 괘씸하다느니, 하는 꾸중 말일세. 참으로 송구스러울 따름이구면. 하지만 '이제 나는 자네의 병문안조차 갈 수 없게 되었다'는 말에는 동의하지 않는다네. 자네도 참 어지간히 소심하군. 그런 일 신경쓰지 않고 다케 씨에게 가볍게 인사할 수 있는 정도가 아니라면 새로운 남자라 할 수 없다네. 흑심을 품지 말라는 말이지. 삼백 편의 시에는 사악함이 없노라[22], 같은 말도 있지 않은가? 천진난만한 마음가짐을 가져보게. 그러고 보니 얼마 전에, 옆자리의 에치고 사자에게 말을 걸었다네.

"제 친구 중에 시를 공부하는 녀석이 있습니다만."

그러자 에치고는 곧바로 무례하기 그지없는 단정을 내리더군.

"시인은 영 껄적지근해."

그 말에 나는 조금 화가 나서 되물었지.

---

22 공자(孔子)와 그의 제자들의 어록인 『논어』제2편<위정편(爲政篇)> 2장의 내용으로, 300편의 시는 중국 최초의 시가집인 『시경(詩經)』에 수록된 시들을 의미한다.

"하지만, 시인은 말을 새롭게 하는 거라는 말이 예부터 있지 않았습니까."

에치고 사자는 히죽거리며 무심한 듯 대답하더군.

"그래, 오늘의 새로운 발명이 있어야지."

에치고도 꽤 무시하기 힘든 말을 하는구나, 라고 생각했다네. 자네는 현명하니만큼 이미 알아챘으리라 생각하네만, 모쪼록 앞으로의 시 공부는 물론 무엇이든 간에 새로운 남자로서 그대만의 참된 모습을 보여주길 바란다네. 어이쿠, 너무 나갔군. 선배라도 된 것처럼 잘난 체를 했네만, 다케 씨에 대해 신경을 쓰지 말라는 말일 뿐일세. 용기를 내서 이 도장을 방문하여 다케 씨를 직접 보는 건 어떤가? 실물을 보고 나면 자네의 환상은 바로 사라질 걸세. 어찌 되었든 체격이 하도 좋아서 큼직한 도미 같으니 말일세. 그건 그렇다 치고 자네는 다케 씨에게 꽤나 푹 빠진 모양이군. 내가 그렇게나 애써 마아보가 얼마나 귀여운지 써 보냈는데도 '마아보라는 여자는 변변찮은 얼뜨기 영화배우 같다'고 하면서 전혀 인정하려 들지 않고, 그저 다케 씨, 다케 씨 타령이니 기가 막힐 따름일세. 당분간 다케 씨에 대한 이야기는 하지 않을 생각이네. 이 이상으로 자네가 그녀 이야기로 열이 올라 몸져눕기라도 한다면 큰일이니 말일세.

오늘은 갓포레 씨가 지은 하이쿠라도 하나 소개해 볼까 하네. 이번 주 일요일의 위안 방송은 학원생들의 문예 작품 발표회가 되어서, 와카(和歌), 하이쿠, 시 등에 자신이 있는 사람은 내일 저녁까지 사무실에 작품을 내라고 하더군. 갓포레 씨는 '벚꽃실' 대표 선수로

서 이거라면 자신이 있다며 하이쿠를 내기로 했다네. 제출하기 2, 3
일 전부터 귓등에 연필을 끼우고는 침대 위에 정좌한 채로 고개를
갸웃거리며 적을 문장을 진지하게 고민하더니만, 오늘 아침이 되어
서야 마무리가 되었다고 하며 같은 방 동료인 우리에게 편지에 열
편 정도를 죽 적어놓은 것을 보여주더군. 먼저 건빵에게 보여줬지
만, 건빵은 쓴웃음만 짓더군.

"저는 잘 모르겠군요."

그렇게 말하며 곧바로 그 종이를 돌려줬고, 다음은 에치고 사자
였네. 갓포레가 그에게 종이를 보이고 비평을 해 달라 했다네. 에치
고 사자는 등을 굽히고 그 종이를 노려보듯 찬찬히 읽더니만, 이렇
게 말하더군.

"발칙하구먼."

서툴다느니 뭐니 하면 모르겠네만, 발칙하다는 말은 좀 심하다
고 생각했네.

2

갓포레가 새파랗게 질린 낯으로 물었지.

"그 정도인가요?"

"거기 있는 선생한테 직접 물어보시게."

에치고는 그렇게 말히면서 딕으로 내 쪽을 가리켰다네.

갓포레는 내게 편지를 가지고 왔네. 나는 풍류라는 걸 원체 모르
는 사람이라, 하이쿠의 묘미 같은 건 모르네. 건빵이 그랬던 것처럼

당장 종이를 돌려주고 양해를 구하는 게 역시 좋겠다 싶었지만, 아무래도 갓포레가 안쓰러웠다네. 하이쿠에 대해 잘 알지도 못하는 주제에 어찌 되었든 그를 달래주고 싶어 일단 열 편을 전부 읽어보았지. 그렇게까지 나쁜 것 같지는 않았네. 평범하다고 해야 할지, 흔한 하이쿠라고 해야 할지 모르겠지만 스스로 쓴 것이라 치면 이 정도는 꽤나 수고를 하지 않았을까, 싶었다네.

'어지러이 핀 소녀의 마음 같은 들국화인가' 같은 것들은 좀 이상했지만, 발칙하다고 화낼 정도로 엉망진창인 글은 아니라고 생각했네. 그러나 마지막 하이쿠를 보고 깜짝 놀랐지. 에치고 사자가 화를 낸 이유도 알 만하더군.

이슬의 세상 이슬의 세상이라 그렇다 해도[23]

분명 이미 누군가가 쓴 하이쿠였네. 이건 안 된다고 생각했다네. 하지만 그걸 노골적으로 말해서 갓포레에게 망신을 주고 싶지도 않았지.

"다 괜찮은 것 같지만, 마지막 하이쿠 한 구는 다른 것으로 바꾸는 게 좋지 않겠습니까? 제가 하이쿠를 잘 아는 건 아닙니다만."

"그런가요?"

---

23 이슬의 세상(露の世)에서 이슬(露)은 덧없음을 상징하는 단어로, 곧 사라질 덧없는 세계를 은유적으로 표현하는 것이다.

갓포레는 이해할 수 없다는 듯 입을 삐죽 내밀었다네.

"그 하이쿠가 제일 좋은 것 같은데요."

그야 당연한 일이었지. 하이쿠에 문외한인 나조차도 알고 있을 정도로 유명한 시구니 말일세.

"분명 좋은 건 맞습니다만…"

나는 어찌 말해야 좋을지 모를 따름이었다네.

"이해가 되셨군요."

갓포레는 우쭐해지더군.

"지금의 일본에 대한 나의 진심도 이 하이쿠 안에 오롯이 담겨있다고 생각합니다만, 이해할 수 있을는지?"

슬쩍 나를 경멸하는 듯한 어조로 말하기에, 나도 정색한 채 되물었지.

"어떤 부류의 진심입니까?"

"모르는 겁니까?"

갓포레는 마치 '네 녀석도 꽤 얼간이 같은 자식이로군'이라고 하듯이, 눈살을 찌푸렸다네.

"지금 일본이 처한 운명이 어떻다고 생각합니까? 이슬과도 같은 세상이지요? 이슬의 세상은 이슬의 세상이지요. 그렇다 하더라도 제군들, 광명을 찾아 나아가야 하지 않겠습니까? 쓸데없이 비관하지 말시어다. 이런 의미가 아니겠습니까? 이것이 즉 저의 일본에 대한 진심이라는 겁니다. 이해가 되셨습니까?"

그러나 나는 속으로는 어안이 벙벙했다네. 이 하이쿠는 잇사(一

茶)²⁴가 제 자식을 잃고 이슬의 세상이라며 체념을 하기는 하지만, 그래도 너무 슬퍼 완전히 체념할 수 없었다는 심정이 담긴 것이 아니었던가? 그걸 저렇게 해석하는 건 해도 해도 너무한 게 아닌가 싶었네. 완전히 의미를 뒤집어버린 게 아닌가. 이것이 에치고가 말했던 이른바 '오늘의 새로운 발명'일지도 모르겠네만, 지나치게 새로운 게 문제더군. 갓포레의 진심에는 찬성하지만, 어쨌든 옛사람이 쓴 작품을 훔쳐 제멋대로 의미를 부여해서 가지고 노는 건 안 될 일이지. 심지어 이 하이쿠를 그대로 갓포레의 작품이라 하며 사무실에 제출하게 된다면 이 '벚꽃실' 사람들의 명예에도 영향이 있을 것은 당연지사였다네. 그래서 나는 용기를 내서, 분명히 말했지.

3

"그렇지만, 여기 쓰인 것과 비슷한 게 옛사람이 쓴 하이쿠에도 있습니다. 베낀 것은 아니겠지만 오해를 받을 수 있으니, 이건 다른 것으로 바꾸는 게 맞을 겁니다."

"비슷한 하이쿠가 있었습니까?"

갓포레는 눈을 동그랗게 뜨고 나를 바라보았네. 그 눈은 한숨이 나올 정도로 아름답고 맑은 눈이더군. 하이쿠를 베끼고도 스스로 깨닫지 못하는, 하이쿠 귀신들만의 기묘한 심리도 있을수 있다고 생각을 바꿨지. 참으로 순진한 죄인이었네. 정말 악한 마음이라고

---

24 고바야시 잇사(小林一茶, 1763~1828). 일본 에도(江戶) 시대의 하이쿠 시인이다.

는 찾아볼 수 없었지.

"이것 참 어이없네. 하이쿠를 쓰다 보면 이따금 이런 일이 생겨서 곤란하단 말입니다. 어찌 됐든 딱 열일곱 글자다 보니까, 비슷한 게 나올 수밖에 없죠."

아무래도 갓포레는 상습범이었던 모양이었네.

"좋아. 그럼 이건 지우고…. 그렇다면 대신, 이건 어떻습니까?"

그는 귀에 끼워두었던 연필로 '이슬의 세상' 하이쿠 위에 시원스레 줄을 긋고, 내 침대 머리맡에 달린 조그만 책상 위에서 재빨리 무언가를 끼적이더니, 곧바로 내게 보여주었네.

코스모스여 그림자가 춤추는 메마른 거적

"훌륭하군요."

나는 안심하며 말했지. 그때는 서툴든 어쨌든, 베껴 쓴 것만 아니라면 안심할 수 있는 상황이었지.

"이미 쓴 김에 코스모스의, 라고 고치는 건 어떨까요."

너무 안심한 나머지, 쓸데없는 말까지 해버렸네.

"코스모스의 그림자가 춤추는 메마른 거적, 이라는 거군요. 그렇군요. 정경(情景)이 머릿속에 곧바로 떠오르네요. 대단하십니다."

그러면서 갓포레가 내 등을 툭 치더군.

"소질이 있으신 것 같은데?"

나는 얼굴이 붉어졌네.

"과찬이십니다."

좀처럼 마음이 진정되질 않았다네.

"코스모스여, 라고 하는 편이 더 나을지도 모릅니다. 저는 하이쿠 같은 건 통 모르니 말입니다. 다만 코스모스의, 라고 하는 게 잘 모르는 우리 같은 사람들에게는 더 알기 쉬우니 좋을 것 같다고 생각했을 뿐이었지요."

마음속으로는 '그딴 것 따위, 어찌 되든 상관없는 거 아니냐'고 외치고 있었다네.

그런데 아무래도 갓포레는 나를 존경하는 것 같더군. 지나가는 말로 내뱉은 게 아닌 것 같았네. 갓포레는 진중한 얼굴로 앞으로도 자신의 하이쿠 상담에 응해 달라고 부탁했지. 그리고 의기양양해진 듯, 늘 하던 대로 까치발을 하곤 가볍게 엉덩이를 흔들며 리드미컬한 종종걸음으로 자기 침대로 돌아갔다네. 그 모습을 바라보던 나는 착잡해졌지. 하이쿠의 상담 역할은 연극 대사를 넣은 도도이쓰보다도 고역이었다네.

"말도 안 되는 일이 일어났군요."

좀처럼 진정이 되질 않아서 나도 모르게 에치고를 향해 투덜거렸지. 아무리 새로운 남자라고 한들 갓포레의 하이쿠에는 두 손을 들 수밖에 없었던 거네.

에치고 사자도 입을 꾹 닫은 채, 무겁게 고개만 끄덕였네.

하지만 이야기는 여기서 끝나지 않는다네. 더욱 놀라운 사실이 있었다네.

오늘 아침 8시 즈음, 마아보가 갓포레의 마찰 마사지를 담당했다네. 그리고 갓포레가 작은 목소리로 그녀와 대화하는 것을 듣고 깜짝 놀랄 수밖에 없었지.

"마아보의 그 코스모스 하이쿠 말인데, 썩 나쁘지 않았지만 조심하라고. 코스모스여, 라고 하면 안 어울려. 코스모스의, 라고 하는 게 더 좋아."

경악했네. 그건 마아보가 쓴 하이쿠였던 것일세.

4

그러고 보니 그 하이쿠에는 조금 여성스러운 감각 비슷한 게 있었다네. 그렇다면 '어지러이 핀 소녀의 마음 같은 들국화인가'라고 하는 이상한 하이쿠도 의심할 수밖에 없었지. 역시 그것도 마찬가지로 마아보나 다른 조수가 짓지 않았을까, 싶었네. 어쩐지 그 열 편의 하이쿠가 모조리 수상하게 느껴졌지. 참으로 못돼먹은 사람이지 않은가. 정말로 기가 막힐 뿐이었네. 그 이슬의 세상 하이쿠든, 그리고 이 코스모스 하이쿠든 모두 '벚꽃실'의 명예와 관련이 있다고 큰일이라도 난 것처럼 말하지는 않겠네. 그렇지만 이것은 갓포레의 인격에 걸리는 문제이니만큼 도대체 이 일이 어떻게 될 것인가 싶어 조마조마한 마음이었다네. 그런데 또 갓포레 씨와 마아보가 주고받은 대화를 듣고 안심이 되었고, 몹시 기분이 좋아지기까지 했네.

"코스모스 하이쿠라니, 무슨 말이야? 잊어버렸는걸."

마아보는 느긋했네.

"그런가. 그럼 내가 쓴 거였나?"

갓포레는 간단하게 답했네.

"곽란이 쓴 하이쿠 아니야? 당신, 언젠가 배탈이랑 몰래 하이쿠 교환인지 뭔지 했었잖아. 와아, 하고."

"그러고 보니, 곽란이 쓴 거였나?"

침착한 말투였네. 이걸 담담하다고 해야 할지, 경쾌하다고 해야 할지. 무어라 형용할 말도 없더군.

"곽란이 쓴 거라고 하기엔 너무 잘 썼어. 걔. 베껴 썼을 거야."

이제 여기에 이르러서는 천의무봉(天衣無縫)이라고 할 수 밖에 없었다네.

"난 이번에 그 하이쿠를 낼 거야."

"그 위안 방송에? 그럼 내 것도 같이 내줘. 그 있잖아. 언젠가 내가 알려줬잖아? 어지러이 핀 소녀의 마음 같은 들국화인가. 그 하이쿠 말이야."

과연, 그랬던 것일세. 그런데 갓포레는 전혀 아무렇지도 않다는 듯 말했네.

"응, 그건 이미 넣어놨지."

"그래. 잘 부탁해."

나는 미소를 지었네.

이것이야말로 내게는 '오늘의 새로운 발명'이었다네. 이 사람들에게 원작자의 이름 따위는 어찌 되었든 간에 상관없었던 모양일세. 모두가 힘을 합쳐 지은 것 같은 느낌이 들었네. 그렇게 해서 모두가 하루를 즐겁게 보낼 수 있는 일이 있다면 그걸로 족했던 거지. 예술과 민중의 관계라는 건 원래 그런 게 아니겠는가. 베토벤이 일류라느니, 리스트는 이류라느니 하며, 그 분야에 '통달한 작자'들이 입에 침을 튀기며 토론하는 사이, 민중들은 그 논쟁을 제쳐두고 알아서 제각기 좋아하는 곡을 들으며 즐기고 있지 않은가? 그들에게는 원작자 같은 것에 감사를 표해야 할 이유 같은 거 없었던 거지. 잇사가 썼든, 갓포레가 썼든, 마아보가 썼든 그 하이쿠가 재미없다면 관심도 없는 것일세. 사교를 위한 에티켓이라든지, 혹은 취미의 질을 높인다든지 하는 것 때문에 억지로 예술을 '공부'할 필요는 없는 것이네. 제 마음에 드는 작품만을 자신만의 방식으로 기억해둘 뿐이지. 그뿐일세. 방금 나는 예술과 민중의 관계에 대해 새로이 배운 것 같았다네.

묘하게도 오늘의 편지는 너무 이론적이 되었네만, 뭐, 어떤가. 이런 갓포레의 자그마한 일화가 자네의 시 공부에서 뭔가 '새로운 발명'을 하는 데 도움이 되었으면 해서, 이 편지를 찢지 않고 이대로 보내기로 했다네.

나는 흐르는 물이다. 물가의 곳곳을 어루만지며 흐른다.

나는 모두를 사랑하고 있다. 좀 같잖았는가?

9월 26일

누이

1

나는 항상 자네에게 이렇게 서투르고 재미없는 편지를 쓰고, 가끔은 민망하다는 생각에 사로잡혀 이제 이런 바보 같은 편지 쓰지 않겠다고 결의한 적도 여러 번 있었네. 하지만 오늘 어떤 사람의 실로 위대한 서한을 접하고, 뛰는 놈 위에 나는 놈 있다는 생각에 정말 감탄했다네. 세상에는 이렇게 터무니없는 편지를 쓰는 사람도 있으니까 내가 자네에게 쓰는 편지 같은 건 그래도 죄가 가벼운 편이라고 조금 안도했네. 정말 세상에는 여러 가지 일이 있다네. 그 사람이 그렇게 끔찍한 편지를 쓰다니, 정말이지 신인지 악마인지 의심해보고 싶을 정도네. 어쨌든 정말 너무하네.

그러면 오늘은 그 위대한 서한에 대해서 조금 써보기로 하지.

오늘은 도장에서 가을맞이 대청소가 있었네. 청소는 점심 전에 대강 마쳤지만, 오후 일과도 쉬기로 한 관계로 이발사 두 명이 출장을 와서 학원생들이 이발을 하게 되었다네. 다섯시 쯤, 나는 이발을 마치고 세면장에서 까까머리를 감고 있는데, 누군가 쓱 옆에 다가와서 말을 붙이는 게 아니겠나.

"종다리, 잘 지내?"

마아보였다네.

"응, 잘 지내지. 잘 지내고 말고"

나는 머리에 비누칠을 하면서 그냥 대충 대답을 했네. 아무래도 요즘 이 틀에 박힌 인사를 주고받는 것이 귀찮고, 시끄러워서 못견디겠더군.

　"힘내."

　"이봐, 거기에 내 수건 없어?"

　나는 '힘내'라는 말에는 대답하지 않고, 눈을 감은 채 마아보 쪽으로 양손을 내밀었네.

　오른 손에 살포시 편지지 같은 것이 올라오더군. 한쪽 눈을 가늘게 뜨고 보았더니 편지가 아닌가.

　"뭐야, 이건?"

　나는 얼굴을 찡그리고 물었네.

　"종다리, 심술쟁이."

　마아보는 웃으면서 나를 노려보았네.

　"왜, 알았어라고 하지 않아? 힘내, 라는 말에 알았다고 대답하지 않는 사람은 병이 심해지고 있는 거야."

　나는 기분이 나빠졌네. 결국 심통이 났지

　"그럴 때가 아니야. 머리감고 있잖아. 뭐야, 이 편지는."

　"뱀밥한테서 온 거야. 끝나는 부분에, 시가 있지? 그게 무슨 뜻인지 해석해 봐."

　비누가 눈에 흘러들어가지 않게 조심하면서 두 눈을 찡그리고 그 편지 마지막 부분에 있는 시를 읽어보았네.

　'우리 만난 지 오래도 되었구나

요즈음에는 잘은 지내고 있나

소중한 여인이여’[25]

뱀밥도 허세를 부린다고 생각했네.

"이런 걸 내가 모르겠어? 이건 『만요슈(万葉集)』에서 가져온 노래가 틀림없어. 뱀밥이 지은 노래가 아니야."

면박을 주려 한 것은 아니었으나 조금 트집을 잡았네.

"무슨 뜻이야?"

작은 소리로 말하며 징그럽게 바싹 다가왔네.

"귀찮게 하네. 나 머리 감고 있잖아. 나중에 가르쳐줄 테니까 편지는 거기 놔두고 내 수건 좀 가져다주지 그래? 방에다 놓고 온 것 같아. 침대 위에 없으면, 머리맡 서랍 안에 있을 거야."

"심술쟁이!"

마아보는 내 손에서 편지를 낚아채고는 종종걸음으로 방 쪽으로 뛰어갔네.

2

다케 씨는 '징글징글'이 입버릇이고, 마아보는 '심술쟁이'가 입버릇이라네. 전에는 들을 때마다 섬찟했지만, 지금은 익숙해져서 전혀 아무렇지 않네. 그런데, 마아보가 없는 동안에 조금 전 그녀가

---

25 『만요슈(万葉集)』제4권 648번의 노래로 오토모노 스쿠네가마로(大伴宿禰駿河麿)의 노래. 연인인 오오토모노 사카노우에노이라쓰메(大伴坂上郎女)의 안부를 묻는 내용.

물어본 '잘은 지내고 있나' 라는 부분을 뭐라 해석하면 좋을지, 생각해 두어야 했네. 그 부분이 조금 어려워서, 수건을 핑계 삼아 바로 대답하기를 피했던 것이기도 하네. 그래서 '잘은 지내고 있나'를 어떻게 해석할까 생각하고 또 생각하며, 머리의 비누거품을 헹궈내고 있는데, 마아보가 수건을 가지고 왔네. 그런데 이번에는 진지한 얼굴로 아무 말도 하지 않고 건네고는 부리나케 왔던 곳으로 가버리더군.

정신이 번쩍 들었네. 바로 내가 잘못했다는 생각이 들었지. 아무래도 나는 요즈음 닳아빠졌다고 해야 할지, 마비되었다고 해야 할지, 어느새 이 도장의 생활에 익숙해져서 이곳에 왔을 당시의 긴장감을 잃고 마아보나 다른 사람이 말을 걸어도 이전처럼 흥분하지 않고, 너무 둔감해져서 조수가 학원생을 돌보는 것은 당연한 일이고, 특별한 호의니 뭐니 그런 것은 아무래도 상관없다고까지 생각하게 된 상태였다네. 그러니 아무 생각없이 퉁명스럽게 수건을 가지고 오라고 했고, 그래서는 마아보도 화가 나겠지. 요전에도 다케 씨에게, '요즘 종다리, 못 쓰겠어'라는 말을 들었네. 정말 요즘 나에게는 '못 쓰게 된' 부분이 있네. 오늘 아침 대청소 때 학원생 전원이 실내의 먼지를 피한다는 의미로 신관 앞 마당으로 잠깐 나왔는데, 덕분에 나는 실로 오랜만에 흙을 밟을 수가 있었네. 가끔 몰래 뒤편 테니스 고드로 내려가 보는 일은 있었지만, 정정당당하게 외출 허가를 받은 것은 내가 여기에 오고 나서 처음 있는 일이었네. 나는 소나무를 쓰다듬었네. 소나무는 살아있어서 피가 통하는 것처럼 따뜻했지. 나는 쪼그려앉았네. 그리고 발밑의 풀 향기가 강한 데 놀랐다네. 또한 양손으로 흙을 퍼올려 보고는 그 촉촉한 무게에 감탄했네. 자연은 살아있다는 당연한 사실을 그 냄새만큼이나 강하게 실감했지. 그렇지만, 그런 놀라움도 십분 정도 지나자 다 사라져 버렸네. 아무 느낌도 없게 되더군. 마비가 되어서 아무렇지 않았지. 나는 그 사실을 알고, 인간의 순치성이랄지 변통성이랄지, 내 자신을 믿을 수 없다는 사실에 기가 막혔네. 처음에 느꼈던 그 신선한 전율을, 어떤 일이 있든 늘 간직해야겠다고 마음깊이 느꼈는데, 이 도장 생활에 대해서도 나는 이제 슬슬 적당한 기분을 느끼기 시작한 것이 아닐까, 마아보가 화를 내고나니 문득 그런 생각이 들었네. 마아보에게도 자존심은 있네. 제비꽃 만큼 작은 자존심일지도 모르지만, 그런 가련한 자존심이야말로 소중히 여겨주어야 하네. 나는 지금 마아보의 우정을 무시한 형국이 되었네. 뱀밥에게서 온 비밀 편지를 나에게 보여준다는 것은 어쩌면 마아보가 뱀밥 이상으로 나에게 호의를 보이고 있다는, 자신의 소중한 속마음을 터놓는 처사였을지도 모르네. 아니, 그 정도로 유리하게 해석하지 않더라도 어쨌든 내가 마아보의 신뢰를 저버린 것은 사실이네. 내가 이전만큼 마아보를 좋아하지 않게 되었다고 하더라도 그건 내 입장만 생각하는 것일세. 나는 타인의 호의마저 짓밟고 있었던 것이네. 나는 담배 케이스를 받은 일조차 잊고 있었네. 옳지 않네. 정말 잘못된 거네.

누군가 '힘내'라고 하면, 그 호의에 감탄하며 큰 소리로 '알았어!'라고 대답해야 하는 거네.

3

과오를 범하거든 서슴지 말고 그것을 고치라. 새로운 남자는 고치는 것도 빠른 법이지. 세면장에서 나와서 방으로 돌아가는 중에 운 좋게도 숯 방 앞에서 마아보와 만났네.

"그 편지는?"

나는 바로 물었네.

마아보는 먼 곳을 보는 듯한 멍한 눈을 하고서 조용히 고개를 젓더군.

"침대 서랍?"

어쩌면 마아보는 아까 수건을 가지러 갔을 때 그 편지를 내 침대 서랍에라도 내팽개치고 온 것은 아닐까 물어보았는데, 역시 그저 고개를 저을 뿐 대답을 하지 않았네. 여자는 이래서 싫네. 남의 집에서 꿔다 놓은 보리짝 같군, 마음대로 하라지. 이런 생각도 들었네만 나는 마아보의 애련한 자존심을 소중히 지켜줘야 할 의무가 있네. 나는 그야말로 천하의 부드러운 목소리를 내며 말을 걸었네.

"아까는 미안해. 그 노래의 의미는 말이야."

"이제 됐어."

이렇게 툭 내뱉고는 휙 가버렸네. 참으로 이상하리만큼 날카로운 말투였네. 나는 뭔가에 찔린 듯한 기분이 들었네. 여자란 참 대단하네. 나는 방으로 놀아가서, 침대위에 벌러덩 누워 뒹구르며, 마음 속으로 크게 외쳤네.

'다 틀렸어.'

그런데 저녁 식사 때 밥상을 들고 온 것은 마아보였네. 쌀쌀맞고 새초롬하게 내 머리맡 탁자 위에 밥상을 올려놓았지. 돌아가는 길에 건빵 쪽으로 다가가더니 갑자기 다른 사람이 된 것처럼 쓸데없는 농담을 하며 까르륵까르륵 소란을 피우기 시작하면서 건빵의 등을 툭하고 쳤다네. 그러자 건빵이 이봐! 하며 마아보의 손을 잡으려고 했네.

　　"어머, 안 돼요."

　　그녀는 이렇게 소리를 지르며 나에게로 도망 오는게 아닌가?

　　"이거 보여줄게. 나중에 무슨 뜻인지 알려줘."

　　내 귓가에 입을 가져다대고 엄청 빠른 말투로 속삭이며, 작게 접은 편지를 나에게 건넸네. 동시에 건빵 쪽을 보고 큰 소리로 말했네.

　　"이 봐. 건빵, 슬슬 자백하시지? 테니스 코트에서 《오에도 니혼바시(お江戸日本橋)》[26]를 부른 건 누구지요?"

　　"몰라, 모른다고."

　　건빵은 얼굴을 새빨개지며 열심히 부정했네.

　　"《오에도 니혼바시》라면, 나도 알고있어."

　　갓포레는 불만스러운 듯 작은 목소리로 말하며 식사를 하기 시작했네.

26　작사 작곡 미상의 도쿄 니혼바시(日本橋)의 민요로, 니혼바시를 기점으로 교토(京都)까지 도카이도(東海道) 53개의 숙소명을 넣어 부른 것.

"모두 편히 드세요."

마아보는 웃으면서 일동에게 가볍게 인사를 하고 방을 나섰네. 뭐가 뭔지 알 수가 없었네. 마아보에게 보기좋게 농락을 당한 듯한 기분이 들어서 별로 유쾌하지 않았네. 그렇게 내 손에는 한통의 편지가 남겨졌지. 나는 다른 사람의 편지 같은 건 보고 싶지 않네. 그러나 마아보의 작은 자존심을 지켜주기 위해서 한 번 봐야만 했네. 귀찮게 됐다고 생각하면서, 식사 후에 몰래 읽어보았는데, 이야, 그게 실로 위대한 서한이었네. 연애편지인지 뭔지 전혀 알 수가 없었네. 그렇거나 상식적이고 점잖아 보이는 니시와키 뱀밥 나으리께서도 뒤에서 몰래 이런 한심한 편지를 쓰다니, 참으로 의외였다네. 어른이란 모두 이렇게 어리석지만 달콤한 일면을 숨기고 있는 것일까. 어쨌든 그 서한을 좀 그대로 베껴서 보여줄까 하네. 세면장에서는 그 편지의 끝 부분만 읽은 것일세. 그런데, 이번에는 처음부터 세 장의 편지 전부를 넘겨받은 것이네. 이하는 그 위대한 편지의 전문이네.

4

'지난 추억의 땅, 도장의 숲, 나는 창가에 기대어 조용히 인생의 새로운 한 페이지를 머릿속에 그리면서, 밀려왔다가는 멀어지는 파도를 바라보고 있네. 조용히 몰려오는 파도……그러나 먼 바다에는 하얀 파도가 거세게 몰아치고 있네. 그러나 바닷바람이 거세게 몰아치고 있기 때문에.' 그 편지는 이렇게 시작하네. 아무 의미도 없지 않나. 이래서는 마아보도 당혹스러울 것이네. 『만요슈』 이상으로 난해한 문장이지. 뱀밥은 이 도장을 나가고 나서, 자신의 고향인 홋카이도에 있는 병원으로 갔고, 그 병원은 아무래도 바닷가에 지어진 듯하네. 그런 사실 정도는 알겠지만, 그 다음은 무슨 의미인지 전혀 모르겠네. 희한한 글이네. 조금 더 옮겨 보겠네. 이제 문맥이 불가사의하게 우왕좌왕하고 있네.

'저녁 달이 파도에 잠길 때, 암흑이 사방을 덮칠 때, 하늘 저편에 내 영혼을 인도하는 별빛이 있네, 세상은 변하고 넘어져도 인생을 바르게 살기 위해서 노력하자! 남자다! 남자다! 남자다!! 힘을 내자. 나는 지금 이에 당신을 누이라 부르고 싶네. 나에게는 지금 타고난 천성이라고나 해야 할지, 아아 역시 연인이라고 하며 열애를 하는 것이 좋겠어.'

무슨 말인지 전혀 모르겠네. 그리고 여기부터 문맥이 점점 미쳐 날뛴다네. 정말 노도와 같더군.

그건 사람이 아니네, 사물이 아니네, 학문이고 일의 근원이고, 매일 아침저녁 사랑해야 할 것은 과학이고, 자연의 아름다움이라네. 이 두 가지는 함께 하나가 되어 나를 진심으로 열렬히 사랑해줄 것이고, 나도 열렬히 사랑하고 있네. 아아, 나는 누이[27]를 얻고, 애인을

27　일본의 고어에서 누이(妹)는 연인이나 아내를 일컫는 말이기도 하다. 이 작품에서는 그 두 가지 의미를 함께 담는 중의법으로 사용되고 있다.

얻고, 아아 얼마나 행복할까. 누이여!! 나의!! 오빠가 된 나의 이 기분, 염원을 진심으로 이해해 줄 것이라 생각하네. 그래서 내 누이라고 생각하고, 앞으로도 편지로 소식을 전하고 싶어. 이해하겠지, 누이여!!

대단히 딱딱한 문장이 되어 죄송합니다. 게다가 신세를 진 당신에게 누이라는 말을 해서 죄송합니다. 하지만, 이해해 주실 거라고 생각합니다. 당신 나이쯤 되면 남자고 여자고 여러 가지 생각을 할 시기입니다만, 너무 신경을 쓰거나 너무 깊이 생각하지 마세요. 나도 속세를 떠납니다. 오늘은 날씨가 좋습니다만, 바람이 셉니다. 위대한 자연! 나는 눈물에 젖었습니다. 이해해 주실 줄로 압니다. 오늘의 이 편지, 곰곰이 생각해 보고 계속 반복해서 숙독하세요. 고맙소, 마사코짱!! 힘내시게, 나의 사랑스런 누이여!!

그럼 마지막으로 오빠로서 한마디.

'우리 만난 지 오래도 되었구나 요즈음에는 잘은 지내고 있나 소중한 여인이여'

마사코 양에게
가즈오 오빠가

우선 대충, 이런 것이라네. 가즈오 오빠가라니, 자기 이름에 오빠를 붙이는 별 이상한 취향도 다 있더군. 어쨌든 마지막에 있는 『만요슈』의 노래 하나 말고는 도대체 무슨 말인지 전혀 모르겠네. 심하다고 생각하네. 그렇게 써보라고 해도 못 쓰겠네. 정말 전대미문이라고 해야 하네. 그렇지만, 니시와키 가즈오라는 작자는 절대 미친 사람은 아닐세. 내성적이고 상냥한 사람이네. 그렇게 좋은 사람이 이런 엉터리 편지를 쓰는 것을 보면, 정말이지 이 세상에는 이상한 일도 다 있는 법이라네. 마아보가 의미를 알려달라고 하는 것도 무리는 아닐세. 이런 편지는 받는 사람에게는 재앙이네. 고민하지 않을 수 없을 것일세. 명문이라고 해야 할지, 마문(魔文)이라고 해야 할지 모르겠으나, 아무래도 이 위대한 서한을 옮겨 쓰고 나니 이상하게 손목에 힘이 빠져 글씨가 제대로 안 써지네. 그럼. 또 연락하겠네.

10월 5일

시련

1

엊그제는 정말 뱀밥 나으리의 명문에 압도되어 펜이 떨려서 글을 쓸 수 없게 되는 바람에 마무리도 못하고 편지를 도중에 끊어버려서 실례했네. 그날 저녁식사 후에 내가 그 편지를 읽고는 멍하게 있는데, 마아보가 복도 창문에서 힐끔 얼굴을 들여다보며 말없이 '읽었냐'고 물어보는 듯한 눈빛을 보냈다네. 나는 가볍게 고개를 끄덕여주었지. 그러자 마아보도 진지하게 고개를 끄덕였네. 그 편지를 몹시 신경쓰고 있는 듯했네. 니시와키 씨도 참 죄가 많은 사람이라고, 나는 그때 이상한 의분 같은 것을 느꼈네. 마아보가 몹시 애처로워 보였네. 자백하자면, 나는 그 일 이후로 새삼 다시 마아보에게 신선한 매력을 느꼈네. 둔감한 남자가 아니게 되었다는 것일세. 어느 새 그렇게 되어 있었네. 아무래도 가을은, 못 쓰겠네. 정말이지 가을은 슬프다네. 비웃지 말게. 진지하게 하는 말이라네.

전부 이야기하겠네. 그 대청소 다음 날, 마아보가 아침 여덟 시 마찰 마사지 시간에 불쑥 세숫대야를 들고 방문 앞에 나타나서는 웃음을 꾹 참는 표정으로 곧장 나에게 왔네. 이렇게 빨리 마아보가 내 순번이 되리라고는 생각지도 못한 일이라서, 나는 거의 무의식적으로 작은 목소리로 말하고 말았네.

"잘 됐네."

기뻤던 것일세.

"아무 말이나 막 하네."

마아보는 귀찮다는 듯 내뱉었네. 그리고 서둘러 내 마찰 마사지를 시작했네.

"오늘 아침은 다케 씨 순번이었어. 다케 씨한테 다른 일이 생겨서 내가 대신 왔어. 싫어?"

지나치게 담백한 말투였네. 나는 그것이 불만이었으므로, 아무 말도 하지 않고 잠자코 있었지. 마아보도 잠자코 있었네. 점차 숨이 가빠지고 답답해지기 시작하더군. 이 도장에 왔을 당시도 나는 마아보가 마찰을 할 때는 이상하게 긴장이 돼서 몸이 편치 않았는데, 다시 또 그 긴장감이 되살아나면서 아무래도 답답해서 견딜 수가 없었네. 마사지가 끝났네.

"고마워."

나는 자다 깬 목소리로 말했네.

"편지, 돌려줘!"

마아보는 작게, 하지만 날카롭게 속삭였네.

"머리맡 서랍에 있어."

나는 벌러덩 누운 채 얼굴을 찡그리며 대답했네. 확실히 나는 기분이 나빴지.

"좋아, 점심시간이 끝나면 세면장에 잠깐 올래? 그때 돌려줘."

그렇게 내뱉고 내 대답은 기다리지 않고 서둘러 돌아갔네.

이상하리만큼 쌀쌀맞더군. 이쪽이 좀 친절하게 대해주면 바로 저렇게 톡톡 쏘아대네. 좋아, 그렇다면 나한테도 생각이 있어. 어디 단단히 혼이 나 봐야지, 나는 이렇게 각오를 하며 점심시간을 기다렸네.

점심 식사는 다케 씨가 가지고 왔다네. 밥상 한쪽에 대나무로 만든 작은 인형이 놓여 있었지. 고개를 들고 다케 씨에게, '이건?' 하고 물었네. 그러자 다케 씨는 얼굴을 찌푸리며 아주 싫은 내색을 하고는 아무에게도 말하지 말라는 듯한 몸짓을 했네. 나는 석연치 않은 얼굴로 고개를 끄덕였지. 참 이해할 수가 없었네.

"오늘 아침, 도장의 급한 볼일로 마을에 다녀왔데이."

다케 씨가 평소 목소리로 대답했네.

"선물인가."

나는 어쩐지 실망한 듯한 기분으로 힘없이 물었네.

"예쁘지 않나? 후지아가씨(藤娘) 인형이다. 넣어 두라."

누나처럼 어른스러운 말투로 대답을 하고 떠나갔네.

나는 어리둥절한 기분이었지. 조금도 기쁘지 않았네. 누가 호의를 보여주면 솔직하게 감흥을 보여야 한다고 며칠 전에 마음을 고쳐먹은 참인데, 무슨 일인지 나는 다케 씨의 이런 호의가 고맙지 않더군. 그것은 내가 이 도장에 왔을 당시부터 느꼈던 변함없는 감정으로, 지금에 와서 어떻게 바꾸기가 어려웠네. 다케 씨는 조수의 조장이고, 도장 안에 있는 모든 사람의 신뢰를 받고 있는 훌륭한 사람이니까 더 야무지게 처신해야 하네. 마아보 같은 여자와는 사정이 다르지. 이런, 볼품없는 인형 같은 것을 사가지고 와서, 후지아가씨야, 예쁘지? 라니, 말이 되는 소린가?

나는 밥을 먹으면서 곰곰이 밥상 구석의 그 후지아가씨 인형이라는 두치 쯤 되는 높이의 대나무 인형을 바라보았지만 보면 볼수록 못생긴 인형이었다네. 아무래도 취향이 이상하네. 이건 역 매점에서 먼지를 뒤집어쓴 채 팔리지 않아 매대에 묵혀 두었던 물건임에 틀림없네. 마음씨 좋은 사람은 꼭 물건을 잘못 사는 법인데, 다케 씨도 아무래도 역시 그런듯하네. 약간 불량스러운 마아보 쪽이 물건은 훨씬 더 잘 사지. 할 수 없네. 나는 후지무스메 인형 처리에 골머리를 썩였다네. 다시 되돌려줄까도 생각했지. 하지만 전날 기특하게도 제비꽃 만큼 작은 알량한 자존심이야말로 소중히 대해 줘야 한다고 각오를 한 바도 있고 해서, 맥이 빠진 기분으로 그 선물은 일단 침대 서랍에 넣어두기로 했네. 그렇지만 다케 씨에 대해 너무 많은 이야기를 하면, 자네가 또 열을 내서 안 되니까 이쯤으로 해 두겠네. 그런데 이번에는 그 점심시간 후에, 아무튼 마아보의 지시대로 세면장에 가 보았네. 마아보는 세면장 가장 안쪽 벽에 등을 찰싹 붙인 채 이쪽을 바라보며 키득키득 웃고 있었다네. 나는 언뜻 불쾌한 기분이 들었네.

"너, 가끔 이런 짓 하지."

내가 생각해도 의외의 말이 나오더군.

"뭐? 어째서?"

그녀는 살짝 웃으며 눈을 동그랗게 뜨고 내 얼굴을 올려다보았네. 나는 눈이 부셨지.

"학원생을 가끔 여기로 끌고와서."

이렇게 말하려다가 아무래도 그건 너무 저질스러운 말이라는 생각이 들어 멈칫했네.

"그래? 그럼 그만해."

그녀는 이렇게 가볍게 말하고, 인사를 하듯이 상체를 앞으로 내밀며 가려고 했네.

"편지 가져왔어."

나는 편지를 내밀었네.

"고마워."

전혀 웃지도 않고 받아들고선 말을 이어가더군.

"종다리도, 역시 안 되겠네."

"어째서 안 된다는 거야?"

내 쪽이 수세가 되었네.

"종다리는 나를 그런 여자라고 생각했던 거지?"

그녀는 얼굴이 파래져서 내 얼굴을 똑바로 보고 물었네.

"창피하지 않아?"

"창피해."

나는 깨끗이 항복했네.

"질투했어."

마아보는 반짝이는 금니를 드러내며 웃었다네.

3

"나, 그 편지 읽었어."

크게 혼내줄 생각이었는데, 다케 씨의 볼품없는 후지아가씨 인형 따위를 받고 초장부터 기세가 꺾여, 마아보에 대해 떳떳하지 못한 기분까지 들었던 것일세. 그래서 우울에 가까운 마음으로 이 세면장에 와 본 것이네. 그러고보니 마아보가 너무 요염해 보였고, 남자로서 가장 부끄러운 질투심이 생겨 그만 마음에도 없는 소리를 지껄이고 만 것일세. 마아보는 바로 그게 무슨 말이냐며 추궁했고,

그 바람에 지금은 일이 다 망가지고 말았네.

"전부 읽었어. 재미 있었어. 뱀밥은 좋은 사람이더군. 나는 좋아하게 됐어."

마음에도 없는 천박한 아첨만 늘어놓고 있었네.

"그렇지만 의외네. 이런 편지."

마아보는 개운치 않다는 듯 고개를 갸우뚱하며 편지를 펼쳐놓고 바라보았네.

"응. 나도 좀 의외였어."

내 입장에서는 너무 못 써서 의외였던 것일세.

"아, 정말 의외야."

마아보에게는 정말이지 중대한 일인 것 같았네.

"너도 편지를 보냈겠지."

또 다시 쓸데없는 말을 해버리고는 철렁했네.

"보냈어."

천연덕스러웠네. 나는 갑자기 재미가 없어졌다네.

"그럼 네가 유혹한 것이군. 너는 불량소녀 같아. 그런 걸 얼간이라고 하는 거야. 머리가 빈 계집애라고도 하고, 양아치라고도 하고, 또 싸가지라고도 하지. 너도 참 괘씸하군."

있는 대로 욕을 퍼부었지만, 이번엔 마아보는 화를 내기는커녕 깔깔 웃기 시작했네.

"잘 들어. 특히 뱀밥은 아내가 있어. 웃을 일이 아니라고."

"그러니까 사모님에게 감사장을 보낸 거라고. 뱀밥이 도장을 나갈 때 내가 마을 역까지 배웅을 갔고, 그때 사모님께 흰 버선을 두 켤레 받았어. 그래서 그 사모님에게 감사편지를 보낸 거라고."

"그뿐이야?"

"그뿐이지."

"뭐야."

나는 기분이 풀렸네.

"그뿐이었던 거군."

"응, 그래. 그런데 이런 편지를 보냈다구. 정말 징그럽고 싫어서 몸서리가 쳐진다고."

"그렇게 몸서리치지 않아도 되잖아. 너 사실은 뱀밥 좋아하지."

"좋아해."

"뭐야."

나는 다시 재미없어졌네.

"멍청하긴. 한심해. 부인이 있는 사람을 좋아해서 어쩌겠다구. 사이좋아 보이는 부부였지?"

"그렇다고 종다리를 좋아해도 어쩔 도리가 없잖아?"

"무슨 소리를 하는 거야. 얘기가 다르지."

나는 점점 더 기분이 상했다.

"너는 진지하지 않아. 나는 네가 나를 좋아하길 바란 적 없어."

"바보, 바보, 종다리는 아무것도 몰라. 종다리는 아무것도 모르면서."

말을 하다 말고, 홱하고 뒤돌아서 흑흑 울기 시작했다. 이번에야말로 몸서리를 치며 강하게 말했다.

"저리 가!"

4

나는 이 사태를 어떻게 마무리해야 할지 난감했네. 입을 삐죽 내밀고 세면장을 어슬렁거리는 동안에 어쩐지 나도 함께 울고 싶어졌네.

"마아보."

그녀를 부르는 내 목소리는 떨리고 있었네.

"그 뱀밥이 그렇게나 좋아? 나도 뱀밥을 좋아해. 그 사람은 상냥하고 좋은 사람이기 때문이야. 마아보가 뱀밥을 좋아하는 것도 이상하지 않아. 울어, 울어, 실컷 울어. 나도 같이 울게."

어째서 그런 건방진 얘기를 했을까. 지금 생각해보면 꿈같은 생각이 드네. 나는 울려고 했네. 그러나 눈두덩이가 조금 달아올랐을 뿐, 눈물은 한 방울도 나오지 않았네. 나는 눈을 크게 부릅뜨고 세면장 창문으로 누렇게 변하기 시작한 테니스 코트의 은행잎을 말없이 바라보고 있었네.

어느새인가 마아보가 내 옆에 가만히 서 있더군.

"빨리. 방으로 돌아가. 다른 사람이 보면 안 되니까."

그녀는 기분 나쁠 정도로 조용하고 차분한 말투로 말했네.

"봐도 상관없어. 나쁜 짓을 한 게 아니잖아."

그렇게 말하면서 내 가슴은 이상하게 쿵쾅거렸네.

"멍청해, 종다리는."

나와 나란히 세면장 창문을 통해 테니스 코트 쪽을 바라보면서, 그녀는 혼잣말하듯이 중얼거렸네.

"종다리가 오고나서 도장도 바뀌었어. 아무것도 모르지? 종다리의 아버님은 대단한 분이라던데? 도장님이 언젠가 그런 말씀을 하셨어. 전 세계적으로 유명한 학자시라고."

"가난한 걸로 전 세계에서 유명한 거지."

심하게 쓸쓸해졌네. 아버지와는 벌써 2개월이나 만나지 않았네. 여전히 장지문이 흔들릴 정도로 큰 소리를 내며 코를 풀고 있을까.

"혈통이 좋은가봐. 종다리가 오니까 도장이 정말 갑자기 밝아졌어. 여기 모든 사람들의 마음도 달라졌어. 다케 씨도, 그렇게 좋은 아이를 본 적이 없다고 한 적이 있어. 다케 씨는 좀처럼 다른 사람 뒷이야기는 하지 않는 사람인데, 종다리한테는 푹 빠졌어. 다케 씨뿐이 아니라 금붕어도 그렇고 양파도 그렇고 다들 그래. 그렇지만 학원생들에게 안 좋은 소문이 돌아서 종다리에게 폐를 끼치면 안 되니까 모두들 조심하느라고 종다리에게 다가가지 않는 거야."

나는 쓴 웃음을 지었네. 인색한 애정이라고 생각했네.

"그건 바로 경원시한다는 거야. 좋아하는 게 아닌 거지."

"어머, 말도 안돼."

마아보는 내 등을 가볍게 치고는 그 손을 그대로 등에 살짝 올려놓고 있었네.

"나는 달라. 나는 종다리를 눈곱만큼도 좋아하지 않아. 그러니까 이렇게 둘이서만 이야기해도 아무렇지 않은 거야. 착각하지 마. 나는⋯⋯"

나는 마아보 곁에서 슬쩍 떨어졌네.

"고작 뱀밥과 편지를 주고받는 정도잖아. 나는 분명히 말하지만, 뱀밥이 편지를 너무 못써서 어이가 없었어."

"알고 있어. 못쓴 편지니까 보여준 거지. 잘 쓴 편지였으면 누가 보여주겠어? 나는 뱀밥에게 아무 감정이 없어. 그렇게 다른 사람을 바보취급하지 마."

말투도 태도도 마치 다른 사람이 된 것처럼 노골적이고 품위가 없어졌네.

"나는 이제 글렀어. 너는 모르지? 멍충이니까, 눈치가 없는 거야. 이제 다른 사람들한테, 너하고 사이좋게 지낸다는 얘기까지 듣고 있어. 어떻게 할 거야? 그런 소문이 돌아도 괜찮아?"

고개를 숙이고 오른쪽 어깨를 내밀어 그 어깨 끝으로 나를 꾹 누르며 키득키득 웃더군.

5

"그만해, 그만해."

나는 말했네. 이럴 때는 그런 말 말고는 달리 할 말이 없는 법이네. 말도 안 되는 일이 생겼다고 생각했지.

"곤란해? 어때? 자, 여기에서 창피를 더 당해 볼래? 어젯밤 달이 밝아서 잠이 안 오는 거야. 정원에 나갔는데, 종다리 머리맡의 커튼이 살짝 열려 있어서 들여다봤어, 알아? 종다리는 달빛을 받고 웃으면서 자고 있었어. 그 잠든 얼굴, 멋있었어. 자, 종다리, 어떻게 할 거야?"

드디어 벽의 코너에 밀리고 말았네. 나는 어쩐지 한심한 기분이 들었네.

"무리야. 도저히 무리야. 나는 스무 살이야. 곤란해. 이봐, 누군가 이쪽으로 오고 있어."

또각또각 세면장 쪽으로 다가오는 슬리퍼 소리가 들렸네.

"안 되겠네. 그런 게 아니야"

마아보는 나에게서 떨어져 고개를 뒤로 젖히고, 머리를 쓸어올리며 아하하 하고 웃었네. 얼굴은 막 목욕을 마친 것처럼 발그레했네.

"이제, 강의 시간이야. 이만 실례할게. 난 시간에 늦는, 칠칠치 못한 짓은 질색이야."

나는 세면장을 뛰쳐나왔네. 순간 마아보가 가느다란 목소리로 말했네.

"다케 씨하고 사이좋게 지내면 안 돼."

그 목소리가 내 마음을 제일 파고들었네.

정말, 가을은 안 되겠네.

방으로 돌아오니, 강의는 아직 시작되지 않았고 갓포레가 침대에 벌러덩 누워 늘상 부르는 도도이쓰를 부르고 있었네. 길가의 잔디는 사람들에게 밟혀도 아침 이슬을 받아 되살아난다든가 하는 의미의, 전에도 몇 번인가 들은 도도이쓰였네. 그런데 그게, 그때만큼은 여느 때와 달리 성가시게 느껴지지 않아 잠자코 귀 기울여 들었으니 참 기묘한 일이네. 내가 마음이 약해진 것인지도 모르지.

이윽고 강의가 시작되었네. 중일문명의 교류라는 제목으로 오카키(岡木)라는 젊은 선생님이 강연을 해 주셨네. 주로 의학 교류에 대한 것으로, 예부터 전해진 여러 예증을 들어 구체적으로 알기 쉽게 설명해 주셨네. 일본과 중국은 항상 서로 가르쳐주며 발전해온 나라였다는 사실에 새삼 깊이 수긍을 하게 되었고, 반성하게 되는 부분도 많았다네. 하지만 그렇다고 해도 나는 아무래도 오늘 있었던 비밀이 걱정이 되더군. 빨리 마아보 따위는 잊어버리고 전처럼 아무 거릴 낄 것 없는 모범적인 학원생이 되고 싶다는 생각만이 굴뚝같았네.

애초에 그 마아보가 잘못한 것이네. 좀 더 총명한 여자인 줄 알았는데, 의외로 어리석은 여자더군. 방금 전, 그렇게 생각지도 못한 태도를 여러 번 보였지만, 그런 건 아무런 의미도 없다는 것은 나도 알고 있네. 나는 바보 같이 자만하는 마음은 없다네. 마아보는 항상 자기자신에 대해서만 생각하고 있네. 뱀밥도 나도 문제가 아니라는 거네. 그저 자신은 아름답고 가련하다는 생각에 빠져 있는 것일세. 순진한 척 가장하고 있지만 그렇게 허영심이 강하니, 아무에게도 지고 싶지 않을 것이고, 지독한 욕심쟁이니까 남의 것이라면 뭐든 가지고 싶겠지. 마아보의 책략쯤은 나도 간파할 수 있네.

6

역시 마아보는 그 뱀밥의 편지를 나에게 보여서 좀 으스대고 싶었던 것은 아닐까 하네. 하지만 내가 그 편지를 아주 무시하고 있다는 것을 금방 눈치채고, 바로 태도를 바꿔 울고 불고 마음에도 없는 소리를 늘어놓는 결과가 된 것이 틀림없네. 제비꽃만한 자존심이 아니라 그녀의 높은 자존심은 여왕님 같다네. 정말이지 이해하고 보듬어 줄 수가 없을 지경이네. 모든 사람들이 나와 마아보가 잘 지낸다고 수군거린다지만, 어이가 없네. 나는 지금까지 마아보의 일로 다른 사람들에게서 놀림을 당한 적은 한 번도 없네. 마아보 혼자서 난리를 치는 것일세. 마아보는 조심성이 없고 본바탕이 천박하네. 정말이지, 에치고의 말처럼 어머니가 몹쓸 사람이었는지도 모르네. 차분히 생각해보니 점점 화가 치미는군. 마아보는 도장의 조수로서 자격이 없다는 생각이 드네. 도장은 신성한 곳일세. 모두 한마음으로 결핵정복을 염원하며 아침저녁으로 단련에 정진하고 있는 곳이네. 다시 한 번 마아보가 그런 노골적인 언동을 보인다면, 나는 단연코 조장인 다케 씨에게 말해서 마아보를 도장에서 추방시키리라고 다짐했네.

그렇게 다짐을 하고 나니, 그제서야 나는 방금 전 세면장에서의 악몽이 신경쓰이지 않게 되었네.

그것은 악몽이었네. 악몽은 인생에 연결고리가 없는 법이네. 자네를 때린 꿈을 꿨다고 해서 내가 그 다음날 자네에게 사과를 하러 가지는 않는다네. 나는 그런 감상적인 종교가, 또는 시인의 마음을 가지고 있지 않다네. 새로운 남자는 까다로운 일은 질색이네.

꿈에는 구애받지 않는다고 생각했는데, 그 세면장의 악몽 다음 날, 그러니까 오늘 아침 새벽에 나는 꿈을 또 한 번 꾸었네. 그런데 이건 길몽이라네. 길몽은 잊고 싶지 않더군. 인생에 뭔가 연결고리를 갖게 하고 싶었네. 이건 자네에게도 꼭 알려주고 싶은데, 다케 씨에 대한 꿈이네. 다케 씨는 좋은 사람이네. 오늘 아침에 정말 절실히 느꼈지. 그런 사람은 좀처럼 없네. 자네가 다케 씨에게 열을 올리는 것도 이상하지 않다고 생각하네. 자네는 역시 시인인 만큼 감이 좋더군. 눈이 높아. 훌륭하네. 자네가 다케 씨에게 너무 열을 올리다 몸져눕기라도 하면 안 되겠다고 생각해서 그동안 다케 씨에 대한 보고는 삼가고 있었네. 하지만, 그런 걱정은 전혀 필요 없다는 것을 오늘 아침 확실히 알았네.

아무리 다케 씨를 좋아해도, 다케 씨는 그 사람을 몸져눕게 하거나 타락시킬 사람이 아닐세. 부디 다케 씨를, 좀 더 확실하게 좋아해 주게. 나도 자네에게 지지 않고 다케 씨를 더 확실하게 신뢰할 생각일세. 그건 그렇고, 마아보는 바보 같은 여자더군. 다케 씨와는 전혀 반대라네. 완전히 말 그대로 되다 만 여배우, 그 자체일세. 어제 그 일이 있고나서, 마아보가 저녁 여덟시 마찰 마사지 때 자기 차례도 아닌데 '벚꽃실'에 나타났다네. 그리고 점심때 있었던 그 일은 깨끗하게 잊어버린 듯이 건빵이나 갓포레를 상대로 희희낙낙 떠들썩하더군. 그 때 내 마찰 마사지 담당은 다케 씨였는데, 다케 씨는 저번처럼 말없이 쓱쓱 부드러운 손길로 마사지를 하고, 마아보들의 쓸데없는 농담에도 간혹 싱긋 웃어 보일 뿐이었네. 마아보가 성큼성큼 우리 옆으로 다가와서 거칠게 장난스러운 말투로 물었네.

"다케 씨, 도와줄까요?"

"고맙데이."

다케 씨는 그래도 가볍게 고개를 끄덕이며 새침하게 대답할 뿐이었네.

"금방 끝난데이."

7

나는 이런 식으로 침착하고 차분한 다케 씨를 좋아하는 것일세. 나에게 서투른 호의를 보이거나 할 때의 다케 씨는 꼴불견이라 봐줄 수가 없네. 마아보가 오른쪽으로 한 바퀴 빙 돌아서 다시 건빵에게로 갔을 때, 나는 작은 목소리로 다케 씨에게 말했네.

"마아보는 밥맛이 없어."

"아는 착하다아이가."

다케 씨는 툭 하고 위하는 듯한 말투로 대답했네.

역시 다케 씨는 인간적으로 마아보보다 격이 위라고 할까? 그때 나는 남몰래 생각했네. 다케 씨는 후다닥 마찰 마사지를 끝낸 후, 세숫대야를 끼고 옆방인 '백조실'로 냉수마찰을 도와주러 갔네. 그 뒤로 마아보가 실실 웃으며 또 다시 내 침대 옆에 와서 작은 목소리로 말했네.

"다케 씨에게 무슨 말 했어? 분명히 얘기했지. 나는 알아."

"밥맛없는 애라고 했어."

"못됐어! 어차피 그렇지."

의외로 화를 내지는 않더군.

"있잖아, 이거 갖고 있어?"

양 손가락으로 사각형을 만들어 보였네.

"케이스 말이야?"

"응. 어디에 넣어뒀어?"

"거기 서랍에. 갖고 가도 돼"

"어머, 싫어. 평생 갖고 있어. 귀찮겠지만."

묘하게 차분하게 말하더니, 갑자기 큰 소리로 말했네.

"역시 종다리 자리에서 달이 제일 잘 보이네. 갓포레 씨, 잠깐 와 봐요! 여기서 나란히 달구경해요. 밝은 달이여, 하는 하이쿠 읊어요. 어때요?"

정말이지 시끄러웠네.

그날 밤은 그렇게 별 특별한 이변 없이 잠이 들었으나, 새벽녘에 문득 잠을 깼네. 복도의 보안등 불빛으로 방은 어렴풋하게 밝았네. 머리맡의 시계를 보니, 5시 조금 전이었네. 바깥은 아직 캄캄한 것 같았지. 창문에서 누군가가 보고 있었네. 마아보! 하고 바로 머리에 떠올랐네. 얼굴이 하얗더군. 분명 한번 쓱 웃고는 사라졌네. 나는 일어나서 커튼을 젖혀보았지만, 아무것도 없었다네. 이상한 기분이 들더군. 잠이 덜 깬 것일까? 아무리 마아보가 터무니없는 여자라고 해도, 설마 이런 시간에. 나도 의외로 로맨티스트였군, 하며 쓴웃음을 짓고 침대로 기어들어갔지만 아무래도 신경이 쓰였네. 얼마 안 있어 멀리 세면장 쪽에서 찰박찰박 세탁이라도 하고 있는 듯한 물소리가 희미하게 들려왔네.

저거야! 라고 생각했네. 무슨 이유에서 그렇게 생각했는지는 모르네. 방금 전 씩 웃고는 사라진 사람은 저 사람이다. 분명 지금 저기에 있는 것이다. 이렇게 생각하니 참을 수가 없었네. 그래서 살그머니 일어나 발소리를 죽이고 복도로 나갔네.

세면장에는 푸른색 알전구가 하나 켜져 있었네. 들여다보니, 비백 무늬의 기모노에 하얀 앞치마를 걸치고 동그랗게 쪼그리고 앉아서 다케 씨가 세면장 바닥을 닦고 있더군. 머리에 수건을 뒤집어써서, 오오시마(大島)의 안코[28]와 비슷했네. 나를 돌아보고는 다시 묵묵히 마룻바닥을 닦기 시작하더군. 얼굴이 심하게 야위고 말라보였네. 도장 사람들은 모두 아직 조용히 자고 있었네. 다케 씨는 항상 이렇게 일찍 일어나서 청소를 시작하고 있는 것일까. 나는 뭐라 말을 할 수 없이 그저 가슴만 두근거리며 다케 씨가 청소하는 모습을 보고 있었다네. 고백하면 나는 이때 태어나서 처음으로 끔찍한 욕망때문에 고뇌했네. 밤이 새기 직전의 캄캄한 어둠에는, 무언가 심상치 않은 기색이 꿈틀거리고 있는 법이네.

---

28 안코란 이즈오시마(伊豆大島) 여성 일반을 일컫는 호칭. 감색 바탕에 흰 바둑판 모양의 옷과 동백꽃이 그려진 수건, 앞치마와 짧은 겉옷이 일반적 복장이다.

8

아무래도 세면장은 나로서 피해야 하는 곳인가 보네.

"다케 씨, 아까."

목소리가 목구멍에 걸리더군. 신음하듯 겨우 말했네.

"마당에 나갔어?"

"아니데이."

나를 돌아보며 살짝 웃더군.

"도련님, 무슨 잠꼬대 같은 소링교. 어머, 내 몬 산다. 맨발 아니고?"

정신을 차리고 보니 정말로 나는 맨발이었네. 너무 흥분해서 나오는 바람에, 슬리퍼 신는 것도 잊어버린 것이라네.

"신경 쓰이게 하네, 참말로 발, 닦아라 마."

다케 씨는 일어나서 수도물에 걸레를 차박차박 빨더니, 그 걸레를 내 옆으로 가지고 와서는 쪼그려앉아 내 발바닥을 오른쪽 왼쪽 모두 다 싹싹 문질러 닦아주었네. 발뿐만이 아니라 내 마음 깊은 곳까지 상쾌해진 기분이었지. 기묘하고도 무서운 그 욕망도 사라지더군. 나는 발을 닦아 주는 동안 다케 씨의 어깨에 손을 올려놓고, 일부러 그녀와 같은 간사이 사투리로 말해 보았네.

"다케 씨, 앞으로도 마 내 이리 응석부려도 되지 않켓나."

"허전한가 보데이."

다케 씨는 조금도 웃지 않고 혼잣말처럼 작은 목소리로 말했네.

"자, 이거 빌려 주꼬마, 얼른 뒷간 갔다 와서 자그레이."

다케 씨는 자기가 신고 있는 슬리퍼를 벗어서 내 쪽으로 가지런히 내밀었네.

"고마워."

아무렇지 않은 척 슬리퍼를 신고 덧붙였네.

"나 잠이 덜 깼나?"

"뒷간 가려고 깬 거 아니가?"

다케 씨는 또 열심히 바닥 청소를 시작하며 어른스러운 말투로 대답했네.

"그렇긴 한데."

차마 창문 밖으로 여자 얼굴이 보였다느니 하는 바보 같은 말은 할 수가 없었네. 내 마음이 순수하지 않으니까 그런 환영도 보였겠지. 바보 같은 공상에 마음이 두근거리며, 맨발로 복도로 뛰쳐나온 내 자신의 모습이 한심하고 창피하게 여겨졌네. 매일 이렇게 깜깜할 때 일어나서, 아무 생각 없이 묵묵히 바닥 청소를 하는 사람도 있는데 말일세.

나는 벽에 기대어 잠깐 동안 다케 씨가 일하는 모습을 바라보며, 인생의 엄숙함을 절실히 깨닫게 되었네. 건강이란 바로 이런 모습이라고 생각했네. 다케 씨 덕분에 나의 마음 속 순수한 보석이 더 산뜻하고 투명해진 것 같았네.

자네 말일세, 정직한 사람이란 좋은 것이네. 단순한 사람이란 고귀한 것이네. 나는 지금까지 다케 씨의 느긋한 성격을 조금 경멸하고 있었는데 그건 잘못된 것이었네. 역시 자네는 안목이 있네. 마아보 같은 여자하고는 비교도 할 수 없을 정도라네. 다케 씨의 애정은 사람을 타락시키지 않네. 이건 대단한 것이라네. 나도 저렇게 올바른 애정을 가진 사람이 될 생각이라네. 나는 하루하루 더 높이 날 걸세. 주위의 공기가 차츰 차고 맑아지고 있다네.

남아필생 위기일발(男兒畢生危機一髮)이라던가. 새로운 남자는 항상 위험한 곳에서 놀고, 그리고 가볍게 그것을 빠져나와 날아오른다네.

이렇게 생각해 보면 가을 또한 나쁘지 않은 듯하네. 조금 쌀쌀해서 기분이 좋군.

마아보 꿈은 악몽이라서 빨리 잊어버리고 싶지만, 다케 씨 꿈은 만약 이것이 꿈이라면 영원히 깨지 않았으면 하네.

주책없이 자랑하는 것은 아니네.

10월 7일

건빵

1

그간 잘 지냈는가?

심한 태풍이었네. 이게 바로 가을 태풍이라는 것일까? 이래서는 미국의 주둔군들도 놀랄 것일세. E시에도 4, 5백 명 와 있다고 하는데, 아직 이 근처에는 한 번도 나타나지 않은 것 같더군. 너무 겁을 먹고 웃음거리가 되지 말라는 도장장의 훈시도 있었고 하여, 이 도장 사람들은 비교적 태연하다네. 다만 딱 한 명, 조수 금붕어 씨만 조금 풀이 죽어서 모두에게 놀림을 받고 있다네. 금붕어 씨는 2, 3일 전 비가 오는데도 볼일이 있어서 E시에 다녀왔다고 하는데, 도장에 돌아와서는 밤에 모두와 함께 잠자리에 들고 난 후 훌쩍훌쩍 울고 있었다는군. 왜 그래? 무슨 일 있어? 사람들이 물어보자, 금붕어 씨는 흐느끼며 대답했다네. 내용을 들어보니 대충 이런 사정이 있었다고 하네.

금붕어 씨는 시내에서 볼일을 보고 나서, 대합실에서 돌아오는 버스를 기다리고 있었다더군. 그런데 갑자기 억수같이 쏟아지는 빗속을 마치 하늘에서라도 내려온 듯이 미국 트럭이 달려왔고, 아무래도 고장이 났는지 버스 대합실 바로 앞에 멈추었다네. 운전대에서 아이같이 어린 미국 병사 두 명이 뛰어 내려와 비를 맞으면서 수리를 했으나 좀처럼 수리가 끝나지 않았다더군. 물에 빠진 생쥐 꼴이 되어 한참이 지나도록 계속해서 묵묵히 기계를 만지고 있었다네. 이윽고 금붕어 씨 무리가 기다리는 버스가 왔네. 금붕어 씨는 대합실에서 달려나가 버스를 타려고 했지. 그 때 자기도 모르게 정신없이 짐 보따리 속에 들어있는 배를 하나씩 꺼내 그 미국 소년들에게 주었다네. 땡큐라는 소리를 등 뒤로 하고 버스 안으로 뛰어들었고, 바로 출발. 그뿐이었지만, 도장으로 돌아와 차츰 진정됨과 동시에 뭐라 말할 수 없이 무섭기도 하고 걱정되어 견딜 수 없었던 모양일세. 그리고 결국 밤에는 머리부터 이불을 뒤집어쓰고 혼자서 훌쩍훌쩍 울기 시작했다는 것이네. 그 뉴스는 다음날 아침 일찍부터 벌써 도장 전체에 퍼졌다네. 그럴 만하다는 사람도 있고, 괘씸하다는 사람도 있고, 도통 영문을 모르겠다는 사람도 있어, 어쨌든 모두들 한바탕 웃었네. 금붕어 씨는 사람들이 재미있어 하며 놀려도 전혀 웃는 기색도 없이 고개를 저으며 아직도 가슴이 두근거린다고 했다네.

그리고 또 한 사람, 같은 방에 있는 건빵 씨가 요즈음 몹시 우울한 얼굴을 하고 있네. 뭔가 번민하는 모습으로 보였지만, 역시 그에게 기묘한 고뇌가 또 하나 있었던 것이라네.

도대체 이 건빵이라는 인물은 비밀주의라서 그런 것인지, 거드름을 피우느라 그런 것인지, 우리들은 아예 상대도 하지 않고 늘 남처럼 대해서 몹시 데면데면한 존재였다네. 그런데 그저께 밤 그 심한 태풍으로 7시 조금 지났을 무렵부터 정전이 되었네. 그래서 저녁 마찰 마사지도 없었고, 또 정전이 된 탓에 확성기도 쓰지 못하게 되어 저녁 보도도 들을 수 없었네. 학원생들은 모두 일찍 잠자리에 들게 되었네. 하지만 바람소리가 심해서 아무도 잠들지 못 하고 있었네. 갓포레는 작은 목소리로 노래를 부르고, 에치고 사자는 자기 침대 서랍에서 촛불을 찾아내어 거기에 불을 붙이고는 침대 맡에 올려 놓고 양반다리로 앉아 자기 슬리퍼 수선에 열을 올리고 있었네.

"바람이 심하네요."

건빵이 묘한 미소를 지으며 우리쪽으로 다가왔네. 건빵이 남의 침대에 놀러 오다니, 참으로 신기한 일이었지.

나방이 불빛을 찾아 몰려들듯 인간도 역시 이렇게 태풍이 부는 밤에는 변변찮은 촛불의 불빛이라도 이끌려오는 것일지도 모른다고 나는 생각했다네.

"아아, 주둔군도 이런 태풍에는 놀랐겠죠."

나는 상반신을 일으켜 그를 맞이하며 말을 붙였네.

그는 마침내 묘한 미소를 지으며 조금 익살스러운 어조로 말했네.

"아니, 저, 그게 말이야."

"문제는 그 주둔군인데요. 어쨌든 당신, 이거 읽어보세요."

그렇게 나에게 편지를 한 장 건네더군.

편지에는 영어가 가득 적혀 있었네.

"저 영어는 못 읽어요."

나는 얼굴을 붉히고 말했네.

"읽을 수 있어요. 중학교를 갓 졸업한 당신들 정도 되는 나이가 가장 영어를 잘 아는 법이거든요. 우리들은 벌써 잊어버렸어요."

실실 웃으면서 말하고는 내 침대 끝에 앉아 나에게만 들리도록 갑자기 목소리를 낮추더군.

"사실은 말이예요, 이건 내가 쓴 영어문장이에요. 분명 문법상 틀린 부분이 있을 테니까, 당신이 고쳐주었으면 해요. 읽으면 알겠지만, 아무래도 이 도장 사람들은 내가 어지간히 영어를 잘한다고 생각하는 모양이라, 언젠가 이 도장에 미국 병사가 오면 어쩌면 나를 통역으로 억지로 끌어낼지도 모른다구요. 그때를 생각하면, 나는 걱정이 되어 견딜 수가 없어요. 좀 이해해줘요."

이렇게 말하고, 그는 계면쩍은 듯 후후후 하고 웃더군.

"그래도, 당신은 정말로 영어를 잘하시는 것 아닌가요?"

나는 편지를 멍하니 바라보며 이야기했네.

"농담 말아요. 난 도저히 그런 통역 못 해요. 비행기를 태우는 바람에 좀 우쭐해져서 조수들에게 영어하는 모습을 너무 많이 보여준 것 같은데, 이러다 통역에 끌려나가서 내가 뒤죽박죽 헤매는 모습을 보기라도 하면, 그 조수들이 나를 얼마나 경멸하겠어요. 정말이지 이렇게 곤란한 일은 없어요. 요즈음 그게 걱정이 되어서 밤에 잠도 잘 못 잘 지경이고 좀 이해해 줘요."

이러고는 또 후훗 하고 웃더군.

나는 편지의 영어문장을 읽어보았네. 군데군데 내가 모르는 단어들이 있었지만, 대체로 다음과 같은 의미의 영문이었다네.

자네, 화를 낼 필요 없네. 이 실례를 용서해주기 바라네. 나는 불쌍한 사람이네. 왜냐하면 나는 영어는 듣기, 말하기 그 외 모두 갓난아기 수준이기 때문이네. 그런 행위는 나의 능력 저 멀리에 존재하는 것이네. 그뿐만 아니라, 또한 나는 폐병 환자라네. 자네, 주의하게! 아아, 위험하네! 자네에게 전염될 가능성이 매우 크네. 그렇지만, 나는 자네를 깊이 신뢰하네. 신의 이름으로, 자네는 매우 품격 있는 신사임을 인정하네. 자네는 분명히 불쌍한 이 남자를 동정할 것이라는 것을 나는 믿어 의심하지 않는 바이네. 나는 영어 회화에서는 거의 불구에 가깝지만, 읽기와 쓰기는 어떻게든 가능하네. 만약 자네가 충분히 친절하고 인내력이 있다면, 오늘 자네에게 필요한 용건을 이 편지에 써주기 바라네. 그리고 한 시간은 인내할 수 있다고 알려 주기 바라네. 나는 그동안 나의 개인 방에 들어가서 자네의 문장을 연구하고, 그리고 나의 답을 내 능력을 최대한 발휘해서 편지로 쓸 것이네.

진심으로 자네의 건강을 빌겠네. 빈약하고 추악한 나의 글에 대해 절대 화를 내지 말게.

3

기괴하고 이해 불가능한 뱀밥의 편지에 비하면, 이쪽은 역시 조리가 있었네. 그렇지만 나는, 읽으면서 우스워서 죽을 뻔 했네. 건빵 씨가 통역으로 끌려나갈 것을 얼마나 두려워하고, 예의 그 허세스러운 마음에 혹시 만일 끌려나가더라도 어떻게든 망신을 당하지 않고 처리를 해서 조수들의 기대에 어긋나지 않게 하고 싶어 고심을 하며 이리저리 잔머리를 굴리는 모습을, 그 영어문장으로도 충분히 짐작할 수 있었네.

"이건 마치 중대한 외교문서 같네요. 당당합니다."

나는 웃음을 억누르며 대답했네.

"놀리지 마세요."

건빵은 쓴웃음을 지으며 그 편지를 나에게서 낚아채었네.

"어디, 미스테이크는 없었나요?"

"아니요, 아주 이해하기 쉬운 문장으로, 이런 것을 명문이라고 하지 않을까 싶습니다."

"헤메는 사람의 명분[29]이겠죠?"

재미도 없는 말장난을 하며, 그래도 칭찬을 듣고 기분이 나쁘지는 않은 듯, 조금 자신 있는 거만한 표정을 짓더군.

"통역이 되면 역시 책임이 말이에요, 무거워져요. 그래서 나는 실례를 무릅쓰고 필담으로 하려는 겁니다. 아무래도 나는 영어 지식을 너무 떠벌려서, 어쩌면 통역으로 끌려나갈지도 몰라요. 이제 와서 도망을 가서 숨을 수도 없고, 귀찮게 되어버렸어요."

어이가 없을 정도로 차분한 어조로 말하며 부자연스럽게 작은 한숨을 쉬었네.

사람마다 누구나 여러 가지 걱정이 있는 법이라고 나는 감탄했네.

태풍 때문이었을까, 아니면 희미한 불빛 때문이었을까, 그날 밤, 우리 같은 방 네 명은 에치고 사자의 촛불을 중심으로 모여 오랜만에 서로 마음을 터놓고 이야기를 나누었네.

"자유주의자라는 것 말이에요, 그건, 도대체 뭘까요?"

갓포레는 무슨 이유인지 한껏 목소리를 낮춰 물어보았네.

"프랑스에는 말입니다."

건빵은 영어 쪽에서 넌더리가 났는지, 이번에는 프랑스 방면의 지식을 피로했네.

---

29 일본어로 명문(名文)과 명분(名分)은 둘 다 발음이 '메이분'으로 같다.

"리베르텡(libertin)[30]이라는 게 있는데, 이게 뭐 자유사상을 구가하면서 꽤나 날뛰었습니다. 17세기의 일이니까 지금으로부터 300년 정도 전의 이야기가 될까요."

눈썹을 치켜올리며 거들먹거리더군.

"그 녀석들은 주로 종교의 자유를 외치며 날뛰었다고 합디다."

"뭐야, 망나니들인가."

갓포레는 의외라는 표정으로 대꾸했네.

"네, 뭐, 그런 거죠. 대체로 무뢰배 같은 생활을 하고 있었죠. 연극으로 유명한 왜 그 코가 큰 시라노, 있죠, 그 사람도 당시 리베르텡 중 한 사람이었다고 할 수 있습니다. 당대의 권력에 반항하고, 약한 사람을 돕는다. 당시 프랑스 시인이란 대체로 뭐 그런 것이었지요. 일본이라면 에도시대의 협객하고 좀 비슷한 부분이 있는 것 같습니다."

"뭐야 대체."

갓포레는 웃음을 터트리며 끼어들었네.

"그럼, 반주이인노 조베[31] 같은 사람도 자유주의자가 되는 셈인가?"

---

30 기성의 도덕적, 종교적 규범에 사로잡히지 않고 자유로이 사고하는 자유사상가.

31 반주이인노 조베(幡随院長兵衛, 1622-1650.5.13). 에도시대 전기의 도시 상인이자 일본 협객의 원조로 알려져 있다. 본명은 쓰카모토 이타로(塚本伊太郎).

4

그러나 건빵은 웃지도 않고 계속했네.

"그야 그렇게 말해도 상관없다고 생각해요. 무엇보다도, 지금의 자유주의자하고는 타입은 조금 다른 것 같지만, 프랑스의 17세기 무렵의 자유주의자라는 것은 뭐 대체로 그런 사람들이었던 겁니다. 하나카와도 스케로쿠[32]도 네즈미코조 지로키치[33]도 어쩌면 그런 부류일지도 모르겠네요."

"저런, 그렇게 되나요?"

갓포레는 대단히 즐거운 기색이었네.

에치고 사자도 슬리퍼의 찢어진 부분을 꿰매면서 싱긋 웃더군.

"도대체 이 자유사상이라는 것은."

건빵은 드디어 진지해졌네.

"그 본래의 모습은 반항정신이에요. 파괴사상이라고 해도 좋을지 모르죠. 압제나 속박이 없어진 곳에서 싹트는 사상이 아니라, 압제나 속박의 리액션으로서 그것들과 동시에 발생하여 투쟁해야 하는 성질의 사상입니다. 자주 드는 예입니다만, 비둘기가 어느 날 하느님에게 부탁을 했습니다, '내가 날 때, 공기가 방해가 되어 아무래도 빨리 날아갈 수 없습니다, 제발 공기를 없애 주었으면 합니다.' 하느님은 그 부탁을 들어주었습니다. 그러나 비둘기는 아무리 날개

---

32 하나카와도 스케로쿠(花川戸助六). 에도시대 전기의 협객으로 허구상의 인물.

33 네즈미코조 지로키치(鼠小僧次郎吉, 1797-1832.9.13). 에도시대 후기의 의적.

442 치유와 위로의 새너토리엄 문학

를 퍼득거려도 날아오를 수 없었지요. 즉 이 비둘기가 자유사상입니다. 공기의 저항이 있어야 비로소 비둘기가 날아오를 수 있는 것입니다. 투쟁 대상이 없는 자유사상, 그것은 마치 진공관 속에서 푸드덕거리는 비둘기와 같은 것이기에 절대 비상할 수 없습니다."

"비슷한 이름의 남자가 있지 않아?"

에치고 사자는 슬리퍼를 꿰매던 손을 멈추고 말했네.

"아."

건빵은 뒤통수를 긁적거렸네.

"그런 의미로 말한 게 아닙니다. 이건 칸트의 예증이예요. 저는 현대 일본의 정치계를 전혀 몰라서 말입니다."

"그렇지만 조금은 알아야지. 앞으로 젊은 사람 모두에게 선거권, 피선거권 둘 다 주어진다고 하니까 말이네."

에치고는 함께 앉아 있는 사람들 중에 제일 연장자답게 침착한 태도로 말했네.

"자유사상의 내용은 그때그때 전혀 다른 것이라고 할 수 있을 걸세. 진리를 추구하며 싸운 천재들은 모두 자유사상가라고 할 수 있지. 나로 말하자면 자유사상의 본가는 그리스도라고까지 생각하네. 걱정하지 마라, 하늘을 나는 새를 보라, 뿌리지 말고, 베지 말고, 창고에 넣지 말라. 정말 멋진 자유사상이 아닌가? 나는 서양의 사상은 모두 그리스도의 정신을 기저로 하여, 그것을 부연하거나 그것을 비근(卑近)하게 하거나 혹은 회의(懷疑)하거나 하는 등 사람마다 제각각 주장을 해도 결국 성경 한 권으로 귀결된다고 생각하네. 과학조차 그것과 무관하지 않네. 과학의 기초를 이루는 것은 생물계에서나 화학계에서나 모두 가설일세. 육안으로 규명할 수 없는 가설에서 출발하고 있지. 그 가설을 신앙하는 것에서부터 모든 과학은 발생하는 것이라네. 일본인은 서양의 철학, 과학을 연구하기 전에 먼저 성경 한 권을 연구했어야 하네. 나는 딱히 크리스찬은 아니라네. 그렇지만 일본이 성경 연구를 하지도 않고 그냥 무작정 서양문명의 표면만을 공부한 부분에 일본이 크게 실패한 진정한 원인이 있다고 생각하네. 자유사상이든 뭐든, 기독교 정신을 몰라서는 절반도 이해할 수 없지."

5

그리고는 모두 잠시 잠자코 있었네. 갓포레까지 생각에 잠긴 듯한 얼굴을 하고 말없이 고개를 젓거나 하고 있었네.

"그리고 또 자유사상의 내용은 시시각각 바뀐다고 하는 예로 이런 것이 있네."

에치고 사자는 그날 밤 정말이지 웅변적이었네. 어딘가 모르게 숭고한 은자(隱者)라는 느낌마저 들더군. 실제로 상당한 인물일지도 모르네. 몸만 튼튼하다면 지금쯤 국가를 위해서 상당히 중요한 일을 할 수 있는 사람인지도 모른다고 남몰래 생각했다네.

"옛날 중국에, 자유사상가 한 명이 시대의 정권에 반대하여 분연히 깊은 산으로 숨어들었네. 때를 잘못 만난 것이지. 그래서 그는 그것을 자신의 패배라고는 생각지 못했네. 그에게는 명검이 한 자루 있었지. 때가 오면 그 명검으로 정적을 찌르겠다고 하며 상당히 자신감을 가지고 산속에 숨어 있었네. 10년이 지나서, 세상이 바뀌었지. 때가 되었다고 생각하고, 산에서 내려와 사람들에게 자신의 자유사상을 전파했네. 그러나 그것은 이미 시대에 편승한 진부한 사상에 불과했지. 그는 마지막으로 명검을 뽑아 민중에게 자신의 의기를 보여주려고 했네. 아 슬프지 아니한가! 검은 이미 녹슬어 있었다, 이런 이야기라네. 10년을 하루처럼 여기는 불변의 정치사상은 미몽에 불과하다는 뜻이라네. 일본의 메이지(明治) 이래의 자유사상도, 처음에는 막부에 반항하고 다음엔 번벌을 규탄하고, 그 다음에는 관료를 공격했네. 군자는 표변(豹變)[34]한다는 공자의 말씀도, 바로 이런 것을 말하는 것이 아닌가 싶군. 일본에서 군자란 술도 마시지 않고 담배도 피우지 않는 고지식한 사람을 가리키는 것과는 달리, 중국에서는 여섯 가지 기예[35]에 능통한 천재를 뜻하네. 천재적인 수완가라고 해도 좋겠지. 이것이 역시 표변한다는 것이네. 아름다운 변화를 가리키는 것이지. 추악한 배신과는 다른 것이네. 그리스도도 절대 맹세하지 말라고 하고 있네. 내일의 일을 생각하지 말라고도 하네. 참으로 자유사상가의 대선배가 아닌가? 여우에게는 굴이 있고 새에게는 둥지가 있으나 사람의 자식에게는 베게로

---

34 허물을 고쳐 말과 행동이 전과는 달리 뚜렷하게 착해지는 일.

35 고대 중국에서 선비가 이수해야 하는 여섯 가지 기예로, 예(禮), 악(樂), 사(射), 서(書), 어(御), 수(數)를 말한다.

삼을 곳이 없다 하네. 이 또한 자유사상가의 한탄이라고 해도 좋겠지. 하루도 안주할 수 없네. 주장이란 것은 나날이 새롭고 또 매일 새로워야 하네. 일본의 경우 이제 와서 어제의 군벌관료를 공격한들, 그것은 이미 자유사상이 아니네. 편승사상이네. 진정한 자유사상가라면, 지금이야말로 무슨 일이 있더라도 외쳐야 할 것이 있네."

"뭐, 뭔가요? 뭘 외쳐야 하나요?"

갓포레는 당황하여 질문했네.

"알고 있잖나?"

에치고 사자는 제대로 정좌를 하고 대답을 했네.

"천황폐하 만세! 이렇게 외쳐야 하지. 어제까지는 낡은 것이었네. 그러나 오늘날에는 가장 새로운 자유사상이네. 10년 전의 자유와 오늘의 자유는 그 내용이 다르다는 것은 바로 이런 뜻이네. 그것은 이제 신비주의가 아니네. 인간 본연의 사랑이네. 오늘날 진정한 자유사상가는 이 외침 아래 죽어야 하네. 미국은 자유의 나라라고 들었네만. 반드시 일본의 이 자유의 외침을 인정해 줄 것임에 틀림없네. 내가 지금 아프지 않았으면 좋겠네, 지금이야말로 황거 앞 니쥬바시(二重橋) 앞에 서서 천황폐하 만세! 를 외치고 싶네."

건빵은 안경을 벗었네. 울고 있던 것일세. 나는 이 태풍이 몰아치는 하룻밤 사이에 완전히 건빵을 좋아하게 되었네. 남자란, 좋은 것이더군. 마아보니 다케 씨니, 전혀 문제가 되지 않았네. 이상 폭풍속의 촛불이라는 제목의 도장 소식. 그럼 실례하겠네.

10월 14일

입술연지

1

답장 고맙네. 일전의 '폭풍날 밤의 회담'에 대한 나의 편지가 자네 마음에 쏙 든 것 같아서 기쁘게 생각하네. 자네의 의견에 따르면, 에치고 사자야말로 당대에 좀처럼 보기 힘든 대정치가 혹은 유명하고 훌륭한 선생일지도 모르네. 하지만 나는 그렇게 생각하지 않네. 지금은 오히려 이렇게 항간에서 이름 없는 민중들이 정론을 토해내는 시대라네. 지도자들은 그저 몹시 놀라고 당황하여 우왕좌왕 할 뿐이지. 언제까지나 이런 상태라면, 머지않아 민중들로부터 쫓겨날 것이 분명하네. 총선거도 곧 치루겠지만, 이상한 연설만 하다보면 민중은 결국 대의원이라는 것을 무시하는 결과만 남게 될 걸세.

선거라고 해서 말인데, 오늘 도장에서도 아주 진묘한 사건이 일어났네. 오늘 점심시간이 좀 지나서 옆방 '백조실'에서 다음과 같은 회람판이 발행되었다네. 무슨 말인고 하니, 여성에게 참정권을 주는 것은 경사스러운 일이지만, 요즘 우리 도장 조수들의 짙은 화장은 차마 눈뜨고 볼 수 없다, 까딱하면 참정권도 울 거다, 들리는 말로는 미국 주둔군도 야하게 입술연지를 바른 여성을 매춘부로 오인한다고 한다, 확실히 그럴 수도 있다, 이는 비단 우리 도장만의 불명예가 아니라 나아가 일본 여성 전체의 치욕이다, 운운하는 내용이네. 그리고 화장이 너무 눈에 띄는 조수의 별명이 빠짐없이 나열되어 있었네.

'위 여섯 명 중 공작의 분장이 가장 기괴하다. 말고기를 먹인 손오공 같다. 우리들이 종종 충고를 시도하나, 전혀 반성의 기색이 없다. 아무쪼록 우리 도장에서 추방해야 한다.'

이렇게 덧붙여져 있었네.

옆방 '백조실'에는 전부터 경골한(硬骨漢)들이 모여 있어서 조수들에게 인기 있는 건빵 씨 같은 사람은 더 이상 못 견디고 이쪽 '벚꽃실'로 도망을 온 상황이기도 했네. '벚꽃실'은 에치고 사자의 인덕 덕분인지, 뭐 온화하고 한가로운 춘풍태탕(春風駘蕩)한 방이네. 이번 회람판 건도 이건 심하다며, 먼저 갓포레가 찬성하지 않는다는 말을 꺼냈네. 건빵도 히죽 웃으면서 갓포레를 지지했네.

"너무하지 않습니까?"

갓포레는 에치고 사자에게도 동의를 구했네.

"인간은 일시동인이니까요. 추방하지 않아도 된다고 생각합니다만. 인간 본연의 사랑이라는 것은 어떤 경우에도 잊어서는 안 되지요."

에치고 사자는 말없이 희미하게 고개를 끄덕였네.

갓포레는 그것을 보더니, 더 기세 등등해졌다네.

"그렇죠, 그런 것이겠죠? 자유사상이란 것이 그렇게 인색한 것일 리가 없어요. 거기 젊은 선생은 어떤가? 내 주장은 틀리지 않았다고 생각하네만."

결국 나에게도 동의를 구했네.

"그렇지만, 옆방 사람들도 설마 정말로 추방시키지는 않겠죠?

그냥 자신들의 마음가짐을 모두에게 표명하려는 것이 아닐까요?"

나는 웃으며 대답했네.

"아니, 그런 게 아니네."

갓포레가 일언지하에 부정하더군.

"어떤가, 근본적으로 여성참정권과 입술연지와의 사이에는 치명적인 모순이 있는 것은 아니라고 생각하네. 저 녀석들은 평소에 여자에게 인기가 없으니까 이런 때에 복수를 하려고 하는 것임에 틀림없어."

갓포레는 이렇게 갈파했네.

2

그러고나서, 예의 가장 좋은 점을 말하기 시작했네.

"세상에는 큰 용기와 작은 용기가 있는 법이라구. 저 녀석들은 작은 용기인 거지. 나를 파이판[36]이라고 불러대거든. 진작부터 짜증이 났다구. 갓포레라는 별명도 나는 별로 좋아하지 않는데, 파이판이라니, 가만히 있을 수 없지."

뜻밖의 일로 격앙되어 침대에서 일어나 허리띠를 다시 맸네.

"나, 이 회람판 뒤엎어 놓고 오겠네. 자유사상은 에도시대 때부터 있었지. 인간, 지인용을 잊어서는 안 된다는 것은 바로 이럴 때

---

36 파이판(白板). 마작의 패 중 표면에 아무 표시도 없는 흰 패. 속어로 음부에 털이 없는 사람을 일컫는 말

쓰라는 말이라고. 그럼 모두들, 저에게 맡겨주시는 거죠? 내가 이거 뒤엎어버리고 올 거니까요."

얼굴빛이 달라졌네.

"기다려, 기다리게."

에치고 사자는 수건으로 코끝을 훔치며 말했네.

"자네가 가면 안 되네. 여기는 그쪽 선생에게 맡기세."

"종다리에게 말입니까?"

갓포레는 몹시 불만인 모양이더군.

"실례지만, 종다리에게 너무 버거운 짐이 아닌가요. 옆 방 자식들하고는 예전부터 부딪혔었어요. 어제 오늘 시작된 일이 아니에요. 파이판이라는 소리를 듣고 조용히 찌그러져 있을 수는 없지요. 자유와 속박의 문제지. 자유와 속박, 군자표변이라고도 할 수 있지. 저 자식들은 그리스도 정신을 전혀 몰라. 상황에 따라서는 내 실력을 보여주지 않으면 안 돼. 종다리에게는 무리지."

"제가 다녀오겠습니다."

나는 침대에서 내려와 갓포레 앞을 휙 지나가면서 동시에 갓포레에게서 회람판을 뺏어들고 방을 나섰네.

'백조실'에서는 '벚꽃실'의 대답을 기다리다 지친 모양이더군. 내가 들어가자, 여덟 명의 학원생이 모두 우르르 다가왔네.

"어때? 통쾌한 제안이지?"

"벚꽃실의 바람둥이들은 난처하겠지."

"설마, 배신하지는 않겠지?"

"학원생은 모두들 결속해서, 도장장에게 공작을 추방해 달라고 요구해야 하네. 저런 손오공에게 선거권이라니 당치도 않아."

제각각 떠들어대며 몹시 열을 올리고들 있었네. 모두들 천진난만한 장난꾸러기들처럼 보였네.

"내가 해도 될까요?"

나는 그 누구보다 큰 소리를 내서 그렇게 말했네.

순간 찬물을 끼얹은 듯 했지만, 이내 다시 소란스러워지기 시작했지.

"나대지 마라, 나대지 마."

"종다리는, 타협의 사자냐?"

"벚꽃실은 긴장감이 부족. 지금 일본은 중요한 때라고."

"4등국으로 떨어진지도 모르고, 미인 얼굴이나 바라보며 침이나 흘리고 있잖아."

"뭐야, 느닷없이 뭘 시켜달라는 거야?"

"오늘 밤 잠자리에 들기 전까지."

나는 등을 쭉 펴고 외쳤네.

"알려드릴 테니까, 혹시 저의 조치가 여러분의 마음에 들지 않는다면, 그때는 여러분의 제안을 따르겠습니다."

또 쥐죽은 듯이 조용해졌네.

3

"자네는 우리들의 제안에 반대하는 건가?"

잠시 뒤에 구렁이 눈빛을 한 무시무시한 서른 살 남자가 나에게 물었네.

"대찬성입니다. 그것에 대해 저에게, 아주 재미있는 계획이 있습니다. 그걸 하게 해 달라는 것입니다. 부탁드립니다."

모두들 조금 맥이 빠진 모습이었네.

"괜찮겠죠? 감사합니다. 이 회람판은 밤까지 빌리겠습니다."

나는 재빨리 방을 나왔네. 이것으로 된 것이네. 어려울 일은 없었네. 나머지는 다케 씨에게 부탁하면 되니까.

방으로 돌아오자 갓포레는 자꾸만 분해하고 아쉬워했네.

"안 되겠네, 좋다리는. 나는 복도로 나가서 다 들었네. 그렇게 해서는 아무 소용이 없잖나. 그리스도 정신과 군자표변의 도리라도 한 바탕 말해주면 좋았을 걸. 자유와 속박! 이라고 해도 되지. 녀석들, 도리라는 것을 모르니까, 조리 있게 이야기를 해 주는 것이 최선이네. 자유사상은 공기와 비둘기라고 왜 말해주지 않았나?"

"밤까지, 저에게 맡겨주세요."

이 말만 하고 나는 내 침대로 가서 벌렁 누웠네.

역시 조금 힘이 들더군.

"맡겨 두게, 알아서 하게."

에치고가 누워서 위엄 있는 목소리로 말했기 때문에, 갓포레도 더 이상 아무 말 못하고 마지못해 잠든 모양이었네.

나에게 딱히 계획 같은 것은 없었네. 다만 이 회람판을 다케 씨에게 보여주면, 다케 씨가 알아서 해 줄 거라고 낙관하고 있었던 것이네. 2시의 굴신 단련 때 다케 씨가 방 앞의 복도를 지나가며 내 쪽을 잠깐 보길래, 나는 놓치지 않고 재빨리 오른손으로 작은 손짓을 해서 오라고 했네. 다케 씨는 가볍게 고개를 끄덕이고는 바로 방으로 들어왔네.

"뭔가 용건이라도?"

진지하게 묻더군.

나는 다리 운동을 하면서 작은 소리로 대답했네.

"머리맡, 머리맡."

다케 씨는 머리맡에 있는 회람판을 보더니 손에 들고는 대충 속으로 읽었네.

"이거, 빌려 주라 마."

침착한 말투로 말하고는 그 회람판을 겨드랑이 옆에 끼더군.

"잘못을 고치는 데는 망설일 필요가 없어. 빠른 편이 좋지."

다케 씨는 모든 것을 알았다는 얼굴로, 살짝 고개를 끄덕이곤 머리맡 창가로 가서 말없이 창밖의 풍경을 바라보았네.

잠시 후 창밖을 내다보며, 조금도 꾸밈없는 자연스런 말투로 중얼거렸네.

"미나모토(源) 씨, 고생이 많으시데이."

창문 아래로, 허드렛 일을 하는 미나모토 씨라는 노인이 2, 3일전부터 김을 매기 시작한 것이 보인 것이네.

"백중날[37] 지나서 한 번 뽑았는데 또 이렇게 자랐구먼."

미나모토 씨는 창문 아래에서 대답했네. 나는 다케 씨가 말한 '고생이 많으시데이'하는 목소리의 울림에, 아, 하고 소리를 낼 정도로 감탄했네. 회람판 같은 것, 조금도 개의치 않는 침착하고 맑고 명랑한 태도에도 감탄했지만, 그보다 위로하는 목소리의 울림에서 우러나는 그 기품에 감동했네. 대가집의 마나님이 정원지기에게 툇마루에서 말을 거는 듯한, 정말 느긋하고 여유로운 모습이었네. 상당히 좋은 가정에서 자란 느낌을 받았네. 언젠가 에치고도 말했지만, 다케 씨의 어머니는 상당히 훌륭한 사람이었음에 틀림없네. 다케 씨에게 맡기면, 이 짙은 화장 사건도 분명 확실하고 간단하게 해결되리라고, 나는 아주 안심을 했네.

4

그렇게 해서 나의 그 신뢰는, 나의 예상보다 더 훌륭하게 보답을 받았네. 4시 자연 시간에, 갑자기 복도의 확성기에서 사무원의 목소리가 들려왔네.

"지금 있는 그 자리에서 그대로 편하게 들으시기 바랍니다."

"진작부터 문제가 되었던 조수님들의 화장에 대해서, 지금 조수님들로부터 자발적으로 오늘부로 이 문제를 개선하자는 취지의 제안이 있었습니다."

---

37 오봉(お盆)이라고도 하며 음력 7월 15일.

우와, 하는 환호성이 옆방 '백조실'에서 들려오더군. 임시방송은 계속 이어졌네.

"오늘 저녁식사 후에, 각자 화장을 지우고 늦어도 오늘 저녁 7시 30분 마찰 마사시 때는 미국인들에게 이상한 오해를 받지 않을 정도로 간소한 차림으로 학원생 여러분들을 만나 뵙겠다고 합니다. 덧붙여 다음으로, 조수인 마키타(牧田) 씨가 학원생 여러분에게 한마디 사과의 말씀을 올리고 싶다고 합니다. 모쪼록 마키타 씨의 이 순정을 헤아려 주시기 바랍니다."

마키타 씨는 예의 그 공작이라네. 공작은 작은 기침을 하며 말했네.

"제 자신,"

옆방에서 와 하고 웃는 소리가 났네. 우리 방에서도 모두들 히죽히죽 웃고 있었지.

'제 자신', 귀뚜라미가 우는 것처럼 가늘고 불쌍해 보이는 목소리였네.

"때와 장소를 가리지 못하고, 또 가장 연장자이기도 하면서, 그만 분별없이 유감스러운 행동을 했습니다. 깊이 사과드립니다. 앞으로도 모쪼록 지도편달 부탁드립니다."

"됐어, 됐어."

이런 소리가 옆방에서 들렸네.

"불쌍하게도."

갓포레는 조용히 말하며 나를 곁눈질했네. 나는 조금 괴로웠네.

"마지막으로."

사무원이 이어받았네.

"이것은 조수님들 일동으로부터의 부탁입니다만, 마키타 씨의 종래의 별명은 즉시 고쳐주셨으면 하는 점입니다. 오늘 임시방송은 이것으로 마치겠습니다."

'백조실'에서 곧바로 회람판이 왔네.

"일동 만족했음. 종다리의 공이 크다. 공작은 '제 자신'으로 개명해야 한다."

갓포레는 그 별명에 관한 제안을 바로 반대했네. '제 자신'이라는 별명을 붙이는 것은 아무리 그래도 너무 잔혹하다는 것이네.

"무자비하지 않은가? 그래도 열심히 사과했잖나. 순정을 이해해 달라고 하지 않았냐 말이네. 하늘을 나는 새를 보게. 일시동인 아닌가 말이네. 남을 저주하면 자기에게도 그 재앙이 돌아오는 법이지. 나는 절대 반대일세. 공작이 얼굴에 바른 분을 지우고 검은 맨 살을 드러내 보인다는 것이니, 이건 까마귀라고 고치면 되네."

이쪽이 오히려 더 신랄하고 잔혹하네. 말도 안 되지.

"공작이 간소해졌으니까, 공작(孔雀)의 첫 글자를 하나 생략해서 참새(雀)라고 하지."

에치고는 그렇게 말하며 후후후 하고 웃었네.

참새도 조금 이론에 치우쳐서 재미없지만, 뭐 연장자의 의견이기도 하니, 나는 회람판에 '제 자신'이라는 말은 너무 지나치기도 하고 '참새'가 온당함이라고 써서 갓포레에게 들려 보냈네. '백조실'에는 이 방 저 방에서 별명의 제안이 쇄도했다고 하는데, 결국 별명은 '제 자신'으로 낙착이 될지도 모르네. 아무래도 그 때 공작이 작은 기침을 한 번 하고, 자 '제 자신' 하며 말을 시작한 점은 참으로 좋아서 잊을 수 없는 것이었네. '제 자신' 이외의 별명은 빛이 바래는 느낌이라네.

5

오후 7시, 마찰 마시지 때에는, 금붕어와 마아보, 곽란과 다케 씨가 제각기 세숫대야를 안고 '벚꽃실'로 왔다네. 다케 씨는 새침하게 나에게로 바로 왔지. 금붕어와 마아보는 이번 화장 사건의 주요인물로 꼽혔는데, 그날 밤 우리 방에 왔을 때의 모습을 보니 머리 모양 등이 조금 바뀐 듯했으나, 아직 좀 화장을 한 것 같았네.

"마아보는 아직 입술연지를 바르고 있잖아."

내가 작은 목소리로 다케 씨에게 말하자, 다케 씨는 쓱쓱쓱쓱 마찰을 시작하며 대꾸했네.

"저것도, 꽤나 닦고 지우고 하느라 야단법석 안 했겠나. 한 번에 고치라고 하면, 그건 무리 아니가. 젊다 안 카나."

"다케 씨의 활약은 대단하네요."

"전에 도장장도 마 몇 번이나 주의를 주셨데이. 오늘 사무실에서 하는 방송을 도장장님도 들으시고 마, 기분이 좋아지지 않으셨나. 오늘 방송은 누구 생각인가, 하고 물으시길래, 종다리의 발상이라고 말씀드렸더니 유쾌한 아이라 카더라. 그 웃지 않는 도장장님이

히죽히죽 웃고 계셨데이."

다케 씨도 오늘 입술연지 사건으로 역시 조금 흥분했는지, 여느 때와 달리 말이 많았네.

"내가 생각해낸 게 아니야."

공적의 귀추는 분명하게 해 두지 않으면 안 되네.

"마찬가지 아니가. 종다리가 말하지 않았다믄, 내도 안 움직였을 기다. 좋다고 나서가 미움받을 짓을 하는 사람이 어디 있겠노."

"미움 받았으려나."

"아이다."

예의 그 특유의 시원한 미소로 고개를 저으며 대답했네.

"미움이사 받지는 않겠지만, 내는 괴로웠데이."

"공작의 사과 인사는, 나도 좀 괴로웠어."

"응. 마키타 씨말잉가? 그건 갸가 먼저 인사를 하겠다고 했데이. 악의 없는, 좋은 사람이라. 화장을 잘 못한다 카더라. 내도 입술연지 조금 발랐는데 모르겠나?"

"뭐야, 같은 죄야?"

"모를 정도면, 된 거 아니가?"

태연하게 쓱쓱쓱쓱 계속 마찰을 하더군.

여자는 여자네, 하고 생각했네. 그렇게 해서 나는 이 도장에 와서 처음으로 다케 씨가 사랑스럽게 여겨졌네. 도미라도 우습게 볼 수는 없네.

자네 어떤가? 나는 다시 한 번 자네에게 우리 도장 방문을 추천하네. 여기에는 존경할 만한 여성이 한 명 있네. 이것은 내 것도 아니거니와 자네 것도 아니네. 이는 현재 일본이 세계에 자랑할 수 있는 유일한 보물이지. 뭐랄까, 조금 너무 호들갑스럽게 칭찬하는 것 같아서 내가 생각해도 기가 막히기는 하지만, 어쨌든 사심없이 친애의 정을 품게 하는 젊은 여자는 적지 않을까 하네. 자네도 이제 다케 씨에 대해서는 사심은 품지는 않을 것이라 생각하네. 친애하는 마음뿐일 것이라 생각하네. 이에 우리 새로운 남자들의 승리가 있는 것이네. 남녀사이에 신뢰와 친애의 정만으로 이어진 우정은 우리들 말고는 알 수 없네. 소위 새로운 남자만이 맛볼 수 있는 하늘이 내린 향기로운 과실이네. 청결하고 깊은 이 맛을 원한다면 젊은 시인이여, 모름지기 우리 도장을 방문하시라.

하기야 자네는 이미 자네 주위에서 더 청결하고 향기로운 과실을 맛보고 있을지도 모르지만 말이네.

10월 20일

가쇼(花宵) 선생

1

어제의 방문, 이루 말할 수 없이 기쁘게 생각하네. 그 때 또 내게는 꽃다발을. 다케 씨와 마아보에게는 작은 영어 사전 한 권씩을 선물. 너무나도 시인다운 친절한 발상으로, 특히 다케 씨와 마아보에게 선물을 가져다 준 것은 감사하네.

그 사람들에게 나는 담배 케이스, 그리고 대나무로 만든 후지아가씨 인형을 받고 조금 어이가 없었지만, 조만간 뭔가 보답을 해야 하지 않을까 하고 내심 조금 신경이 쓰이던 차에 자네가 신경을 써서 선물을 가져다 주니 마음이 놓였네. 자네에게는 나보다 더 새로운 일면이 있는 듯 하네. 나는 아무래도 여자한테 물건을 받거나 선물하는 것은 좀 어색하네. 꺼림칙하다는 거지. 그것은 좀 내 생각이 낡은 것인지도 모르네. 자네처럼 부끄럼 없이, 담백하게 선물할 수 있도록 수행해야겠네. 나는 자네에게 또 한 가지 배운 것 같네. 자네의 산뜻한 미덕을 본 것 같았네.

마아보가 '손님 오셨어요'라고 하며, 자네를 방으로 안내했을 때는 내 가슴이 내출혈을 일으킬 정도로 철렁했네. 이해할 수 있을까? 자네 얼굴을 오랜만에 본 기쁨도 컸지만, 그것보다도 자네와 마아보가 마치 오래전부터 알고 지낸 사이처럼 생글생글 웃으며 나란히 걸어오는 것을 보고, 깜짝 놀랐네. 동화 같은 기분이 들었다네. 이와 비슷한 기분을 나는 작년 봄에도 한 번 느꼈네.

작년 봄, 중학교를 졸업함과 동시에 폐렴에 걸려 고열 때문에 꾸벅꾸벅 졸다가 문득 병상의 머리맡을 보니, 중학교의 주임인 기무라(木村) 선생님과 어머니가 웃으면서 뭔가 말씀을 나누고 계셨네. 그 때도 나는 소스라치게 놀랐다네. 학교와 가정, 전혀 다른 먼 세계에 나뉘어 살고 있는 두 사람이 내 머리맡에서 둘이 오래된 사이처럼 대화를 나누고 있는 것이 참으로 신기했네. 도와다호(十和田湖)에서 후지산(富士山)을 발견한 것 같은, 몹시 혼란스러운 동화 같은 행복감으로 가슴이 요동쳤다네.

"완전히 건강해졌군 그래."

자네가 이렇게 말하며 나에게 꽃다발을 건네자 나는 머뭇거렸지. 그러자 자네는 마아보에게 너무나 자연스러운 태도로 부탁을 하더군.

"변변치 않은 화병이라도 괜찮으니, 종다리에게 빌려주세요."

마아보는 고개를 끄덕이며 화병을 가지러 갔고, 나는 뭐 정말 꿈만 같았네. 뭐가 뭔지 알 수가 없어서, 한심한 질문까지 튀어나오고 말았네.

"마아보를 전부터 알고 있었나?"

"자네 편지로 알고 있지."

"그랬나."

이래서 둘이서 한바탕 웃지 않았나.

"마아보라는 걸, 바로 알았나?"

"한눈에 알아봤지. 생각보다 훨씬 느낌이 좋던 걸"

"예를 들면?"

"집요하군, 아직 마음이 있나 보군 그래. 예상만큼 품위가 없지는 않네. 정말 어린애 아닌가?"

"그런가?"

"그래도 나쁘지는 않네. 얄쌍한 느낌이더군."

"그런가."

나는 기분이 좋았네.

2

마아보가 가늘고 긴 하얀 꽃병을 가져왔네.

"고마워."

자네는 받아들고 아무렇게나 꽃을 꽂았지.

"이건 나중에 다케 씨에게 다시 꽂아달라고 하든지 하게."

하지만 그건 좀 별로였네. 자네가 바로 주머니에서 예의 작은 사전을 꺼내어 마아보에게 줬지만, 마아보는 별로 기쁜 표정도 짓지 않고 말없이 공손하게 인사를 하고 서둘러 방을 나갔네. 그건 역시 마아보가 좀 기분이 상한 증거라네. 마아보는 원래 그렇게 서먹서먹하게 공손하게 인사를 하는 사람이 아니네. 그래도 자네에게는 다케 씨 이외의 다른 사람은 전혀 문제가 되지 않으니 어쩔 수 없는 일일세.

"날씨가 좋으니까, 2층 발코니에 가서 이야기하세. 지금은 점심시간이니까, 상관없네."

"자네 편지로 모두 알고 있네. 그 점심시간을 노려서 왔지. 게다가 오늘은 일요일이니까, 위안방송도 있고."

웃으면서 방을 나와 계단을 올라갔네. 그때부터 우리들은 갑자기 진지해져서는 마구잡이로 천하국가를 논했는데, 그건 어찌 된 일일까? 이미 우리의 목숨은 존귀하신 분께 맡겨 두었고 우리들은 분부대로 어디든 달려갈 각오를 단단히 하고 있으니, 새삼 서로 의논하고 자시고 할 것도 없을 텐데, 그래도 서로 흥분하여 소위 신일본재건의 작은 뜻을 서로 토로했지 않은가. 남자란 아무리 친한 사이라도, 오랜만에 만나면 그런 식으로 서로 고매한 이야기를 주고받으며 자신의 진보를 상대에게 보여주고 싶어 안달을 하는 것인지도 모르겠군. 발코니에서 나가서도 자네는 일본은 초보교육부터가 글러먹었다고 화를 냈네.

"어릴 때 어떤 교육을 받는지에 따라 이미 그 사람의 평생이 정해져버리니깐 말이네. 더 훌륭한 큰 인물을 배치해야 한다고 생각하네."

"그래, 보수만 생각하는 인간은 안 되네."

"그렇지, 그렇지. 공리성이라는 속임수로는 잘 될 리가 없지. 어른들의 흥정은 이제 질렸네."

"누가 아니라나. 표면상의 허세라니, 낡았네. 속이 빤히 들여다보이잖나."

자네도 나처럼 토론은 서투른 것 같았네. 우리들은 어쩐지 계속 같은 말을 되풀이하고 있던 것 같았네.

그리고 얼마 안 있어 우리들의 그 서투른 토론도 점점 끊기기 일쑤가 되었네. 그러더니, '단순한' 이라든가 '요컨대'라든가 '어쨌든', '결국' 이런 말만 자꾸 튀어나와서 싫증이 나 버렸네. 그 때, 아래쪽 현관 앞 잔디에 갑자기 다케 씨가 나타났네. 나는 무심코 불렀다네.

"다케 씨!"

자네는 동시에 바지의 허리띠를 조였네. 그건 무슨 의미인가? 다케 씨는 오른 손을 이마에 대고, 발코니를 올려다보았네. 그리고 웃으며 물었다네.

"무슨 일이야?"

그 때 다케 씨의 태도는 나쁘지는 않았지 않나?

"다케 씨를, 너무 좋아한다고 하는 사람이 지금 여기에 와 있거든요."

"하지 말게, 하지마."

자네는 말렸네. 실제로 그런 때에는 '하지 말게, 하지마'라는 얼빠진 소리밖에 안 나오는 법일세. 나도 경험이 있네.

3

"아이, 치워라마!"

다케 씨가 말했네. 그리고는 고개를 45도 이상 옆으로 기울이고 자네를 향해 웃으며 말했네.

"어서 오세요."

자네는 얼굴을 붉히고 꾸벅 인사했지. 그리고나서 자네는 불만스러운 듯 작은 목소리로 말했네.

"뭐야, 엄청난 미인이잖나. 사람을 무시하고 말일세. 자네는 그저 크고 당당하고 훌륭한 사람이라고 편지에 쓰지 않았나?. 그러니까, 나는 안심하고 칭찬을 한 것인데, 뭐야, 대단하지 않은가 말일세."

"예상과 다른가?"

"달라 달라, 엄청 달라. 당당하고 훌륭하다고 해서, 말 같은 사람인가하고 했더니, 뭐야, 저건 날씬하다고 형용해야 하네. 피부도 그렇게 검지 않잖나. 저런 미인은 나는 싫네. 위험해."

이렇게 줄줄이 읊어대는 동안, 다케 씨는 가볍게 인사를 하고 구관 쪽으로 가려고 했네. 자네는 당황하며 주머니를 뒤져서 예의 소형 사전을 꺼내며 말했네.

"잠깐만, 자네, 다케 씨 좀 불러 세워 줘. 선물이 있네."

"다케 씨!"

나는 큰 소리로 불러세웠네.

"실례지만, 던질게요. 이건 종다리에게 부탁받은 거예요. 제가 드리는 게 아니에요."

자네가 잽싸게 빨간 표지로 된 예쁜 사전을 던져준 건 역시 훌륭했네. 나는 남몰래 자네에게 탄복했네. 다케 씨는 자네의 깨끗한 선물을 능숙하게 가슴으로 받았네.

"고맙데이."

자네를 향해 인사를 하더군. 자네가 뭐라고 해도 다케 씨는 자네가 주는 선물이라는 것을 알고 있는 거네. 구관 쪽으로 걸어가는 다케 씨의 뒷모습을 바라보면서, 자네는 한숨을 쉬었네.

"위험하네, 저 사람은 위험해."

너무 심하게 진지하게 중얼대는 통에 나는 우스웠네.

"위험하긴 뭐가 위험한가. 캄캄한 방에 단둘이 있어도 괜찮은 사람이네. 나는 벌써 시험을 거쳤네."

"자네는 멍청해서 말이네."

자네는 나를 가엾이 여기듯 말했네.

"자네는 미인과 추녀를 구별할 줄 모르는 거 아닌가?"

나는 순간 욱하는 마음이 들었네. 자네야말로, 아무것도 모르는 주제에. 다케 씨가 자네에게 그렇게 아름답게 보였다면, 그건 다케 씨 마음의 아름다움이 자네의 솔직한 마음에 반영되었기 때문이네. 냉정하게 관찰하자면, 다케 씨는 전혀 미인이 아니네. 마아보 쪽이 훨씬 예쁘다네. 다케 씨의 품성의 빛이, 다케 씨를 아름다워 보이게 할 뿐이라는 얘기일세. 여자의 용모에 대해서는 내 쪽이 자네보다 월등히 엄격한 심미안을 가지고 있을 테니 말일세. 그렇지만, 그때 여자의 얼굴 같은 것을 가지고 토론하는 것은 격이 떨어지는 것으로 생각되어 나는 잠자코 있었던 것이라네. 아무래도 다케 씨에 관해서는 우리들은 너무 정색을 하는 경향이 있어서 좀 어색해지는 것 같았네. 옳지 않다네. 정말 나를 믿어 주게. 다케 씨는 미인이 아니네. 위험할 일 같은 것 없네. 위험하다니, 웃기지 않나? 다케 씨는 자네와 마찬가지로 그냥 융통성이 없는 사람일세.

우리들은 잠시 말없이 발코니에 서 있었네. 그런데 자네가 문득, 옆에 있는 에치고 사자가 오쓰키 가쇼(大月花宵)라는 유명한 시인이라는 얘기를 꺼내는 바람에 다케 씨고 뭐고 다 잊어버렸다네.

4

"설마."

나는 꿈을 꾸는 것 같았네.

"아무래도 그런 듯 하네. 조금 전 슬쩍 보고, 깜짝 놀랐네."

우리 형들은 모두 그 사람 팬이어서, 나도 어렸을 때부터 그 사람의 얼굴은 사진으로 보아 왔네. 그래서 잘 알고 있네. 나도 그 사람 시의 팬이었네. 자네도 이름쯤은 알고 있을 걸세.

"그야 알고 있네."

나는 아무래도 시에는 약하지만, 그래도 오쓰키 가쇼의 「하늘나리」라는 시나 「갈매기」라는 시는 지금도 암송할 수 있을 정도로 잘 알고 있네. 그 시의 작가와 내가 요 몇 개월, 침대를 나란히 하고 누워 있었다니, 갑자기 믿을 수 없는 일이었네. 나는 시는 전혀 모르지만, 자네도 알다시피 천재 시인을 존경하는 일에 대해서는 누구에게도 뒤지지 않는다고 생각하네.

"저 사람이 말인가?"

한동안 감개무량했네.

"아니, 확실히는 모르겠네."

자네는 조금 당황스러워 했네.

"아까, 슬쩍 보았을 뿐이니 말일세."

어쨌든 그렇다면, 좀 더 세세하게 관찰해 보기로 하고, 슬슬 일요일 위안방송 시간도 다가오고 해서 우리들은 아래층 '벚꽃실'로 돌아갔네. 에치고는 자고 있었네. 나는 그 때만큼 에치고가 대단히 보인 적이 없네. 그야말로, 정말이지 잠든 사자처럼 보였네. 우리들은 서로 얼굴을 마주보고 슬며시 고개를 끄덕이며 둘 다 그만 깊은 한

숨을 쉬었지, 아마. 너무 긴장해서, 우리들은 아무 말도 못하고 창문을 등지고 서서 그저 잠자코 레코드 방송을 들었던 것 같네. 방송이 진행되었고, 드디어 그날의 하이라이트인 조수님들의 2부 합창 <오를레앙의 처녀>가 시작되자 자네는 오른쪽 팔꿈치로 내 옆구리를 쿡 찌르며 몹시 흥분한 듯 속삭였네.

"이 노래는 가쇼 선생이 만든 거네."

그리고 보니 나도 생각이 났다네. 내가 어렸을 때, 이 노래는 가쇼 선생의 걸작으로 소년잡지에 삽화와 함께 소개되어 크게 유행했었지 않은가. 우리들은 몰래 에치고의 표정을 주시했네. 에치고는 그때까지 침대 위에 반듯하게 누워 가볍게 눈을 감고 있었으나, <오를레앙의 처녀> 합창이 시작되자 눈을 뜨고, 베게에서 약간 고개를 들고 귀를 기울였다네. 그러더니, 이윽고 다시 축 늘어져 눈을 감았네. 아아, 눈을 감은 채 너무나 슬픈 듯이 희미하게 웃었네. 자네는 오른손으로 주먹을 쥐고 공간을 치는 듯한, 묘한 동작을 하고 난 뒤, 나에게 악수를 청했지. 우리들은 조금도 웃지 않고 굳게 악수를 나누었네. 지금 생각해 보면, 그것이 도대체 무엇을 위한 악수였는지 영문을 모르겠지만, 그 때에는 도저히 가만히 있을 수 없어서 악수라도 하지 않으면 진정이 되지 않을 기분이었네. 자네도 나도, 꽤나 흥분을 했네. <오를레앙의 처녀>가 끝났을 때 자네는 기괴하게 가라앉은 목소리로 말했네.

"그럼 실례하겠네."

나도 고개를 끄덕이며 자네를 데리고 복도로 나왔네.

"확실해!"

우리 둘은 동시에 외쳤네.

5

여기까지의 일은 자네도 알 것이네만, 드디어 자네와 헤어지고 혼자 방으로 돌아왔을 때 내 기분은 흥분을 넘어 거의 창백해질 정도로 공포 상태였네. 일부러 에치고를 보지 않으려고 침대에 반듯이 누웠지만, 불안과 초조와 공포가 기묘하게 뒤섞인 들뜬 기분에 아무래도 참을 수가 없었네.

"가쇼 선생님!"

결국 나는 작은 소리로 이렇게 부르고 말았네.

대답이 없었네. 나는 과감하게 힘껏 가쇼 선생님 쪽으로 고개를 돌렸네. 에치고는 묵묵히 굴신 단련을 시작하고 있었다네. 나도 당황해서 운동에 착수했네. 다리를 큰 대자로 벌리고, 양 손의 손가락을 새끼손가락부터 차례차례 안쪽으로 접으면서 비교적 침착하게 물어볼 수 있었네.

"저 노래를 누가 지었는지, 아무것도 모르고 부른 거네요."

"작자 같은 것, 잊어버려도 돼."

그는 태연히 대답했네. 결국 이 사람이 가쇼 선생님임에 틀림없다고 생각했네.

"지금까지, 실례했습니다. 방금 친구가 알려주어 처음으로 알았습니다. 그 친구도 저도 어렸을 때부터 선생님의 시를 좋아했습니다."

"고맙네."

진지하게 말했네. 그리고 덧붙였네.

"하지만 이제는 에치고 쪽이 편하네."

"어째서 요즘 시를 쓰지 않으십니까?"

"시대가 변했네."

이렇게 말하고는 후훗 웃었네.

가슴이 먹먹해서 나는 적당하게 대꾸할 수는 없었네. 둘은 잠시 말없이 운동을 계속했네.

그런데 갑자기 에치고가 화를 냈다네.

"남의 일 따위 신경 쓰지 말게! 자네, 요즘 건방져!"

나는 섬찟했네. 에치고가 나에게 이렇게 난폭하게 말한 적은 지금까지 한 번도 없었거든. 어쨌든 빨리 사과하는 것이 상책이었네.

"죄송해요. 이제 말하지 않겠습니다."

"그래, 아무 말도 하지 말게. 자네들은 몰라. 아무것도 몰라."

참으로, 난처하게 되어버렸네. 시인이란 참 무서운 존재네. 무엇이 실례가 되는 건지 알 게 뭔가. 그날 우리는 하루 종일 한 마디도 하지 않았네. 조수님들이 마찰 마사지를 하러 와서 우리들에게 이런저런 말을 붙여도, 나는 시종일관 뚱한 얼굴을 하고 제대로 대답도 하지 않았네. 내심 마아보든 누구든, 옆에 있는 에치고가 <오를레앙의 처녀>의 작자라는 사실을 알려서 깜짝 놀래켜 주고 싶어서 안달이 났네. 하지만 에치고에게 아무 말도 하지 말라는 말을 들었기도 하고, 뭐 어쩔 수 없이 어젯밤은 울며 겨자 먹기 형국이었네.

그렇지만, 오늘 아침에는 뜻밖에도 격노하신 이 가쇼 선생과 속 시원하게 화해를 하게 되어서 마음이 놓였네. 오늘 아침, 오랜만에 에치고의 딸이 병문안을 왔네. 기요코 씨라고 해서 마아보와 같은 나이대로 보이는데, 마르고 안색이 나쁜, 눈이 쭉 찢어진 얌전한 아가씨라네. 마침 우리는 한창 아침식사 중이었다네. 따님은 가져온 큰 보따리를 풀었지.

"다시마조림을 조금 만들어 왔는데요."

"그래? 지금 바로 먹자. 꺼내라. 옆에 있는 종다리 씨에게도 반 주고."

어라? 하는 생각이 들었네. 에치고는 지금까지 나를 부를 때면, 그쪽 선생이니 서생님이니 고시바 군이니 라고만 했지, 종다리 씨 니 하며 이상하게 친근한 호칭을 사용한 적은 한 번도 없었네.

6

따님은 내 쪽으로 조림 반찬을 가지고 왔네.

"그릇이 있을까요?"

"아, 아니요."

나는 당황했네.

"거기 선반 어딘가에."

이렇게 말하며 침대에서 내려오려고 했네.

"이거 말인가요?"

따님은 쪼그리고 앉아 내 침대 아래 찬장에서 양은 도시락을 꺼냈네.

"네, 맞아요. 고마워요."

침대 아래에 쪼그리고 앉아 반찬을 그 도시락에 옮기며 물었네.

"지금 드실 건가요?"

"아니요, 이미 식사는 마쳤어요."

따님은 도시락을 원래 있던 찬장에 넣고 일어났네.

"어머, 예뻐라."

자네가 대충 아무렇게나 던져 놓고 간 국화꽃을 보고 칭찬을 한 걸세. 자네가 그 때 다케 씨에게 다시 꽂아달라고 하라는 둥 쓸데없는 말을 하는 바람에, 다케 씨에게 부탁하는 것도 어쩐지 쑥쓰러웠네. 그렇다고 또 마아보에게 부탁하는 것도 너무 어색하기도 해서 그 꽃을 그냥 그대로 두었던 것일세.

"어제 친구가 대충 꽂아 놓고 갔어요. 다시 꽂아 줄 사람도 없고."

따님은 슬쩍 에치고의 눈치를 살폈네.

"다시 꽂아 줘."

에치고도 식사를 마친 듯 이쑤시개를 사용하면서 히죽히죽 웃으며 말했네. 아무래도 오늘 아침은 기분이 너무 좋아서, 오히려 기분 나빴네.

따님은 얼굴을 붉히며 주저하면서도 머리맡으로 다가오더니, 국화를 모두 화병에서 빼서 다시 꽂기 시작했네. 좋은 사람이 다시 꽂아 주어서 나는 정말로 기뻤네.

에치고는 침대 위에 크게 책상다리를 하고 앉아 따님의 꽃꽂이 솜씨를 자못 즐겁게 바라보면서 중얼거렸네.

"다시 한 번, 시를 써볼까."

말을 잘못했다가 또 화를 돋우면 안 되겠기에, 나는 잠자코 있었네.

"종다리 씨, 어제는 실례했네."

그는 능글맞게 목을 움츠리며 말했네.

"아닙니다, 저야말로 건방진 말을 해서."

정말이지 뜻밖에 속 시원히 화해할 수 있었네.

"또, 시를 써 볼까나."

다시 한 번 같은 말을 반복하더군.

"써주세요. 정말로, 제발 저희들을 위해서라도 써 주세요. 저희는 지금 무엇보다 선생님의 시처럼 가볍고 청결한 시를 읽고 싶습니다. 저는 잘 모르겠지만, 저희는 지금 예를 들면 모차르트의 음악처럼 경쾌하고, 고상하고 맑은 예술을 추구하고 있습니다. 쓸데없이 과장된 몸짓을 하거나 심각한 척 하는 것은 이제 진부하고 뻔해 보입니다. 폐허의 한쪽 구석에 있는 보잘 것 없는 파란 풀이라도 아름답게 노래해 주는 시인은 없을까요? 현실에서 도망치려는 것은 아닙니다. 괴로움은 이미 너무 잘 알고 있습니다. 저희는 이제 무슨 일이든 아무렇지도 않게 할 겁니다. 도망가지 않을 거예요. 목숨을 걸고 드리는 말씀입니다. 홀가분합니다. 지금은 그런 우리의 기분에 딱 들어맞는, 빠르게 흐르는 청류(淸流)의 터치를 지닌 예술만이 진짜 같다는 생각이 듭니다. 목숨도 필요 없고, 이름도 필요 없는 것입니다. 그렇지 않으면, 절대로 이 난국을 극복할 수 없다고 생각합니다. 하늘을 나는 새여 보라, 하는 식입니다. 주의(主義) 같은 것 필요 없습니다. 그런 걸로 속이려고 해봤자 소용 없습니다. 터치만으로도 그 사람의 순수한 정도를 알 수 있습니다. 문제는 터치입니다. 음률이에요. 그것이 고상하고 맑지 않다면, 그것은 전부 가짜입니다.”

나는 서툴지만 애써 논지를 펼쳐 보았네. 말하고 나니 쑥스러운 생각이 들더군. 말하지 않았으면 좋았을 걸 하는 생각이 들었다네.

7

“그런 시대가 됐구먼.”

가쇼 선생은 타올로 코끝을 훔치며 천장을 보고 누워서 뒹굴거렸네.

“어쨌든 빨리 여기서 나가야 하네.”

“그렇죠, 그렇죠.”

나는 이 도장에 와서 그때 처음으로, 아아 빨리 건강한 몸이 되고 싶어, 하며 남몰래 초조해 했네. 안타까운 일이지만, 하늘이 내린 항로도 느려빠지게 느껴졌네.

“자네들은 별개네.”

선생은 나의 그런 기분을, 역시 민감하게 알아차린 것 같았네.

“초조해 할 것 없네. 여기서 차분하게 생활하고 있기만 하면 반드시, 나을 것이네. 그래서 훌륭하게 일본재건에 도움이 될 수 있을 것이야. 하지만 나는 이제 나이가 들어서 말이네."

이 때 따님이 꽃꽂이를 완성시킨 듯, 즐거운 어투로 말했네.

"전보다 오히려 더 안 예쁜 것 같아요."

그러더니 이번에는 아버지 침대로 다가가 아주 작은 목소리로 몹시 화가 난 듯이 말했네.

"아버지! 또 푸념하고 계신 거죠? 요즘에는 그런 거 안 먹혀요."

"내 마음을 털어 놓아도 역시 세상은 받아주지 않는것인가."

에치고는 말은 그렇게 했지만, 그래도 아주 기쁜 듯이 후훗하고 웃었네.

나도 어느새 방금 전의 초조함은 깨끗하게 잊고, 너무나 행복한 기분으로 미소를 지었네.

여보게, 새로운 시대는 틀림없이 오고 있네. 그것은 날개옷처럼 가볍고, 또 흰 모래 위를 졸졸졸 흐르는 얕은 시냇물처럼 맑고 깨끗하네. 바쇼(芭蕉)[38]가 만년에 '가루미'[39]라는 경묘한 정취를 주창하며, 그것을 차분한 아취인 '와비(わび)', 세련되고 한적한 정취인 '사비(さび)', 섬세한 여정인 '시오리(しおり)' 같은 것 보다 훨씬 우위에

---

38 마쓰오 바쇼(松尾芭蕉, 1644-1694). 에도시대 전기의 하이쿠(俳句) 시인으로, 일본 역시싱 최고의 하이구 시인, 하이세이(俳聖)로 평가받고 있다.

39 직역하면 '가벼움(軽み)'이라는 뜻. 바쇼가 중히 여긴 하이쿠 작풍(作風)의 하나로, 제재를 평범하고 비근한 사물 가운데에서 구하여 그 속에서 하이쿠의 멋을 찾으려는 것을 말한다

두었다던가 하는 이야기를 중학교 때 후쿠다 가즈나오(福田和尚) 선생님께 들은 적이 있네만, 바쇼 정도 되는 명인이 만년이 되어서야 겨우 예감하고 동경한 최상위의 심경에 우리들이 어느새 자연스레 도달해 있다니, 자랑스럽지 않을 수가 없네. 이 '가루미'는 결단코 경박함과는 다른 것이네. 욕심과 목숨을 버리지 않으면, 그 심경은 알 수가 없네. 힘들게 노력하여 땀을 다 흘리고 난 후에 한바탕 불어오는 바람과 같은 것이네. 세계의 대혼란 끝에 꽉 막힌 갑갑한 분위기 속에서 태어난, 투명할 정도로 날개가 가벼운 새와 같네. 그것을 모르는 사람은 영원히 역사의 흐름에서 밀려나 뒤처질 것이네. 아아, 이것도 저것도 모두 낡은 것이 되어 가네. 여보게, 논리고 뭐고 없는 것이네. 모든 것을 잃고 모든 것을 버린 자의 평안, 그것이 바로 '가루미'이네.

오늘 아침, 에치고에게 정말 말도 안 되는 예술론 같은 것을 피력하고는 너무 쑥스러웠네만, 그래도 에치고의 따님 또한 은근히 우리를 지지하는 것을 알고 나니 크게 자신감이 생겼네. 이에 새로운 남자로서 한 번 더 기염을 토해 앞의 이야기를 보충해 보려 하네.

말이 나온 김에 덧붙이자면, 이 도장에서 자네에 대한 평판도 매우 좋다네. 기분 좋게 생각하길 바라네. 자네가 잠깐 이 도장을 방문한 것만으로도 이 도장의 분위기가 갑자기 밝아졌다고 해도 과언이 아닌 듯 하네. 무엇보다도 가쇼 선생이 10년이나 더 젊어졌다네. 다케 씨도, 마아보도 자네에게 안부를 전해달라고 하네. 마아보가 이렇게 말하더군.

"눈이 참 멋져. 천재 같아. 속눈썹이 길어서 눈을 깜빡일 때마다 깜빡깜빡 하는 소리가 들리더라니까."

마아보의 말은 과장일세. 믿지 않는 게 좋네. 다케 씨의 비평을 소개할까? 너무 긴장하지 말고, 편하게 한귀로 듣고 한귀로 흘려버리길 바라네. 다케 씨는 이러더군.

"종다리하고는 좋은 맞수 아닌가?"

그것뿐이네. 다만, 얼굴을 붉히며 말했다네. 이상.

10월 29일

다케 씨

1

그간 잘 지냈는가? 오늘은 슬픈 소식을 전하겠네. 물론 슬프다고 해도 그립다고 쓰고 '슬프다'라고 읽는 듯한 묘한 기분의 슬픔일세. 다케 씨가 시집을 간다는 것일세. 어디로 시집을 가는가 하면 도장장님이라네. 이곳 건강도장의 도장장인 다지마(田島) 의학박사 그 사람에게 시집을 가신다는 것이네. 나는 오늘 마아보에게 그 이야기를 들었네.

뭐, 처음부터 이야기하겠네.

오늘 아침에는 어머니가 갈아입을 내 옷가지니 뭐니 해서 이것

저것 잔뜩 짐을 가지고 도장에 오셨네. 어머니는 한 달에 두 번씩 내 신변을 정리하러 오시네. 내 얼굴을 들여다보며 놀리셨네.

"슬슬 향수병이 왔니?"

매번 있는 일이라네.

"어쩌면요."

나도 일부러 거짓말을 했네. 이것 역시 매번 있는 일이네.

"오늘은 엄마를 고우메바시(小梅橋)까지 바래다 준다네."

"누가요?"

"글쎄, 누굴까?"

"저요? 밖에 나가도 돼요? 허락 받았어요?"

어머니는 고개를 끄덕였네.

"그래도, 싫으면 안 나가도 돼."

"싫기는요. 나는 이제 하루에 100리라도 걸을 수 있어요."

"어쩌면 말야."

어머니는 내 말투를 흉내 내며 말했네.

네 달 만에 잠옷을 벗고 무늬가 있는 기모노를 입고 어머니와 함께 현관을 나서자, 그곳에는 도장장이 뒷짐을 지고 말없이 서있었네.

"걸을 수 있어? 어때?"

어머니는 혼잣말 하듯 묻고는 웃으셨네.

"남자 아이는 만 한 살부터 서서 걸을 수 있습니다."

도장장님은 전혀 웃는 기색도 없이 그런 재미없는 농담을 하고는 덧붙였네.

"조수를 한 명 붙여드릴게요."

사무실에서 마아보가 하얀 간호사복 위에 빨간 동백꽃 무늬의 겉옷을 걸치고 종종걸음으로 달려 나와서는, 어머니에게 허둥지둥 대충 인사를 했네. 배웅은 마아보가 하는 것이었네.

나는 새로 산 굽 없는 게타(下駄)를 신고, 제일 먼저 바깥으로 나갔네. 이상하게 게타가 무거워서 휘청거렸네.

"어이구, 걸음마 잘하네."

도장장은 뒤에서 크게 부추겼네. 그 말투에서 애정보다는 차갑고 강한 의지를 느꼈네. 칠칠치 못하게! 나는 야단을 맞은 것 같은 기분이 들어서 맥이 빠졌네. 뒤도 돌아보지 않고 성큼성큼 대여섯 걸음 빠른 걸음으로 걸었더니, 또 뒤에서 도장장이 말했네.

"처음에는 천천히. 처음에는 천천히."

이번에는 노골적으로 나무라는 듯한 엄격한 말투였지만, 오히려 그 말에서 더 애정이 느껴져서 기뻤네.

나는 천천히 걸었네. 어머니와 마아보가 뒤에서 작은 목소리로 무언가 서로 속삭이면서 따라오더군. 소나무 숲을 지나 아스팔트가 깔린 현도(縣道)로 나오자 나는 가벼운 현기증이 느껴져서 멈춰섰네.

"크네, 길이 커."

아스팔트 길이 부드러운 가을 햇살을 받으며 무디게 빛나고 있을 뿐인데, 나에게는 그것이 순간 넓디 넓은 큰 강처럼 보였던 것이네.

"무리이려나?"

어머니는 웃으면서 말씀하셨네.

"어때? 배웅은 다음번에 부탁하기로 할까?"

2

"괜찮아요, 괜찮아."

나는 일부러 게타 소리를 달그락 달그락 크게 내며 걸었네.

"이제 익숙해졌어."

이렇게 말하는 순간 트럭이 무서운 기세로 나를 지나쳐가는 바람에 나는 그만 우왓! 하고 소리를 질렀네.

"크네. 트럭이 커."

어머니는 바로 내 말을 흉내내며 놀렸네.

"크지는 않지만, 세지. 굉장한 마력이야. 아마 10만 마력 정도는 될 걸."

"그러면 지금 것은 원자 트럭인가?"

어머니도 오늘 아침은 들떠 있었네.

천천히 걸어서 고우메바시 버스정류장이 가까워졌을 무렵, 나는 참으로 뜻밖의 이야기를 들었네. 어머니와 마아보가 걸으면서 잡다한 이야기를 나누던 끝에 말했네.

"도장장님이 머지않아 결혼하신다면서요?"

"아, 그게 다케 씨와 이제 곧."

"다케 씨하고요? 그, 조수님?"

어머니도 놀란 것 같았지만, 나는 그것보다도 백배나 더 놀랐네. 10만 마력의 원자트럭에 치인 정도의 충격을 받았네.

어머니 쪽은 바로 차분하게 물으셨네.

"다케 씨는 좋은 분이니까요. 역시 도장장님은 눈이 높으시네요."

어머니는 밝게 웃으며 더 이상 깊이 파고 들지 않고, 온화하게 다른 이야기를 했네.

나는 정류장에서 어머니와 어떻게 헤어졌는지 잘 기억이 나지 않네. 다만 눈앞이 흐려지고 심장이 쿵쿵 소리를 내며 뛰는 것 같은 상태였네. 그건 정말이지 견딜 수 없는 기분이었네.

나는 고백하네. 나는 다케 씨를 좋아한 것일세. 처음부터 좋아했네. 마아보 따위, 문제가 아니었네. 나는 어떻게든 다케 씨를 잊으려고 일부러 마아보에게 다가가 마아보를 좋아해 보려고 애를 써 보았지만, 아무래도 소용없었네. 자네에게 보내는 편지에도 나는 마아보의 장점만을 열거하고 다케 씨에 대해서는 잔뜩 험담만 했네만, 그건 결코 자네를 속일 생각에서 그런 것은 아니고, 그런 식으로 편지를 씀으로써 내 가슴 속 생각을 지우고 싶었던 것이네. 천하의 새로운 남자도 다케 씨를 생각하면 아무래도 날개가 위축되고 몸이 무거워져서 그야말로 돼지 꼬리 같은, 별 볼 일 없는 남자가 되는 같은 기분이 들었네. 그래서 어떻게든 새로운 남자의 명예를 걸고서라도 깨끗하게 마음을 정리하여 다케 씨에 대해 완전히 무관심해지고 싶어서, 나 자신과 나의 마음을 격려하고 또 격려하며 다케 씨를 그저 마음씨가 곱기만 한 사람이라는 둥 도미라는 둥 물건 고르는 눈이 없다는 둥 있는 대로 험담을 해 댄 것일세. 그런 나의 고충이 어땠을지, 자네도 조금은 알아주길 바라네. 그리고 자네도 나에게 찬동하며 함께 다케 씨 욕을 해 주면, 어쩌면 나도 다케 씨를 정말로 싫어하게 되어서 홀가분해질지 모른다고 남몰래 기대했네. 그런데 기대가 빗나가서 자네가 다케 씨에게 푹 빠져버렸기 때문에 나는 더욱더 궁지에 몰리게 되었던 걸세. 그래서 이번에 나는 전법을 바꾸어 일부러 다케 씨를 추켜세우며 성적 매력이 없는 친애의 정이라는 둥, 새로운 형태의 남녀 교우라는 둥, 말도 안 되는 소리를 해서 어떻게든 자네를 견제하려고 머리를 굴렸던 것이네. 이것이 지금까지의 경위이자 마음 짠한 실상이네. 나는 사심이 없는 게 아니라 있어도 너무 있었던 것이네. 그야말로 의마심원(意馬心猿)이라고, 생각은 말처럼 달리고 마음은 원숭이처럼 설레어 욕정을 억제하지 못한다고나 해야 할까. 참으로 한심스러웠네.

3

자네가 다케 씨를 굉장한 미인이라고 해서 나는 화가 나서 그걸 부정했는데, 실은 나도 다케 씨를 굉장한 미인이라고 생각하고 있었네. 이 도장에 온 날, 나는 첫눈에 그렇게 생각했네.

여보게, 다케 씨 같은 사람이 정말 미인인 것이네. 그 있잖나, 세면장의 푸른 전등의 희미한 불빛을 받으며, 해 뜨기 직전의 기묘한 분위기의 어둠 속에 조용히 쭈그려 앉아 마룻바닥을 닦고 있을 때의 다케 씨는 정말 엄청나게 아름다웠네. 이제 와서 하는 말이네만, 그건 나나 되니까 끝까지 버틸 수 있었던 거네. 다른 사람이었으면, 그 경우에 아마 틀림없이 뭔가 죄를 저질렀을 것이네. 갓포레는 종종 여자는 마물이라고 하는데, 어쩌면 여자는 의도치 않게 한 때 인간성을 잃고 마성을 띠게 되는 것인지도 모르네.

이제 나는 고백하겠네. 나는 다케 씨를 사랑하고 있었던 것이네. 그것은 그때나 지금이나 마찬가지네.

어머니와 헤어지고 무릎이 덜덜 떨리는 듯한 기분으로 걷는데, 물이 마시고 싶어 참을 수가 없어서 말을 했네.

"어딘가에서 조금 쉬고 싶어."

그런데 그 목소리는 내가 생각해도 왜 이러지, 하는 생각이 들 정도로 목이 잠겨 누군가 다른 사람이 멀리서 중얼거리는 것 같은 느낌이 들었네.

"피곤하죠? 조금만 더 가면, 우리가 가끔 들러서 쉬는 집이 있는데요."

마아보는 전쟁 전에는 미요시노(三好野)라는, 도시락가게 같은 것을 한 집으로 나를 안내했네. 어두컴컴하고 넓은 봉당에는 고장난 자전거나 숯가마 같은 것이 굴러다니고 있고, 그 한쪽 구석에 조잡한 테이블 하나와 의자 두세 개가 놓여 있더군. 그리고 그 테이블 옆 벽에는 큰 거울이 걸려 있었는데, 이상하게 기분 나쁠 정도로 하얗게 빛나고 있던 것이 인상깊었네. 이 집은 장사를 그만두었어도 여전히 아는 사람들에게는 차 정도는 내주는 모양으로, 도장의 조수들이 외출할 때는 시간을 보내는 장소가 된 것인가 싶더군. 마아보는 아무렇지도 않게 안쪽으로 들어가 엽차가 담긴 질주전자와 찻잔을 가져왔네. 우리는 거울 아래에 있는 테이블에 마주보고 앉아 함께 미지근한 엽차를 마셨네. 휴우 하며 깊은 한숨을 내쉬니 마음도 좀 편안해졌지.

"다케 씨가 결혼한다고요?"

나는 이제 가벼운 말투로 물을 수 있었네.

"그래요."

마아보도 요즘 어쩐지 외로워 보였네. 추운 듯 어깨를 작게 움츠리고 내 얼굴을 똑바로 보면서 물었지.

"몰랐어요?"

"몰랐어."

난데없이 눈시울이 뜨거워지는 바람에, 난처해져서 고개를 떨구고 말았네.

"알아요. 다케 씨도 울었어요."

"무슨 말을 하는 거야?"

차분한 말투가 너무 너무 싫어서 울컥 화가 났네.

"허튼소리 하지 말아."

"허튼소리가 아니에요."

마아보도 눈물을 글썽이고 있었네.

"그러니까, 내가 말했잖아요. 다케 씨와 사이좋게 지내면 안 된다고."

"사이좋게 지내지는 않았어. 아니, 그렇게 뭐든지 아는 것처럼 말하지 마. 아주 질색이니까. 다케 씨가 결혼하는 건 좋은 일이야. 축하할 일이잖아."

"안 돼. 나는 알고 있으니까. 숨겨 봤자 소용없어."

큰 눈에서 눈물이 흘러 속눈썹에 고이더니 뺨을 타고 줄줄 흐르기 시작했네.

"알고 있어, 알고 있다구."

4

"그만 둬. 의미 없잖아."

이런 상황을 누가 보기라도 하면 곤란할 것이라고 생각했네.

"아무 의미도 없잖아."

몇 번이고 반복한 나의 말도, 별로 의미가 있는 것 같지는 않았네.

"종다리는, 정말이지 천하태평한 사람이야."

손끝으로 뺨의 눈물을 닦으면서 마아보는 살짝 웃으며 말했네.

"여태까지 도장장님과 다케 씨의 일을 모르고 있었다니."

"그런 상스러운 건 몰라."

갑자기 몹시 불쾌해졌네. 누구든 퍽퍽 때려주고 싶어졌네.

"뭐가 상스러워? 결혼이라는 게, 상스러운 일이야?"

"아니, 그런 건 아니지만."

나는 말문이 막혔네.

"전부터 뭔가……"

"어머, 싫어라. 그런 일은 없어. 도장장님은 성실한 분이라구. 다케 씨에게는 아무 말도 하지 않고, 다케 씨의 아버님에게 부탁을 하러 간 거야. 다케 씨 아버님은 지금 이쪽에 소개(疎開)를 하러 와 계신

대. 그래서 다케 씨의 아버님이 일전에 다케 씨에게 이야기를 한 거지. 다케 씨는 이틀이고 사흘이고 밤새 울었어. 시집가는 건 싫다고."

"그럼 됐어."

나는 기분이 개운해졌네.

"뭐가 돼? 울어서 됐다는 거야? 너무하네 종다리는."

웃으면서 이렇게 말하고는, 고개를 갸우뚱하며 묘하게 눈빛에 생기를 띠더니 오른 손을 앞으로 쓱 내밀어 탁자 위에 있는 내 손을 꼭 잡았네.

"다케 씨는 말이야, 종다리를 좋아해서 운 거라구. 정말이야."

이렇게 말하고는 내 손을 더 세게 꽉 잡더군. 나도 영문도 모른 채 움켜쥐었네. 의미 없는 악수였네. 나는 곧 바보 같은 것 같아서 손을 뺐네.

"차, 따라줄까?"

나는 멋쩍어서 말해 보았네.

"아니."

마아보는 눈을 내리뜨고 나약한 듯하면서도 단호하게 이상한 방식으로 거절했네.

"그럼 나갈까."

"응."

고개를 살짝 끄덕이더니 얼굴을 들었네. 그 얼굴이 좋았네. 단연코 좋았네. 완전히 무표정하게 코 양쪽으로 피곤한 듯 희미하고 가느다란 주름이 잡혀있고 아랫입술이 튀어나온 입은 살짝 벌어져 있었네. 큰 눈은 차갑고 깊고 맑았고, 약간 창백해진 얼굴은 굉장히 기품이 있었네. 그 기품은 뭐든지 깨끗하게 포기해 버린 사람 특유의 것이었지. 마아보도 괴로움을 겪은 끝에 비로소 처음으로 투명할 만큼 욕심이 없는, 새로운 아름다움을 드러낼 수 있는 여자가 된 것일세. 그녀 역시 우리의 동료일세. 새로 만든 큰 배에 몸을 맡기고 아무 생각 없이 가볍게 하늘이 내려준 항로를 따라 나아가는 것이네. 희미한 '희망'의 바람이 뺨을 어루만졌네. 나는 그때 마아보의 아름다운 얼굴에 놀라 '영원한 처녀'라는 말이 생각났는데, 평소 거슬린다고 생각했던 그 말도, 그때는 조금도 거슬리지 않고 참으로 신선한 말처럼 느껴졌네. 촌스러운 내가 '영원한 처녀'라는 하이칼라한 말을 쓰면 어쩌면 자네가 비웃을지도 모르겠네만, 정말로 나는 그때 마아보의 그 고상한 얼굴로 구원을 받았네.

다케 씨의 결혼도, 먼 옛날의 일로 생각되면서 몸도 후련하고 가벼워졌네. 체념하느니 뭐니 하는 그런 의지적인 것이 아니라, 눈앞의 풍경이 순식간에 멀어져서 망원경을 거꾸로 들여다보는 것처럼 작아져 버린 느낌이었네. 마음속에 걸리는 것이 아무것도 없게 되었네. 이로써 이제 나도 완성이 되었다는 상쾌한 만족감만이 남았네.

5

만추의 맑고 푸른 하늘을 미국 비행기가 선회하고 있었네. 우리는 그 도시락가게 같은 집 앞에 서서 그것을 올려다보고 있었네.

"별 재미없이 날고 있네."

"응."

마아보는 미소지었다네.

"그런데, 비행기라는 것의 형태에는 새로운 아름다움이 있어. 쓸데없는 장식이 하나도 없기 때문인 걸까."

"그러게."

마아보는 작은 소리로 말하고는 아이처럼 무심히 멀어져가는 하늘의 비행기를 바라보고 있었네.

"쓸데없는 장식이 없는 모습이라니⋯⋯좋은 것이군."

그것은 비행기만이 아니라 방심상태에 있는 것처럼 꾸밈없는 마아보의 자태에 대한 은밀한 감정이기도 했네.

두 사람은 말없이 걸었고, 나는 길에서 만나는 여자들의 얼굴을 일일이 주의해서 보았다네. 정도의 차이는 있으나 요즘 여자들의 얼굴에는 하나같이 마아보 같이 욕심 없는, 투명한 아름다움이 드러나 있는 것 같은 느낌이 들었네. 여자가 여자다워진 것일세. 그러나 그것은 전쟁 이전의 여자로 돌아갔다는 것은 아닐세. 전쟁의 고뇌를 통과한 새로운 '여자다움'이네. 뭐라고 하면 좋을까. 휘파람새가 짝을 찾는 울음소리가 아니라 담담하게 우는 소리 같은 아름다움이라고 하면, 자네가 알아 줄 런지. 요컨대 '가루미'네.

점심시간 조금 전에 도장으로 돌아왔으나, 왕복 5리 이상이나 걸었기 때문에 아무래도 너무 피곤해서 잠옷으로 갈아입는 것도 귀찮았네. 겉옷도 벗지 않고 그대로 침대에 누워 꾸벅꾸벅 졸았네.

"종다리, 밥 묵으라."

눈을 가늘게 뜨고 보니, 다케 씨가 밥상을 들고 웃으면서 서 있더군.

아! 도장장 부인!

바로, 벌떡 일어났네.

"아, 죄송합니다."

나는 무심코 가볍게 고개를 숙였네.

"잠이 덜 깼다 아이가. 잠 좀 깨라 마."

다케 씨는 혼잣말처럼 하고는 밥상을 머리맡에 놓았네.

"옷을 입은 채로 자는 사람이 세상에 어데 있노? 지금 감기에 걸리면 큰일이데이. 퍼뜩 잠옷으로 갈아입는 게 좋을 끼다."

눈살을 찌푸리고 기분 나쁜 듯이 말하면서 침대의 서랍에서 잠옷을 꺼냈네.

"정말 손이 많이 가는 아이라 안카나. 이리 와라, 갈아입혀 주꼬마."

나는 침대에서 내려와 허리끈을 풀었네. 평소와 다름없는 다케 씨였네. 도장장과 결혼을 한다니, 거짓말 같다는 생각이 들기 시작했네. 뭔가, 나는 지금 꾸벅꾸벅 졸다가 꿈을 꾼 것이네. 어머니가 온 것도 꿈이고, 마아보가 그 도시락 가게 같은 집에서 운 것도 꿈. 순간 그런 기분이 들어서 기뻤지만, 그렇지 않았네.

"좋은 구루메 무명천이구마."

다케 씨는 내 옷을 벗겼네.

"종다리에게는 아주 잘 어울린데이. 마아보는 행운아다. 돌아올 때 같이 아주머니 집에서 차를 마셨다믄서?"

역시, 꿈이 아니었네.

"다케 씨, 축하해요."

내가 말했네.

다케 씨는 대답을 하지 않았네. 말없이 뒤에서 잠옷을 걸쳐주고
는 잠옷 소매로 손을 집어넣어 팔이 어깨에 이어지는 부근을 제법
세게 꼬집더군. 나는 이를 악물고 아픔을 참았네.

6

아무 일도 없었던 것처럼 잠옷으로 갈아입고, 나는 식사를 시작
했네. 다케 씨는 옆에서 내 옷을 개고 있었네. 서로 한마디도 하지
않았네. 잠시 후 다케 씨가 굉장히 작은 목소리로 속삭였네.

"미안쿠마."

그 한마디에 다케 씨의, 모든 생각이 담겨 있는 것 같았네.

"징한 것."

나는 식사를 하면서 다케 씨의 사투리를 따라서 슬쩍 중얼거렸네.

그리고 이 한마디에도 나의 모든 생각이 담겨있는 것 같은 생각
이 들었네.

다케 씨는 큭큭 웃기 시작하며 말했네.

"고맙데이."

화해가 된 것이네. 나는 다케 씨의 행복을, 진심으로 빌어 주고
싶은 마음이 들었네.

"여기에 언제까지 있는 거야?"

"이번 달 말까지."

"송별회라도 할까?"

"마, 됐다."

다케 씨는 호들갑스럽게 몸서리를 치며 개켜놓은 옷을 재빨리 서랍에 넣고, 새초롬하니 방에서 나갔네. 어째서 내 주위에는 모두 이렇게 시원시원하고 좋은 사람들만 있는 것일까? 지금 나는 이 편지를, 오후 한 시 강의를 들으면서 쓰고 있네. 그런데 오늘은 강의를 어떤 분이 방송하고 있는지, 알겠나? 기뻐하게. 오쓰키 가쇼 선생이라네. 요즘 도장에서 오쓰키 선생의 인기는 대단하다네. 이제 에치고 사자 같은 무례한 별명으로 부르는 사람은 없네. 자네의 발견 이후 2, 3일은 나도 참고 아무에게도 말하지 않았는데, 결국 마아보에게 몰래 가르쳐 주자 금세 소문이 쫙 퍼졌네. 여하튼 《오를레앙의 처녀》의 작가라고 해서 무조건 존경을 하고, 도장장도 회진 때 가쇼 선생에게 지금까지 몰라 봬서 실례했다고 사과했을 정도네.

신관은 물론 구관의 학원생들로부터도 시, 와카, 하이쿠의 첨삭 의뢰가 쇄도하는 상황이네. 그렇지만 가쇼 선생은 갑자기 어깨에 힘을 준다든가 하는 그런 어리석은 기색은 추호도 보이지 않았고, 역시 과묵한 에치고 사자이니만큼 학원생들의 시가 첨삭은 거의 갓포레에게 일임하고 있네. 갓포레, 요즘 득의양양하다네. 가쇼 선생의 수제자인 양, 거만한 얼굴을 하고 남이 고심해서 쓴 작품을 멋대로 마구 고치고 있네. 오늘은 사무실에서 의뢰를 받고 가쇼 선생님이 처음으로 강의를 하기로 되어, '헌신'이라는 제목으로 말씀을 하시는데, 이렇게 확성기에서 흘러나오는 목소리를 듣고 있으니 매우 귀하신 분께 가르침을 받는 듯한 엄숙한 기분이 든다네. 참으로 차분하고 위엄있는 목소리네. 가쇼 선생님은 내가 생각했던 것보다 훨씬 더 훌륭한 분일지도 모르네. 말씀의 내용도 역시 너무 좋네. 조금도 낡은 생각이 아니네.

헌신이란, 그저 무턱대고 절망적인 감상(感傷)으로 우리 몸을 죽이는 것이 결코 아닐세. 크게 잘못된 것일세. 헌신이란, 우리 몸을 가장 멋지게 영원히 살리는 것이라네. 인간은 이 순수한 헌신에 의해서만 불멸의 몸이 된다네. 그러나 헌신에는 아무 치장이 필요 없네. 오늘 지금, 이대로의 모습으로 모든 것을 바쳐야 하네. 괭이를 잡는 자는 괭이질을 하는 들에서의 모습 그대로 헌신해야 하네. 자신의 모습을 속여서는 안 되네. 헌신에는 유예가 허용되지 않네. 인간은 시시각각 헌신해야 하네. 어떻게 훌륭하게 헌신할 수 있을까 궁리를 하는 것은 가장 무의미한 일이라고, 힘차게 차근차근 설명하고 있네. 나는 들으면서 몇 번이나 얼굴이 붉어졌네. 나는 지금까지 스스로를 새로운 남자다, 새로운 남자다, 라고 하며 너무 과하게 선전한 듯 하네. 헌신을 치장하는 데 지나치게 공을 들였네. 화장에 집착했던 부분이 있었던 것 같네. 새로운 남자의 간판은, 이쯤에서 미련 없이 깨끗하게 철회하도록 하겠네. 내 주위는 이제 나와 같이 밝아졌네. 참으로 지금까지, 그동안 우리가 나타나는 곳은 항상 저절로 밝고 화사해지지 않았느냐 말일세. 이제는 아무 말도 하지 않

고, 빠르지도 않고 느리지도 않게 지극히 상식적인 발걸음으로 똑
바로 걸어가세. 이 길이 어디로 이어지는지. 그것은 자라나는 식물
덩굴에게 물어 보면 되네. 덩굴은 대답할 것이네.

"저는 아무것도 몰라요. 그렇지만, 뻗어 나아가는 방향으로 해가
비추는 것 같아요."

잘 있게.

12월 9일

치유와 위로의 새너토리엄 문학:
삶과 죽음의 경계에서 사랑과 희망을 이야기하다

1. 새너토리엄 문학이란 무엇인가?

주지하는 바와 같이 인류는 최근 3년간 코로나로 인한 팬데믹을 경험하고 이제는 우리의 일상에서 그것을 관리를 할 수 있는 엔데믹 상황이 되었다. 그러나 이와 같은 팬데믹의 경험으로 인류의 삶은 재편되었고 개인의 삶도 근본적으로 변화하였다. 이러한 팬데믹을 초래하는 감염병은 인류의 역사와 함께 존재하는 가장 보편적 질병이며 그 영향이 개인에 한하지 않고 집단에까지 미친다는 점에 특징이 있고, 그런 점에서 사회, 문화사의 일축을 형성하고 있다. 즉 감염병은 공동체의 공포나 위기의식, 대중의 광기의 심리나 행동 등의 문제를 일으키고, 그것이 지나간 자리에 특별한 유산을 남기고 있다. 그 과정에서 사회적 약자들은 피해의 대상이 되기도 했고 동시에 생활습관이나 사회문제에 대한 인식 등 사회적으로 취약한 부분을 드러내어 해결을 하는 역할을 하기도 했다. 즉 의학의 발달로 병원론(病原論)이 바뀌고, 그 증상이나 원인, 유래, 전파 경로가 규명되면서 검역과 같은 공중보건전략이 정비되기도 하고, 의료제도와 위생정책이 펼쳐지기도 하였다.

이와 같은 근대의 의료제도, 공중위생 정책의 특징은 인류의 역사와 공존한 가장 오래된 질병이자, 치료법이 개발된 현재까지도 근절되지 않고 인류의 삶에 영향을 미치고 있는 결핵 정책에 가장 전형적으로 드러난다. 아울러 2022년 5월에 발간한 2021년 결핵 역학조사 통계집에 의하면, 한국의 누적 결핵 환자는 2만 2904명으로 OECD 국가 중 가장 많이 발생하고 있다. 결핵은 인류 이전부터 존재하여 석기시대, BC.1000년 전(이집트)부터 인류의 역사와 공존한 감염병으로 현재도 인류가 정복하지 못하고 있지만, 이에 관한 인식은 시대와 문화에 따라 달라졌다. 이러한 결핵에 대한 규명은 300년 전부터 시도되어, 마침내 1882년 로베르트 코흐(Heinrich Hermann Robert Koch)에 의한 결핵균 발견, 1890년 결핵균 백신인 튜베르클린의 제조, 1895년 렌트겐(Wilhelm Conrad Röntgen)에 의한 X선의 발견으로 이어졌다. 이에 따라 결핵은 단일질병으로 증상이나 원인, 유래, 전파의 경로가 규명되어 그 대책은 크게 발전하고, 신에 의한 징벌이나 유전병으로서의 공포나 혐오, 배제의 대상이 되었던 질병에서 위생이나 섭생에 의해 어느 정도 예방, 관리할 수 있는 질병이라는 인식이 확산된다.

그럼에도 불구하고 1944년 미국의 세균학자 셀먼 왁스먼(Selman

A.Waksman, 1888-1973)에 의한 치료제 스트렙토마이신의 발견 이전에는 치료법이 부재하였다. 따라서 결핵의 치료에 도움이 되는 환경의 조성 즉 전지요양이나 영양 섭취, 생활 습관의 개선 등과 같은 치료법에 의존할 수밖에 없었다. 새너토리엄(Sanatorium)이란 현재는 결핵, 각종 신경병, 정신병 등을 치료하기 위한 요양소로, 고원, 해안 등 교외에 설치되어 청정한 공기, 일광 등을 이용하여 환자를 치료하는 곳을 말하지만, 원래는 이와 같은 치료를 목적으로 전지요양을 하는 결핵요양소를 일컫는 개념이다.

결핵 치료를 위한 전지요양은 로마시대부터 폐로(肺癆) 환자를 대상으로 권장되어, A.D.134-201년에는 나폴리 부근에 보양소가 건설되었다. 그리고 중세 이후에는 부유층 환자가 공기가 깨끗한 마을로 여행을 하며 여관이나 간이숙박소에 투숙하여 병을 치료하는 일은 흔히 있었다. 그러나 본격적 전지 요양은 영국, 프랑스, 독일, 미국 등지에서 실시되었으며, 근대 의학의 발전과 공기의 발견에 따라 옥외의 청정한 공기와 온화한 기후가 폐병 요양지로 선호되어 온난한 지중해 해변이나 온천지대는 선망의 대상이 되었다. 그리고 근대적 새너토리엄의 창시자라 할 수 있는 독일의 헤르만 브레머(Hermann Brehmer, 1829-98)는 산악지대 주민에 결핵이 적은 사실에 주목, 고도가 높으면 기압이 내려가 심장이 튼튼해진다고 생각하면서 산악지방도 요양지로 선호되었다. 이러한 흐름을 따라 알렉산더 스펭글러(Alexander Spengler, 1827-1901)는 스위스의 다보스(Davos)에 새너토리엄을 건설하여 전 유럽에서 고산요법 치료를 받기 위해 환자가 쇄도하게 되었고, 19세기에는 스위스 산악지대에 많은 새너토리엄이 건설되었다.

이와 같은 흐름은 일본에서도 마찬가지여서, 에도시대 말에서 메이지 시대에 걸쳐 부국강병을 위한 산업화, 도시화가 추진되며 환자 수가 증가하였다. 이에 따라, 일본은 튜베르클린 접종(1891), 결핵예방령 발령(1904), <결핵 요양소 법률>제정(1914) 등 이른 시기부터 결핵에 대한 대응을 제도화하였다. 아울러 서구에서 수용한 의학 지식을 바탕으로, 유럽의 새너토리엄을 도입하게 된다.

일본에서 새너토리엄은 도쿄대학 의과대학의 독일인 교수 베르츠(Erwin von Bälz, 1849.1.13-1913.8.31)를 통해 설립이 시작되었다. 그는 근대 독일의 새너토리엄의 시조가 된 산악지방 새너토리엄에 대한 지식을 바탕으로, 일본에 고산요양소의 필요성을 주장하여 하코네(箱根) 구사쓰(草津), 이카호(伊香保) 등의 온천장을 요양소로 개조할 것을 추천하였다. 이후 1887년 나가요 센사이(長与専斎, 1838-1902)는 가마쿠라해변병원(鎌倉海辺病院)을 폐병 대상 요양소로 개원하였다. 이 병원은 하루 숙박료가 2엔 50전, 이는 당시 제국호텔 1박 숙박료와 같은 금액으로 적어도 중등 이상의 환자를 대상으로 하였다. 이로 인해 요양소는 호텔로서의 성격을 띠면서 상류계층의 별장지, 피서지, 피한지라는 이미지가 형성되었다. 즉 서양의학 수용과 함께 결핵에 대한 낭만적 이미지, 상류사회의 병이라는 이미지도 함께 도입이 된 것이었다. 본격적인 일본 최초의 사립결핵요양소는 1889년 의사 쓰루사키 헤이사부로(鶴崎平三郎, 1855-1934)가 설립한 스마우라요양병원(須磨浦療病院)으로, 쓰루사키는 베르츠의 제자로서 기후요양소의 효용을 배워 설립한 것이다. 이후 가마쿠라병원(鎌倉病院, 1892년), 히라쓰카쿄운도분원(平塚杏雲堂分院, 1897년-2004), 게이후엔(恵風園,1899년, 현재 노인홈), 난코인(南湖院, 1899, 현재 노인홈) 등 사립 새너토리엄 붐이 일게 된다. 특히 난코인의 경우, 설립자 다카다 고안(高田畊安)은 베르츠 문하였고, 개원 시기가 도카이도선(東海道線)의 지가사키(茅が崎) 역 개통과 도쿠토미 로카(德富蘆花)의 「불여귀(不如帰)」(1898-99)의 인기와 겹치면서 크게 번성하여, 1926년에는 동양제일의 새너토리엄이 되었다. 그리고 산악지대를 선호했던 독일 새너토리엄의 영향으로, 1926년에는 일본 최초의 고원요양소인 후지미고원요양소(富士見高原療養所)가 야쓰가타케 후지미고원(八ヶ岳富士見高原)에 설립된다.

이상과 같이 결핵균 발견에 따른 의학 지식이나 정확한 병리학적 지식의 확산에도 불구하고, 안정, 충분한 영양섭취, 해수욕, 산책과 같은 적당한 운동 외에는 적당한 치료법이 부재했기 때문에, 당시 의사들은 의학적 지식보다 기온, 습도, 풍향, 강우량, 지질, 지형을 강조했다. 즉 '의학의 무력'을 의사가 권하는 '전지요양'이라는 요법으로 드러내는 아이러니한 상황이었다고 할 수 있다. 결국 그 의료는 치료를 요하는 환자라기보다는 부유한 유한계급을 위한 것이었다. 1934년 국공립 병원, 요양원 등 결핵환자 수용 정원은 13,334명이었고, 결핵 환자 수는 약 120만 명으로 추정된다. 즉 환자의 100분이 1만 수용되는 상황으로 새너토리엄에 입원하여 치료를 받는 것은 선택된 소수에 불과했다. 이와 같은 새너토리엄의 성격과 그곳에서의 생활상은 결핵에 대해, 고통스러운 질병으로서 부정적 이미지보다는 선택받은 소수 상류계층의 특권적 삶으로서 선망의 대상이 되면서 낭만화되는 경향이 있었다. 가마쿠라해변병원은 그 특권적 삶의 질로 인하여 호텔의 이미지가 만들어져서 결국은 가마쿠라 호텔로 이름을 바꾸었고, 스마보양원(須磨保養院)은 전지요양을 온 폐병환자만이 아니라 일반 보양객을 수용하기도 했다. 이렇게 의학이 아닌 기후, 영양, 운동을 포함한 생활습관을 내세우는 새너토리엄의 속성은 위생과 건강한 삶을 추구하는 현대 사회의 힐링 공간으로서의 리조트나 고령화시대 노인 요양원의 속성과도 통하는 바가 있다. 이는 실제로 위에서 언급한 새너토리엄이 현재는 대부분 호텔이나 리조트, 노인 홈 등 힐링과 요양의 공간으로 변신한 것으로도 증명되고 있다.

  이와 같은 새너토리엄에 대한 이미지의 형성은, 당시 그곳에 수용된 경험을 한 저명 문학자들의 문학활동과도 깊은 관련이 있다. 스마우라요양병원의 마사오카 시키(正岡子規), 난코인의 구니키다 돗포(国木田独歩), 히라쓰카 라이초(平塚らいてう), 오테 다쿠지(大手拓次), 유가시마온천(湯ヶ島温泉)의 가지이 모토지로, 후지미고원요양소의 호리 다쓰오 등, 결핵 환자로서 새너토리엄에 수용되었던 작가들은, 치료법이 없는 결핵이라는 불치병에 대한 공포, 좌절의 심리, 당시 주변 사람들의 공포와 배제의 시선, 죽음과 함께 하는 일상에서 오는 삶과 죽음에 대한 다양한 태도, 그리고 사랑의 의미 등

을 작품에 담아내고 있다. 그리고 이들 작품을 통해 결핵 환자나 새너토리엄에 대한 이미지는 일반인에게 유포되어 갔다. 동시에 이들 작가들은, 친구인 진자이 기요시(神西清)가 치료제인 스토렙토마이신을 권유하자 '나에게서 결핵균을 몰아내면 무엇이 남나?'(神西清「白い花」『文芸』1953年 8 月号『堀辰雄全集』別巻二, pp.245-247)라고 반문한 호리 다쓰오와 같이, 오랫동안 결핵과 함께 하며, 결핵의 증상 혹은 결핵을 둘러싼 다양한 상황을 자신의 문학적 토양으로 삼기까지 했다.

본서에서는 이와 같은 맥락에서, 본인 혹은 가족의 결핵으로 인해 새너토리엄 생활을 경험하고 그것을 그린, 가지이 모토지로의 「레몬」, 호리 다쓰오의 「바람이 분다」와 「나오코」, 요코미쓰 리이치의 「봄은 마차를 타고」와 「화원의 사상」, 다자이 오사무의 「판도라의 상자」를 '새너토리엄 문학'의 개념으로 묶어 번역 소개한다. 이들 새너토리엄 문학은 의학적으로 그 병원균과 증상, 전파경로가 명확히 밝혀졌음에도 불구하고 치료제가 없는, 결핵 환자의 어두운 삶 속에서 죽음을 직시하며 삶에 대한 절실한 자세로 희망을 찾고자 했던 작가들의 고뇌가 담겨 있다. 이는 현대사회에도 여전히 존재하는 난치병이나 불치병과 싸우는 환자들에게 큰 위로와 희망의 이야기로 다가갈 수 있을 것이라 생각한다. 동시에 이들 문학은 기후, 영양, 운동, 정신적 안정을 내세우며 위생과 건강한 삶을 추구하는 새너토리엄에서의 생활상을 그린다는 점에서, 일상에 지친 현대인들에게 치유와 위로의 이야기로 받아들여질 수 있는 면모를 보이기도 한다. 이러한 점에서, 이들 작품은 감염병 문학의 차원을 넘어 우리 삶의 보편적 문제를 다룬다고 할 수 있으며, 다양한 이유로 삶에 대한 좌절과 불안과 고독을 느끼는 현대의 독자들에게 판도라 상자 속 희망을 보여줄 수 있으리라 기대한다.

2. 저자 소개와 작품해제

가지이 모토지로

가지이 모토지로(梶井基次郎, 1901-1932)는 감각적인 것과 지적인 것이 융합된 간결한 묘사와 시정이 풍부한 맑은 문체로 20여 편의 작품을 남기고, 문단에 인정받은지 얼마 되지 않아 31세의 젊은 나이에 폐결핵으로 사망한 작가이다. 대표작에는 「레몬(檸檬)」(1925), 「성이 있는 마을에서(城のある町にて)」(1925), 「겨울날(冬の日)」(1927), 「겨울 파리(冬の蠅)」(1928), 「벗나무 아래에는(櫻の樹の下には)」(1928), 「어둠의 화첩(闇の絵巻)」(1930), 「한가한 환자(のんきな患者)」(1932) 등이 있다. 그의 작품은 사후 점차 평가가 높아져 오늘날에는 근대 일본 문학의 고전의 위치를 차지하고 있다. 가지이는 불안정하고 민감한 정신 상태 속에 있었지만, 자의식의 과잉을 일으키는 초조함과 일상의 인식으로부터 해방된 지점에서 감각 자체를 응시하고 오감을 총동원해 그의 작품을 대표하는 은밀한 미의식을 찾는 일에 매우 의식적이었다. 따라서 그의 작품은 심경소설에 가깝고 산책에서 본 풍경이나 자신의 경험을 소재로 한 작품이 주를 이루며 자연주의나, 사소설의 영향을 받으면서도 감각적인 측면이 강한 독자적인 작품을 만들어내었다.

이와 같은 가지이의 문학은, 1920년 '폐병이 걸리지 않으면 좋은 문학을 할 수 없다'고 발언한 후 곧 발열, 늑막염, 기침, 폐첨 카타르

등의 증세가 시작되어 계속 악화된 끝에 결국 폐결핵으로 세상을 떴듯이, '폐결핵과 함께 시작하고 폐결핵과 함께 막을 내렸다'고 할 수 있으며, '그의 인생의 불행도 그의 문학의 영광도 폐결핵에 의해 이루어진 것'(戴松林「肺結核と梶井基次郎の文学」)이라 할 수 있다. 병세가 악화되어 이즈(伊豆)의 유가시마온천(湯ヶ島温泉)에서 요양하며 병마를 겪은 것을 비롯, 폐결핵의 진전과 그의 문학은 깊은 영향 관계에 있다. 따라서 그의 문학적 흐름을 결핵의 진전을 기준으로, 고등학교에 입학하고 문학으로 목표를 바꾼 습작 시기(1922-1925), 데뷔작 「레몬」을 창작한 시기(1925-1927), 「겨울 날」(1927.2)을 창작한 시기(1927-1928), 1929년 전후(1928-1931)의 네 시기로 나누기도 한다. 이들 작품의 대부분의 주인공은 폐병환자임이 암묵적 조건으로 되어 있으며, 폐병이라는 불치병 환자의 감각에 비친 생리, 신체, 육체의 변화, 자연 환경의 모습, 육체의 파괴에서 오는 무상감, 불안, 외로움 등이 그 주조를 이룬다.

■ 「레몬」: 불치병 환자의 감각과 소확행의 심리

「레몬」은 『푸른 하늘(青空)』(창간호, 1925.1)에 발표된 데뷔작으로 적극적으로 결핵을 묘사하거나 결핵이 주인공의 내면에 직접 관련이 되지는 않으나, 암묵적으로 결핵이라는 불치병에 걸린 환자의 육체적 감각을 그리고 있는 그의 대표작이다. 결핵 환자로서 육체적 감각으로 무엇인가를 추구하는 움직임과 그 힘이 갈 곳을 잃고 꼼짝 못하며 우울해진 모습이 그려지고 있다. 그는 투병하는 삶의 절박한 시점에서 어느 날 우연히 들른 서점에 레몬이라는 폭탄을 설치하였다는 망상적인 행위로 잠시나마 물밀듯 밀려오는 강한 유희를 느낀다. 이와 같이 「레몬」은 결핵 환자의 감각으로 그려지는 권태, 불안, 패러독스가 뒤섞인 가운데, 사소하지만 개인에게는 삶의 거대한 반향이 되는 일상을 그리고 있다.

「레몬」의 이와 같은 측면은 단순히 결핵이라는 불치병 환자의 심리만이 아니라 권태와 불안, 허무를 빼놓고서 설명하기는 어려운 현대 사회를 살아가고 있는 오늘날 한국의 청년층에게도 깊은 공감을 불러일으킬 수 있다고 생각된다. 일하지 않고 일할 의지도 없는 '니트족(NEET·Not in Education Employment or Training)'이라는 신조어를 생성해낸 고립 은둔청년의 증가, 2018년부터 신조어로 생성되어 사회적으로 자리를 잡은 '소확행(=소소하지만 확실한 행복의 줄임말)'이라는 말의 출현은 성장이나 발전 중심의 논리가 통용되지 않는 최근 한국사회의 신피로주의의 사고를 잘 나타내고 있다. 무라카미 하루키가 수필집 『랑겔한스 섬의 오후(ランゲルハンス島の午後)』에서 '갓 구운 빵을 손으로 찢어 먹는 것', '새로 산 정결한 면 냄새가 풍기는 하얀 셔츠를 머리에서부터 뒤집어쓸 때의 기분'을 소소하지만 확실한 행복이라 정의하며 시작된 위와 같은 풍조는 놀랍게도 가지이 문학의 대표작인 「레몬」에 뿌리 깊게 자리한다고 여겨진다.

호리 다쓰오

호리 다쓰오(堀辰雄, 1904-1930)는 사소설이 주류를 차지하는 일본의 소설 흐름 속에서 픽션으로서의 소설이라는 문학형식을 확립한 소설가이다. 프랑스 문학의 심리주의를 적극적으로 수용하였으며, 일본의 고전이나 왕조의 여류문학에서도 새로운 생명을 발견하여 독자적인 문학세계를 만들어냈다. 대표작으로는 「성가족(聖家族)」(1930년), 「아름다운 마을(美しい村)」(1933년), 「바람이 분다(風立ちぬ)」(1937년), 「나오코(菜穂子)」(1941년) 등이 있다.

호리는 자신이 폐결핵으로 사망했을 뿐만 아니라 약혼녀 역시 폐결핵으로 사망을 했다. 이러한 실생활의 체험은 그의 문학의 토대가 된다. 그는 관동대지진 때 어머니를 여읜 충격으로 1923년 겨울 무렵부터 흉막염을 앓았으며, 어린 나이에 폐병을 얻은 후, 죽을 때까지 완치하지 못하고 1953년 폐결핵 악화로 인해 사망한다. 또한 본인뿐만 아니라 1934년 9월 약혼한 야노 아야코(矢野綾子) 또한 폐질환을 앓고 있었기 때문에 새너토리엄에 함께 입원하고 치료를 받았으나, 그녀는 결국 1935년 12월 6일 병상이 악화되어 사망한다. 이후 그는 약혼녀와의 이야기를 바탕으로 「바람이 분다」를 집필하여 1937년 발표했다. 「바람이 분다」의 주인공 '나'와 약혼녀 '세쓰코'가 함께 가게 된 F 새너토리엄은 실제로 호리 다쓰오와 약혼녀가 입원하여 치료를 받았던 '후지미 요양 병원'과 같은 장소이다.

따라서 호리 다쓰오라는 작가와 그의 작품세계를 이해할 때 결핵과 죽음은 빼놓을 수 없는 모티프라고 할 수 있다. 소설가이자 평론가 이토 세이(伊藤整)는 호리의 작품세계의 근원에 '죽음에 대한 의식을 통한 생의 구조의 인식'이 자리 잡고 있다고 지적한 바 있다. 그러나, 호리 다쓰오의 작품은 폐결핵, 죽음과 같은 어두운 소재 속에서 발견할 수 있는 아름다움을 찬미하고 있어 결핵의 낭만적 이미지 형성에 중심적 역할을 하기도 했다. 본서에서는 이와 같은 호리의 대표작 「바람이 분다」와 「나오코」를 번역 소개한다.

■ 「바람이 분다」: 병약한 미인과 아름답고 청정한 자연

이 작품은 호리가 약혼녀 야노 아야코와 지냈던 일화를 바탕으로 한 소설이다. 따라서 매우 사실적인 동시에 허구적인 성격을 지니며, 이러한 면모로 인해 허구로 꾸며낸 문학 형식을 확립하는데 기여한 작품이라는 평가를 받는다. 최근 한국에서는 미야자키 하야오의 《바람이 분다(風立ちぬ)》(2013)의 원작으로 주목을 받고 있고, 동시에 그 애니메이션 내용의 일부에서 '전쟁'이 소재로 다루어진다는 점에서 각종 논란에 휘말리기도 했다. 그러나 실제로 애니메이션이 원용한 작품은 다음에 소개할 「나오코(菜穂子)」에 가깝고 정작, 소설 「바람이 분다」의 내용에 대해서는 잘 알려지지 않았다. 그보다는 사실 이 작품은 실제 작가가 체험한 새너토리엄 생활을 사실적으로 묘사함으로써, 당대의 결핵 환자에 관한 인식이나, 결핵 치료 방법, 새너토리엄 생활에 관한 실상을 알 수 있다는 측면에서

주목할 만하다.

작품은 전체적으로 주인공 '나'가 약혼녀 '세쓰코'의 요양생활을 돌보는 모습을 그리고 있으며, <서곡>, <봄>, <바람이 분다>, <겨울>, <사망의 음침한 골짜기>의 다섯 장으로 구성되어 있다. 첫 번째 장인 <서곡>에서는 '나'와 세쓰코가 초원에서 보내는 즐거운 일상과 그녀의 아버지에 의한 이별의 암시가 그려진다. 두 번째 장인 <봄>은 약혼한 상태의 '나'와 세쓰코의 모습을 그린다. 이 장에서는 실제 약혼녀가 입원하였던 F새너토리엄이 언급되며, 폐병을 앓고 있는 세쓰코가 주인공 '나'와 함께 곧 요양원으로 갈 것이라는 사실이 언급된다. <바람이 분다>와 <겨울>은 F새너토리엄에서 생활하는 '나'와 세쓰코의 모습이 그려진다. 동시에 중간중간 세쓰코가 오래 살지 못할 것임이 암시된다. <사망의 음침한 골짜기>에서는 세쓰코의 죽음이 명시적으로 언급되지는 않으나, 그녀가 죽은 후 '나'가 그녀를 회상하는 장면으로 이루어져 있다.

이와 같은 「바람이 분다」에는, 결핵이라는 불치병에 걸린 상류 계층 여성 환자의 외모나 심리, 행동 양상, 그리고 새너토리엄에서의 생활상 등이 사실적으로 그려지고 있어 당시 문학을 통해 결핵 혹은 새너토리엄에 대한 이미지가 어떻게 만들어져갔는지를 잘 드러내고 있다. 우선 이 작품에서 주목할 점은 F새너토리엄은 호리가 직접 약혼자와 입원하였던 후지미고원요양소로, 그것이 어떻게 문학적으로 이미지화되었는가이다. 그것은 야쓰가타케 산허리 경사지에 '등 뒤로 잡목림이 이어지면서 몇 개나 되는 측면 날개가 있는 빨간 지붕을 한 큰 건물'로, '리놀륨으로 바닥을 깐 병실에는 전부 새하얗게 칠한 침대와 탁자와 의자'가 있으며, '간병인용으로 준비된 좁아터진 옆방'이 있다. 병동의 '흰 옷을 입은 간호사, 발코니에서 일광욕을 하고 있는 나체의 환자들, 그들의 웅성거림, 그리고 작은 새의 지저귐', 이런 모든 것들이 뭔가 독특한 느낌으로 다가온다. '나'는 그 느낌을 다음과 같이 그리고 있다.

> 이런 산속 새너토리엄에서 생활하다 보면, 평범한 사람들이라면 이제 끝이라는 생각이 들 무렵부터 시작되는, 특수한 인간성을 스스로 내비치게 되기 마련이다. ……내가 내 안의 그런 생소한 인간성을 어렴풋이 의식하기 시작한 것은, 입원한 지 얼마 되지 않아 원장에게 진찰실에 불려가서, 뢴트겐으로 찍은 세쓰코의 환부 사진을 보았을 때부터였다. (p. 48)

새너토리엄 생활의 무기력, 퇴폐, 도착적 생활 등 결핵 환자의 요양과 심상풍경이 그려지고 있는 것이다. 그러나 동시에 토마스 만(Thomas Mann, 1875-1963)이 『마의 산(Der Zauberberg)』(1924)에서 지적한 바와 같이, '일상에서 떨어진 아름답고 깨끗한 환경에서, 노동이나 사회적 의무 없이 보호받고 간호받으며 영양 있는 음식을 먹고 보통의 생활보다 훨씬 높은 수준의 생활'을 하는 환자들에게는 '지위가 매우 높은 환자의 특권'이 필요한 것으로 보인다. 여기에 더해 자신의 몸이 건강하지 못하기에 폐를 끼친 것 같아 미안해하는 세쓰코를 보며 오히려 화자인 '나'는 그 부분이 세쓰코를 더 사랑스럽게 만든다고 생각하고, 제대로 일어서지도 못하면서 머리 손질을 하는 세쓰코에게 관능적인 매력을 느낀다고도 한다. 즉, 병약하지만, 보통 사람보다 높은 지위에서 특권을 누리는 아름다운 미인, 그에 대한 '나'의 절대적 사랑 등 낭만적 이미지의 극한은 무기력하고 우울하고 퇴폐적일 수 있는 새너토리엄 생활의 이미지를 압도하고 있다.

이와 같이 「바람이 분다」는 상류계층만이 수용되어 특권을 누릴 수 있었던 새너토리움의 특수한 생활상이 그 배경이 되는 숲속의 청정한 공기, 병약하지만 아름다운 미인, 혹독한 바람이나 거친 눈마저 극복할 수 있는 절대적인 사랑 등과 함께 결핵 환자에 대한 낭만적 이미지를 구축하는 방식으로 그려지고 있음을 알 수 있다.

■「나오코」: 삶에 대한 성찰의 공간 새너토리엄과 새로운 삶의 가능성

「나오코(菜穂子)」는 호리 다쓰오의 유일한 장편소설(roman)이자 만년의 대표 작품이다. 〈느릅나무 집〉 제1부와 제2부, 〈나오코의 후기〉, 〈나오코〉로 이루어져 있다. 작품을 구성하는 각 부분은 다른 시기에 다른 형태로 발표되었는데, 〈느릅나무 집〉 제1부는 1934년 『문예춘추(文藝春秋)』 10월호에 「이야기의 여자(物語の女)」리는 제목으로, 제2부는 1941년 『문학계(文学界)』 9월호에 「깨어남(目覚め)」이라는 제목으로 발표되었으며, 〈나오코〉는 그 사이인 1941년 『중앙

공론(中央公論)』 3월호에 발표되었다. 호리는 〈느릅나무 집〉 제1부 「이야기의 여자」 발표 직후부터 서술자인 미무라 부인의 딸 이야기를 다룬 속편을 구상하며 최초의 장편소설 집필을 염두에 두고 있었다. 그러나 그 사이 너무나 아끼던 두 사람, 약혼 상대였던 야노 아야코(1935년)와 제자 다치하라 미치조(立原道造, 1939년)를 젊은 나이에 결핵으로 떠나보냈고, 다른 작품들을 발표하기도 했다. 이러한 상황 속에서 완성시킨 「나오코」는, 호리 자신이 '작품의 완성도가 어떻든, 지은 사람으로서는 태어나서 처음으로 정말 소설다운 소설을 쓴 것 같다'고 언급할 만큼, 삶과 죽음과 사랑에 대한 진지한 고민을 서정적으로 풀어낸 작품이라고 할 수 있다. 주인공 나오코가 아버지와 사별한 어머니의 사랑에 대한 반감으로 게이스케(圭介)와 사랑 없는 결혼을 하고 결핵에 걸려 나가노 현에 위치한 새너토리엄에 입원하지만, 우연히 어린 시절의 친구 아키라(明)를 만나게 되면서 새로운 삶의 방식을 고민한다는 내용을 다루고 있다.

위에서 언급한 바와 같이, 당시에는 결핵의 전염성은 알려져 있었으나, 마땅한 치료법은 없었기 때문에 결핵 환자들은 공기 좋은 곳에 지어진 새너토리엄에 입원해 요양하면서 스스로의 치유력에 의존해야 했다. 「나오코」의 주인공 역시 결핵 환자로서 새너토리엄에서 요양 생활을 하며, 주변 환자들을 지켜보거나 근처의 자연을 만끽하거나 한다. 팬데믹 이후를 살아가는 현대의 독자들은 「나오코」를 통해 격리된 환자들의 모습, 전염병 환자를 대하는 사회적 시선, 전염병 환자가 자신의 삶을 돌아보는 시선 등을 짐작할 수 있을 것이다.

그러나 이 작품 속 결핵 환자와 그를 둘러싼 새너토리엄, 요양지 풍경은 마냥 현실적이라기보다는 아름답고 낭만적으로 그려지는 측면이 있다.[1] 특히 「나오코」에서 새너토리엄은 단순한 공간적 배경 이상의 의미를 지니며, 주인공 나오코의 내면과 긴밀하게 관련이 된다. 나오코는 그곳에서 시어머니와 남편과 함께하던 답답한 결혼생활에서 벗어났다는 해방감을 느끼기도 하지만, 점점 다른 환자들의 갑작스러운 죽음이나 병세 악화를 목격하며 앞으로의 삶에 대한 기대를 버리기도 하고, 스스로를 연민하기도 하며, 지난날을 후회하기도 한다. 이처럼 작품 속 새너토리엄은 주인공 나오코의 피난처에서, 삶에 대한 성찰의 공간으로, 그리고 결국에는 그곳에서 빠져나옴으로써 새로운 삶의 가능성과 마주하게 되는 울타리로, 나오코의 심경 변화와 함께 조금씩 그 성격이 변한다.

---

1 福田眞人「結核の文学史序説—病の比較文化史的研究—」(『言語文化論集』24(1), 2002), p.225.

요코미쓰 리이치

요코미쓰 리이치(橫光利一, 1898-1947)는 후쿠시마(福島) 현 출신의 소설가로 모더니즘 문학을 대표하는 신감각파 작가 중 하나이다. 여기서 신감각파는 20세기 서구의 전위예술과 근대과학의 실증주의, 과학기술의 발전에 의한 새로운 세계관의 영향을 받은 일본 문학가들의 특징을 의미한다. 1917년 『문장세계(文章世界)』에 말을 의인화하여 그린 「신마(神馬)」가 당선된 것이 첫 활자 작품이며, 「태양(日輪)」(1923), 「파리(蠅)」(1923)로 등단하였다. 대표작으로는 「기계(機械)」(1930), 「여수(旅愁)」(1937-46), 「천사(天使)」(1935), 「순수소설론(純粋小説論)」(1935, 평론) 등이 있다.

1919년부터 기쿠치 간(菊池寬) 문하에서 문학을 배웠고, 1924년에는 와세다(早稲田) 대학 동급생의 여동생 기미와 연애 끝에 결혼하였으나, 2년 뒤인 1926년 결핵으로 아내와 아들을 잃었다. 초기에는 사소설적인 경향의 작품이 많으며, 1928년 이후부터는 유물론적 문학론이나 프롤레타리아 문학에 대한 대항 의식을 드러내는 작품을 내놓기도 하였고, 이후 신심리주의 경향을 보이기도 하였다. 1924년에는 가와바타 야스나리(川端康成) 등과 함께 『문예시대(文芸時代)』를 창간, 신감각문학 운동을 일으켰고, 1931년의 『기계』는 일본 모더니즘 문학의 정점에 위치하는 작품이라는 평을 받았다. 1935년에 형식주의 문학 논쟁을 전개한 「순수소설론」을 발표하는 등 비평가로서 활동하기도 했다. 장편소설 「여수」에서는 동양과 서양의 문명 대립을 그리고 있고, 기쿠치 간과 함께 한 남만주철도 초청 강연 여행을 계기로 『경성일보』에 발표한 「천사」에서는 경성역과 조선 호텔을 주요 소재로 다루는 등 다양한 방면에서 활동한 작가이다. 1935년 전후에 걸쳐 "문학의 신" 혹은 "소설의 신"으로 불리기도 했다. 전후에는 전쟁 중 전쟁에 협력하는 모습을 보인 것으로 인해 비난받으면서도 계속해서 전쟁 시기 동안의 답답한 심경을 그리는 작품을 출판하였다.

■ 「봄은 마차를 타고」와 「화원의 사상」: 폐결핵 환자의 삶에 대한 상
   반된 태도

「봄은 마차를 타고(春は馬車に乗って)」는 폐결핵으로 아내와 아들을 잃은 작가 요코미쓰 리이치가 자신의 실제 경험을 바탕으로 집필한 소설로, 사소설적인 양상을 띤다. 내용은 아내의 곁을 지키는 남편의 고뇌, 그리고 요양병원에서 생활하며 겪는 환자와 가족의 갈등 등 일상의 현실을 담고 있다. 이 작품에서 아내는 닭의 내장을 먹거나 남편에 대한 과도한 집착 등 삶에 대한 강한 의지와 그에 비례하는 불안한 심리를 드러내고 있다. 동시에 이와 같은 아내의 모습에 대한 묘사에는 대화체 문체와 감각적인 표현이 두드러져 신감각파 소설로서의 특징도 돋보인다.

「화원의 사상(花園の思想)」 역시 폐결핵으로 아내를 요양원에서 간병한 작가 자신의 실제 경험을 바탕으로 집필한 소설이다. 폐결

핵에 걸려 죽어가는 아내의 모습이 곁에서 지켜보는 남편의 입장에서 서술되고 있다. 이 작품에서는 우선 사회적 관점에서 당시 일본의 폐결핵 환자와 요양병원에 대한 사람들의 인식을 확인할 수 있다. 산기슭에 '결핵요양원을 두고 있는 어장의 생선 판매량'이 줄자 어부들은 '언덕 위의 화원을 괴롭히기 시작'했다. 뿐만 아니라 '그 썩은 폐 때문에 팔고 남아 썩기 시작한 생선을 산더미처럼 쌓아' 올리자, '파리는 급격히 모여들어 화단이나 병동 속을 날아다녔'고, 어부들은 '바람이 부는 방향을 따라 지푸라기를 그슬려 폐를 향해 연기를 날려 보냈다'. '병동에서 한 마리의 파리는 한 자루의 권총만큼이나 공포스러운 적'이었다. 이러한 묘사는, 해안가에 설치된 결핵 요양원이 어장을 생계로 살아가는 어촌 마을 사람들에게 부정적으로 받아들여지고, 이러한 결핵에 대한 사회의 부정적 인식이 결핵요양원 환자들의 고통을 가중하고 있음을 보여준다. 즉 이 작품은 결핵 요양원 내부의 모습만이 아니라 당시 결핵에 대한 부정적 시선으로 인해 요양원에서 겪게 되는 폐결핵 환자들의 고통과 그 심경, 그리고 그것을 지켜보는 가족의 심정도 함께 묘사하고 있는 것이다.

이와 같이 이들 두 작품에는 폐결핵 환자인 아내의 삶에 대한 태도가 서로 상반되게 그려지고 있다는 점에서 흥미롭다. 「화원의 사상」의 아내는 죽음을 부정하기보다, 자신이 곧 죽게 될 것임을 수용하는 태도를 보이는 것과 달리, 「봄은 마차를 타고」의 아내는 날카롭고 신경질적이며, 죽음 앞에서 강한 척하면서도 죽음을 두려

위하는 모습을 보인다. 즉, 「화원의 사상」 속 아내의 태도는 죽음에, 「봄은 마차를 타고」 속 아내의 태도는 삶에 가깝다고 할 수 있다. 동시에 결핵 환자나 새너토리엄을 바라보는 당시 사회적 시선이나 인식, 그것이 야기하는 다양한 문제를 비유적 표현으로 마치 눈앞에 펼쳐진 광경처럼 생생하게 그림으로써 독자들에게 신선한 충격을 주었다고 할 수 있다.

다자이 오사무

다자이 오사무(太宰治, 1909~1948)는 패전 이후 권위에 도전하는 반도덕적인 작품으로 일본 사회의 주목을 받던 무뢰파(無賴派)를 대표하는 소설가이다. 본명은 쓰시마 슈지(津島修治)로, 1933년 단편 「열차(列車)」를 발표할 때부터 '다자이 오사무'라는 필명을 쓰기 시작한다. 퇴폐적인 필체와 데카당스(Décadence) 풍의 염세적 세계관이 드러나는 문학작품을 다수 남겼다. 대표작으로는 「역행(逆行)」(1935), 『여학생(女生徒)』(1939), 「달려라 메로스(走れメロス)」(1940), 「판도라의 상자(パンドラの匣)」(1946), 『사양(斜陽)』(1947), 『인간실격(人間失格)』(1948) 등이 있다.

그는 약물 중독으로 인해 요양원과 병원을 전전하며 기나긴 요양 생활을 하였던 경험이 있고, 관련하여 총 네 번의 자살을 기도하였으나 실패로 돌아갔다. 그러나 1948년 무사시노 다마가와(武蔵野玉川上水) 상수로에 그의 연인 야마자키 도미에(山崎富栄)와 함께 몸을 던지며, 다섯 번째 자살 기도를 끝으로 생을 마감한다. 그러한 작가 개인의 생애와 『인간실격』으로 대표되는 그의 작품관은 주로 우울하고 파멸적이며, 불안한 사회와 사람의 심리를 포착하여 반성과 절망의 의식을 섬세하게 다뤄낸다. 그의 대표작 중 하나인 소설 『사양』의 경우, 일본 귀족 가문의 암담한 몰락 서사를 다루며 단숨에 크나큰 인기를 얻게 된다. 당대 몰락한 일본의 귀족을 지칭하는 사양족(斜陽族)이라는 신조어를 만들어낼 정도로 큰 파급력을 보여주었고, 소설 『인간실격』을 통해 그러한 작가적 위상을 견고히 하여 일본 허무주의(Nihilism) 작가의 대표주자로 등극하기에 이른다.

본서에서 소개하는 「판도라의 상자」는, 이상과 같이 우울하고 파멸적이며, 불안한 사회와 사람의 심리를 그리는 다자이의 작품 중에서는 '드물게 밝은' 분위기를 띤 작품으로 알려져 있다. 그러나 그 밝은 세계는 결핵요양원 내의 불안과 좌절의 심리를 바탕으로 하고 있다는 점에서 다자이 작품 세계와 그리 멀지만은 않다. 실제로 그와 함께 문예지 『세포문예(細胞文芸)』를 만들고 동인지 『아온보(青んぼ)』의 표지 그림을 담당했던 다자이의 셋째 형 쓰시마 게이지(津島圭治)는 결핵으로 인해 사망하였고, 다자이 본인 역시 약물 중독으로 인해 요양원과 병원을 전전하며 기나긴 요양 생활을 하였던 경험이 있다. 새너토리움 문학은 결핵이라는 질병을 중심으로 불안과 좌절의 심리나 그 정경을 낭만적으로 그려내기도 하고, 또 어떤 작품은 삶에 대한 결연하고 굳건한 의지를 담아내기도 한다. 「판도라의 상자」는 이 중 후자의 경우에 더 가까운 작품으로, 불안하고 우울한 결핵요양원 내 삶을 역설적으로 밝게 그리며 삶에 대한 강한 의지를 드러내고 있다.

■ 「판도라의 상자」: 질병이라는 위협과 의심, 그 불신의 시대를 넘어

「판도라의 상자」는 1945년 10월 22일부터 1946년 1월 7일에 걸쳐 『가호쿠(河北) 신문』에 연재된 총 64회 분량의 연재소설로, 제2

차 세계대전이 끝나갈 즈음 결핵에 걸린 스무 살의 학생이 '건강도장(健康道場)'이라는 특이한 요양소에 입원한 뒤 자기 생각과 생활상, 주변 인물들과의 이야기를 써서 친구에게 보내는 편지 형식으로 이루어졌다. 서간체라는 특이한 형식을 빌린 이 소설은, 주인공이 관찰자가 되어 자신은 물론 주변 사람들의 심리와 사고를 직설적이고 생동감 넘치는 문장으로 전달함으로써, 서사를 보다 입체적으로 느낄 수 있게 한다. 이 작품의 모티프는 다자이 오사무 작품의 애독자이자 결핵 환자였던 기무라 쇼스케(木村庄助)가 투병 도중 작성한 병상일기에서 착안한 것이다. 그가 쓴 일기를 받은 다자이 오사무는 원래 이 작품을 「종다리의 소리(雲雀の声)」라는 제목으로 발표할 예정이었으나, 출판 직전 인쇄소가 공습을 받아 원고가 소실된다. 이후 이 비운의 작품은 제2차 세계대전이 끝나고 나서야 비로소 「판도라의 상자」라는 제목으로 세상에 나오게 된다.

당시 불치병 혹은 난치병이라는 인식이 팽배했던 결핵이라는 병에 걸린 '결핵 환자' 개개인은, 전쟁 이후 혼잡해진 사회 속에서 허탈하리만큼 가벼운 존재였다. 그러나 '건강도장'이라는 격리된 공간의 '결핵 환자'들은 그 바깥 세계와 마찬가지로 제각각의 이야기에서 비롯된 인격을 지니고 있다. 분리된 집단이라 하더라도 그들은 평범하게 다투고, 사랑하고, 슬퍼한다. 그 소박한 이야기들은 결핵이라는 병에 걸렸을 뿐, 그들 역시 똑같은 인간이라는 점을 강하게 상기시킨다. 이러한 입체적인 서사는 그들이 단지 '감염자'라는 집단으로 일축될 만한 존재가 아니라는 점을 더욱 강하게 드러낸

다. 또한, 그 누구보다도 죽음과 가깝고, 언제 치유될지 모를 '결핵'이라는 병을 안고 살아가는 「판도라의 상자」 속 환자들의 생활상은 놀라우리만큼 의연하고 활기차다. 주인공은 그리스 신화의 '판도라의 상자'를 예로 들며, 세상에 각종 재해와 절망을 흩뿌린 상자 안에 담겨있던 자그마한 '희망'에 대해 이야기한다. 환자들의 삶은 포기나 절망의 정서가 아닌 자그마한 희망의 돌멩이를 안은 채 결연한 삶의 의지를 내비치는 모습으로 그려지고 있다. 그러한 삶의 의지는 주인공의 '새로움'에 대한 서술로서 두드러진다. 주인공은 '새로운 남자'를 자처함으로써 새로운 개인이라는 존재로서의 자신을 강조하며, '고루한' 이전의 세계에서 벗어나려 한다. 결핵에 걸리기 이전의 삶과 그 이후의 삶을 다른 형태로 상상하며, 병을 이겨낸 이후의 삶에 대한 의지를 관철하는 것이다.

「판도라의 상자」에서 드러나는 결핵 환자에 대한 인식과 그들이 지닌 강렬한 삶의 의지는 코로나 사태를 마주한 현대 사회에도 비추어 볼 수 있다. 코로나 이후의 사회는 전염병이라는 일상생활의 위협 아래, 불신과 혐오로 마음이 궁핍해진 시대다. 감염자들은 코로나에 감염되었다는 이유만으로 격리되어 개인 차원에서 일부분의 자유를 박탈당한 채 죄의식과 우울감을 느껴야만 했다. 감염자 집단의 격리는 물리적 공간의 단절을 통해 사회집단과의 심리적 거리감을 더욱 넓혔고, 이로 인해 감염자 집단을 비롯한 타인에 대한 의심과 개인성의 경시가 불신과 혐오의 형태로 드러났다. 코로나 팬데믹(Pandemic) 이후 엔데믹(Endemic) 시대를 맞이했음에도, 현대인의 마음속에는 아직 '코로나 블루(Corona Blue)'라는 형태의 앙금이 남아있다. 이러한 현대 사회에서 「판도라의 상자」는 개인의 자유에 대한 인식의 재고와 코로나로 인한 재난 이후의 삶에 대한 성찰을 이끌어낼 수 있으리라 기대한다.

본 작품을 통해 독자들이 감염병이라는 이름 아래 묶여버린 기피와 혐오의 대상이었던, 감염자이기 이전에 존재하는 개인이라는 각각의 인격체—즉, 인간이라는 존재에 대한 예의란 어떤 것인지 성찰해볼 기회가 되었으면 한다.

이상과 같은 본서의 번역을 통해, 희망 없는 불치의 감염병이라는 결핵에 대한 당시 사람들의 불안과 좌절의 심리, 감염병에 대한 공포와 배제의 시선을 이해하기를 바란다. 나아가 최근 유래 없는 팬데믹을 경험한 현재, 감염병에 대한 인식, 정치적, 경제적 현실에 좌절과 불안, 우울, 무기력한 심리에 있는 한국사회에서 개인과 사회, 삶과 죽음, 사랑에 대한 태도의 다양한 측면을 사유함으로써 위로를 얻고 판도라 속 희망을 발견하기를 바란다.

2024년 4월
편역자 김효순

■ 가지이 모토지로(梶井基次郎)

1901년(1세): 2월 17일 오사카시(大阪市) 니시구(西区), 야스다 운반소(安
田運搬所)에 근무하던 아버지 소타로(宗太郎)와 어머니 히사(久)의 차
남으로 태어난다.

1907년(7세): 4월 1일, 오사카시 니시구의 에도보리 심상소학교(江戸堀
尋常小学校)에 입학. 어머니가 낭독하는 와카(和歌)나 일본 고전 문학
에 친숙해진다.

1911년(11세): 5월 중순, 아버지의 도바조선소(鳥羽造船所) 전근으로, 미에
현(三重県) 시마군(志摩郡)으로 이사. 5월 22일, 도바심상고등초등학
교(鳥羽尋常高等小学校) 5학년으로 전입한다.

1913년(13세): 3월 26일, 전체 갑(甲)의 성적으로 도바심상고등초등학교
를 졸업. 4월 1일, 미에현립(三重県立) 제4중학교에 입학. 10월, 제4
중학교의 현상단문으로 「가을 새벽(秋の曙)」이 3등에 입선. 교우회
지『교우(校友)』에 실린다.

1919년(19세): 3월 11일, 115명 중 51번째의 성적으로 오사카부립 기타노
중학교(北野中学校)를 졸업. 3월 하순, 형이 졸업한 오사카고등공업

학교(大阪高等工業学校)(현 오사카대학[大阪大学] 공학부) 전기과 수험에 실패. 7월 24일, 제3고등학교 이과에 합격.

5월 상순 발열해 늑막염 진단을 받고 본가에서 요양. 7월에 낙제 결정, 의사에게 폐첨카타르(폐첨에 일어나는 결핵성 염증)로 장기 휴학을 필요로 한다고 진단. 어머니로부터 학문을 포기하라고 통고받지만 의견이 맞지 않아 복학을 희망한다.

1921년(21세): 본가에서 기차로 통학. 통학 중에 본 도시샤여자전문학교(同志社女子專門學校) 영문과 여학생에게 차인 체험을 단편으로 쓴다.

1924년(24세): 2월 중순 졸업시험 후, 중병을 가장해 인력거로 교수의 집을 순방하며 졸업을 간청. 제3고등학교 이과를 졸업. 당일, 상경해 도쿄제국대학 영문과에 입학 수속. 5월 초, 동인잡지를 내자는 이야기가 구체화되어 친우 5명과 함께 제1회 동인회를 연다. 10월 상순, 동인지명을 『푸른 하늘(靑空)』로 결정한다.

1925년(25세): 1월, 「레몬(檸檬)」을 게재한 동인지 『푸른 하늘』창간호를 발행. 2월 20일, 「성이 있는 마을에서(城のある町にて)」를 제2호에 발표. 10월 1일, 「K의 승천, 혹은 K의 익사(Kの昇天―或はKの溺死)」를 제20호에 발표. 11월 초순 객혈이 심화.

1927년(27세): 2월 1일, 「겨울날(冬の日)」(전편)을 『푸른 하늘』 제24호에 발표. 4월, 「겨울날」(후편)을 제26호에 발표. 6월 1일, 잇따른 탈퇴자와 경영난에 의해 제28호로 폐간한다.

1928년(28세): 3월 31일, 등록금 미지급으로 도쿄제국대학 문학부 영문과에서 제적. 8월 중순, 병세 진행으로 많이 쇠약해진다. 12월 5일, 「벚꽃나무 아래에는(櫻の樹の下には)」을 시 계간지 『시와 시론(詩と詩

論)』에 발표.

1931년(31세): 2월, 몹시 쇠약해져서 절대 안정을 취한다. 10월, 어머니
와 함께 오사카시 스미요시구(住吉区)의 본가로 돌아간다.

1932년(32세): 1월, 「느긋한 환자(のんきな患者)」를 『중앙공론(中央公論)』
신년호에 발표. 2월, 호흡이 어려워 문안객과의 대화도 어려워지고,
3월 중순 병세가 한층 악화. 3월 17일, 얼굴과 손의 부종이 심해 죽
음을 의식한다. 일기가 중단됨. 3월 23일, 호흡곤란으로 괴로워하
다 24일, 의식 불명이 되어 오전 2시에 영면.

■ 호리 다쓰오(堀辰雄)

1904년(1세): 12월 28일, 도쿄 고지마치(麴町) 구 출생. 두 살이 되던 해, 어머니의 재혼으로 인해 새아버지 밑에서 자람. 아버지가 새아버지 라는 사실은 평생 알지 못함.

1917년(14세): 부립제3중학교에 입학.

1921년(18세): 성적이 우수해 본래 5년제인 중학교를 4년 만에 졸업, 제 일 고등학교에 입학. 고바야시 히데오(小林秀雄), 진자이 기요시(神西 淸) 등과 동기. 진자이 기요시와의 만남을 계기로 문과로 전향함.

1923년(20세): 5월, 중학교 시절 교장선생님의 소개로 무로 사이세이(室 生犀星)를 찾아감. 9월 1일, 관동대지진으로 피난하던 중 어머니 사 망. 10월, 무로 사이세이의 소개로 아쿠타가와 류노스케(芥川龍之介) 를 알게 됨. 겨울 무렵부터 흉막염을 앓기 시작함.

1925년(22세): 도쿄제국대학 문학부 국문학과 입학.

1926년(23세): 나카노 시게하루(中野重治) 등과 함께 동인지 『당나귀(驢 馬)』 창간.

1927년(24세): 아쿠타가와 류노스케가 수면제 복용으로 자살함. 이러한 고통 속에서 「성가족」을 집필한 후 1930년 발표함.

1928년(25세): 졸업논문 「아쿠타가와 류노스케 론(芥川龍之介論)」을 제 출.

1929년(26세): 2월, 『문예춘추』에 단편소설 「어리숙한 천사(不器用な天 使)」 발표. 3월, 도쿄제국대학 졸업. 10월, 가와바타 야스나리, 요코 미쓰 리이치 등과 함께 동인지 『문학(文学)』 창간.

1930년(27세): 종합잡지 『개조(改造)』에 단편소설 「성가족」 발표.

1931년(28세): 나가노현(長野県) 요양원에 입소, 가루이자와(軽井沢)와 도쿄를 오가며 「회복기」를 발표.

1932년(29세): 단편소설 「불타는 뺨(燃ゆる頰)」, 「밀짚모자(麦藁帽子)」 등 발표.

1933년(30세): 7월, 가루이자와에서 야노 아야코(矢野綾子)와 만남. 「아름다운 마을」 발표. 다치하라 미치조(立原道造)가 종종 호리 다쓰오를 찾아오기 시작.

1934년(31세): 야노 아야코와 약혼, 함께 후지미요양원에 들어감. 4월, 노다쇼보(野田書房)에서 중편소설 『아름다운 마을(美しい村)』 단행본 간행. 10월, 문예지 『문예춘추』에 「이야기의 여자」(「느릅나무 집」1부) 발표.

1935년(32세): 12월 6일, 약혼 상대 야노 아야코 사망.

1936년(33세): 「바람이 분다」 집필 시작.

1937년(34세): 「바람이 분다」 발표. 8월, 오이와케(追分)에서 가토 다에(加藤多恵)와 만나 1938년 결혼함. 이후 호리 다쓰오가 사망할 때까지 함께 함. 12월, 『개조』에 「하루살이의 일기(かげろふの日記)」 발표.

1938년(35세): 4월, 가토 다에와 결혼. 노다쇼보에서 『바람이 분다』 단행본 간행.

1939년(36세): 3월, 제자 다치하라 미치조 사망.

1941년(38세): 3월, 『중앙공론』에 「나오코」 발표. 9월, 『문학계』에 「깨어남」(「느릅나무 집」제2부) 발표. 11월, 소겐샤에서 단행본 『나오코』 간행.

1942년(39세): 3월, 『나오코』로 제1회 중앙공론(中央公論)사 문예상 수상.

1943년(40세): 기행문 「야마토길·시나노길(大和路·信濃路)」을 집필함.

1946년(43세): 절필 「눈 위의 발자국(雪の上の足跡)」을 집필함.

1953년(50세): 5월 28일, 결핵성 흉막염으로 가루이자와에서 사망.

■ 요코미쓰 리이치(橫光利一)

1898년(1세): 3월 17일 후쿠시마현(福島) 현 출생. 이후 아버지의 철도부설공사로 인해 지바(千葉) 현으로 이주.

1916년(19세): 미에현립(三重県立) 제3중학교 졸업 후 교우회 회보에 「밤의 날개(夜の翅)」, 「제5학년 수학여행기(第五学年修学旅行記)」가 게재.

1917년(20세): 장기 결석으로 고등학교 제적. 7월, 『문학세계(文学世界)』 투고란에 응모한 「신마(神馬)」가 가작으로 뽑힘. 11월, 『요로즈초호(万朝報)』 현상소설에 응모한 「범죄(犯罪)」가 당선.

1918년(21세): 『문학세계』에 응모한 작품 3개가 준가작, 4개가 가작으로 뽑힘.

1919년(22세): 『문학세계』에 응모한 「불(火)」이 가작으로 뽑힘. 사토 이치에(佐藤一英)를 통해 기쿠치 간과 알게 됨. 친구의 동생 기미와 만남.

1921년(24세): 1월에 『시사신보(時事新報)』 현상단편소설로 응모한 「용견(踊見)」이 2등에 오름. 6월에는 동인잡지 『마치(街)』를 창간하였으나 제2호까지 발행하고 폐간. 기쿠치 간 문하에서 공부하며 가와바타 야스나리를 만나 교류.

1922년(25세): 동인잡지 『탑(塔)』을 창간, 2호 발간 후 폐간. 남만주철도의 군사철도 부설 공사를 위해 경성에 와 있던 아버지 사망, 뒷처리를 위해 경성 방문.

1923년(26세): 가와바타 야스나리 등과 『문예춘추』 편집인으로 활동. 5월에는 「태양(日輪)」, 「파리(蠅)」를 발표하며 등단.

1924년(27세): 5월, 첫 작품집 『태양』과 『옥체(御身)』 간행. 10월, 가와바타 야스나리, 가타오카 뎃페이(片岡鉄兵), 곤 도코(今東光), 나카가와

요이치(中河与一) 등과 『문예시대(文芸時代)』 창간. 「머리 및 배(頭な
らびに腹)」 발표, 이후 신감각파로 불리게 됨. 11월, 『문예춘추』의 '문
단제가 가치조사표'에 분노, 기쿠치 간과 소원해짐.

1925년(28세): 어머니 사망. 아내 기미의 병 악화하여 요양을 위해 가나
가와(神奈川) 현으로 이주. 「태양」이 영화화되어 상영되었으나, 국
체를 오해하게 만든다는 이유로 상영금지처분을 받음.

1926년(29세): 아내 기미 사망.

1929년(32세): 호리 다쓰오의 『문학』의 동인이 됨.

1930년(33세): 기쿠치 간 등과 남만주철도 초청 강연 참가, 경성, 대련
방문.

1935년(38세): 「문장(紋章)」으로 제1회 문예간화회상(文芸懇話会賞) 수상.
이시즈카 도모지(石塚友二), 기쿠오카 규리(菊岡久利) 등과 구회(句会)
'시월회(十月会)' 발족. 「천사」를 『경성일보』(2월 28일-7월 6, 128회)에
게재, 9월 소겐샤(創元社)에서 단행본 간행.

1936년(39세): 유럽을 여행하며 통신, 기행문 등을 『춘추문예』와 『도쿄
일일신문(東京日々新聞)』에 투고. 작품 「각서(覚書)」로 제3회 문학계
상 수상.

1944년(47세): 일본문학보고회 소설부회 간사장이 됨.

1945년(48세): 종전 후 상경할 때까지의 기록을 『밤의 구두(夜の靴)』로
발표.

1946년(49세): 「남포등(洋燈)」 집필 중, 위궤양과 복막염으로 사망.

■ 다자이 오사무(太宰治)

1909년(1세): 6월 19일, 일본 아오모리(青森) 현 기타쓰가루군(北津經郡) 가네키(金木) 마을(현재의 고쇼가와라시[五所川原市])에서 11남매 중 6남으로, 열째 아들 쓰시마 슈지(津島修治)로 태어난다. 아버지는 일본의 정치가 쓰시마 겐에몬(津島源右衛門), 어머니는 다네이다.

1916년(8세): 4월, 가네키제1심상소학교(尋常小学校) 입학.

1922년(14세): 3월, 가네키제1심상소학교 졸업. 4월, 시카무라(四ヵ村) 조합 사립 메이지(明治)고등소학교 입학.

1923년(15세): 3월, 귀족원(貴族院) 의원으로 재임 중이던 아버지, 폐암으로 사망. 4월, 현립 아오모리중학교 입학. 이 시기에 아쿠타가와 류노스케와 이부세 마스지(井伏鱒二) 등의 쓴 소설을 읽는다.

1925년(17세): 8월, 친구들과 함께 잡지 『성좌(星座)』 창간. 11월, 동인지 『신기루(蜃気楼)』 창간. 이 시기부터 작가 지망.

1926년(18세): 9월, 큰형 분지(文治), 셋째 형 게이지(圭治)와 동인지 『아온보(青んぼ)』 창간.

1927년(19세): 2월, 동인지 『신기루』를 12호까지 발행한 뒤 폐간. 3월, 아오모리중학교를 졸업. 4월, 히로사키(弘前)고등학교 문과에 입학.

1928년(20세): 5월, 동인지 『세포문예(細胞文芸)』 창간, 한자만 바꾼 본명(辻島衆二)으로 「무간나락(無間奈落)」 발표. 고스케 긴키치(小菅銀吉)라는 가명도 사용. 9월, 『세포문예』4호를 내고 폐간. 12월, 히로사키고등학교 신문잡지부 위원에 임명.

1929년(21세): 게이샤 오야마 하쓰요(小山初代)를 만난다. 12월, 수면제 칼모틴(Calmotin) 과다복용으로 자살을 시도.

1930년(22세): 3월, 히로사키고등학교를 졸업. 4월, 도쿄제국대학교 불문과 입학. 5월, 이부세 마스지의 문하에 들어간다. 이후 적극적으로 사회주의 운동에 가담. 10월, 고향에서 하쓰요가 다자이를 만나기 위해 상경. 11월, 하쓰요에 대한 문제로 큰형 분지와 다투다가 호적에서 제적당한다. 11월 26일, 유부녀이자 긴자의 술집 여종업원인 다나베 시메코(田部シメ子)를 만나 이틀 동안 함께 지내다 28일 밤, 가마쿠라(鎌倉) 고시고에(腰越)의 바닷가에서 함께 자살을 시도. 다나베 시메코는 죽지만 다자이 오사무는 살아남는다. 12월에는 자살방조죄로 기소유예를 선고받는다.

1931년(23세): 2월, 오야마 하쓰오와 동거 시작.

1932년(24세): 7월, 큰형과 함께 아오모리 경찰서에 출두하여 사회주의 계열 좌익운동에서 손을 뗄 것을 맹세하며 한 달 동안 구치소에 들어간다.

1933년(25세): 2월, 단편 「열차(列車)」 발표, 다자이 오사무(太宰治)라는 가명 처음 사용.

1935년(27세): 2월, 단편 「역행(逆行)」 발표. 3월, 대학 졸업시험에 낙제, 미야코(都) 신문사 입사시험에도 불합격. 15일, 가마쿠라에서 목을 매어 자살을 기도하나 실패. 4월, 급성맹장염으로 입원, 복막염으로 발전하여 3개월 동안의 입원 생활 중 진통제 파비날에 중독. 8월, 「역행」이 제1회 아쿠타가와 상 후보에 오르나 차석에 그침. 사토 하루오(佐藤春夫)를 방문, 가르침을 받는다. 9월, 수업료 미납으로 학교에서 제적.

1936년(28세): 2월, 파비날 중독 치료를 위해 병원에 입원했다가 10일

후 퇴원. 6월, 첫 단행본 『만년(晚年)』 출간. 8월, 제3회 아쿠타가와 상에서 낙선. 10월, 파비날 중독증세가 심해져 이부세 마스지 등에게 '결핵 치료를 위한 요양'이라 속아 무사시노병원에 입원했다가 한 달 뒤에 퇴원.

1937년(29세): 다자이가 입원했던 동안 사돈 관계이자 가족과 다름없이 지내던 화가 고다테 젠시로(小舘善四郎)에게 부인 하쓰요와 불륜을 저질렀다는 고백을 듣고 분노. 3월, 미나카미(水上) 온천에서 하쓰요와 둘이서 수면제로 동반 자살 시도하나, 미수에 그친 후 이별. 6월, 작품집 『허구의 방황(虛構の彷徨)』, 7월에 단편집 『이십세기 기수(二十世紀旗手)』 출간.

1938년(30세): 9월, 야마나시(山梨) 현 미사카(御坂)의 여관 덴카차야(天下茶屋)에서 창작활동을 하던 중, 이부세 마스지의 소개로 이시하라 미치코(石原美知子)를 만난다.

1939년(31세): 1월, 미치코와 혼례를 올린 후 정신의 안정을 찾고 작품활동에 전념. 같은 해 7월, 작품집 『여학생(女生徒)』 출간.

1940년(32세): 5월, 「달려라 메로스(走れメロス)」를 발표. 12월, 『여학생』으로 제4회 기타무라 도코쿠(北村透谷) 상 부상을 수상.

1941년(33세): 5월, 『도쿄의 여덟 풍경(東京八景)』출간. 6월, 장녀 소노코(園子) 출생. 8월, 10년 만에 쓰가루로 귀향. 11월, 징집령을 받았으나 흉부 질환으로 면제.

1942년(34세): 6월, 『정의와 미소(正義と微笑)』 출간. 어머니의 위독으로 귀향. 12월, 어머니 사망.

1943년(35세): 1월, 「후지산 백경(富嶽百景)」 출간. 7월, 애독자였던 기무

라 쇼스케(木村庄助)에게 「판도라의 상자(パンドラの匣)」의 배경이 될 일기를 넘겨받음. 9월, 『우대신 사네토모(右大臣實朝)』 출간.

1944년(36세): 5월, 소설 「쓰가루」를 쓰기 위해 쓰가루를 여행하고, 11월에 출간. 8월, 장남 마사키(正樹)가 태어난다.

1945년(37세): 10월, 『가호쿠(河北)신문』에 「판도라의 상자」의 연재 시작.

1946년(38세): 1월, 64회를 마지막으로 「판도라의 상자」 연재를 종료. 같은 해 11월, 도쿄로 돌아온다.

1947년(39세): 2월, 옛 연인이었던 작가 오타 시즈코(太田静子)를 찾아가 일기를 넘겨받음. 이는 이후 소설 『사양』의 소재가 된다. 3월, 미용사 야마자키 도미에(山崎富栄)를 만난다. 12월, 안톤 체호프(Anton Chekhov)의 「벚꽃 동산(The Cherry Orchard)」에서 구상을 얻어 연재하던 『사양』을 출간하여 많은 인기를 얻는다.

1948년(40세): 6월 13일 밤, 야마자키 도미에와 함께 무사시노 다마가와(玉川) 상수로에 몸을 던지고 서른아홉 번째 생일인 19일, 시신으로 발견된다. 7월에 『인간실격(人間失格)』과 『앵두(桜桃)』 출간.

편역자

김효순

고려대학교 글로벌일본연구원 교수, 인문학과동아시아문화산업협동과정 주임. 고려대학교와 쓰쿠바대학에서 아쿠타가와 류노스케 문학을 연구하였고, 현재는 〈근대초기 한일 문학의 결핵 표상에 대한 사회문화사적 비교〉 등, 전염병을 다룬 문학에 관심을 갖고 연구하고 있다. 주요 논문으로 「식민지시기 조선의 일본어문학에 나타난 결핵 표상—도쿠토미 로카(德冨蘆花)의 『호토토기스(不如歸)』 후속작 시노하라 레이요(篠原嶺葉)의 『신불여귀(新不如歸)』를 중심으로—」(『일본연구』 제38집, 2022.8), 「3·1운동 직후 재조일본인 여성의 조선표상과 신경쇠약—『경성일보』 현상문학 후지사와 게이코의 반도의 자연과 사람을 중심으로 —」(『일본연구』 제35집, 2021.2) 등이 있고, 저역서에 다니자키 준이치로 저 『열쇠』(역서, 민음사, 2018), 『현상소설 파도치는 반도·반도의 자연과 사람』(공역, 역락, 2020.5), 『식민지 문화정치와 경성일보: 월경적 일본문학·문화론의 가능성을 묻다』(편저, 역락, 2021.1) 등이 있다.

번역자

김　현 고려대학교 일어일문학과 재학 중.

박채연 고려대학교 언어학과 재학 중.

안다혜 고려대학교 철학과 재학 중.

이정화 고려대학교 글로벌일본연구원, 학술연구교수. 역서로 『금지된 향수-고바야시 마사루의 전후문학과 조선』(어문학사, 2022)이 있다.

최선아 고려대학교 일어일문학과 재학 중.

최승훈 고려대학교 문화창의학부 재학 중.

치유와 위로의 새너토리엄 문학
삶과 죽음의 경계에서 사랑과 희망을 이야기하다

초판 1쇄 인쇄 2024년 4월 15일
초판 1쇄 발행 2024년 4월 30일

엮은이   김효순
지은이   가지이 모토지로(梶井基次郎) 호리 다쓰오(堀辰雄) 요코미쓰 리이치(横光利一)
         다자이 오사무(太宰治)
옮긴이   김효순 김현 박채연 안다혜 이정화 최선아 최승훈
펴낸이   이대현
편 집   이태곤 권분옥 임애정 강윤경
디자인   안혜진 최선주 이경진
마케팅   박태훈 한주영
펴낸곳   도서출판 역락
주 소   서울시 서초구 동광로 46길 6-6 문창빌딩 2층
전 화   02-3409-2060(편집), 2058(마케팅)
팩 스   02-3409-2059
등 록   1999년 4월 19일 제303-2002-000014호
전자우편   youkrack@hanmail.net
홈페이지   www.youkrackbooks.com

ISBN   979-11-6742-596-6 03830